路 遙
著

平凡的世界

商務印書館

責任編輯：毛宇軒
裝幀設計：張　毅
排　　版：高向明
責任校對：趙會明
印　　務：龍寶祺

平凡的世界（上冊）

作　　者：路遙
出　　版：商務印書館（香港）有限公司
香港筲箕灣耀興道 3 號東滙廣場 8 樓
http://www.commercialpress.com.hk
發　　行：香港聯合書刊物流有限公司
香港新界荃灣德士古道 220-248 號荃灣工業中心 16 樓
印　　刷：中華商務彩色印刷有限公司
香港新界大埔汀麗路 36 號中華商務印刷大廈 14 樓
版　　次：2025 年 7 月第 1 版第 1 次印刷

ISBN 978 962 07 4717 5
Printed in Hong Kong

謹以此書獻給我生活過的土地和歲月

導讀

一個改變青年三觀的中國故事

許子東

《平凡的世界》最初發表在 1986 年 12 月《花城》。1991 年《平凡的世界》獲得第三屆茅盾文學獎。如果從文藝社會學角度特別關心「小說中的中國」,《平凡的世界》應該是 20 世紀中國故事裏非常重要的一章。

路遙(1949—1992)本名王衛國,陝北榆林清澗縣人,出生于貧困農民家庭。當代作家真的農民家庭出生,為數不多。7 歲時路遙過繼給伯父,也是農民。他讀過縣立中學,之後回鄉務農。1973 年進入延安大學中文系(工農兵學員)。1982 年發表了一部中篇小說《人生》,後來被改編成電影。《人生》男主角高加林在農村姑娘劉巧珍和城市姑娘黃亞萍之間的艱難的感情選擇—— 該不該為了進城拋棄癡情的鄉下姑娘,一度引起社會爭議。在「尋根文學」和「先鋒小說」形成熱潮的 1985 年前後,路遙埋頭寫《平凡的世界》,他的寫實主義當時並沒有受到文壇的特別關注,而且英年早逝。不過近年來,《平凡的世界》持續熱銷,成為最受評論家關注的幾部當代小說之一。這裏有哪些偶然的人事因素,有哪些是文學史意義上的必然性,值得討論。

一、《平凡的世界》近年熱銷的兩個原因

洪子誠的《中國當代文學史》資料很全,論述 80 年代後期小說時,

列舉了先鋒派的莫言、馬原、格非、孫甘露、蘇童、余華、殘雪等等，同時也討論池莉、方方、劉恒、劉震雲的「新寫實主義」，另有一個章節「其他重要作家」，包括阿城、史鐵生、韓少功、張煒、張承志等作家。近年有研究者注意到，洪子誠似乎沒有特別論述《平凡的世界》。努力「超克」80 年代文學批評的一些年輕學者，可能覺得「忽略」《平凡的世界》是文學史的疏漏。其實任何文學史也難面面俱到，夏志清後來也承認他沒有討論蕭紅、端木蕻良是一個缺憾。而且在 80 年代中後期，《平凡的世界》的確並非文壇關注的焦點。在各種當代文學的會議上，當時比較活躍的評論家，很少特別討論路遙的作品。陳思和主編的《中國當代文學史教程》同樣也沒有專門評論《平凡的世界》。

為甚麼《平凡的世界》在 80 年代中後期並未引起文壇足夠關注，卻在二三十年後，越來越引起了青年讀者（也包括專業評論家）的關注？我認為至少有兩個原因：第一是中國文學讀者人口的變化。1985 年前後，程德培講過一句非常精闢的話：當代小說不是城裏人下鄉，就是鄉下人進城。「城裏人下鄉」即知青小說，韓少功、王安憶、阿城、張承志、史鐵生等等，作品中的鄉村，其實是知識份子考驗、歷練自己靈魂感情的一個背景。其中只有極少數人，比如史鐵生，會關注農民的生態，但關注的主體還是知青的心態。所謂「鄉下人進城」，指的是莫言、賈平凹、路遙等人的作品。莫言象沈從文一樣美化鄉村批判城市，賈平凹是努力發掘鄉土傳統當中的善惡，其中大概只有路遙，真正從字面上來描寫「鄉下人進城」。

《平凡的世界》第一部 [1]，寫到主人公孫少平要離開縣城回鄉時，他

1　《平凡的世界》首次出版時分三部，其中卷一、卷二為原第一部內容，卷三、卷四為原第二部內容，卷五、卷六為原第三部內容。

說：「老實說，你（指縣城）也沒有能拍打淨我身上的黃土；但我身上也的確烙下了你的印記。可以這樣說，我還沒有能變成一個純粹的城裏人，但也不完全是一個鄉巴佬了。」路遙的這段話可以形容他的人物與讀者。在過去幾十年，中國社會的最大變化，中國在世界上崛起的關鍵，就是幾億農村人口急速向城市轉移，就是「鄉下人」（中性概念）或主動或被動地「進城」。《插隊的故事》寫過黃土高原農民生態，一家人很多小孩睡在一個破窯洞裏，男女婚嫁有很多買賣的習俗，在貧困的土地上唱著浪漫的山歌，做點小生意要被當作資本主義批鬥等等。路遙小說也有同樣的細節，但是史鐵生是「知青看農民」，同情的是農民的「生態」。可是路遙卻是「農民做知青」，理解的是農民的「心態」。

孫少平說：「最叫人痛苦的事，你出生于一個農民家庭，但又想掙脫這樣的家庭，掙脫不了，又想掙脫……」這話差不多可以概括這部小說，以及整個中國故事的主題。80 年代中後期，當代小說的讀者群，主要是城市裏中學以上的文化人口；到了 21 世紀，大量鄉鎮青年也已中學畢業，也已進入城市，成為新時代文學人口的主流。在這種情況下，「鄉下人進城」就比「城裏人下鄉」能夠獲得更多讀者的共鳴。這是《平凡的世界》，還有餘華的《活着》等作品近年持續熱銷並影響青年人三觀的一個可能的解釋。

當然路遙和余華還是不同，余華是策略調整，路遙是別無選擇。

除了文學人口的變化以外，第二個原因是 80 年代文學，首先強調「新時期」否定「文革」。但是《平凡的世界》卻突出 70 年代中後期中國政治生態的微妙延續性。中間當然有斷裂——從革命到改革，但斷裂之中又有體制、人事和政治文化的延伸。偏偏這兩個歷史時期的複雜關係，近年來是中國文學界——恐怕也不止文學界——的一個熱門話題，所以人們突然發現，《平凡的世界》描寫的正是「革命」與「改革」的交接部位。這個交接期，在其他作品裏是一個相對的空檔，比較難以訴說。《晚霞消失的時候》、《芙蓉鎮》、《古船》都從「十年」直接跳到 80 年代。路遙小說，卻非常寫實非常平靜地敘述「革命」後期普通農民的生態、心態，然後一步一步、一天一天描寫他們從集體生產體制走向承包制單幹的詳細過程。所以《平凡的世界》記錄了 20 世紀「中國故事」的一個重要轉捩點。

二、《平凡的世界》裏的三類農民

「平凡的世界」，一半在寫黃土高原上的一個雙水村，村裏的人可分成三類：貧窮農民、想發財的村幹部，還有地主和中農的後代們。貧窮農民如孫少安、孫少平一家，父親孫玉厚老實巴交，辛苦耕作、艱難生活。祖母病在炕上，全家擠一個破窯洞，小妹妹蘭香借宿他人家裏。少平在縣裏讀中學，只能吃最差的黑面饃，很為自己的窮困而羞愧，卻愛上了漂亮的地主女兒郝紅梅。姐姐嫁了一個不務正業的王滿銀，因為倒買幾塊錢的老鼠藥被批為走資本主義道路，要到建築工地勞改。少安只好求兒時朋友田潤葉，潤葉的叔叔是縣革委副主任田福軍，隨即批條放了他姐夫。男主角孫少安，相貌英俊，心胸開闊，為人正直，近年有評論認為孫少安和梁生寶一樣，屬於「社會主義文學」的「新人」[2]。但「新人」拯救姐夫的方法，也還是走同學關係（幹部子女）的後門。非常現實主義。總之孫少安一家代表了勤勞、刻苦、老實的農民，在小說第一部裏，他們生活艱辛、悲慘。

2 參見楊輝：《總體性與社會主義文學傳統》，《2019 年度唐弢青年文學研究獎論文集》，武漢：長江文藝出版社，2020，301-337 頁。

第二類人物是村幹部，以大隊書記田滿堂和副手孫玉亭為代表。孫玉亭是孫少安的叔叔，同樣吊兒郎當，姐夫倒賣老鼠藥，玉亭忙着革命宣傳，整天抓階級鬥爭，要大家學《水滸》。田福堂從 50 年代合作化起就是雙水村的頭號實權人物，對村裏情況瞭若指掌。第一部結尾，田福堂想學陳永貴，炸山築壩造良田，結果炸了很多私人窯洞及學校，一事無成。

雙水村的第三類農民，大都姓金，有的是地主或中農出身。俊山、俊文、俊武、俊斌等等，窯洞好，實力強，為人低調。田福堂把一隊隊長孫少安、二隊隊長金俊武都看作是競爭對手。

《平凡的世界》中的三類農民之中，貧苦農民都是正面主角「時代新人」，還都「偶然」認識上面領導，而村幹部卻往往是負面角色。階級鬥爭悄悄轉化為幹部與羣眾間的矛盾。

很少有作品細寫「文革」後期的農村生態，《平凡的世界》第一部提醒讀者注意以下幾種情況。第一，即使「革」到大家都赤貧，窮富仍有差異，幹部仍有好處。田福堂的弟弟田福軍在縣委做事，哥哥借光。從 1953 年到 1976 年，富裕中農各家光景也還是比赤貧農戶好。小說突出孫少安一家的貧窮慘況，顯示再徹底的「革命」也救不了窮人。

第二，生產大隊之間為了搶水可以互相破壞。為了集體利益，犯法也符合村民道德。金俊斌在搶水戰鬥當中被洪水沖走，算是付出代價。俊斌死後他老婆偷人，導致了王姓、金姓、田姓三族農民械鬥。20 年代許傑小說《慘霧》中的械鬥情節，居然在「文革」當中依然存在。雙水村的家族之爭，雖然不如《古船》那麼壁壘分明，但還是有跡可循。路遙小說裏，中國農村的宗族鄉俗，在紅彤彤的 70 年代，仍然沒有完全消失。

第三，「文革」期間，婚姻還是買賣，討老婆還是要錢。少安後來找到不要彩禮的媳婦，因為他的相貌人品。但是辦婚事，錢、糧、窯洞都沒有，結果都有人幫忙，還是和他的隊長身份有關。

第四，《平凡的世界》與其他鄉土文學的最大不同在於，小說不僅寫窮富差異，不僅寫原始械鬥，不僅寫婚戀習俗，不僅寫傳統殘餘，而且特別強調農民，尤其是年輕的農民想離開鄉村，或者想改變鄉村，或者逃離鄉村。小說既寫費孝通意義上的中國鄉村秩序的崩潰，也寫這種鄉村秩序的變形轉移。

三、歷史轉折期的「官場」

路遙的小說不僅寫鄉村裏的各類農民，還寫了很多生產隊、大隊、公社、縣委，乃至地委、省委甚至中央的幹部，有名有姓至少十幾人，有虛實政績，有仕途變遷，有家族背景，有官員心理。《平凡的世界》的時代背景是 1976 前後政治路線轉變時期，因此書中也寫出了是一個特殊時期的革命「官場」轉變。一時無法確定聽誰正確跟誰可靠，政治路線與幹部品格之間有關連但又不一定。如果說《老殘遊記》時期官員形象最差，《創業史》裏幹部形象最好，那麼《平凡的世界》寫「官場」，既不是直接諷刺也不是簡單歌頌。

小說第一部，雙水村裏「抓革命」的是大隊書記田福堂，委員孫玉亭；「促生產」的是田海民、金俊山。公社一級，革委會副主任徐治功動不動就抓人，批判農民走資；注重生產的是白明川。全書重點在縣一級，「革命派」是縣革委會主任馮世寬以及副主任李登雲和馬國雄，「生產派」就是副主任田福軍和張有智。再上去到地區一級，只見到一個領導苗凱，也是「革命派」……可見規律是，到 1975 年，從上至下每一級的一把手都要抓階級鬥爭，副手則負責經濟民生。

這種每級官員必有正反對立的敍事模式，究竟是中國政治生態的某種真實寫照，還是作家們對中國特色權力制衡模式的某種期盼與想像？

這部百萬字的長篇小說，既寫雙水村幾家農民的卑微命運，又寫公社、縣、地、省甚至中央層層級級的政治路線鬥爭，可是農民與「官場」怎麼聯繫呢？在社會學意義，可分析城、鄉、鎮層級關係；在政治學意義上，可研究官民之間利害關係；但在小說情節上，小說主要通過青年讀者最感興趣的男女感情線索——主要是少安、少平兩兄弟的愛情線索，來聯繫雙水村農民與中國各級官場。

田福堂女兒田潤葉已經獲得城市公家人身份，在縣城教書，住在二叔——縣革委副書記田福軍家裏。副書記李登雲的兒子拼命追潤葉，可是潤葉一心喜歡青梅竹馬的孫少安。孫少安反復猶豫，終於覺得農民與公家人之間有距離，他不想高攀，便拒絕了潤葉，自己到山西找了鄉村女子賀秀蓮。這個選擇顯示鄉村婚戀與社會經濟地位之間的傳統關係，證明這是一個平凡的世界。

潤葉原來不肯嫁給幹部子弟李向前。但是聽說婚事對他二叔田福軍在縣委的政治地位有利，無可奈何只好答應。婚後潤葉仍然不愛丈夫，長期不同房，畸形婚姻維持很久。另一邊廂，少安的農家老婆賢慧能幹，不過想跟公婆分家，令少安苦悶。少安覺得「家」就是祖母、父母、苦命的姐姐，還有不爭氣的姐夫，也包括他讀書的弟弟和妹妹。可是秀蓮認為「家」就是他們夫妻。是否要分家，顯示傳統鄉土價值觀面臨新時代的挑戰和考驗。少安在雙水村第一個提出土地應該承包，他認為大家之所以窮，是因為攪和在一起；只要分開做，就會有出路。他在小說第一部裏受到批判。後來時局變了，他運磚制磚，最早致富。也顯示出變革時代下農民與公家，與政策之間不斷衝突與磨合的過程。

小說裏的「官場」有不少「鄉土本色」，長的篇幅如在中央任顧問的老同志回鄉經過，小的細節如正面幹部形象田福軍喜歡摳腳。各級幹部都有自己的鄉親關係網絡，革命「官場」充滿農民的期待和想像。田潤葉的婚戀之所以關連她叔叔的政治地位，也是因為「官場」裏的人倫因素：關鍵一票需要李登雲因為兒女婚姻而轉向。到第二部，政策 180 度變化，但是官員各有自己仕途，並不必然與路線鬥爭有關。田福軍一度被調到省裏「掛」起來，但他認識上級組織部長，又獲省委書記喬伯年信任，就升為黃原地區的行署專員，之後是地委書記。他做專員時，和原來的上級苗凱平起平坐。後來苗凱調走，他任地委書記。到第三部，田福軍跳升省委副書記兼省會的市委書記——「好幹部」一路升官，代表正確路線占主導。但是他在縣革委會的戰友張有智，後來只是縣委書記，一直鬧情緒，工作沒熱情。因為同級同事升到省委，自己還在縣裏，差了兩三級。因為是老戰友，田福軍一直沒有撤換張有智。小說敘事者寫到這裏，專門責怪田福軍，「因為你不撤張有智，原西縣的工作就打不開」。小說裏的其他官員，都有不同程度的升遷。

《平凡的世界》寫「官場」有一些其他作品沒有的特點。

第一，雖有路線鬥爭背景，但幹部形象並非黑白分明、善惡對立。比如馮世寬，路線轉，政績也轉。曾經很「左」的縣革會主任，後來到地委，做了田福軍的副手，卻也放下個人恩怨，合作愉快。造反派周文龍，當初嚴厲推行勞教，整治農民走資，後來經過學習，成為原西縣長，工作踏實，做出很多成績。相反，原來公社副主任徐治功，和雙水村寡婦王彩娥有染，事情遮蓋過去以後，繼續做閑官。小說三部，絕大多數幹部，或快或慢都在上升，且可以輕鬆跨越政治與經濟、國家與民企等不同領域做官，只需組織部安排。真正受懲罰往下跌的官員只有一個暗地告狀的高鳳閣，後因城市防洪出差錯被免職。田福軍其實也有很多告狀信，監察部門調查，但有上級領導理解支持。

改革前後，路線和旗幟換了，幹部們工作照做，職務照升，跨界更多，這是小說裏所描寫的一種官場現象。

第二個特點，小說具體描寫「文革」結束，有一度農村基層黨組織「空閒」。公社下面很多矛盾，但幹部坐在那裏下棋。雙水村的黨支部幾年才開一次會，他們一開會，村民就緊張(害怕新動向)。有一個特定時期，黨在農村基層的權力好像有點削弱。

第三點，這個「削弱」—— 只是「好像」。「文革」名為反體制、其實全面管控。地上種甚麼東西，怎麼種，賣老鼠藥，男女之事，甚麼都管。到了 80 年代，表面鬆弛，結構沒有變化。大隊公社撤銷是「上面」的決定；階級鬥爭會改為「誇富」，也是「上面」的精神。假設小說細節全部屬實，讀者會有疑問：如果 70 年代末「上面」不變，中國農村還能長多少年「社會主義的草」？還是的確因為農民實在太窮了，所以「上面」必須變、必然變？

前一種看法強調歷史發展的偶然性，英雄造時勢；後一種觀點是歷史唯物主義，時勢造英雄。到底是孫少安他們推動了田福軍層層上升，還是田福軍們容忍，放手讓孫少安們勞動致富呢？《平凡的世界》，用一個關鍵歷史時段的故事，提出了一個關鍵的中國問題。

四、「鄉下人」孫少平進城

小說第一男主角是少安的弟弟少平，據說人物原型是作家的弟弟王天樂[3]。少平高中畢業曾借隊長哥哥的光回村教書。承包制後村裏初中辦不下去，少平不肯種田，便離開家鄉進城打工。少了個男勞力，家人也支援。少平並不清楚自己進城的具體目的，只是讀了書，好幻想，覺得鄉村天地太小，想去見識更多的新世界。從外表和身份看，少平只是一個普通攬工漢，蹲在大城市高速公路底下等待被臨時雇用，身無分文，甚至無處睡覺。很長一段時間，少平幫不同的建築工地做苦工，搬石頭。背上皮膚裂開，流血，受傷，結疤，再受傷。一天也就是掙兩塊錢的工資。在小說第一部，少平是一個好幻想的文青；到第二部，就變成了一個沒時間思想的苦力了。這一時期，雙水村很多鄉親境遇都在改善，大隊、公社、縣城、地委各級幹部輪流升遷。但小說轉一圈回到主角少平處，他還是在做不同工地的苦力，靠打工維持最低的城市生活水準，還要幫助讀高中的妹妹蘭香，同時還一直維持着與中學同學田曉霞的精神友誼。報社記者曉霞是田福軍的女兒，聰明、開朗、有氣質、有思想，不知不覺漸漸地愛上了這個睡在建築工地、點蠟燭讀《紅與黑》的小夥子。

艱辛的體力勞動與艱深的文藝探索同時並存在一個身體，肉體與精神兩方面都要超越常人。《平凡的世界》中，除了少安、少平兄弟的婚戀線索外，還寫了同輩同學當中好幾對男女的關係演變。田潤葉堅決不同丈夫李向前同居，直到有一天，傷心的老公喝酒出了車禍，斷腿殘廢，這時潤葉反而回心轉意。在高中甩了少平轉愛富家子的郝紅梅，因為偷手帕被人揭發，也被男友拋棄。匆忙嫁人後老公又意外身亡。某天，她背着孩子在街邊賣小吃謀生，遇上了田福堂的兒子田

3 程光煒有專文討論王天樂對《平凡的世界》創作過程的影響，以及路遙兄弟失和的原因。參見《路遙兄弟失和原因初探》，《南方文壇》，2021 年第 1 期，115-116 頁。

潤生，沒想到潤生倒是一心一意愛上了這個苦命寡婦。不顧精明父親反對最後成婚。

《平凡的世界》裏有很多故事，違反「故事」常規，卻遵循世界常理。

少安運磚燒磚，也不是一帆風順。有一次燒磚出了意外，停工、欠債，陷入絕境。一個「誇富」會上認識的商人胡永合介紹他貸款，真的救了急。後來人家來逼債，又靠縣長周文龍幫忙應對。總之，孫少安自己是很努力，但是他做過隊長。也積累了一些鄉鎮基層的社會關係，人情關係都是資源。

鄉村不搞革命了，大家各過各的，誰能夠比較發達？小說描寫大隊幹部田海民養魚發財。二隊隊長金俊武種地高產。金俊山賣羊奶，金光亮養「意大利蜂」。有個地主成分的青年，這時也能當兵了。客觀總結，拔尖戶不是之前的基層幹部，就是財主兒孫，或者至少中農等殷實戶的後代。「文革」後中國特色的社會主義，承包或者單幹，看上去起點一樣，其實還是不同。內在原因，一方面，幹部，哪怕是「文革」時期的幹部，說到底，很多還是相對意義上的能人，所以政策一變，他們能夠先富起來。另一方面，幹部，哪怕是在底層的幹部，人脈關係都是資源。兩個方面合成一個道理，「文革」前後社會升遷也有連貫性（這是其他小說看不到的）。

作家路遙在大是大非的問題上政治正確，十分堅定。但同時，小說又通過無數寫實細節，寫出了「文革」與「文革」後農村幹部體系的變與不變：變的是政策口號，官員仍在升遷；不變的是管理體制，幹部與百姓的關係。

改革開放以後，土地被透支，偷竊、詐騙、迷信活動增加。雙水村有個「神漢」劉玉升，裝神弄鬼，一度很得人心。已經發家了的少安反省雙水村的歷史，說以前最神氣的是地主；之後，最有威望的是教書的金老先生；之後幾十年，最有權力的是書記田福堂；再下來，難道現在人們最相信劉玉升？想到這裏，孫少安就把本來要投資拍三國的錢，重修雙水村的學校。作家在這個人物身上灌輸了自己對農村發展的理想。不過少安的妻子，賢慧能幹的秀蓮在學校落成儀式上吐血，她得了肺癌。

少安家最有出息的竟是小女兒蘭香，國家重點大學學天文物理，男朋友是省委副書記的兒子吳仲平。讀者在羨慕祝賀貧困主人公一家翻身幸福之際，會不會有個疑問：少安、少平、蘭香這一家人，好像是婚戀高攀專業戶？都是普通農村青年，怎麼都有機緣碰到幹部子弟？

少安本來可以娶縣革會副主任田福軍的侄女，是他自己放棄，選擇務農致富。少平一直在城裏打工，從建築工地轉到了大牙灣的煤礦，但他一直在和省委副書記田福軍的親女兒曉霞談戀愛。現在，小妹妹蘭香，馬上又要做另一省委副書記的媳婦。

有幾種解釋的方法：一、孫家兒女自身太出色，所以少安、少平、蘭香自然就會吸引到幹部子女，甚至高幹子女。出生于泥土，卻有精英氣質，是黃金，到哪裏都閃光。二、在「平凡的世界」裏，少安少平與田家女兒們，原有鄉親關係。再加上作家情節安排，於是代表官場與鄉土的聯繫。三、通過這種偶然的社會上升階梯，讀者才有可能觀察官民關係的親密和距離，而層層級級的官民關係，正是小說的經緯與肌理。

五、怎麼評論《平凡的世界》的結尾？

少平到煤礦後每天下井，從農民戶口轉為工人身份，勞動強度一點沒有減少，危險度反而增加。少平認識了一個善良的班長，班長和他的老婆、小孩都對他很好。後來班長工傷身亡，少平就和班長老婆小孩互相照顧，像家人一樣。

曉霞之前曾到煤礦看望少平，省城美女記者被眾多礦工圍觀，這個情景很大程度上滿足了少平的虛榮心。當然，也促進了兩人關係，發展到可以在山上 kiss 的地步。

但是小說結尾出人意外。首先是曉霞在採訪洪水災難時犧牲。田福軍書記就把礦工孫少平叫去，交給他三本女兒的日記，記載她們之間的愛情。之後，少平自己也出工傷，眼睛、臉部嚴重受損，送到省城急救。人救回來了，但臉上破相。妹妹和未來的妹夫說可以由省委副書記下調令，把少平調回省城，可少平拒絕了。又有醫學院女生金秀，朋友金波的妹妹，此時向少平表達愛情。少平也婉拒了。最後，臉部嚴重創傷破相的孫少平回到了他熱愛的煤礦。

應該怎麼理解、怎麼評論這個結尾？

百萬字的《平凡的世界》，文學語言並無特別之處，基本上是當代白話。偶然夾一些當地方言，「爛包」「言傳」等，根據上下文也讀得懂。小說裏文藝抒情的段落，有點渲染過度。敍事特點，是虛擬敍述者與讀者之間有對話。一個人物出現甚麼事情，小說就寫：我們認識的這個人他以前是怎麼樣的、你們怎麼看他等等，好像作者跟讀者在議論小說裏的人物。總體上，人們不會特別注意這部小說的技巧，藝術成就主要在主題結構，大量細節，以及小說結尾。

從藝術上看，這個結尾一是打破了讀者們的閱讀期待，二是使少平成為一個性格有發展有變化的人物。其他人物命運、場景變化，性格特徵不變。只有少平在第一部裏是文青學生，第二部是委屈身處底層，發展到第三部境界昇華，最後拒絕向上，堅守底層。不管讀者是不是理解、相信或認同主人公最後的選擇，小說的確想刻劃主人公的性格轉化，同時也理想化了「鄉下人進城」的主題意義。

反過來講，如果覺得這樣的理想主義結尾有點虛幻甚至做作，作家還能有甚麼別的選擇？

假如曉霞不死，最終少平受傷或者有成就了回城結婚？人們難免會懷疑少平的「于連氣質」（現在叫「鳳凰男」）—— 他與高幹子女的戀愛是否早有功利佈局？是否有意無意給他帶來了利益和退路？

如果曉霞還是犧牲，少平在煤礦有特別貢獻，發明創造之類，再順理成章回城，與妹妹、妹夫團聚，或者要回到雙水村，委以重任，「新時代村官」之類。那麼這時候，少平也要到鋪着紅地毯的會堂，向黃土高原表示感謝？這不就又在重複「天降大任於斯人」的士大夫主題？

如果既不想讓少平成為馬丁·伊登或者于連般的理直氣壯的個人奮鬥者，又不想少平有意無意重複讀書人落難而後承擔重任的傳統，那還能怎麼辦呢？

路遙整體小說十分寫實，結尾卻相當浪漫：拒絕城市，回到煤礦，放棄高層，回到人民。一種令人悲欣交集的理想。

青年讀者不妨可以續寫《平凡的世界》，想像一下在現實生活當中，假如你是少平，接下來會怎麼選擇，怎麼生活？然後你就可以理解，為甚麼《平凡的世界》需要一個不平凡的結尾。

「文革」中，政權滲透鄉村角落，是否代表中國鄉土社會秩序的崩潰？「文革」後，農民經商進城，是否鄉土經濟價值系統在瓦解？但最後，進城的農民又要回到底層，《平凡的世界》可能想告訴人們，即使進入了現代化城市，鄉土中國依然存在。

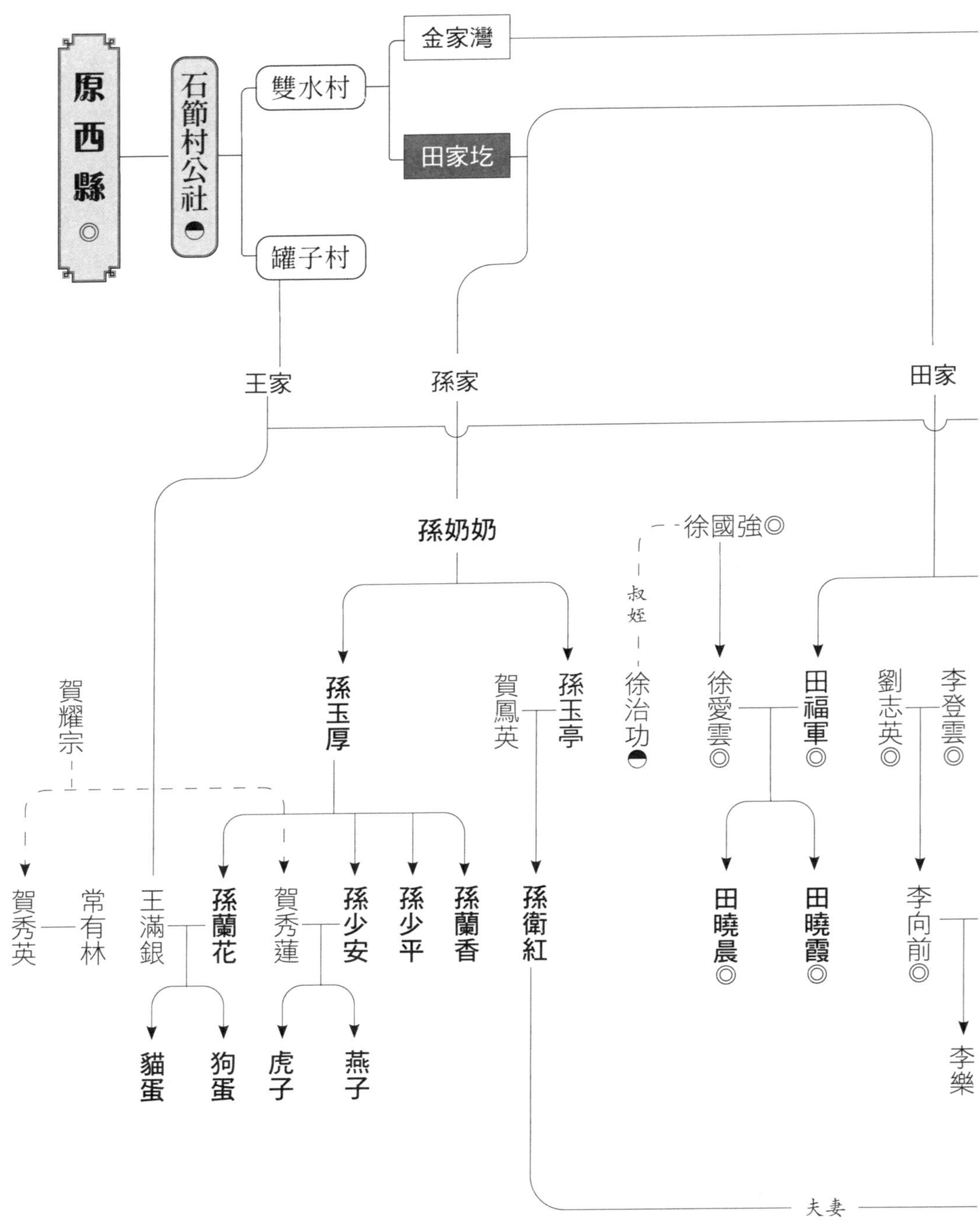

原西縣◎
石節村公社◓
雙水村
罐子村
金家灣
田家圪
王家
孫家
田家
孫奶奶
徐國強◎
叔侄
孫玉厚
賀鳳英
孫玉亭
徐治功◓
徐愛雲◎
田福軍◎
劉志英◎
李登雲◎
賀耀宗
賀秀英
常有林
王滿銀
孫蘭花
賀秀蓮
孫少安
孫少平
孫蘭香
孫衛紅
田曉晨◎
田曉霞◎
李向前◎
李樂
貓蛋
狗蛋
虎子
燕子
夫妻

小說人物關係圖

金家
金老先生
金老地主
田福堂
金俊海◎
金俊山
張桂蘭
金俊文
李玉玲
金俊武
王彩娥
金俊斌
金光亮
姚淑芳
金光明
馬來花
金光輝
田潤葉◎
田潤生
郝紅梅
金波
金秀
金成
金芳
金富
金強
金二錘
金三錘
小亮亮
圖例
親子關係
原西縣
夫妻關係
石節村公社

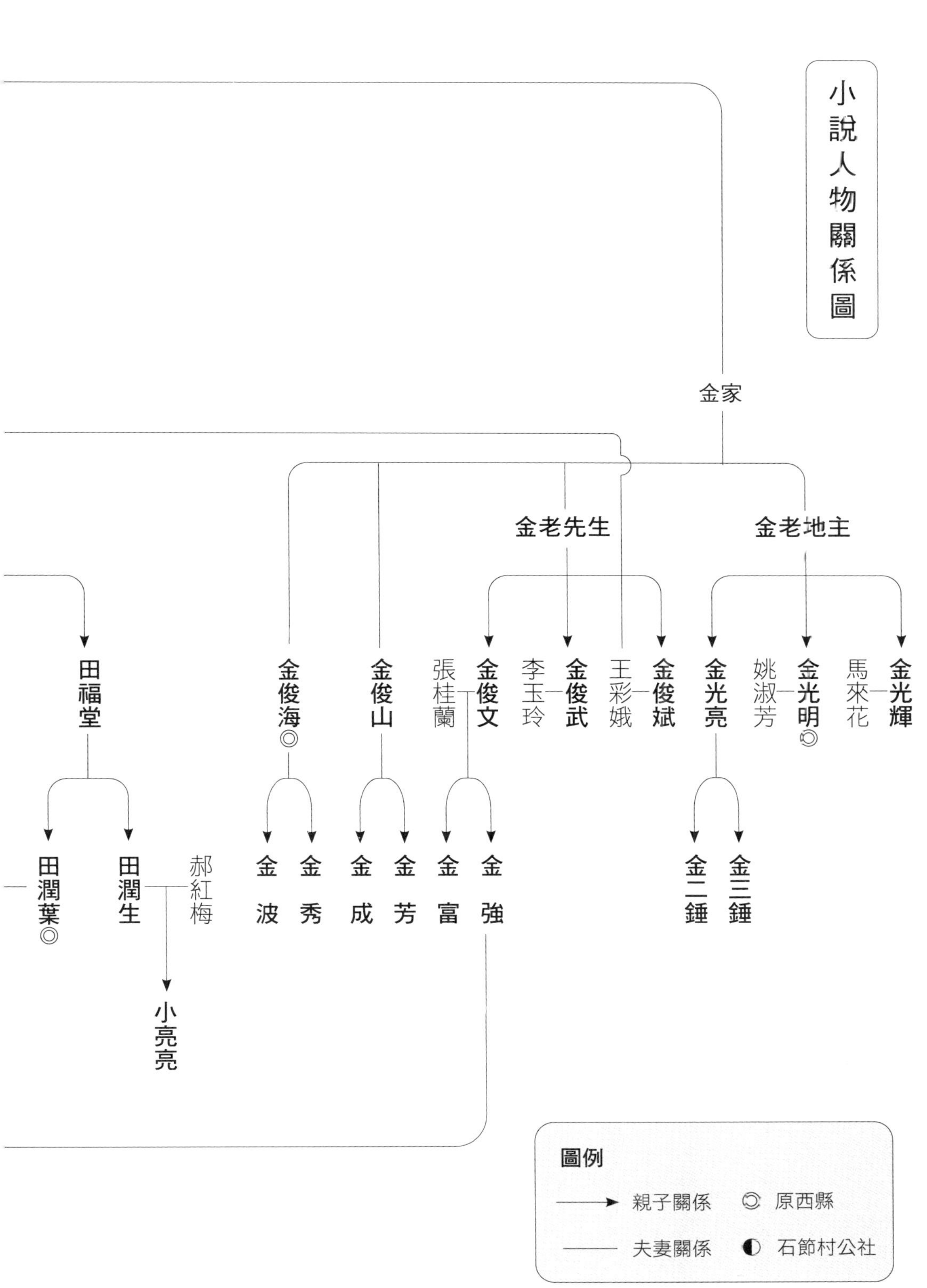

第一部

卷一

第一章

一九七五年二三月間，一個平平常常的日子，細濛濛的雨絲夾着一星半點的雪花，正紛紛淋淋地向大地飄灑着。時令已快到驚蟄，雪當然再不會存留，往往還沒等落地，就已經消失得無蹤無影了。黃土高原嚴寒而漫長的冬天看來就要過去，但那真正溫暖的春天還遠遠地沒有到來。

在這樣雨雪交加的日子裏，如果沒有甚麼緊要事，人們寧願一整天足不出戶。因此，縣城的大街小巷倒也比平時少了許多嘈雜。街巷背陰的地方，冬天殘留的積雪和冰溜子正在雨點的敲擊下蝕化，石板街上到處都漫流着骯髒的污水。風依然是寒冷的。空蕩蕩的街道上，有時會偶爾走過來一個鄉下人，破氈帽護着腦門，胳膊上挽一筐子土豆或蘿蔔，有氣無力地呼喚着買主。唉，城市在這樣的日子裏完全喪失了生氣，變得沒有一點可愛之處了。

只有在半山腰縣立高中的大院垻裏，此刻卻自有一番熱鬧景象。午飯鈴聲剛剛響過，從一排排高低錯落的石窰洞裏，就跑出來了一羣一夥的男男女女。他們把碗筷敲得震天價響，踏泥帶水、叫叫嚷嚷地跑過院垻，向南面總務處那一排窰洞的牆根下蜂擁而去。偌大一個院子，霎時就被這紛亂的人羣踩踏成了一片爛泥灘。與此同時，那些家在本城的走讀生們，也正三三兩兩湧出東面學校的大門。他們撐着雨傘，一路說說笑笑，通過一段早年間用橫石片插起的長長的下坡路。不多時便紛紛消失在城市的大街小巷中。

在校園內的南牆根下，現在已經按班級排起了十幾路縱隊。各班的值日生正在忙碌地給眾人分飯菜。每個人的飯菜都是昨天登記好並付了飯票的，因此程序並不複雜，現在值日生只是按飯表付給每人預訂的一份。菜分甲、乙、丙三等。甲菜以土豆、白菜、粉條為主，裏面有些叫人嘴饞的大肉片，每份三毛錢；乙菜其他內容和甲菜一樣，只是沒有肉，每份一毛五分錢；丙菜可就差遠了，清水煮白蘿蔔——似乎只是為了掩飾這過分的清淡，才在裏面象徵性地漂了幾點辣子油花。不過，這菜價錢倒也便宜，每份五分錢。

各班的甲菜只是在小臉盆裏盛一點，看來吃得起肉菜的學生沒有幾個。丙菜也用小臉盆盛一點，說明吃這種下等伙食的人也沒有多少。只有乙菜各班都用燒瓷大腳盆盛着，海海漫漫的，顯然大部分人都吃這種既不奢侈也不寒酸的菜。主食也分三等：白麪饃、玉米麪饃、高粱麪饃；白、黃、黑，顏色就表明了一種差別；學生們戲稱歐洲、亞洲、非洲。

從排隊的這一片黑壓壓的人羣看來，他們大部分都來自農村，臉上和身上或多或少都留有體力勞動的痕跡。除過個把人的衣裝和他們的農民家長一樣土氣外，這些已被自己的父輩看做是「先生」的人，穿戴都還算體面。貧困山區的農民儘管眼下大都少吃缺穿，但孩子既然到大地方去唸書，家長們就是咬着牙關省吃節用，也要給他們做幾件見人衣裳。當然，這隊伍裏看來也有個把光景好的農家子弟，那穿戴已經和城裏幹部們的子弟沒甚麼差別，而且胳膊腕上往往還撐一塊明晃晃的手錶。有些這樣的「洋人」就站在大眾之間，如同鶴立雞羣，毫不掩飾自己的優越感。他們排在非凡的甲菜盆後面，雖然人數寥寥無幾，但卻特別惹眼。

在整個荒涼而貧瘠的黃土高原，一個縣的縣立高中，就算是本縣的最高學府吧，也無論如何不可能給學生們蓋一座餐廳。天好天壞，大家都是露天就餐。好在這些青年都來自山鄉圪塄，誰沒在野山野地裏吃過飯呢？因此大家也並不在乎這種事。通常天氣好的時候，大家都各自和要好的同學蹲成一圈，說着笑着就把飯吃完了。

今天可不行。所有打了飯菜的人，都用草帽或胳膊肘護着碗，趔趔趄趄穿過爛泥塘般的院壩，跑回自己的宿舍去了。不大一會工夫，飯場上就稀稀落落的沒有幾個人了。大部分班級的值日生也都先後走了。

現在，只有高一（1）班的值日生一個人留在空無人跡的飯場上。這是一位矮矮胖胖的女生。她面前的三個菜盆裏已經沒有了菜，饃筐裏也只剩了四個焦黑的高粱麪饃。看來這幾個黑傢伙不是值日生本人的，因為她自己手裏拿着一個白麪饃和一個玉米麪饃，碗裏也像是乙菜。她端着自己的飯菜，滿臉不高興地立在房檐下，顯然是等待最後一個姍姍來遲者 —— 這必定是一個窮小子，他不僅吃這最差的主食，而且連五分錢的丙菜也買不起一份啊！

雨中的雪花陡然間增多了，遠遠近近愈加變得模模糊糊。城市寂靜無聲。隱約地聽見很遠的地方傳來一聲公雞的啼鳴，給這灰濛濛的天地間平添了一絲睡夢般的陰鬱。

就在這時候，在空曠的院壩的北頭，走過來一個瘦高個的青年人。他胳膊窩裏夾着一隻碗，縮着脖子在泥地裏蹣跚而行。小夥子臉色黃瘦，而且兩頰有點塌陷，顯得鼻子像希臘人一樣又高又直。臉上看來才剛剛褪掉少年的稚氣 —— 顯然由於營養不良，還沒有煥發出他這個年齡所特有的那種青春光彩。

他蹽開兩條瘦長的腿，撲踏撲踏地踩着泥水走着。這也許就是那幾個黑麪饃的主人？看他那一身可憐的穿戴想必也只能吃這種伙食。瞧吧，他那身衣服儘管式樣裁剪得勉強還算是學生裝，但分明是自家織出的那種老土粗布，而且黑顏料染得很不均勻，給人一種骯骯髒髒的感覺。腳上的一雙舊黃膠鞋已經沒有了鞋帶，湊合着繫兩根白線繩；一隻鞋幫上甚至還綴補着一塊藍布補丁。褲子顯然是前兩年縫的，人長布縮，現在已經短窄得吊在了半腿把上；幸虧襪腰高，否則就要露肉了。（可是除過他自己，誰又能知道，他那兩隻線襪子早已經沒有了後跟，只是由於鞋的遮掩，才使人覺得那襪子是完好無缺的。）

他徑直向飯場走過來了。現在可以斷定，他就是來拿這幾個黑麪饃的。值日生在他未到饃筐之前，就早已經迫不及待地端着自己的飯碗離開了。

他來到饃筐前，先怔了一下，然後便彎腰拾了兩個高粱麪饃。筐裏還剩兩個，不知他為甚麼沒有拿。

他直起身子來，眼睛不由得朝三隻空蕩蕩的菜盆裏瞥了一眼。他瞧見乙菜盆的底子上還有一點殘湯剩水。房上的檐水滴答下來，盆底上的菜湯四處飛濺。他扭頭瞧了瞧：雨雪迷濛的大院壩裏空無一人。他很快蹲下來，慌得如同偷竊一般，用勺子把盆底上混合着雨水的剩菜湯往自己的碗裏舀。鐵勺刮盆底的嘶啦聲像炸彈的爆炸聲一樣令人驚心。血湧上了他黃瘦的臉。一滴很大的檐水落在盆底，濺了他一臉菜湯。他閉住眼，緊接着，就見兩顆淚珠慢慢地從臉頰上滑落了下來——唉，我們姑且就認為這是他眼中濺進了辣子湯吧！

他站起來，用手抹了一把臉，端着半碗剩菜湯，來到西南拐角處的開水房前，在水房後牆上伸出來的管子上給菜湯裏攙了一些開水，然後把高粱麪饃掰碎泡進去，就蹲在房檐下狼吞虎咽地吃起來。

他突然停止了咀嚼，然後看着一位女生來到饃筐前，把剩下的那兩個黑麪饃拿走了。是的，她也來了。他望着她離去的穿破衣裳的背影，怔了好一會。

這幾乎成了一個慣例：自從開學以來，每次吃飯的時候，班上總是他兩個最後來，默默地各自拿走自己的兩個黑高粱麪饃。這並不是約定的，他們實際上還並不熟悉，甚至連一句話也沒說過。他們都是剛剛從各公社中學畢業後，被推薦來縣城上高中的。開學沒有多少天，班上大部分同學相互之間除過和同村同校來的同學熟悉外，生人之間還沒有甚麼交往。

他蹲在房檐下，一邊往嘴裏扒拉飯，一邊在心裏猜測：她之所以也常常最後來取飯，原因大概和他一樣。是的，正是因為貧窮，因為吃不起好飯，因為年輕而敏感的自尊心，才使他們躲避公眾的目光來悄然地取走自己那兩個不體面的黑傢伙，以免遭受許多無言的恥笑！

但他對她的一切毫無所知。因為班上一天點一次名，他現在只知道她的名字叫郝紅梅。

她大概也只知道他的名字叫孫少平吧？

第二章

孫少平上這學實在是太艱難了。像他這樣十七八歲的後生，正是能吃能喝的年齡。可是他每頓飯只能啃兩個高粱麪饃。以前他聽父親說過，舊社會地主喂牲口都不用高粱——這是一種最沒營養的糧食。可是就這高粱麪他現在也並不充足。按他的飯量，他一頓至少需要四五個這樣的黑傢伙。現在這一點吃食只是不至於把人餓死罷了。如果整天坐在教室裏還勉強能撐得住，可這年頭「開門辦學」，學生們除過一羣一夥東跑西顛學工學農外，在學校裏也是半天學習，半天勞動。至於說到學習，其實根本就沒有課本，都是地區發的油印教材，課堂上主要是唸報紙上的社論。開學這些天來，還沒正經地上過甚麼課，全班天天在教室裏學習討論無產階級專政理論。當然發言的大部分是城裏的學生，鄉裏來的除過個別膽大的外，還沒人敢說話。

每天的勞動可是雷打不動的，從下午兩點一直要幹到吃晚飯。這一段時間是孫少平最難熬的。每當他從校門外的坡底下挑一擔垃圾土，往學校後面山地裏送的時候，只感到兩眼冒花，天旋地轉，思維完全不存在了，只是吃力而機械地蠕動着兩條打顫的腿一步步在山路上爬蜒。

但是對孫少平來說，這些也許都還能忍受。他現在感到最痛苦的是由於貧困而給自尊心所帶來的傷害。他已經十七歲了，胸腔裏跳動着一顆敏感而羞怯的心。他渴望穿一身體面的衣裳站在女同學的面前；他願自己每天排在買飯的隊伍裏，也能和別人一樣領一份乙菜，並且每頓飯能搭配一個白饃或者黃饃。這不僅是為了嘴饞，而是為了活得尊嚴。他並不奢望有城裏學生那樣優越的條件，只是希望能像大部分鄉裏來的學生一樣就心滿意足了。

可是這絕對不可能。家裏能讓他這樣一個大後生不掙工分白吃飯，讓他到縣城來上高中，就實在不容易了。大哥當年為了讓他和妹妹上學，十三歲高小畢業，連初中也沒考，就回家務了農。至於大姐，從小到大連一天書也沒有唸過。他現在除過深深地感激這些至親至愛的人們，怎麼再能對他們有任何額外的要求呢？

少平知道，家裏的光景現在已經臨近崩潰。老祖母年近八十，半癱在炕上；父母親也一大把歲數，老胳膊老腿的，掙不了幾個工分；妹妹升入了公社初中，吃穿用度都增加了；姐姐又尋了個不務正業的丈夫，一個人拉扯着兩個幼小的孩子，吃了上頓沒下頓，還要他們家經常接濟一點救命的糧食 —— 他父母心疼兩個小外孫，還常常把他們接到家裏來餵養。

家裏實際上只有大哥一個全勞力 —— 可他也才二十三歲啊！親愛的大哥從十三歲起就擔起了家庭生活的重擔；沒有他，他們這家人不知還會破落到甚麼樣的境地呢！

按說，這麼幾口人，父親和哥哥兩個人勞動，生活是應該能夠維持的。但這多少年來，莊稼人苦沒少受，可年年下來常常兩手空空。隊裏窮，家還能不窮嗎？再說，父母親一輩子老實無能，老根子就已經窮到了骨頭裏。年年缺空，一年更比一年窮，而且看來再沒有任何好轉的指望了……

在這樣的情況下，他能上到高中，還有甚麼可說的呢？話說回來，就是家裏有點好吃的、好穿的，也要首先考慮年邁的祖母和年幼的妹妹；更何況還有姐姐的兩個嗷嗷待哺的小生命！

他在眼前的環境中是自卑的。雖然他在班上個子最高，但他感覺他比別人都低了一頭。

而貧困又使他過分地自尊。他常常感到別人在嘲笑他的寒酸，因此對一切家境好的同學內心中有一種變態的對立情緒。就說現在吧，他對那個派頭十足的班長顧養民，已經產生了一種強烈的反感情緒。每當他看見他站在講台上，穿戴得時髦筆挺，一邊優雅地點名，一邊揚起手腕看錶的神態時，一種無名的怒火就在胸膛裏燃燒起來，壓也壓不住。點名的時候，點到誰，誰就答個到。有一次點到他的時候，他故意沒有吭聲。班長瞪了他一眼，又喊了一聲他的名字，他還是沒有吭聲。如果在初中，這種情況說不定立即就會引起一場暴力性的衝突。大概是因為大家剛升入高中，相互不摸情況，班長對於他這種侮辱性的輕蔑，採取了克制的態度，接着去點別人的名了。

點完名散場後，他和他們村的金波一同走出教室。這傢伙喜眉笑臉地對他悄悄伸出一個大拇指，說：「好！」

「我擔心這小子要和我打架。」孫少平事後倒有點後悔他剛才的行為了。

「他小子敢！」金波瞪起一雙大花眼睛，拳頭在空中晃了晃。

金波和他同齡，個子卻比他矮一個頭。他皮膚白晰，眉目清秀，長得像個女孩子。但這人心卻生硬，做甚麼事手腳非常麻利。平靜時像個姑娘，動作時如同一隻老虎。

金波他父親是地區運輸公司的汽車司機，家庭情況比孫少平要好一些，生活方面在班裏算是屬於較高層次的。少平和這位「富翁」的關係倒特別要好。他和他從小一塊耍大，玩性很投合。以後又一直在一起上學。在村裏，金波的父親在門外工作，他家裏少不了有些力氣活，也常是少平他父親或哥哥去幫忙。另外，金波的妹妹也和他妹妹一塊上學，兩個孩子好得形影不離。至於金波對他的幫助，那就更不用說了。他們在公社上初中時，離村十來里路，為了省糧省錢，都是在家裏吃飯——晚上回去，第二天早上到校，順便帶着一頓中午飯。每天來回二十里路，與他一塊上學的金波和大隊書記田福堂的兒子潤生都有自行車，只有他是兩條腿走路。金波就和他共騎一輛車子。兩年下來，潤生的車子還是新的，金波的車子已經破爛不堪了。他父親只好又給他買了一輛新的。現在到了縣城，離家六七十里路，每星期六回家，他更是離不開金波的自行車了。另外，到這裏來以後，金波還好幾次給他塞過白麵票。不過，他推讓着沒有要——因為這年頭誰的白麵票也不寬裕；再說，幾個白麵饃除頂不了甚麼事，還會慣壞他的胃口的……

唉，儘管上這學是如此艱難，但孫少平內心深處還是有一種說不出的高興滋味。他現在已經從山鄉圪塝裏來到了一個大世界。對於一個貧困農民的兒子來說，這本身就是一件了不起的事啊！

每天，只要學校沒甚麼事，孫少平就一個人出去在城裏的各種地方轉：大街小巷，城裏城外，角角落落，反正沒去過的地方都去。除過幾個令人敬畏的機關 —— 如縣革委會、縣武裝部和縣公安局外，他差不多在許多機關的院子裏都轉過了 —— 大多是假裝上廁所而哄過門房老頭進去的。由於人生地不熟，他也不感到這身破衣服在公眾場所中的寒酸，自由自在地在這個城市的四面八方逛蕩。他在這期間獲得了無數新奇的印象，甚至覺得瀰漫在城市上空的炭煙味聞起來都是別具一格的。當然，許許多多新的所見所識他都還不能全部理解，但所有的一切無疑都在他的精神上產生了影響。透過城市生活的鏡面，他似乎更清楚地看見了他已經生活過十幾年的村莊 —— 在那個他所熟悉的古老的世界裏，原來許多有意義的東西，現在看起來似乎有點平淡無奇了。而那裏許多本來重要的事物過去他卻並沒有留心，現在倒突然如此鮮活地來到了他的心間。

除過這種漫無目的地轉悠，他現在還養成了一種看課外書的習慣。這習慣還是在上初中的最後一年開始的。有一次他去潤生家，發現他們家的箱蓋上有一本他媽夾鞋樣的厚書，名字叫《鋼鐵是怎樣煉成的》。起先他沒在意 —— 一本煉鋼的書有甚麼意思呢？他隨便翻了翻，又覺得不對勁。明明是一本煉鋼的書，可裏面卻不說煉鋼煉鐵，說的全是一個叫保爾·柯察金的蘇聯人的長長短短。他突然對這本奇怪的書產生了強烈的好奇心。他想看看這本書倒究是怎麼回事。潤生說這書是他姐的 —— 潤生他姐在縣城教書，很少回家來；這書是潤生他媽從城裏拿回來夾鞋樣的。

潤生媽同意後，他就拿着這本書匆匆地回到家裏，立刻看起來。

他一下子就被這書迷住了。記得第二天是星期天，本來往常他都要出山給家裏砍一捆柴；可是這天他哪裏也沒去，一個人躲在村子打麥場的麥秸垛後面，貪婪地趕天黑前看完了這本書。保爾·柯察金，這個普通外國人的故事，強烈地震撼了他幼小的心靈。

天黑嚴以後，他還沒有回家。他一個人呆呆地坐在禾場邊上，望着滿天的星星，聽着小河水朗朗的流水聲，陷入了一種說不清楚的思緒之中。這思緒是散亂而飄浮的，又是幽深而莫測的。他突然感覺到，在他們這羣山包圍的雙水村外面，有一個遼闊的大世界。而更重要的是，他現在朦朧地意識到，不管甚麼樣的人，或者說不管人在甚麼樣的境況下，都可以活得多麼好啊！在那一瞬間，生活的詩情充滿了他十六歲的胸膛。他的眼前不時浮現出保爾瘦削的臉頰和他生機勃勃的身姿。他那雙眼睛並沒有失明，永遠藍瑩瑩地在遙遠的地方兄弟般地望着他。當然，他也永遠不能忘記可愛的富人的女兒冬妮婭。她真好。她曾經那樣地熱愛窮人的兒子保爾。少平直到最後也並不恨冬妮婭。他為冬妮婭和保爾的最後分手而熱淚盈眶。他想：如果他也遇到一個冬妮婭該多麼好啊！

這一天，他忘了吃飯，也沒有聽見家人呼叫他的聲音。他忘記了周圍的一切。一直等到回到家裏，聽見父親的抱怨聲和看見哥哥責備的目光，在鍋台上端起一碗冰涼的高粱米稀飯的時候，他才回到了他生活的冷酷現實中……

從此以後，他就迷戀上了小說，尤其愛讀蘇聯書。在來高中之前，他已經看過了《卓婭和舒拉的故事》。

現在，他在學校和縣文化館的圖書室裏千方百計搜尋書籍。眼下出的書他都不愛看，因為他已經讀過幾本蘇聯小說，這些中國的新書相比而言，對他來說已經沒甚麼意思了。他只搜尋外國書和「文化大革命」前出的中國書。

漸漸地，他每天都沉醉在讀書中。沒事的時候，他就躺在自己的一堆破爛被褥裏沒完沒了地看。就是到學校外面轉悠的時候，胳膊窩裏也夾着一本 —— 轉悠夠了，就找個僻靜地方看。後來，竟然發展到在班上開會或者政治學習的時候，他也偷偷把書藏在桌子下面看。

不久，他這種不關心無產階級政治，光看「反動書」的行為就被人給班主任揭發了。告密者就是離他座位不遠的跛女子侯玉英。這是一位愛關心別人私事的女同學。生理的缺陷似乎帶來某種心理的缺陷：在生活中她最關注的是別人的缺點，好像要竭力證明這世界上所有的人都是不完整的 —— 你們的腿比我好，但另外的地方也許並不如我！侯玉英討論時常常第一個發言，像幹部們一樣頭頭是道地解釋無產階級專政理論。勞動時儘管腿不好，總是撲着幹。當然也愛做一些好人好事，同時又像紀律監察委員會的書記一樣監督着班上所有不符合革命要求的行為。

那天班上學習《人民日報》社論《領導幹部帶頭學好》的文章，班主任主持，班長顧養民唸報紙。孫少平一句也沒聽，低着頭悄悄在桌子下面看小說。他根本沒有發現跛女子給班主任老師示意他的不軌行為。直等到老師走到他面前，把書從他手裏一把奪過去後，他才猛地驚呆了。全班頓時哄堂大笑。顧養民不唸報了，他看來似乎是一副局外人的樣子，但孫少平覺得班長分明抱着一種幸災樂禍的態度，看老師怎樣處置他呀。

班主任把沒收的書放在講桌上，先沒說甚麼，讓顧養民接着往下唸。

學習完了以後，老師把他叫到宿舍，意外地把書又還給了他，並且說：「《紅岩》是一本好書，但以後你不要在課堂上看了。去吧……」

孫少平懷着感激的心情退出了老師的房子。他從老師的眼睛裏沒有看出一絲的譴責，反而滿含着一種親切和熱情。這一件小小的事，使他對書更加珍愛了。是的，他除過一天幾個黑高粱麪饃以外，再有甚麼呢？只有這些書，才使他覺得活着還是十分有意義的，他的精神也才能得到一些安慰，並且喚起對自己未來生活的某種美好的嚮往 —— 沒有這一點，他就無法熬過眼前這艱難而痛苦的每一個日子。

而在他眼下的生活中，實際上還有一件令他無法言明的、給他內心帶來一絲溫暖和愉快的小小的事情。這件事實際上我們已經知道了，這就是：每天吃飯的時候，在眾人散盡而他一個人去取自己那兩個黑饃 —— 每當這樣的時候，他總能看見另外一個人做同樣一件事。

當然，在起先的時候，他和那個叫郝紅梅的女生都是毫不相干地各自拿了自己的饃就離開了。

不知是哪一天，她走過來的時候，看了他一眼。他也看了她一眼。儘管誰也沒說話，但實際上說了。人們在生活中常常有一種沒有語言的語言。從此以後，這種眼睛的「交談」就越來越多了。

孫少平發現，郝紅梅實際上是班裏最漂亮的女生。只是因為她穿戴破爛，再加上一臉菜色，才使得所有的人都沒有發現這一點。這種年齡的男青年，又剛剛有了一點文化，往往愛給一些「洋女生」獻殷勤。尤其是剛從農村來的男生，在他們的眼裏，城裏幹部的女兒都好像是下凡的仙女。當然，這般年齡的男女青年還說不上正經八百地談戀愛，但他們無疑已經膚淺地懂得了這種事，並且正因為剛懂得，因此比那些有過經歷的人具有更大的激情。唉，誰沒有經過這樣的年齡呢？在這個維特式的騷動不安的年齡裏，異性之間任何微小的情感，都可能在一個少年的內心掀起狂風巨浪！

孫少平目前還沒有到這樣的地步。他只是感到，在他如此潦倒的生活中，有一個姑娘用這樣親切而善意的目光在關注他，使他感到無限溫暖。她那可憐的、清瘦的臉頰，她那細長的脖項，她那剛能遮住羞醜的破爛衣衫，都在他的內心蕩漾起一種春水般的波瀾。

他們用眼睛這樣「交談」了一些日子後，終於有一天，她取完那兩個黑麪饃，遲疑地走到他跟前，小聲問他：「那天，老師沒收了你的那本書，叫甚麼名字？」

「《紅岩》。我在縣文化館借的。」他拿黑麪饃的手微微抖着，回答她。她離他這麼近，他再也不敢看她了。他很不自在地把頭低下，看着自己手裏的那兩個黑東西。

「那裏面有個江姐……」她本來不緊張，但看他這樣不自在，聲音也有點不自然了。

他趕忙說：「是。後來犧牲了……很悲壯！」他加添了一個自認為很出色的詞，頭仍然低着。

「還有一個雙槍老太婆。」她又說。

「你也看過這書？」他現在才敢抬起眼皮看了她一眼。

「我沒看過。以前聽我爸說過裏面的故事。」

「你爸？你爸看過？」

「嗯。」

「你爸在？……」少平顯然有點驚訝這位穿戴破爛的女生，她父親竟然看過《紅岩》，因此弄不明白她父親是幹甚麼的了。

「我爸是農民，成分不好，是地主，不，我爺爺是地主，所以……」

「那你爸上過學？」

「我爸沒上過。我爺上過。我爸的字是我爺教的。我爺早死了……

我沒看過《紅岩》小說，但我會唱《紅岩》歌劇裏的歌。我的名字就是我爸從這歌詞裏面取的。那歌劇裏有一句歌詞是：紅岩上，紅梅開……」

她這樣輕聲慢語地說着，他呆呆地聽着。

她突然紅着臉說：「你的書還了沒有？」

他說：「還沒。」

「能不能借我看一下？」

「能！」他爽快地回答。

於是，第二天他就把書交到了她的手裏。

在這以後，只要孫少平看過的書，就借給郝紅梅看。無論是他給她借書，還是她給他還書，兩個人不約而同地都是悄悄進行的。他們都知道，一個男生和一個女生這樣過分親密的交往，如果讓班裏的同學們發現了，會引起甚麼樣的反響——那他們也就別想安寧地過日子了！

第三章

驚蟄過後很長一段日子，儘管節令也已經又越過了春分，但連綿的黃土高原依然是冬天的面貌。山野裏草木枯黑，一片荒涼。只是夜晚的時間倒明顯地縮短了。

一直到了四月初，清明節的前一天，突然颳起了一場鋪天蓋地的大黃風。風颳得天昏地暗，甚至大白天都要在房子裏點亮燈。根據往常的經驗，這場黃風是天氣變暖的先兆。是的，從節令來看，也應該有些春天的跡象了。

清明那一天，黃風停了。但天空仍然瀰漫着塵埃，灰濛濛一片籠罩着天地。

以後緊接着的幾天，氣候突然轉暖了。人們驚異地發現，街頭和河岸邊的柳樹不知不覺地抽出了綠絲；桃杏樹的枝頭也已經綴滿了粉紅的花蕾。如果留心細看，那向陽山坡的枯草間，已經冒出了一些青草的嫩芽。同時，還有些別的樹木的枝條也開始泛出鮮亮的活色，鼓起了青春的苞蕾，像剛開始發育的姑娘一樣令人悅目。

孫少平的日子過得和往常差不多：吃黑高粱麪饃；看借來的課外書；在城裏的各個地方轉悠。他繼續把看完的書又借給郝紅梅看。他們兩個人現在的交往，倒比開始時自然多了，並且對對方的一些情況也有所了解。

時間長了一些，班上同學之間也開始變得熟悉起來。他和鄉裏來的一些較貧困的學生初步建立起了某種友誼關係。由於他讀書多，許多人很愛聽他講書中的故事。這一點使孫少平非常高興，覺得自己並不是甚麼都低人一等。加上氣候變暖，校園裏已經桃紅柳綠，他的心情開朗了許多。而且他的單衣薄裳現在穿起來倒也正合適，不冷不熱。除過肚子照樣填不飽外，其他方面應該說相當令人滿意了。

這天下午勞動，全班學生在學校後面的一條拐溝裏挖他們班種的地。不到一個小時，孫少平就感到餓得頭暈眼花。他有氣無力地掄着钁頭，儘量使自己不落在別人的後面。

好不容易熬到快要收工的時候，他們村的潤生突然來到他跟前，說：「少平，我姐中午來找我，說讓我把你帶上，下午到我二爸[1]家去

1　方言，父親的弟弟。18

一下。她說有個事要給你說。我姐還說讓你下午別在學校灶上吃，到我二爸家去吃飯……」

潤生說完這話，就又回到他挖地的地方去了。

孫少平一下子被這意外的邀請弄得不知所措。

潤生的姐姐叫他有甚麼事呢？而且還叫他到她二爸家去！

這使他感到惶恐不安——潤生他二爸是縣革委會的副主任，在縣上可是一個大人物。有時他二爸路過回村子，坐的都是吉普車呢。記得當時他常常想走近去看看停在公路邊的小車，都嚇得不敢去，何況現在要叫他去他們家吃飯呢！

不過，他對潤生的姐姐潤葉倒懷有一種親切的感情。儘管潤葉她爸是他們村的支部書記，她二爸又是縣上的領導，門第當然要高得多，但潤葉姐不管對村裏的甚麼人都特別好。而最主要的是，潤葉姐小時候和他大哥一塊耍大，又一起唸書唸到小學。後來潤葉姐到縣城上了中學，而哥哥因為家窮回村當了農民。但潤葉姐對哥哥還像以前一樣好。後來潤葉姐在縣上的城關小學教了書，成了公家人，每次回村來，還總要到他們家來串門，和哥哥拉家常話。她每次來他們家都不空手，總要給他祖母帶一些城裏買的吃食。最叫全村人驚訝的是，她每次回村來，還提着點心去看望她戶族裏一個傻瓜叔叔田二。田二自己傻不說，還有個傻兒子，父子倆經常在窰裏屙尿，臭氣熏天，村裏人一般誰也不去他家踏個腳蹤；而潤葉姐卻常提着點心去看他們，這不得不叫全村人誇讚她的德行了。

相比之下，潤葉她爸倒沒有她在村裏威信高。由於少平的父親和哥哥性子都很耿直，少不了常和書記頂頂碰碰，因此他們兩家的關係並不怎麼好。但潤葉姐卻始終和他們家保持着一種親密關係。也許因為這一點，平時書記才沒有過分地和他們一家人過不去。少平在內心一直對潤葉姐充滿了尊敬和感激。

按說，潤葉姐要求他的事，他都應該按她說的做。但現在叫他到她二爸家去吃飯，他倒的確有點惶恐和為難了。他想到他穿這麼一身破爛衣服，要跑到尊貴的縣領導家裏去做客，由不得一陣陣心跳耳熱。

一直到收工回了宿舍，學校馬上要開飯的時候，孫少平還是拿不定主意。他想他如果不去，就太對不起潤葉姐了，況且潤葉姐還有話要對他說呢；他不去，說不定還會誤了潤葉姐的甚麼事。如果去，他又感到有點懼怕。他長這麼大，還沒到這麼大的領導家裏去過，更不要說還要在人家家裏吃飯。另外，他感到他的這身衣服也太丟人了。

他突然想到了一個折衷的辦法：他先不去潤葉她二爸家吃飯。等他在學校吃完飯後，過一段時間，他直接到城關小學去找潤葉。這樣既見了潤葉姐，又可以不去她二爸家。至於城關小學，他知道就在中學下面不遠的地方，他前一段瞎轉悠的時候，還到這小學的操場上去過。

他這樣決定以後，又想到潤生說不定馬上就要叫他來了，因此不能呆在宿舍裏，得找個地方去躲一躲。

他很快出了宿舍，來到院子裏。

到哪裏去呢？現在還沒開飯 —— 就是開了飯，他也要等別人吃完以後才去。這期間還有一段時間，反正總得找個去處。

他於是出了南邊總務處旁邊的一個小門，來到學校圍牆外面。他沿着牆根向西面的一個小溝岔走去。

孫少平在這小山溝裏消磨了一陣時間，並且還折了一枝發綠的柳枝，做了一隻哨子，噙在嘴裏吹着 —— 他身上顯然還有些孩子氣。

他約摸別人已經打完飯後，才又從那個小門進了校園，來到飯場上。他走到饃筐前，看見裏面只留了兩個黑麪饃 —— 這說明郝紅梅已經把自己的兩個拿走了。

他取了這兩個黑饃，向宿舍走去。他想，等他吃完這兩個饃，再喝一點開水，就去小學找潤葉姐呀；也許那時潤葉姐還沒從她二爸家返回學校，但這不要緊，他可以在她門外等一等。

孫少平這樣想着，拿着兩個黑饃走到了他宿舍的門口。

他在門口一下子愣住了：他看見潤葉姐正坐在他宿舍的炕邊沿上，望着他發笑 —— 顯然在等他回來。

少平一下子連話也說不出來了。倒是潤葉姐走前來，仍然笑着說：「我讓潤生叫你到我二爸家去，你怎不來呢？」

「我……」他不知說甚麼才對。

潤葉姐敏捷地一把從他手裏奪過那兩個黑饃，問：「哪個是你的碗？」

他指了指自己的碗。

她把饃放在他碗裏，說：「走，跟我吃飯去！」

「我……」

潤葉已經過來，扯着他的袖口拉他了。

現在沒辦法拒絕了，少平只好跟着潤葉姐起身了。

他一路相跟着和潤葉姐進了縣革委會的大門。進了大門後，他兩隻眼睛緊張地掃視着這個神聖的地方。縣革委會一層層窰洞沿着一個小斜坡一行行排上去，最上面蹲着一座大禮堂，給人一種非常壯觀的景象。在晚上，要是所有的窰洞都亮起燈火，簡直就像一座宏偉的大廈。

現在，少平看見最上面一排窰洞的磚牆邊上，潤生探出半截身子正看着他們往上走。潤生抽着紙煙，不老練地彈着煙灰。田福堂的這個寶貝兒子剛一進城，就把幹部子弟的派勢都學會了。

少平跟潤葉進了她二爸家的院子，潤生走過來對他說：「我到宿舍找了你兩回，你到哪裏去了？」

少平有點不好意思，說：「我……去給學校還钁頭去了。」他一邊撒謊，一邊瞥了一眼這家著名人物的院子：一共四孔窰洞，一個不大的獨院；牆那邊看來還住着另外幾家領導，格局和這院子一模一樣。院子東邊有個小房，旁邊壘一堆炭塊，顯然是廚房。院子西邊有個小花壇，一位穿灰毛線衣的人正拿把鐵鍬翻土。他以為這就是潤葉她二爸。仔細一看，是位頭髮花白的老幹部，他並沒見過。

他心慌意亂地跟潤葉進了邊上的一孔窰洞。潤生說他要去看電影，和他打了個照面就走了。

潤葉讓他坐在一個方桌前，接着就出去為他張羅飯去了。

現在他一個人坐在這陌生的地方，心還在咚咚地跳着。兩隻手似乎沒個擱處，只好規規矩矩放在自己的腿膝蓋上。還好，這屋子裏沒人。他環顧四周，發現這窰洞裏不盤炕，放着一些箱子、櫃子和其他雜物。窰洞不小，留出很大一塊空間。這張方桌的四周擺着一圈椅子、凳子，顯然是專門吃飯的地方。

正在這時，他聽見外面有個女的和潤葉說話。聽見潤葉叫這人二媽，少平便知道這是田主任的愛人——聽說她在縣醫院當大夫，動手術非常能行，老百姓到縣醫院治病，都搶着找徐大夫。

聽見徐大夫聲音很大地喊着說：「爸，你怎不穿棉衣？小心感冒！」又聽見一個老人甕聲甕氣地回答說：「我不冷……」少平估計這就是他剛才在院子花壇邊看見的那個翻土的老頭——原來這是田主任的老丈人。

不一會，潤葉便端着一個大紅油漆盤子進來了。

他趕忙站起來。潤葉把盤子放在方桌上，然後把一大碗豬肉燴粉條放在他面前，接着又把一盤雪白的饅頭也放在了桌子上。她親切地用手碰了碰他的胳膊，說：「快坐下吃！我們已經吃過了，你吃你的，我出去刷一下碗筷。不要怕，好好吃，我知道你在學校吃不好……」她拿着木盤出去了。

孫少平的喉眼骨劇烈地聳動起來。肉菜和白饃的香味使他有些眩暈。

他坐下來，拿起筷子，先長長地吐了一口氣。他甚麼也不想了，悶着頭大口大口地吃起來。感謝潤葉姐把他一個人留在這裏，否則他吃這頓好飯會有多彆扭！

他把一大碗豬肉粉條刨了個淨光，而且還吞咽了五個饅頭。他本來還可以吃兩個饅頭，但克制住了 —— 這已經吃得不像話了！

他放下碗筷，感到肚子隱隱地有些不舒服。他吃得太多太快了；他那消化高粱麪饃的胃口，經不住這種意外的寵愛。

他從凳子上立起身來，在腳地上走了兩步。這時，潤葉姐進來了，她後邊還跟進來一個姑娘，對他笑了笑。

潤葉姐對他說：「這是曉霞，我二爸的女子[2]。你不認識？她也是才上高中的。」

「你和潤生是一個班的吧？」田曉霞大方地問他。

「嗯……」少平一下子感到臉像炭火一般發燙。他首先意識到的是他的一身爛髒衣服。他站在這個又洋又俊、穿戴漂亮的女同學面前，覺得自己就像一個叫化子到她家門上討吃來了。

潤葉收拾他的碗筷，曉霞熱情地給他泡茶。

曉霞把茶杯放在他面前，說：「咱們是一個村的老鄉！你以後沒事就到我們家來玩。我長了十七歲，還沒回過咱村呢！甚麼時間我跟

2　方言，姑娘、女兒。

你和潤生一起回一次咱們雙水村……我是高一（2）班的，聽潤生說過咱村還來了兩個同學，都分在高一(1)班了，也沒去認識你們。你看，我這個老鄉真是太不像話了！」

曉霞用一口標準的普通話連笑帶說。她的性格很開朗，一看就知道人家是見過大世面的人！少平同時發現，田曉霞外面的衫子竟然像男生一樣披着，這使他感到無比驚訝。

他立在腳地上，仍然緊張得火燒火燎。等潤葉把他的碗筷送到廚房重新返回來的時候，他趕快對她說：「姐，沒甚麼事我就走呀……」

潤葉大概也看出了他的窘迫，笑着說：「我還沒跟你說話呢！」

少平這才想起，潤葉姐不光是叫他來吃飯的，她還有事要給他說哩！

潤葉姐看來很理解他的難處，馬上又說：「那好，我去送送你，咱們路上再說。」

「喝點水再走吧！」曉霞把水杯往他面前挪了挪。

「我不渴！」他像農民一樣笨拙地說。

曉霞露出兩排白牙齒笑了，說：「那我這杯水算是給你白倒了！」

少平立刻意識到這是一句略帶揶揄意味的玩笑話。這種玩笑話實際上是一種親切的表示。不過，這卻使他更拘束了，竟然滿臉通紅，無言對答。

曉霞看他這樣難為情，趕忙笑着給他點了點頭，就出去了。

他於是就和潤葉姐相跟着起身回學校去。

當他們走到縣革委會大門口的時候，迎面碰上了回家的田主任。少平認識潤葉她二爸——他有時路過常回村子裏來。

「你還沒吃飯哩？」潤葉問她二爸。

「剛開完會……」這位縣領導五官很像他哥田福堂，只是頭髮背梳着，臉面也比他哥和善多了。

「這是誰家的娃娃？」田主任指着他問潤葉。

「這就是咱村少安他弟弟嘛！也是今年才上的高中……」潤葉說。「噢……孫玉厚的二小子！都長這麼大了。和你爸一樣，大個子！……是不是和曉霞一個班？」他扭頭問潤葉。

「和曉霞不一個班，和潤生是一個班。」潤葉回答他。

「咱村裏還有誰家的娃娃來上高中了？」田主任又問少平。

少平拘束地摳着手指頭，說：「還有金波。」

「金波？他的娃娃……」

少平頭「轟」地響了一聲，知道他回答問題不準確。

潤葉嘿嘿笑了，趕忙對二爸說：「金波是金俊海的小子[3]。」

田主任也笑了，說：「噢噢，俊海在地區運輸公司開車……天這麼黑了，到家裏吃飯去嘛！」他招呼少平說。

潤葉說：「已經吃過了。我去送送他！」

「那好。常來啊……」田主任竟然伸出了手要和少平握手。

少平慌得趕緊把手伸了出去。田主任握了握他的手，笑着點點頭，就背抄起胳膊轉身回家去了。

少平在衣服襟子上把右手冒出的汗水揩了揩，就跟潤葉來到通往中學的石坡路上。

走了一段路以後，潤葉突然問他：「你這個星期六回不回家去？」

「回。」他回答說。

「你回去以後，給你哥說，讓他最近抽個空，到我這裏來一

3　方言，兒子。

下……」她說話的時候，也不看他，頭低着，用腳把一顆碎石塊踢得老遠。

少平一時想不開她叫他哥來做甚麼。既然潤葉姐不明說，他也不好問。他只是隨便說：「家裏一攤包，怕他抽不開身……」

「不管怎樣，無論如何叫他最近來一次！一定把這話給他捎到！叫他到城裏後，直接到小學來找我！」她態度堅決地對他說。

少平知道，他哥看來非來不行了，就認真地對潤葉姐說：「我一定把你的話捎給他！」

「這就好……」她親切地看了他一眼。

天開始模模糊糊地黑起來了。城市的四面八方，燈火已經閃閃爍爍。風溫和地撫摸着人的臉頰。隱隱地可以嗅到一種泥土和青草芽的新鮮味道。多麼好呀，春夜！

現在，潤葉姐把他送到了學校的大門口。她站定，說：「你快回去……」說完這話後，便從自己的衣袋裏摸出個甚麼東西，一把塞進他的衣袋，旋即就轉過身走了。走了幾步她才又回過頭說：「那點糧票你去換點細糧吧……」

少平還沒有反應過來這是怎麼一回事，潤葉姐就已經消失在坡下的拐彎處了。

他呆呆地立在黑暗中，把手伸進自己的衣袋，緊緊地捏住了那個小紙包。他鼻子一酸，眼睛頓時被淚水模糊了……

第四章

星期五，孫少平請了半天假，來到城關糧站，拿潤葉姐給他的五十斤糧票，按粗細糧比例，買了二十斤白麪和三十斤玉米麪。這年頭，五十斤糧票可不是一個小數字啊！

潤葉姐塞給他的那個小紙包裏，還有三十元錢，買完這些糧，還剩了拾元，他準備拿這錢給祖母買點止痛片和眼藥水，然後再給自己換一點學校大灶上的菜票。

他把這些糧食從糧站上揹到學校，換了三十斤「亞洲」票和五斤「歐洲」票。另外的十五斤白麪他捨不得吃，準備明天帶回家去，讓老祖母和兩個小外甥吃。三十斤玉米麪他已經夠滿足了。在以後一段日子裏，他可以間隔地在自己的黑「非洲」中夾帶一個金黃色的「亞洲」。至於那五斤「歐洲」票，他是留着等哥哥來一起吃的。哥哥來城裏，總不能頓頓飯都在潤葉姐那裏吃；要是親愛的哥哥來學校吃飯，他不能讓他也在中學的飯場上讓別人冷眼相看……

第二天中午，他先到街上給祖母買好了藥，然後就把那一小袋麪粉提到金波的宿舍裏。兩個人相幫着把它綁在後車座的旁邊，就準備一起相跟着回家了。

每到這個時候，學校就亂成一團。鄉裏的學生紛紛收拾起空癟的乾糧袋，離城近的步行，離城遠的騎自行車，紛紛湧出了校門口。他們要回家去度過一個舒服的夜晚。在家裏，光景好些的人家，大人們總要給回家的孩子做兩頓好吃的，然後再打鬧一口袋像樣的乾糧，以便下一個星期孩子在大灶飯外有個補充。這期間，偌大的學校裏就像退了潮的海灘那般寧靜。到了星期天下午，鄉裏的學生又都紛紛返回來，這個世界才又恢復了它那鬧哄哄的局面⋯⋯

少平和金波騎着車子出了縣城，便沿着向西的一條公路，一個帶着一個，往家裏趕去。兩個人共同騎過好幾年車子，他們一路上換着蹬，輕鬆而愉快。

從縣城到他們村有七十華里[4]路。這條路連接着黃土高原兩個地區，因此公路上的汽車還是比較繁多的。從出縣城起，川面[5]比較寬闊，以後就越走越狹窄。約摸到五十華里外，川道[6]完全消失了。兩山夾峙的深溝，剛剛能擺下一條公路。接着，便到了分水嶺。壁立的橫斷山脈陡然間堵住了南北通道。在以前，公路只好委屈地從這裏盤山而上，才能伸到山那面。前幾年在一個山腰裏捅開了一個豁口，才把公路從山頂降到了半山腰。不過，山兩面公路的坡度還是很長很陡的。這裏汽車事故也最多，公路邊的排水溝裏，常常能看見翻倒的車輛 —— 上坡時慢得讓司機心煩，下坡時他們往往發瘋地放飛車，結果⋯⋯

上這坡時，所有的自行車都不可能再騎了。少平和金波這時就輪換推着車子，兩個人都累得滿頭大汗。

翻過分水嶺就是他們公社。溝道仍然像山那面一樣狹窄。這道溝有十來個村子，每個村相隔都不到十華里，被一條小河串連起來。小河叫東拉河，就是在這分水嶺下發源的。

下了山，過了一個叫下山村的村子，再走十華里路，就是公社所在地石圪節村了。他們雙水村離石圪節公社也是十里路，中間隔一個罐子村 —— 少平他姐蘭花就出嫁在這村裏。

少平和金波翻過分水嶺，騎着車便像風一般從大坡上飛下來了。

4　1 華里等於 500 米，2 華里等於 1 公里。

5　指大山兩邊圍攏着的河灘或平川。

6　指黃土高原上山與山之間地勢相對比較平坦、低窪的地方。

下山村一閃而過。接着就到了石圪節公社。

公社在公路對面，一座小橋橫跨在東拉河上，把公路和鎮子連結起來。一條約摸五十米長的破爛街道，惟一的一座像樣的建築物就是供銷社的門市部。但這鎮子在周圍十幾個村莊的老百姓眼裏，就是一個大地方。到這裏來趕一回集，值得鄉裏的婆姨女子們隆重地梳洗打扮一番。另外，這街上的南頭，還有個小食堂。食堂裏幾個吃得胖乎乎的炊事員，在本公社和公社主任一樣有名氣 —— 生活在這窮鄉僻壤的人們，對天天能吃肉的人多麼羨慕啊！

石圪節今天不遇集[7]，因此街上沒甚麼人。少平和金波也沒打算過橋去逛一逛。前兩年在這裏上初中時，他們常愛到這條街道上來溜達。那時，這地方在他們眼裏也是大地方。可現在，他們已經逛過更大的世界，這條破敗的街道對他們來說，已經沒有甚麼吸引力了。

只是到了公社前面的中學附近時，他兩個卻不約而同地停住了車子。中學也在河對面，四五間教室，兩排石窰洞；窰洞下面，一個小土操場上安一副破爛的籃球架。多麼可愛的地方啊！他們在此度過了兩年的時光，對這地方熟悉得就像自己的身體一樣。現在他們雖然到了一個大學校，但這裏的一切卻常常出現在他們的睡夢中。

現在是星期六下午，他們知道，除過幾個公派老師外，學生和掙工分的老師都回家去了。他們的妹妹蘭香和金秀大概也走了。

太陽已經快要落山，溝道裏暗了下來，風也有些涼森森的。他倆立了一會，誰也沒說甚麼話，就騎着車子又上路了。少平蹬車，金波坐在車後，用一隻手親熱地摟着他的腰，一口好嗓音唱起了信天遊：「提起我的家來家有名，家住在綏德州三十里鋪村……」像銀子一般

7　開放市集。

清亮的東拉河，到這裏水量已經大點了，此刻在夕陽的輝映下，波光閃閃地流淌着，和公路並行，在溝道裏蜿蜒盤繞……

到了罐子村的時候，少平猛一下停住了車。他突然看見他妹妹蘭香站在公路邊，像是在等人 —— 說不定就是在等他哩！

他和金波跳下車子，蘭香已經跑到跟前來了。少平吃驚地看見妹妹臉蛋上掛着兩顆淚珠，趕忙問：「出甚麼事了？」

「姐夫……」蘭香剛一開口，就哭得說不下去了。

少平扭頭對金波說：「你騎車先回去。那點麪先擱在你家裏，罷了我來取……」

金波是個聰敏小子，他明白少平姐夫家大概出了事，他也許不便幫甚麼忙，就騎着車子走了。上車子後，他又扭過頭說：「需要我，你言傳一聲……」

金波走後，為了使妹妹平靜一點，少平用手在她頭上親切地摸了摸，說：「別哭了，你快給我說，出甚麼事了？」

蘭香揩了一把眼淚說：「姐夫叫公社拉到工地上勞教去了……」

「我還以為他死啦！在甚麼地方？」少平問妹妹。

「就在咱村裏。」

「為甚麼勞教？」

「出去販賣了點老鼠藥，人家說他走資本主義道路……」

「姐姐呢？」

「姐姐抱着貓蛋、狗蛋到咱家去了，讓我留在這裏照門。我急得不行，就在路邊等你回來。」

「爸爸和哥哥現在在甚麼地方？」

「我不知道。我還沒回家去，姐姐就在這裏把我攔住了……」

孫少平一下子感到又急又難受。他知道這件事會把他們家在全公社揚臭。這年頭，老百姓儘管少吃缺穿，但非常看重政治名譽。誰家的一個人給糟踐上這麼一次，家裏另外的人跟集上會都有人指着後腦勺說長道短。更不要說，以後公家在農村需要個人，家庭成員有政治問題，那就只能靠邊站了。另外，他姐夫平時就溜溜達達不好好勞動，家裏光景一爛包，全憑姐姐一個人拉扯兩個孩子。要是勞教，丟人不算，還不給工分，一年下來又不知要出多少糧錢 —— 現在他們家多年的糧錢都堆在一起還不了賬。

「王八蛋！」孫少平氣憤地罵了一句他姐夫。

「就苦了個姐姐……」蘭香難受地說。她今年十三歲，身體已經扯開了條，儘管穿一身舊衣服，但烏黑的短頭髮剪得整整齊齊，白白的臉盤加上尖俏的下巴，一副非常可愛的模樣。由於家境貧困，她從小就很懂事，剛剛四五歲就常提個小籃籃出去拔豬草、撿柴火。這孩子腦子反應很快，在數學方面很有些天資，小時候父親和哥哥在家裏算賬，她在旁邊一口就說出來了，常常把兩個大人驚得目瞪口呆……

現在，這兄妹倆站在罐子村的公路邊上，把他們的姐夫王滿銀恨得咬牙切齒。

少平對妹妹說：「走，咱現在回村子去！」

蘭香說：「姐姐讓我在這裏照門哩……」

「你怎敢晚上一個人住在這？再說，這家裏有甚麼金子銀子要照哩？那幾個破盆子爛碗，白給賊娃子都不要！走，咱上去把門一鎖，回家去。」

「行！」蘭香也早在這裏呆不住了，想回村去看看事情究竟如何兇險。

這兄妹倆把罐子村姐姐家的門一鎖，就相跟着一路小跑往回走。

離村子一里路的地方，他倆緊張地站在公路上，不敢走了。公社農田基建會戰工地就在他們村頭。已經聽見高音喇叭的吼叫聲了。遠處，在東拉河對面的半山坡上，插着許多紅旗，人羣像螞蟻一樣亂紛紛的。兩個孩子馬上想到，那個不是東西的姐夫就在那裏勞教。說不定爸爸也在那裏 —— 因為他是基建隊的。當然，二爸肯定也在那裏，他是大隊支部委員，又是隊裏的基建隊長。說不定二爸還能幫點甚麼忙吧？他總算是隊裏的一個領導人。不過，二爸是個窮先進，不可能給這種「資本主義」說情。再說，這是全公社會戰，就是他願意幫忙，恐怕也頂不了多少事。

這兩個孩子頓時被眼前這宏偉的場面嚇住了，站在這裏不知如何是好。要是他們一直沿公路走回去，對面村裏的人肯定都會看見的。真丟人啊！本村的人說不定還要給陌生的外村民工指點他倆，說：瞧，這就是王滿銀的小舅子和小姨子！

「咱乾脆繞着從山背後回家去？」蘭香想出個聰明辦法，對她二哥說。

少平想了一下，同意了妹妹的建議。於是兩個人就蹚過東拉河，從山背後的一條莊稼小路上轉着往回走。

他們來到工地上面的土畔時，忍不住都把腰貓下，從土棱邊探出頭，往下邊的工地上看。對這兩個孩子來說，這下面不是在勞動，而是在進行一場戰爭。

下面人羣亂紛紛的，紅旗招展，喇叭吼叫，黃塵飛揚，一片熱鬧非凡的景象。

「二哥，看！那不是姐夫？推車子的那個！看，還是爸爸給姐夫往車子上裝土哩……」

少平也看見了。他感到眼前一陣發黑，便悄悄拉了妹妹一把，說：「咱們回……」

第五章

一九七五年，由於國家政治生活的不正常，社會許多方面都處在一種非常動盪和混亂的狀態中。四月，張春橋在中共中央機關刊物《紅旗》雜誌上發表了《論對資產階級的全面專政》。「文化大革命」進行了快要十年了，中國的資產階級和資本主義卻越批越多了。

在農村，階級鬥爭的弦繃得更緊了。縣、社、隊三級，一切工作都用革命大批判來開路。有的縣竟然集中四五百脫產幹部，到一個生產隊去批判一個大隊書記的「資本主義傾向」。

在公社一級，出現了一種武裝的「民兵小分隊」，這個組織的工作就是專門搞階級鬥爭。這些各村集中起來的「二杆子」後生，在公社武裝專幹的帶領下，在集市上沒收農民的豬肉、糧食和一切當時禁賣的東西。他們把農村擴大了幾尺自留地或犯了點其他「資本主義」禁忌的老百姓，以及小偷、賭徒和所謂的「村蓋子」「母老虎」，都統統集中在公社的農田基建會戰工地上，強制這些人接受「勞教」。被「勞教」的人不給記工分，自帶口糧、被褥，而且每天要幹最重的活：用架子車送土。一般四個「好人」裝，一個「壞人」推；推土的時候還要跑，使得這些「階級敵人」沒有任何歇息的空子。最使這些人難堪的是，在給他們裝土的四個人中間，就安排一個自己的親屬。折磨本人不算，還要折磨他的親人；不光折磨肉體，還要折磨精神。

王滿銀是今天上午被公社的民兵小分隊從罐子村帶到這工地的。前幾天他逛了一回縣城，從一個河南手藝人那裏買了些老鼠藥。他返回時就在石圪節的集市上倒賣了其中的十幾包，每包賺了五分錢，總共得利不足一元。不知這事怎麼就讓公社的民兵小分隊知道了，現在把他拉到這裏受這份洋罪。

滿銀的老祖上曾經當過「拔貢」，先人手裏在這一帶有過些名望。到他祖父手裏，抽大煙就把一點家業抽光了。他父親後來成了前後村莊有名的二流子。一九四七年，國民黨胡宗南進攻這一帶時，他母親把他生在躲避戰亂的山崖窰裏。第二年，他父親就去世了。母親用辛勞把他撫養到十九歲，在一九六六年也病故了。從此，他在這社會上就成了孤單一人。這年緊接着「文化大革命」開始了。他很高興世界亂成這個樣子。第二年，滿銀踴躍地參加了縣上的一派武鬥隊。第一仗打下來，他就被另一派俘虜了。他乾脆又參加了俘虜他的這一派武鬥隊，去打他原來參加的那一派。反正對他來說，這派那派都一樣，只要有好吃的，每天再給發一盒紙煙就行了。打完第二仗後，王滿銀害怕了，把槍一丟跑回了罐子村。回家後，他又不想種地，靈機一動，逛到外面開始做起了小生意。他的買賣都在各地的武鬥隊那裏做——他知道這些人的需要和他們的行蹤；因此那幾年也混了個嘴油肚圓……

不知是哪一天，他睡在自己冰涼的光土炕上，突然想到他要娶個老婆。腦子裏把前後村莊未嫁的女子一個個想過去，最後選定了雙水村孫玉厚的大女子蘭花。那女子長得還俊樣！再說，身體又壯實，將來砍柴、擔水、種自留地都行——這些下苦活他不願幹，也幹不了。

他在外面逛膽大了，也不要媒人，就鬧騰着自個兒給自個兒找媳婦了。

罐子村離雙水村才幾里路，他也沒甚麼事，於是就三一回五一回跑個不停。起先，他常黃昏時在雙水村頭的小路邊，擋住出山回來的蘭花，沒話尋話地亂騷情一通。可憐的蘭花由於家窮，常穿一身補丁綴補丁的衣服。她看這個穿戴一新，臉洗得白白亮亮的青年，這樣熱心和她說些叫人耳熱的話，心裏倒不由得直跳彈。

滿銀看蘭花對他有了好感，有一天傍晚就在雙水村的後河灣裏抱住她，把她狠狠親了一頓。在她豐滿的臉蛋上啃下許多牙印子後，這傢伙就把掛包裏準備好的一身外地買來的時新衣裳塞到蘭花手裏。

蘭花坐在土地上哭了一鼻子。她既害怕，又感激眼前這個男人。唉，她平時為了一家人的生活，整天山裏家裏操磨，晚上一倒下就睡着了，從來也顧不上想這種事。現在，罐子村這個膽大的傢伙，把她心中沉睡的少女的感情，一下子喚醒了，就像一堆乾柴被火點燃，熊熊地燃燒起來！她對王滿銀說：「這衣裳我現在不敢拿回家。你先拿回去，讓我給家裏大人把這事說了再……」

當蘭花給她父親說她要嫁給罐子村的王滿銀時，孫玉厚立刻氣得暴跳如雷。他把她大罵了一通，堅決反對她和這個「逛鬼」結婚。

但平時一直對父親羔羊般溫順的蘭花，這一次卻強硬地一邊哭，一邊和父親頂嘴，說她死也要死在王滿銀的門上。孫玉厚急得脫下一隻鞋要打她，被當時十七歲的兒子少安擋住了。已經是一個成熟莊稼人的孫少安，那時就在家裏開始主事了。他上過幾年學，雖然現在還是這麼個年齡，但理解事情無疑要比他父親開闊一些。他已懂得要尊重一個人的感情，因此竭力勸說父親不能干涉姐姐的選擇。孫玉厚拗不過子女，抱住頭蹲在地下，一聲長歎，算是承認了這個他已經無法改變的現實。

結婚以後，儘管王滿銀在所有的人看來，都不是一個好女婿，但蘭花卻死心塌地跟他過日子，並且給他生養下一男一女兩個胖娃娃。男人一年逛逛悠悠，她也不抱怨，拉扯着兩個孩子，家裏地裏一個人操磨。她不怕這個家窮。她從小就窮慣了。不管別人對她丈夫怎麼看，這個忠厚善良的農家姑娘，始終在心裏熱愛着這個被世人嫌棄的

人 —— 因為在這世界上，只有這個男人，曾在她那沒有甚麼光彩的青春年月裏，第一次給過她愛情的歡樂啊！

至於這個王滿銀，不管在甚麼時候，他自己覺得他就是這個樣子。他好他壞，和別人有屁相干？他有時候真生氣別人多管他的閒事：我就是這個樣子，你們要叫我怎麼樣呢？

就說現在吧，他在這工地上接受「勞教」，除過累得撐不住外，其他事他滿不在乎。推車子的時候，他把舊制服棉襖的襟子敞開，露出一件汗淋淋的褪色桃紅線衣；線衣還像城裏人一樣，下襬塞在褲腰裏。一張沒有經過甚麼風吹日曬的臉，流滿了汗道道，他只好不時把頭上一頂骯髒的破呢帽揭下來，揩一把臉；揩完了再戴到頭上。有時避過扛槍的民兵小分隊，他還扭過頭對裝土的老丈人咧嘴一笑。嘿嘿！怕甚麼？他經見的世面多了！除過沒偷人，他甚麼事沒做過？扛過槍，耍過賭，走州過縣做過買賣，也鑽過兩回別人家媳婦的被窩，並且還欠眾人一屁股賬 —— 年年過年都不敢在家裏住，得跑到外面去躲債。他已經是這個樣子了，而今還在乎這？他們村叫個罐子村，他就是罐子村的破罐子！去他媽的，破罐子破摔，反正總是個破了！

不過，說是這麼說；滿銀對這「無產階級專政」心裏還是有點怵。他那沒吃過苦的身子，一天沒下來，渾身就已經疼得像皮鞭抽過一般。他不知道這「洋罪」還要受多少日子才能完結。他在心裏臭罵那個河南手藝人，幾包老鼠藥害得他現在吃了這麼大的苦頭。他想，他媽的，這還不如讓坐班房哩！班房裏雖說不讓亂跑，但閒呆着不用勞動。當然，據聽說就是一天不給多吃飯 —— 反正他飯量也不大，只要閒呆着，少吃點也沒甚麼！

王滿銀實在跑不動了。他瞅空瞧了瞧其他十幾個「犯人」，看見他們也都累得撐不住架了。其中有個婦女，大概有四十來歲，腿已經開始一瘸一跛。聽說這女人是牛家溝的「母老虎」。她自留地畔上種了棵花椒樹，被隊裏沒收了，她就雙腳跳起把大隊書記臭罵了一通，隊裏就把她「推薦」到這地方來了。

王滿銀尋思：我得想點辦法讓裝土的人裝慢一點，我就能多歇一會。但除過他丈人，其他三個小夥子不知是哪個村的，他不認識。至於老丈人，雖然看來對他已經恨之入骨，倒也不專意整他，一直不緊不慢裝着土，只是臉像霜打了一般黑森森的，也不看他一眼。是的，他給他丟了人，他現在恨他 —— 他實際上不是這陣兒恨，多少年來就一直恨着他。

他突然想起，那天在石圪節賣完老鼠藥後，他用賺來的錢買了一包「大前門」煙，還抽得剩幾根，就在棉襖兜裏揣着。他想：敢不敢把這紙煙偷偷給幾個裝土的生人塞一根呢？只要他們接了煙，說不定就會對他寬大一些了。他想，這些人是奉命行事，又不是當官的和扛槍的，說不定還可以賄賂一下。如果他是這些人，這些人是他，給他一根紙煙，他肯定就不會和這些人過不去了。試試看吧！說不定能頂點事，俗話說，人活七十，誰不為一口吃食？

當他送完一回土又返回來的時候，見民兵小分隊的人不在跟前，就慌忙從口袋裏摸出那幾根紙煙，一邊眼睛瞄着遠處，一邊笑嘻嘻地把煙遞到這幾個後生面前。這幾個人先愣住了，又一看是這麼高級的煙，互相間看了一眼，不知如何是好。有門！王滿銀一看他們動搖了，乘勢就把煙硬往一個表現最動搖的小夥子手裏塞。這人猶豫了一下，把煙接住，很快裝進了自己的衣袋裏 —— 現在不敢抽，等到歇工時，誰能知道這煙是他的還是王滿銀的？另外兩個一看這個已當了「叛徒」，他們也照樣做了。當然，滿銀沒敢給老丈人。他看見老丈人狠狠瞪了他一眼。王滿銀也不在乎，心想：瞪甚麼眼哩？你老人家沒看見，你這個女婿精能着哩！

這時候，孫玉厚已經痛苦得有些麻木了。

當知道不成器的女婿被拉到工地上「勞教」，並且污辱性地讓他來給王滿銀裝土的時候，孫玉厚老漢恨這地上為甚麼不馬上裂開一條縫，讓他鑽進去呢？他在這個世界上已經活夠了。從一生下到現在，五十二年來，他沒有過幾天快活日子。他之所以還活着，不是指望自己今生一世享甚麼福，而完全是為了自己的幾個子女。只要兒女們能活得好一些，他受罪一輩子也心甘情願。他是個沒本事的農民，不可能讓孩子們在這世界上生活得更體面。他只是拼老命掙扎，讓後人們像一般莊稼人那樣不缺吃少穿就心滿意足了。但是，這年頭，他在這土地上都快把自己的血汗灑乾了，家裏的光景還是像篩子一樣到處是窟窿眼。兩個小點的娃娃硬撐着上學，爛衣薄裳，少吃沒喝，在學堂裏遭白眼，受委屈。大兒子本來是唸書的好材料，結果初中也沒上，十三歲就回來受了苦，幫扶他支撐這個家。兒子算算已經二十三歲了，還沒個媳婦——像他這樣的農村青年，大部分都已經娶過家了。但他拿甚麼給孩子娶呢？現在娶個媳婦，儘管公家反對出財禮，哪個又能少了千兒八百？唉，話說回來，人家養大一個女兒也不容易，千兒八百又算個甚麼！誰家的女兒能像他的蘭花一樣，白白扔給了二流子！當然，話又說回來，這樣一筆娶親錢對他來說，大得簡直太可怕了！另外，就是能娶回來個媳婦，又往哪裏住呢？全家一眼土窰，他老兩口和快八十歲的老母親住着；少安就在窰旁邊戳了個小土窩窩安身。兩個唸書娃娃星期六回來，只好到河對面金俊海家裏借宿。沒力氣再打幾孔土窰洞啊！本來他家佔有一塊多好的崖勢——米家鎮的米陰陽當年在羅盤上看過這地方，說土脈、風水，都是雙水村最好的！可是少安當個生產隊長，沒甚麼空子。如果父子倆因為打窰誤了冬工，一年下來又要出糧錢。再說，就是鑽下兩個土洞子，做門窗的錢又從哪裏來？這窮山窮水長不起來樹，木料貴得怕死人……

但所有這些愁腸事加起來，也比不過他對大女兒蘭花的熬煎。死女子當初不聽他的話，硬是跟了罐子村這個二流子，家裏經常吃了上頓沒下頓。他想起女兒拉扯着兩個孩子，一個人在門裏門外操勞，嘴唇一年四季綴着白疱，手像男人的手一樣鋪滿老繭的時候，常常忍不住在山裏抱住頭哭半天。他更心疼兩個小外孫——這是孫家的第三代人啊！為了不讓娃娃們受苦，他幾乎滿年四季讓這兩個親愛的小東西住在他家。這當然又給他增加了大負擔，可這沒有辦法啊！如果這兩個孩子有個好父親，還要他操這麼大的心嗎？

他現在機械地拿着鐵鍬往架子車上裝土，駝了背的高大身軀儘量彎下來。他不願讓眾人看他，他也無臉看眾人。他真想掄起鐵鍬，把眼前這個不知羞恥的女婿砍倒在地上！不要臉的東西！你成這個熊樣子了，還能甚麼哩！你不想想，你那老婆娃娃這陣兒在家裏恓惶成個甚了！

孫玉厚想：等收工以後，他回家吃點飯，就到罐子村走一趟，把貓蛋和狗蛋接回來——他並不知道，他女兒抱着兩個娃娃已經到他家裏了。

第六章

孫玉厚的家裏現在亂成了一團。蘭花正哭得鼻子一把淚一把，給她媽敍說扛槍的人怎樣把她男人從家裏拉走了。這個善良的、不識字的女人，根本不能判斷這種事的深淺。起先，她以為人家要把她男人拉出去槍斃呀。直到後來，村裏人才告訴她，王滿銀被拉到她娘家村裏「勞教」去了。她於是在公路邊把放學回家的蘭香擋定，讓妹妹看住她的家門，自己拉扯着兩個孩子趕到了娘家的門上，打問看公家如何處置她男人。她現在其他事甚麼也不考慮，只關心她男人的命運。聽雙水村的人說，現在四個人裝土，讓她男人推着車子跑，還有扛槍的人跟在屁股後面照着。她的心都要碎了！娃娃的老子沒受過苦，這不幾天就把他的命要了嗎？還聽說人家強迫她父親給滿銀裝土；父親是個愛面子人，說不定會臊得尋了短見。

蘭花現在最着急的是，她大弟弟少安不在家。家裏出了這麼大的事，如果少安在，眾人心裏還有個依託。可是少安到米家鎮辦事去了。

順便說說，這米家鎮雖屬外縣，但舊社會就是一個大鎮子，雙水村周圍的人要買點甚麼重要的東西，如果石圪節沒有，也不到他們原西縣城去，都到外縣的米家鎮去置辦。米家鎮不僅離這兒近，貨源也比他們縣城齊全 —— 不光有本省的，還有北京、天津進來的貨物。

但孫少安不是到米家鎮買東西，而是給隊裏的牲口看病去了。生病的是隊裏最好的一頭牛。石圪節沒有獸醫站，今早上隊長就親自吆着牛去了米家鎮。蘭花知道，米家鎮離雙水村有三十多里路，牛這牲畜又走得慢，少安說不定今晚上都回不到雙水村！

現在，這個恐懼不安的女人，只是扯着她媽的袖口哭個不停。瘦小而單薄的她媽也只好陪着她哭。兩個大人哭得顧不了娃娃，貓蛋和狗蛋又不知道兩個大人怎麼啦，也揪着母親和外婆的腿放開嗓子嚎。不知道內情的人，聽到這驚天動地的哭叫聲，會以為這家真的死下人了。

這陣勢可把後炕頭上的玉厚他媽嚇壞了。這位清朝光緒二十三年出生，現在已經快八十歲的老人，好幾年前就半癱在了炕上。她現在驚恐地眨巴着一雙老紅病眼，看見一家人嚎哇哭叫，不知發生甚麼天大的災難了。她的耳朵頂不了多少事，根本聽不明白她孫女正給她兒媳婦說些甚麼。她只從這些人的哭叫和臉上的表情，知道家裏有了災事。她用微弱的聲音，不斷在後炕頭上對前炕上的這兩個人，發出一聲又一聲的追問。但前炕上的兩個後輩只顧自己哭，而顧不上對她說。她急得對這兩個人咒罵起來。後來，似乎看見兒媳婦扭過頭給她說了些甚麼，但她沒聽見。等她再準備聽兒媳婦往明白說的時候，兒媳婦的頭又扭過去和孫女說去了。這一老陣，她似乎只模模糊糊聽見了一個「槍」字……

槍？難道世事又反了？從民國年開始，她就經歷了無數次世事的反亂。她已經記不清她娘家和夫家兩族人中，有多少人在這些反亂中喪了命。難道在她睡到黃土裏之前，還要看一回死去親人的難腸嗎？現在是甚麼人又反了？隊伍到了甚麼地方？如果已經離雙水村不遠的話，家裏的人為甚麼還不快跑，坐在這兒哭甚麼哩？男人們現在都到哪裏去了？能跑的趕快跑吧！她是跑不動了，她也活夠壽數了，一槍打死就不要再受這活罪了……啊啊！大概是家裏的誰已經叫白軍打死了，他們現在才不跑……誰哩？她在心裏開始一個一個點家裏的人；儘管許多原來的熟人她都忘了，但家裏這些人她不會遺忘一個。家裏在門外的人她算得來。玉厚？他早上不是還在家吃飯來着？玉亭？他已經超過當兵年齡了。那麼，看來就是孫子中的誰發生了兇險！玉亭的三個女娃娃不會的；玉厚兩個上學的還小，估計不會去打仗，他們還不到徵兵年齡。那麼看來，這必定是少安了。對了！這娃娃今天已經一天沒見面了。天啊，昨天還在眼前，難道今天剛出去就上了火線？剛上火線就……

老太太一想到她的孫子被槍打死了，就在後炕上放開聲哭了：「我那苦命的安安啊！我那沒吃沒喝的安安啊！我那還沒活人的安安啊！哎 —— 喲喲喲喲喲⋯⋯」

她看見前炕上蘭花母子倆都扭過頭對她說話，她雖聽不見她們說甚麼，但她看出是讓她不要哭了。鬼子孫們！安安死了，你們哭，為甚麼不讓我哭？你們親他，難道我不親他！她不管她們說甚麼，只管哭她死去的安安！

這時候，少平和蘭香進了家門。看見他兩個回來，除過老祖母繼續哭外，蘭花母女倆都先後停止了哭聲。

少平掏出在城裏買的幾塊水果糖，塞在兩個外甥手裏，貓蛋和狗蛋高興得趕忙就往嘴巴裏塞。少平看了看臉上糊着淚痕的母親和姐姐，說：「哭甚麼哩！事情出了就按出了的來！」

蘭香甚麼話也沒說，悄悄提了個豬食桶，出去喂豬去了。懂事的孩子知道，家裏這麼大的事她幫不了甚麼忙，最好做點實際的事，好給煩亂的大人省些麻煩。她看見母親和姐姐坐在炕上哭，知道豬還沒喂 —— 這口豬可是他們家的命根子呀！大哥每年開春都要借錢買隻豬娃，一家大小相幫着喂到年底，肥得連走也走不動。過年家裏從來沒殺過豬；為了換個整錢，都是活賣了。這豬錢就是第二年全家人的「銀行」，包括給她和她二哥交學費、買書和一些必需的學習用具。

蘭香走後，少平才發現祖母還在哭，而且看見她一個勁用手勢招呼他到她跟前來。

他趕緊上了炕，蹲在坐着的老祖母面前，準備把她從那一堆破爛被褥裏扶起來。少平以為奶奶要上廁所，立刻示意他姐趕快把門外的便盆拿進來。這一下，蘭花和她媽的注意力才轉移到老人這一邊來了，趕忙尋便盆，生怕老人把屎尿屙在炕上。

老太太現在仍然在為死去的少安哭啼，她一邊哭，一邊生氣地用手勢制止她們給她找便盆，並且對蘭花母女先前不給她說明災禍而現在又誤解她的意思，在臉上表示出強烈的憤慨。她聲音沙啞地哭喊着「我的安安呀……」，然後用一隻手揪着少平的領口，讓他儘量挨近她。

老太太哭着問少平：「把安安……槍打在……甚麼地方了？」

「甚麼？」少平大聲問，沒聽清奶奶說甚麼。

「安安的……屍首……拉回來了沒？」

「啊呀！我哥好好的嘛！誰給你說……」少平苦笑了一下。

「她們說……槍打了……那麼把誰……打死了？」

「誰也沒死！都活着哩！」少平大聲說。

「那你媽……你姐……哭誰哩？」

「是我姐夫！他……」少平一下不知怎樣給焦急的老祖宗說清楚這事。

「你姐夫……怎啦？」老太太一下子不哭了。噢！使她寬慰的是，最親的人沒出事。對她來說，蘭花的女婿雖然也重要，但終究沒家裏其他人重要。

少平仍然不知道怎樣給奶奶說清他姐夫的事，就只好隨口說：「他犯了點錯誤，人家讓他勞教！」

「貓……叫？」老太太不明白這是甚麼意思。

少平忍不住笑了。

少平他媽已經下了炕，對兒子說：「你就給奶奶說甚麼事也沒。」

「你和我姐哭，她看見了，能哄了嗎？」

這時候，老太太更急了，指着腳地上吃糖的貓蛋說：「是……貓蛋？她不是好好的嗎？」

「不是嘛，是我姐夫！」少平也急了。

老人看來非要打破沙鍋問到底不可，她瘦手緊緊揪着少平的領口，追問道：「你姐夫⋯⋯出甚麼事了？貓叫⋯⋯是怎啦？」

少平大聲說：「不是貓叫，是勞教！就像學生娃調皮，叫先生訓了一頓！」他急中生智，即興想了個奶奶可以明白的解釋。

「噢⋯⋯」老人這才長出了一口氣，瘦手把他的領口放開，疲倦地閉住了眼睛。她這下聽明白了。唉，這算個屁事！還值得老老小小哭一場？舊社會，先生常拿鐵戒尺把唸書娃的手都打腫了，腫得像發麪饃饃一樣。訓一頓算個甚麼⋯⋯一場臆想的恐怖在腦子裏消失了，像往常一樣，她即刻進入到一種無意識的狀態中。

少平現在才想起，他還用潤葉姐給他的錢，給奶奶買了兩瓶眼藥水和一瓶止痛片哩。奶奶渾身都是病，尤其是眼病，已經害了許多年。家裏買不起藥，奶奶也不讓買，終於拖成了慢性病。記得小時候，在每個夏天的早晨，他都要和蘭香到野地去拔一些帶露水珠的青草葉，小心翼翼地捧回家來，淋在奶奶的眼睛上。奶奶說這比點眼藥水都舒服。有一次，早上露水不多，他和妹妹好不容易摘了一些青草葉，蘭香那時還小，在家門口不小心絆了一跤，把草葉上的露水珠撒光了，急得她哭了一個早上。自從親愛的奶奶不能動彈，全家人都很傷心。家裏每頓飯的第一碗總是先端給她的。他們幾個孫子更是對奶奶有一種無限依戀的感情 —— 他們每一個人誰不是奶奶在被窩裏摟大的？

少平給奶奶把被子圍好，就從炕上跳下來，對腳地上已經亂得不知該幹甚麼的母親和姐姐說：「姐，你先給咱做飯。媽，你把咱的高粱和黑豆裝一點，再騰出一牀鋪蓋，我一會給姐夫送到民工大灶那裏去。晚上你和姐姐在這窰裏住。如果我哥不回來，就叫我爸住在他的小窰裏。我和蘭香都到金波家去住。萬一我哥回來，就叫他到隊上的飼養室湊合一晚上……」

少平冷靜地給沒了主意的母親和姐姐安排眼前一些最當緊的事。他回到村裏時，就聽說哥哥去米家鎮給隊裏的牛治病去了。父親此刻又沒回來 —— 而且他的心情肯定已經壞到了極點。眼看天就要黑了，家裏還處在混亂之中。嚴酷的現實要求他立刻成為這個家的臨時主事人。他已經長大了，應該對家裏承擔起責任來。想想看，哥哥在他這個年齡，無論是在家裏還是在門外，都已經大事小事一身擔了！

母親和姐姐立即按他佈置的，各幹其事去了。她們現在極需要一個領導人。

此刻，少平的心情甚至處於一種昂揚的狀態中。以前，每當生活的暴風雨襲來的時候，他一顆年幼的心總要為之顫慄，然後便迫使自己硬着頭皮經受錘打。一次又一次，使他的心臟漸漸地強有力起來，並且在一次次的磨難中也嚐到了生活的另一種滋味。他覺得自己正一步步邁向了成年人的行列。他慢慢懂得，人活着，就得隨時準備經受磨難。他已經看過一些書，知道不論是普通人還是了不起的人，都要在自己的一生中經受許多的磨難……

少平現在從箱蓋上他那個破爛的黃書包裏，取出了給奶奶買來的藥。他拿着藥瓶，又上了炕，把昏昏然的老祖母搖醒，將藥瓶舉到她眼前說：「奶奶，看我給你買的藥。這是治眼睛的；這是止痛片，渾身甚麼地方疼的時候，你就吃一片……」

老人的紅病眼頓時一亮，塌陷了的嘴巴嚅動着，吃力地抬起一隻瘦手，在少平的頭上撫摸了半天，只是哽咽地說：「我平平……長大了……」

少平說：「你把頭抬起來，我現在就給你點一滴眼藥。」

當少平給奶奶點完眼藥後，他看見奶奶的眼角裏滑出了兩顆淚珠。他默然地溜下炕來，一股溫熱而酸楚的情感湧上了他的心頭，使他也忍不住熱淚盈眶。他在心裏說：奶奶，如果我長大了，有辦法了，你還活着，我一定叫你好好享幾天福……

這時候，父親突然從門外進來了。全家人頓時都停止了幹活，瞅着他的臉色，想知道外面的事態究竟怎樣了。

孫玉厚臉黑森森的，一句話也沒說，把鐵鍬擱在門背後。家裏的人看他這個樣子，誰也沒敢言傳。蘭香不知甚麼時候又出去撿了一筐柴禾，這時悄悄地從門中進來，又悄悄地去灶火圪塄裏倒柴去了。

孫玉厚站在腳地上，煙鍋在煙布袋裏不停地挖着，也不看別人，說：「把家裏的糧食準備一點，再騰出一牀鋪蓋來……」

「這些我都讓媽媽準備好了。我一會就給姐夫送過去。」少平輕輕說。

孫玉厚扭頭看了看兒子，臉色緩和了下來。他並不是心疼那個爬熊女婿——只不過這類事總得要他管罷了。不，他是在內心感謝兒子能看見他的死活，把這些他多麼不想管的事替他管了。這時，他似乎才發現他的二小子已經長大了。是呀，瞧他的身板，像他哥一樣高高大大了。唉，只不過學校吃喝不好，飢瘦了一些……

說實話，玉厚老漢在心裏時常為自己的子女而驕傲，孩子們一個個都懂事明理，長得茁茁壯壯的。

這就是他生命的全部意義。這就是他活着的全部價值。

現在，天已經麻糊糊的了。少平他媽突然驚慌地在鍋台邊叫道：「哎呀，我的天！我這死人咋忘了喂豬了！」

孫玉厚一聽就火了，正要開口數落老婆，就聽見女兒蘭香在灶火圪塄裏說：「媽，豬我已經喂過了……」

窰裏所有人的目光，一齊投向這個他們誰也沒有留意的十三歲的孩子。她正從筐子裏往出倒柴火。她不知甚麼時間已經撿回來好幾筐柴火了，足夠一兩天燒的。可愛的蘭香默默地做着她能做的一切活。

孫玉厚老兩口大受感動地看着他們這個最小的孩子，連一句話也說不出來了。按說，她是家裏最小的娃娃，應該嬌慣一些。可孩子長了這麼大，還沒給她扯過一件像樣的衣服。現在她已經到石圪節上了初中，身上還七長八短地穿着前兩年的舊衣服。

孫玉厚難受地從窰裏走出來，站在自家的院子裏，不停地挖着旱煙袋。他佝僂着高大的身軀，失神地望着東拉河對面黑乎乎的廟坪山。山依然像他年輕時一樣，沒高一尺，也沒低一尺。可他已經老了，也更無能了……

第七章

一家人匆匆吃喝了一點飯以後，少平他媽就裝起一罐高粱黑豆錢錢稀飯。她心疼女婿，又在飯罐上面的碗裏，放了幾個早上吃剩的黑麪饃和幾筷子酸白菜。

少平即刻提起飯罐，扛着一小捆鋪蓋捲出了家門，去村中的小學把這些東西送給他那個落難的姐夫。為了好拿，他把一點糧食捲在了鋪蓋捲裏。

他出了院子，下了一個小坡，來到了公路上。月亮已經從神仙山和廟坪山那邊升起來，隱隱約約地照出模糊的村莊和大地。

少平他們家在最南面的村頭，獨家獨院，和村裏其他人家不緊相連。

走出一小段路後，就是田家圪塄 —— 一個小山窩裏，土窰石窰，挨家挨戶；高低錯落，層層疊疊。雙水村田姓人家大都住在這裏，因此才叫田家圪塄。他二爸孫玉亭也住在這裏，和大隊書記田福堂家離得不遠。本來，他們當年也住在這裏，在他兩歲的時候搬了。那是一九六〇年，正是困難時期，在山西太原鋼廠當工人的二爸，突然不幹了，跑回家讓他哥給他娶媳婦。二爸娶過二媽後，住的首先成了問題。老人手裏就留下一孔窰洞，爸爸只好把這窰讓給二爸他們住了。他們全家借了河對面金波家的一孔窰洞住了幾年。後來，爸爸才在現在住的地方打了一眼土窰，算是重新安下了家。

這田家圪塄的田姓人家舊社會大都是村裏的窮人。後來從外村流落來的少數雜姓也大都住在這一帶。現在，除過田福堂家的院落要出眾一些外，大都還是一些塌牆爛院。雖說新社會二十多年了，但一般村民要箍窰蓋房，簡直連想也不敢想。

在田家圪塄的對面，從廟坪山和神仙山之間的溝裏流出來一條細得像麻繩一樣的小河，和大溝道裏的東拉河匯流在一起。兩河交匯之處，形成一個小小的三角洲。三角洲的洲角上，有一座不知甚麼年間修起的龍王廟。這廟現在除過剩一座東倒西歪的戲台子外，已經成了一個塌牆爛院。以前沒有完全破敗的時候，村裏的小學就在那裏面 —— 同時也是全村公眾集會的地方。後來新修了小學，這地方除過春節鬧秧歌演幾天戲外，平時也就沒甚麼用場了。現在村裏開個甚麼大會，也都移到了新修的小學院內。因為這地方有座廟，這個三角洲就叫廟坪。廟坪可以說是雙水村的風景區 —— 因為在這個土坪上，有一片密密麻麻的棗樹林。這棗樹過去都屬一些姓金的人家，合作化後就成全村人的財產了。每到夏天，這裏就會是一片可愛的翠綠色。到了古曆八月十五前後，棗子就全紅了。黑色的枝杈，紅色的棗子，黃綠相間的樹葉，五彩斑斕，迷人極了。每當打棗的時候，四五天裏，簡直可以說是雙水村盛大的節日。在這期間，全村所有的人都可以去打棗，所有打棗的人都可以放開肚皮吃。在這窮鄉僻壤，沒甚麼稀罕吃的，紅棗就像瑪瑙一樣珍貴。那季節，可把多少人的胃口撐壞了呀！有些人往往棗子打完後，拉肚子十幾天不能出山……

廟坪的棗林後面，就是廟坪山。這山高出村周圍其他的山，因此金雞獨立，給人一種特別顯眼的感覺。這幾年農業學大寨，村裏全力以赴首先在這山上修梯田。現在那梯田已經一層層盤到山頂，遠看起來，就像一個巨大無比的花卷饃。這山，這廟，這棗林，再加上廟前二水相會，給雙水村平添了許多風光。

從田家圪嶗的公路上下去，蹚過東拉河，穿過三角洲棗林中的一條小路，就是和東拉河在廟前交匯的哭咽河。這河雖然小，但來歷不凡。傳說古時候這溝裏並沒有水。那時天上玉皇大帝一位下凡遊樂人間的女兒到了這裏，愛上了一位姓金的後生，竟然推遲了歸天的日期。後來玉皇大帝大發雷霆，命令她立即上天，如在兩天之內還不上來，他就要把這位女兒就地變成一座土山。但仙女不能割捨人間的愛戀，違抗了父命。她發誓，即使化作人間的泥土，也要廝守在情人的身邊。兩天之後，她就變成了一座普通的黃土山。她那人間的愛人悲痛欲絕，日日在她變成的土山下面，跪着嗚咽哭啼，直至死在這山腳下。傳說正是他的眼淚流成了這條小河。人們把仙女變成的土山叫做神仙山，把這條淚水流成的小河叫哭咽河……

這當然是金家老祖上編出來的神話，以光耀自己的家族。正因為如此，金家的祖墳就扎在哭咽河北岸的神仙山下；那墳地已不知安葬了多少代姓金的人，密密麻麻一大片。墳地上不知哪一輩人栽了些柏樹，現在已像桶一般粗壯。每到冬天，大地一片荒涼的時候，遠遠近近，只有那些柏樹綠森森的，特別惹眼。

正因為有東拉河和哭咽河，這村子才取名雙水村。

在哭咽河上，有一座幾步就能跨過的小橋。村裏現在最高壽的人，也不知這小橋是甚麼年間建造的。它年年搖搖欲墜，但年年都存在着。

過了哭咽河這座小橋，就是金家灣。除過少數幾家雜姓，大都住着金姓人家。一道陽灣裏，家戶住得密密麻麻，相當擁擠。只是在隔過金家祖墳的後山嘴那裏，單另還有兩大戶人家，都姓金：一大戶是二隊長金俊武弟兄三家；另一大戶是地主成分的金光亮弟兄三家。

古時候，舊社會，金家一直是雙水村的主宰。這片土地和土地上的一切，都屬於金家。據傳在宋、明兩個朝代裏，這金家曾出過幾個名震州府的大地主，想必他們當時佔有的土地，已經遠遠超出了雙水村的範圍。但據說明末的時候，蒙古鄂爾多斯那一帶的胡人，曾經大規模入侵到這裏，把這家大地主連殺帶搶，家業基本踢踏光了，後來就再也沒有發達起來。到土改的時候，金家除一家定了地主，兩家定了富農成分外，一部分是中農，大部分都還是貧下中農成分。

但從住宿方面看，金家灣一帶的窰洞明顯比田家圪嶗這面強。儘管現在看起來，也大部分是塌牆爛院，但總還有一些表明以往富有跡象的破舊的院門樓和扎着朽葛針[8]的院牆。而且許多人家的土窰洞都接了石口。某些人家年代久遠的門窗，粗看又黑又舊，可細細一瞅，就可以看出當初做工的精細，並且還有雕鏤的花紋，說明這門面曾經有過一時的顯赫。

8　一種野生灌木植物的枝幹，因為枝幹上多尖刺，所以北方農村多用來插在院牆或大門上防偷盜。

在金家灣村舍和長柏樹的墳地之間，過了哭咽河橋不遠的地方，有一個小土坪，雙水村小學就在這裏。這學校七八孔大石窰，都是教室，最高是五年級；五年級上完的娃娃，就要到石圪節上初中去了。下午放學後，學校常常空無一人 —— 老師、學生家都在本村。學校院子很大，栽一副村民們修造的很不標準的籃球架。學生們年齡小，主要是村裏的青年們收工回來玩一陣。前面已經說過，這地方現在已經代替了廟院，成了全村人集會的中心。

自從石圪節公社在雙水村搞農田基建大會戰以來，學校教室就成了外村民工晚上住宿的地方。這地方當然只能住一小部分人，大部分民工都分散住在村中各家的閒窰裏。住在學校教室的民工，第二天早上得把自己的鋪蓋捲起來，集中到邊上一孔放體育器材的窰洞裏，好讓學生們白天上課。晚上民工們把課桌一拼，就成了牀。

這些天來，學校還專門騰出來一孔窰洞，讓各村拉來「勞教」的人住。今天這窰洞又多了一名新成員：王滿銀。

現在，這些人已經收工回來，被集中在這孔窰洞裏。一個扛槍的民兵在門口照看着。等一會開飯的時候，這個人才能把這些人引到民工大灶上去……

孫少平扛着鋪蓋，提着那罐飯，從田家圪嶗的公路上下來，小心地踩着列石，過了東拉河，穿過廟坪，從哭咽河的小橋上走過來，徑直向小學校的院子走去。這地方他太熟悉了，因為他曾在這裏上過整整五年學。

他進了學校院子，那個扛槍的人就迎面過來了，不知為甚麼還笑嘻嘻的。少平在月光下細看了一下，才發現這人是他初中時一位同學的哥哥。那同學是下山村的，後來沒上高中。在初中時，有一年他們「學農」到下山村，就住在他們家裏，和一家人很熟悉了。

同學他哥不好意思地笑了笑，說：「我正發愁你姐夫今晚上沒鋪蓋哩！」

少平沒心思在這地方多逗留。他對同學他哥說：「能不能叫我姐夫出來一下？讓我把這些東西交代給他。」

「這怎不能？又沒犯死罪！」同學他哥提着槍到門口喊了一聲，「王滿銀出來一下！」

滿銀蔫頭耷腦走出門檻後，驚訝地看見是他的小舅子，便把羅着的腰直了一下，臉上倒顯出了幾分羞愧的顏色。

少平把鋪蓋捲和飯罐放在地上，對姐夫說：「這鋪蓋裏有些糧食，罷了你交到大灶上⋯⋯」

王滿銀先顧不得甚麼，急忙在飯罐上面的碗裏抓了一個黑饃，狠狠咬了一口，幾乎沒嚼就往下吞咽，噎得他脖子一展。

等咽下這口飯後，才問少平：「不知你姐和貓蛋狗蛋⋯⋯」

「他們都在我們家裏。」少平厭惡地看着他。

「那就好⋯⋯回去給你姐說，我甚麼都好着哩！叫她不要急⋯⋯」他扭頭看了看已經離遠了點的扛槍後生，又悄悄對少平說，「給你姐說，還有剩下的幾十包老鼠藥，在家裏的箱蓋上放着，叫你姐藏好，不敢叫娃娃不知道給吃了，叫她把⋯⋯」

少平已經氣憤地擰轉身走了。他真想在這個不爭氣的姐夫臉上給一記耳光！

他下了學校的小土坡，沿着哭咽河向金家灣的村舍那裏走去。他不回家了，準備直接到金波家去住宿。家裏沒地方住，每星期六回來，他都在金波家過夜。那裏溫暖而潔淨，金波的母親和妹妹，都把他像自家人一樣看待。只有在這裏，才能在他沉重的生活中度過最舒適的一個瞬間。

當少平走到哭咽河小橋附近的時候，看見從對面廟坪棗林中間的小路上，走過來一個婦女。他還沒看清是誰，就聽見這人喊他的名字。一聽聲音，才知道是他二媽賀鳳英。

少平在心裏不尊敬這個長輩。當這個操着山西口音的女人來到他家門上後，就把他們一家從祖傳的老窨裏趕出來了。在以後的年月裏，她仗着唸過幾天書，根本不把這家人放在眼裏，動不動就拿很髒的話罵他母親；並且把他早已亡故的爺爺的名字也拉出來臭罵。直到少安哥長大後，在一次她又罵他母親時，哥哥把她狠狠揍了一頓，打得鼻子口裏直淌血，她後來才停止了對他們家這種放肆的辱罵。後來，他們弟兄都大了，哥哥又當了生產隊長，在村裏也成了一條漢子，她和二爸就更有點怯火了。二爸二媽兩個人窮積極，在隊裏都負點責，一個是大隊支委，一個是婦女主任，黑天半夜開會，三個娃娃撂在家裏沒人管。他們光景一爛包，二爸經常穿着爛衣薄裳，餓着肚子還常給別人講革命大道理。村裏人明不說，背後誰不恥笑他們！

現在，婦女主任已經從哭咽河的小橋上過來了。少平看見她頭髮梳得油光——通常都是用木梳蘸着自己的唾沫梳成這個樣子的。而且又穿起了結婚時的那件已經很舊的紅綢襖；因為罩衣太短，那棉襖的紅邊在下面露出一圈，非常扎眼。二媽這身打扮，說明她今晚上又要在公眾面前露臉了。

果然，她站定對少平說：「今晚上，公社會戰指揮部要在學校院子裏開批判會，你不參加？……人家叫我領導着佈置會場，我剛把碗擱下就……唉，你姐夫……」她歎了一口氣，表示了一種同情和痛惜，讓少平知道她終究也是自家人。

少平對她說：「你忙你的，我要到金波家去哩。」

他冷淡地對他二媽打了個招呼，就轉過身走了。

第八章

「噢 —— 哥！噢 —— 哥！」

孫玉厚老漢剛把自己的鋪蓋捲兒搬到隔壁少安的小土窰裏，就聽見公路下面他弟玉亭喊叫他的聲音。

玉厚奇怪：玉亭為甚麼不上家裏來？往常他有事沒事吃完飯總要到他家裏來坐一陣 —— 穿着麻繩子捆綁的爛鞋，往他家前炕的鋪蓋捲上一靠，沒命地在他的煙布袋裏挖得抽半天煙。他熱心公家的事，莊稼行裏又不行，因此營務不起來旱煙，滿年四季都是他供着。每當玉亭來的時候，他老婆也總要把家裏剛吃過而剩下的飯，給玉亭熱得端上來一碗。玉亭嘴裏推讓着，兩隻手一把就接住了。少安他媽知道玉亭在家裏吃不飽，總要牽掛着給他吃一點。父親去世早，玉亭從五歲起，實際上就是他兩口子一手把他帶大的。儘管玉亭成家以後，他老婆賀鳳英那些年把少安媽欺負上一回又一回，怕老婆的玉亭連一聲也不敢吭，但少安他媽不計較他。因為她從小把玉亭撫養大，心中對他有一種疼愛的感情。人常說，老嫂為母，這話可一點也不假……

「噢 —— 哥！噢 —— 哥！」

玉亭仍然一聲接一聲地在公路下面喊叫。

玉厚聽見他弟這樣喊叫，又不上他家來，不知出了甚麼事，就一邊從院子裏往外走，一邊給下面的玉亭答應了一聲。

在院子外的小土坡上往下走的時候，玉厚心裏才恍然大悟：他弟弟今晚上不上他家來，是因為他女婿今天被「勞教」了。玉亭現在公社正看得起，讓他當了會戰指揮部的副總指揮。現在他家裏出了「階級敵人」，玉亭怕人家說他劃不清界線，因而連累了他，所以才不上他家裏來了。

玉厚來到公路上，半天才看清他弟站在路邊一棵樹影下。

他走過去，問:「甚麼事？」

「唉，也沒甚麼事。想和你拉兩句話……你心放寬些！」

玉亭臉上是一副同情他哥的神色。這同情是真誠的，因為這終究是他哥嘛！

玉厚沒有說甚麼話，沉默地從自己的煙布袋裏挖了一鍋煙，點着抽起來。

玉亭也從身上掏出自己的煙鍋，在他哥的煙布袋裏挖了一鍋，又用他哥的火柴點着，說:「滿銀一腦子的資本主義。勞教兩天是小事，再不學習和改正，說不定要進班房。親戚都要為這小子在政治上受影響……」

玉厚還是一聲不吭。他現在已經懶得再說他女婿的長長短短。他心裏只是為他的女兒和兩個外孫難受。

「今晚上公社要在學校開批判會，少安沒回來，你家裏其他人參加不成，你歪好要去一下，不要叫人家說，你們家抵制批判親屬的資本主義傾向……」玉亭對他哥說。

「我不去！不勞動不行，不開會還不行！」

「哥，你不敢這樣。咱們是貧下中農，毛主席號召的事，咱怎能不積極哩？」玉亭勸他哥說。

「反正我不參加！我的氣已經受夠了！哪怕明天讓我也勞教哩！」

玉厚說完，氣惱地轉過身就往回走。他心裏煩亂，有甚麼心思站在公路上討論這號事情哩！

玉亭看他哥這樣犟，也無可奈何了。要是村裏其他人敢這樣「反動」，他早就給會戰總指揮部彙報了；恐怕今晚上也得上批判台。唉！玉亭心裏煩透了，正在他被公社重用的時候，親屬中間突然出現這麼一件叫他尷尬的事！

玉亭失望地見他哥快上了土坡，就又輕輕喊叫了一聲：「哥，你先等一等……」

玉厚以為他還要勸他去參加批判會，站住吼叫說：「你走你的！不要管我！」

玉亭走過來說：「……給我抓一把煙。」他說着，就過去在他哥的煙布袋裏掏了一把旱煙，裝進自己的煙布袋裏，隨後就心急火燎地走了 —— 他今晚上還有大事！

玉厚低着頭站了一會，然後望着弟弟遠去的背影，歎了一口氣，慢慢走着上了自家的小土坡……

一九三九年，孫玉厚十六歲，玉亭才剛剛五歲，他父親得癆病死了，丟下他兩兄弟和母親相依為命。舊社會，女人不興出門，母親又是小腳，只能在家裏操磨，山裏和門外的事都擱在他一個人身上了。他們家又沒地，他只好在周圍村莊給光景好的人家攬工，以養活母親和年幼的弟弟。二十二歲時，他和一個窮人家瘦弱的女娃娃成了夫妻。他媳婦雖然面黃肌瘦，但對他媽和玉亭特別好，因此那幾年光景雖然窮得叮噹響，日子過得還很一體。

他為了掙點量鹽買油的錢，冬天農閒的時候，就給石圪節一家商行去吆牲靈，翻山越嶺走幾十天，從軍渡過黃河，到山西柳林鎮馱瓷器。山西柳林瓷聞名幾省。他給石圪節商行的掌櫃掙了不少錢；他自己也得了一點工錢。

手裏有了幾塊「鋼洋」以後，他突然發狠想供他弟弟上學。在當時來說，玉厚算是莊稼人裏很有魄力的。他十六歲出去闖蕩世界，眼界當然要比一般莊稼人寬闊。

孫玉厚當時想：他家人老幾輩子沒出過一個先生，睜眼瞎受了多少氣啊！從古到今，世界說來說去，總是識字人的天下。他想他這輩子是不頂事了，但說不定能把玉亭造就成孫家的人物。如果是這樣，他孫玉厚辛勞一輩子也就值得了。再說，他看玉亭這娃娃腦子還靈 —— 他已經在村裏教冬書的金先生那裏識了不少字。

一九四七年，玉亭十三歲。當時這一帶正處於戰爭狀態。玉厚參加了村裏給解放軍送糧的運輸隊，同時還得種地，東跑西奔，忙忙亂亂。但他仍然惦記着玉亭上學的事。可當時這裏戰火連天，學校都停辦了。眼看玉亭歲數已經不小，再不唸書就晚了。他突然想到，前幾年他去柳林鎮馱瓷的時候，有一次一家姓陶的窰主家發生了事故，他冒死救了陶窰主的性命。老陶感激他，和他結了拜把兄弟。陶兄一再說，以後他有甚麼難事就來找他，他一定全力相幫。玉厚當時想，我為甚麼不把玉亭送到柳林鎮去讀書呢？

他立即登門請村裏識字的金先生，給山西柳林鎮的老拜識寫了封信，看他能不能收留他弟去那裏讀書。老陶很快回了音，說只管把玉亭送來，叫玉厚甚麼也不要管，這小兄弟的一切都由他全包了。

就這樣，玉厚把玉亭送到了山西柳林鎮。

這期間，他每年都要到柳林去看一回弟弟。臨行前，他老婆總要把玉亭一年的穿戴準備齊全，還做許多茶飯讓他給玉亭帶去。對於他們來說，玉亭不僅是親人，也是一家人未來的指望啊！

一九五四年，玉亭初中畢業，到太原鋼廠當了工人。玉厚一家人高興得不知如何是好！雖說玉亭是個工人，但這是孫家多少代第一個在門外幹事的人！

可是一九六〇年困難時期，玉亭突然跑回家來，說他一個月的工資不夠買一口袋土豆，死活不再回太原去了；他說他要在家鄉找個媳婦，參加農業生產呀。

這可把玉厚急壞了！好說歪說，就是說不轉玉亭。玉厚沒有辦法，只好打問着給他找媳婦。那年頭，他家窮得錢沒錢，糧沒糧，他身邊已有了三個孩子，孩子年紀又都小，沒甚麼幫手，盡是連累，一家人時不時都餓得浮腫了。可弟弟已經二十六歲，也的確該娶媳婦了。而玉亭為此還天天給他媽哭鼻子，說他年紀再大，娶不下媳婦，這一輩子就算瞎活了。他母親也陪着玉亭哭哭啼啼。

玉厚看玉亭這樣沒出息，才知道他半輩子辛勞，企圖給孫家造就一個光宗耀祖人物的指望落空了。但他心平氣靜，並不為此而過分地懊悔。是啊，這是命運。正如辛勞一年營務的莊稼，還沒等收穫，就被冰雹打光了，難道能懊悔自己曾經付出的力氣嗎？

好，那就給弟弟娶媳婦吧。他四處瘋跑着給玉亭打問對象。但是，所有的人家財禮都要得太高了，他就是把一家人的骨頭賣了也出不起。

在萬般焦急中，他又想起了柳林鎮的老拜識，於是又寫信求他幫忙。

本來他是有病亂求醫，並沒抱多大希望，可不久老朋友卻熱心地回了信，說離柳林鎮二里路有一個女子，願意跟玉亭。老陶說玉亭大概也認識這女娃娃，這女子在柳林鎮小學和玉亭同過學，官名叫賀鳳英。

玉亭的確認識鳳英，於是就親自去了一趟柳林鎮，把賀鳳英當下就接回來了。玉厚立馬鬧騰着借錢借糧，儘量體面地給弟弟辦了婚事。接着又搬家騰窰，另起了爐灶……前後一折騰，除借窰住不算，還欠下一河灘賬債，使他許多年日子都翻不過來。

到後來，玉亭因為不會勞動，加上賀鳳英不會過光景，日子過得沒棱沒沿，連他的光景也不如了。但他除過能供得起他旱煙和一碗剩飯外，再沒有能力照管他了……

但話說回來，孫玉亭本人覺得，他現在窮是窮，倒也自有他活人的一番暢快。

玉亭是大隊黨支部委員、農田基建隊隊長、貧下中農管理學校委員會主任，一身三職，在村裏也是一個人物。全村開個大會，儘管他衣服不太體面，但也常是坐主席台的人。他又有文化，上面來個甚麼文件或材料，書記田福堂和副書記金俊山都不識字，回回都是他給眾人宣讀。這時候，全村大人娃娃的目光，都集中在他身上，使他感到非常的滿足，把飢腸餓肚早已忘得一乾二淨。

只是回到家裏，三個孩子餓得嚎哇哭叫，她老婆又跑出去為罵仗的村婦去調解是非，上頓飯的碗筷都沒洗撂在鍋台上，這時他才感到對生活有點灰心。

他一個人坐在灶火圪嶗拉風箱，飯還沒熟，三個孩子像土匪一樣扒在鍋上，三下五除二就吃得差不多了。這時他也不由得想起了早年間太原鋼廠的好吃好喝。頓頓白蒸饃大肉菜，噴鼻香！那時他一頓才吃三個白饃？真是不可思議！要是現在的話……

他在家裏胡亂吃喝一點，就又投身到轟轟烈烈的革命運動中去了。只有在這社會的大風大浪中，他才把餓肚子放在一邊，精神上享受着一種無限的快活。

自從石圪節公社集中十幾個隊的民工在他們雙水村搞農田基建大會戰以來，孫玉亭更是興奮得不得了。會戰總指揮是公社副主任徐治功，副總指揮是公社武裝專幹楊高虎。後來公社又研究，要在各隊的基建隊長中間抽一個人擔任副總指揮。因為會戰在雙水村，這差事當然就落在了孫玉亭的身上。立刻，他在工地上跑前跑後，動不動還在高音喇叭上發佈各種通知和命令；他哥當年沒把他造就成個人物，革命已經儼然使他成為一個人物了。連他老婆這一段也開始尊敬地稱呼他「玉亭」，前面不再帶那個「孫」字。而最使他滿意的是，他現在還可以在民工大灶上吃飯，重溫當年太原鋼廠的享受 —— 由於他是副總指揮，做飯的人都巴結他，碗裏的肥肉明顯比別人多。過個兩三天，他還可以和治功和高虎鑽在灶房後面的小土窰裏，混着一塊吃幾盤炒菜，喝兩口燒酒哩！

今晚上，指揮部又要在學校院子裏開批判大會。不用說，這會議還得要他主持。治功是總指揮，他要在開頭和結尾講話；高虎雖說也是個副總指揮，但年輕，只管民兵小分隊的事，開這種會一般只負責維持會場秩序，以防階級敵人搗亂破壞。

玉亭本來吃完飯就準備和鳳英一起過金家灣那邊去。但他想起要給他哥打個「政治招呼」。因為滿銀被「勞教」了，他哥今晚上的批判會一定要去，好讓公社領導看見他擁護對女婿實行無產階級專政。

他一想起王滿銀的事，心裏就不痛快。無論如何，這小子也算和他沾點親，這使他這個副總指揮多少有點不光彩。如果他哥能正確對待這事，也許他在台上還能站得踏實一些。可是，他專門去提醒他哥要識時務，他哥卻死牛頂牆，不給他帶這個面子。唉，他孫玉亭總不能對他哥也實行無產階級專政……

現在，玉亭抽着剛從他哥煙布袋裏挖來的旱煙，已經過了東拉河，走到廟坪棗樹林的小土路上了。他現在還不能直接到小學去。他要去找一回他們大隊的副書記金俊山，商量一點事。本來這種事要是書記田福堂在，他就不會去找金俊山。書記去公社開會，不在村裏，他現在只能去找金俊山商量。

這事說起來也不大，但是件傷人事，最好不要叫他孫玉亭一個人當鬼子孫！

事情是這樣的：今天下午收工時，總指揮徐治功對他說，晚上的批判會，各村都有批判對象，就是雙水村沒有。難道雙水村連一個階級敵人也沒有嗎？徐主任說的也是。毛主席說階級鬥爭無處不有處處有，他們雙水村怎麼能沒有呢？但雙水村誰是階級敵人，他一時又想不出來。

「哼，叫金俊山去想吧！」玉亭在心裏說。

他現在一路走，心裏還在盤算這事。他想他得先在心中有個數。萬一老狐狸金俊山耍滑頭，這事歸根結底還得他來辦。他是副總指揮，金俊山又不參加公社的基建會戰。

他想來想去，急忙在村裏找不出一個階級敵人來。幾家成分不好的人，都規規矩矩，簡直抓不住一點毛病。要是評先進和模範，這些人倒都夠條件！

他苦惱了老半天，還是怎麼也想不出來。在過哭咽河的小橋時，他在心裏自嘲地說：今晚上也許除過他哥，村裏很難再找出一個階級敵人了。他哥剛才那些反動話，倒足夠資格站在台子上接受批判。他忍不住又為自己這個荒唐的想法逗得出聲笑了。不，他哥終究是他哥！別說他說了這麼些話，就是再反動一點，他也不會出賣他的。哼，革命是革命，親人是親人！

為找不到敵人而苦惱的玉亭同志，現在已經過了哭咽河。

在上金俊山家的土坡時，孫玉亭突然想起了一個可以批判的人。他心裏說：對了！大概只有田二可以充當這個角色。雖說這老漢神神經經的，但又沒經法醫鑒定他就是神經病。再說，除過本村人，公社領導和大部分外村人對田二的情況也不太清底；只知道老漢有個憨兒子，本人腦子有些毛病罷了。可是，他很快又想，批判田二的甚麼呢？對，乾脆就批判他常嘟囔的那句話「世事要變了……」。毛主席的世事，無產階級的世事，要變成個甚麼世事？世界上只有兩個世事，不是無產階級的世事，就是資產階級的世事，田二要變的世事，就是要把無產階級世事變成資產階級世事……

孫玉亭已經在心裏試着批判了一通田二，覺得批起來還通順。這時候他已經上了金俊山家的院畔。

金俊山和玉亭他哥同年出生，已經五十二歲了。他家的成分是中農。在眼前這年月裏，農村的中農充其量是團結對象，俊山怎麼能當黨支部的副書記呢？

金俊山有他自己的光榮歷史。一九四八年，解放軍向國民黨軍隊大反攻的時候，俊山參加了民工擔架隊，最後一直跟部隊打到蘭州。有一次戰鬥中，他腿上掛了花，就回到村裏，被政府評了三等殘廢。

一九五一年他入了黨。從這以後，他就和田福堂兩個人一直擔任村裏的領導人。不過，他常當副職，正職都是田福堂。

姓金的這一族人中，有許多家成分比較高。舊社會，河東的金家在村裏主事。而新社會，河西成分好的田家，明顯在村裏佔了上風。真可謂三十年河東三十年河西。新社會幾十年，儘管農村的人際關係已經發生了交錯複雜的變化，但戶族之間的矛盾，平時總還模模糊糊存在着。有的時候，這種矛盾還相當尖銳。在這樣的時候，田福堂和金俊山就會表現出某種親族觀念。而且一般說來，兩個人身邊最親近的知己，也往往是本族人。當然，金家的許多人成分不好，平時儘量克制，也不過分咋唬。但這族人中，也不乏幾條漢子，不服氣田福堂，常常曲裏拐彎地向他挑戰。

在許多情況下，金家鬧不過田家，因為村中的權力在田福堂手中。田福堂本人的能耐是一回事，他還有個在門外當官的弟弟。村裏人一般迴避和他正面衝突。但金家許多人對緊跟田福堂的孫玉亭，卻反感透頂了。可是孫玉亭他哥一家人又在金家戶族裏很有些威望。玉厚老兩口和他們的四個子女，和金姓許多人家的大人娃娃，保持着十分不錯的友好關係。尤其是他們家當着一隊隊長的孫少安，又是村裏少數幾個讓田福堂頭疼的人。因此孫玉厚一家人受到許多金姓人家的普遍尊重。由於這個原因，大家對孫玉亭的所作所為一般也就容忍了 —— 他歪好算孫玉厚的弟弟。

至於金俊山，做事倒很注意分寸，無論誰，他都不專門尋人家的不是。他覺得自己一大把年紀，何必與人爭言鬥氣；除過實在看不過眼，他對田福堂和孫玉亭的許多過頭做法，也睜一隻眼閉一隻眼。再說，眼下的世事就興這種過頭做法嘛！他金俊山有能耐和社會的大潮流對抗嗎？因此他平時的心大部分都操持在了家事上。他現在的光景在村裏也是比較寬裕的。兒子金成高中畢業，在村裏教小學，家早娶過，已經給他生養下一男一女兩個孫子。女兒金芳出嫁到了米家鎮，女婿是個手藝人，光景很殷實。他前兩年在舊窰邊上又箍起兩孔新窰洞，現在兒子住着。一個大院子，一線五孔大石窰，一年四季一家人有吃有穿有錢花，人活一世，已經夠滿意了……

當孫玉亭進了金俊山家的大門時，鐵鏈子拴着的那條大黑狗一撲起來，拚命叫了幾聲。狗一看是個熟人，叫了幾下也就不吭聲了。

金俊山立刻出了中窰。他一看是孫玉亭，馬上把他請進窰裏來。俊山的老婆趕緊給這個大隊負責人泡了一缸子茶水。

玉亭平時飢腸轆轆，一般不敢在人家那裏喝茶；據說茶水鹼性大，喝了餓得更厲害。今天他在民工大灶上吃了一老碗肥肉片子，倒需要喝些茶水幫助消化。

他端起茶缸喝起來，同時掃了一眼俊山家的窰洞。他感覺到了一種富裕和豐足。這時，他內心突然湧起了一絲莫名的惆悵。他想自己跑斷腿鬧革命，竟然窮得連一雙新鞋都穿不起。當然，這種情緒絕對不會動搖他的革命信念，而只能引起他對金俊山的鄙視。哼，甚麼共產黨員！不好好為革命出力，只顧發家致富，典型的資本主義小農經濟思想！

不過，這金俊山終究腿上捱了國民黨的一顆槍子，政治根子紅着哩！再說，他又是副書記，比他的職位高，他能把人家怎樣？福堂不在，隊裏有個大事，他還不是得跑來請示他？

這時候，金俊山已經給孫玉亭遞上一根紙煙，同時問：「玉亭，你來有甚麼事哩？」

孫玉亭在金俊山的打火機上點着煙，接着就把公社徐主任的意思給他說了一遍。然後問：「俊山哥，你看這事怎辦？」

金俊山有點嘲諷地看着孫玉亭，反問：「你看咱村裏誰是階級敵人？」這倒把孫玉亭給問住了。他本來想叫金俊山說出一個人來，想不到這老傢伙倒反問起了他。

玉亭想了一下，覺得還應該逼一逼他。就說：「我一時也拿不定主意，所以才來問問你。福堂哥不在，村裏的事就看你拿哩！」

金俊山馬上說：「玉亭，你怎能這樣說哩？這不是村裏的批判會，這是公社會戰指揮部的批判會！你是指揮部的領導人，這事當然要你拿主意哩！咱們村的情況你又不是不熟悉？你現在不僅代表咱村，還代表公社哩！公社出面搞的事，我金俊山現在也要聽你的哩！」

孫玉亭覺得實在沒智慧治住這老傢伙了，而眼看批判會的時間又快到了，只好吞吞吐吐說：「……你看田二怎樣？」

金俊山一下子仰起頭笑了，說：「批判田二的甚麼哩？那人誰不知道是個半腦殼！」

「他不是常說，世事要變了。就批判這句話！」玉亭說。

「那話他說了幾十年了，完全是神經病憨話，能批出個啥名堂？」

金俊山抽了兩口煙，又改變口氣說：「不過，你看能批就批吧。我對你的決定沒甚麼意見……」

金俊山心想，今晚上雙水村要是沒個人去賠罪，看來玉亭也不好給徐主任交差。既然孫玉亭讓老憨憨田二去充數，也就只好讓他頂缺去了。

「那就這樣！我還要主持批判會，先走了……」玉亭喝了一口茶水，從椅子上站起來就起身。

金俊山把他送到大門口，說：「你先走，晚上天氣冷，我回去披件衣裳就來了……」

孫玉亭匆忙地從金俊山家的土坡裏下來，順着哭咽河畔的小路，向金家灣後面的小學趕去。他遠遠地看見，那裏已經閃爍起燈火，並且聚集起一大片熙熙攘攘的人羣……

第九章

今晚，雙水村小學院子裏又開始熱鬧起來了。除過本村男女老少一吃完飯就被集合到這裏以外，在大灶上吃完飯的外村民工也都被帶到這裏來了。不多時分，這院子裏就已經擠得水泄不通。外村的民工在院子的南頭，一般都是同村人擠在一塊。雙水村本村的人在院子的北頭，大人娃娃夾在一起，有站的，有坐的，吵吵鬧鬧，像一鍋煮沸了的水。在這一片人中，全村的男人都混雜着，但女人卻大約可以分出田家的一片，金家的一片；因為本族婦女家挨得近，平時關係熟悉，現在擠到一塊好拉話。當然，這中間也多少有一點金、田兩家的門戶之見。一般說來，金家的媳婦穿戴都比較齊整，坐的姿勢也比較合乎農村的禮教規範：公眾場合不能酸眉醋眼，張東望西。可以笑，但不能把嘴巴張得像窰口一樣。坐時應兩膝並攏，不能八叉雙腿。也有些金家的年輕婦女不管這一套，使得她們的母親或婆婆不時在人羣中用眼光提出警告。另外人家的婦女就不受這種約束了，說說笑笑，打打鬧鬧，跟趕集上會一般。也有一些膽大的戀愛者，乘混亂之機，眉來眼去不說，甚至還偷着捏捏揣揣。男人們大都一人一桿旱煙鍋，抽得院子上空雲繞霧繚。有些乏累過度的莊稼人，不顧體面地大叉雙腿睡在土地上。不時有人去不遠處的金家祖墳那裏撒尿，氣得金家一些老者跑過去亂吼亂罵一通。

這時候，雙水村婦女主任賀鳳英，正領着本村和外村的一些「鐵姑娘」，忙碌地佈置會場。她們把課桌從教室裏抬出兩張來，拼在一起放到人羣面前，上面鋪了窰門口摘下來的條格布門簾，又放幾個暖水瓶和茶缸，算是主席台了。另外幾個男民工，在中間的窰面上斜貼了一條會標：徹底批判資本主義傾向大會。教室其他牆上，間隔斜貼着許多紅綠紙寫的標語口號。鳳英忙裏忙出，指指劃劃，舊紅綢襖在短了的外衣下面露出一圈，招引得許多目光都注視她。她那沒有水色的臉上，洋溢着出人頭地的歡欣。

院子四周用木棍挑起的一些馬燈，和朦朧的月光一起照出開會的人羣。他們在焦急地等待着批判大會的開始——早點完了趕快回去睡覺，因為明天還要出山。至於那些婦女娃娃，很大程度上倒是為了來看熱鬧的；看那十幾個階級敵人站在大家面前，都是些甚麼樣子。

聽說這幾天還捉回來幾個「新的」，其中就有他們村蘭花的女婿王滿銀，這更使大家平添了許多興致。

當眾人等着開會的時候，在小學教師金成的辦公室裏，公社副主任徐治功、武裝專幹楊高虎和孫玉亭一起商量怎樣開這個會。金成提着個開水壺，不斷給這幾個人的茶杯裏添水。

徐治功盤腿坐在土炕的羊毛氈上，一邊抽煙，一邊嚴肅地給兩個副總指揮佈置任務。既要抓革命，又要促生產，使得這位四十來歲的公社領導人，眼睛裏都佈滿了紅絲。

一年前，徐治功一直是縣農業局的一般幹部，去年才提拔到現在這個崗位上。本來，他愛人在縣貿易經理部當會計，一家人都在城裏，他很不願意到這個條件很差的石圪節公社來。但盤盤算算，高低總算提拔了，因此便硬着頭皮來上了任。

一上任，徐治功就想要儘快幹出點名堂，看能不能早點回到縣上的機關工作。只要回到城裏，就是再不提拔也行，平級調就滿意了。如果他戶家裏的叔叔徐國強還在縣上當領導的話，他興許用不了一年就能實現目標。可徐叔因年紀大不當縣領導了。但徐叔的女婿田福軍又當了縣上的副主任。只要徐叔給田主任說話，他的事也不難辦。田福軍他哥田福堂就是雙水村的書記，因此他在這個隊要好好表現一下，讓田福堂把他的成績傳到田主任的耳朵裏。把公社農田基建大會戰放在雙水村，正是他竭力爭取的。明擺着嘛！這會戰在哪個村搞，哪個村就沾光——其他村出人出糧，給這個村子白修地！田福堂能對他徐治功不感激嗎？不用說，雙水村搞好了，首先是他田福堂的光榮！

治功現在盤腿坐在黑羊毛氈上，聽着外面沸騰的喧鬧聲，情緒特別亢奮。這會戰開始沒多少天，他就把工作搞得如此有聲有色。前幾天，縣革委會主任馮世寬親自帶隊檢查各公社的會戰，在全縣總結大會上，專門表揚了石圪節公社 —— 這使得他勁頭更大了！

徐主任捏滅了一個紙煙頭，突然像記起了甚麼，扭過頭問孫玉亭：「玉亭，你們村批判的那個人確定了沒？」

孫玉亭正修改一個民工的批判稿，趕緊停下來，說：「確定下來了！」

「誰？」

「田二。」

「田二？」徐主任一時想不起雙水村這個人是誰。

在旁邊給楊高虎倒茶水的金成已經忍不住偷着笑了。

「這人平時愛說反動話！他到處散佈說，世事要變了……」玉亭給徐主任解釋說。

「那這當然要狠狠批判！甚麼成分？」

「成分倒是貧下中農……平時也不好好參加勞動……」玉亭說。

「那你們以前為甚麼不好好批判？」徐主任有點生氣了。

「這人平時瘋瘋魔魔的，村裏人也不把他算個數……」

「你說這個人名字叫甚麼？田二？他名字就叫田二？」

「不是，名字叫田福順。不過村裏人誰也不叫他名字，就叫田二……」玉亭端起茶缸喝了一口水。他今天下午在民工灶上吃了一碗肥肉，渴得口乾舌燥。

「田福順？那和田福堂是甚麼關係？」徐治功敏感地問。

「沒甚麼關係，只是一個老先人，現在都不知隔多少代了……因此沒甚麼關係！」孫玉亭說。

「那就把田二算上一個！現在人哩？」徐治功問。

這時，旁邊喝茶的武裝專幹楊高虎插嘴說：「玉亭剛給我一說，我就派民兵把這老漢帶來了，現在和那十幾個人關在一起，都在隔壁窰洞裏。聽民兵說，這老漢就是喊叫世事要變了，剛才一路上還說這話……」

「時候不早了，咱們開會吧！」徐治功從炕欄上溜下來，把鞋穿上。

金成先一步把這幾個人的茶缸拿到院子外面，擺在主席台上。

徐治功幾個隨後就出來了。等徐主任在主席台中央的一把椅子上坐定後，高虎和玉亭也共同坐在旁邊的一條長板凳上。這時候，人羣的嘈雜聲還沒有停下來。

為了讓大家安靜，準備大發脾氣的楊高虎立刻站起來 —— 沒想到坐在另一頭的孫玉亭，由於板凳失去平衡，一個馬趴栽倒在了地上，把桌子上的一杯茶水都打翻了。全場人於是一齊哄笑起來。

栽倒在地的玉亭同志，在大家的哄笑聲中鎮定地爬起來，把板凳放好，臉定得平平地又重新坐了上去。

楊高虎看玉亭坐好了，就馬上擠過去，在徐治功那邊的桌上，拿起話筒大聲喊叫：「民兵小分隊請注意！民兵小分隊請注意！嚴防階級敵人破壞搗亂！如發現壞人搗亂，立即扭送到台上來！」

眾人這才「刷」地平靜下來了。大家馬上意識到，這不是一個玩笑場所，而是一個大批判會。

在人圈外的民兵小分隊，一個個都把槍鬆鬆垮垮倒揹在肩上，槍裏面誰也不敢裝子彈，怕走火把好人傷了。在這種場所，這些人誰也不認真；莊前莊後的，不光他們本人，就是他們的老祖宗別人也知底，何必去惹人呢？其中幾個不正相的光棍後生，不時酸眉醋眼瞄着金家那裏的幾個漂亮媳婦，使得這幾個女人都面紅耳赤地低下頭，摳自己的手指頭。

這時候，孫玉亭小心翼翼地站起來 —— 他怕再把另一頭坐着的楊高虎又閃倒在地 —— 就繞到徐治功這邊來了。他胳膊肘撐在桌子邊上，斜着身子在徐主任旁邊的話筒上吹了一口氣，又用手指頭彈了彈 —— 聽見遠處牆角的喇叭裏傳來「嘣嘣」的幾聲，似乎證明擴音器沒有被剛才楊高虎的大嗓門震壞。接着，玉亭便儘量提高自己有些沙啞的嗓音（因吃肉口渴），說：「把階級敵人帶上來！」

這一下，人羣又一次騷亂起來，響起一片嗡嗡的說話聲；有些坐着的人也紛紛站起來了。民兵小分隊的人趕忙連喊帶吼，讓眾人坐下來，不要喧嘩吵鬧！

下山村那個扛槍的民兵，把十幾個被勞教的「階級敵人」帶出來了。走在最前面的，就是今天剛拉回來的王滿銀。院子北邊雙水村的人又亂紛紛的了。他們指着蘭花的女婿，議論成了一窩蜂。

滿銀此刻很不自在，臉上無光地耷拉着腦袋 —— 這是在老丈人村裏丟臉獻醜，滿院子都是熟人啊！

當牛家溝那個「母老虎」出現在眾人面前時，婦女們立刻指畫着議論起來。這位「母老虎」倒的確有點「虎」氣，她站在那裏，仰着頭，雖不看人，但臉上的表情沒有甚麼畏怯。牛家溝來的民工，倒都低下了頭。唉，不管怎樣，這是他們村的人！而且一個婦道人家，被拉在外村受這種損躪，眾人心裏實在不是滋味！

這時，會場上所有雙水村的人都大笑起來。他們看見，竟然把他們村的田二也拉到台前來了！這真是開玩笑哩！怎麼能把一個憨老漢也拉到這裏來呢？

此刻，孫玉亭的臉上也顯得很尷尬。不過，他實在沒辦法嘛！徐主任讓在雙水村找一個階級敵人，他找不出來怎給徐主任交差哩？笑？你們笑甚麼！如果田二不上來，你們之中就得上來一個人！你們都完全無產階級了？你們身上尋不下一點資本主義？哼……

在楊高虎的大聲喊叫下，會場才慢慢安靜了一些。

老憨憨田二不會知道叫他來做甚麼，當然也不可能弄清楚眼前發生了甚麼事。他看見這麼多人在一起，只覺得熱鬧極了，於是便興奮地走出這個「階級敵人」的行列，兩條胳膊胡亂舞着，嘴角掛着通常那絲神秘的微笑，嘟囔說：「世事要變了！世事要變了……」他的話淹沒在一片笑聲中。那個扛槍的民兵硬把他拉到原來站的地方，並且對這個氣焰張狂的老漢吼叫說：「老老實實站好！」

站好就站好。田二笑嘻嘻地回到隊列裏，戴破氈帽的頭轉來轉去，東看看，西瞅瞅。至於為甚麼讓他站在這裏，他當然不管。反正有人讓他站在這裏，就站在這裏。對他來說，站在這裏和站在別的地方有甚麼區別呢？

眾人不敢大聲笑，但都樂得看這幕鬧劇。而現在最高興的是田二的那個憨兒子！他穿一身由於多年不拆洗，被汗、草、土、牛屎、自己的小便漚染得分不清甚麼顏色的骯髒衣服，看見憨父親和一行人站在前面，在人羣裏快活地嘿嘿笑着，用惟一會說的話喊：「爸！爸！爸……」

孫玉亭在一片混亂中宣佈批判大會開始，並恭請公社徐主任講話。

徐治功照例咳嗽了一聲，從口袋裏拿出一張報紙攤開在桌上。他先把旁邊站着的這一羣「壞人」一個個數落了一通，然後又唸了《人民日報》「元旦社論」中他認為關鍵的幾個段落，算是給這個批判會先做了個「序」。

緊接着，孫玉亭按事先安排好的名單，讓已經寫了幾頁稿子的大批判發言人，一個個上台發言。這些人大都是各村唸過幾年書的青年農民，照當時大同小異的流行調子，激昂慷慨地唸一通，就下來了。

當臨時安排的一個外村後生上台批判田二時，大家又笑了。這後生並不知道實情，只聽孫副總指揮說這老漢有「變天」思想，他就按孫指揮的意思大大發揮着批判了一通。雙水村的人在下面只是個笑。金俊山披一件黑棉布大氅站在人羣後面，微微地搖着頭，向周圍幾個要好的莊稼人表示他對這種做法的不滿意。

田二聽不懂這個人說甚麼，只是好奇地笑着，不知他今晚上交了甚麼好運，讓人們把他的名字提了又提……

若問這田二多大，他自己也不知道自己的歲數。據村裏一些老者的估摸，已經七十大幾了。在田二四十來歲上，同族的幾家門中人，給他鬧騰着娶了鄰村一個白癡女子，想讓他生養一個後代，以免他這一門人絕了種。結果這白癡女子和憨憨丈夫生了一個純粹的傻瓜！傻瓜他媽產後三個月就得病死了；門中人就這個一把，那個一把胡拉扯着，這個被叫做憨牛的娃娃也就長大了。這田二還算有福，他那憨兒有一股憨勁，天天出山勞動，而且最愛做重活，因此掙的工分還能維持父子倆的簡單生活。

田二本人一般不勞動，整天在村子的四面八方亂轉悠，撿各種破爛東西。他長得看起來很富態，破氈帽下露出像偉人一樣光亮而寬闊的額頭；身上穿着幾年前公家救濟的鬆鬆垮垮的破爛棉衣，一根不知從甚麼地方撿來的破皮帶，一年四季都束在腰裏。在廟坪有廟會的那些年月裏，他不怕褻瀆神靈，拿走一塊紅布匾，不知誰用這匾給他做了個大煙布袋，就時常吊在他腰裏的那根爛皮帶上。這老傢伙不知怎的，竟然學會了抽旱煙。當然，煙葉也像孫玉亭一樣向別人要，只不過玉亭只問他哥要，田二向全村人要。順便提提，田二的大紅煙布袋上面「有求必應」四個黑字一直不褪，對革命忠心的玉亭在「文革」中企圖扯碎這個有着迷信色彩的布袋，當時被一些老者擋住了。直至今天，這紅布袋還吊在老憨漢的爛皮帶上。至於煙鍋，不知是村裏哪個好心人送給他的。

他身上最重要的東西也許不是那個紅布煙袋，而是用白線綴在前衣襟上的那個大衣袋。人各有愛好。田二有田二的愛好。田二最大的愛好，就是在村莊的各處和公路上轉悠着，撿各種有用和無用的東西：鐵絲頭，廢鐵釘，爛布條，斷麻繩，壞螺絲帽，破碗碴，碎紙片……撿到甚麼，就往這個大口袋裏一裝。這口袋經常鼓鼓囊囊；行走起來，裏面叮噹作響。他撿滿一口袋，就倒在自家不鋪蓆片的光土炕上。長年累月，除過父子倆睡覺的地方，他的土炕上已經堆滿了這些破爛玩藝兒，連窗戶都快要堵住了。他成天在村裏轉悠着，嘴角時常浮着一種不正常的微笑 —— 這微笑看起來很神秘。他除過撿破爛，還愛湊到甚麼地方，說他那句「永恆的格言」——「世事要變了！」他不知在甚麼年代裏學會了這句話，也已經不知說多少年了。除這話外，他很少說其他話。如果有個過路的陌生人碰見我們的田二，看見他那偉人似的額頭，又聽見他說出這樣一句預言家式的高論，大概會大吃一驚的……

現在，批判田二的人已經下了台，雙水村小學院子裏的批判會，看來也已經接近尾聲了！

謝天謝地，打哈欠的人們終於聽完了徐主任的批判總結。現在高虎正高舉起拳頭，帶領大家呼口號。口號聲中，「階級敵人」已經一個個滾下了場。田二是本村人，因年紀太大，被革命寬恕免於「勞教」。他完成使命以後，也就沒人管了。

宣佈散會以後，眾人立刻紛紛離場。住在田家圪嶗那邊的人，有的早提前溜了，現在已過了哭咽河的小橋，走到廟坪的棗樹林裏了。甚至有更早溜走的人，已經蹚過了東拉河，上了公路。腳步聲和人的嘈雜聲，使這夜晚寂靜的山村陷入到一片騷亂之中。全村的狗吠聲彼起此伏。誰家的吃奶娃娃被驚醒了，哇哇地哭叫着，在這清冷的夜晚聽起來叫人心慌意亂……趕快回家吧！瞌睡得抬不起眼皮的莊稼人，搖晃着疲勞的身軀，迷迷糊糊穿過村中交錯的小路，紛紛回家去了……

小學院子裏剎那間就一片空空蕩蕩了。學校下面的哭咽河，在殘破的冰面下發出輕輕的嗚咽聲。

當孫玉亭收拾停當會場，最後一個離開學校的院子，走到土坡下面的時候，突然發現田二父子倆還立在哭咽河畔；老小憨漢面對面站着，一個對一個傻笑。他們身上的破爛衣服抵擋不住夜間的寒冷，兩個人都索索地抖着。孫玉亭自己也冷得索索地發抖 —— 他那身棉衣幾乎和田二父子的棉衣一樣破爛！

一種對別人或者也許是對自己的憐憫，使得孫玉亭心中泛起了一股苦澀的味道。他遲疑了一下，走過去對這父子倆說：「快走吧！」

三個穿破爛棉衣的人一塊相跟着，回田家圪塄去了……

第十章

家裏和村裏一整天發生的事，門外的孫少安都一無所知。他此刻正跪在米家鎮獸醫站這個簡易牲口棚裏，手忙腳亂地給生產隊的病牛灌湯藥。

給這麼一個不通靈性的龐然大物吃藥，一個人簡直對付不了。

下午頭一頓藥，有獸醫站的人幫忙，一個人捉牛頭，一個人灌藥，沒有眼下這麼費勁。這而今夜半更深，獸醫站的人別說早已經下了班，現在恐怕都睡得死沉沉的了。

他跪在這骯髒的牲口棚裏，一條胳膊緊摟着牛脖子，一隻手拿一個鐵皮長捲筒，在破臉盆裏舀一捲筒藥湯，然後扳起臥着的牛頭，用鐵皮捲筒頭撬開緊閉的牛牙關，把藥強灌下去。有時灌嗆了，牛給他噴一身。他顧不了這些，儘量不讓牛把藥糟蹋掉，渾身的勁都使在抱牛脖子的那條胳膊上，兩個腿膝蓋在牛棚的糞地上擰出了兩個深坑，緊張得渾身大汗淋漓。

他們隊這頭最好的牛，簡直就是全隊人的命根子。牠口青力大，走勢雄健，幹活是全村兩個隊最拔尖的。二隊隊長金俊武，前年曾提出用他們隊兩頭牛再搭一條好毛驢換他這頭牛，他都沒換。平時耕地，只要他在場，就不讓其他社員使役，常自已親自執這犋犁。他怕別人不愛惜，讓牛勞累過度。他還經常給飼養員田萬江老漢安頓，給這頭牛加草加料，偏吃偏喝。

不料今年剛開春動農，這頭牛就病了。牛兩天沒好好吃草料，他也兩天沒好好吃飯。這牛一病，他也似乎病了。今早上，他趕緊親自吆着牛，來到米家鎮的獸醫站。好在獸醫站一檢查，沒甚麼大毛病，只是牛肚子裏上了點火，獸醫說灌幾副藥就會好的。當時開好藥後，就給灌了一副。獸醫站的人說，最好晚上十二點鐘再灌一次。本來他想當天就返回雙水村，但考慮牛有病，來回路上折騰一天，恐怕牲靈受不了，就決定在米家鎮過一夜。

現在，他把最後一捲筒藥湯灌進了牛嘴巴，親熱地拍拍牛腦袋，然後就疲乏地站起來，把空臉盆和捲筒放在窗台上。他看見牛的眼睛出現了一種活潑的亮色，心裏就踏實了許多。

他出了牛棚，看見獸醫站裏一片黑燈瞎火。哪個窰洞裏傳出來一陣鼾聲，打雷般響亮。這已經是深夜了。

他邁着兩條長腿，穿過院子，出了獸醫站的土豁子大門，來到公路上。前面不遠幾步，就是米家鎮的那條小街道。現在那裏也已經沒有了人跡，只有幾盞昏黃的路燈，照耀着空蕩蕩的街道。

他現在到甚麼地方去度過這一夜呢？他白天抽不出身，也沒到旅社去登記個牀位。這是公事，他可以掏錢住一宿旅社。但現在旅社恐怕也住不上了。米家鎮就一個小旅社，這裏過往人多，通常天不黑就住滿了人。

他從公路上盲目地向鎮子裏走去。唉，如果在石圪節，他還有些熟人，甚至還認得一兩個公社幹部，他哪裏都可以湊合一夜的。可這米家鎮已經到了外縣，人生地不熟，他到甚麼地方去住這一夜呢？要是夏天也好，他可以在獸醫站的院子裏隨便找個地方一躺就行了。這現在雖然已經開春，棉衣還沒有離身呢，一早一晚怪冷的；米家鎮又在大川道裏，風特別硬。

他一路毫無主意地向街道那裏走，並不知道他到了街上又能怎樣。

他猛然想起：俊山叔的女兒金芳，不就出嫁在這米家鎮上了嗎？聽說她女婿就在這鎮上木匠鋪裏，家離街道也不太遠。能不能去她家歇息一晚上呢？

他在朦朧的月光下搖了搖頭，很快打消了這個念頭。這已經夜半更深，人家早睡熟了，怎好意思敲門打窗驚動人家呢！

現在，他已經來到了街道上。這街道雖然也破破爛爛，但比石圪節多了許多鋪子門面，看起來像個城鎮的街道。少安惆悵地站在一根電杆下面，不知如何是好。昏黃的街燈照出他高大的身軀，臉型、身材和他弟少平非常相似，只不過因為勞動的緣故，顯得更要壯實一些。高鼻梁直直的，也像希臘人一樣。臉上分明的線條和兩片稍稍向下彎曲的嘴唇，顯出青年男子的剛骨氣。從眼神中可以看出，這已經是一個有了一些生活閱歷的人。儘管他只有二十三歲，但和這樣的青年打交道，哪怕你有一大把年紀而且老於世故，也要認真對付的。

孫少安站在路燈下，從上衣口袋裏摸出一張小紙條，又從煙布袋裏捏了一撮煙葉，熟練地捲了一根煙棒。他抽煙，但不用煙鍋抽。他覺得煙鍋太小，抽兩口就完了，太麻煩，就經常用紙捲着抽旱煙。紙煙他抽不起，除過要辦大事，平時很少買。今天出門辦事，他現在口袋裏還有半包「金絲猴」香煙，但他捨不得抽。一年四季捲着抽煙，也要費許多紙的。報紙太厚，他就常拿少平和蘭香寫過的舊作業本捲着抽。

少安捲起一支煙後，發現他沒有火。走時太忙，打火機丟在了家裏的炕上；到了米家鎮，忙得又忘了買一盒火柴。

他此刻多麼想抽一支煙啊！

他好像隱隱約約聽見遠處傳來一陣「叮叮咣咣」的聲音。他仔細聽了一下，聽出來這是打鐵的聲音。在甚麼地方呢？好像在街頭的那一邊。好，打鐵的地方有火，去那裏點個火抽支煙吧！

他蹽開兩條長腿，手指頭裏夾着那支捲好的煙棒，就向傳來錘聲的那邊走了過去。

他一直走完這條不長的街道，並且出了街那頭，才在一個小土坡下面找見了那個鐵匠鋪。

鐵匠鋪的一扇門閉着，另一扇門開了一條縫，看見裏面紅光閃耀，大錘小錘響得如同炒爆豆一般。

少安猶豫了一下，就推開了這扇虛掩的門。他看見打鐵的是一老一少。老的顯然是師傅，一隻手裏的鐵鉗夾一塊燒紅的鐵放在砧子上，另一隻手拿把小鐵錘在紅鐵上敲打。師傅打在甚麼地方，那個掄大錘的徒弟就往那裏砸去。叮叮咣咣，火花四濺。兩個人腰裏都圍一塊到處是窟窿眼的帆布圍裙。

少安進來的時候，這兩個人正趁熱打鐵，誰也沒顧上看他。直等到那塊鐵褪了紅色，被老漢重新夾進爐裏的時候，這兩個人才驚奇地打量起他來。

少安趕忙說：「老師傅，借個火點一下煙。」

「行！」鐵匠師傅用鐵鉗夾了一塊紅炭火給他伸過來。少安趕忙湊上去點着了那支煙棒。他聽口音，知道鐵匠是河南人。黃土高原幾乎所有的鐵匠都是河南人。河南人是中國的吉卜賽人，全國任何地方都可以看見這些不擇生活條件的勞動者。試想，如果出國就像出省一樣容易的話，那麼全世界也會到處遍佈河南人的足跡。他們和吉卜賽人不一樣。吉卜賽人只愛飄泊，不愛勞動。但河南人除過個別不務正業者之外，不論走到哪裏，都用自己的勞動技能來換取報酬。

孫少安點着煙後，因為離爐火站得近，他才感到渾身一陣發冷。他於是圪蹴在爐邊，伸出兩隻手想烤一烤火。「這麼晚了，你還不睡啊？你是哪兒的？」河南老師傅一邊拉風箱，一邊問他。少安對他說：「我是雙水村的，給隊裏的牛看病，天晚了，還沒尋下個住處……」

那位年輕徒弟說：「旅社恐怕人都住滿了。」

「就是的……」少安腦子裏繼續盤算他到哪裏去過夜。

「我看你今晚找不下地方了……這鎮上有沒有熟人？」老師傅問他。

「沒。」少安對他說。

「噢……」師傅用鐵鉗撥弄着炭火裏的鐵塊，說，「你要是實在沒去處，不嫌俺這地方，可以湊合一下，不過沒鋪沒蓋。可這地方還暖和……」河南人由於自己經常到處飄流浪游，因此對任何出門人都有一種同情心；他們樂意幫助有困難的過路人。

少安一下子高興得站起來，說：「行！老師傅，這就給你老添麻煩了……」

的確，他很感激這個河南老師傅。沒鋪蓋算甚麼，他能在這火邊圪蹴到天明就行了，總比一晚上蹲在野場地挨冷受凍強。

少安問師傅：「這麼晚你們還幹活？」

徒弟回答他說：「這件活說好明早上人家來取，不加班不行。」

少安看爐灶裏的鐵燒紅了，就從口袋裏掏出兩根「金絲猴」紙煙，走過去對那個年輕徒弟說：「師傅，你先歇着抽支煙，讓我來替你添幾下錘！」

那徒弟看他這樣實心，就很樂意地接過紙煙，把手中的鐵錘讓給少安。

少安又把另一根紙煙，恭敬地夾在執鉗操錘的老師傅的耳朵上——老師傅現在不僅沒空抽，甚至騰不出手來接煙捲。

等老師傅把燒紅的鐵塊放在鐵砧子上後，少安就掄起錘和老漢一人一下打起來。他因為常出去為隊裏修理損壞的農具，曾在石圪節也是一家河南人的鐵鋪裏掄過這傢伙，因此不外行。再說，這是力氣活，又沒甚麼太高的技術要求。

等他掄完一輪錘後，這鐵匠師徒倆都誇他在行。少安笑了笑說：「出一陣力身上就暖和了。」少安又掄了兩回錘，看這把钁頭快成形了，就把鐵錘又交給那個年輕徒弟。

老钁頭全部打成後，這師徒兩個把牆角一個放工具的土台子收拾開，給土台子上鋪了一塊破帆布，對少安說：「就湊合着躺一夜吧。」

說完他們就到裏面的一個小窰裏睡覺去了。

少安在地上搬了一個廢鐵砧子，把自己的罩衣脫了墊在這砧子上，就算是個枕頭。他拉滅了燈，在一片黑暗中疲乏地躺下來，很快就睡着了……

第二天早晨，孫少安在飯鋪裏吃喝了一點，就到獸醫站把他的牛吆上，起身回雙水村了。

一路上，他由着牛的性子走，並不催促牠，因此慢慢騰騰，三十里路走了將近一個上午。

在接近城裏人吃午飯的時候，少安吆着牛才走到雙水村北邊的村頭上。

他看見前面的公路上，田二正在路邊的水溝裏彎腰尋找甚麼破爛。等他走到田二身邊時，老漢怔了一會，大概才認出這是一個「熟人」。少安對他說：「二叔，快回去吃飯！」

田二神秘對他微笑着，嘴裏嘟囔說：「世事要變了……」說完就又低頭在水溝的碎柴爛草中翻攪起來。

少安吆着牛從他身邊走過，心裏隨意感歎地想：如果我活成他這個樣子，早就上吊死了！隨即他又笑了，想：問題是活成他這個樣子，往往連死都不懂了……

田二父子倆是他隊裏的社員。他同情這兩個不省人事的人。每當路上看見頑皮的村童欺負他們時，他總要把孩子們攆跑。田二的憨小子他乾脆打發到大隊的基建隊上——那裏勞動的人比較集中，好照看他。

現在，少安吆着牛已經進了村。他正準備把牛吆到田家圪嶗的飼養室裏，看見二隊隊長金俊武擔一擔糞，從東拉河的列石上走過來，並對他招呼說：「少安，你等一下……」

二隊隊長金俊武四十來歲，腰圓膀粗，長一對炯炯有光的銅鈴大眼。這人悍性很強，腦子裏彎彎又多，是金家族裏的一條好漢。他父親就是舊社會雙水村著名的文人金先生 —— 老先生一九五二年就去世了。不過，金家兄弟三人身上沒一點文氣。金俊武在三兄弟中排行第二。老大金俊文已五十來歲，性子也不弱。只不過一般不出頭露面。這人手巧，殺豬、泥窰、壘鍋灶，匠工活裏都能來兩下，他生養的兩個兒子金富和金強，像土匪一樣蠻橫。俊武的弟弟金俊斌，倒和兩個哥哥不一樣，老實得已經快成了傻瓜。但這個大家庭裏的所有成員，因為有精明強悍的金俊武，誰在村裏也不受氣。金俊武雖然人長得粗壯，但做事從不靠蠻力，主要用智力周旋。他對長輩很有禮貌，做事在大面子上很寬闊，私人交往中不計較一些小虧小損，而且像少安一樣，從不欺負村裏的弱者，因此在金、田兩族一般人中都有些威望。在村裏的強人中間，包括田福堂在內，俊武都有點不服氣，但他比較尊重和佩服比自己小好多歲的少安。這後生和他一樣，精明得誰也哄不了，而且一身男子氣，小小年紀就能獨當一面，把一隊搞得比他二隊還好。他儘管和少安關係不錯，但兩個人心裏也常在撬勁：看誰把自己的生產隊搞得好。一年下來，他往往都敗在少安的手下……

少安聽俊武讓他等一下，就扯住牛繮繩站在公路邊，等俊武從河道裏上來。

金俊武把糞擔子放在路邊，抹下頭上的毛巾擦了把汗水，問：「聽說你到米家鎮去了？牛不要緊吧？如果這牛不中用了的話，咱們還是換一換！哪怕我使用兩天就死了，也不後悔！」金俊武笑着對少安開玩笑。

「就是一頭死牛，我也不換你那三個活寶……怎？有甚麼事要給我說？」少安問金俊武。

「你不知道？」俊武看着他問。

「甚麼事？」少安確實甚麼也不知道。

「罐子村你姐夫讓公社拉到咱們村，正在你家後面的工地上勞教着哩。昨天晚上，還拉在學校院子裏批判了一通！」

「為甚麼事？」少安腦子裏「嗡」一聲。

「聽說是販了幾包老鼠藥……」

俊武不好意思看少安的臉。他擔起糞擔說：「你快回家去看看！聽說你姐引着兩個娃娃也到你家裏來了……」

少安臉上顯出不在乎的樣子，對俊武說：「你忙你的去。我把牛送到飼養室再說。這是個屁事！多不了白受幾天苦，還能定成個反革命？」

金俊武點點頭，擔着糞走了。

少安匆匆地把牛吆到飼養室，給飼養員田萬江把藥交代下，就折轉身向家裏趕去。

孫少安不願意在金俊武面前表示任何慌亂，叫這個強人笑話他。但他現在內心中充滿了焦躁和不安。對於像他們這樣各方面都很脆弱的家庭來說，一件小事就可能導致災難性的混亂，甚至使一切陷於癱瘓。而眼前發生的又並不是一件小事。姐夫不僅使一家人蒙受恥辱，而且罐子村他家的生活越爛包，他這裏的家庭也就要爛包得更快些——因為他和父親絕對不可能丟開姐姐和兩個孩子不管。他更知道，家裏出了這樣的大事，一家人都指靠他來解決。他不僅要解決事情本身，還同時要安穩一家人的情緒……

他現在一路往家裏走，腦子裏已經開始飛快地判斷各種情況。是的，這是公社出面搞的事；如果是本村，他就會立即去在各種人際關係中穿插，先找俊山叔，再找金俊武，然後找二爸，最後找田福堂……當然，還有許多人。而且他還不會都直接出面，各種交錯制約的力量，就可能使問題得到解決。在雙水村這個天地裏，他還是有些能耐的。可姐夫是罐子村的，而這事又是公社搞的，和雙水村沒一點關係。他現有的能力看來無法解決這事。

怎麼辦？他上自家院子的土坡時，腦子裏還像亂麻一般沒有頭緒。只有一點已經清透了：要解決這事，非要通過石圪節公社不可。但公社裏除過文書劉根民是他小學同學，能說上話外，其他領導儘管都認得他，但沒有甚麼更多的交情……

到了院子的時候，他把所有這些思緒暫時斬斷。因為他首先要應付家裏人的情緒。

他在家門口站了一下，讓自己平靜下來，然後儘量輕鬆一些地推開了門。

他媽，他姐，他妹，他奶，老少四個女人一見他回家來，都又驚又喜，高興得咧開嘴笑着，一個個淚流滿面，就好像久盼的大救星突然從天而降。

少安站在腳地[9]上，為這場面感動得忍不住鼻子一酸。是呀，這些至親至愛的人們，都把他看做是全家人的靠山。家裏出了任何不幸事，他們都把希望寄託在他的身上。他怎麼能辜負親人們的期望呢？

剎那間，一種強悍的男性豪氣在這個二十三歲青年的身上洶湧地鼓漲起來！

他平靜地問母親：「我爸出山去了？」

他媽「嗯」了一聲，接着便撩起圍裙揩乾臉上的淚痕，母親意識到她不能再哭了，以免加重兒子的精神負擔。

9　方言，指屋裏或屋外空餘的地方。

他又問腳地上的妹妹：「你二哥回來了沒？」

蘭香說：「回來了，剛出去到金波家尋個東西……」

這時候，他姐蘭花頭一下伏在大弟的肩上，又出聲哭起來了。少安安慰她說：「姐姐，你不要急躁，事情總有我哩！你看你眼睛都腫了。千萬不敢傷身子，你還要拉扯貓蛋和狗蛋……那兩個娃娃哩？」

蘭花不哭了，說：「少平引到外面去了……」

這陣兒，少安他奶坐在後炕頭上，張開沒牙的嘴只顧笑着。她看見她的安安就是沒死嘛！這不，已經平安無事地回來了！

少安從一個毛巾縫成的小布袋裏，掏出一包從米家鎮買來的蛋糕，拿出來放在奶奶的被子旁。他從裏面撿了一塊軟點的，遞到奶奶手裏，說：「奶奶，你吃這！軟的，能咬動哩！」

老祖母接過這塊蛋糕，指着旁邊其餘的，說：「叫貓蛋狗蛋吃去……」

少安看家裏人的情緒緩和下來以後，就一個人從窰裏出來，轉到了院畔上。到現在，他對姐夫的事，心裏還是沒有一點主意。

唉，他一個普普通通的莊稼人，能有多少本事呢！如果說，甚麼地方有些莊稼活把人難住了，他孫少安根本不會把這種事放在眼裏；他自己有信心把別人幹不了的活幹得出奇的好。可這種事不一樣啊！

他急躁地在院畔上走來走去。

他看見，院子東頭那棵碗口粗的杏樹，已經綻開了一樹白粉粉的花朵。這樹是他們家搬到這裏時栽下的，算一算和蘭香的年齡差不多了。往年，收麥的時候，總能在這棵樹上摘一兩筐金黃的甜杏子。除過一家人大飽一頓口福外，好心的母親還要給村裏一些人家的娃娃分一點。但這兩年不行了，他的兩個饞嘴小外甥早早就侵害完了。少安十分疼愛兩個活潑的外甥，因為姐夫無能，他對這兩個孩子擔當着責任。

他想，就是為了這兩個孩子，他也要把姐夫的事有個平和的解決……

他看見他弟少平一隻手抱着狗蛋，另一隻手提個口袋，從土坡裏上來了。年齡大的貓蛋跟在他後面走着。

少平也看見了他，興奮地加快腳步趕過來了。

少安問少平：「你手裏提些甚麼？」

「十幾斤白麪。」少平說。

「白麪？哪來的？」少安驚奇地問。十幾斤白麪，對他們家來說，可不是一個小數字啊！

「潤葉姐給的……」少平說。

「潤葉？」

「嗯。」少平接着就把潤葉叫他去她二爸家的前前後後都給哥哥說了。最後，少平對他哥一再強調說：「她叫你這幾天一定來一下！」

「她沒說是甚麼事嗎？」少安問。

「沒說，就叫你一定來一下……」少平說完，就引着兩個孩子回家去了。

孫少安愣了半天。他憂傷地走到院子東頭那棵杏樹前，手輕輕摳着樹皮，抬起頭望着滿樹雪白的杏花，陷入到往事中去了……

第十一章

在少安很小的時候，他們家還住在田家圪嶗他二爸現在住的地方。他們家離潤葉家很近。那時候，田福堂的家境雖說比他們家強得多，但還沒有發達起來。福堂叔和他爸在舊社會都給富人家攬過工，因此解放初兩家人的關係還相當親密。母親那時候常帶着他和姐姐蘭花到田大嬸家串門。潤葉比他小一歲，兩個人正能玩在一起。漸漸地，他們就相好得誰也離不開誰了。少安早上一起來，就哭着要到潤葉家去。潤葉晚上又哭着要到他們家來睡，田大嬸就只好把她送過來；兩個孩子常常在被窩裏打鬧半天也不安息。要是誰家吃一頓好飯，大人也總要給另一家的娃娃端上一碗，或者就乾脆叫到自己家裏來吃。他兩個不論誰過生日，他媽或田大嬸總要給他們把一圈白線用紅顏料染好，掛在他們的脖子上——這是「鎖線」，保佑孩子無災無病，長命百歲……

後來，他們長大了一點，家裏和院子裏已經沒甚麼意思，就開始溜出家門，到廣闊天地裏玩去了。春天，當桃杏花盛開，柳樹抽出綠絲的時候，他們還穿着破爛的開襠棉褲，到陽土坡上刨剛發芽的「蠻蠻草」根，這草根嚼在嘴裏又麻又辣——這是在一個漫長的冬天之後，嚐到的第一口春天的鮮物。夏天，一入三伏，他們和村裏的其他娃娃就脫得一絲不掛，男娃娃，女娃娃，成天泡在東拉河裏，耍水，互相打鬧着給光身子上糊泥巴。一個夏天過去，都曬得黑不溜秋。秋天，是黃土高原的黃金季節。他們一羣孩子就在野外尋找一切可以吃的東西，常常把肚皮撐得回家連飯也不好好吃，在這個季節反而都消瘦下來。冬天，刀子一般嚴厲的寒風把他們從野外趕回來，只好一整天悶在家裏玩。只是在天氣暖和的日子裏，他才和潤葉一塊從東拉河的冰上走過去，在金家灣那邊的村子裏，尋找各種各樣的破瓷器片。金家灣過去有錢人家多，打碎的瓷器往往又細又好看，上面還釉着許多美妙的花紋。冬天茂密的柴草衰敗下來，這些玩藝兒很容易搜尋到。他們把這些寶貝揀回來，分別放在他們家院子供奉土神爺的牆窰裏。唉，在這窮困的農村，孩子們有甚麼玩具呢？那個年紀裏，這些東西就是他和潤葉擁有的最寶貴的財產了……

一年年過去，他們家越來越窮了。可福堂叔的光景一年比一年強。潤葉穿起了漂亮的花衣裳，可他的衣服卻一年比一年穿得破爛。但他們仍然像以前一樣，在一塊親密地廝混着玩耍。

在他六歲那年，有一天，父親給他揳起一把小钁頭，又給他盤了一根小繩，說：「少安，你也大了，應該出去幹點活了。跟爸砍柴去吧！」

「不！我不去！我要和潤葉一塊玩！」他抗議說。

「潤葉是女娃娃，你是男娃娃。男娃娃就要到山裏學幹活。男娃娃怎麼能老呆在家裏呢？再說，咱這窮家薄業，就爸爸一個人拉扯着你們，沒個幫手不行啊！」

他沉默不語了。他知道父親說得對。他早朦朧地感到這一天要來的，現在終於到來了。

就這樣，他那雖然貧窮但充滿無限歡樂的日月過去了。他從此便開始了一個農村孩子的第一堂主課——勞動。

他先是跟着父親，隨後便和村裏同齡的男孩子一塊相跟着出山砍柴。每天一回，每回一小捆。他甚至學着像大人一樣，用草繩把柴雙套腰一捆，又齊整又好看。母親捨不得燒他砍回來的柴，就把這些可愛的小柴捆另外垛在院子裏。時間長了，竟然垛起了規模不小的一垛。來他們家串門的村裏人，都指着這一垛柴，對他父母誇讚說：「哈呀，這娃娃將來是個好受苦人！」城裏人誇孩子誇學習，鄉裏人誇孩子誇勞動。他父母親為此而很驕傲，他也在自己幼小的心靈裏，第一次感受到了勞動給人帶來的榮耀。

但是，每天砍柴回來，他餓得要命，家裏又頓頓是稀飯，沒一點像樣的乾糧。他喝上幾碗稀湯，就愁眉苦臉地從窰裏出來了。他知道他即使又哭又鬧，家裏也沒有辦法。再說，每頓飯母親都已經在稀湯裏給他捋一碗稠的了。

每當他來到院子裏的時候，就看見潤葉在他家的土牆外面招手叫他。

他撒腿跑過去，潤葉就把從自己家裏偷出來的玉米麪饃，給他手裏塞一個。他貪婪地啃着，感激地望着這個和他一起耍大的夥伴。她穿一身乾乾淨淨的花衣裳，頭髮也再不是亂蓬蓬的了，梳起了兩根黑亮亮的羊角辮。

在他八歲那年，正是一九六〇年最困難的時期。他們家本來就已經吃了上頓沒下頓，他二爸又從山西跑回來，麻纏父親給他娶媳婦。父親借下一河灘賬債娶過了二媽，並且連住的地方也讓給二爸家了。他們家只好從田家圪嶗搬出來，在金家灣金俊海家借了一孔窰洞。

這時候，潤葉在村裏上了學。她並且跑到金家灣來，讓他也去上學。少安這時才明白，他如果繼續去砍柴，就要一輩子在山裏勞動了。

於是，他便開始和父母親鬧着要去讀書。潤葉在旁邊哭着給他幫腔。父母親怎麼都乖哄不下他，後來只好同意了。父親對他說：「我不是不願供你上學。我以前在那樣的年頭，都供你二爸到山西去唸書。可是，供來供去，還不是回來了？咱祖墳裏沒埋進去當先生的福氣！再說，咱家光景已經過不下去，你不唸書，還總能給爸爸幫點忙……不過，既然你上了學，那就要好好學習哩……」

他於是就懷着歡樂而又沉重的心情，進了雙水村小學。他和潤葉一個班，並且坐一張課桌。

在雙水村四年的日子裏，他年年都在班上考第一名，但也是全校穿戴最破爛的一個。有時候，家裏飯不夠吃，他就餓着肚子來到學校。潤葉幾乎每天都要從自己家裏給他拿乾糧吃。農村的孩子調皮搗蛋，看他兩個相好，就胡說潤葉是他的「媳婦」。潤葉氣得直哭鼻子。她以後從家裏拿來吃的，也不敢明給他，等同學們下課出了教室，才偷偷塞在他的課桌裏。他也是偷偷拿着這乾糧，跑到金家祖墳那裏去吃……

記得十一歲那年，他和潤葉已經在村裏的小學上到了四年級。有一次，同學們在校院裏玩「找朋友」的遊戲。

他不敢到人圈裏去，因為他屁股後面的補釘又綻開了，肉都露在了外面。他看別人玩，自己脊背緊貼着教室牆，連動也不敢動。有一個男孩子大概早發現他褲子破了，這時就串通幾個人一撲上來，把他拉在了人圈裏。所有的男娃娃都指着他的屁股蛋「噢」一聲喊叫起來，並且起哄唱起了那首農村的兒歌：爛褲褲，沒媳婦，尻子裏吊個水鴣鴣……女娃娃們都已經到了懂得害羞的年齡，紅着臉四散跑了。

他又難受又委屈。下午放學後，也沒回家去。他一個人轉到金家祖墳後面的一個土圪塄裏，睡在地上哭了一鼻子。土圪塄上面就是高高的神仙山。他想起了老人們常說的那個下凡的仙女；也想起了那個痛哭而死的男人——那男人的眼淚就流成了腳下的哭咽河。哭咽河，哭咽河，男人的眼淚流成的河……

他突然聽見潤葉輕輕地喊他。他慌忙坐起來，臊得滿臉通紅。潤葉站在他旁邊，說：「我回家裏拿了針線，讓我給你把補釘縫一縫……」

「你不會做針線！」他不願讓潤葉縫那塊補釘——因為那是個丟人地方。

「我學會做針線了，讓我試一下！」潤葉說着便蹲在他身邊，硬掀轉他的身子，便笨拙地給他縫起來了。

那時潤葉才十歲，說不上會做針線，只是胡串了幾針，讓原來的補釘能遮住羞醜。她的針不時扎在他的屁股蛋上，疼得他直叫喚。她在後面笑個不停。勉強縫完後，她讓他站起來走一走。

他剛站起來走了幾步，就聽見後面「嘶」的一聲 —— 又破了！

潤葉捂住嘴，笑得前俯後仰，說：「沒頂事！讓我再縫！」他趕忙說：「算了！我回去叫我媽縫……」

小學生活隨着童年的逝去而結束了。一九六四年，他和潤葉雙雙考上了石圪節高小。他在全公社的考生中，名列第一。全村人都說他是個唸書的好材料。他父親也很高興，就讓他去了。石圪節離雙水村近，可以每天和同村的學生相跟着回家吃飯，花費並不大。那兩年，他就像後來的少平和現在的蘭香一樣，每天下午回家，第二天早上天不明就起身，帶一頓乾糧，和其他娃娃摸黑趕到石圪節。潤葉家裏光景好，已經上了學校的大灶，除過星期六，大部分都在學校住宿，不天天受罪跑路了。他們仍然是一個班，還是同桌。他學習好，常給潤葉幫助。如果考試的時候，潤葉不會，他還偷偷給她看自己的答卷。要是哪個男同學敢欺負潤葉，他就不怕別人瞎說他和潤葉的長長短短，站出來護着潤葉。一次，一個男同學在操場上故意把籃球往潤葉身上扔，他過去把那傢伙打得鼻子口裏直淌血，讓老師把他狠狠訓了一頓……

但是當他上完兩年高小，卻再不能去縣城上中學了。那時石圪節還沒有中學，要上初中就得到縣城去。到那裏去上學，對一個農民家庭來說，可不是一件容易事。再不能跑回家吃飯了，要月月交硬正糧食，還要買菜票，更不要說其他花費也大多了。而同時，弟弟少平也在村裏上了學。他父親再也供不起他了。他已經十三歲，不用父親說，自己也知道不能去城裏讀書了。他對父親說：「爸爸，我回來勞動呀。我已經上到了高小，這也不容易了，多少算有了點文化。就是以後在村裏勞動，也不睜眼瞎受罪了。我回來，咱們兩個人勞動，一定要把少平和蘭香的書供成。只要他兩個有本事，能考到哪裏，咱們就把他們供到哪裏。哪怕他們出國留洋，咱們也掙命供他們吧！他們唸成了，和我唸成一樣。不過，爸爸，我只是想進一回初中的考場；我要給村裏村外的人證明，我不上中學，不是因為我考不上！」

他父親在他面前抱住頭痛哭流涕。他第一次看見剛強的父親在他面前流淚。他自己也哭了。是的，他將要和學校的大門永遠地告別了。他多麼不情願啊！他理解父親的痛苦——爸爸也不願意斷送他的前程……

就這樣，他參加了全縣升初中的統一考試。在全縣幾千名考生中，他名列第三被錄取了。他的學生生涯隨着這張錄取通知書的到來，也就完全終結了！儘管潤葉跑到他家來，又像他上小學時一樣，哭着讓他到城裏去報名。但這回用不着父母親給她解釋，他自己就像一個成熟的大人那樣，給潤葉說明他為甚麼不能再上學了……

當潤葉坐着金俊海的汽車離開村子的時候，他一個人偷偷地躲在公路上面的土圪塄裏，淚流滿面地看着她出了村。別了，我童年的朋友！我們將各走各的路了，我會永遠記着我們過去的一切……

他從此便心平氣靜地開始了自己的農民生涯，並且決心要在雙水村做一個出眾的莊稼人。

後來，由於他的精明強悍和可怕的吃苦精神，在十八歲那年，一隊的社員就一致推選他當了隊長。這多年裏，他把全部的心思都放在隊裏和家裏的事上。

在這期間，潤葉回村來的時候少了。但不論是她上中學的那些年，還是後來當了教師，只要她回村來，都要給他祖母拿着吃的，到他家裏來看望他們。往日友誼的暖流依然在他們心間涓涓流淌。每次見面，他倆總要在一塊說許多話。她給他說城裏的各種事，他給她說鄉裏的各種事。不管他說甚麼，她總是非常有興趣地聽他說……不過，一切也都僅此而已了。記得小時候，不光娃娃們，就是有些村裏的大人，也開過他們的玩笑，說她是他的「媳婦」。可是，當他真正懂事的時候，就知道這的確是個玩笑。村裏人以後也不再開這樣的玩笑——甚至忘記他們還曾開過這樣的玩笑。總之，誰也不會再記起他們小時候的事了。是的，生活就是這樣。在我們都是小孩子的時候，一個人和一個人可能有家庭條件的區別，但孩子們本身的差別並不明顯。可一旦長大了，每個人的生活道路會有多大的差別呀，有的甚至是天壤之別！

……少安聽他弟少平說潤葉讓他來一趟城裏時，一個人愣在這杏樹下，怎麼也想不到這究竟是為甚麼。他和她後來並沒有甚麼交往；而他們兩家的交往就更少了。她會有甚麼事需要他到城裏去找她呢？

他想：如果是一件無關緊要的事，他可沒甚麼閒工夫去逛一趟縣城！家裏現在危機四伏，他到現在還對這個局面一籌莫展，他怎麼能丟下這麼重大的事，而為一件小事胡跑亂竄呢？不，他不會去。儘管這可能傷了潤葉的自尊心，但以後見面時，他會給她解釋清楚的。潤葉向來通情達理，她會原諒他的。

他離開這棵杏樹，思想馬上又回到他姐夫的事上來。他即興決定：立刻去找一下金俊武。這老兄腦子裏彎彎多，他很想聽聽俊武有甚麼高見。他本來想找他二爸進一步問清情況，但二爸現正在會戰工地上，又算是個領導人，他不便出現在那裏——等晚上再說吧！

他已經出了院子，從土坡下來了。

他突然停住腳步，腦子裏剎那間劃過一道明晃晃的閃電：啊呀！我為甚麼不到縣城找潤葉呢？潤葉她爸和公社徐主任是好關係，他自己出面給田福堂說他姐夫的事，田福堂會只推不接；要是潤葉出面給她爸做工作，她爸說不定會把徐治功說轉的。

對了！只要他給潤葉提出來，潤葉就肯定會幫忙的。也許田福堂會耍個滑頭，搪塞一下了事。但話說回來，現在除過這個關係還有點希望外，其他任何辦法都是白跑腿！金俊武在這種事上能有甚麼靈法妙計呢？難道他自己就比金俊武笨嗎？不行啊！一個普通老百姓怎麼能解決了這麼大的問題……

好，他現在不準備徒勞地瞎忙了。他想他得很快把隊裏和家裏的事安排一下，這兩天就走一趟縣城。本來，就是潤葉不捎話給他，碰到這種事，他也應該想到去找她幫忙 —— 何況現在正好她叫他來，為甚麼不去呢！

他在自家院子的土坡下，旋即折轉身，又返回家來了。他感到身上變得鬆寬起來。

他進了院子，見少平正給貓蛋和狗蛋摘杏花玩，就問弟弟：「潤葉是不是叫我這幾天到城裏去找她？」

少平看他哥這樣顛三倒四又問他這事，就說：「我不是給你說了嘛！潤葉姐就是讓你這幾天到城裏去找她……你究竟是去不去？要是你不去，我好給潤葉姐回個話！」

少安一邊往家裏走，一邊對弟弟說：「我去……」

—✦ 第十二章 ✦—

田潤葉把中午飯從灶上打回來，放在炕頭那個土台子爐灶上，先沒顧上吃。她攙起一盆熱水開始洗臉。

這一天夠忙的了！早上，學校安排全校紅小兵到城外去學軍，而且統一規定學生都要穿黃衣服，男學生拿小馬刀，女學生拿紅纓槍。她是三年級的班主任，忙着檢查學生們的這些「武器」是否齊備，服裝是否符合學校要求。接着就帶着孩子們在城外走了十幾里路，捉了一會「特務」。回來累得睡了一陣，還沒來得及洗臉，又是教師的集體政治學習時間，只好跑到會議室聽學校革委會主任唸了一篇「毛選」。眼下就是這樣，一星期不上幾天課，大都是教師帶着學生，學軍，種地，上街搞宣傳，把人忙亂得不可開交。

她洗完臉，細心地梳理完頭髮，才搬了個小凳坐在爐灶前。她望着一碗土豆菜和一個玉米麪饃怔怔地出神，還是沒有動筷子。學校灶一個月只有二兩油和六斤細糧，其餘的都是玉米麪和高粱米，菜總是白水煮土豆，裏面沒有幾滴油。她忙了，就不回二爸家去，在學校湊合着吃這伙食。

潤葉沒動筷子，倒不是嫌這飯菜不好——儘管家庭條件優裕，但她從來不是個嬌氣人。她現在坐在這裏發愣，是在想她的心事。

自從去年秋天以來，她二爸家出現了一個不速之客。起先她認不出來這個敦敦實實的青年是誰，但覺得有點面熟。後來她才知道，這是李叔叔家的兒子李向前。向前在中學時比她高兩個年級，因此她並不熟悉這個人，當時見了面也只能大約判斷像是一個學校的。

向前的父親也是縣革委會的副主任，和她二爸一塊共事，在二爸家裏來過好些次，她倒認識。向前的母親聽說是縣醫院的書記，是她二媽的領導，有時也來二媽家串門，她也認識。只是李向前以前從不上她二爸家來。

可是，自從去年秋天以來，他隔幾天就來一回。每次來的時候，總要到她窰裏來東拉西扯說半天話。他是縣貿易經理部的汽車司機，經常跑外面，因此知道許多省城和外省的事，給她說個沒完。每次臨走時，他都問她在外地捎得買甚麼東西不？她都說不買。她在心裏對這個人已經有點煩。她已聽夠了他那些溝裏上窪裏下的不上串[10]話。但她不好意思表示她的反感——他父母親和她二爸二媽一塊共事，而且他媽還是她二媽的領導！

可是，有一天，他來的時候，竟然當着她二媽的面，拿出在省城買來的一件紅線衣，對她說：「我碰上這麼件衣服，覺得你穿上肯定合適，就給你捎得買來了。這是上海新出的一種線衣。哈呀，你不知道，買的時候，眾人都搶，我插了一回隊，還和一個人吵了一架，好不容易才買到了手……」

她有點生氣了，說：「我不喜歡穿紅顏色的衣服！」

李向前手裏舉着那件來之不易的紅線衣，感到十分尷尬。她二媽趕緊圓場說：「啊呀，你這娃娃！人家向前好心買了這衣服，你應該謝謝人家！再說，你怎不愛穿紅顏色？你的毛衣不就是紅顏色的嗎？」

她的臉也成紅顏色了。為了不讓二媽難堪，她只好問向前：「多少錢？」

「錢甚麼哩……」向前吞吞吐吐地說。

---

10 形容不成材料，品性不正的。

「你受了這麼大的麻煩，怎能連錢也不要哩！」她心裏感到很不舒服。

「五元……就五元錢！」向前只好說。

「不會是個整數吧？」

「零頭我忘了……」

「你再想一想！」

「五元……噢，五元四角六……」

她二媽正要給向前取錢，她已經從自己的衣袋裏把錢掏出，給了他。

從此以後，當她發現向前一來她二媽家，她就趕忙找個藉口躲開，到學校裏去了。

但事情並沒有因為她的躲避就完結了。那一天下午，二媽從醫院裏回來，給了她一張電影票，說是他們醫院發的，她晚上要做個手術，不能去了，讓她去看。

她問：「甚麼電影？」

「聽說是《南征北戰》。」她二媽說。

「這電影我以前看過了。」她不太想去。

「聽說這是江青讓重新拍的，你再去看一看嘛！」她二媽勸她說。

她於是吃完晚飯後，就到街上的電影院去看新拍的《南征北戰》。

她進了電影院，找到自己的座位，臉突然「呼」地一陣發燙。她看見李向前正緊挨着她的座位坐着。他早已經熱情而緊張地站起來，招呼她入座。她沒有猶豫，轉過身就往外走……

過了幾天，她二媽找她談了一次，把問題直截了當說明了。她二媽告訴她，向前的母親託她轉告，說向前看上她了，希望她能成為他們家的媳婦。

她二媽勸她說：「你也不小了，在二媽家住了好多年。我和你二爸就當自己的孩子一樣看待你。你如今在城裏參加了工作，婚姻的事我們不操心也不行。你爸好幾次給我和你二爸安頓，讓我們在城裏給你瞅個人家。你二爸忙，顧不了這種事，我就要多操點心。現在向前家主動提出了這事，我倒挺高興。你李叔叔和向前媽，都是縣上有名望的人，家庭條件那就更不用說了。向前的職業也好。你不聽人家說，在咱們山區，方向盤一轉，給個縣長也不換！」

她二媽一將事情說明，潤葉就真正陷入到苦惱中去了。說心裏話，要讓她把自己的一生交給李向前，她堅決不能同意。她反感李向前：浮淺，粗糙，長得又不帥，在外面吃喝得肥肥胖胖，已經不像個青年人的樣子了。但她又不能一下子就傷了二媽的面子，因為二媽不是她媽。更何況，她又在人家門上吃了多年飯，人家還給她找了工作……

她後來只好對她二媽說：「我一直沒考慮這種事……」

「那你考慮好了再說！你不妨和向前多接觸一下，不要老躲他！」她二媽又勸她說。

真的，潤葉儘管已經長到了二十二歲，但的確還沒有考慮自己的婚姻問題。現在由於這件事的出現，她才明白地意識到，她已經到了一個微妙的年齡。是的，人一輩子也許誰也不能迴避這件事。男大當婚，女大當嫁，她想不到這樣一種人所難以逃脫的法則，這樣快就出現在了她的面前。

一旦她考慮這件事的時候，她的眼前就立即浮現出了孫少安的身影，而且自然得連她自己都吃了一驚。是的，如果一生非要和一個男人在一塊過日子的話，她第一個就想到了少安。她和他在不懂得害羞的年齡就在一塊了。他對她來說，就像自己家裏的人一樣習慣和親切。她以前當然沒有認真想過少安就是她以後的愛人。因為迄今為止，她從根本上還沒有考慮過自己的終身大事。現在，當生活已經把這問題給她提出來以後，她就非常自然地想到她的男人就應該是孫少安了。

在她這樣的年齡，一旦內心真正產生了愛情的騷動，平靜的內心世界和有規律的生活就一去不復返了。很快，她無論是走路、吃飯、工作，面前總是站着個孫少安：高挺的身材，黝黑而光潔的臉龐，直直的鼻樑，兩條壯實而修長的腿……而且她開始一幕一幕地從小到大回憶他們之間共同經歷的一切。這回憶有時使她發笑；有時使她撲在牀上痛哭流涕；有時又使她既發笑也流淚……唉，晚上再也不會躺下看兩頁書就睡着了！她半夜半夜地翻來覆去合不住眼，一次次拉開電燈，又一次次把電燈拉滅。寒冬臘月，她在被窩裏卻感到發熱，將被子蹬在一邊，把兩條發燙的腿放在外面涼一涼……

可是，她怎樣才能給少安說這事呢？難道這死傢伙就從來一點也想不到？唉，他們後來見面也少多了……

過了一段日子，田潤葉才想到了另外一個問題：少安現在是農民，而她已經算是吃一碗公家飯了。

可這又算甚麼呢？古時候，還有皇帝的女兒看上平民老百姓的哩！她們寧願為了愛情不享受皇宮的榮華富貴，而跟着所愛的人去受一輩子苦。他們雙水村的神仙山，傳說就是天上玉皇大帝的女兒，為了人間的愛情而變成的。天上的神仙都可以用死來殉情，何況凡人田潤葉只是個小學教師罷了。她想她要是和少安結婚了，乾脆就回雙水村教書去……

她白天黑夜想她和少安的事，已經到了神情恍惚、不思飲食的地步，而且對班上的學生也失去了她慣有的耐心，動不動就訓他們，工作上也接二連三出差錯。因為她二爸的關係，學校領導看來不好批評她，但她自己已經覺得有點不像話了。

她決定馬上和少安談一次。

她不想回村裏找少安。村裏人都認識，兩個人不好多接觸；再說少安常出山勞動，也沒機會。晚上更不行。農村不像城裏，兩個男女晚上呆在一塊說話，閒言碎語不光雙水村，整個石圪節公社都會傳得風一股雨一股。

最好是少安到城裏來！這裏人生，並且男女在一塊是慣常的，不會引起別人的飛短流長……

當她聽她弟潤生說，少安的弟弟少平也來上高中的時候，她就很快想到讓少平給他哥捎個話。於是她就到中學找了一趟少平。她看見少平和他哥長得一模一樣，心裏對這孩子也產生了一種說不出的心疼。她看見他穿得破破爛爛，感到非常難過。她想起當年少安上學時，也就穿這樣的破衣服。她立刻把自己省下的五十斤糧票都給了少平，還把她這個月剩下的全部工資也給他了……

現在，田潤葉坐在爐灶前，還是沒有動筷子。

她不想吃飯。她想着少安。她焦急地等待着他來。已經兩天過去了，他還沒有來！少平明明給她說，他答應這兩天就來。可「這兩天」已經過去了，他為甚麼還不來？少安！少安！她在心裏不斷地呼叫着他的名字……

潤葉這兩天沒有回二爸家吃飯去。晚上她也睡在學校的宿舍裏。她怕萬一少安來了找不見她 —— 她捎話讓他直接到學校來找她……

這兩天，她坐在學校的宿舍裏，只要門外有腳步聲，她的心就一陣狂跳。有兩次她聽見有人敲門，就趕快迎到門口，原來是她們學校的女老師叫她去參加政治學習，讓她敗興極了。

她現在把衣服也換轉了，換上了一身洗得發白的藍制服罩衣，看起來樸素多了。她知道少安沒有一身像樣的衣服，她的衣服要叫他看起來不拘束才行。她還讓與她關係要好的一個女老師，把她的兩根漂亮的辮子剪成了短帽蓋，只用一根綠毛線紮了一綹頭髮，看起來既樸實又顯得成熟了一些，這使她很滿意。所有這些精心的準備都是為了那個人 —— 可他現在還遲遲不到！

她伸出手，摸了摸她面前的飯碗。碗在火邊烤着，還很燙手。她又摸了摸放在碗筷上面的玉米麪饃，已經冰涼了。她想，不吃飯也不行，總得湊合着吃一點。

她剛端起碗，就聽見有人敲她的門。她一把將碗擱在爐灶上，也不管閃手撒了一爐灶菜，就跑過去開門。

還沒等她把門打開，她妹妹曉霞就咯咯地笑着闖進來了。

潤葉心一涼，說：「死女子！像個土匪！」

曉霞毛衣外面披個衫子，風風火火地走進來，看了看撒了一爐台的土豆塊，說：「啊呀，姐，你是不是對我們有意見了，不回家吃飯，在這裏賭氣吃這種爛菜？」

潤葉拿過掃帚，把倒在爐台上的土豆塊掃在鐵簸箕裏，說：「這幾天學校事多，我不得回去。家裏沒甚麼事吧？」

「你不記得了？今天是我外爺的生日，六十五大壽，不擺一桌還行？我媽讓我來叫你快回去吃飯。幸虧我趕來了，要不你把這碗土豆塊早吃光了。快走吧！」曉霞催她說。

潤葉想：徐大爺過生日，是個吉慶事，她不回去對老人不尊重。

她只好把自己的門一鎖，跟曉霞回她二媽家去了。

第十三章

田福軍和他愛人徐愛雲正在廚房裏忙着炒菜。因為老丈人過生日，福軍今天破例親自下廚房執起了炒瓢。

徐國強老漢就愛雲一個女兒，以前福軍和愛雲又一直在外地工作，這幾年回到本縣，他們要彌補以前的不足，因此對老人格外體貼。老漢前幾年剛退休，接着老伴也病故了，女兒女婿就勸老人搬到了他們家。

老岳父是個老粗幹部，識字不多，一旦不工作，閒得很寂寞。他不讀書，也不看報，整天沒事，就在院子的那個花壇裏修修整整。也不正經務甚麼花，種一點牽牛花和能染指甲的那種小紅花。花壇裏大部分種的是莊稼。地塊雖小，樣數倒不少。幾棵玉米，幾棵紅薯和土豆，還栽幾棵辣椒和茄子。玉米旁邊帶着豆角，花壇轉邊還種了一圈南瓜。一年四季，這花壇裏倒也另有一番情趣。夏秋之間，南瓜蔓子扯得滿院子都是，絆得人都走不利索，田福軍有時下班回來，看見這番景象，都忍不住想笑。

老丈人每年的生日，在田福軍家裏就是一件大事。老人年紀大了，又很孤單，一家人藉此專為他熱鬧一番，老漢心裏也高興。田福軍常忙得顧不上吃飯，更不用說做飯了，平時不是他愛人做，就是他姪女潤葉做。但老丈人過生日的菜，他年年都要親自上手。他過去學着做過幾樣菜，還比較拿手；另一方面，也表示了他對丈人生日的重視。

他現在腰裏束着他愛人的圍裙，正忙着拌涼菜。愛雲在案子上給他備炒菜的材料，看丈夫這模樣忍不住抿嘴微笑。

他一邊拌菜，一邊不時問愛雲某種調料擱在甚麼地方。愛雲就轉身給他指點，或者乾脆停了手中的活，親自給他拿在跟前。

他倆在廚房忙着，徐國強老漢一個人坐在窰裏的熱炕頭上，一邊抽煙斗，一邊用一隻手悠閒地撫摸着身邊的一隻老黑貓。這隻貓全身皮毛像黑緞子一樣光滑，兩隻金黃的眼睛閃閃發光。它和徐國強形影不離，晚上也在一個被窩裏睡。老漢今天過生日，把鬍子刮得乾乾淨淨，身上也換了女兒給他新做的衣服，自滿地坐在炕頭上，一臉的福相。

家裏現在只有這三個大人。曉霞到城關小學叫她姐去了。福軍的大兒子曉晨在西北大學上學，已經收假走了。只是一會還要來個客人。這人就是向前他爸李登雲。登雲過去一直是徐國強的老下級，是老漢一手提拔起來的，因此李主任一直對徐老很尊敬。自從老漢退休後，每年過生日他都要來祝壽。今天上午縣常委會完了以後，登雲就給田福軍說，他今天中午一定到他家裏看望老首長。

田福軍和李登雲過去雖然早就認識，但基本沒在一塊工作過。登雲一直在這縣上工作。田福軍以前大部分時間都在地委，只是一九七〇年從「牛棚」裏出來以後，在另外一個縣下放勞動了半年，才分配回本縣當了副主任 —— 這算來也快滿五年了。他現在是縣上的二把手，登雲排在他後面。

這四年多來，他和登雲的關係有點微妙。在許多問題的看法上，福軍和一把手馮世寬有分歧，登雲明顯地支持世寬。只是由於和他老岳父的關係，才不像世寬和他那樣在這些問題上面對面發生衝突。不，登雲和他從來沒公開紅過臉。登雲只是用實際行動來支持世寬而反對他。在他來本縣任職之前，世寬和登雲已經在這個縣一塊工作好多年，兩個人早就是老搭檔了。據說在任命他時，世寬還找黃原地區革委會管組織的領導，讓組織把李登雲排在他前面。只是因為地區不同意才作罷。登雲不會不知道這些情況，因此他對世寬感恩戴德——倒好像他田福軍來擋了他的路！

田福軍在廚房裏一邊炒菜，腦子不由想着前幾天常委會上他和世寬的爭吵。為了在全縣開展賽詩、賽歌、賽唱革命樣板戲的運動，世寬他們竟然決定，要全縣每個大隊除過自己隊搞這「三賽」外，還要抽十個男青年、十個女青年、十個老頭和十個老婆集中到公社賽。公社賽完，每個公社再選拔四十個男青年、四十個女青年、四十個老頭和四十個老婆到縣上來賽。他在會上指出：雖說政治運動不能不搞，但這種搞法太過分了！影響農業學大寨不說，這麼多老年人折騰下來，說不定還得抬埋兩個人哩！而世寬卻反駁他說，這樣搞正是為了促進農業學大寨！並且還指責他得了「政治幼稚病」。他當時就笑了。誰得了這種病？是他嗎？當然，由於他的反對，是否這樣搞，會議最後也沒定下來。可會一完，管政工宣傳的李登雲就完全按馮世寬的意見給各公社佈置下去了。他沒有辦法制止這種荒唐的做法。豈止是這種事哩！目前多少事使他在內心裏充滿了痛苦！但他是共產黨員，而且是一個縣的領導人，他也不得不做他反感的許多事！甚麼叫痛苦啊？這就叫痛苦……

「愛雲，你嚐這個菜怎樣？」田福軍拿了一雙乾淨筷子，把炒好的一盤肉絲夾了一點，送到他愛人的嘴邊。

徐愛雲嚐了嚐菜，笑了，說：「很好，就是沒放鹽！」

「啊？」田福軍趕緊自己也嚐了一點，便仰起頭哈哈大笑了。他把這盤炒好的肉絲又倒進炒瓢裏，說：「做成回鍋肉了！」

他把重新又放了鹽的肉絲倒進盤子後，愛雲從他手裏奪過炒瓢，說：「乾脆讓我來炒！你心不在焉，別一會把『驅蟲劑』也倒進鍋裏去！」

福軍笑了笑，用毛巾擦擦手，就出了廚房。他想：登雲大概快來了吧？

他站在院子裏，望見城對面的山灣裏，一片桃林已經開得如火如霞了。城市上空，裊裊地飄曳着幾縷淡藍色的炊煙。空氣濕潤潤的，充滿了河流和土地解凍後的氣息。陽光並不很晃眼，溫暖地照耀着依然沒有綠色的大地。

田福軍長長地吐了一口氣，解開毛衣的鈕釦，就慢慢地踱進了自己的窰洞。

進窰後，他在書架裏摸出一本《史記》，從折頁的地方打開，但又不想讀，背抄着手，踱到牆上的那張大開的世界地圖前面。

這家裏的陳設是知識分子型的。三個大書架，兩個是他的——大部分是歷史、政治經濟學書籍，也有一些中外文學名著。另一架是愛雲的醫學書籍。田福軍一九四三年十三歲的時候，就上了邊區的黃原師範，以後又在黃原高中部畢業，才參加了工作——當時到西北黨校秘書科當了秘書。一九五〇年轉到黃原行署財經委員會當幹事，不久又提拔為專署統計科科長。一九五五年進入中國人民大學學農業統計專業。大學學完後，本來當時的中央農業部要他，但他還是要求回到了黃原地區。在地區，他先後任專署辦公室主任、地委農工部長、地委秘書長兼農村政策研究室主任等職。從一九六六到一九七〇年之間，他基本上是捱批鬥，關牛棚。

由於他的經歷，使他養成了看書和愛思考問題的習慣。就是在下鄉的時候，他也要揹一掛包書。他常想，讀書多，想的事多，苦惱自然也就多。還不如像他岳父一樣，不讀書，不看報，心裏不擱多少事；退休以後，再養一隻貓，種幾棵莊稼……他忍不住笑了：他真正要是那樣，恐怕又一天也活不下去了……

此刻他站在地圖前，腦子裏突然冒出來幾個俄語單詞。他在中國人民大學上學時，學過一點俄語，後來再沒堅持，也差不多忘光了。但有時在生活中碰上個甚麼東西，腦子裏就不由得冒出了俄語讀法 —— 當年唸嚷得太多了。他現在看見世界地圖上的中國版圖，嘴裏竟然完整地嘟囔出他當年記得最熟悉的一句話：

Китайская Народная Республика является нашей великой родины.

（中華人民共和國是我們偉大的祖國。）

「哈呀，愛雲，你不僅能治病，還有這一手哩！」

門外傳來李登雲的大嗓門。

田福軍趕忙把《史記》放在書架上，從門裏迎出來了。他看見李登雲手裏提一大圓盒包裝精緻的蛋糕，正把頭從廚房門裏探進去和愛雲說話。

「快進窰裏來坐！」他走過去招呼說。

李登雲旋即掉轉身子對他說：「這幾年徐老過生日，不都是你親自上手炒菜嗎？今年怎不再露一手呢？」

田福軍說：「手藝退步了，愛雲把權奪了！」

他兩個說笑着進了吃飯的邊窰。福軍給登雲遞上一支「牡丹」煙，又開始給他沏茶。

這時候，徐國強大概也聽見了李登雲的聲音，就過這邊窰裏來了，那隻大黑貓亦步亦趨地緊攆在他身後。

李登雲見徐國強進來，慌忙站起來，握住老漢的手，熱情地問候道：「你老最近身體還好？」

「還好！還好！」徐國強點着頭，「不過，也不行了，腰腿有點毛病，行走不太方便。歲數不饒人啊！」

「好好叫愛雲給你看一看！」登雲關切地說。

「醫生治不了家裏人的病……你喝茶！」徐國強坐在椅子上，指着旁邊的那盒點心說，「你來我就高興了，還常帶甚麼禮物哩！」

「你看你老說的！你老栽培了我大半輩子，我常忙得顧不上來看望你老。你老過生日，我表示自己的一點心意嘛！這蛋糕是我專門安咐向前從省城裏買的，名字就叫個『生日蛋糕』。聽說外國人過生日就興吃這東西，還在上面點蠟哩……」

因為曉霞和潤葉還沒回來，因此徐愛雲先沒上菜，窰裏這三個人就坐下喝茶拉話。

「最近又忙甚麼哩？」徐國強沒話尋話地問李登雲。

「哈呀……忙得往醫院裏跑呢！這幾天牙關子又腫了，疼得人心神不安！」李登雲因為和田福軍的關係，不願談甚麼工作，就給老漢說他的牙疼病。

「人常說，牙疼不算病，疼起來要人的命！」徐國強馬上接住話碴。反正他沒甚麼專門的話題，拉甚麼話都行。

為了證實徐老說得對，李登雲馬上「噓」地倒吸了一口氣，用手掌在腮幫子上按了按。

這時候，聽見曉霞和潤葉說笑着回來了。愛雲喊她們兩個幫忙往窰裏端菜。

三個女人忙得進進出出，不一會桌上的酒菜都齊備了。

於是，田福軍一家和李登雲坐下來——為慶祝徐國強老漢六十五大壽的宴會就算開始了。

李登雲先端起酒杯站起來，說：「本來我牙疼，不能喝酒。但今天是徐老六十五大壽，我心裏高興，為了徐老的健康長壽，咱們乾一杯！」

田福軍一家人都站起來，男的白酒，女的紅酒，都逐個和徐國強碰了杯，然後一飲而盡。徐國強滿面紅光，笑吟吟地摸着自己刮剃得光光亮亮的嘴巴。

「夾菜！」徐愛雲說着，就給李登雲的盤子裏夾了些雞肉塊。這季節，還沒甚麼青菜，桌子上大部分是肉食。

李登雲說他牙疼，嚼不動肉，在他旁邊的潤葉就給他舀了些豆腐和丸子。

李登雲對潤葉說：「你這娃娃怎不到我家裏去串門？」

「我常忙着哩……」潤葉紅着臉說。

徐愛雲和李登雲交換了一下眼色，兩個人便意味深長地笑了。

李登雲吃了一會菜，就推說他要到醫院看牙去，起身告辭了。他雙手把徐國強的手握了半天，說了許多讓老漢保重身體和其他的一些吉利話，就離開了。

李登雲走後，這一家四口人又開始逐個向徐國強敬酒。曉霞對外爺開玩笑說：「老年人和娃娃一樣，可看重過生日了！年輕人常記不起給自己過生日！」

徐國強笑了，疼愛地看着他這個風風火火的外孫女，說：「娃娃過生日是盼長大哩！老年人過一個生日，就向墳墓走近一步……」

愛雲瞪了一眼女兒。曉霞側過臉給姐姐吐了一下舌頭。

潤葉很快站起來，給徐大爺斟了一杯酒，說：「爺爺，我敬你一杯酒，祝你長命百歲！」

徐國強高興地端起酒杯，對大家說：「咱們最後一塊喝一盅吧！

祝大家都平安康泰！」

於是，一家人就又都高高興興站起來，喝了這最後一杯酒……

酒宴完了以後，潤葉就對家裏人說，她學校有事，要趕快返回去。

她心事重重地離開二媽家，出了縣革委會的大門，向學校走去。

在去學校的路上，她還是想着少安為甚麼沒到城裏來。這現在又過了中午，看來他今天也不一定來了。唉……

她一路走，一路苦悶地踢着一顆小石子，直把這顆小石子一腳又一腳從縣革委會踢到小學的門口。

她進了學校大門，猛地呆住了！

她看見：少安正在她宿舍的門口低着頭轉來轉去 —— 啊，親愛的人，你終於來了！

她喊了一聲他的名字，就邁着兩條軟綿綿的腿跑過去了……

第十四章

孫少安好不容易把家裏和隊裏的事安排停當，才抽開身到城裏來了。

前兩天，他趕着把家裏自留地的南瓜和西葫蘆都種上了。為了趕時間，他還把他媽和他姐也叫到地裏幫忙。父親在基建會戰工地，又被強制給他姐夫賠罪，請不脫假。他不能錯過播種季節。南瓜西葫蘆，這是全家人一年最重要的一部分糧食。他還在自留地利用陰雨天修起的那幾畦水澆地裏，種了點夏土豆，又種了兩畦西紅柿和黃瓜。這些菜一般家裏不吃，是為了將來賣兩個零用錢的。

至於隊裏的事，那就更多了。冬小麥已經返青，需要除草和施肥，尿素和硫酸銨比較簡單，撒在地裏就行了，但碳酸銨要用土埋住，否則肥效發揮不了作用。需要好好把這些事安頓給副隊長田福高，不敢讓社員應應付付了事。另外，還要趕緊開始種黑豆和小日月玉米……

直到他坐在過路回家的金波父親的汽車上往縣城去的時候，還覺得有許多事沒有安排妥當……

現在，他已經到潤葉的宿舍裏了。

這是他頭一次到城裏單位來找她。儘管是老熟人，總還覺得有些拘束。

潤葉已經給他打好了一盆洗臉水，水盆裏泡了一條雪白的毛巾。

他猶豫地笑笑，說：「我不洗了……」

「快洗！坐了半天車，洗洗臉清朗！」潤葉命令他說。

「這麼白的毛巾，我一次就給你洗黑了。」他只好走到臉盆前。

「你看你！這有個甚麼哩！黑了我再洗嘛！乾脆，讓我再提些水，你把頭也洗一下！」

「不了，不了。」少安一邊洗臉，趕忙拒絕讓他洗頭。他的頭在這點臉盆裏能洗乾淨嗎？

少安洗完臉後，潤葉立刻說：「走，咱們到街上食堂吃飯去！」

「我已經吃過了。」

「你大概早上吃過了！」

少安不好意思地笑了。她太熟悉他了，甚麼事也別想瞞她。

他們一塊相跟着往街上走。少安現在才發現潤葉身上有些變化，似乎一下子老成多了。他半天才留意到潤葉已經不梳辮子，變成了剪髮頭。這倒使他感到對她有點陌生。是的，隨着光陰荏苒，每個人都在變化。這又一次使他強烈地感到，他們的童年早已經流逝，兩個人都成大人了。不知為甚麼，他猛然間又記起了那時候她給他補破褲子的情形，便忍不住「嘿嘿」地笑出了聲。

「少安哥，你笑甚麼哩？」走在旁邊的潤葉問他。她白淨的臉蛋上泛出興奮的紅暈，靦腆地微笑着。

「沒甚麼……」他的臉也熱烘烘的。

少安和潤葉走在一起，就像他有時引着蘭香在山裏勞動一樣，心中充滿了親切的兄妹感情。真的，他看待潤葉就像看待自己的親妹妹一樣。人活着，這種親人之間的感情是多麼重要，即使人的一生充滿了坎坷和艱辛，只要有這種感情存在，也會感到一種溫暖的慰藉。假如沒有這種感情，我們活在這世界上會有多麼悲哀啊……

他跟着潤葉進了縣城最大的國營食堂。午飯時間已經過了，食堂裏現在沒有甚麼人。

少安趕忙撲到售票處去買飯，結果被潤葉一把扯住了。她把他硬拉在一張飯桌前，讓他坐下，說：「你到我這裏就是客人！怎麼能讓你買飯呢！」

少安有點窘。在這樣的場合，他不買飯覺得有損自己男子漢的自尊。他現在身上帶着錢，除過家裏的十元外，他還借了隊裏的二十元公款。他走時並沒有準備在潤葉這裏吃飯。他對要去買飯的潤葉說：「我聽少平說，外國人男女一塊上街吃飯，都是男人掏錢買……」

潤葉笑了，一邊轉身去買飯，一邊又扭過頭對他說：「咱們中國男女平等！」

她買回來一堆飯菜，擺了一大桌子。

少安說：「買得太多了，別說咱們兩個人，就是四五個人也吃不完。」

「我已經吃過了，這都是你一個人的！」潤葉坐在他旁邊說。

「啊？」少安驚訝地看着她，說，「這……」

「不要緊，吃不完剩下算了。你快吃！現在已過了中午，你肯定餓了。」

他剛開始吃飯，潤葉又站起來，說：「噢，我忘了給你買點酒！」

他趕忙說：「我不會喝酒！你快坐下，也吃一點。」

潤葉坐在他旁邊，沒有動筷子，只是親切地看着他吃。

他低頭吃着飯，但感覺潤葉一直在盯着看他，使他有點不好意思。他抬起頭來，看見潤葉把自己的頭扭過去一點，臉紅得像充了血似的。她似乎意識到了自己的臉色，趕忙給他解釋說：「今天我二媽她爸過生日，我喝了幾杯葡萄酒，上臉了……」

少安相信她的話，沒在意地又低頭吃他的飯。

儘管他吃了不少，但最後桌子上還是剩了一堆。如果是他一個人，他就會把這剩下的所有東西，都裝進他那個毛巾布袋，或者帶到中學送給少平，或者帶回家讓家裏其他人吃——這都是些好東西啊！

但今天不能。這是潤葉買的飯。就是他自己掏錢買的，只要潤葉在，他也會像大方的城裏人一樣丟下不要了。他總算還唸過幾天書，不會俗氣到可笑的程度。

吃完飯後，他和潤葉來到街上。本來他想很快給潤葉談他姐夫的事，但他又想，還是應該先等潤葉給他說了她的事以後，他再說自己的事也不遲。

走到要回小學的那條巷口時，潤葉突然說：「少安哥，你剛吃完飯，咱們到城外面去走一走。」

少安不好拒絕她，但又覺得有些彆扭。兩個男女一塊相跟着溜達，叫眾人看着不美氣。可又一想，這城周圍又沒人認識他，走一走就走一走，怕甚麼！他和潤葉是一個村的老鄉，又是老同學，這又有甚麼不可以的哩！

於是，他們就相跟着一塊出了那座清朝年間修建的古老破敗的東城門，又下了一個小土坡，來到了繞城而過的縣河灘裏。

初春解凍的原西河變得寬闊起來，浩浩蕩蕩的水流一片渾黃。在河對面見不到陽光的懸崖底下，還殘留着一些蒙着灰塵的骯髒的冰溜子。但在那懸崖上面的小山灣裏，桃花已經開得紅豔豔的了。河岸邊，鵝黃嫩綠的青草芽子從一片片去年的枯草中冒了出來，帶給人一種盎然的生機。道路旁綠霧濛濛的柳行間，不時閃過燕子剪刀似的身姿。不知從甚麼地方的山野裏，傳來一陣女孩子的信天遊歌聲，飄飄蕩蕩，忽隱忽現——

正月裏凍冰呀立春消，
二月裏魚兒水上漂，
水呀上漂來想起我的哥！
想起我的哥哥，
想起我的哥哥，
想起我的哥哥呀你等一等我……

少安和潤葉相跟着，沿着原西河畔的一條小路，往河上游的方向走着。他們沉浸在明媚的春光中，心情無限的美妙。這倒使他們一時沒有說甚麼話。

「你走慢一點嘛！我都攆不上你了！」潤葉終於揚起臉對少安笑着說。

少安只好把自己的兩條長腿放慢一點，說：「我山裏窪裏跑慣了，走得太慢急得不行。」

「呀，你快看！」潤葉指着前面的一個草坡，大聲喊叫起來。

少安停住腳步，向她手指的地方望去。他甚麼也沒看見。他奇怪地問：「甚麼？」

「馬蘭花！看，藍格瑩瑩的！」

少安還以為是甚麼了不起的事哩。原來是幾朵馬蘭花。這些野花野草他天天在山裏看得多了，沒甚麼稀罕的。

潤葉已經跑過去，坐在那幾叢馬蘭花的旁邊，等他過來。

他走到她身旁。她說：「咱們在這兒坐一會。」

他只好坐下來，把兩條胳膊幫在胸前，望着草坡下渾黃的原西河平靜地流向遠方。

潤葉摘了一朵馬蘭花，在手裏擺弄了半天，才吞吞吐吐說：「少安哥，我有個急人事，想對你說一說，讓你看怎麼辦……」

少安扭過頭，不知道她遇到了甚麼困難，就急切地等待她說出來。他知道這就是潤葉捎話叫他來的那件事。

潤葉臉紅得像發高燒似的，猶豫了一會，才說：「……我二媽家給我瞅了個人家。」

「甚麼……人家？」少安一時反應不過來她說的是甚麼。

「就是……縣上一個領導的兒子……」潤葉說着，也不看他，只是紅着臉低頭擺弄那朵馬蘭花。

「噢……」少安這下才明白了。他腦子裏首先閃過這樣一個概念：她要結婚了。

潤葉要結婚了？他在心裏又吃驚地自問。

是的，她要結婚了。他回答自己說。

他心裏頓時湧上一股說不出的味道。他把自己出汗的手輕輕地放在有補釘的腿膝蓋上，兩隻手甚至下意識地帶着一種憐惘撫摸着自己的腿膝蓋。

你這是怎了？唉……

他馬上意識到他有些不正常。他並且對自己這種情緒很懊惱。他現在應該像大哥一樣幫助潤葉拿主意才對。她專門叫他到城裏來，也正是她信任他，才對他說這事哩！

他很快使自己平靜和嚴肅起來，對她說：「這是好事。人家家庭條件好……那個人做甚麼工作哩？」

「可我不願意！」潤葉抬起頭來，帶着一種驚訝和失望的表情望了他一眼。

「不願意？」少安也不知道如何是好了。不願意就算了，這又有甚麼難的哩？

「這事主意要你拿哩……」他只好這樣說。

「我是問你，你看怎麼辦？」她抬起頭，固執地問他。

少安簡直不明白這是怎麼了。他掏出一條紙片，從口袋裏捏了一撮煙葉，迅速捲起一支煙棒，點着抽了幾口，說：「那你不願意，不就算了？」

「人家糾纏我，我……」潤葉難受地又低下了頭。

「糾纏？」少安不能明白，既然女的不同意，男的還糾纏甚麼哩？城裏人的臉怎這麼厚？

「你是個死人……」潤葉低着頭嘟囔說。

少安感到很內疚。潤葉需要他幫助解決她面臨的困難，但他在關鍵的時候卻無能為力。唉，這叫他怎麼辦呢？要麼讓他去把糾纏她的那小子捶一頓？可人家是縣領導的兒子，再說，他憑甚麼去捶人家呢？哼！如果將來蘭香長大了，有人敢這樣，他就敢去捶他個半死！

他看見潤葉一直難受地低着頭，急忙不知怎樣安慰她，就急躁地說：「唉，要是小時候，誰敢欺負你，我就早把拳頭伸出去了！你不記得，那年咱們在石圪節上高小，有個男同學專意給你身上扔籃球，我把那小子打得鼻子口裏直淌血……再說，那時候，你要是看哪個土崖上有朵山丹丹花，或者一缽紅酸棗，要我上去給你摘，那我都能讓你滿意……可現在，可這事……」

潤葉聽他說着，突然用手捂住自己的臉哭了。

少安慌得不知如何是好，把半支沒抽完的煙捲扔掉，又趕快捲另一支。

過了一會，潤葉用手絹把臉上的淚痕抹去，不再哭了。剛才少安的話又使她深切地記起她和他過去那難以忘卻的一切……

唉，她因為少女難以克服的羞怯，眼下一時不知怎樣才能把她的心裏話給少安哥說清楚。她原來看小說裏的人談戀愛，女的給男的甚麼話都敢說，而且說得那麼自然。可是，當她自己面對心愛的人，一切話卻又難以啟齒。她對少安的麻木不仁感到又急又氣。多聰明的人，現在怎笨成這個樣子？可話說回來，這又怎能怨他呢！她說的是別人追她，又沒給他說明她對他的心意。

她看來不能繼續用這種少安聽不明白的話和他交談了。但她又不能一下子鼓起勇氣和他明說。

她只好隨便問：「你家裏最近都好吧？」

這下可把少安解脫了！他趕忙說：「好着哩，就是……」他突然想，現在正可以給她說說姐夫的事了，就接着說：「只是我姐夫出了點事……」

「甚麼事？」她認真地揚起臉問他。

「販了幾包老鼠藥，讓公社拉在咱們村的會戰工地勞教，還讓我爸跟着賠罪。一家人現在大哭小叫，愁得我沒有辦法……」

「這真是胡鬧！現在這社會太不像話了，把老百姓不當人看待……乾脆，我讓我二爸給咱們公社的白叔叔和徐叔叔寫封信，明天我和你一起回石圪節找他們去！」

潤葉有點激動了。少安哥的事就是她的事。再說，有這事也好！這樣她還可以和少安哥多呆一會時間，並且有藉口和他一塊坐汽車回石圪節去呢！

這也正是少安的願望。不過他原來並沒有想麻煩潤葉親自去石圪節，他只要她二爸出一下面就行了。他對潤葉說：「你不要回去了。只要你二爸有句話，我回去找白主任和徐主任。」

「反正我明天沒課。只要明晚上趕回來就行了。一整天到石圪節打一個來回完全可以……要麼咱現在就找我二爸去！」

潤葉聽少安說完他姐夫的事，就知道他現在心裏很煩亂，不應該再對他說「那件事」了 —— 反正總會有時間說呢！

少安見她對自己的事這樣熱心，心裏很受感動。他馬上感到身上輕快了許多，便一閃身從草地上站起來。他現在才發現，那幾叢馬蘭花真的好看極了，藍瑩瑩的，像幾簇燃燒着的藍色的火苗。他走過去把這美麗的花朵摘了一把，塞到潤葉手裏，說：「回去插在水瓶裏，還能開幾天……」

潤葉眼睛裏旋轉着淚花。她接過少安給她的花朵，就和他一起相跟着找她二爸去了。

少安和潤葉沒有回她二爸家去，直接到他的辦公室去找他。潤葉說她二爸沒有下班，現在肯定沒有回到家裏。

潤葉說得對，她二爸正在辦公室。他們推門進去的時候，他熱情地從辦公桌後面轉出來，和少安握手。田福軍認得少安。他每次回村來見了少安，還總要問他生產隊的一些情況 —— 他也知道他在一隊當隊長。

田主任給少安倒了一杯茶水，又給他遞上一根紙煙，並且親自把打火機打着，伸到他面前。

少安慌得手都有些抖，好不容易才在田福軍的打火機上點着了那支煙。

「好後生啊！玉厚生養了幾個好娃娃！」他扭過頭問潤葉，「上次來咱家的是少安的弟弟吧？」

「就是的，」潤葉回答說，「名字叫少平。」

「噢，少平少安，平平安安！這玉厚還會起名字哩！」

三個人都笑了。

「可他家現在一點也不平安！」潤葉對她二爸說。

「怎啦？」田福軍眯縫起眼睛問。

少安就把他姐夫的事給田主任說了一遍。

田福軍坐在椅子上，半天沒說話。他點了一支煙吸了幾口，嘴裏自言自語說：「上上下下都胡鬧開了……」

「石圪節公社有多少人被勞教了？」他問少安。

「大概有十幾個人。具體我也不太清楚，聽說每個村子差不多都有人。」

「雙水村有沒有人？」田福軍問。

「雙水村還沒，就是把田二叔批判了一通。」

「批判田二哩？」田福軍驚訝地張開了嘴巴。

「嗯。」

「哎呀！這簡直是……」這位領導人都沒詞了。

潤葉插嘴說：「二爸，你能不能給白叔叔和徐叔叔寫個信，讓他們把少安的姐夫放了？」

田福軍想了一下，就在桌子上拉過來一張紙，寫了一封信，站起來交給少安，說：「你回去交給白明川。你認識他不？」

「我認識。」少安說。

田福軍又問了雙水村的一些情況，少安都一一給他回答了。

「現在農村人連肚子都填不飽，少安，你看這問題怎樣解決好？」田福軍突然問他。

少安就照他自己的想法說：「上面其他事都可以管，但最好在種莊稼的事上不要管老百姓。讓農民自己種，這問題就好辦。農民就是一輩子專種莊稼的嘛！但好像他們現在不會種地了，上上下下都指撥他們，規定這，規定那，這也不對，那也不對，農民的手腳被捆得死死的。其他事我還不敢想，但眼下對農民種地不要指手畫腳，就會好些的……」

「啊呀，這娃娃的腦子不簡單哩！……好，罷了有時間，咱好好拉拉話！你要是到城裏來就找我，好不好？我一會還要開個會，今天沒時間了……」

少安和潤葉就很快告退了。田福軍一直把他們送到院子的大門口。

在回學校的路上，潤葉佩服地對少安說：「我二爸可看重你說的話哩！你真能行！」

少安說：「你二爸是咱一個村的，又是你二爸，我敢胡說哩！」

「少安哥，你乾脆把我二爸的信給我，我明天和你一塊回石圪節去。我和白明川和徐治功叔叔都很熟悉，到時候讓我把信交給他們！」

少安看她執意要和他一塊回石圪節，也就把田福軍的信交給了她——她出面當然要比他的威力大得多。

晚上，潤葉把他安頓到學校她的宿舍裏休息，她回她二媽家去睡。當她把被褥細心地給少安鋪好後，少安卻有點躊躇地說：「我怕把你的鋪蓋弄髒了……」

「哎呀！你看你！」潤葉紅着臉對他說。她多麼高興少安哥在她宿舍裏睡一晚上，好給她以後的日子加添新的回憶；也使她能時刻感覺到他留下的親切的氣息……

第二天早晨吃完飯，少安就和潤葉坐着公共汽車回石圪節去了。車票還是潤葉買的；他搶着要買，結果被潤葉掀在了一邊。

汽車上，他倆緊挨着坐在一起，各有各的興奮，使得這一個多鐘頭的旅行，幾乎沒覺得就過去了。

兩個人在石圪節鎮子對面的公路上下了車。

少安說：「要是你去公社，我就不去了，你爸也在公社開會，我去不好……我這就回家呀！你晚上回雙水村去不？」

潤葉說：「我可想回去哩！但我明天還有課，今天必須返回城裏，因此回不成村裏了。等你姐夫的事辦完，我讓明川叔擋個順車，直接回縣城去呀。你放心！你姐夫的事我肯定能辦好！」

潤葉說完後，匆忙地在自己的衣袋裏掏出一封信，一把塞到少安的手裏。

少安趕忙說：「你二爸的信你怎又給我哩？你不給白主任和徐……」

他的話還沒說完，潤葉就笑着一轉身跑了。

少安趕快低頭看潤葉交到他手裏的那封信，才發現這不是田福軍給公社領導寫的那封！

他莫名其妙地把信從信封裏抽出來，看見一張紙上只寫着兩句話——

少安哥：

我願意一輩子和你好。咱們慢慢再説這事。

潤葉

孫少安站在公路上，一下子驚呆了。

他扭過頭來，看見潤葉已經穿過東拉河對面的石圪節街道，消失在了供銷門市部的後面。街道後邊的土山上空，一行南來的大雁正排成「人」字形，嗷嗷地歡叫着飛向了北方……

第十五章

田福堂正坐在公社主任白明川的辦公窰裏，一邊喝茶水，一邊聽明川和治功說話。

公社召集的大隊書記會議，上午已經結束了，其他村的書記吃過午飯就各回了各村。福堂不忙着走 —— 他們村離公社近，他有自行車，又是下坡路，半個鐘頭不費甚麼勁就回到了雙水村。

明川和治功現在正說牛家溝那個「母老虎」的事，他不便插話，就在旁邊聽他們說。

哈呀，從兩位主任的話裏聽來，事情還嚴重哩！牛家溝那個「母老虎」現在大出血，已經拉回來正在公社醫院搶救着哩！

現在，白主任和徐主任已經爭吵起來了。田福堂感到有點緊張。如果兩位公社主任真的是吵架，他就會起來勸說雙方。可人家實際上是爭論工作上的事哩，他怎能勸人家不要爭論呢？

他從衣袋裏摸出來一根紙煙，也不點着，低頭把鼻子湊上去聞了聞。田福堂氣管有毛病，甚至都有點喘了，因此不敢太多地抽煙。他以前又是個「老煙囪」，現在實在耐不住了，就拿出煙捲來聞一聞過癮。只是到了萬般無奈的時候，才點着抽一支 —— 換來的惟一享受就是沒命地咳嗽老半天。他身上倒常裝着紙煙，並且不下中等水平，只是自己很少抽，大部分給別人抽了。

田福堂看兩位主任說話越來越不對勁，就機靈地站起來，另外掏出兩根「大前門」煙，說：「白主任，徐主任，抽煙！」

兩位主任只好暫時停止了脣槍舌劍，接過田福堂遞上的紙煙。福堂趕緊又用自己的打火機給他們分別點着。

白明川站在腳地上抽了兩口煙，又對坐在椅子上的徐治功說開了：「咱們不是說不搞階級鬥爭，但不能光一個『狠』字，還要『穩、準』。牛家溝這婦女，不就是為一棵花椒樹被隊裏沒收了，罵了幾句大隊書記嗎？拉到工地上教育一下也行，但不能損躪身體嘛！那麼重的活，別說一個婦女，好後生都夠受！現在弄得大出血，萬一死了怎麼辦？夠不夠死罪？給家裏人怎交代？」

徐治功現在看來不想理白明川，但並不是服氣他的話。他坐在椅子上，頭拐在一旁，吊着個臉就是個抽煙。

白明川實際上比徐治功還小兩歲，但看起來比徐治功年齡大。他身體肥肥壯壯，兩隻眼睛又大又有光氣，臉上圍着一圈黑胡楂子，頭髮可倒顯頂了。他穿一身骯髒油膩的衣服，披一領光板老羊皮襖，看起來像個炊事員或者山區的汽車司機。

白明川是一九六六年的高中畢業生，一九六九年底返鄉勞動。一九七〇年縣武裝部招一批武裝專幹，他被招收了，分在城關公社工作。當年冬天組織全公社民兵冬訓時，一個民兵將一顆拉了線的手榴彈沒有甩到前面去，反而手一揚滑落在了後面的人堆裏。武裝專幹白明川眼疾手快，把這顆冒煙的手榴彈撿起，扔了出去，避免了一場大災禍。為此，不僅省地軍區，連蘭州大軍區都發出通報表揚了他。第二年他被提升為城關公社副主任。前年又調到石圪節公社當了一把手。明川在中學時學習就很拔尖，並且還能寫點詩。他人雖然年輕，但腦瓜子可不年輕。當然，上面佈置下來的所有任務，他和徐治功一樣，都要積極完成。但他的做法和徐治功不一樣。因為他自己也是農民的兒子，所以他往往對過分傷害農民的做法反感。只要他能抗住的，都盡力往住抗。但治功又和他完全相反，常常愛用一些過頭加碼的做法。治功也許是為了把工作做好，可是有些做法太不像話了……

「……再比如，高家灣高廷亮，只是耕自留地時多佔了隊裏的兩鏵[11]，糾正過來，在生產隊做個檢查就行了，也拉來勞教……」

「兩鏵地實際上是個路線問題！毛主席說，嚴重的問題是教育農民！」徐治功扭過頭反駁白明川。

「毛主席是說過這話。但毛主席沒說讓咱們動不動就『勞教』農民嘛！」

「這不是我的發明！這是縣上馮世寬主任的政策。你覺得馮主任不對，你到上面另討個指示來，我徐治功照辦！」

「唉……」白明川也沒甚麼好說的了。過了一會，才有點痛苦地說：「治功，還是穩當一點好。你記得不？咱們在高家灣下鄉時，飯派在廷亮家，他們當時都快斷炊了，為了招待咱兩個，跑出去問鄰居借了半升白麪……你怎好意思就因為這麼點事把人家拉到工地上勞教……」

---

11 指安裝在犁上用來破土的鐵片。

徐治功為白明川的沒水平話都想笑了，說：「難道共產黨員因為吃了一頓飯，就連革命原則也不要了嗎？」

「抽煙！」田福堂又掏出兩根紙煙，對兩位爭吵的上級說，「接上抽！」

這時候，聽見外面有人敲門。

站在門後面的白明川順手把門拉開，接着便叫道：「噢，是潤葉嘛！你甚麼時候回來的？你爸也正在這裏呢！」

田福堂一看是自家的女兒，趕緊走過來，問她：「坐順車回來的？」

潤葉說：「是公共汽車。」

徐治功一看是福堂的女兒，滿臉的不高興暫時收藏起來，笑着說：「你怎知道你爸在公社哩？」

「我不是找我爸，我來找你和白叔叔。」潤葉說。

「甚麼事？」白明川和徐治功幾乎同時問。

田福堂也不知他女兒找公社領導有甚麼事，站在旁邊一臉的迷惑。

潤葉接着就把她二爸的信遞給了白明川。

白明川拆開信，看見上面寫着——

明川、治功二同志：

你們好。

據反映，你社罐子村社員王滿銀因販了幾包老鼠藥，現被押到雙水村公社農田基建工地「勞教」。如此人再無其他問題，我意可嚴肅教育一下，讓其回隊去。

對於類似其他人員的問題，也望你們能慎重處理，嚴格執行黨的一貫政策，切不可隨意行事。這是我個人的意見，請你們二位酌處。

此致

敬禮！

田福軍

白明川看完信後，就交給了徐治功。徐治功也很快把信看完了。兩個人一時間都不言傳，各抽各的紙煙。

另一邊，田福堂還不知內情，偷偷問女兒：「甚麼事？」

潤葉對父親說：「我二爸寫信，讓把蘭花的女婿放了。」

「你二爸怎知道這事哩？」田福堂敏感地問女兒。

「我也不知道。大概是罐子村的甚麼人反映的。」可愛的潤葉對父親撒謊說。

「那你是專門為這事回來的？」

「不是的！我們學校讓我到石圪節小學取一份教材，二爸就讓我把這封信順路捎來了。」潤葉繼續給她爸撒謊。

這時候，沉默了一會的白明川問徐治功：「你看怎辦？」

徐治功立刻說：「那還有甚麼說的！讓王滿銀回隊去不就行了？」

「那其他人哩？」明川又問他。

「牛家溝那個婦女病治好了，也讓回去。至於其他人，總不能都放了吧？我徐治功沒甚麼，你是一把手，你看着辦！」徐治功把球一腳踢給了白明川。

白明川想了一下，只好說：「那先就按你說的辦吧，你負責農田基建會戰。有些問題畢了咱再研究！」

白明川說着便拿起了電話，讓話務員給他接公社醫院。

「……喂，牛家溝那婦女現在怎麼樣？血止住了？好……我和徐主任一會就過來！」他放下話筒，對徐治功說，「血止住了！」

徐治功看來也鬆了一口氣，說：「那咱過去看看！」

潤葉馬上對他們說：「我一會還要回縣城去，你們能不能給我擋個順車？米家鎮到咱們縣城的班車已經過去了。」

「你不回家了？乾脆回家住上一夜，明早上再走！你媽常唸叨說你不回來！」田福堂對女兒說。

「我明早上有課，今天必須趕回去。」

「是這樣的話，你還是回城裏去，不能誤了工作。」田福堂聽說是這樣，也就不再勸女兒回家去了。

徐治功說：「哎呀，這過路司機我和白主任認得不多，看來只能讓街上食堂的人去擋了。」

「也就是的。司機過路在食堂吃飯，廚師大部分都認識……是這樣，治功，你乾脆到食堂找個人給潤葉擋車去，讓我給咱到醫院走一趟！」白明川說。

「那好！」徐治功樂意去給潤葉擋車，而不願去醫院看那個「母老虎」。他知道她恨他。

白明川去了醫院以後，徐治功就和田福堂父女倆一同出了公社。他們來到街道上，徐治功對他倆說：「你們先到對面公路上等一等，讓我到後街頭食堂裏找個人來！」

田福堂推着他大架上纏黑回絨的自行車，就和女兒走過街頭東拉河上的小橋，來到街對面的公路上。

福堂又一次滿腹狐疑地問女兒：「你二爸他怎能知道蘭花女婿的事呢？」

「哎呀！我給你說過了，我不清楚這事嘛！」潤葉不耐煩地對父親說。

田福堂只好不再問這事了。過了一會，他突然提醒女兒說：「你還沒到石圪節小學取教材哩！」

「我來公社前已經取過了，在我的掛包裏裝着……」

「噢，這就對了。不敢把你的正事誤了。」福堂對女兒關切地說。

這時候，徐治功引着石圪節食堂那個胖爐頭上了公路。

胖爐頭胸有成竹地對三個人說：「不怕！不是吹哩，別說讓我擋一輛，擋十輛也能擋定哩！這一路上的司機哪個沒沾過我的光！」

「這一路上的司機哪個你沒沾過光！」徐治功揶揄說。

潤葉和她爸都被逗笑了。

胖爐頭有點不好意思地張開嘴巴哈哈一笑，說：「看這徐主任說的……哈哈哈……官罵民，民不羞！」

胖爐頭的確不是吹，從米家鎮那邊過來的第一輛車就被他擋住了。

這是一輛貨車。幾個人看着潤葉坐在了駕駛樓的空位上。

送走潤葉後，胖爐頭說他忙，也過石圪節那面去了。

田福堂推着自行車，問徐治功：「你今天去不去我們村了？」

徐治功對他說：「公社有些事，我今天不去雙水村了。你回去給高虎和玉亭捎個話，叫他們把王滿銀放了。」

「就這事啊？那你放心！我一定把你的話傳到！」

田福堂告別了徐主任，就騎上他的纏黑回絨的「永久」牌自行車，起身回雙水村了。

福堂一路騎着車子，腦子裏亂糟糟地想着許多事。他穿一身舊制服衣裳，高大的身板有些單薄。一張瘦條臉上，栽着一些不很稠密的鬍鬚，由於臉色顯出一種病容似的蒼白，那鬍鬚看起來倒黑森森的。

他實際上除過氣管有些毛病外，身體並沒有甚麼大病。只是因為多年來體力勞動少些，身板才顯得單薄了一些。

可他一天並不閒着！開會，思謀，籌劃，指揮，給大隊辦各種交涉，爭各種利益，也是一個大忙人。在石圪節幾十個大隊領導中，他無疑是最有名望的。公社不管換多少茬領導，他都能和這些領導人保持一種熱火關係。這的確也是一種本事。雙水村的人，儘管都或多或少對他有意見，但大部分人又都認為，書記還是只能由這傢伙來當。田福堂對自個的利益當然一點也不放棄，但要是村子和村子之間爭利益，他就會拼老命為雙水村爭個你死我活。一般說來，其他隊的領導人鬥不過田福堂。就是石圪節公社的領導人，只要田福堂出面給雙水村辦事，一般都要讓他滿意。因此，多少年來，不管世事怎變化，田福堂在雙水村的領導權沒變化。就是金家的大部分人，也承認他的權威……

田福堂現在騎着自行車，在公路上不緊不慢地跑着。因為是下坡路，他也不要太多地費力，可以分出心盤算其他事。

他現在明顯地意識到，這幾年他在村裏遇到了幾個潛在的對手。

他首先想到了二隊隊長金俊武。這傢伙實際上成了金家灣那面的領袖。副書記金俊山幾十年就是那個樣子，雖然從沒和他一心過，但這人沒魄力，年輕時都沒翻起來幾個大浪，現在一大把年紀，更沒力量和他爭高論低了。但金俊武比他和俊山都年輕，又是黨支部委員，時不時曲裏拐彎和他過不去。當然，眼下他還不敢和他正面交火，但對他的主要幫手孫玉亭卻使了一個絆腳又一個絆腳——這實際上是想把他的一條胳膊往折打哩……

提起孫玉亭，田福堂馬上又想到了玉亭的侄子孫少安。

他沒想到沒本事的孫玉厚養了這麼一個厲害兒子。這後生雖然現在年輕，也不是黨員，但從發展眼光看，比金俊武更殘火[12]！就是的！連金俊武這個強人都對這後生尊三分哩！

這少安和他潤葉一塊長大，小時候他倒沒看出孫玉厚這個吊鼻涕的小子長大會有多麼出息 —— 想不到現在成了他在村裏最頭疼的人！他常想，這後生要是把書唸成了，肯定是個當官的料子。他對少安最頭疼的是，他的許多套路瞞哄不了這後生。他有些精明的小把戲甚至可以哄了金俊武，但哄不了孫少安。而更厲害的是，這後生又不和你爭爭吵吵，他常是把事情做得讓你下不了台。使他受刺激的是，這幾年一隊選隊長，少安年年都是全票 —— 這就要威信嘛！他自己也是一隊的人，眾人選少安，他也得選，而且還要表示雙手讚成！當然，說公道話，田家圪嶗這面的人，也只能讓少安來鎮台子。往年一隊爛包的從來不如二隊，自從少安當了隊長，糧食和紅利竟然年年超過了金家灣那面。不讓他當隊長讓誰當呢？他當然也能跟上沾點光，這幾年糧、錢明顯比前幾年分的多了……

但不論怎樣說，這後生總叫他心裏有點不舒服。

前幾天他在公社開會時，聽說治功派人把少安那個二流子姐夫拉到雙水村勞教了，他聽了心裏倒有點高興。他知道這事會讓孫玉厚一家人亂成一團 —— 讓孫少安去發愁吧！

他萬萬沒想到，半路裏殺出個他弟弟，把這事給平息了。唉，這個福軍！管的事也太多了……

田福堂一路走，一路想：既然現在這事已經平息了，徐主任又讓他捎話放人，他就應該表現出「事情本來就應該這樣處理」的高姿態來。他感謝徐主任讓他回來傳達這個讓孫玉厚一家人高興的指示。他

---

12 方言，形容厲害。

甚至想，說不定這家人還會認為是他田福堂給公社做了工作，才讓放王滿銀哩……

現在，黑回絨纏繞的自行車馱着田福堂，已經到了罐子村。

他突然靈機一動：乾脆讓我上去先給少安他姐說一聲，讓她高興一下。

他把自行車撐在罐子村的公路邊，就上蘭花家去了。罐子村誰家住甚麼地方他都熟悉。

當他走到蘭花家門前，才發現門上吊把鎖。

田福堂於是掃興地轉過身，背抄着手又回到了公路上。

他對自己不滿意地搖了搖頭。他本來就應該想到，滿銀一出事，蘭花就肯定會跑到雙水村她娘家的門上去了。另外，他對自己更不滿意的是，他的行為看來似乎是向少安一家人邀功討好一般！真是，他田福堂甚麼時候學得這麼下賤？

他甚至有點面紅耳赤地又騎上自行車，很快向雙水村趕去。

他到了雙水村村頭，跳下車子，隔着東拉河向對面農田基建工地喊：「高虎！楊高虎！你過來一下！我有個事要給你說！」

他沒聽見高虎應聲，但看見孫玉亭從對面河畔的小路上轉下來，蹚過東拉河，過他這邊來了。

玉亭過了河，一邊從土坡往公路上走，一邊問他：「公社的會完了？」

他給玉亭「嗯」了一聲。他看見玉亭還是那副樣子，破棉襖襟子的兩顆鈕釦之間，別一捲子學習材料，兩隻爛鞋補釘綴補釘，想往快走，但為了將就那雙鞋，兩條腿絞在一起，急忙走不前來。田福堂被這位忠實助手的恓惶樣子都快逗笑了。他想起他還有幾雙舊鞋，乾脆送給玉亭去穿吧！

孫玉亭上了公路，走到他面前，說：「高虎不在，帶着槍到神仙山打山雞去了……甚麼事？」

田福堂說：「公社決定，叫把罐子村你那個姪女婿放了。徐主任有事，今天不回來，讓我把這話捎給高虎和你……」

孫玉亭聽了十分高興——這事情如此處理對他也是只有好處沒有壞處。他崇拜地看着田福堂，說：「這肯定是你在公社說了話！」

田福堂不置可否地笑了笑，說：「不管怎樣，讓滿銀回罐子村去吧。高虎不在，這事你過去說一下就行了！」

孫玉亭猶豫了一會，說：「你還是晚上給高虎說這事，讓他宣佈。我和滿銀遠近算個親戚，我宣佈這事，怕政治影響不好……」

田福堂很滿意玉亭同志政治上的精明，說：「這也好。畢了我給高虎說。反正今天也快收工了，讓滿銀再受一會罪吧！」

田福堂說完，就推着自行車回家去了。孫玉亭又按原路返回了農田基建會戰工地。

……第二天早晨，王滿銀在老丈人家吃完飯，就和蘭花帶着兩個娃娃起身回罐子村了。

王滿銀已經累得像散了骨頭架；一綹頭髮耷拉在汗跡斑斑的額頭上，手裏拉着四歲的女兒貓蛋，鬆鬆垮垮地走着。不過，終於釋放回家了，他臉上帶着說不出的輕鬆和愉快，一路走，一路嘴裏還哼哼唧唧吟着信天遊小曲。蘭花把兩歲的兒子狗蛋抱在自己熱烘烘的胸脯裏，跟在她的二流子男人身邊，也喜得眉開眼笑。

半路上，蘭花心疼地對男人說：「家裏還有六顆雞蛋，我回去就煮！你和貓蛋狗蛋一人兩個！」

王滿銀高興得嘴一咧，竟然放開聲唱了兩段子信天遊——

青線線（那個）藍線線，藍格瑩瑩的彩，
生下一個蘭花花，實實的愛死個人！
五穀裏（那個）田苗子，惟有高粱高，
一十三省的女兒喲，數上（那個）蘭花花好……

蘭花臉漲得通紅，跑過去用她那老繭手在王滿銀的後腦勺上拍了一巴掌。王滿銀脖子一縮，眼一瞪，嬉皮笑臉地把舌頭一吐 —— 他這副鬼樣子把兩個孩子逗得直笑……

第十六章

時間過得既漫長又飛快，轉眼間就到了夏天。

這是黃土高原一年裏再好不過的日子了。遠遠近近的山巒，縱橫交錯的溝壑和川道，綠色已經開始漸漸濃重起來。玉米、高粱、穀子、向日葵……大部分的高稈作物都已經長了大半截。豆類作物在紛紛開花：雪白的黃豆花，金黃的蔓豆花，粉紅的菜豆花……在綠葉叢中開得耀眼奪目。就連石圪節這樣往日荒涼的集市場上，也已經出現了一些瓜果菜蔬，給這條塵土飛揚的土街添了許多斑斕的顏色。

再過幾天，就是夏至以後的第三個「庚日」，初伏就要開始了。緊接着就是大暑 —— 這是一年中最炎熱的季節，已經到黃經一百二十度的太陽，像一個倒扣着的火盆子無情地烤曬着大地。

城裏人都已經穿起了涼快的短袖衫。一到中午，原西河裏就泡着數不清的光屁股小孩。

除過遇集的日子，平時縣城的各機關很少能找見辦公的幹部。他們每天上午都紛紛扛着老钁鐵鍁，戴着草帽，到城外的山上修梯田去了。農業學大寨一個高潮接一個高潮，每個單位都有修地任務，完不成任務就要捱批評。

下午，各機關又通常都是政治學習，一周最少也得佔四個下午。《紅旗》雜誌和《人民日報》不斷發表社論和各種署名「重要文章」，要求大家批判小生產，批判資本主義，批判劉少奇和林彪的「反革命修正主義路線」，限制資產階級法權，警惕商品交換原則對黨的侵蝕等等。同時還要求各級幹部學習無產階級專政理論，並且為此推出了一個「新鄉經驗」……整個社會依然保持着一種熱熱鬧鬧的局面。各種「新生事物」層出不窮。從報上看，不時有某一位復員戰士和某一位工農兵大學生，為了限制資產階級法權，來到黃土高原的小山村當了農民。儘管這些人在以後的年代裏都像候鳥一樣飛去而且再不返回來，但當時倒的確讓一些人有了宣傳「革命形勢大好」的典型材料。

縣上的中學也不例外。除過每天勞動半天，各班還組織了學習馬列「三結合」領導小組。共青團和紅衛兵組織並存。領導、教師、學生一起學習《共產黨宣言》《青年團的任務》等等規定的篇章，開展批判資產階級、修正主義和孔孟之道。同時學校還組織各種「毛澤東思想文藝宣傳隊」，奔赴各個公社、大隊去搞宣傳演出……

但是，對於黃土高原千千萬萬的農民來說，他們每天面對的卻是另一個真正強大的敵人：飢餓。生產隊一年打下的那點糧食，「兼顧」了國家和集體以外，到社員頭上就實在沒有多少了。試想一想，一個滿年出山的莊稼人，一天還不能平均到一斤口糧，叫他們怎樣活下去呢？有更為可憐的地方，一個人一年的口糧才有幾十斤，人們就只能出去討吃要飯了……

孫少平好不容易在縣城的高中熬過了半個學期。這第二個學期剛開學不久，他的情況依然沒有甚麼變化。在大部分的日子裏，他還是要啃黑高粱麪饃，並且仍然連一個丙菜也吃不起。在上學期剛上學的那些日子，他對自己是否能上完兩年的高中已經沒有了多少信心。他曾想過：讀半年高中回農村當個小隊會計甚麼的，也可以湊合了，何必硬撐着上學受這份罪呢？

但這學期開學後，他又來了。他還是不忍心中途退學。另外，還有一個小小的不可告人的原因，使他不情願離開這學校 —— 這就是因為那個我們在前面已經提起過的郝紅梅。

孫少平和郝紅梅在過去的半年裏已經相當熟悉，兩個人交交往往，也不拘束了。他們不光互相借着看書，也瞅空子拉拉話[13]。在這個微妙的年齡裏，不僅孫少平和郝紅梅，就是和他們同齡的其他男女青年，也都已經越過了那個「不接觸」的階段，希望自己能引起異性的注意，並且想交一個「相好」。他們這種狀態也許和真正的談戀愛還有一段距離。當然，對於這個年齡的青年來說，這種過早的男女之間的交往並不可取，它無疑將影響學習和身體。

但這年代的高中極不正規，學習成了一種可有可無的東西，整天鬧鬧哄哄地搞各種社會活動。學生沒有甚麼學習上的壓力 —— 反正混兩年高中畢業了，都得各回各家；再加上各種活動中接觸機會多，男女之間就不可避免會出現這種心心思思的現象。在眼前這樣的社會裏，又是十七八歲，他們誰有火眼金睛望穿未來的時代？別說他們了，就是一些飽經滄桑的老革命，這時候也未必具有清醒的認識，許多人不也是一天一天往過混日子嗎？

---

13 拉話，方言，指聊天。

孫少平雖然少吃缺穿，站不到人前面去，但有一個相好的女同學在一塊交交往往，倒也給他的生活帶來一些活力。

他漸漸在班上變得活躍起來：在宿舍給同學們講故事；學習討論時，他也敢大膽發言，而且口齒流利，說得頭頭是道。如果肚子不太餓的話，他還愛到籃球場和乒乓球台上露兩手。在上學期全校乒乓球比賽中，他竟然奪得了冠軍，學校給他獎了一套「毛選」和一張獎狀，高興得他幾天都平靜不下來。

由於他的這些表現，慢慢在班裏也成了人物。在上學期中選班幹部的時候，他被選成了「勞動幹事」。他對這個「職務」開始時很氣惱，覺得對他有點輕藐。後來又想，現在開門辦學，勞動幹事管的事還不少哩，也就樂意負起了這個責任。

「勞動幹事」聽起來不好聽，但「權力」的確大着哩！班上每天半天勞動，這半天裏孫少平就是全班最出「風頭」的一個。他給大家佈置任務，給每個人分工，並且從學校領來勞動工具，給大家分發。他每次都把最好的一件工具留給郝紅梅。起先大家誰也沒發現勞動幹事耍「私情」。但有一天這個秘密被跛女子侯玉英發現了。

那天上山修梯田，發完鐵鍬後，侯玉英撅着個嘴，把發在她手中的鐵鍬一下子扔在孫少平面前，說：「我不要這個禿頭子！」

少平看她在大家面前傷自己的臉，就不客氣地說：「鐵鍬都是這個樣子，你嫌不好，就把你家裏的拿來用！」

「誰說都是這個樣子？你看見誰好，就把好鐵鍬給誰！」

「我把好鐵鍬給誰了？」

「給你婆姨了！」侯玉英喊叫說。

全班學生「轟」一聲笑了，有些同學很快扭過頭去看郝紅梅。郝紅梅把鐵鍬一丟，捂着臉哭了。她隨即轉過身跑回了自己的宿舍，乾脆不勞動去了。

侯玉英一跛一跛地走到人羣裏，大獲全勝地揚着頭，風言風語說：「賊不打自招！」

這侮辱和傷害太嚴重了。孫少平只感到腦子裏嗡嗡直響。他一把摜下自己手中的工具，怒氣衝衝地向侯玉英撲過去，但被他們村的金波和潤生拉住了。班裏許多調皮學生，甚麼也不顧忌，只是「嗷嗷」地喊叫着起哄。直到班主任老師來，才平息了這場糾紛……

從此以後，他和郝紅梅的「關係」就在班上成了公開的秘密，這使他們再也不敢頻繁地接觸了。兩個人都感到害臊，甚至在公開的場所互相都不理睬。而且由於他們處於一個不太成熟的年齡，相互之間還在心裏隱隱地感到對方給自己造成了困難處境，竟然都有一些怨怨恨恨的情緒。

跛女子達到了目的，感覺自己在班上快成個英雄人物了，平時說話的聲音都提高了八度，哈哈哈的笑聲叫人感到那是故意讓孫少平和郝紅梅之流聽的。

唉！沒有想到事情會鬧到這種程度。儘管這不能算是戀愛——因為他們實際上沒有涉及所謂的愛情，這只是兩顆少年的心，因為一個特殊的原因——共同的寒酸，輕輕地靠近了一下，以尋找一些感情上的溫熱，然而卻演出了這樣一幕小小的悲劇。

他現在心裏多麼苦悶！儘管嚴格地說來，也許這不能稱之為失戀。但感情上的這種慰藉一旦再不存在，就會給人的心中帶來多少煩惱。這是青春的煩惱。我們不妨想一想偉人歌德和他少年時代的化身維特。在這一方面，貴族和平民大概都是一樣的。

那時間，孫少平重新陷入到灰心和失望之中。如果他原來沒有和紅梅有這種「關係」，他也許只有腸胃的危機。現在，他精神上也出

現了危機 —— 這比吃不飽飯更可怕！他每次去拿自己那兩個黑乾糧的時候，再也看不見她可愛的身影了。那雙憂鬱而好看的眼睛，現在即使是面對面走過來，也不再那樣叫人心悸動地看他一眼了。在那以後的幾個月裏，他只是一天天地熬着日子，等待放假……

直到上學期臨放假的前一個星期，孫少平才想起，幾月前郝紅梅借過他的一本《創業史》，還沒給他還哩。這本書是他借縣文化館的，現在馬上就要放假，如果她不還回來，他就沒辦法給文化館還了。可他又不願找她去要書。他心裏對她產生了一種說不出的惱火。她現在可以不理他，但她連借走他的書也不還他了嗎？

最後一個星期六，郝紅梅還是沒給他還書。他也仍然鼓不起勇氣問她要。他只好回家去了。他借了金波的自行車，把自己那點破爛鋪蓋先送回去 —— 下一個星期二就放假，他可以在金波的被窩裏一塊混幾夜，省得放假時揹鋪蓋。

回家後，他在星期天上午給家裏砍了一捆柴，結果把那雙本來就破爛的黃膠鞋徹底「報銷」了，他只好穿了他哥少安的一雙同樣破爛的鞋。至於那雙扔在家裏的沒有後跟的襪子，父親說，等秋天分到一點羊毛，再把後跟補上；襪腰是新的，還不能丟，湊合着穿個兩三冬還是可以的 —— 要知道，一雙新襪子得兩塊多錢啊！

星期天下午，他從家裏帶着六個高粱麪和土豆絲混合蒸的乾糧 —— 沒有掛包，只用一塊破舊的籠布包着，夾在自行車後面，趕暮黑時分回到了學校。

學校正處於放假前的混亂中，人來人往，搬搬運運，鬧鬧哄哄，一切都沒有了章法。

他在校門口碰見了金波。金波說他正要出去給家裏買點東西，就接過他手中的自行車到街上去了。

他提着破舊籠布包着的那六個黑乾糧，向自己的宿舍走去。

他突然發現郝紅梅在前面走。她大概沒有看見他在後面。他真想喊一聲她，問問那本書的事。

他這時看見前面走着的郝紅梅，彎下腰把一個甚麼東西放在了路邊的一個土台子上，仍然頭也不回地走了，身影即刻就消失在女生宿舍的拐彎處。

孫少平感到有點驚奇。在走過她剛才彎腰的地方，他眼睛猛地一亮：這不正是他那本《創業史》嗎？好，你還記着這件事！唉，你為甚麼不直接交給我，何必用這種辦法……

他拿起那本書，卻在暮黑中感覺一些甚麼東西從書頁中掉在了地上。

他一驚，趕忙低頭到地上去摸。他拾起了一塊軟軟的東西，湊到眼前一看：天啊，原來是塊白麪餅！

他甚麼也沒顧上想，趕忙摸着在地上把散落的餅都拾起來。餅上沾了土，他用嘴分別吹乾淨。

他拿着這幾塊白麪餅，站在黑暗的學校院子裏，眼裏含滿了淚水。不，他不只是拾起了幾塊餅，而是又重新找回了他那已經失去了好些日子的友誼和溫暖！

……就是因為這些原因，孫少平才重新又對這學校充滿了熱愛。於是，這學期報名日子一到，他就一天也沒誤趕忙來了學校，甚至都有些迫不及待哩……

第十七章

開學已經兩個多星期，孫少平還沒有機會和郝紅梅單獨說話。

他看見紅梅換了一件半舊的紅格子布衫，好像變了另外一個人似的。大概由於一個假期在家裏，這個季節吃的東西又比較多一些，她原來很瘦削的臉頰現在看起來豐滿了許多。已經度過了半年的城市生活，她也懂得把自己農村式的「家娃」頭，像城市姑娘一樣扎起了兩個短辮；加上自做的、手工精細的方口鞋和一條看起來是新買的天藍色褲子，簡直讓人都認不出來這就是郝紅梅了。其實她無非就是把原來的一身補釘衣服換成了沒有補釘的衣服。這個小小的變化，就使一個本來不顯眼的人，一下子很引人注目了。同時也應該承認，郝紅梅本來就具備那種漂亮姑娘的臉型和身段。如果有一身比現在更漂亮的衣服，就很難看出這姑娘是來自農村了。

孫少平看見她，心中就會蕩起一股熱辣辣的激流，有時甚至感到呼吸都有了困難。

當然，他自己的衣服還是老模樣。一身家織的老粗布，儘管金波媽給他裁剪成制服式樣，但仍然不能掩飾它本質上的土氣；加上暑假給家裏砍柴，被活柴活草染得骯裏骯髒，開學前快把家裏蒸饃的半碗碱麪用光了，還是沒有洗淨。他看着這身叫他傷心的衣服，真想一把脫了扔掉。可自己很快又苦笑了：扔掉只得光身子跑！唉，最使他臉紅的是，他這麼大了，連個褲衩都做不起。晚上睡覺，人家都脫了長衣服穿着褲衩，他把外衣一脫就赤條條一絲不掛了……

但不論怎麼說，他現在有一個甜蜜的安慰：就他這副窮酸樣，班裏也許是最俊的女子還和他相好哩！讓侯玉英見鬼去吧！她就是想和他好，他也不願意呢！這倒不是嫌她的腿 —— 假如紅梅的腿是跛的，他也會和她相好的！

可是眼看半個多月過去了，少平還是沒能和紅梅拉幾句話。這倒不是說連一點機會也沒。其實他們單獨碰見過好多次，但不知她為甚麼又像上學期那樣躲開了 —— 而且常常看來是有意迴避他！

少平對此摸不着頭腦。想來想去，他連一點原因也找不出來。

不過，他現在還沒忙着像上學期一樣陷入苦惱之中。他猜想：也許紅梅家裏有甚麼事，她心裏煩亂，才不願意和他說話。

但看來她又沒甚麼煩亂！相反，她卻比上學期活躍多了。現在甚至每天下午吃完飯，在男女混雜的籃球場上，都能看見她說說笑笑和同學們一塊玩呢！

於是，有一天下午，少平看見紅梅又在籃球場上的時候，他自己也就踅摸着進了場。這並不是比賽，兩邊籃板下都有許多男女同學，站成一個半圓，誰捉住球，誰投籃。不管誰，投了一次籃緊接着又拿到球的時候，就傳給另外一個人 —— 他們都是高中生了，已經懂得規矩和禮貌。

少平看見紅梅投了一次籃後，球又一次回到她手裏。看她準備給別人傳時，少平就在她後邊說：「給我一個！」

紅梅不會沒有聽見他說話，但她沒有理他，甚至連頭也沒有回，把球傳給了另外一邊的班長顧養民。

本來少平已經伸出了手，但卻又不得不尷尬地把手縮回來。剎那間，他感到渾身的血都向臉上湧來，眼睛也好像蒙上了一層灰霧，遠遠近近甚麼也看不清楚了。

他正要轉身走開，金波給他把球傳過來。他勉強把球逮住，又胳膊軟綿綿地把球還給金波，一個人轉身出了學校操場。

他出了操場，又毫無目的地出了校門，昏昏然然來到街道上，最後又糊裏糊塗轉到了縣城外邊的河灘上……

他立在黃昏中的河邊，目光呆滯地望着似乎不再流動的水，感覺到腦子裏一片空白。包括痛苦在內的一切，暫時都是模糊的 —— 就像他莫名其妙地來到這河邊一樣。

在慢慢恢復了思考能力的時候，他先在心裏說：我這才知道紅梅為甚麼不理我了！她顯然已經和顧養民好了……

紅梅和顧養民是甚麼時間裏好的？在上個學期結束的時候，她還給他的《創業史》裏夾了幾塊白麵餅，使他激動得熱淚盈眶……假期裏，紅梅回了農村，而顧養民的家在城裏，不可能在這期間……那麼，就在這下半年開學的幾個星期裏，她就和他相好了嗎？孫少平只能這樣判斷……

他的判斷是對的。郝紅梅正是在這幾個星期裏，和顧養民好起來了。

這個家庭成分不好的女孩子，從小在擔驚受怕中長大。她小的時候，她爺還活着，戴個地主帽子，一家人在村裏抬不起頭。她剛上小學的第二年，「文化大革命」開始了，村裏的貧下中農造反隊，打着紅旗，扛着钁頭，一夜之間，就把她家的房屋院落刨成了一堆廢墟。貧下中農企圖挖出老地主埋在地下的金銀財寶和「變天賬」，結果除刨出一個當年安土神時埋下的空瓦罐外，甚麼也沒有搜尋到。但他們已經沒家了，只能在旁邊一個原來喂牲口的草棚裏棲身。她爺在當年就死了。但她爺的地主帽子並沒有埋進他的墳墓，而作為主要的遺產留給了父親和她。她父親是地主的兒子，她是地主的孫子。在現在的概念中，這和地主本人並沒多大的差別。

就是揹着這樣沉重的政治包袱，她在社會的白眼和歧視中，好不容易熬到了縣高中。由於她在這樣的境況中長大，小時候就學得很乖巧，在村裏尊大尊小，叔叔嬸嬸不離口，因此在貧下中農推薦本村的孩子上初中和高中時，村裏人都沒有卡她。至於她家的光景，當然已經破落得一塌糊塗。惟一能說明過去發達的跡象，就是一張折了一條腿的破太師椅。現在一家幾口人，只能靠父親一個人的工分來養活。遇個災荒年，國家發下來的救濟款和救濟糧，不用說他們家也沾不上一點邊；全家人只好飢一頓餓一頓湊合着過日子。一家人多少年來都把希望寄託在她身上，盼她能給這個敗落的家庭帶來一絲光明；因此不管家裏窮到甚麼程度，父母親也咬着牙堅持供她上學……

郝紅梅很早就認識到了她不幸的人生和對一家人負有的使命。嚴酷的生活使她過早地成熟起來。她表面上看來很平板，但很有心計。

郝紅梅由於自己坎坷的生活經歷，實際上已經懂得了許多成年人的事 —— 包括愛情和婚姻。但她和孫少平開始的交往中，還沒有這方面的意思。她自己早有盤算：她家成分不好，光景不好，她自己要尋個好人家，找個有錢男人，將來好改變自己家庭的命運。父母親把全家未來的希望都寄託在她身上，但她自己明白，一個女孩子，成分又不好，上學只能到高中就到頭了，畢了業還得回鄉勞動 —— 至於將來推薦上大學，她家的成分是絕對不可能的。因此，她只有尋個好婆家、好對象，才有可能改變她和全家人的狀況 —— 這也許是惟一可行的道路。如此說來，她自己現在窮成這個樣子，怎麼可能把命運交給一個和她同樣窮的男人呢？

因此，她和孫少平的接近，基本上是一種憐憫 —— 憐憫別人，也讓別人憐憫自己。

但她並不完全小視孫少平。這個貧困的男生，身上似乎有一種很不一般的東西 —— 倒究是甚麼她也說不清楚。另外，他雖不算很漂亮，但長相很有特點，個碼高大，鼻梁直直的，臉上有一股男性的頑強，眼睛陰鬱而深沉。如果這人是幹部子弟，或者說就是農民子弟，但家裏光景好，門外又有工作的親戚 —— 比如像田潤生那樣的家庭，說不定她也會動心的。但這些方面孫少平甚麼也沒有。她側面聽說少平一家人都在農村受苦，窮得只有一孔土窰洞……

但畢竟他們命運相似，使她對這個男生內心充滿了親切的感情。在這個她得不到友愛的世界裏，孫少平對她來說就是寶貴的。只是那次侯玉英用污衊性的語言，當眾攻擊她是孫少平的「婆姨」時，她才感到又急又氣又惱恨。她到這縣城的高中是另有所圖的 —— 說不定在這兩年中，她能高攀一個條件好的男人。侯玉英這樣一鬧，輿論就把她和孫少平拴在了一起。這使她多麼被動啊！她恨侯玉英，也對少平有點怨氣 —— 誰讓你那麼多情，每次勞動都給我發一把好工具哩！

因此，她便漸漸開始和孫少平疏遠了。她要讓眾人看見，她郝紅梅並不是孫少平的「婆姨」……

這樣一晃就是幾個月。臨近放假的幾天，她才突然發現，在她那個破舊的箱底下，還放着她借孫少平的一本《創業史》。她立刻感到一種深深的內疚。她幾個月沒理少平，還把他的書壓了這麼長時間沒有還他。她知道這書少平也是借文化館的，現在馬上要放假，他肯定很着急地要給人家還。唉，這個孫少平！你為甚麼不開口問我要呢？可她又一想，這要怪她自己，她應該主動給人家還嘛！

在臨近放假的最後一個星期天，她匆忙地跑到男生宿舍給少平還書。少平沒在。金波告訴她，孫少平回家去了。她只好折身回了自己的宿舍。

回到宿舍後，她收拾東西時發現自己的乾糧袋裏還有幾塊白麪餅。夏收開始後，她星期天回去常出山撿麥穗，母親就用這麥子磨了點麪給她烙了幾張餅。她吃了幾塊，剩下的這些捨不得吃，一直放着。她突然產生了一個願望：把這幾塊餅連同書一塊送給孫少平，以彌補她沒有及時還書的過失。

於是，她把這幾塊白麪餅夾在那本《創業史》裏，在黃昏時轉到校園裏等孫少平回來。她看見孫少平進了學校以後，又實在沒勇氣當面把這書和餅交給他，就採取了只有他們這個年齡才會有的那樣一種浪漫方法……

這一學期開學後，她的一切也並沒有甚麼改變。只是到了夏天，她還有一身沒補釘的衣服可以穿，因此不像冬天那樣看起來過分寒酸。正因為有這麼一身衣服，她也才有心思把自己的頭髮整理了一下，自我感覺渾身利索了不少。以前由於自慚形穢，她常不願到公共場所去露面。現在，這身服裝使自己鼓起了一點勇氣，每當下午同學們玩籃球的時候，她也敢去了。不過，她還不願進場，只是站在場邊上看別的男女同學們玩。

那天下午，她像往常一樣，又站在籃球場邊上看別人打球，他們班的班長顧養民突然給她拋過來一個球，並且很親切地說：「你來玩吧！為甚麼老站在外面看呢？」

她笨拙地接住顧養民拋來的球，滿臉通紅，把球又扔給場內別的女同學。這些女同學就都來拉她，她只好膽怯而興奮地走上了籃球場。

從這以後，她幾乎每天下午都去操場打籃球。沒過多少時間，她就成了女生中「式子」最硬的一個。

在這期間，班長顧養民對她漸漸熱情起來了。玩球中間，常常在有意和無意之間，對她微微一笑，並且得到球後，往往都拋給了她。在班上一些集體活動中，他也有意把她和他分在一塊，瞅空子和她說這說那……

郝紅梅的精神突然被一縷強烈的陽光照亮了。她夢寐以求的就是像顧養民這樣的人。顧養民的父親是他們黃原地區師範專科的副校長，母親是地區建築公司的工程師，他祖父又是這個縣遠近聞名的老中醫大夫。養民從小跟祖父長大，一直在原西縣上學。他學習好，又是班長，年歲雖然比她才大一歲，但就像一個教師一樣有風度。現在，這個全班女生常羨慕地談論的人，竟然對她如此青睞，真叫她有點受寵若驚！

和出眾的顧養民一比較，孫少平一下子變得黯然失色了。她於是想方設法和顧養民接近，和他攀談，和他一塊打籃球，讓他喜歡她。相反，她對孫少平產生了一種厭煩的情緒，千方百計躲避和他說話、交往。

郝紅梅看得出來，這學期開學後，孫少平一直想找機會和她說話，但她都有意迴避了。叫人生氣的是，今天下午她正興致勃勃地和養民他們打籃球，這個不識高低的人，竟然讓她給他傳球！她故意不給他，而把球給了顧養民。她要以此讓他明白：她現在已經和班長好上了……

第十八章

孫少平站在黃昏中的河岸邊，思緒像亂麻一般紛擾。他明白，從今往後，郝紅梅再不可能和他相好了。他精神上最重要的一根支柱已經被抽掉，使他感到一種說不出來的痛苦。他面對着遠方模糊的山巒，真想狂喊一聲 —— 他並不知道自己此刻眼裏含滿了淚水……

在他背後，縣城已經一片燈火燦爛了。家家戶戶現在也許都圍坐在一起，開始吃晚飯。此刻，誰能知道，在城外，在昏暗的河邊上，站着一個痛苦而絕望的鄉下來的青年，他喉嚨裏堵塞着哽咽，情緒像狂亂的哈姆雷特一樣……

原諒他吧！想想我們在十七八歲的時候，也許都有過類似他這樣的經歷。這是人生的一個火山活躍期，熔岩奔突，熾流橫溢，在每一個感情的縫隙中，隨時都可能嘶嘶地冒煙和噴火！

少平站在河邊，儘管已經誤了吃飯時間，但他一點也不感覺到餓。他突然幻想：未來的某一天，他已經成了一個人物，或者是教授，或者是作家，要麼是工程師，穿着體面的制服和黑皮鞋，戴着眼鏡，從外面的一個大地方回到了這座城市，人們都在尊敬親熱地和他打招呼，他在人羣裏看見了顧養民和郝紅梅……

幻覺消失了，他看見一個黑乎乎的人影正向這邊走來 —— 他認出這是他的好朋友金波。

金波現在來到了他跟前。他把手裏的四個兩面燒餅遞到他面前，說：「看你沒回來，你的下午飯我吃了。這是我在街上給你買的……」

少平沒有言傳，接過金波手中的燒餅，坐在一塊石頭上吃起來。

金波也沉默不語地坐在他旁邊。過了一會，他才咬牙切齒地說：「我想把顧養民捶一頓！」

金波顯然看出顧養民已經奪走了他好朋友的女朋友，這使他胸膛裏充滿了義憤的怒火，想為少平打抱不平。「打了他，說不定學校會把咱們開除了……」少平說。

「你不要動手。由我出面！」

少平想了一下，說：「不敢這樣。萬一咱們出個事，能把家裏的大人急死！」

「咱們現在就是大人了！自己做事自己可以承擔。你不要管，我知道這事該怎麼辦哩！」

「你可千萬不敢動手。咱們沒甚麼理由打顧養民。要是平白無故打了，到時咱們沒個說上的……」

「我給他製造個捱打理由！」

「不敢闖這亂子！」少平雖然和金波同歲，此刻心中又火燒火燎，但還是比他的朋友冷靜一些。

金波也沒再說話。等他把那四個兩面餅吃完，他們就相跟着回學校去了。

孫少平沒有想到，他的朋友沒有聽從他的勸告，在私下裏開始積極籌劃準備打顧養民了。

金波平時愛講個哥們義氣，班裏許多調皮學生都聽他的。他串聯了一把子男生，商量怎樣才能把顧養民打一頓而又叫學校抓不住把柄。為了不牽連孫少平，他把自己的行動都給他保密——將來打人時他也絕對不會讓少平在場。

這是一個晚間，熄燈鈴還沒有打，金波和他串聯的一羣人就集中在一個男生宿舍裏。他打發一個人去叫住在另外宿舍的顧養民。

顧養民進了這個宿舍後，一個男生就把門一關。顧養民有點莫名其妙。他見許多人站在腳地上，很不友好地看着他。他還發現有幾個人不是住在這個宿舍的。他就問大家：「你們叫我有甚麼事哩？」

金波走到他面前，指着旁邊的一個男生問他：「他甚麼時候偷吃你的乾糧了？」

顧養民驚訝地說：「沒有呀……」

「那你為甚麼給這幾個人說，他偷吃你的餅乾了？」金波又指了指另外幾個人。

顧養民冤枉地對那幾個人說：「我甚麼時候給你們說高來順偷吃我的餅乾了？」

那幾個小子立眉豎眼、七嘴八舌地證明：他就是說了，而且還說過不止一次呢！

顧養民立刻意識到這些人是和他有意過不去。但他又想不起來他甚麼時候把這些人得罪了。他在班上平時對同學都很和氣，和誰也沒吵鬧過一次啊！

他現在已經顧不得想這些了——因為他看見他的危險處境迫在眉睫。他也知道他無法再辯解他沒有說過別人偷吃他的乾糧。他看見這羣人齜牙咧嘴已經逼近他身邊，就趕忙說：「同學們，咱們有甚麼事慢慢說，我……」

他的話還沒說完，金波的拳頭已經捅到了他的臉上。他立刻感到鼻子和嘴熱乎乎的，知道出血了。緊接着，這一羣人一齊上來，七手八腳把他踩在了腳地上；他只感到渾身到處都火辣辣地疼，倒在地上爬不起來了……

過了一會，坐在炕欄石上的金波叫另外一個男生打了一盆涼水。於是，金波和這一羣人，就把他從地上拉起來，兩個人強制地架着他的胳膊，另外的人把他糊血的臉頃刻間洗得乾乾淨淨；接着又把他衣服上的土也掃得一塵不染。金波甚至拿了一把梳子，把他的頭髮都梳理得整整齊齊。然後這一羣人便放開他，站在旁邊都樂得笑了。有一個人還說：「乾脆給這傢伙臉上再擦點油，就更風流了……」

顧養民立在腳地上，眼裏淚水汪汪。

現在他身上連一點捱打的痕跡都沒有了。這些人狠狠揍了他一頓，畢了又精心地把他「打扮」了一番，使他看起來甚麼事也沒。

有一個人對他說：「你給學校告去吧！到時候，我們就說，你污衊高來順偷吃你的餅乾，我們和你講理，但你先動手打人，我們只好嘛……」

這羣人又一齊笑了。

顧養民揩掉自己臉上的淚水，說：「我不告你們……」

他這句話倒使這些人一驚。金波他們都不再言傳，也不笑了。

顧養民一瘸一拐出了這個宿舍。他也沒回他自己的宿舍去。他走到校園東南角的那一片小樹林中，抱住一根楊樹幹，無聲地啜泣起來……

孫少平在第二天才知道金波串聯一些人把顧養民打了一頓。他又急又慌，找到金波，埋怨他不該這樣。

金波讓他別管，說他把事幹得滴水不漏。

「讓顧養民告去吧！他小子捱了打，官司也打不贏！他一張嘴，我們七八張嘴，他說不過我們。」他對少平說。

但孫少平覺得事情並不那麼簡單。顧養民不會受這暗氣，肯定要向學校反映。如果真相一旦查明，學校可能要把金波開除的。但他又不能過分指責金波，因為金波這行為完全是為他的呀！

孫少平一個人想：如果顧養民告到學校，學校開始查這事的時候，他就站出來說是他讓金波打顧養民的。絕不能讓學校處理金波！金波是為他的，他一定要為金波承擔罪責！

在好幾天裏，孫少平已經顧不上想其他事了，緊張地等待着學校來調查這事。

但過了好多天，一切仍然風平浪靜。金波曾給他說過，顧養民自己說不告他們，少平當時不相信這話。但現在看來顧養民真的沒有去告！班長現在看來也和以前沒有甚麼不同，表現出甚麼事也沒有發生的樣子，並且對金波和打過他的同學態度也很正常：既不特意好，也不讓人看出懷恨在心。只是在捱打的第二天，他給老師請假，說他感冒了，要上一趟醫院。據金波說，顧養民上醫院的那一天，郝紅梅竟然偷偷到醫院看他去了……

金波他們把顧養民打了一頓，反而使郝紅梅更挨近了顧養民。也許他們兩個分析過養民捱打的原因 —— 金波心再殘[14]，也不會平白無故打人，惟一的可能就是因為郝紅梅。她先後與少平和養民的關係變化大家都能看得出來。孫少平不出面，讓他的朋友來替他報復 —— 除此之外，再還有甚麼解釋呢？

孫少平看得出來，郝紅梅現在甚至都恨上了他，見了面連看都不看他一眼。顧養民心裏不知怎樣，面子上還和他保持着一般交往的關係。當然，不論是在他面前，還是在眾人面前，他現在已經不迴避他和郝紅梅的相好關係。至於郝紅梅，倒似乎專意讓別人知道她和顧養民好。她現在上街，就借顧養民的自行車。回來的時候，故意在人多處給顧養民還車子，並且羞羞答答看養民一眼，說：「謝謝……」

謝謝。對於孫少平來說，他也要對生活的教訓說一聲謝謝。這一件事的前後經歷，也許實際上對他並沒有壞處。他是失去了一些情感上的溫柔，但也獲得了許多心靈上的收穫。

他現在平心靜氣地想，顧養民是一個好人 —— 他捱了打，但沒有報復打他的人。顧養民不會怯火這些人！這些人再殘，也殘不過學校的王法。只要他告，這些人都不會輕鬆，而且為首的金波說不定會讓學校開除的。他對這件事採取了息事寧人的態度，反而在精神上把他和金波他們鎮住了。

---

14 方言，形容厲害。

他又進一步想，郝紅梅拋開他而和顧養民相好，也完全是正常的啊！他自己在哪方面都無法和顧養民比較。男女相好，這是兩廂情願的事，而怎能像鄉俗話說的「剃頭擔子一頭熱」呢？

青春激流打起的第一個浪頭在內心漸漸平伏了。孫少平甚至感到了一種解脫的喜悅。他似乎覺得自己的精神比原來還要充實一些。他現在認識到，他是一個普普通通的人，應該按照普通人的條件正正常常地生活，而不要做太多的非分之想。當然，普通並不等於庸俗。他也許一輩子就是個普通人，但他要做一個不平庸的人。在許許多多平平常常的事情中，應該表現出不平常的看法和做法來。比如，像顧養民這傢伙，捱了別人的打，但不報復打他的人 —— 儘管按常情來說，誰捱了打也不會平平靜靜，但人家的做法就和一般人不一樣。這件事就值得他好好思量思量。這期間，少平獲得了一個非常重要的認識：在最平常的事情中都可以顯示出一個人人格的偉大來！

這是第一次關於人生的自我教育。這也許會在他以後的生活中發生深遠的影響……

過了幾天，在少平的生活中突然出現一件他想不到的事。學校根據縣宣傳部和文化局的指示，要組織一個校一級的文藝宣傳隊，巡迴到各公社宣傳演出。他們班的金波、顧養民、郝紅梅和他，都選拔上了。他被確定參加一幕小戲的演出，還另出一個節目講故事 ——《智取威虎山》中打虎上山的一段。顧養民也參加小戲演出，同時還任宣傳隊副隊長。郝紅梅是舞蹈隊的。金波在樂隊吹笛子，並且還有一個獨唱節目 —— 他的男高音很出色。

少平參加演出的這幕小戲叫《奪鞭》，是學校語文組的老師們集體創作的。劇本內容是：貧下中農出身的兄妹倆，高中畢業回鄉後，為了從富農子弟手中奪回隊裏趕大車的權，和這個「階級異己分子」

以及一個喪失階級立場的生產隊長，展開了激烈的鬥爭；最後兄妹倆得到公社書記的支持，終於勝利了……

學校教音樂課的女教師是這個宣傳隊的隊長兼總導演。她竟然讓孫少平當這齣戲的男主角張紅苗。他又膽怯又高興地接受了這個任務。他還沒想到，從他們年級另一個班抽來的田曉霞演他的妹妹。那個富農子弟由高年級的一個男生扮演。顧養民扮演公社書記。

經過一段排演，他們這支文藝宣傳隊就下公社了。孫少平非常高興參加這個宣傳隊，這使他第一次有了出頭露面的機會。另外，宣傳隊下了公社，吃的都是白饃大肉；演戲的時候，他還有機會穿上體面的戲裝，感覺自己像換了一個人似的有風度——他感覺別人也都用異樣的眼光來看他了。

孫少平作為主角和幾個全縣出眾的幹部子弟一塊登台演戲，使他經歷着他有生以來最激動人心的日子。戲完後，他和田曉霞還各自有一個講故事的節目，而這兩個故事又是最受觀眾歡迎的。當然，他的朋友金波的獨唱也常博得熱烈的掌聲。在這期間，文藝宣傳隊所有人的關係都非常親密。他們正處於愛紅火熱鬧的年齡，加上伙食又好，每個人都興致勃勃的。他、養民、紅梅和金波四個人之間，也自然地把以前的不愉快都擱在了一邊。少平和金波都盼着文藝宣傳隊能趕快巡迴到石圪節公社去——那裏他們有許多熟人和沒有來上高中的同學。在本公社露一下臉，那可多有意義啊！到時他們家裏的人也會來看他們演出的……

可是在中途，文藝宣傳隊突然接到縣宣傳部電話，說地區要搞全區革命故事調講，縣上決定讓孫少平和田曉霞去參加，讓他們倆趕快回縣城來準備節目。

這消息對孫少平來說，就像一顆炸彈在面前爆炸了：天啊，他要到黃原去？這將是他有生以來的第一次遠行，並且也是第一次去逛大地方……

宣傳隊的所有人都很羨慕他和田曉霞。他激動無比這自不消說。曉霞儘管為這事高興，但她從小就在黃原城裏長大，不像他這樣覺得好像要出國似的連晚上都失眠了。老師把戲裏的角色進行了新的調整：金波頂他演張紅苗，紅梅從舞蹈隊抽出來頂曉霞，演張紅苗的妹妹……

孫少平給老師請了假，說他要先回一次家。因為他立刻想到，不能揹一口袋高粱麵去黃原城 —— 要有糧票才行。另外，他的這身衣服怎麼能到大地方去亮相呢？講故事不是演戲，人家不給做服裝……一想到這一切，他的情緒就像一堆紅火潑了一盆子涼水，寒透心了。如果這樣出去丟人，還不如不去！但他又知道家庭的情況，這麼大的破費能把大人急死……

當他無限愁腸地回到雙水村的時候，他並不知道，他要去黃原講故事的消息早已傳回來，在村裏都家喻戶曉了。他也根本不知道，雙水村的人已經議論了他幾天，似乎他已經成了個人物。是呀，村裏像他這樣大的人，倒有幾個去過黃原城嘛！

使少平又驚訝又高興的是，在他沒回來之前，他哥已經把自留地的夏洋芋刨得賣了兩麻袋，給他扯好了一身藍咔嘰布，放在金大嬸家，等他回來量身子裁縫哩！父親也把家裏少得可憐的一點麥子，拿出二升，在石圪節糧站給他換好了十斤糧票……

他看到這些他原來還擔心的問題，爸爸和哥哥都給他解決了，並且一家人都高興得滿臉光彩，這使他忍不住鼻子發酸。他在家裏住了兩天，母親給他單另做得吃了兩頓好飯，還一再囑咐他出去多操心，說那是大地方，不是石圪節……

他穿着一身嶄新的藍咔嘰布制服，把十斤糧票和哥哥專意賣了幾擔西紅柿而給他的十元錢，用領針別在內衣口袋裏，就懷着對親人無限感激的心情，回到了縣上。

他和曉霞在縣上的文化館集中排練了三天，文化館長就帶着他們去了黃原地區。

當他從黃原汽車站出來的時候，立刻被城市的景象弄得眼花繚亂，連東西南北也分不清了。曉霞熟悉這城市，就給他指點着說這說那。他興奮得頭腦都有些混亂不堪。

他們在黃原地區革委會第二招待所呆了七天。他們縣的講完了以後，曉霞便帶着他到這城市的幾個著名地方轉了轉。同時，他在故事會上還認識了幾個地區文化館的老師，其中有個叫賈冰的詩人，還是原西縣人。賈老師熱情邀請本縣來的三個人在他家裏吃了飯，還聲震屋瓦地給他們朗誦了他寫的詩。

這次故事調講，他和曉霞都得了二等獎，把他們縣的文化館長高興得眉開眼笑！

孫少平大開了一回眼界，然後帶着無數新的印象以及一張獎狀和一套「毛選」，回到了縣城。到星期六的時候，他又帶着從黃原城裏買來的一點稀罕東西，回了一趟雙水村。在地區期間，每天的伙食補助就夠他吃了，因此他就把哥哥給他的十元錢，除過王滿銀，給全家人都買了點禮物：奶奶的一包蛋糕，母親和姐姐一人一雙襪子、父親和哥哥一人一塊白毛巾，妹妹的一塊紅方格頭巾，貓蛋和狗蛋的半斤水果糖……

── 第十九章 ──

在這幾個月裏，田潤葉陷入了極大的苦惱之中。她在別人說合的婚姻和自主的愛情之間苦苦地掙扎。李向前一家三口和她二媽組成的說合隊伍輪番向她進攻，而她自己愛着的孫少安又對她退避三舍。她整天急得六神無主，不知如何是好。像她這樣一個寄人門下的二十二歲的姑娘，目前的處境可想而知。她沒有甚麼資本和勇氣斬釘截鐵地抗拒縣上兩戶赫赫有名的人家 —— 而其中的一家又是她的親戚和恩人，更何況他們也是誠心為她好。

這一切可以先拋開不說。假使孫少安真的可以娶她，她是完全可以不顧這一切的。但是，使她痛苦的是，親愛的少安哥對她愛情的呼喚沒有應聲作答……

自從那次她在石圪節的公路上把裝在信封的那張紙條塞給少安以後，不久她就在一個星期六回到了雙水村。她想儘快見到少安，和他把事情談清楚。

那天她在家裏吃完午飯，就對她父母親說，她要出去到村裏的一些人家串串門，然後就興致勃勃地來到少安家。

可是，她到少安家後，才聽少安媽說，他中午不回家吃飯 —— 現在正是鋤莊稼的大忙季節，為了省時間，這一段莊稼人中午不回來，都是把飯送到地裏吃。

她勉強掩飾住自己的失望，和少安媽親熱地拉了一陣話，然後把她給少安奶帶的一包點心放下，只好悻悻地告辭了。不過，她在臨走的時候，一再給少安他媽叮嚀，等少安晚上回來時告訴他，讓他明天中午一定回家來吃飯，她有事要給他說。千萬不敢耽誤！因為她明天下午就要回學校去了。

少安他媽滿口應承下來。

本來潤葉打算當天晚上再來，但黑天半夜出門，家裏人會不放心的。再說，晚上少安一家人都回來了，他們沒辦法說話。當然，她還不敢晚上把少安約到野場地裏去——萬一叫村裏人看見，風言風語傳播開來，對兩個家庭都不好。還是中午好！少安家沒甚麼人，他們可以在他家的院子裏情願說啥呢！

第二天中午，她趕忙興致勃勃地又去了少安家。在上他們家那個小土坡時，她心兒狂跳，氣喘吁吁，甚至站住等平靜了一些才進了院子。

叫她喪氣的是，少安還沒有回來！

她尋思：少安是隊長，要安排生產，可能會晚回來一點，她應該耐心等一等。

少安媽也很急，對她說：「昨晚上我給少安說過好幾遍哩，說你讓他無論如何今中午回來一趟，有要緊事……」

「那他當時答應了沒？」她急切地問。

「他『嗯』了一聲……」

唉！這「嗯」了一聲，是答應回來哩，還是說只表示他知道了這件事，而回不回來還不能肯定呢？

潤葉坐在大嬸家的前炕邊上，一邊候少安，一邊胡思亂想。

直等到莊稼人吃了午飯的時光，少安還是沒有回來！

潤葉已經在炕邊上坐不住了，溜下來在少安家的腳地上走來走去，佯裝看牆上鏡框裏的幾張照片，但耳朵高度靈敏地捕捉着門外的響動。

少安媽也急得過一會就到院子裏張望一回，嘴裏嘮叨着一些埋怨兒子的話。真是的！讓這個體面人家的女娃娃跑了兩回不算，還又等了這麼長時間了……

少安媽看午飯時分過了好長時間，兒子還不回來，就只好對焦急的潤葉說：「看來他不回來了，誰知道這死小子讓甚麼事耽擱住了！你有甚麼事，能不能給我說一下，讓我給他轉話？」

潤葉的臉紅了。她說：「大嬸，他沒回來就算了。也沒甚麼大事。等我再回村裏時給他說……」她只好又離開少安家，快快不快地回到自己家裏 —— 她得起身回縣城了。

下午，父母親把她送上過路的公共車。當汽車經過少安家院子下邊的時候，她的眼淚忍不住在眼睛裏旋轉起來。她感到一種說不出的委屈。她懷揣一顆熱騰騰的心，撲回村子來，準備交給她心愛的人，結果卻連他的面也沒有見上。她想不通少安哥為甚麼中午不回來見見她？他應該知道她回來找他是為了甚麼！

他為甚麼不理她呢？

當回到學校，慢慢靜下來細盤算的時候，她又猜想：是不是那天中午少安的確山裏有事不能回來？這完全有可能！他是隊長，管的事多，說不定有甚麼事就纏住身了……

她馬上想：讓我再給少平捎個話，讓他到城裏來一下。雖說現在農活忙，耽擱一兩天又誤不了多少事。再說，他應該知道，這是一件甚麼樣的事啊！

她於是又跑到縣高中，給少平安頓，讓他星期六回去的時候，叫他哥到城裏來一下，說她還有個要緊事要給他哥說……

星期天下午，她焦急地等待着少平回來。她想，這次要是少安哥來，她就不會像上次那樣害羞了，她甚麼話也敢對他說！

少平回來了，給她帶來的是冰涼的消息：他說他忙，來不了。

她呆了。她一個人關住門，在宿舍裏偷偷哭了一晚上……

第二天上午，她沒有課。她也沒吃早飯，就一個人紅腫着眼睛來到學校後面的小山灣裏。以前她消閒的時候，常愛到這個安靜的地方來溜達。

她現在坐在一片草叢中發愣。今天她不願意呆在宿舍。萬一有個老師來找她，看她這副樣子還不知道發生了甚麼事——她又不能給別人解釋。另外，怕學校又有甚麼工作要她去做。她心亂成這個樣子，能做甚麼呢？在這一刻裏，她已經厭煩了塵世中的一切！

盛夏燦爛的陽光照耀着萬物繁榮的大地，但田潤葉感到自己心裏空蕩蕩的。

坐了一會，她覺得很疲倦，沒有睡過的眼睛也火辣辣地澀疼，隨即便像一個懶散的莊稼漢一般躺倒在草叢裏——不一會便甚麼也不知道了……

直到她聽見有人說話，才驚醒過來。

她慌亂地坐起來，看見她面前竟然立着她二媽和向前媽。她趕忙一閃身站起來了。

顯然，兩位長輩看見她在這野地裏如此不雅觀地睡覺，感到無比的詫異。而她對她們的不期而來也有點莫名其妙。

還沒等她問她們來這地方有甚麼事，向前他媽就立刻湊前來，瞅着她的眼睛說：「呀！這娃娃的眼睛怎腫成這個樣子了？」

她立刻不好意思地說：「昨晚上……看了一夜書……」

她二媽對自己的領導說：「這娃娃就是愛看書！」她又扭過頭問姪女：「你不在宿舍睡，跑到這兒……」

潤葉趕忙說：「宿舍常有人來找，我想在這兒坐一會，想不到就……」

兩位長輩都笑了 —— 空氣隨即也輕鬆了下來。

她二媽說：「快走吧！你劉阿姨讓你到她家裏去吃飯，她沒來過你們學校，我陪她來找你，結果宿舍沒人，旁邊一位女老師說看見你到這裏來了……」

「快走！嚐嚐阿姨的手藝怎樣！你沒到過我們家，怕你認生，我讓你二媽也陪你去！」向前媽用領導人那種不容置疑的口氣對她說。

田潤葉太為難了！她為甚麼要去一個外人家吃一頓毫無理由的飯呢？但這樣兩個人找到這地方來請她，她怎麼又能一口拒絕了呢？她要是拒絕了，叫這兩個有身份的長輩怎麼樣下台？她還再在她二媽家的門上呆不呆了？

啊啊！人活一生，風雨雷電和寒霜黑雪，有時候會在同一個時辰向你的頭上傾倒下來！

可憐的潤葉沒有辦法，心裏反對着這件事，可兩條腿已經跟着她們起身了。

歸根結底，她不敢傷這兩個人的臉。她要是給她們難堪，帶來的後果她現在都無法全部想像得來。

她一路像一隻羊羔般跟着她們走，心裏想：我去他們家吃一頓飯，難道就成他們家的人了嗎？再說，劉阿姨和她二媽，李叔叔和她二爸，都是老同事，誰家的人到另外一家去吃個飯，這都是一件很普通的事……她走着，心中竭力找一些正常的理由來沖淡這次明顯不正常的赴會……

三個人進了向前家，李登雲父子倆立刻熱情地迎接了她們。向前慌忙解掉腰裏的圍裙 —— 顯然剛在廚房忙畢，接着便給她和她二媽倒茶，兩隻手抖得把茶水倒了一桌子。他媽眼疾手快，抓來一塊抹布就揩桌子。向前紅着臉退回了廚房。

李登雲樂呵呵地坐在她們對面，對她二媽說：「我不如你們福軍，文武雙全！我只會吃，不會做！家裏來個客人，都是我向前炒菜，他比他媽的手藝還高一截！」

李主任似乎無意但實際有意把兒子誇讚了一番。

伶俐的劉阿姨接上丈夫的話碴，說：「人各有所長嘛！向前幹活心靈，可人家潤葉這娃娃愛學習，一晚上熬夜把眼睛都看腫了！」

「愛學習好！」李登雲說，「愛雲你大概知道，你爸常指教我們說，好好學習，書唸到肚子裏漚不爛！」

徐大夫笑着說：「可他自己連一本書也不看！」

「那也不能那樣說！徐老把社會這本書唸精通了！這可是一本大書啊！」管政工宣傳的李主任不管怎樣說，都讓人感覺到他說的有道理。

登雲說完後，又馬上對他愛人說：「志英，上菜吧？」

他愛人劉志英就到廚房裏去了。不一會，向前母子倆就一進一出，擺滿了一桌子菜。

五個人都坐齊後，李登雲夫婦兩個人給潤葉夾菜，李向前忙着招呼她二媽。潤葉推說自己熬了夜不想吃東西；只吃了一點菜，喝了半小碗湯。

好不容易才把這頓飯吃完。她二媽對她說：「我回去有點事，你就在劉阿姨家多呆一會。你常不來，和劉阿姨他們拉拉話……」

潤葉立刻感到脊背像針刺着一般，她着急而甚至有點驚恐地說：「我下午要上課，教案還沒備好哩！我得很快回去！」

李登雲一家看沒辦法留她，就只好把她和她二媽一同送出了門……田潤葉沒有想到，她在李向前家吃完這頓飯後，他們學校和城裏的一些人就不知怎樣知道了這件事，開始傳播她和李向前已經訂婚了，而且添油加醋，說不久她就要和縣上李主任的兒子結婚呀。

更讓她生氣的是，李向前似乎是為了證實這種說法，竟然到學校的宿舍找她來了。他坐在她宿舍裏，給她說長道短，並且建議她暑假坐他的車到省城和北京開開眼界。她不能把李主任的兒子用棍子打出去 —— 她不具備這種潑辣性格！她只好一個人找藉口躲出去，讓這位汽車司機自己呆在她的房子裏！

當她約摸李向前討個沒趣走了以後，才又回自己的宿舍去。她看見，李向前是走了，但她的房子卻被打掃得乾乾淨淨！爐坑裏的灰渣掏得一點不剩；倒垃圾土的鐵簸箕都被水沖洗得明光發亮……天啊，世界上還有這樣的人！

她回到二媽家時，又會時不時碰上向前他媽，關心地問她有甚麼困難，需要甚麼幫助就儘管給他們說……

她二媽已經又找她談過幾次，說向前給他父母親表示，他就看上個她；如果她不能和他結婚，就去自殺呀！說向前父母親急得一再讓她給她做工作，讓她做向前的媳婦……

說心裏話，對向前一家人的這些做法，她反感透頂，也倒並不懷恨在心。潤葉是個明白人，她也知道，這一家人也是出於真心。如果是其他甚麼事，她就是做出犧牲，也可以遷就他們。但這是要她把自己整個地交給一個她並不願意交給的人啊！

生活，生活！為甚麼給她出這樣的難題？如果沒有個李向前，她現在會仍然像過去一樣，安安穩穩而又忙忙碌碌地操心着工作，內心平靜得像一泓湖水 —— 這是她最樂意的。可是，為甚麼要給這湖面投進來一塊石頭，攪亂她平靜的內心世界？而更為不幸的是，由於李向前這塊生硬的石頭的撞擊，又使她對另一個人釋放出真正熾熱的愛情衝動 —— 可是，當她也給別人的心裏投進去一塊石頭的時候，卻又沒濺起任何一點水花……

從去年冬天到現在，潤葉已經經受了半年多火一般的煎熬。她多麼想給尊敬的二爸說說她的苦惱，但她又多麼不願意給他帶去紛擾。她隱隱地感到，她二爸在工作中也不太順心，經常有他自己的許多煩惱。她怎麼能讓他再為她而分心呢？

至於父親，雖說是個大隊書記，但實際上也是個農民，怎麼可能理解她的心呢？在這種事上，她不可能在他那裏得到幫助，而母親又是大字不識一個的農村婦女……

潤葉想來想去，覺得主意還得她自己拿。當然，她一個女孩子家，對自己能有多少力量並沒有多少信心。但她想她要儘可能去把握她的命運。

李向前對她的壓力越來越大了。不知在甚麼時候，這人已經殷勤地把她門外冬天燒的煤塊，重新垛得整整齊齊，像精心設計的一座小小的建築物。而且還把原來粗糙的劈柴塊，加工得像精緻的工藝品一樣，在煤塊旁邊又給她建造起另一座更「藝術」的建築物！

全校的老師都在誇「她的女婿」，指畫着他在她門口留下的「傑作」，驚歎地議論着。

她實在無法忍受了！

她突然決定很快再回一次雙水村。這次她無論如何要見到少安——哪怕他再躲着不回家，她也要破開臉皮到山裏找到他……

第二十章

孫少安內心的苦惱並不比田潤葉少。

當他在石圪節的公路上看完她那張一目了然的紙條後，先是驚呆了。

儘管他和她從小可以說是青梅竹馬，但他長這麼大，從來沒敢想過讓潤葉做他的媳婦。不管從哪方面看，這都是絕對不可能的。因為不可能，也就不可能去想。

可是，突然福從天降，一張白紙條如同一道耀眼的電光在他眼前閃現，照得他一下子頭暈目眩了！

當他反應過來這是怎麼一回事的時候，曾站在公路上幸福地哭起來。那時他感到一股巨大的暖流在他的胸膛裏洶湧澎湃；感到天旋地轉，整個世界都眉開眼笑，成了另外一個樣子。記得當時他不知道自己是怎樣從石圪節走回雙水村的；一直到進了他家院子的時候，手裏還僵硬地握着她那封信……

溫暖而幸福的激流很快就退潮了。他立刻就回到了自己所處的實際生活中來。一切簡單而又明白：這是不可能的！

是的，不可能。一個滿身汗臭的泥腿把子，怎麼可能和一個公家的女教師一塊生活呢？儘管現在說限制甚麼資產階級法權，提倡新生事物，也聽宣傳說有女大學生嫁了農民的，可這終究是極少數現象。他孫少安沒福氣也沒勇氣創造這個「新生事物」。再說，他家這光景，讓潤葉過門來怎麼辦？旁的先不說，連個住的地方也沒有……唉，土窰洞他倒有力氣打一孔，主要是這家窮得已經像一個破篩子，到處是窟窿眼……就是家能過得去又怎樣呢？女的在城裏當幹部，男的在農村勞動，這哪裏聽說過？如果男的在門外工作，女的在農村，這還正常 —— 這現象倒並不少見，比如金俊海在黃原開汽車，他老婆和孩子就一直在村子裏住着……

另外，想到潤葉的家庭，他更寒心了。田福堂是雙水村的主宰，多年來積攢下一份厚實家業，吃穿已經和脫產幹部沒甚麼兩樣。她二爸又是縣上的大幹部，前後村莊有幾家能比得上？難道貧困農民孫玉厚的小子，就能和這樣的家庭聯親？這簡直是笑話！

但他一想到潤葉本人，心裏就由不得感到酸楚。她並不是一個夢境中虛幻的姑娘。她和他一塊長大，相互熟悉和親切得像兄妹一樣。他要是真的能和她一塊生活一輩子，那他對自己的一生會多麼滿足啊！他想他如果當時家境好一些，和她一塊去城裏上完中學，參加了工作，他說不定真能和她結合在一起……

但他能抱怨命運嗎？能後悔自己回來當了農民嗎？不，他不抱怨，不後悔，也不為此而悲傷。他要幫助父親養活一家人，而且要對少平和蘭香的前途負起責任來。從那時到現在，儘管過得艱難，但這個家庭還維持着 —— 這就是他的驕傲！當然，他還並不滿足這些。一旦有了轉機，他孫少安還會把這個家營務得更好；他在這方面雄心勃勃，希望將來能和田福堂、金俊山那樣的光景爭個高低！至於他個人的婚姻，他這兩年並不是沒有考慮 —— 他終究已經二十三歲了，像他這個年齡的農民大都已結了婚，沒結婚的也基本都有了對象。他想他要找一個能吃苦的農村姑娘，和他一起創立家業。但並不是眼下就解決 —— 這不是說他現在不想娶媳婦，而是現在還娶不起。他想等少平高中畢業，不論弟弟能找個臨時性工作，或者回來勞動，他就多了一個幫手，到那時再考慮自己的婚姻也不遲。最使他熬煎的是，他打鬧不起上千元的財禮錢。這兩年也有人給他說媳婦，可沒人給他說不要錢的媳婦。

現在倒好！有個拿着工資的媳婦要跟他，他可又不敢娶了……

孫少安思來想去，真想找個沒人的地方，一個人抱住頭痛哭一場！他多麼幸福，親愛的潤葉竟然給他寫了這樣一封信。可他又多麼不幸，他不能答應和這個愛他的也是他愛的人一塊生活！

但是，他連哭鼻子的工夫也沒有。家裏、隊裏和村裏的事交織在一起，亂得像「三 國」一樣。

他天不明就得爬起來，先要把家裏的兩個大水甕擔滿 —— 父親年紀大了，已經做不成這類重活。擔完水後，他又幫母親給妹妹做飯 —— 蘭香要趕着到石圪節上第一節課。等妹妹吃完飯，金秀來叫她的時候，他還要把這兩個孩子往罐子村那邊送一段路。天不明，兩個孩子害怕，金秀家也沒個男人在家，這護衛工作只能由他承擔。

送完蘭香和金秀，他就趕緊折身回來，到一隊飼養室院子安排全隊的生產。實際上，在他到飼養室之前，就要把當天四五十個勞力的各種活路都考慮好，然後在很短的時間裏就得佈置完 —— 不能推遲出山時間！秋天的收成和幾十戶人家下一年的生計，就在這每一天的分分秒秒中！

隊裏幾乎所有的社員，都常抱怨他把他們摳得太緊，簡直到了殘酷的程度 —— 山裏休息往往連煙癮都過不了就又被他趕起來幹活。有人甚至背後叫他「孫閻王」。但他不管這些。他想，如果不這樣下苦，秋後一分糧食，你們就要罵我是「龜孫子」了。他自己先不偷懶，都是搶重頭子活幹。至於莊稼行裏的技術，更是樣樣拔尖，連一些自認為老行家的人也佩服得五體投地。他在隊裏的權威是自然形成的。

如果中午不在山裏吃飯，他回家吃完飯，碗一撂，就到自留地去了。他要利用中午別人睡覺的時間來營務自己的莊稼。這一點自留地，他寶貴得不知種甚麼好，從莊稼到蔬菜，互相套作，邊邊畔畔，見縫插針。種甚麼都是精心謀劃的 —— 有些要補充口糧，有些要換成零用錢……他一年不知要在這塊土地上灑多少汗水。不管他怎樣勞累，一旦進了這個小小的天地，渾身的勁就來了。有時簡直不是在勞動，而是在傾注一種熱情。是的，這裏的每一種收穫，都將全部屬於自己。只要能切實地收穫，勞動者就會在土地上產生一種藝術創作般的激情……

孫少安瘋狂而貪婪地幹一天活，一到晚上，如果大隊不開甚麼會，他就倒在自己那個小土洞裏睡得像死過去一般……

但一段時間來，這樣勞累一天以後，他急忙睡不着了。潤葉在他的眼前擾來擾去，使他無法入眠。他不時在黑暗中發出一聲歎息，或者拳頭在土炕上狠狠搗一下。

一切都不知如何是好。他原來想，只要他不給她回話，她就會知道他不同意 —— 不，不是不同意，是不敢同意，她就不會再提這事了。可沒想到她三一回五一回託少平捎話，讓他再到城裏去。他的確沒工夫去城裏。但主要的是，這是一件不可能的事，何必再花工夫跑那麼多路去談論呢？而且他不願意當潤葉的面說出那個「不」字來，以免讓他目睹她傷心而使自己也心碎！他想他不去城裏，潤葉大概就會明白他的意思，不再提這事了。

可他萬萬沒有想到，她卻又跑回村子裏來找他！

那天中午，他儘管內心充滿矛盾和痛苦，但硬是忍着沒回去。他當時想，他可能有點殘忍，但一切將會因此而結束。等他們在這個問題上徹底解脫了，有機會他會慢慢給她說明一切的。

他越來越清楚，他要是答應了潤葉，實際上等於把她害了。像她這樣的家庭和個人條件，完全應該找個在城裏工作的人。她現在年輕，一時頭腦熱了，要和他好。但真正要和他這樣一個農民開始生活，那苦惱將會是無盡的。她會苦惱，他也會苦惱。而那時的苦惱就要比現在的苦惱不知要苦惱多少倍！

不要這樣，親愛的人！讓我們還是像過去那樣友愛。我會永遠在心間保持對你的溫暖的感情，並且像愛妹妹、愛姐姐、愛母親一樣熱愛你。原諒我吧……

那天，他像「受戒」一樣熬過了這一個中午。中午一過，他和大家又一塊開始鋤地。鋤了一會地後，他突然感覺到自己是多麼的愚蠢和不近人情！是啊，簡直是一個真正的土包子老百姓！他為甚麼用這樣一種可笑的方式來折磨那個可愛的人呢？他難道就不能回去，哪怕三言兩語給她說明他的意思不就行了？親愛的人給他捎話讓他到城裏來，他可以用「忙」來推託，現在她為了他，親自跑回來，找到他門上，他卻像一個賊娃子一樣躲在這山裏，不見人家……他立刻對鋤地的人說：「你們先鋤，我回去有個事！」於是掂起鋤頭就大撒腿往回跑……

等他跑回家裏，母親告訴他，潤葉已經坐汽車回縣城去了！

他已經聽不見母親對他的抱怨聲，一個人出了門，來到通往縣城的公路上，心急如焚地走了一段路，嘴裏喃喃地說：「對不起你，潤葉，我對不起你……」

從這以後，他想他不僅拒絕了潤葉對他的愛情，也割斷了他和她過去的友情。他太傷她的心了，她也許再也不會理他了！

他於是就悶着頭幹活，一天也沒多少話。不論是隊裏還是家裏，他把該說的說完，便沒有一句多餘話了。山裏有人和他開個玩笑，他也會表現出一種厭煩的情緒，弄得人家很尷尬。大家都覺得他成了個「怪」人；誰也猜不透這位年輕的隊長究竟碰到了甚麼事……

這天中午他吃完飯，就一聲不吭地挑了一擔水桶，又去了自留地澆那幾畦蔬菜。自入伏以來，天一直沒下雨——其實伏前的幾個月裏也沒下過一次飽墒雨。

他挑着空水桶，向村外走去。天熱得要命，好像劃一根火柴就能把空氣點着。遠遠近近的山頭上，莊稼的綠色已不再鮮豔，一片灰塌塌的。川道裏的莊稼稍好一些，因為曾經用抽水機澆過一次。現在，東拉河細得像一根麻繩，已經攔不住多少水了。如果天再不下雨，今年又將是一個年饉。火辣辣的太陽曬焦了土地，也曬焦了莊稼人的心！

少安家的自留地在去米家鎮方向的公路上面，出村子走不遠就到了。自留地有一點川台地，其餘都是坡窪地。那幾畦蔬菜和紅薯、南瓜都在川台地上。坡窪地上種的都是莊稼。

少安來到自留地下面的東拉河裏，攔起一點水，馬勺剛能舀起。他舀了一擔泥糊水，往公路上面的地裏擔。

從河道上了公路，再從公路上到地裏，幾乎得爬蜒半架山。家裏沒甚麼硬正吃的，只喝了幾碗稀飯，每往上擔一回水，他幾乎都是在拚命掙扎。天太熱了，他乾脆把那件粗布褂子脫了撂在河邊，光着上身擔。

擔了幾回水，他實在累得不行了，就用搭在肩膀上揩汗的毛巾，在河裏洗了洗臉和上身，然後穿起那件破褂子，來到河邊一棵柳樹下，捲着抽旱煙。

他剛把捲起的旱煙點着吸了一口，就聽見身後面似乎有腳步聲。他扭頭一看：啊？是潤葉！

我的天！她怎麼會在這個時候出現在這裏？

少安又驚又喜又慌又怕——他一閃身站起來，看着走到他面前的潤葉，嘴張了幾張，不知該說甚麼。

他終於咄訥地說:「你怎……」

「今天是星期天。我昨天下午就回來了……」潤葉紅着臉問他,「你澆地哩?」

「嗯……」少安用濕毛巾揩了一下臉上的熱汗珠子,「莊稼快曬乾了……」

「那光靠人擔水澆地怎麼行哩?」她在旁邊一塊圓石頭上坐下來。

少安也只好局促地坐在他原來坐的地方,兩個人離得不遠不近。他回答潤葉說:「光澆幾畦菜……」

兩個人立刻就進入到一種緊張狀態中。他們還都不由得向村子那裏張望,看有沒有人看他們。好在現在是中午,勞累的莊稼人都睡了。沒有其他甚麼聲音,只有河道裏叫螞蚱單調的合唱和村莊那裏傳來的一兩聲懶洋洋的公雞啼鳴……

這時候,對面很遠的山梁上,飄來了一個莊稼漢悠揚的信天遊。少安和潤葉一聽聲音,就知道是他們村的紅火人田萬有在唱。萬有大叔正從遠山的一條小路上向村裏走去。少安和潤葉不由相視一笑,然後便斂聲屏氣聽着萬有叔又酸又甜的信天遊——

說下個日子呀你不來,
畔上跑爛我的十眼鞋。

牆頭上騎馬呀還嫌低,
面對面坐下還想你。

山丹丹花兒背窪窪開,
有甚麼心事慢慢價來……

這歌好像正是給他們兩個人唱的，這使他們的臉如同火一樣燙熱。

「少安哥……你……」潤葉不好意思地望着他。

「唉……」少安只是長歎一口氣，低下了頭。

「噢——潤葉！噢——潤葉……」

村頭的公路上，猛然傳來田福堂拖長了音調的呼喚聲。

兩個人都一驚，扭頭看見田福堂正站在村頭的公路邊上。他顯然看見了他們，但知趣地沒有走過來，只是又叫着說：「潤葉，快回去吃飯嘛，你媽都等你好一陣了……」

潤葉氣得牙咬住嘴脣，沒給父親應聲。

少安慌忙站起來，把兩隻桶提到河邊，舀起一擔水，給潤葉也沒招呼一聲，就低着頭擔上了土坡。

潤葉也只好站起來，心煩意亂地順着河邊向村子裏走去。

田福堂看女兒回來了，也就折轉身子在前面先走了。

唉，他們等於甚麼也沒說，就被田福堂的一聲喊叫給沖散了……

潤葉氣惱地回到家裏，兩隻很秀溜的新鞋在河灘裏糊滿了泥巴，一副叫人看了怪不好意思的狼狽相。

福堂並沒有提起剛才的任何一點事，但心虛的女兒立刻給父親解釋說：「我想出去在村子裏轉轉，在前面公路上碰見少安擔水，我和他拉了幾句話……地旱得真厲害，莊稼眼看要曬死了！」

「今兒個這幾斤羊肉是我在罐子村買的，剛殺的新羊肉……潤葉，快吃！」田福堂幫助老婆把一盤羊肉餃子端上炕來，招呼讓女兒吃，好像他根本沒聽見女兒說甚麼。他只是在女兒不留意的時候，用複雜的眼光瞥了一眼她剛脫在腳地上的那兩隻令人難堪的泥鞋……

第二十一章

實際上，田福堂在看見潤葉和少安亮紅晌午坐在河灘裏的一剎那間，心裏就甚麼都清楚了。他又不是沒年輕過嘛！那時雖然是舊社會，但這號事舊社會和新社會有甚麼區別？只不過他那時可不敢和潤葉她媽大白天坐在河灘裏罷了。

使他大吃一驚的是，他的潤葉怎能看上了孫少安？

啊呀，這是他做夢也想不到的！雖說兩個娃娃小時候一塊耍大，但以後一個在農村受了苦，一個到城裏上學，又參加了工作，現在等於說天上地下一般，兩個人怎麼能往這件事上想呢？再說，撇過孫少安不論，他們那家庭又是個甚麼樣的爛壇場！他有文化有工作的女兒怎麼可能嫁給他們呢？這不是全中國的一件怪事嗎？

田福堂都由不得失笑了。

但是一認真想這事，他便感到又震驚又慌亂。哈呀，他沒想到他女兒看起來靦靦腆腆，心膽倒挺大！哼，她憑甚麼能看上個孫少安？而且還敢在光天化日下坐在村外面談戀愛哩！他現在才知道，潤葉這幾次回家來，慌慌亂亂，心神不定，動不動就跑出去了 —— 原來她這都是為了孫玉厚那個大小子啊！

不行！他就是尋死上吊，也不會同意讓他的女兒進了孫玉厚的家門！雖說現在興男女婚姻自由，但不能自由得沒框沒架，沒棱沒沿嘛！別說是真的進了孫家的門，就是他的工作女兒和一個泥腿把子談戀愛這件事，若是讓村鄰鄉舍都知道，他田福堂的臉都沒處擱。

他要很快制止這件醜事繼續發展。當然，他是個精明人，也不願傷自己娃娃的臉。因此自發生這件事後，一直裝得和不知道一樣……

女兒回縣城已經三天了，現在田福堂的心情還平靜不下來。這幾天他已經沒心思管村裏的工作，日夜盤算潤葉和少安的事。

他有時也豁達地想，如果少安當年不要回來勞動，和潤葉一塊去上學，再尋個工作，那這娃娃做他的女婿說不定還可以。少安本人他看上哩！要是文化再高一點，又有工作，說不定將來還能熬個大官……反過來再說，要是他女兒沒文化沒工作，也在雙水村勞動，農民對農民，那不要他孫少安騷情，他田福堂會直接託媒人把潤葉許配給他的。當然，如果是這樣，他也就不會嫌孫玉厚家窮了，到時候他會把少安的光景扶起來的：沒地方住嗎？他給箍兩孔新窰！沒吃的嗎？到他家裏來吃！

可是，現在明擺着，兩個人的條件差得太遠嘛！

他想，孫少安這小子也不知道個天高地厚！你不在東拉河裏照照你的影子，看能不能配上我潤葉？你胡騷情我女兒，最後就是落了空，你除損失不了甚麼，還能抬高你的身價哩！可你等於給我田福堂祖墳供桌上撒了一泡尿！活活地往死欺負人哩！哼！你小子甭能！我田福堂也不是個省油的燈盞！

田福堂圪蹴在自家的炕頭上，一邊想，一邊氣得鼻子口裏噴着熱氣。他老婆以為他病了，給他拌了一碗雞蛋糊湯端在面前，他一口也不吃，也不給他老婆說他究竟怎麼了，只是手裏拿一根紙煙，不斷湊到鼻子上聞。

他突然想到，他應該去一趟城裏！他要找福軍和愛雲，讓他兩個趕快給潤葉在城裏瞅個人家。他以前只是一般地給他兩個安咐了這件事，這次他要把這當個事好好給福軍和愛雲說一說。

想到這裏，他性急地立馬跳下了炕，準備先去找一下孫玉亭，讓他這幾天替他照看一下隊裏的工作。本來也應該去給副書記金俊山打個招呼，但他不願跑到金家灣那面去——讓玉亭給俊山說一聲就行了。要是他不在村子裏，通常都把工作主要委託給孫玉亭來管。玉亭對他忠實可靠，做甚麼事又認真，他放心。再說，金家灣那面有個甚麼「響動」，玉亭的耳朵都能逮得住，回來馬上就給他彙報了。

他也沒給老婆招呼一聲，就匆忙地出了門。

走到院子的時候，他才想起，他有幾雙舊鞋，原來準備送給這位恓惶的助手穿，常記不起給他；現在可以順手給他拿去。

他於是又折轉身回了家，對老婆說：「把後窰掌我那幾雙舊鞋，拿張報紙包起來。」

他老婆不解地問：「做甚麼哩？」

「我帶給玉亭，讓他穿去……你沒看他到咱家來，鞋爛得用麻繩子捆在腳上，連炕也上不了嗎？」

對丈夫要求的任何事，潤葉她媽都會言聽計從的。她取了一張舊報紙，把那幾雙舊鞋包起來，交給了丈夫。

田福堂把這幾雙舊鞋夾在胳膊窩裏，就去玉亭家了。

孫玉亭家離他家不遠，下一個小坡就到了。一孔不知孫家祖宗哪代人箍下的窰洞，由於多年不整修，山水從破窰檐石中間流下來，把窰面子上的泥皮全沖光了，爛石頭碴子暴露在外面，裏面住了許多窩麻雀，一天到晚唧唧喳喳的，倒也自有一番熱鬧景致。院子原來還有個橫石片圍牆，自孫玉厚搬走後，就逐漸塌成了一圈爛石頭。牆角裏用這塌牆石頭亂壘起的廁所，似乎連個羞醜也遮不住。

田福堂進了玉亭家的窰洞，天還沒黑，窰裏就黑乎乎地看不清楚了。在暗處的這家人顯然都看見他來了，玉亭和鳳英兩個人都從後灶火圪嶗裏轉出來，熱情地讓他快坐。

田福堂知道沒個好坐處——地上連個凳子也沒有，炕上的蓆片又爛得到處是窟窿眼。

他就站在腳地上說：「玉亭，我明天想到城裏看一下我的氣管炎，這幾天隊裏的事你就給咱照看着點。罷了見到金俊山，你給他說一聲就行了……這幾雙舊鞋放下你穿去吧！」他說着就把胳膊窩裏的鞋放在炕邊上。玉亭的三個孩子一撲上來，從報紙裏把鞋拉出來，一人拖拉一雙，在爛席片炕上絆絆磕磕跑着，高興得嗚嗚直喊叫。

玉亭和鳳英激動得不知如何是好。鳳英說：「田書記對我們真是關心到家了！」

孫玉亭對田福堂說：「你放心走你的！隊裏的事有我哩……你好好把你的氣管炎看一下，身體是革命的本錢！」

田福堂說完事後，馬上就告辭走了。他實在無法在這個「黑洞」裏多呆一會。玉亭和鳳英簇擁着一直把他送到院子的爛豁牆外……

第二天吃完早飯，田福堂就騎了自己的自行車去了縣城。他不願坐汽車 —— 自己有車子，何必花車票錢呢？

他不緊不慢，沒到中午，就來到了縣城。

當他推着自行車進了福軍家院子的時候，看見愛雲她爸正戴個草帽，在那個花壇裏把豆角蔓子往玉米稈上纏。老漢還沒看見他進來。他把車子撐在廚房檐下的陰涼處，叫道：「徐大叔，哈呀，常忙着哩！你老營務起一塊好莊稼嘛！」

徐國強老漢一聽是田福堂的聲音，停了手中的活，笑哈哈地迎過來，問：「剛到？」

「剛到！」田福堂一邊回答他，一邊從車子後架上取下來一個大塑料袋。徐國強已經看見那是一袋子金黃的旱煙葉，高興地說：「你又給我帶來好乾糧了！」老漢很歡迎這位客人，一是因為兩個人能說在一起，二是他來常給他帶一包好旱煙 —— 這是他最喜歡的禮物。

徐國強引着田福堂回了自己住的窰洞，忙着給他倒茶水，尋紙煙。那隻黑貓絆手絆腳地緊攆着老漢。

田福堂只喝茶不抽煙，但徐國強還是硬把一支紙煙塞到他手裏。

田福堂沒點這煙，湊到鼻子上聞了聞，說：「這東西我已經沒福氣享受了。不過，我還愛營務個旱煙。早年間，我煙癮大，紙煙抽不起，一年就精心營務一塊旱煙，結果對營務這東西有了興趣。你老不知道，我在村裏營務旱煙是頭一把手！現在儘管我不能抽煙了，但我還年年在自留地栽一點……」

徐國強滿懷感情地從塑料袋裏抓出一把旱煙，連連誇讚：「好！好！好！」

「福軍最近又忙啥着哩？」田福堂問徐老。

「到地區開會去了，昨天剛走。」

「啊呀，他不在？」田福堂感到十分遺憾。

不過，他又想，愛雲在哩。他畢了和愛雲說！其實，潤葉這事福軍也沒工夫管，主要看她二媽哩。

「愛雲上班去了？」

「噢……最近也忙，說要值班，中午也不回來，都是潤葉給我和曉霞做飯……」

田福堂想，等中午吃過飯，他就直接去醫院找愛雲。家裏人多，不好談潤葉的事。

他和徐國強東拉西扯地拉了一會話，潤葉和曉霞就先後回了家。潤葉趕忙問父親到城裏來辦甚麼事？田福堂說他來看一下自己的氣管炎。

「那下午我請個假，陪你到醫院去！」潤葉關切地對父親說。

「不用了。你不敢耽擱教書！我又不是找不見縣醫院。再說，你二媽也在醫院哩……」

「乾脆讓我去把我媽叫回來！」曉霞對大爹說。

「不要。你媽要值班哩，我又沒甚麼事，吃完飯我到醫院找你媽就行了。」

潤葉趕緊到廚房去做飯。曉霞見來了客人，也到廚房給姐姐幫忙去了。

吃完飯後，田福堂就一個人來到縣醫院。

他在值班室找到了弟媳婦。徐愛雲忙着招呼他喝水，並且要出去給大哥買一顆西瓜，被他攔擋住了。

福堂早已忘了他的氣管炎，轉轉彎彎就和愛雲拉談起潤葉的婚事了。當然，他並沒有給弟媳提說潤葉和少安的事。他知道這是女兒的秘密，不能給外人說——包括愛雲一家人和潤葉她媽，都不能讓他們知道這事。他決不能傷害他親愛的女兒。他只是對愛雲說，潤葉年紀不小了，又在城裏工作，他是個農民，沒辦法幫助女兒尋個人家，讓愛雲無論如何在最近幫助他解決這問題。

「我為這事熬煎得整晚整晚睡不着……」田福堂最後一臉憂愁對弟媳婦感歎說。

愛雲聽他說完話，就開始給他講縣上李主任的兒子怎樣追求潤葉的事。田福堂像聽驚險故事一樣，緊張地聽愛雲說完事情的前前後後。他一時感到另外一種震驚：他沒想到，縣上赫赫有名的李主任的兒子愛上了他的女兒！

他現在倒也沒感到受寵若驚，反而在心裏有點莫名的懼怕。他歸根結底是個農民，考慮問題往往從實際出發。他想：他的潤葉是個農民的女兒，雖說成了公家人，但要和一個大幹部的兒子結了婚，將來會不會受氣？萬一人家中途不要了，甩在半路上，那就等於要了他這一家人的命！

「我覺得這門親事可以考慮，關鍵倒不是李登雲的家庭如何，主要是向前這娃娃很喜歡潤葉！」徐愛雲對大哥說。

「那潤葉的意思哩？」田福堂問她。

「潤葉直到現在也沒表示個肯定態度。我很着急，因為李登雲一家對這事太熱心了。」愛雲一邊說，一邊把一杯清涼飲料端到田福堂面前。

「噢……」

田福堂在心裏劃算：潤葉找少安那樣的人家，是太低了。但找李登雲這樣的人家，也許又太高了。最好能找個中等人家，一般幹部家庭的子弟就行了，最好不要高出縣上的部局長家庭。太高了不好，因為他是個農民嘛！雖說福軍和李主任的職位差不多，但潤葉是他的女兒！

他於是抽出一支煙聞了聞，對弟媳婦說：「你最好給潤葉尋個一般幹部家庭。李主任那麼高的位置，我是個農民，怕高攀不起人家！」

愛雲笑了，說：「大哥，你考慮事情太複雜。李登雲是多大個官？還不是和福軍一樣……」

「但我和人家不一樣！」

「這主要是兩個娃娃的事。再說，人家李登雲兩口子也對潤葉十分滿意！」

接着，徐愛雲又給田福堂說了許多李登雲兩口子怎樣喜歡潤葉的情形。

田福堂聽了這些事，才開始動心了。他說：「既然人家這麼誠心實意，那這事你就看着辦吧！我信得過你們！潤葉雖然是我的娃娃，但你和福軍也沒少操過心。現在她又在你們身邊，你們就穩穩妥妥給她找個人家。不過，這事要抓緊，女娃娃家年齡一大……」田福堂不知該怎樣說，就趕忙低頭閫了閫煙，接着便劇烈地咳嗽起來。他這才想起他給許多人說過他到城裏來是看氣管炎的。

等咳嗽平息了以後，他對愛雲說：「我的氣管炎後來越來越重了……」

愛雲馬上說：「我現在就引你去顧老先生那裏開幾服中藥。你這是慢性病，最好是吃中藥。」

田福堂久聞顧老先生的大名，就高興地跟愛雲去了中醫科。

顧老和大部分名中醫一樣，白髮紅顏，戴一副老花鏡，認真地給田福堂號脈。愛雲對站在一邊看書的顧老先生的孫子說：「田潤生是不是和你一個班？」

顧養民很有禮貌地回答說：「是一個班的，阿姨。」

「這就是潤生他爸。」愛雲指着田福堂說。她然後又告訴大哥，這是顧老先生的孫子，和潤生一個班。

顧養民親熱地過來叫了一聲田叔叔。

田福堂問顧養民：「我潤生在學校怎樣？」

顧養民當然不好說其他的，就說：「都好着哩！」

「你好好幫助他！那娃娃慌慌張張的……你下午去不去學校？」他問顧老先生的孫子。

「去哩。」

「那你叫潤生晚上回他二媽家來，你給他說我來了……」

顧養民滿口答應說他一定把話給潤生捎到。

田福堂隨後提了幾包顧老先生開的中藥，就先回愛雲家去了。

他在愛雲家住了一個晚上，和徐國強把話拉到實在沒甚麼可說的程度，第二天吃完早飯就騎着車子往回走了。原來他估計在城裏得多呆幾天，但事情很快都辦完了。給愛雲安咐了潤葉的事；讓顧老先生看了氣管炎；又和徐國強老漢拉完了話；加上福軍也不在，他就再沒心思在縣城繼續逗留。

臨近中午時分，田福堂就騎着車子回到了石圪節。

他忽然看見他們村的田福高圪蹴在石圪節的小橋上，就跳下車子來，走過去問他：「今天又不遇集，你跑到這裏幹甚麼哩？」

一隊副隊長見是書記，趕忙站起來，說：「唉，大莊河我姨夫讓公社叫來正盤問着哩……」

「盤問啥哩？」田福堂好奇地問。

「就是擴大豬飼料地的事嘛！他當個生產隊長，開春劃豬飼料地給每一戶擴大了幾分，讓人家告到了公社……我姨急得昨晚上就跑到我家裏了。我今天來打問看究竟要緊不要緊。聽人家說公社現在正盤問着哩，我等看有甚麼結果……」

「豬飼料地不是拿繩子往過丈量嗎？怎能擴大了呢？」田福堂奇怪地問。

「嗨，也有不丈量的，隨便約摸着劃開就行了。咱們生產隊劃豬飼料地，你當時不在，因此不知情，還不是少安和我引着社員大約估摸了一下嗎？這事只要沒人告就沒事。現在的人沒良心，給了便宜不佔，還跑到公社去告狀！」

「噢……是這樣！」田福堂若有所思地站了一會，然後說他去買個東西，就和田福高打了個招呼，調轉車子過了橋，向石圪節的街上走去……

第二十二章

孫少安萬萬沒有想到，公社突然派人來丈量他們隊的豬飼料地。幾天前他就聽福高說，大莊河他姨夫因給社員多劃了豬飼料地，被公社叫去盤查了一天。他心裏一直擔心這件事，但這件事還是發生了。公社剛來人時，他以為是他們隊誰告了狀，但又聽說公社在其他隊也普查豬飼料地的情況，只好硬着頭皮等着挨戳了。

這多年來，提起豬就能把人愁死。先前，公社每年根據國家要求，給每個大隊硬行分配生豬交售任務。反正不管三七二十一，到年底平均兩戶按標準交售一口肥豬。喂肥一口豬得多少糧食啊！這年頭，人都沒糧吃，怎能有豬吃的糧食呢？但沒辦法，國家要拿豬肉支援第三世界，每年的任務非完成不行。誰家完不成任務，就要把人口糧扣除一部分。

沒有人喂得起豬。隊裏沒辦法，由田福堂出面給公社做工作，看能不能用生產隊集體的羊來頂豬。公社通了人情，說可以，但必須用綿羊來頂。一年下來，全村的綿羊就快絕了種。

看來這不是辦法，還得要落實到家戶來養豬。

大隊小隊幹部沒明沒黑地開會，但連一戶也落實不了。金俊山提出，是不是隊幹部先帶個頭，一人應承喂一口豬，然後再做社員的工作。但其他幹部都譏諷他說：你有能力帶這個革命頭哩！我們沒能力！再說，當幹部一晚上開會熬眼已經夠了，還帶這個頭！你要帶你帶吧！最好你金俊山一家人辦個豬場，把隊裏的任務都包了！

金俊山立刻張口結舌退到大隊部的灶火圪嶗裏，再不吭聲了。

還是孫玉亭有辦法，提出用抓紙蛋的方式來解決這個問題。大家想來想去，再沒有好辦法，就只好採納了孫玉亭的建議。

抓紙蛋的時候，全村人像進行一次集體占卜活動，一個個提心吊膽，用顫抖的手，在大隊辦公窰炕桌上那隻不祥的黑老碗裏，如同抓自己的命運一般，一人抓回一個揉成一團的小紙蛋。有的人展開紙團，笑得鼻子涎水都顧不得揩；有的人一下子臉像黑霜打了一般；甚至還有抱住頭當場哭得鼻子一把淚一把的。提出這個絕妙辦法的孫玉亭，幾乎年年能「抓」到一頭豬，回去常常讓賀鳳英罵得狗血噴頭。

到了年底，莊稼人好不容易把豬喂起來，吆到石圪節去交售。為了達到標準斤稱，交售的那天，每家人都給豬好吃好喝一頓 —— 說不定幾斤糧食就能決定一口豬能否夠斤稱。但是，由公社糧站和石圪節食堂幾個廚師組成的收豬機構，也不是吃素的。他們知道老百姓這點小小的狡猾伎倆，決定豬吆來後，先不過秤，集中圈在一起，等屙尿完了再說。於是，交豬的人除多貼賠了幾斤糧食，還得多耽誤半天工夫。那些日子，石圪節到處都蹲着愁眉苦臉的莊稼人。他們實在沒辦法，又開始千方百計賄賂收購豬的人，而收豬的人倒用這辦法給自己的腰包裏增加了不少外快。

直到後來，生豬交售任務再也不可能完成了。縣上沒有辦法，決定誰養豬，就給誰補貼一百五十斤高粱。

農民這下子高興了，因為一百五十斤高粱可不是一個小數字，幾乎快等於一個人一年的口糧了。如果按往年的喂法，一口豬肯定能省下不少糧食呢。於是，人們又要搶着喂豬。大小隊幹部整夜開會，沒辦法分配名額。後來只好又決定採取「孫玉亭方式」。人們又像占卜命運似的，在那隻令人眼紅的黑老碗裏抓這些紙蛋子。抓到豬的眉開眼笑，抓不到的滿臉喪氣。遺憾的是，玉亭同志本人這回偏偏又抓不到，晚上回去照樣被賀鳳英臭罵了一通。

但是，喂豬的人高興得太早了。因為補貼了糧食，國家收購標準又提高了，用「往年喂法」喂成的豬，一個也交售不了，只好吆回來，把所有省下的高粱一顆不剩全給豬補貼了，才勉強送到了石圪節。

從此以後，人們談豬色變，再也不敢和這個老祖宗打交道了。一年下來，生豬交售任務已經成了全地區的危機。黃原地區也沒有辦法，只好制定了個「土政策」，一戶給劃分不超過四分的豬飼料地，企圖從根本上解決這個問題。

在劃分豬飼料地的時候，孫少安心想：隊裏種的莊稼地以外，還有不少荒地，乾脆把這些閒地劃給社員，就不要減少隊裏的現耕面積了。而這些閒荒地沒有整塊的，溝坡圪，零零碎碎，也沒辦法準確丈量，大約摸用眼睛估量一下就行了。他這意見全隊沒一個人反對的。因為大家知道，用眼睛「量」過的地，只能多不會少。孫少安也清楚這一點。他正是想用這種方法，給社員擴大一點自留地。這年頭，個人的地多出一分，那就能給一家人解決大問題 —— 在這些精心耕種的土地上，往往一個小土窩就可能等於隊裏許多好地的收入。人們已經餓慌了，誰不想利用這機會給自己增加一點利益呢？

但大家都知道，這事要瞞着書記田福堂和孫少安他二爸 —— 這兩位「革命家」都在一隊。

等躲避開這兩個人外出開會的時候，少安就和大家把地劃分開了。田福堂和孫玉亭也沾了光，不過他們自己不知道罷了。也許以後他們在種地的時候，會感覺到地可能多劃分了，但也睜一隻眼閉一隻眼 —— 他們雖說整天喊叫批判資本主義，但對於實惠也從不拒絕……

的確是這樣。田福堂實際上早察覺了他們隊的豬飼料地「有問題」，但他一直裝得不知道這一點。他是個有頭腦人，知道這事眾人擁護，他要是出面糾正，那肯定會惹得民情激憤，他何必做這種笨蛋事哩！再說，他自己也在其中沾了光，和眾人過不去，也等於和自己過不去。退一步說，萬一這事被別人告發，他田福堂劃分地時又不在家，到時他手裏仍然有批判權哩！

可是那天他從縣城回來，在石圪節碰上田福高，聽了福高姨夫的事後，田福堂突然心一動，覺得他給孫少安找下一個讓後生下不了台的好茬口。於是他調轉自行車去了一趟公社，給徐治功露了話，讓他去查一下他們村的豬飼料地。他並且提醒徐主任說，不要光查他們隊的，其他村子也查一查，以免讓人懷疑是他田福堂反映的。

田福堂走了這一步「妙棋」以後，內心也倒有些矛盾。一方面他對少安有氣，覺得讓小夥子受點整，灰上一段時間，就顧不上騷情他的潤葉了。另一方面，他又感到這種做法有些不太美氣。這無論如何是一件虧心事，等於給自己心裏放了一條蟲子，騷擾得靈魂不能安寧。

但他又想：好漢做事不後悔！既然已經這樣了，那就沒必要想得太多！也好，讓孫少安亂上幾天吧！最好是二隊隊長金俊武也把豬飼料地擴大了，讓公社查出來，把這兩個螞蚱拴在一根繩子上整治一通，叫他們再和我田福堂過不去！

公社普查的結果明朗了，全社一共有五個生產隊擴大了豬飼料地。讓田福堂遺憾的是，二隊沒有擴大——金俊武這小子終究年紀大一點，比少安的城府深，沒有讓抓住尾巴。

石圪節公社竟然有擴大自留地的現象！這事馬上引起了縣上的重視。縣革委會主任馮世寬親自給白明川和徐治功打電話，說不僅要收回擴大的地，還要在全公社組織羣眾大會批判這五個生產隊長。

本來白明川準備把多劃的地收回集體，讓這幾個生產隊長在本大隊檢查一下就行了，但既然馮主任親自打了電話，看來不組織批判大會不行了。他採取了個折中辦法：不開全公社羣眾大會，只開半天三幹會。

因為羣眾大會大費周折，徐治功也同意了。但他又提出，批判會要通過有線喇叭，向全公社現場轉播。白明川找不到反對的理由，也只能同意這樣做。

這一天遇集，全公社的脫產幹部和各大隊、各生產隊的主要負責人，都被調到公社院子裏，批判五個「走資本主義道路」的生產隊長。儘管不是羣眾大會，但陣勢也不小，公社院子裏黑鴉鴉坐了一大片人。批判會由徐治功主持，孫少安和另外四個人站在台子前。批判發言的人通過那個包一塊紅綢子的話筒，輪流上台照稿子唸一遍——話筒因為經常使用，紅綢子已經被人試音時用手指頭彈得稀巴爛了。

此時，在石圪節的街上和全公社每家每戶的喇叭匣上，都轉播着這個批判會的實況。孫少安和另外這四個人頃刻間就成了全公社家喻戶曉的人物。到處都有人在議論他們——從本人議論到家裏的其他人直至祖宗三代。

在批判會場裏，田福堂找了個很不起眼的角落坐着，一直低頭闇手中的煙捲。往常如果開這樣的會，他總是坐在最顯眼的地方。但今天他似乎生怕別人看見他。他更不願意自己的目光碰見少安的目光。

孫玉亭坐在另一個角落。他今天被公社安排作批判發言。以前全公社開大會，玉亭照例常被選拔作為大會發言人之一。今天他很為難，因為他的姪子就站在批判台前接受批判。但沒有辦法。他大會發言的水平已名聲在外，公社領導器重他，他無法推託，只好在革命和親人之間選擇了前者。但他決不會在批判稿中寫上他姪子的名字。他緊張地等待徐治功宣佈讓他上台發言。往常在這樣的場合，他異常興奮。可今天他感到比站在台前接受批判還不自在。他不時抹下頭上那塊骯髒的毛巾擦臉上的汗珠子。

公社文書劉根民是少安高小時的同班同學，又是好朋友，此刻在旁邊的一張桌子上做記錄，一臉的尷尬和難堪——他無法保護他的朋友。

這時候，孫玉厚正蹲在石圪節街道的一個拐角處，低頭抽着旱煙。他的小女兒蘭香站在他旁邊，貼着一根電線杆悄悄地哭着。孫玉厚顧不得安慰女兒，只是專心地聽喇叭上的人說些甚麼。每當他聽見少安的名字，心就往嗓門眼上一提。他判斷不來公家將會怎樣處置他的兒子。會不會像上次處置他的女婿一樣，拉到甚麼地方去「勞教」呢？唉！說不定比「勞教」還要重！他女婿只是販賣了幾包老鼠藥，可少安是走了「資本主義道路」，可能「罪」要更重！

他蹲在這裏，手顫抖地舉着旱煙鍋，對命運的打擊沒有一點招架的能力。他的精神已經承受不了這麼多的壓力，真想跑到罐子村的蘭花家，把女婿販賣剩下的老鼠藥都吃掉，然後合住眼睡到黃土裏去……但想來想去，他還得活着。他的幾個娃娃都還沒成家立業，大女兒蘭花雖然尋了人家，但光景爛包得也活不下去。他活着，總還能給娃娃們幫扶一把……

孫少安並不知道他父親現在圪蹴在石圪節的街道上。他臨離家時，一再安頓父親不要到公社來。他怕老人太受刺激——因為他姐夫的事才剛剛平息半年，現在又輪上了他。

少安現在站在台子前，耳朵幾乎聽不見別人怎樣批判他。他只是反覆想着這件事發生的前因後果……

開始時，他就想到可能村裏有人給公社揭發了這事。他首先想到二隊的人。但後來又想，這事已經半年多了都悄無聲息，為甚麼偏偏在這個時候去公社告狀呢？如果金家灣的人要告的話，怕早就告了，不會等這麼長時間。那麼本隊的人呢？他想來想去也不可能。因為大家都沾了光，告別人也等於把自己告了 —— 他孫少安可以受批判，但每家的地都得收回去。沒有一個人不心疼自己那幾分地的！

直等到他知道公社逐隊普查豬飼料地，才明白這不是隊裏的人告，是因為其他村類似的問題暴露後，才把他們給牽連上了。

可是，在昨天，當公社通知讓他來接受批判時，他們的副隊長田福高卻心心事事地來找他，把他在石圪節碰上田福堂的前前後後給他說了一遍，這才使他把這件事和田福堂聯繫在一起了。

他現在才一下子明確地意識到，正是田福堂把他推到這個台子上的。是的，他很清楚田福堂的做事和為人，也清楚這個強人的「棋路」。自從那次田福堂看見他和潤葉坐在河灣裏以後，孫少安就知道，不定甚麼時候，田福堂就會用拐彎「馬」來將他一軍。田福堂下這類「棋」，通常都走「馬」而不用「車」，因此別人很難防他。他沒想到，田福堂果然這麼快就給他下了如此厲害的一着「棋」。

少安站在台子前，儘管頭低着，但他還是用眼睛的餘光在一片人羣中搜尋到了田福堂。少安看他坐在那麼一個角落裏，心裏就更明白了。是的，他心虧，不敢正視他。他得到了一些安慰：從某種意義說，他和田福堂都在接受批判：他接受思想的批判，田福堂接受良心的批判。

在確認了「猶大」以後，孫少安索性再不想這件事了。不管怎樣，田福堂就是田福堂。他不這樣就不是田福堂了。誰也不能改變田福堂，連他自己也改變不了自己。

話說回來，少安知道田福堂對他和潤葉那次的會面心中有氣。平心靜氣地想，這種「報復」也情有可原。是呀，他那樣體面的人家，自己如花似玉的工作女兒，怎麼能讓一個泥腿把子去沾染呢？

少安現在感到欣慰的是，他對潤葉的求愛採取了完全正確的態度。田福堂現在又用鐵的邏輯進一步給他論證了這件事的不可能性……

他現在感到難受和喪氣的是，這個批判將會把他在全公社揚臭了。他別再指望在這個天地裏給自己尋找一個媳婦。哪怕加倍地掏財禮錢，也不會有人把女兒嫁給一個喪失了名譽的人！

使他更為難受的是，他擔心由於他的這件事會影響少平和蘭香將來的前途。他終歸已經是農民了，他不怕甚麼，難道連老钁把也握不成了嗎？但少平和蘭香與他不一樣，以後要是有個出門的機會，會不會受這件事的「政治影響」呢？如果影響到他兩個人，他就會痛苦一輩子的……

少安難受地前前後後思量着這件事，在一片鬧哄聲中總算熬完了批判會。

好在批判完了也就完了，公社主任白明川還在結束時對他們五個人說了點鼓勵話，讓他們不要揹包袱，回去好好抓生產，將功補過……

等眾人散盡以後，少安才無精打采地出了公社院子，來到石圪節的街上。

街上的集市已經快接近尾聲。少安走過街道的時候，不時感覺有人在指畫着議論他。

他突然看見父親和妹妹從一個拐角處向他迎面走來。

他很快迎上前去對他們說：「你們來幹甚麼哩？我沒甚麼……」

他父親說：「我在家裏心焦得盛不定，跑來看人家倒究怎樣處理你呀……」

少安對父親和妹妹說：「已經完了，再也不會怎樣……你們不要擔心，先回去吧。我還要給隊裏辦點事，一會就回來呀。」

孫玉厚只好和蘭香先走了。臨走時，他陰鬱地對兒子說：「你早點回來……」

「嗯。」少安對父親和妹妹點點頭，就轉過身一個人向石圪節的後街上走去了。

第二十三章

孫少安其實並沒有任何可辦的事。他只是感到一種無法言語的難受和痛苦，不願意和父親、妹妹一塊相跟着回家。他想一個人度過一段時間，讓積壓在胸中的悶氣慢慢消散出去。

他在人跡稀稀拉拉的石圪節街上毫無目的地溜達着。儘管一天只吃了一頓飯，也覺得不飢餓。好在街上再沒碰見熟人，他可以把精神集中在自己的內心。

直等到太陽落山以後，他才一個人慢慢地通過石圪節那座小橋，踏上了通往雙水村的公路。

走不多遠，天色已經完全暗下來了。不過，快要滿圓的月亮從東拉河對面的山背後靜悄悄地露出臉來，把清淡的光輝灑在山川大地上。萬物頓時又重新顯出了面目，但都像蓋了一層輕紗似的朦朦朧朧。暑氣消散了，大地頓時涼爽下來。公路兩邊莊稼地裏的無名小蟲和東拉河裏的蛤蟆叫聲交織在一起，使這盛夏的夜晚充滿了紛擾和騷亂。

孫少安穿一件破爛的粗布小褂，外衣搭在肩頭，吸着自捲的旱煙捲，獨個兒在公路上往回走。他有時低傾着頭；有時又把頭揚起來，猛地站住，茫然地望着迷亂的星空和模糊的山巒。一聲長歎以後，又邁開兩條壯實的長腿走向前去……

痛苦，煩惱，迷茫，他的內心像洪水一般泛濫。一切都太苦了，太沉重了，他簡直不能再承受生活如此的重壓。他從孩子的時候就成了大人。他今年才二十三歲，但他感覺到他已經度過了人生的大部分時間。沒吃過幾頓好飯，沒穿過一件像樣的衣服，沒度過一天快活的日子，更不能像別人一樣甜蜜地接受女人的撫愛……甚麼時候才能過幾天輕鬆日子？人啊！有時候都比不上飛禽走獸，自由自在地在天空飛，在地上走……

一種委屈的情緒使他忍不住淚水盈眶。他停在路邊的一棵白楊樹下，把燙熱的臉頰貼在冰涼的樹幹上，兩隻粗糙的手撫摸着光滑的楊樹皮，透過矇矓的淚眼惆悵地望着黑乎乎的遠山。公路下面，東拉河的細流發出耳語似的聲響。夏夜涼爽的風從川道裏吹過來，搖曳着樹梢和莊稼。月亮升高了，在清朗的夜空冷淡地微笑着。星星越來越繁密，像在一塊巨大的青石板上綴滿了銀釘……

孫少安在白楊樹下站了一會，又開始往回走。走不多遠，他就看見了雙水村星星點點的燈火。

一股溫暖的激流剎那間漫過了他的心間。那燈光下，有他親愛的家 —— 親人們的臉龐都在他的眼前浮現出來了。

於是，頭腦中迷茫的雲霧頃刻間消散，滾燙的額頭重新又涼了下來。他頓時感到他剛才的情緒充滿了危險。是的！一家老老少少都依靠和指望着他，他怎麼能這樣胡思亂想呢？不，他應該像往常一樣，精神抖擻地跳上這輛生活的馬車，坐在駕轅的位置上，繃緊全身的肌肉和神經，吆喝着，吶喊着，繼續走向前去。如果他垮了，說不定人仰馬翻，一切都完了……

他彎下腰在路邊拾起一塊石頭，掄起胳膊，狠狠地甩向了東拉河對面的山窪上，好像要把他的一切煩惱都隨着這塊石頭拋出去。

他匆匆把外衣穿上，也沒扣鈕釦，就向村子裏走去。

臨進村子時，他為了使自己的心情平靜下來，想在甚麼地方坐一坐。公路邊不合適，萬一村裏有人看見他黑天半夜坐在野地裏，會亂猜測的。

他於是就順路走進一片高粱地，找了一塊空地方坐下來，兩隻手開始麻利地捲起一支旱煙捲。

他剛抽了兩口煙，就聽見前面的高粱地傳來一片沙沙的響聲，接着，一個黑乎乎的人影向他走過來。少安仔細一瞧：竟然是父親！

他父親走過來，在他面前怔了一下，也沒言傳，就在他身邊坐下來，掏出自己的旱煙鍋，在煙布袋裏挖來挖去。

「你怎到這兒來了？你怎知道我在這裏呢？」少安迷惑地望着父親。

孫玉厚半天才咄訥地說：「我就在你後頭走着……我讓蘭香先回去了。我怕你萬一想不開……」

少安鼻子一酸，竟衝動地趴在高粱地上出聲地哭了。在這一刻裏，在父親的面前，他才又一次感到自己是個孩子！他需要大人的保護和溫情，他也得到了這一切——唉，讓他哭一陣吧，痛痛快快地哭一陣！這樣，也許他心裏會好受一些的……

少安聽見他父親的哭泣聲，才驚慌地從地上爬起來。

父親也哭了。他就不能再哭了。親愛的爸爸很少這樣在孩子面前拋灑淚水，現在卻在他面前如此不掩飾地痛哭流涕，這使他感到無比的震驚！

他立刻又把自己從孩子的狀態變成大人的狀態，對父親說：「爸爸，你不要難受。我甚麼事也沒！我只是一時心裏悶得不行，想一個人消散一會。你放心！我不會做甚麼出邊事；我才二十三，還沒活人哩，怎麼可能往絕路上走呢？你想想，我從十三歲開始和你一塊撐扶這家，我怎麼能丟下這一羣人呢？你不要哭了，爸爸。你放心！我的心一點也沒鬆，我還會像往常一樣打起精神來的。我年輕，苦一點也沒甚麼。咱們受苦人，光景日月就這麼個過法，一輩子三災六難總是免不了的。也許世事總會有個轉變，要是天年再好一點，咱們的光景會翻起來的。再說，少平和蘭香也快大了，咱兩個一定把他們的書供到頭。咱家七老八小，就看咱兩個撐扶這光景哩。你不要灰心，門裏門外的大事總有我承擔哩……」

孫玉厚聽了兒子的一番話，就難為情地用手掌把臉上的淚水和鼻涕揩掉，在鞋幫子上擦了擦手，然後沉痛地說：「爸爸對不起你。爸爸一輩子沒本事，沒把你的書供成，還叫你回來勞了動。受苦不說，你這麼大了，爸爸連個媳婦也給你娶不回來。爸爸心裏像貓爪子抓一樣，死不能死，活不能活啊！」

少安重新點着一支旱煙捲，對父親說：「我的婚事你不要熬煎。我年齡還不算大。就是年齡大了，我不相信我就打光棍呀。到時我自個兒找一個。只要財禮少，我不挑揀人。女方不嫌咱家窮，能和咱們一塊過光景就行了。」

「你也不小了，得看着給你瞅個媳婦。只要有你合心的，財禮多少不怕，咱們打鬧着借，慢慢再還。我現在還能出山哩，少平高中也快唸完了，咱父子三個熬上幾年，就會把賬債還完的。」

「我不想掏這些財禮。財禮重的人家我不會娶。咱們不能再欠賬債，這樣一輩子也翻不起來！」

「可是天下沒有不要錢的人家啊！」

「慢慢碰吧……爸爸，天不早了，咱們回去吧！家裏人一定心焦得不知咱兩個出了甚麼事。」

於是，孫少安父子倆就站起來，拍了拍身上的土，出了高粱地，在月光下順着公路回家去了……

第二十四章

晚上，當孫少安在自己的那個小土窰裏睡着以後，孫玉厚老漢還大睜着眼睛望着黑暗的窰頂。老漢睡不着，爬起來點着一鍋旱煙，坐在炕上吧嗒吧嗒地抽着。

少安他媽欠起身子，問丈夫:「怎啦？」

「不怎……你睡你的。」孫玉厚繼續抽着旱煙。後炕頭上，老母親在睡夢中發出一陣陣呻吟——唉，老人渾身都是病，睡夢中都是疼痛的……

孫玉厚仍然想着給少安娶媳婦的事。

他現在越來越感到太對不起兒子了。人家的兒子到這般年齡，都已經有了娃娃，可少安至今還單身一人。二十三歲，對公家人來說，還不算大；可一個農民，歲數已經到山樑上了。再不抓緊，眼看着就誤了娃娃一輩子的大事。

不行！得趕緊辦這件事。出財禮就出財禮！他在一九六〇年那麼困難的時候，都給玉亭娶了媳婦，而今他為甚麼不能給少安娶媳婦呢？他發現他年紀的確大了，已經喪失盡了魄力。他現在應該重新鼓起勁來，打鬧着也要給兒子娶媳婦！

他盤腿坐在炕上，一邊抽煙，一邊想他得趕緊出動 —— 甚至都等不得天明了。

他一夜沒有合眼。

第二天早晨，他先沒忙着出山，一個人心急火燎地去了他弟玉亭家。他昨夜盤算：玉亭去冬今春在公社的農田基建工地上負責，各村基建隊來了不少女娃娃，玉亭大概都認識，說不定裏面有比較合適的，看能不能給他提供個線索，他好再央人去說媒。

他在玉亭和賀鳳英出山之前，進了他從前居住過的這個院落。自從他搬出這裏以後，沒事他很少再來這裏。現在他看見玉亭兩口子把這院地方住得像廟坪那座破廟一般敗落，連牆都倒塌了，心裏忍不住咒罵這兩個敗家子：甚麼賴東西！把好好一個地方弄得像驢圈一樣！

他進了玉亭家的門，窰裏黑咕隆咚，瀰漫着濕柴燒出的死煙，嗆得他咳嗽起來。唉！當年他住在這窰洞的時候，儘管窮得沒甚麼擺設，但少安媽收拾得湯清水利，亮亮堂堂的，這現在完全成了個黑山水洞！

玉亭和鳳英見大哥一清早上門，不知他有甚麼事，都瞪大眼看着他。他剛坐在炕邊上，玉亭的三個孩子一撲圍上來，在他身上連摸帶掏，看能不能搜尋一點吃的東西。孫玉厚除過旱煙，身上甚麼也沒有，幾個孩子失望地離開了他，跑到炕崖下的一堆爛被褥中間廝打去了。

玉亭問他哥：「有甚麼事哩？」

「甚麼事也沒。」孫玉厚開始用煙鍋在煙布袋裏挖旱煙。

孫玉亭也乘機掏出自己的煙鍋，在他哥的煙布袋裏挖了一鍋。孫玉厚乾脆把煙袋遞給他，讓玉亭給自己的煙布袋倒了一大半。

「冬天公社在咱村會戰時，各村來的那些民工你大概都能認識哩？」玉厚問玉亭。

玉亭莫名其妙地看着他哥，不知道他問這話是甚麼意思，就說：「大部分都認識。」

「那些女娃娃你認識不認識？」

玉亭更奇怪了，一時不知怎說是好。正在鍋台上切南瓜的賀鳳英，聽見這話，敏感地放下切菜刀，支棱起耳朵聽這兩個人說話。

「你看那些女娃娃中間，有沒有合適給少安說個媳婦的？」孫玉厚接着就把話說明了。

「噢！」孫玉亭幾乎要笑了。他原來以為他哥聽見外面有傳他和外村女娃娃有不正經關係，才這樣盤問他哩。他在這一剎那間很緊張，他生怕他哥當着賀鳳英的面說出一些不三不四的話來，讓他下不了台。原來是這！

孫玉亭輕鬆地抽了一口煙，說：「合適的多着哩！恐怕就是財禮你出不起！」

「財禮先撂過別說。你先就說哪個村誰家的女娃娃合適一些？咱這光景也不挑高，可以一些就行了。」

「財禮怎能撂過不說呢？只要掏得起財禮，少安這樣的後生，裏面要挑誰就是誰！」玉亭一針見血地指出了問題的關鍵所在。

孫玉厚在心裏說：哼！當年我為你娶媳婦，借下一河灘賬債我也沒心鬆。現在我給我兒子娶媳婦，哪怕把我這把老骨頭賣了都心甘情願！你現在有家了，看把你張狂的！

不過，他壓住滿肚子的不高興，對弟弟說：「不管怎樣，少安年紀也不小了。人到了年齡，這件事就要考慮。至於財禮錢，到時再向村裏人轉着借吧。當年你們過事情，還不是借別人的嗎？受幾年熬煎也就把賬債還了。」孫玉厚忍不住提了點往事。

孫玉亭一下子臉通紅，不再用一種輕鬆的口氣來說話了。他手在臉上摸了一把，說：「叫我想一想，看哪個女娃娃和少安般配……」

這時候，賀鳳英停止了手中的活，從鍋台後面轉出來，說：「大哥，我娘家族裏有個遠門姪女，她媽死得早，一直是她爸拉扯大的，勞動和家務活都好。去年我回家時，她爸給我安頓說，看能不能在咱們這面給瞅個人家。只要女婿本人好，他一個財禮錢也不要。我一直沒把這當一回事。我看這女娃娃正是少安的媳婦！那女娃娃肯定看上少安哩！人家又不要財禮！如果少安情願的話，請上幾天假，到柳林那裏去一趟，看一下這個女娃娃，又誤不了幾天工夫……」

孫玉厚一聽有不要財禮的女娃娃，一下子從炕欄石上溜下來，他先不考慮其他，立刻對弟媳婦說：「那這沒問題！你先給人家去個信，我回去讓少安準備一下，就讓他儘快走一回柳林！不得成也沒關係！這又花不了幾個路費！人常說，扣個麻雀還得幾顆穀子哩！」

玉亭馬上接着說：「那這事好辦！我和鳳英今天就給柳林那邊發信！」

玉厚再不願多說甚麼，即刻就出了玉亭的院子，往家裏走去。一路上他情緒很高漲，覺得他運氣不錯，無意中碰了一個不要財禮的女娃娃，得趕快回去和少安商量這事，讓他過幾天就動身走山西！

孫玉厚趕回家裏時，少安已經出山勞動去了。

老漢壓抑不住自己的高興，就把事情先原原本本給老婆說了一遍。

少安媽聽了老漢的話，一時倒沒顯出甚麼激動來。她停了一會，才憂慮地對丈夫說：「不要財禮當然好。可是這女娃娃是賀鳳英一個戶族的，要是像賀鳳英那樣的性情，少安一輩子可就要受罪呀！」

孫玉厚熱烘烘的頭上頓時像澆了一盆子涼水。他由於心急，可沒往這方面想。少安媽說得對！要是那女娃娃和賀鳳英一樣，可的確不敢給少安娶回來。這個家已經經不住折騰了。來個糊塗女人，把少安和一家人折磨得不能安生，還不如先不娶哩。

孫玉厚蹲在腳地上抽了一會煙，思量了大半天，然後又對少安媽說：「你說得對，也不對。人常說，一娘生九種，更不要說那女娃娃雖然和賀鳳英是同一戶族，但不知隔了多少輩，怎能就一個樣呢？我看還是讓少安跑一趟，叫他親自見見面，看倒究怎樣。行了當然好，不行了拉倒，又貼賠不了甚麼！」

少安媽又覺得老漢的話有道理了。是呀，怎能憑空就說那女娃娃和賀鳳英一個樣呢？話再說回來，自家這光景，好不容易碰上這麼個不要財禮的人家，不敢輕易錯過機會。

她馬上支持老漢的意見，同意讓少安到山西相親去。

當天中午吃完飯，孫玉厚老漢就把這件事給少安攤開說了……

少安聽父親說了這件事後，腦子急忙先反應不過來。

他就要正式相親去？那就是說，他要娶個媳婦回來？從此就要和一個女人生活在一起？生孩子？他也將要有孩子了？自己不久前也還是個孩子啊……

但少安的內心開始翻騰了。他想這件事遲早總會發生的。他的年齡的確不小了。村裏和他同齡的人，已經媳婦娃娃都有了；看見人家小兩口子一塊親親熱熱，自己心裏就忍不住瞀亂半天。

可是，他立刻就想到了潤葉。儘管他對她早已死了心，或者說根本就沒有考慮過他和她結合的可能性，但一旦他自己要找另外一個女人的時候，他就以無比痛苦的心情又想到了潤葉。他傷心地認識到，他是多麼地熱愛和留戀她。是的，他和她的感情本來就像蘋果樹上完整的一枝，在那上面可以結出同樣美麗的、紅臉蛋似的蘋果來；現在卻要把自己的那一部分從上面剪下來，嫁接到另一棵不相同的樹上——天知道那會結出甚麼樣的果實來。生活的大剪刀是多麼的無情，它要按照自己的安排來對每一個人的命運進行剪裁！

一切都毫無辦法。對於一個普通人來說，只好聽命於生活的裁決。這不是宿命，而是無法超越客觀條件。在這個世界上，不是所有合理的和美好的都能按照自己的願望存在或者實現。

孫少安最後一次審視了他和潤葉的關係，結果結論和開始時的認識完全是一樣的。其實還有必要再考慮他們之間結合的可能性嗎？一切都明擺着，就像金家灣和田家圪嶗隔着一條東拉河一樣明確。但是，這不由人啊！再強大的理智力量也無法像鎖子鎖門一樣鎖住感情的翅膀！

幾天以來，孫少安心神不寧，目光恍惚，說話常常前言不搭後語。他已經答應父母親去山西相親，但卻遲遲沒有動身。

這天下午，父親又一次催促他上路。母親已經用半升白麪給他烙好了幾張餅，讓他在路上當乾糧吃。唉，不動身看來不行了。他只好對父親說，他明天就起身去柳林。

說完這話後，他就去找了副隊長田福高，說他要出幾天門，讓福高把隊裏的事領料好，主要不敢誤了鋤地。雖然天旱得快把莊稼曬死了。但該做的活路一點也不能少；俗話說，鋤頭下面有雨，多鋤一遍地就大不一樣啊！

安排完隊裏的事以後，天已經接近黃昏。少安感到自己心潮澎湃，無法平靜，就一個人蹚過東拉河，穿過廟坪一片綠瑩瑩的棗樹林，然後沿着梯田中間的小路，爬上了廟坪山。

他站在山頂上，望着縣城的方向，兩隻手抓着自己的胸口。他面對黃昏中連綿不斷的羣山，熱淚在臉頰上刷刷地流淌着。原諒我吧，潤葉！我將要遠足他鄉，去尋找一個陌生的姑娘。別了，我親愛的人……

第二十五章

自從春天進入縣高中以來，孫少平已經在這裏度過很長一段日子了。在這段時間裏，他經歷了貧困、飢餓和孤獨的折磨；經歷了初戀的煎熬和失戀後的更大煎熬——當這幕小小的青春悲劇結束以後，他內心中感情的河流反而趨向於平靜，而思想和理智的成分卻增多了。

這並不是說他已經成熟了。不，從一切方面說，他仍然是一個沒有成長起來的青年。

從學校組織文藝宣傳隊下鄉演出，到他和田曉霞去黃原地區參加了革命故事調講會以後，儘管他的物質生活仍然沒甚麼改變，但他的精神世界卻開始豐富起來。另外，他現在已經有一身像樣的藍咔嘰布制服，站在集體的行列中看起來和別人也沒甚麼差別；而且由於他個碼高大，反倒顯得漂亮和瀟灑。他用省下的一點零錢，買了一副最廉價的牙具，把一口整齊的牙齒刷得雪白。梳子和鏡子他買不起，也不好意思買，就常背轉人，對着教室的玻璃窗戶，用手指頭把頭髮梳理得大約像那麼一回事。如果他再有一雙像樣的運動鞋，那就會更神氣一些。

他現在已經克服了剛進學校時的那種拘謹，無論和熟人還是和生人交往，都基本上不存在甚麼心理障礙了。加上他演過戲，又去黃原講過故事，見了世面，這半年不光擔任勞動幹事，還被選成班上管宣傳的團支部委員，因而顯得比一般同學都要活躍一些。班上的同學都開始對他尊重起來，尤其是一些女同學，也開始用一種異樣的眼光來看他了 —— 就好像他是剛出現的一個新人。

但是郝紅梅對他的態度仍然是平淡的。這段時間以來，她和顧養民已經真正地好起來了。有人看見她已經去過一回養民家；並且說她現在用的那個大紅皮筆記本就是顧養民送給她的。孫少平現在對此很平靜，心理上不再產生任何異常的反應。生活已經在他面前展現出更寬闊的內容。他的眼光開始向四面八方迸射。

他已經不像剛入學那樣，老是等別人打完飯才去取那兩個黑饃；他漸漸拋棄了這種虛榮或者說自卑，大大方方站在隊列中取他的飯。班裏有幾個家裏光景好的同學，甚至成了喜歡他的朋友，有時候他們還背着他給他訂一份乙菜呢。孫少平已經隱約地認識到，一個人要活得有意思，不僅是吃好的和穿好的，還應該具備許許多多他現在也不能全部說清楚的東西。當然，一想起家庭的貧困和自己生活的寒酸，他心裏仍然發慌。但這一切和剛開始時已經完全不同了。

在這一段時間裏，也許他最重要的收穫就是和田曉霞的結識。通過和曉霞在一塊演戲和講故事，他被這個女孩子的個性和對事情非同一般的認識強烈地吸引了。這種心理決然不同於他和郝紅梅的那種狀態。他當初對紅梅是一種感情要求，而現在對曉霞則是一種從內心產生的佩服。她讀的書很多，看問題往往和社會上一般的看法不一樣，甚至完全相反。有時她竟然還不同意報紙上的說法，這使孫少平常常大吃一驚。

他很想和田曉霞拉話 —— 主要是聽她說話。他心裏想，曉霞要是個男同學就好了，他可以隨便和她海闊天空地交談。他覺得每次和她交談，都能使自己的頭腦多開一扇窗戶。

可是田曉霞倒很大方，有時候主動來找他東拉西扯地說半天。由於他們在一塊演過戲，講過故事，論起來又是同村人，別的同學對他們的交往也沒甚麼不良看法。

每當下午課外活動的時候，他正和同學們打籃球或者玩別的甚麼，總能看見田曉霞披着件衫子，兩隻手揣在褲口袋裏，像個男孩子似的踱到操場上的報欄前，臉湊上去專心地看報紙。她幾乎每天下午都要在那個報欄前呆半天，看了前面再看後面，直要看完才離開。

這時候，孫少平也往往找藉口離開運動場，踅摸着來到報欄前，和她一塊看報、拉話。曉霞告訴他，她父親說過，一個中學生就要開始養成每天看報的習慣，這樣才能開闊眼界；一個有文化的人不知道國家和世界目前發生了些甚麼事，這是很可悲的……

這些話給少平留下了極深刻的印象。從此以後，每天下午，不管曉霞來不來，他也常主動來這報欄前看報紙了。而這個良好的習慣，以後不論在甚麼樣的環境裏，他都一直堅持了下來。

有一次他和曉霞一塊看報紙的時候，曉霞指着一篇文章的署名說：「這傢伙又胡說八道了！」

少平一看，她手指的名字叫「初瀾」。他大吃一驚。曉霞怎敢說這個人胡說八道呢？這個人常發表「重要文章」，班主任還組織大家學習呢！

「你怎敢這樣說呢？」少平驚恐地問她。

曉霞笑了笑說：「我知道你不會去告我。這些人就是胡說八道！咱們國家現在叫這些人弄得一團糟！」

「你怎知道呢？」少平問她。

「你難道看不見嗎？現在農民連飯也吃不上，你是農村來的，你又不是不知道。再說，你看咱們學校整天不上課，一天就是搞運動，而這些人還喊叫個沒完，說形勢大好……形勢年年大好，階級敵人和資本主義倒好像越來越多了，整天就是搞這運動那運動，窮折騰個沒完！反正咱們國家現在快叫這些人折騰完了……」

「這是你的看法還是你爸給你說的？」少平又問她。

「我爸也常發牢騷哩！不過，咱們自己又不是不長腦子？你常不想這些事？」

「我……想得不多。」少平如實地說。

「我發現你這個人氣質不錯！農村來的許多學生氣質太差勁，比如那個比我大三天的潤生哥，一點頭腦都沒有！」

氣質？甚麼是氣質？少平第一次聽見有這麼個詞。

他問她：「甚麼叫氣質？」

「氣質嘛……」曉霞臉紅了，顯然她也說不清楚，就說，「反正我也不會確切解釋，但我知道是甚麼意思。你的氣質就是不錯！」她又強調說。

孫少平雖然不明白這個詞的意思，反正知道這是個好詞，大概就是說性格或者個性比較好 —— 當然不是老好人的好 —— 可能恰恰和老好人相反的一種好？

「你還應該看《參考消息》！」曉霞又對他說。

「我聽說有這種報紙，但又聽說是內部的，看不上。」

「我爸訂一份，罷了我一星期給你拿一次。另外，我看你愛讀書，但不要光看小說，還要看一點其他書，比如政治經濟學和哲學。這些書咱們可能一時看不懂，但現在接觸一下有好處。我爸常讓我看這些書，給我推薦了一本艾思奇的《辯證唯物主義和歷史唯物主義》，說這本書通俗。我已經看完了，罷了我借給你看……」

就這樣，孫少平被田曉霞引到了另外一個天地。他貪婪地讀她帶來的一切讀物。尤其是《參考消息》，每張他幾乎都捨不得看完。他的靈魂開始在一個大世界中游蕩——儘管帶有很大的盲目性。這期間，他還讀了曉霞帶來的《各國概況》和傑克·倫敦的一個短篇集子以及長篇《馬丁·伊登》。據曉霞說，傑克·倫敦的短篇小說《熱愛生命》列寧很喜歡，偉大導師在臨終的前幾天，還讓他的夫人克魯普斯卡婭給他朗讀這篇小說。少平把這篇小說看了好幾遍，晚上做夢都夢見他和一隻想吃他的老狼抱在一塊廝打……

所有這些都給孫少平精神上帶來了從未有過的滿足。他現在可以用比較廣闊一些的目光來看待自己和周圍的事物，因而對生活增加了一些自信和審視的能力，並且開始用各種角度從不同的側面來觀察某種情況和某種現象了。當然，從表面上看，他目前和以前沒有甚麼不同，但他實際在很大程度上已不再是原來的他了。他本質上仍然是農民的兒子，但他竭力想掙脫和超越他出身的階層。

但是，現實生活依然是那麼具體，所有這些並不能改變他眼前的一切狀況……

這天上午，全校師生在中學的大操場上聽憶苦思甜報告。為了加強這個憶苦會的效果，這天早晨全校師生都吃「憶苦飯」，大家都是一人兩個攙和了糠的黑麪饃和一碗白開水。這頓飯消滅了學生之間的貧富差別，大家都成了孫少平和郝紅梅。

憶苦的正是郝紅梅村裏的一位老貧農，他穿一身破舊衣服，但頭上卻攏一條雪白的新毛巾。這老漢顯然已經做過許多這樣的報告，熟練得像放錄音似的往下說。說到該下淚的時候，就掩面痛哭，場上也有人隨之抽泣起來。在這個沒有台詞的靜場中，就見主席台左側一位專門選拔來呼口號的大嗓門同學，看着手中的紙單子，帶領大家振臂高呼：不忘階級苦！牢記血淚仇！毛主席的無產階級革命路線勝利萬歲！

同學們都跟着他高呼口號，聲音震得崖窪窪響。口號呼畢之後，接着那位老漢又憶起苦來，並且還幾次提起一個姓郝的地主如何壓迫他。少平看見郝紅梅的頭一直低着 —— 這老漢大概說的是她爺。

孫少平正和大家坐在一起聽這老漢聲淚俱下地憶苦，他旁邊的金波用胳膊肘戳了一下他，低聲說：「你爸來了！在會場後面……」

孫少平頭「轟」地響了一聲，慌得站起來就往後走。走了幾步他才想起要給老師請個假，又折轉身走到班主任那裏。

少平給班主任老師打了招呼後，就一個人貓着腰從這個嚴肅的場所中走出來。他已經看見父親頭拐來拐去在人羣後面向前邊張望，顯然是在尋找他。他心怦怦地跳着，不知家裏又發生了甚麼災禍。父親沒甚麼大事，從不到縣城來，現在他竟然跑到學校來找他，肯定家裏又發生甚麼事了。是的，他看見他一臉的愁相，手裏拿着個煙鍋，也不吸，只是焦急地望着前面！

直等少平走到父親面前時，老人才看見他。

他先緊張地開口問父親：「出了甚麼事？」

「沒甚麼……我來尋你商量個事。少安出門去了，我想叫你請假回去幫助我勞動一段時間。」

少平這才鬆了口氣。因為是集體場所，他也沒再問甚麼，先把老人引回了他的宿舍。

到宿舍以後，少平給父親倒了一杯開水，才又問：「我哥到哪兒去了？」

他父親一邊喝水，一邊絮絮叨叨給他說了少安到山西看媳婦的事。

「你哥一走，門裏門外就我一個人，應付不來。再說，少安在門外一天，就少一天的工分，你回去頂他出山勞動，就把這空子補起來了。爸爸本來不想耽誤你的學習，但盤算來盤算去，你哥要是娶媳婦，咱們少不了要借賬債，因此，多一個工分是一個工分……」

少平立刻對父親說：「我明天就和你一塊回。這學校也是天天勞動，又不好好上課，在這裏白受苦，還不如回去拿兩個工分。只要請假不超過半年，將來畢業證還是可以混一張的。」

「你哥一回家，你就馬上再回學校來唸書！」他父親對他說。

過了一會，少平突然又問：「我哥怎跑到山西去看媳婦哩？」

玉厚老漢接着又對兒子說了賀鳳英提親的前前後後。

少平聽完後，半天沒有言傳。不知為甚麼，他突然想起了潤葉姐。憑他的敏感和潤葉姐幾次通過他捎話讓他哥來城裏，而她又不對他說讓他哥來做甚麼，他就隱約地意識到潤葉姐和少安哥之間有了「那種瓜葛」。他已經多少體驗了一點男女之間的事情，因此在這方面已經有了一些敏感。從內心上說，他多麼希望哥哥能娶潤葉姐這樣的媳婦。如果潤葉姐成了他的嫂嫂，那不僅是少安哥的幸福和驕傲，也是他的幸福和驕傲。但他也很快想到，這是絕對不可能的。他哥是農民，而潤葉姐是公派教師。至於兩家的家庭條件，那更是連比都不能比了。他當然知道，潤葉姐和少安哥小時候一塊長大，兩個人十分相好——可相好歸相好，結婚那就是另一回事了！

但他又感到，潤葉姐對少安哥感情很深，而且看來最近很痛苦。她知道不知道少安哥已到山西去相親？假如她真的愛少安哥，而少安哥也沒給她說就去找另外的女人，那她會多痛苦啊！他要不要去給潤葉姐說說這事呢？不是專門去說，而是找個藉口去她那裏，先說別的，然後無意中再帶起這事……

他很快又想：不能！他對潤葉姐和少安哥的事一點也不知情，怎麼能冒冒失失去給她說這些事呢！

過了不多一會，憶苦思甜報告會結束了，操場上傳來一片嘈雜的人聲。

快吃飯時，少平正要拿以前潤葉姐給他的糧票換成的幾張白麪票，去給父親買飯，金波卻從街上買回來一堆燒餅和二斤切碎的豬頭肉。再沒有比金波更可愛的人了！他會忠誠而精明地為朋友着想，總是在最關鍵的時候，給你最周到的幫助。當金波聽說他要請一段假回村子的時候，立刻把家裏他住的窰洞門上的鑰匙交給他，同時指着吊在那把大鑰匙上的小鑰匙說：「這是我窰裏箱子上的鑰匙，箱子裏有紙煙，熬了的話，拿出來抽去，煙能解乏！」

少平笑了笑說：「你先不敢給我慣那毛病！」

孫玉厚老漢也笑了，說：「你們還小，先不敢學這。煙這東西一沾上就撂不下了！」

第二天早晨，金波去縣貿易經理部找了他父親認識的一個司機，少平就和父親坐順車回了雙水村……

孫少平回到村子的第二天，就跟一隊的人上山鋤地去了。儘管他生長在農村，也常勞動，但這大伏天在山裏苦熬一天，骨頭都快散架了。晚上他累得只喝兩碗稀飯，就去金家圪塝那邊睡覺去了。當然，在去金波家之前，他都要順路去學校一趟，在本村教師金成的辦公窰裏把當天的報紙一張不剩地看完。看完報紙後，他就得趕緊去睡覺，因為第二天天不明就要出山。在睡覺之前，金波他媽通常都給他枕頭邊放一點烙餅或者白饃。金秀也像對她哥金波一樣，見他來時，還給他打一盆熱水，讓他泡一下腳再上牀，說這樣解乏……

在這段日子裏，嚴重的乾旱已經把莊稼人的心都烤焦了。太陽像火盆一樣高懸在空中，山上的莊稼葉子都快曬乾了，所有的綠顏色都開始變灰，陽坡上有的莊稼甚至已經枯黃了。莊稼人出於習慣和本能，依然在這些毫無收穫指望的土地上辛勤地勞作着，撫哺這些快要死亡的、用他們的血汗澆灌起來的生命。整個村子已經失去了生氣，任何人的臉上都再也看不出一絲的笑容來了。到處都能聽到莊稼人的歎息，聽見他們憂愁地談論今冬和明年的生計……

現在，只有川道裏那點有限的水澆地，莊稼還保持着一些鮮活。這是因為入伏後曾用抽水機澆灌了一次的緣故。但是，這點全村人的命根子也已經危在旦夕。因為東拉河裏再也壩不住多少水了——這條本來就不大的河，現在從下山村發源地開始，就被沿途各村莊分別攔截了。至於哭咽河的水，早已經涓滴不剩——那位神話中失戀男人的眼淚也被這火辣辣的太陽烤乾了。據村裏老莊稼人推斷，川道的這點莊稼如果再不澆水，恐怕不出一個星期，就和山上的莊稼差不多一樣要完蛋了！

少平一回村就處在這樣的氣氛中，心情感到無比的壓抑。他的熬煎和莊稼人的熬煎一樣多——他的命運和這些人的命運緊緊地連在一起啊！

中午的時候，他在家裏也呆不住，就常常一個人走到沒有甚麼水的東拉河邊，坐在河邊的柳樹下看一會書；口渴了，就趴在柳樹旁邊的水井上喝幾口涼水。

這天中午，當他又赤着腳走到河邊的時候，看見一個人頭上戴頂柳條編織的帽圈，跪在那口水井前面，嘴裏似乎喃喃地說着甚麼。少平從背後認出這是田萬有大叔，便忍不住一個人偷偷笑了。

田萬有比少平他爸還大一歲，但這人比年輕人都調皮。他是村裏頭一個樂天派：愛鬧紅火，愛出洋相，而且最愛唱信天遊。他自己也不知道他會多少信天遊，反正唱一兩天不會重複。而且這人還有一樣怪本事：能編「鏈子嘴」—— 一種本地的即興快板。他見甚麼能編甚麼，往往出口成章。少平記得他小時候，村裏年年都要鬧秧歌，田萬有大叔常常是當然的傘頭[15]。他唱秧歌不僅在石圪節，就是在外公社都有名氣。日常在山裏勞動，大家也都願意和田萬有在一塊，聽他唱幾聲，說幾句逗人笑的話，就少了許多的熬累。萬有大叔在姓田的他那一門輩中排行第五，因此村裏和他同輩的人都叫他田五，晚輩稱呼他五大叔。他哥田萬江排行第四，是一隊的老飼養員。

少平一直很喜歡這個農村的土藝術家，小時候常纏着讓他唱信天遊。五大叔沒架子，三歲娃娃讓他唱，他也會擠眉弄眼給唱幾句的。

現在，少平看見萬有大叔跪在井子邊，頭戴柳圈帽，嘴裏唸唸有詞，不知他做甚麼 —— 反正他這樣子本身就能把人逗笑。

少平踮着赤腳片，悄悄走到五大叔背後，想聽他嘴裏唸叨甚麼。

當少平斂聲屏氣站在他背後的時候，才聽出五大叔正一個人在祈雨哩！「文化大革命」前，天一旱，農民就成羣結隊求神祈雨。現在這類迷信活動已被禁止。可田萬有置禁令於不顧，現在一個人偷偷到這裏來向諸神祈告。少平聽見五大叔嘴裏虔誠地、似乎用一種嗚咽的聲調正唱道 ——

曬壞的了呀曬壞的了，
五穀田苗子曬乾了，
龍王的佬價喲，救萬民！

15 陝北地區大秧舞中領舞領唱的演員。因所執之道具為傘，故稱。

柳樹梢呀水上飄，

清風細雨灑青苗，

龍王的佬價喲，救萬民！

水神娘娘呀水門開，

求我神靈放水來，

龍王的佬價喲，救萬民！

佛的玉簿玉皇的令，

觀音老母的盛水瓶，

玉皇的佬價喲，救萬民！

少平原來想猛地「呔！」一聲，和田五大叔開個玩笑，但聽見那哭一般的祈告聲，心便猛地一沉 —— 這悲慼的音調實際上是所有莊稼人絕望的呼喊聲呀！

他又踮着腳尖，悄然地離開了水井邊。少平現在連看書的心思也沒有了，便一個人上了公路，赤着腳片漫無目的地向村子前面走去……

第二十六章

嚴重的旱象使雙水村沉浸在一片悲哀之中。山上的莊稼眼看沒甚麼指靠了。全村人現在把惟一的希望，都寄託在川道的那一點水澆地上。

從省上到地區，從地區到縣上，從縣上到公社，有關抗旱的文件一個接一個地往下發，號召各級領導和廣大貧下中農，與天鬥，與地鬥，與人鬥……看來旱災已經成為全省性的現象了。

雙水村人眼下能做到的，就是在通往米家鎮方向的村前東拉河上壩住一點河水，用桶擔着往川道的莊稼地裏澆。地畔上的兩台抽水機早已經閒躺在一邊派不上用場了 —— 這點可憐的河水怎麼可能再用抽水機抽呢？

全村所有能出動的人，現在都紛紛湧到了這個小水壩前。在這樣的時候，人們勞動的自覺性是空前的，就連一些常不出山的老婆老漢也都來了；他們擔不動桶，就用臉盆端，用飯罐提。村裏的學校也停了課，娃娃們拿着一切可以盛水的傢具，參加到抗旱行列中來 —— 有些碎腦娃娃[16]甚至捧着家裏的吃飯碗往地裏端水。這已經不是在勞動，而是在搶救生命。水啊，現在比甚麼都要貴重！這就是糧食，是飯，是命……

可是，東拉河壩裏的這點水，全村人沒用一天的時間就舀乾了。除過村中的幾口井子，雙水村再也沒一滴水了。東拉河和哭咽河像兩條死蛇一般躺在溝道裏，河牀結滿了龜裂的泥痂。

全村人在絕望之後，突然憤懣地騷動起來。所有的人現在都把仇恨集中在上游幾個村莊 —— 這些村子依仗地理優勢，把東拉河裏的水分別攔截了。據去原西縣城辦事回來的人說，下山村、石圪節村和罐子村的河壩裏，現在都盛滿了水，他們一直用抽水機抽水澆地哩。尤其是公社所在地石圪節村壩的水最多，他們不光攔截了東拉河的水，還把東拉河的支流杏樹河也攔截了 —— 石圪節現在倒成了「雙水

16 方言，小孩子的意思。

村」！雙水村的人憤怒地咒罵着這些「水霸」—— 親愛的東拉河是大家的東拉河，不是這幾個村的東拉河，怎麼能讓他們獨霸呢！

人們由於對這幾個村霸水的憤怒，立刻又轉向了對本村領導人的憤怒：雙水村的領導人太無能了！他們現在難道都死了嗎？這羣常指教人的小子在本村耍好漢，現在卻一個個藏到老鼠洞裏了！書記田福堂幹啥去了？這個強人怎麼現在成了個窩囊蛋……

田福堂此刻正在自家窰裏的腳地上煩亂地來回走着，手裏拿一根紙煙，像通常那樣，不點着抽，只是不時地低頭聞一聞。他現在和全村人一樣焦急。他知道，今年如果連川道裏的這點莊稼也保不住，別說明年春天，恐怕今年冬天村裏就有斷炊的家戶。到時候人們吃不上，嚎哇哭叫，甚至到外村去討吃要飯，他作為村裏的領導人，臉往哪裏擱？再說，雙水村還是全公社的農業學大寨先進隊哩！那時候，別村的支部書記就會在背後指着他的後腦勺嘲笑他田福堂！

他現在也和大家同樣氣憤東拉河上游的幾個村莊。這些隊欺人太甚了！竟連一滴水也不給下游放，眼看着讓雙水村成為一片焦土！

他同時也對公社領導有意見：為甚麼不給這幾個村的領導人做工作呢？難道你白明川和徐治功就領導東拉河上游的幾個村子嗎？雙水村不是你們管轄的範圍？哼，如果我是公社領導，我就會把水給每個村都公平地勻開的……

不過，光焦急和氣憤並不能解決雙水村的現實問題。眼前最當緊的是，要千方百計保住川道裏的莊稼。只要保住這點收成，全村人今冬就能湊合過去。至於明年開春以後，國家就會往下撥救濟糧的，到時候就不是光雙水村吃救濟糧，其他村也得吃！要不光彩大家一齊不光彩，別讓他田福堂先當龜子孫！

但是，川道裏的這點莊稼怎能保住呢？河道裏已經沒一點水了；

如果河裏有水，那他田福堂就是和全村人一塊不睡覺，晝夜擔水也會澆完這些地的。

他焦急不安。他一籌莫展。他知道全村人都在等着看他怎麼辦。他也知道現在有人咒罵他，說他成了個窩囊蛋，讓上游幾個大隊的領導人欺住了。玉亭已經給他彙報了村裏誰在罵他。他現在內心並不抱怨這些罵他的村民，反而意識到，不論怎樣，雙水村的人在關鍵時候還指靠着他田福堂哩！為甚麼不罵別人哩？知道罵別人不頂事嘛！眾人罵他田福堂，是等着讓他想辦法哩！大家還是把他田福堂當做一村之主嘛！罵叫罵去！

他現在先不管本村人如何罵他，而對上游幾個村莊的領導人一肚子火氣。他想：不能這樣下去了！如果這件事他再不想辦法，也許他的威信將在村裏喪失得一乾二淨！他想他得破釜沉舟幹一傢伙！沒辦法，老天爺和東拉河上游幾個村的領導人，已經把他田福堂逼到一條絕路上了！

他在腳地上轉了一陣以後，天已經昏暗下來。他破例點着了手中的這支煙，沒抽半截，他就猛烈地咳嗽了一老陣。

他把這半截紙煙扔掉，即刻就出了門。

在他出了自己院子的時候，他老婆攆出來說：「你還沒吃飯哩！」

他只顧走，頭也不回地說：「飯先放着！我開個會，完了回來再吃！」

他先來到孫玉亭家，讓玉亭立刻通知大小隊幹部，一吃完晚飯就到大隊部來開會。他給玉亭佈置完，就一個人先去了大隊部。

大隊部在田家圪塝這面的公路邊上，一線三孔大石窰洞，兩邊兩間堆放公物，中間一間就是會議室。院子裏停放着大隊的那輛帶拖斗的大型拖拉機。

田福堂身上帶一把會議室門上的鑰匙。他自個兒開了門，一股熱氣頓時撲面而來。他上了那個小土炕，把窗戶打開，企圖讓外面的涼氣進來一點 —— 但外面和窰裏一樣熱。他解開小布褂的鈕釦，袒胸露懷，盤腿坐在小炕桌前，把煤油燈點亮，等着隊幹部們的到來。

他靜靜地坐在這裏，腦子裏正盤旋着一個大膽的計劃。他想聞一聞煙，但發現他忘了帶紙煙，就煩躁地一邊想事，一邊用手在自己乾瘦的胸脯上搓汗泥。

不多一會，大小隊幹部就先後來到了大隊部。除過一隊長孫少安出門在外，村裏所有負點責的人都來了。大家似乎都意識到這會議的內容是甚麼 —— 解決水的問題。但沒有人抱甚麼希望。

開會之前實際上已經進入了主題。大家七嘴八舌，說的都是水；他們一個個愁眉苦臉，就像山裏的莊稼一樣沒有精神。

玉亭先給各位負責人提起了另一件事。他說據許多人看見，田萬有每天中午都跪在東拉河的井子上向龍王爺祈雨哩。他建議大隊要批判田五這種封建迷信活動。

玉亭提起田五和他的「活動」，公窰裏所有的隊幹部都笑了。田福堂說：「算了吧！到時田五揹着牛頭不認贓，說他是耍哩，你有甚麼辦法？田五你又不是不知道！」

大家都「嗡」一聲笑了。

玉亭看書記否決了他批判田五迷信活動的動議，也就再不言傳了。

這時，田福堂咳嗽了一聲，說：「咱把會開簡單一點。這幾天，我和大家一樣焦急。眼看莊稼都曬乾了，就好像把我的心也曬乾了。現在就指望川道裏的這點莊稼，可東拉河裏的水都叫上游幾個村子霸佔了……」

「我們就等死呀？不能把他們的壩給豁了？」一隊副隊長田福高打斷田福堂的話，插嘴說。

有許多人立刻附和田福高的意見。

田福堂滿意地笑了。他等眾人的聲音平息下來，說：「我也正盤算這樣幹哩！你們和我想到一塊了！如果大家意見一致，那咱們乾脆今晚上就動手！

「不過，為了避免村子之間的公開衝突，防止混戰一場，咱們要暗暗地做這事。等他們知道了，水已經到了咱村裏，他們也只能乾瞪眼！到時公社追究這事，咱有話可說。就是的嘛！東拉河是大家的東拉河，他們幾個村已經把莊稼澆了好幾遍，難道就讓咱們等死嗎？東拉河的水本來就有我們的一份，又不是他們幾個村出錢買下的！」

由於嚴重的災難和對上游幾個村霸水的憤慨，所有的隊幹部都一致擁護這個做法。除此之外，危難中的雙水村別無選擇。連平時謹慎的金俊山也氣勢磅礴地說：「幹就幹！不能讓人家這樣欺負了！只要能救活川道裏的莊稼，咱們擔甚麼風險都不怕！真是沒王法了！」

孫玉亭大聲嚷着說：「共產黨員和隊幹部要站在這場鬥爭的前頭！」

福堂太滿意這個氣氛了，覺得他適時地把雙水村這條大船的舵又牢牢地握在了手中。他興奮地說：「要是大家再沒甚麼意見，咱們就很快安排一下，馬上行動！」

這時，二隊隊長金俊武從後腳地的灶火圪塄裏，轉到炕桌前面來。他不慌不忙用手把煤油燈罩拿起來，點着了一鍋旱煙。

他把玻璃燈罩又放到燈上，就開口說：「我同意大家的意見。不過，在做這事的時候，儘量周到一些。我們不敢把人家壩裏的水都放完。下山村路太遠，不要動這個村子的壩。要豁就豁石圪節的壩。但只在石圪節的壩樑旁邊開個口子，水放出來以後，就到了罐子村的壩裏。然後把罐子村的壩再豁開一個口子，把水放到咱們村裏。這樣，咱們的問題解決了，他們兩個村也還有水，就是他們發現了，也不會有大問題。估計第二天天明，這兩個村就會發現他們的壩上有了豁口，那他們自己就會堵住的。可這時咱們的水已經有了。

「如果這樣，咱們從石圪節壩上動手挖開豁口起，水就要流大半夜。那麼，咱們村現在那個壩又太小，怕盛不下這麼多水。因此，得分三股人馬：一股去石圪節，人要多一些；一股去罐子村，人不要太多；其餘所有的人在頭兩股人出發前，就要加高咱們村的壩樑——這是最當緊的！最好動員全村男女老少都上手……」

金俊武不愧是雙水村的精能人之一。他像總參謀長一樣，把事情考慮得既周密又周到，使包括田福堂在內的所有人都驚訝得張開嘴巴聽他頭頭是道地說完。

等金俊武說完以後，田福堂接着說：「好！俊武說的周全！咱們現在就按這辦法分配人手！」

孫玉亭自告奮勇地說：「我帶人去石圪節！為了行動快，乾脆把拖拉機開上。一到地方，大家從車上跳下來就挖口子，然後跳上車就能往回跑；他石圪節的人就是發現了，也追不上咱們的人！」

副書記金俊山插話說：「玉亭說的也有道理。萬一被石圪節的人發現了，攆着打架，咱們去的人少，怕要吃虧……」

田福堂說：「那就這樣。玉亭，你先下去組織十幾個硬邦人手，先睡一會覺，等咱村裏開始加高壩樑的時候，你們再動身……俊武，你乾脆給咱帶兩個人到罐子村的壩上去！」

金俊武說：「可以。」

田福堂扭過頭對下炕角抽煙的金俊山說：「俊山，你能不能帶着人給咱加高前村頭的壩樑？我晚上就蹲在這大隊部，把全盤給咱照料上……行？那現在咱們就散會，趕快分頭下去組織人！兩個小隊的負責人現在就把這情況通知到各家各戶，讓大家都上手！一隊少安不在，福高，你就給咱負責上！」

……不到一個小時之內，雙水村的男女老少就都紛紛被動員起來了。其實根本不要動員，許多人早就想要這麼幹了。在這樣的時候，農民身上狹隘的一面就充分地暴露了出來，就連村裏的黨組織往往在這種事上也只顧本村的利益，而不顧及大體了。

但另一方面，所有的村民又都在這種事裏表現出一種驚人的犧牲精神。做這種事誰也不再提平常他們最看重的工分問題，更沒有人偷懶耍滑；而且也不再分田家、金家或孫家；所有的人都為解救他們共同生活的雙水村的災難，而團結在了一面旗幟之下。在這種時候，大家感到村裏所有的人都是親切的、可愛的，甚至一些過去鬧過彆扭的人，現在也親熱得像兄弟一樣並肩戰鬥了……

天完全黑嚴以後，雙水村頓時亂得像一座兵營。雞叫狗咬，人聲嘈雜，村中縱橫交叉的道路上，都走着一串一串手拿各種工具的人。有的家庭已經全家大人娃娃一齊出動，把門也鎖了。大隊部的院子裏，田萬有的兒子田海民已經把拖拉機發動得轟隆隆價響。海民是大隊會計兼拖拉機手，也是村裏黨支部的委員之一。孫玉亭站在拖拉機一邊，正在發動機的吼叫聲中，給他挑選的十幾個年輕後生交代任務。為了行走幹練，玉亭脫掉了自己綴麻繩的爛布鞋，換上了福堂送給他的那雙黃膠鞋。那十幾個後生一個個腰圓膀粗，摩拳擦掌，像戰場上的「敢死隊員」一樣。這些後生一隊二隊的都有，既有姓金的，也有姓田的，今晚他們已把戶族之見擱在一邊，也不分一隊二隊，而站在同一個行列裏，為他們絕望的雙水村拚命了！他們現在正等待公窰裏的「總指揮」田福堂下達命令，就準備立刻向石圪節進軍！

與此同時，在村前米家鎮方向的東拉河裏，已經亮起了幾十盞馬燈。金俊山正指揮着村裏大部分勞力和自動跑來的許許多多其他男女老少，開始加高壩樑。所有參戰的人都緊張而激動。村裏能出動的人都來了，連金波他媽這樣的家屬婆姨，也都拿起工具到了工地。雖然她們的男人在門外工作，但她們和自己的娃娃都在村中吃糧，因此她們和村裏的人一樣而為水焦急。

少平拿一把鐵鍬往架子車上裝土，推車的是田五大叔 —— 他愛和這個活潑的土藝術家一塊幹活。自從哥哥去了山西，他就一直在村裏勞動，而沒有回縣城的學校去。本來他二爸孫玉亭讓他到石圪節去放水，但他考慮他在石圪節上過兩年初中，熟人多，而石圪節的壩就在學校前面，萬一這行動被石圪節的人發現了，說不定要幹一架 —— 而這裏面就可能有他當年的同學。他怎麼好意思和同學去打架呢？因此他沒答應二爸，就到這壩樑工地上來了。

所有參加勞動的人今晚上都興奮得有說有笑。大家不久才發現，連「半腦殼」田二也跑來了。他不勞動，只是在河邊撿些碎柴爛草往壩中剩下的那點水裏扔。他一邊「嘿嘿」憨笑着，一邊嘴裏唸着「世事要變了」的那句老經。在他那混亂的意識中，大概把水當成了火，因此才把撿來的柴草往水裏扔呢！

這時，推土的田五倒罷一架子車土，就站在壩樑上說了幾句「鏈子嘴」——

天大旱，人大幹，
雙水人民是英雄漢！
首先削平石圪節，
再把「罐子」也打爛！

所有的人都被田五的「鏈子嘴」逗得哈哈大笑了，就像列賓油畫中查坡羅什人在嘲笑土耳其蘇丹……

此刻，在大隊部的院子裏，田福堂下達了向石圪節「進軍」的命令。十幾個年輕後生操着工具，紛紛爬到拖拉機的車斗裏。等孫玉亭上了駕駛樓，田海民就扳動離合器，拖拉機吼叫着衝出了大隊部的院子，拐上公路，向石圪節跑去了。在拖拉機出動的前一刻裏，二隊隊長金俊武已經帶着另外兩個人，沿東拉河東岸的小路，摸黑偷偷地進了罐子村……

田福堂打發走了這些人，就一個人又回到大隊部的公窰裏。

他站在腳地上，從頭到腳汗水淋淋。炕桌上的那盞煤油燈照出了他蒼白的病容臉和一雙不安的眼睛。

田福堂現在才感到有些恐懼。他的心怦怦地跳着。他現在已經把全村人煽動起來，投入到一場集體的冒險中去了。萬一出個事怎麼辦？這麼多的人，黑天半夜，又分了幾路，怎能保證一切都平安無事呢？另外，就是今晚上一切都順當，像計劃得那樣實現了偷水的目的，但公社要是過後追究這事，他怎樣應付？

他的腦子陷入了一片混亂之中……

第二十七章

在夜幕的掩護下，孫玉亭帶着一羣「敢死隊員」，坐着拖拉機，不多時就來到了石圪節的水壩附近。水壩離石圪節村莊還有一里多路，因此這地方靜悄悄的。再說，這其間莊稼人都早已進入了夢鄉——

他們穿過罐子村時，連一星燈火也沒有看見。

但孫玉亭和這一羣人仍然有些慌亂。因為他們無論如何不是做一件光明正大的事，而實際上是進行一種偷竊活動。

拖拉機停住後，孫玉亭在駕駛樓裏探出腦袋，叫車斗裏的人先別動，讓田海民把拖拉機調轉頭再說。

等田海民在石圪節壩樑上面的公路上調轉車頭，孫玉亭就對他說：「我們下去豁壩，你就坐在駕駛樓裏。不要熄火！一旦有情況，我們上來後咱們就能跑！」

孫玉亭給田海民安頓完，就緊張地跳出了駕駛樓。他發現車斗裏的人都已經到了公路上，而且有兩個人已經向壩樑那裏跑去了。玉亭氣憤這兩個人怎麼不聽指揮就跑了！他問那兩個人是誰？有人告訴他是金富和金強兩兄弟。

玉亭本來想發作，一聽是這兩個蠻漢，就再沒敢說甚麼。金富和金強是俊武他哥的兩個兒子，一個二十一歲，一個十九歲，不光在村裏經常惹是生非，還常跑到外村去打架，而且打起架來，既不顧別人的命，也不顧自己的命。金俊文本人也沒辦法他的這兩個烈子。

孫玉亭只好很快招呼大家，也向石圪節的壩樑上跑去了。

等他們來到壩樑上，金富和金強兩兄弟已經撅着屁股，開始拿山钁在壩樑中間挖上了。玉亭讓他們不要在中間挖，這樣可能整個水壩都會決堤。但金富金強根本不聽他的，只管撅着屁股挖。有幾個人也跑過去和他倆一塊挖了。玉亭看沒辦法指揮這些人，只好引着另外的人在壩邊上開始挖。兩處挖掘的人都使出了最大的勁，一個個都咬牙切齒的，似乎不是拿钁頭挖土，而是用刺刀往死捅敵人！是啊，多大一壩水！綠茵茵的看了真叫人眼饞！而這水本來也應該有他們村的一份，現在卻叫不講理的石圪節攔在這裏，得意而美氣地澆灌他們自己的莊稼。挖！狠狠地挖！把水放乾！讓他們再得意！讓他們再美氣！

不多一會，壩樑中間金富和金強他們那裏已經響起了嘩嘩的流水聲。接着，孫玉亭這裏的豁口也挖開了，水開始沖出豁口，向河道裏湧去。

孫玉亭看差不多了，就壓低嗓門喊叫大家快走！

眾人先後掂着工具跟玉亭跑上了公路。但金富和金強幾個人還在那裏貪心地挖着，氣得孫玉亭又跑下去，嚇唬這幾個人說，石圪節那邊好像聽見有拖拉機聲，說不定人家已經發現了，如果這幾個人還不走，他們就先走了！

金富幾個人這才掂着工具跑了上來，紛紛扒進了車斗。孫玉亭一撲跳上駕駛樓，氣喘吁吁地對田海民喊道：「快跑！」田海民眼疾手快扳動離合器，拖拉機便發瘋一般往回開了……

在孫玉亭他們還沒動手挖壩之前，二隊隊長金俊武已經帶着兩個人，不慌不忙地在罐子村完成了他們的挖掘任務。罐子村只有半壩水，水面離壩樑很高，他們不可能把罐子村的水放出來。情況正如金俊武精明地估計到的：只能把石圪節的水放出來，盈滿罐子村的水壩，才能從罐子村的豁口裏再往雙水村流。金俊武一邊挖豁口，一邊還對另外兩個人說：「咱們等於給罐子村也做了好事。今晚上他們壩裏的水也就盛滿了。要不，他們現在這點水也澆不了幾天地就完了！」

金俊武的確是個周到人。他甚至指導另外兩個人不損壞罐子村的水壩。他們只是在壩與河岸的銜接處挖開一個不大的豁口——俊武估計這豁口流半夜水已足夠盛滿雙水村的壩了。

金俊武他們雖然路近，可孫玉亭是「機械化部隊」，儘管他們出發晚，但比金俊武他們先一步回到了雙水村。

等金俊武三個人進了大隊部的院子時，看見隊裏的拖拉機已經停在了院子裏。公窰裏還是只有田福堂一個人。其餘的人田福堂已讓孫玉亭帶着，又趕到村前支援金俊山他們加高壩樑去了。

田福堂像迎接打了勝仗的勇士一般，迎接了金俊武三個人。他給三個人一人遞上一支「大前門」紙煙。福堂在這中間回了一次家，專門把自家的紙煙拿了幾盒，以嘉獎這些外出作戰的「部隊」。

他問金俊武：「都好了？」

金俊武點着紙煙，說：「都好了。」

「那好！叫他兩個先到前面壩樑上去，咱兩個先等一等。我已經叫金成和田海民兩個到後村頭照水去了。等水一出來，咱再到前面壩上去。」

那兩個人抽着書記給他們的紙煙，就扛着工具先走了。田福堂和金俊武兩個人先後進了大隊部的窰洞。他們在這裏等待金成和田海民報告水來的消息。

田福堂很願意和金俊武單獨呆一會。金俊武和孫少安是村裏他最頭疼的兩個人。原來他對金俊武氣更大一些。但自從他發現城裏教書的女兒和少安有點「麻糊」以來，他就對少安比對金俊武更惱火了。他現在很願意和金家灣的這位「領袖」把關係弄好一些。當然，他知道他永遠不會把金俊武弄得像孫玉亭那樣對他言聽計從，百依百順；他只是想讓這個強人不要處處拐着彎和他過不去就滿意了。

進了公窰後，田福堂又給金俊武遞上一根紙煙。他也沒甚麼正經八百的話，就隨便拉家常說：「唉，你父親可是個好人哩！我們小時候，金先生冬閒了就在村裏辦冬學，教窮人家娃娃識字。我也跟你爸學過字，可頭一天學了，第二天就忘得一乾二淨。天生的不是個唸書人嘛……」

田福堂說着，就仰起頭笑了。

金俊武在煤油燈上點着了書記剛才又遞上的那支煙，也笑了，說：「我弟兄三個也一樣。我歪好還跟上他識了幾個字，我哥和我弟常讓我爸拿鐵戒尺把手都打腫了，可還是連一個字也沒認下。」

「可惜先生去世太早了！」田福堂惋惜地說，「我記得好像金大叔晚年也是氣管有毛病？」

「他就死在肺氣腫上！」金俊武說。

「唉，我現在這氣管病將來也說不定發展得像你爸一樣。」田福堂說着便下意識地咳嗽了兩聲，臉上顯出悲觀的神色。

「那是兩回事。氣管炎不一定就能蔓延成肺氣腫。我爸到後來已經把病根子伸到心臟上了！」

正在他兩個拉談已故金先生及肺氣腫的時候，小學教師金成和大隊會計田海民，氣喘吁吁地跑進來說：「水頭已經下來了！」

田福堂和金俊武兩個人一聽水已經來了，把金先生和肺氣腫早忘在腦後，跟着金成和田海民就往外跑。

他們來到公路邊上，已經看見村後的河道在暗夜中閃爍着水波的微光。仔細一瞧，水頭已經就在他們面前，像一條蟒蛇似的沿着乾涸的河道刁鑽地蜿蜒爬行——寂靜的東拉河重新又響起了嘩嘩的水聲！

多麼令人興奮啊！四個人在公路邊上攆着水頭，一路小跑着向前村趕去。金成和田海民一邊跑，一邊向前面壩樑上熙熙攘攘的人羣呼喊着：「水來了！水來了！」

整個水壩上的男女老少頓時都沸騰起來了。人們一邊加緊往壩樑上運土，一邊興奮地喊叫着，張望着後面的河道。

水即刻就湧進了土壩中！

和水一齊到來的田福堂立刻命令啟動兩台抽水機！於是，人們的呼喊聲、嘩嘩的流水聲，和抽水機的馬達聲攪混在一起，使得雙水村這個夜晚像唱大戲一般喧騰和熱鬧！

但是樂極生悲。約摸半個鐘頭以後，這喧騰和熱鬧突然又變成了一片緊張的唏噓聲。人們驚慌地發現，水壩裏的水上漲得太快了。頃刻間已經湧滿了大半壩，而且眼看着要漲到剛加添的新土上了！

情況明顯地危險起來。人們再也顧不得歡呼水的到來，反而對這水開始恐懼起來！

田福堂、金俊山立刻喊叫讓大家趕快加高壩樑。剎那間，所有的人都進入了一種瘋狂的勞動之中。到處是緊張的喊叫聲和鐵鍬钁頭的碰磕聲。

但是情況越來越不妙。壩裏的水一會比一會上升得快！所有的人幾乎已經拼上了老命，但加高壩的速度已經趕不上壩裏水上升的速度了。

完了！誰都意識到後果會是甚麼樣子，但所有的人又都不放棄最後一絲希望。有些人已經不是勞動，而是在掙命，一邊發瘋似的挖土，一邊累得嘴裏呻吟着。有幾個老漢已經蹲在一邊哭開了！

田福堂心裏像燒着火一般焦灼。他氣憤地把孫玉亭和金俊武這些人喊叫到跟前，問他們倒究是怎一回事？玉亭說：「金富和金強不聽我的話，在石圪節的壩樑中間豁開了一道口子……」

水已經無情地漫上了壩沿，並且打起了第一個浪頭，把最上面剛填上去的虛土沖掉了。不知誰喊了一聲：「快跑！壩要垮了！」

人們立刻大呼小叫，夾雜着婦女和孩子們的哭聲，紛紛從壩兩邊退到了高處。大家往後河道裏一看：媽呀，水已經像山洪暴發一般，滿河道湧下來了！

雙水村的土壩頃刻間就像一道紙牆一般被洶湧的浪頭衝垮了。東拉河震響着洪水的咆哮聲，把人們的希望一捲而空！

所有的人現在都淚水汪汪地立在河兩岸，眼看着這滔滔的水從他們的面前流過。水呀，你多麼可愛，可你又多麼無情！

半個鐘頭以後，洪水才落下了。

東拉河粗野地吼叫了一陣以後，慢慢地又安靜了下來。

但是，河兩岸的人卻像從一場噩夢中突然驚醒似的，再一次騷亂起來了。人們現在才想到，有沒有甚麼東西被水沖走呢？或者更壞的是，有沒有人被這洪水吞沒了呢？

於是，兩岸到處都傳來了人的喊叫聲。各家人叫各家人的名字。因為剛才水把人隔在了兩岸，許多家的人都失散了。人們連鞋也不脫，褲子也不挽，紛紛蹚過洪水落下的東拉河，跑到對岸去尋找壩沖垮以後還沒照過面的親人。不管這些人是否遭了難，但尋找的人先放聲哭叫起來。河道裏不時有人滑得仰面朝天摜倒在泥灘裏，但誰也顧不了這些，爬起來又喊着，嚎着，跑向了對岸。

不久，一個令人毛骨悚然的消息就傳遍了全村：金俊武的弟弟金俊斌不見了！

金俊武一大家人已經在金家灣那面的河岸上哭成了一堆。據有人說，在最後加高壩樑的時候，金俊斌給人說他到前河道大便去呀，就扛把鐵鍁走了 —— 俊斌是個老實後生，去大便也帶着自己的工具，怕黑天半夜丟失了。人們都以為他在水壩衝垮前已經回來了，因此誰也沒有留意這件事。現在看來，俊斌可能沒等大便完，就讓洪水給捲走了！

俊斌的媳婦王彩娥本來沒到工地上來，現在聽說俊斌讓水沖走了，一路嚎叫着也來到了河邊。她到了自家人的面前，一屁股坐在泥地上，一邊放開聲哭，一邊罵他的兩個哥哥金俊文和金俊武，說是讓他們把她的男人害了！

彩娥也許是全雙水村最俊的女人，外號叫「蓋滿村」。她平時打扮得漂漂亮亮，隊裏有輕活時才出山勞動一天，平時一般不出家門。不知甚麼原因，這個漂亮女人一直沒開懷生養，儘管吃了不少藥，也沒頂事。這倒使她能保持一種青春的光彩，三十大幾的人，看起來像個少女一般楚楚動人。她男人俊斌也不計較她不會生孩子；他老實巴交，只會沒命地勞動和恭順地侍候她。村裏一些不安生的年輕人對王彩娥都有點「意思」，但懾於強人金俊武和金俊文兩個不要命的兒子，一般都不敢輕舉妄動。

現在，這個穿戴入時的女人，坐在泥水地上，哭得鼻子一把淚一把。金俊武一家人除過老母親外，現在都在這裏哭着。

田福堂、金俊山和孫玉亭幾個大隊的領導人，也都驚慌失措地趕到這裏來，一邊勸慰着這家人，一邊馬上安排出去尋人。

金俊武作為一家之主，一邊抹眼淚，一邊吼住了哭啼的家人，讓趕快分頭出去尋俊斌——說不定俊斌還有生還的希望！

就這樣，金俊文帶着兩個兒子從金家灣這面的岸邊出發，金俊武從田家圪塄這面的河岸起身，隊裏又派出許多人跟着他們，兩股人分別沿兩岸去米家鎮方向尋找金俊斌去了……

第二天吃早飯的時候，尋找俊斌的人回來了。但找到的不是活人，而是屍首。屍首是在東拉河進入米家川大河的入口處找到的。

不幸的俊斌躺在一輛架子車上，上面蒙着一張蔫片，蔫片上蹲着一隻臨時買來的祭魂老公雞。金俊武弟兄父子們跟在架子車兩邊，沉痛地嗚咽着。

屍首停放在了廟坪的破廟院裏，先由金家戶族裏的人看守着。噩耗耍時就傳遍了整個雙水村。人們紛紛談論着死者生前的許多美德，都忍不住難受地落淚了。

第二十八章

一個晚上以後，從下山村以下的東拉河水就流得涓滴不剩了。河道像大暴雨中的洪水沖過一般，兩岸土坡上的青草糊滿了泥巴。現在，火辣辣的太陽照射着這條骯髒的、醜陋不堪的河流，叫人看了十分刺眼和痛心。

禍根子出在金俊文的兩個兒子金富和金強身上。他們愚蠢地在石圪節壩樑中間豁口，而且挖得太狠，這座土壩沒多時就整個地決堤了。洶湧的激流沖下來，打垮了罐子村的土壩，接着又打垮了雙水村的土壩，捎帶着把他們的三爸也捲走了……

現在，哭咽河畔，金俊武一家老小都在哭咽着。哭得最可憐的是金俊武他媽。老太太一邊哭，一邊在大兒子金俊文家的土炕上痙攣地打着滾。金俊文和金俊武的媳婦，紅腫着眼睛站在腳地上，勸慰婆婆節哀。但老太太不聽，仍然哭得死去活來，把老花鏡都摔在了鍋台上。已故金先生的遺孀雖然年齡和孫玉厚的母親差不多，但頭腦依然很清楚。起初家人還想對她瞞哄這不幸的消息，但老人家很快就知道她的小兒子被水淹死了。她不時地準備爬下炕來，到廟坪的破廟裏去看死去的俊斌，但被兩個兒媳婦硬勸擋住了。

在另一孔窰裏，金俊文和金俊武都蹲在腳地上，抱住頭無聲地痛哭着。金富和金強已經被金俊文攆着打了一頓，現在不知跑到甚麼地方去了。金俊武自己的一男一女兩個孩子，也在院子外邊哭叫着，但沒有人管他們。

王彩娥現在在她家的窰裏。這個漂亮的女人眼淚已經流乾了，臉色蒼白地睡在炕上像死過去一般。她娘家裏的母親和一個妹妹已經聞訊趕來，現在正生火給彩娥做一點吃的。彩娥她媽看來是個剛強人，不時對女兒說：「人死了，也哭不活來！活人的身子要緊！甭哭了！」

這時候，副書記金俊山進了金俊文家的院子。本來他先去了隔壁俊武家，但俊武家沒人，他就過這面來了。田福堂早上捎過來話說，他病倒了，讓他和玉亭代表大隊看着處理金俊斌的喪事。其實不要田福堂說，金俊山也會主動來幫助處理這事的。除過他是村裏的領導人不說，他和金俊武兄弟們總是一個家族的，都是一個老先人的後代。

金俊文和金俊武見俊山進了家門，也就抹去眼淚，敬讓着叫俊山坐在炕上。

金俊山沒有坐。他對這兄弟倆說：「難受歸難受，事情歸事情。現在最當緊的是要趕快安葬人。天太熱，不能擱得太久……最好今天就能下葬。」

金俊武問：「田福堂哪裏去了？」

俊山說：「福堂說他病了，讓我和玉亭看着辦喪事……我已經叫人把隊裏的槐樹伐倒一棵，木匠現在做上棺材了。我馬上叫人打墳，另外派了兩個人已經到米家鎮去扯衣服了……」

「先不要忙着埋人！」金俊文臉黑沉沉地對這位本家的大隊領導人說。

金俊山一時不知俊文的話是甚麼意思。

金俊文馬上說：「我俊斌不是營務自留地跌死的！他是為集體的事死的！難道一埋葬就完事了嗎？他媳婦今後的生活怎麼辦？還有我

媽，俊斌也是她的兒子，老人的贍養也有他的一份。再說，俊斌本人就這樣無聲無息地入土呀？叫他田福堂來！他領導着讓大家偷水，現在出了人命事，他倒裝起病來了！他要是不妥當處理這事，我俊斌埋不成！我把他的屍首往田福堂家門上抬呀！」

金俊武接住他哥的話說：「我哥說的是實際問題。俊斌總不能一埋了事吧？說不下個行行道道，我看這人不好埋！」

金俊山原來沒考慮這麼多。現在他才感到處理這件事非常棘手。他想了一下，說：「那是這樣，該準備的還要準備。俊武，你乾脆和我先到田福堂家裏走一回，你們提出這些問題看他怎麼辦！」

金俊武兄弟倆同意了這意見。俊武對哥哥說：「你先叫幾個人去打墳，我和俊山哥找他田福堂去！」

金俊文就即刻出門找人打墳去了。

金俊武和金俊山相跟着過了哭咽河的小橋，過田家圪嶗這邊來了。他們走過廟坪棗樹林中的小路時，看見破廟的外面圍了許多村民。金富和金強被父親一頓老拳打出來，現在就在這裏吆喝着不讓頑皮的村童進入那個破廟院……

在金俊武和金俊山到來之前，田福堂已經打發老婆叫孫玉亭去了。書記在天明時就躺倒在炕上起不來——實際上是真的生了病。他身體本來就不好，加上折騰了一夜，又加上闖了大禍，他一下子就被這幾重的災難擊倒了。他劇烈地咳嗽和喘息着，並且渾身還發着燒。

從昨晚到現在，頃刻間接連出現的災難，使田福堂陷入有生以來最嚴重的危機之中。他現在根本不能掌握眼前的事態，完全處於被動的地位。他現在還顧不上考慮對付罐子村、石圪節村和公社的麻煩；他首先考慮的也是如何處理金俊斌的人命事。唉，死了的偏偏是金俊武的弟弟！為甚麼不把老不死的田二讓水沖走呢？

田福堂也清楚地知道，金俊斌不好往土裏埋！金家兄弟不會輕易地讓他田福堂下這個台階。因此，當他派人告訴金俊山讓他和玉亭處理這事後，馬上又想到，這兩個人恐怕處理不了，事情歸根結底還要他田福堂出面。可他現在腦子亂糟糟的，身體又有病，也急忙不知該怎辦，所以就讓老婆先把孫玉亭叫來商量一下。

玉亭幾乎是小跑着進了書記的家門。田福堂的老婆走得慢，現在還在路上沒回來。

玉亭一進門，先關切地問田福堂：「病得不要緊吧？」

田福堂欠起身子，咳嗽了一陣，說：「大概不要緊。」他爬起來，把衫子穿上，坐在被窩裏，給嘴裏塞了兩片藥，喝了一口溫開水。

「事情發生了，你也不要着急。毛主席說，要革命，死人的事經常發生哩……」孫玉亭安慰他說。

田福堂失去光彩的眼睛茫然地望着對面牆，說：「我估計俊斌不好往土裏埋……」

「怎？」孫玉亭瞪大眼睛望着書記，不明白他的意思。

「金俊武弟兄們又不是些傻瓜，俊斌是為集體犧牲了的，因此隊裏不說下個甚麼，恐怕他們不會輕易了結這件事。」

「棺材、衣服，埋人時吃的喝的，隊裏都負責上，還要怎樣哩？」玉亭說。

「不在這些事上。這些事理所當然要隊裏管。我說的是其他方面……玉亭，你再想想，看還有甚麼可以彌補的？」

孫玉亭基本明白了書記的意思。他想了一會，說：「這樣吧，咱們首先要在政治上對待好這件事。金俊斌同志為了集體的革命事業，獻出了自己的生命，咱們要追認他為革命烈士。叫人打一塊墓碑，上面寫上『金俊斌烈士之墓』。另外，咱們再開個隆重的追悼會。毛主席在《為人民服務》這篇文章中說過，今後村裏死了人，就開個追悼會……」

「你說的這些都好。光這恐怕還不行……」

田福堂還沒說完，他老婆就引着金俊山和金俊武進了家門——福堂的老婆半路上碰見這兩個人，就一起相跟着回來了。

田福堂一看這兩個人來找他，就明白是甚麼意思了——他們的到來他早就估計到了。

福堂客氣地讓這兩個領導人坐下。他老婆趕緊給這幾個人倒茶遞煙。

玉亭接過福堂老婆遞上的紙煙，沒往着點，別在自己的耳朵上，說：「福堂氣管有病，不能聞煙味。」

金俊山正準備點煙，聽孫玉亭這麼一說，也就不好意思再吸了。

田福堂無所謂地說：「不怕！你們吸你們的……玉亭，你乾脆把海民叫來，咱臨時開個支部會，好好商量一下俊斌的事！」

孫玉亭馬上出門找支委田海民去了。

玉亭找來田海民以後，大隊黨支部的五個成員就都聚齊了。

田福堂坐在炕上的被窩裏，對坐在腳地上的四個人說：「俊斌同志為革命光榮地獻出了自己的生命，我們大家都很悲痛。我們開個支部會，研究一下如何為俊斌同志辦喪事，捎帶着也考慮一下他的家屬待遇問題……俊武，你是俊斌的親屬，你先提個看法。另外還有甚麼要求，你也說出來，咱們儘量讓你們滿意。」

金俊武先沒言傳。過了一會他才對身邊的金俊山說：「俊山哥你先說吧。」

金俊山看出金俊武不好開口，就用他自己的口氣，把俊武他哥的那些意思都端了出來——就好像這是他自己的意見。

田福堂立刻表態說：「這沒問題！彩娥今後就按幹部家屬對待，糧錢由隊裏給出。至於我金大嬸，她的一部分口糧大隊也可以包給。另外，我們還要把俊斌當烈士對待哩！要立個墓碑，讓子孫後代知道他的功勞。安葬前，咱們再開個隆重的追悼會！」田福堂把剛才孫玉亭的建議原封不動搬出來，就像這都是他自己考慮過的意見。

孫玉亭馬上又激動地發言說：「我還有個建議，乾脆！咱們再追認金俊斌同志為中共黨員！」

大家對這建議有點瞠目。年輕的組織委員田海民婉言說：「玉亭叔的心意是好的。但俊斌哥生前也沒寫過入黨申請書。再說，入黨的事最後還要公社批准哩，這恐怕……」

金俊武立刻理智地說：「這不能！再說，俊斌是個農民，人又歿了，也沒留下個後代，黨員不黨員也沒甚麼喀……現在這樣對待就行了。我倒沒甚麼，可災難發生了，隊裏處理好一點，我也好給家裏人做工作。要是處理不好，家裏的人尋隊裏的麻煩，我也沒辦法……現在這樣處理我滿意了，估計家裏人也再不會怎樣。唉，說來說去，我們自家的人也有責任……」

大家看金俊武這個態度，都鬆了一口氣。田福堂心裏對金俊武說：我知道不這樣，你金俊武不會饒我田福堂！但他嘴裏說：「俊武的話我聽了很感動。不愧是共產黨員嘛！識大體，顧大局……」由於聲音太高，他猛烈地咳嗽起來。

等咳嗽停息下來，他喘着氣說：「我爬不起來，具體事你們就看着辦好了。玉亭給咱準備追悼會的事；其他事俊山你就給咱領料上……」

支部會散了以後，孫玉亭就趕忙出去佈置開追悼會的事了。金俊山和金俊武又返回到金家灣這面來，領料埋葬的其他事項。

中午，從西邊田家圪塄的山背後，突然湧上來一疙瘩黑雲彩；雲根下面，隱約地傳來沉重的雷音。烏鴉呱呱叫着掠過悶熱的村莊，空氣中流佈着動盪與不安。村民們抬起頭驚愕地望着天空，紛紛議論道：這或許是俊斌的死感動了老天爺，要給焦渴而不幸的雙水村灑一點甘霖了？

這時候，在廟坪破廟前的空場地上，孫玉亭夫婦二人正領着村裏的一些人忙亂地佈置追悼會場。玉亭原準備把追悼會放在學校，但村裏許多老人反對，說俊斌是少亡，魂靈不安生，說不定以後會作怪，怕娃娃們要害怕。他老婆賀鳳英也把他臭罵了一通。玉亭拗不過眾人，只好決定把追悼會放在這個破廟前 —— 反正這地方本來就是個神鬼之地！

婦女主任賀鳳英正和一些婦女掛貼挽幛。已經做好的幾個花圈，現在放在破廟裏的靈柩前。她們並且還為參加追悼會的村民一人準備了一朵小白紙花。孫玉亭破衫子胸前僅有的兩顆鈕釦中間，別着他給金俊斌寫好的悼詞，正忙着在一邊給石匠們指點打墓碑的事。村中幾個手巧的媳婦，這時已經聚在金俊海家，由金波他媽領料着，在她家的縫紉機上為金俊斌縫製入殮的服裝。金俊文和十來個打墓人，胸前掛着紅布條，在金家祖墳那裏按輩數排好的地方，已經把弟弟的墓坑挖好了。在同一時刻裏，金俊武正領料一家人，忙着為外村來參加葬禮的親戚準備飯食……

這時候，在亡故人金俊斌家裏，王彩娥她媽正對女兒說開導話。這女人看來心腸很硬，她對彩娥說：「不要哭！自己的身子要緊！你先在金家門上盛兩年，以後再說以後的話。離開雙水村這窮窩子也好，到時候在石圪節或者米家鎮給你瞅個人家。俊斌人倒老實，可老實得太死相了，屙屎倒把個命送了！以後尋個靈巧的手藝人，吃酸的喝辣的你也過幾天自在日子！」

王彩娥坐在炕頭上，紅腫着眼睛一句話也不說，只是聽她媽精明地給她安排往後的出路……

下午三點鐘左右，全雙水村的人都先後來到了廟坪。破廟前面的追悼會場裏，頓時擠滿了黑鴉鴉的人羣。賀鳳英端着個簸箕，把裏面的小白紙花給來人一人一朵散發着。莊稼人都新奇而笨拙地把這紙花挽在自己胸前的鈕釦上。

黑雲彩已經呈扇形從田家圪嶗的土山上空鋪過來，遮住了偏西的太陽。大地一時變得昏暗起來。緊接着，天空打響了第一聲炸雷！

眼看天要下雨，追悼會就馬上在隆隆的雷聲中開始了。

追悼會由金俊山主持。第一項脫帽誌哀。莊稼人紛紛摸掉自己頭上汗漬漬的毛巾，把頭垂下。

第二項由孫玉亭致悼詞。玉亭把胸前別着的那捲紙拿出來展開，走到人羣面前唸道：「……金俊斌同志為了革命事業，於昨天夜晚與我們永別了，享年三十八歲……」

孫玉亭唸着按報紙上的格式寫成的這篇悼詞，大家都靜靜地聽着。只有田二例外。這位長着偉大額頭的「半腦殼」，正在肅穆的人堆裏走來走去，把掉在地上的那些紙花紙片撿起來，裝進自己衣襟上的那個大口袋裏。他一邊撿這些東西，一邊嘴角掛着神秘的微笑，嘟囔說：「世事要變了……」有些人已經被田二逗得偷着笑了。孫玉亭不時停下來，氣憤地瞅一眼人羣中的田二。金富和金強立刻走過來，把這個搗亂分子從人羣裏拉出來，一直把他扭送過東拉河。田二一路嚷叫着說：「世事要變了！世事要變了……」

孫玉亭的悼詞快唸完的時候，又一聲炸雷在人們的頭上滾過，驚得人羣一陣騷亂。接着，起風了。狂風捲着沙塵和碎柴爛草，霎時把天地攪成了一片混沌。

追悼會匆匆地進行完儀式，接着就趕快起靈。

八個壯年人抬着靈柩走在前面，孫玉亭和金俊山分別在兩邊扶着靈柩，後邊是死者的嫡親和金家戶族的人。廟坪頓時響徹一片慟哭之聲！

送葬隊伍剛過了哭咽河的小橋，銅錢大的白雨點子就瓢潑似的傾倒下來。村裏的外姓旁人都紛紛跑回家了。參加送葬的人一個個水淋淋地在泥水地上艱難地向金家祖墳那裏行進。雷聲、雨聲、水流聲和人們的哭聲攪混在一起。不時有明晃晃的閃電在頭頂劃過。哭咽河和東拉河已經起了水，渾黃的山水嗚咽着從大大小小的溝道裏奔騰下來，給這個葬禮加添了極其濃重的悲痛氣氛……

……在吃晚飯之前，副書記金俊山埋完金俊斌，剛在家裏換轉乾衣服，石圪節公社文書劉根民就進了他家的門。公社已經知道了雙水村昨晚上的偷水事件，白明川和徐治功命令文書劉根民來叫田福堂。根民已經去過田福堂家，但看田福堂正病着起不來，就只好跑來叫金俊山——不帶一個人回去，他給公社的兩位領導交不了差。

金俊山知道去公社意味着甚麼。但他想來想去，也沒辦法推開。書記田福堂病了，他是副書記，他不去叫誰去？

他沒辦法，只好穿了件雨衣，到學校兒子的辦公窰裏把自行車推上，跟着根民冒雨去了石圪節公社……

在石圪節公社裏，白明川和徐治功兩個人現在正等待雙水村大隊書記田福堂的到來。今天剛吃完早飯，石圪節大隊和罐子村大隊的黨支部書記就先後跑到了公社，報告了他們的水壩被人破壞、壩裏所有的蓄水都跑光了的嚴重事件。罐子村的書記報告說，他們村一個村民半夜起來上廁所，看見雙水村的大型拖拉機從村中開過來，上面還坐了許多拿工具的人。石圪節的書記立刻作證說，他們水壩上面的公路上就是留下了拖拉機停留的痕跡，而且從公路到水壩的地上留下許多亂糟糟的腳印。不久，雙水村昨夜災難性的消息就正式傳到公社裏來了……

白明川對這件事非常氣憤，覺得田福堂做事簡直無法無天。他和徐治功商量，決定先把田福堂調到公社來，一旦調查清楚事情的真相，就準備嚴肅處理當事人。

現在，兩位公社的領導人在辦公室裏談論着這件事。

白明川靠在辦公桌上，一隻手搓着下巴上黑森森的胡楂子，對圪蹴在窗前長木欄椅上的徐治功說：「如果這事的確是田福堂出面搞的，非給這個人處分不行！」

徐治功把涼鞋脫在地上，赤腳片圪蹴在椅子裏抽紙煙，先沒說甚麼。冬春大規模農田基建結束後，他就回到公社來工作了。現在碰上這件頭疼事，他感到很作難。如果這是另外村子的支部書記搞的，那他徐治功會比白明川更要嚴厲地處理這件事的。但這事牽扯的是田福堂。因此他不能輕易對白明川的意見表示支持。他反而對白主任說：「你不是常教導我說，要對農民寬容一點嗎？福堂雖說是大隊書記，但也是個農民嘛！再說，雙水村是咱們石圪節公社農業學大寨的先進典型，福堂的工作一貫積極，現在犯這麼個錯誤就給處分，恐怕不合適……」

白明川聽徐治功這麼一說，就為難地陷入到思忖之中。他雖然對這件事氣憤，但覺得治功的話也有一定的道理。而平心靜氣想，他作為公社一把手，也有責任。他為甚麼沒有提早注意這個問題，而把東拉河的水給沿河的每個村莊都分一點呢？福堂和雙水村的人急了，才幹出了這件荒唐事……

白明川想了一會，說：「不給處分也可以。但這件事不能三秤二碼就了結，最起碼福堂要代表雙水村支部做個檢查，否則我們怎樣給石圪節和罐子村解釋？」

「因為這件事已造成全公社範圍的影響，田福堂的檢查必須通過有線廣播向全公社轉播，讓大家都從這件事裏接受教訓！」

徐治功同意了白明川的這個意見。治功知道，不這樣也不行。再說，這辦法好！福堂雖然做檢查，但是代表集體檢查，而這就不是他一個人的責任了！

當文書劉根民把金俊山帶到公社時，兩個主任都驚訝地問：「俊山你怎來了？福堂哩？」

金俊山說：「福堂病了……闖這禍是大隊領導集體決定的，不是福堂一個人的主意。我來也一樣……」金俊山是個比較實在的人，他儘管和田福堂有些矛盾，但在這種事上他不會對別人落井下石……

沒等公社領導盤問，金俊山就把事情的前後經過都給公社領導老實交待了……

金俊山在公社灶上吃過晚飯，在中央人民廣播電台的各地人民廣播電台聯播節目完了以後，就在公社的廣播室裏，代表雙水村大隊黨支部，向全公社人民檢查他們村損人利己的不法行為。俊山在進公社廣播室的時候心想：雙水村做下成績，都是田福堂在廣播上介紹經驗出風頭；而這種不光彩的倒霉事，倒輪上他金俊山了……

第一部

卷二

第二十九章

雙水村的人誰也沒有想到，孫少安這傢伙出門一個月，竟然帶着一個大眼睛的山西姑娘回來了！

全村人議論的話題自然從不久前去世的金俊斌轉移到了這位新來的姑娘身上。

太叫人驚訝了！起先誰知道少安出門是去找媳婦呢？他臨走時不是說他到外面給一隊去聯繫小麥良種嗎？好，這現在倒給他自己聯繫回來這麼個「良種」！

還叫人奇怪的是，少安為甚麼不娶一個本地女子，而跑到遠路上找了一個愛吃老陳醋的山西人呢？

人們後來才知道，這姑娘是賀鳳英一個村的，而且還是婦女主任遠房的本家人。噢，原來是這麼一回事！

於是，大家立刻又為少安惋惜起來：這麼好個後生，哪裏找不下個媳婦，為甚麼娶賀鳳英的本家人呢？如果這姑娘像賀鳳英一樣，那孫少安這輩子就別想過好日子了，他二爸孫玉亭就是他的「榜樣」！

但人們的惋惜馬上又變成了一片讚歎之聲。據找藉口去過少安家的人說，這姑娘和賀鳳英完全是兩碼事！臉雖然不太白，但人樣子十分耐看。黑眉花眼，一口白牙，身體發育得豐豐滿滿，正是莊稼人所夢想的那種女人。更叫人讚歎的是，她到少安家的那個破牆爛院裏，沒有顯出一絲的嫌棄，而且第二天就幫助孫玉厚的老婆做上家務活了；還滿嘴奶奶、媽媽、爸爸叫個不停，把孫玉厚一家人都高興亂了！除過這些以外，最主要的是，還聽說她娘家連一個財禮錢都不要！啊呀，不要財禮錢？世界上還有這樣的事？孫少安這小子狗尿到腦上了，交了好運氣！

當孫少安有點羞澀地出現在村子裏的時候，莊稼人就紛紛圍住他，和他開玩笑，向他查問他帶回來的這位山西姑娘的長長短短。有些他的同齡人粗魯地問他：「一搭裏睡了沒？」而開玩笑不論輩數的田萬有還火上加油，咧開嘴在人羣裏酸溜溜地唱道——

你要拉我的手，
我要親你的口；
拉手手，親口口，
咱們到圪塄裏走！

眾人樂得哄堂大笑，孫少安只好擺脫村民們這些出於好意的惡作劇，紅着臉就走。是的，他現在還顧不上熱鬧，而許許多多隨之而來的難腸事正困擾着他，需要他在很短的時間內馬上解決；快樂和苦惱在他心中像兩條糾纏在一起的繩索，亂翻翻地找不見各自的頭緒。

孫少安這次外出，本來不抱甚麼希望。只是在各種原因促使之下，他才不得不出這次遠門。他當時心裏也有些煩悶，想藉此出去散一散心。他本來也沒準備耽擱這麼長時間，心想行不行三錘兩棒就完了，他轉幾天就回來了。沒想到他一下子就在賀秀蓮家住了近一個月。

他到柳林後，先找了他父親早年間的拜識陶窰主。但不巧的是，「乾大」在半年前剛剛離開了人世。乾大的幾個後人，知道他們的父親在遠路上有個老朋友，現在見乾兄弟上了門，也就很熱情地接待了他。

他在乾大的後人家裏住了兩天，就到離柳林不遠的賀家灣去了。

他先到他二媽的娘家門上。他二媽的父母親已經接到了女婿和女兒的信，說他們有個姪子要來看本村賀耀宗的女兒秀蓮。他們接待下少安，就立即給賀家通了話。

第二天吃過早飯，他二爸的老丈人就引着他上了秀蓮家的門。

賀耀宗有兩個女兒。大女兒秀英招了本村的一個男人，就住在娘家門上，既是女婿，又算兒子。小女兒秀蓮今年二十二歲，在村裏上過幾年學後，就一直在家勞動。

孫少安自己也絕沒有想到，他一見秀蓮的面，就看上了這姑娘。這正是他過去想像過的那種媳婦。她身體好，人樣不錯，看來也還懂事；因為從小沒娘，磨練得門裏門外的活都能幹。尤其是她那豐滿的身體很可少安的心。秀蓮對他也是一見傾心，馬上和他相好得都不願意他走了。賀耀宗和他的大女兒秀英、女婿常有林也滿心喜歡他，這親事竟然三錘兩棒就定了音。少安對秀蓮和賀耀宗一家人詳細地說明了他家的貧困狀況。但賀秀蓮對他表示，別說他現在總算還有個家，就是他討吃要飯，她也願意跟他去。賀耀宗家裏的人看秀蓮本人這樣堅決，也都不把這當個問題了 —— 反正只要秀蓮滿意就行；既然她不嫌窮，他們還有甚麼說的呢？賀耀宗甚至說：「不怕！窮又扎不下根！將來我們幫扶你們過光景！」

這一切使少安對秀蓮和她的一家人很感激，同時也對這個大眼睛的姑娘從感情上開始喜愛了。

親事定下來以後，少安本來就想及早返回雙水村。但一見鍾情的秀蓮卻捨不得他走，一天天地硬挽留着他。他儘管惦記着自己爛爛包包的家庭，可又拗不過這姑娘的一片纏綿之情，只好硬着頭皮依了她的願望。他勞動慣了，閒呆不住，就跟秀蓮到她家的自留地去勞動 —— 他營務莊稼的本領立刻就使賀家灣的人讚歎不已；大家都說秀蓮找了個好女婿。

眼看在秀蓮家住了快一個月，少安心裏焦急不安。他對秀蓮和她一家人說，他再不敢耽擱了，無論如何得趕快回家去！

秀蓮看再留不住他，就向他提出：她也跟他回去！她說她去少安家住幾天，然後再返回山西家裏。等過春節時，她就和她爸一起來雙水村，和少安結婚。秀蓮一家人都支持她這意見。

少安看沒辦法拒絕秀蓮的熱心，就只好同意帶她回雙水村。本來，少安不想這次就把賀秀蓮引回家。他知道自己家裏沒任何條件接待秀蓮。旁的不說，她去連個住處也沒有。他家的人都尋地方住哩，讓秀蓮回去住在哪兒呢？他二媽家也是一孔窰洞，而且爛髒得人腳都踏不進去。他原來想回去安排好了再接秀蓮回來 —— 儘管如何安排他心中一點數也沒有。

他和秀蓮從柳林坐汽車一路回來的時候，熬煎得像滾油澆心一樣。他不時把心裏的各種熬煎對秀蓮說個不停。他先不說以後的困難，只說眼前他們回家後就會讓秀蓮受委屈的。秀蓮坐在他旁邊，像工作人一樣大方地依偎着他，真誠地說：「沒住處，你先把我安排在你們生產隊的飼養室裏。」少安只好咧嘴苦笑了……

回到家裏以後，全家人高興自不必說。使少安滿意的是，秀蓮果真不嫌他的家窮，而且對家裏老老少少都非常親熱，甜嘴甜舌地稱呼老人。她還偷偷對他說：「你家裏的人都好！光景比我想的也好！你原來說的那樣子，我想得要比這爛包得多！」

最使他高興的是，他弟少平馬上就把秀蓮的住處安排在金波家金秀和蘭香住的地方了。金大嬸喜得把一牀從未沾身的新鋪蓋拿出來，讓秀蓮蓋。少平安排完秀蓮的住宿，還對他說：「乾脆你過去住在金波那個窰洞裏，讓我回來住在你的小窰裏。」少安對熱心的弟弟不好意思地笑了笑，說：「還沒結婚，我攆過去住在那裏，村裏人會笑話的。還是你住在那裏。秀蓮路生，晚上你把她帶過去，早上再引回咱們家吃飯……」

孫少安回來以後的當天晚上，就聽家裏人敘說了村裏前不久的偷水事件和金俊斌的死亡。他很快想到，他得去看看金俊武，要對二隊隊長表示他的慰問。另外，他還得去見見書記田福堂，向他解釋一下自己晚歸的原因。接着，他就要開始為春節結婚的事奔波了。困難太多了！雖說秀蓮家不要財禮，可總得要給秀蓮扯幾身衣裳，也要給人家的老人表示點意思 —— 起碼得給賀耀宗縫一牀鋪蓋或一件羊皮大氅。他自己也不能穿着身上的舊衣裳當新女婿，最少得做一身新外衣。同時，按鄉俗過喜事也總得把親戚和村裏的三朋四友請來吃一頓飯……還有呢！他們的鋪蓋哩？就是有了鋪蓋，他和秀蓮將來又住在甚麼地方呢？總不能住在他現在的那個小土洞裏吧？

這一切把人腸子都愁斷了！

但是，愁也沒用。慢慢想辦法吧！他就是這麼個家，別說這麼大的事，就是一件小事情，也得他翻過來倒過去的折騰個沒完！

回家的第二天上午，他先出去找了副隊長田福高，問了他走後這一段隊裏的生產情況；又向福高安排了下一段的活計。他說他還要忙幾天，讓福高繼續把隊裏的事照料上。

吃過午飯以後，他就去金家灣那邊找金俊武，以表示他對他的不幸的慰問和同情。

他一邊匆匆地走着，一邊捲着旱煙捲，挺有精神地望着秋天的村莊和山野。東拉河殘留着不久前發過洪水的痕跡，草坡上泥跡斑斑 —— 但這已不是那次偷水留下的痕跡，而是第二天安葬俊斌時的那場大暴雨發了的山洪所留下的。正是這場大雨，才多少挽救了雙水村的莊稼。豆類作物大部分都已成熟，人們正在地裏搜尋着摘那些乾枯的豆角；有的乾脆連豆蔓一齊拔掉，揹到禾場上去連莢敲打。自留地的老南瓜已經摘光了，枯死的瓜蔓一片焦黑。麥地裏回茬的蕎麥雖然早已經謝了如霞似雲的花朵，但一片片嬌嫩的紅稈綠葉，依然給這貧瘠的荒原添了不少惹眼的鮮活。白露剛過，山野的陽坡上現在到處都在播種冬小麥；莊稼人悠揚的回牛聲像唱歌一般飄蕩着。天異常地高遠了，純淨得如同一匹漿洗過的青布。在廟坪那邊，棗子已經紅透，在綠葉黃葉間像瑪瑙似的閃耀着紅豔豔的光亮……

少安吸着自捲的旱煙捲，過了東拉河的列石，上了廟坪，穿過這片叫人嘴饞的棗樹林。

他正在棗樹林間的小土路上走着，路上面的地畔上有個婦女問他：「你回來了？」

少安抬頭一看，原來正是俊斌的媳婦王彩娥。他不由得心一沉，想對這不幸的寡婦說幾句安慰話，但急忙又不知說甚麼是好。

他想了一下，也不能提俊斌的事，就只好問彩娥：「你幹甚麼哩？」

彩娥不像少安估計到的那樣悲傷，她甚至對少安笑了笑，說：「我照棗着哩！你二爸給我安排了這個輕省活……你吃棗不？」彩娥說着，就用手搖了搖地畔上的一棵棗樹，熟透的紅棗子就劈里啪啦在少安周圍落了許多。彩娥說：「你都拾上！現在這周圍沒人看見！」

雖說彩娥這是好意，但少安心裏隱隱地有些不舒服。他沒想到俊斌死了才一個來月，彩娥就已經恢復得這麼「正常」了。

少安看來不拾也不行，就匆忙地揀了一些棗子，裝在自己衣袋裏，說：「我還忙着哩……」就急忙走了。

當他過了哭咽河的小橋，走到學校下面的時候，見他二爸王手裏握着一捲子報紙和材料，從學校的小土坡上走下來。他二爸先開口給他打招呼說：「唉呀，我忙得還沒顧上去你們家，聽鳳英說秀蓮也跟你回來了。好嘛！」

少安只好停住腳步，等他二爸走下來。

他二爸走到他面前，揚了揚手中的報紙說：「我正忙着準備政治夜校的學習哩！你大概知道了，《人民日報》八月三十一日發表了評《水滸》的重要文章。我剛從公社開會回來，上面號召要在政治夜校好好組織批判哩……」

少安說：「我不知道這些事。批《水滸》的甚麼哩？」

他二爸胸脯一挺，說：「嘿，毛主席都發指示了！說《水滸》這部書，好就好在投降。做反面教材，使人民都知道投降派。還說《水滸》只反貪官，不反皇帝。屏晁蓋於一百零八人之外。宋江投降，搞修正主義，把晁蓋的聚義廳改為忠義堂，讓人招安了……」

少安心煩意亂，不願聽他二爸背誦毛主席語錄，說他要去找一下金俊武，就準備走了。但他二爸突然又有點憂傷地說：「……唉！我們也應該請秀蓮和你到我們家吃一頓飯，這是老鄉俗……可你知道我家裏的那個爛壇場！夏天分的一點麥子都叫你二媽在石圪節糧站換成了糧票，說公社通知讓她下一批去參觀大寨……」

少安聽他說這話，心裏倒對這個他厭煩的長輩產生了憐憫之情。他以為二爸只熱心革命，把人情世故都忘了。想不到他還記着這個鄉規。

少安也知道他二爸說的是實情。他對二爸說：「我知道你的難處。按鄉俗，你不請秀蓮吃飯，村裏人會笑話的……這樣吧，我把我家的白麵拿一升，給你送過去。白天怕村裏人看見不好，我今晚上給你送過去……」

這位恓惶的「革命家」只好默認了姪兒的饋贈。

孫少安離開他二爸，就徑直來到了金俊武家裏。

二隊隊長拉住一隊隊長的手，淚水在那雙精明的銅鈴般的大眼裏湧出來了。

少安安慰他說：「俊武哥，你不要再難過了。我剛回來就知道了這事。我今兒個是專門來為你說幾句寬心話的。人常說，一碗水倒在地上，再也舀不起來了。」他還用高小裏學過的成語補充說：「天有不測風雲，人有旦夕禍福……」

俊武拉着他的手，讓他坐在椅子上。俊武的婆姨給少安倒了一杯開水，親切地放在他面前。兩口子都為村裏這個受人尊重的人專門來看望他們而深受感動。

少安喝了一口水說：「我不知道你們當時是怎樣商量這事的？本來不應該這樣做！應該直接找公社白主任討論東拉河水合理分配的問題，讓公社出面解決。另外，就是公社不管，田福堂或金俊山也可以直接去找上游幾個村的負責人協商。只要態度誠懇，我不信這兩個村的領導人就不通情理。結果這樣一搞，水空人亡，還要給人家做檢討……」

金俊武抹掉臉上的淚水說：「你當時要在村裏就好了！我原來以為自己是個精明人，想不到自己吃了自己精明的虧。我在大事上不如你！」金俊武老婆插嘴說：「你在小事上也不如人家少安！」少安笑着說：「我也是事後諸葛亮！說不定我當時要在村裏，比誰都可能冒失哩！說不定把下山村的壩都給豁了！」

金俊武兩口子都被他的話逗笑了……

少安在金俊武家拉了一陣話，就和他們告別了。

當他返回到田家圪嶗這面的公路上時，正好碰上了田福堂。他就順便擋住書記，給他解釋了他從山西晚回來的事由。

田福堂經過不久前的那場挫折，又瘦了許多，額頭上還留着火罐拔下的黑印。他笑着說：「這是好事嘛！還要你給我解釋哩？你辦這麼大的事，別說一個月，兩個月三個月也值得！」

田福堂心裏十分高興少安找了個媳婦回來。這樣，他就再不要擔心他女兒和少安的關係了。他關切地問少安：「準備甚麼時候辦事？」

少安說：「想春節就辦。可你知道我那個家，事辦得再簡單，也很難湊合起來……」

田福堂立刻說：「不要怕！要糧食，你就在大隊儲備糧裏拿；要甚麼糧食你就盤甚麼糧食，要多少你就盤上多少！」

少安對書記的這個應諾倒很高興——這總算給他解決了一個大困難。他說：「這就好了，我正為這事犯愁着哩！我也不敢多借，借下還得還嘛！我借一點夠過事情就行了……」

少安和田福堂臨分手時，書記還一再關切地說：「你有甚麼困難就言傳！我幫助你解決！」

現在，少安一個人又匆匆往家裏趕去。一路上，他心想：我回去先瞞着家裏的其他人，和母親商量一下，把家裏的白麪拿出一升來，晚上給二爸家拿過去，好讓他們撐一下門面。他想到他明天早上還得和秀蓮一塊去吃這白麪時，便又忍不住笑了。

第三十章

第二天早上，當少安和秀蓮坐在孫玉亭家的爛蓆片炕上吃白麪片的時候，他父親正坐在金俊海家的椅子上，心心事事地抽着旱煙。孫玉厚心裏高興的是，他這一趟來得正好，碰巧金俊海今天剛到家！

俊海兩口子到田家圪嶗那面公路上搬東西去了 —— 俊海的汽車剛從黃原路過這裏。他們安頓讓他在家裏等一會。金波、金秀都在學校沒回來，因此這個院落現在裏裏外外靜悄悄的沒一點聲響。孫玉厚可以在這時間裏盤算他怎樣開口對俊海說他的難腸事。

他是為兒子的婚事，來向金俊海家開口借錢的。

當少安把秀蓮帶回家門時，孫玉厚高興得不知如何是好。啊呀，他的兒子有媳婦了！他沒想到事情會這麼順利；而且少安帶回來的這女娃娃，又體面又精明，真是打上燈籠都找不見的好人才。更使老漢高興的是，女方果真像他弟媳婦賀鳳英說的，連一個財禮錢也不要！

這幾天，儘管這一切都真實地擺在他面前，但他老覺得這好像是做夢：天下哪有這麼好的事出現在他孫玉厚的面前呢？

可這一切又的的確確是事實。而且人家女娃娃主動提出，春節就要和他的少安結婚哩！

提起結婚的事，這才使高興得暈暈乎乎的孫玉厚腦子涼了下來。他馬上想到，結婚就得花錢！可他手上沒幾個錢，又到哪裏去轉借呢？儘管人家女方不要財禮，但他不能連幾身衣服都不給人家娃娃縫。兩個新人的衣服被褥和零七碎八下來，三五十塊錢根本不頂事。再說，他也不能悄無聲息地給少安娶媳婦。這是他為自己親愛的兒子辦喜事呀！當年他為自己的弟弟辦事，在那麼困難的年月裏，都咬着牙辦得有聲有響，體體面面；現在他為自己的孩子辦事，那就是拼着老命，也不能讓世人笑話！雖說現在不讓僱吹手，但他要備酒飯，待親朋！把事辦得紅紅火火，熱熱鬧鬧！沒錢？借！

可是，辦喜事少說也得借二百元。這樣一筆數字不小的錢，他向誰去借呢？

昨晚上睡覺的時候，他和少安媽幾乎一夜沒合眼。老兩口高興一陣，又憂愁一陣，商量借錢和待客的事。他們覺得，放在春節好——把喜事也辦了，一家人把年也過了。

兩個人先詳細地計算了糧和錢的費用。這兩樣主要的東西，都得開口問別人借。家裏的口糧大部分是粗糧，拿不到席面上。當然，豬肉不要買了，把自己家裏那口豬殺掉——實際上不是不買肉，而是今年賣不成肉了。

糧食他們先沒顧上考慮向誰家借。兩個人先說借錢的事。他們約摸全村大概有幾戶人家能有這筆錢。書記田福堂不好開口。大隊會計田海民也能拿得出來，但海民媳婦銀花連公公田萬有都不肯給借錢，怎麼可能給他們借呢？金俊武說不定有一點錢，可他拖家帶口的，不好為難金家灣的這個強人。金俊山和他兒子金成都有存款，但他們和這父子倆交情不深，根本開不了口。當然，錢最寬裕的是公派教師姚淑芳和她在縣百貨公司當售貨員的丈夫金光明。但由於他們的玉亭在「文化大革命」開始時鬥爭過人家弟兄們，結下了仇恨，借錢的事連想也不能想……

老兩口算來算去，最後還是一致認為：只能向金俊海家借這筆錢。但這也夠讓他們難腸了。當然，只要他們開口，估計這家人不會拒絕的。他們太麻煩人家了！早年間，玉亭成家後，他們沒地方住，白白在人家門上住了好幾年。以後雖說他們把家搬到了這裏，但少平和蘭香晚上沒地方住，還不是在人家那裏借宿！再說，平時金秀對蘭香，金波對少平，經常拿吃拿喝的，金波他媽也對這兩個孩子沒少操過心——兩個唸書娃娃的制服少安媽不會做，還不是金波他媽在他們家的縫紉機上給做嗎？人家對他們這樣好，他們又給人家回報不上甚麼。除過分糧分土豆和一些重勞動活他們能幫上忙外，其餘就只是他們沾人家的光了。現在，他們又要開口向人家借這麼多的錢，而且不能肯定甚麼時候還人家……真難開口啊！

但沒有辦法。為了使兒子的婚事體面一些，他們只有這一條路可走。孫玉厚當晚決定，他第二天就去金俊海家借錢 —— 他們惟一擔心的是，俊海不在家，借這麼大一筆錢，金波他媽敢不敢承擔……

錢的事拉完後，雞已經叫了兩遍，但為兒子婚事操心的兩位老人，還是睡不着。他們又從被窩裏伸出胳膊，扳着手指頭計算了半天應待的客人：少安的兩個姨家和三個舅家這不必說，婚喪事娘舅親向來都是上賓；蘭花一家；玉亭一家；金俊海一家；大隊的領導人；村裏和孫玉厚、少安相好的村民；少安在公社當文書的同學劉根民；當然還要請潤葉 —— 不管人家顧上顧不上回村來……

現在，孫玉厚坐在金俊海家的椅子上，一邊抽旱煙，一邊忍不住打着哈欠，等着俊海兩口子回家來。他想了半天，準備拐彎抹角地開口向俊海借錢，但又覺得沒必要。還是直截了當說吧！彎拐來拐去，最後還不是向人家借錢嗎？

孫玉厚坐在這裏，心裏忍不住感慨萬端：十五年前，他為弟弟的婚事，就是這樣難腸地到別人門上去借錢。十五年後的今天，他又為兒子的婚事來向別人借錢了。莊稼人的生活啊，甚麼時候才能有個改變呢？

唉，如果就按現在這樣一村人在一個鍋裏攪稠稀，這光景還會一年不如一年的！莊稼人現在誰有心勁受苦？反正一天把工分混上就行了 —— 因為你就是掙命勞動，到頭來還不是和耍奸溜滑的人一樣分糧分紅嗎？誰願意再當這號瓷腦[1]？

1　方言，形容過分忠厚的人。

不一刻，金俊海夫婦把汽車上的東西搬回家來，擱在旁邊窰裏，就趕忙過他這邊來了。俊海很快給他遞上一根紙煙。

玉厚推讓着說：「我還是抽旱煙。紙煙抽不慣，一抽就咳嗽。」

「我剛聽秀她媽說，少安從山西找了個媳婦？」司機金俊海把工作服脫下，放在炕邊上，挽起袖子一邊洗手，一邊先提起了少安的親事。

正好！玉厚趕緊說：「就是的！是他二媽娘家門上的。好女娃娃。」

「準備甚麼時候結婚呀？」俊海用毛巾把手擦乾，坐在他旁邊，把金波媽端上來的茶水往他面前挪了挪，說，「玉厚哥，你喝水！」

「我不渴……女方提出春節就過門哩。」

「那你還得簡單過個事哩！我在路上和秀她媽還說起少安結婚的事。估計要辦事，你們現在手頭比較緊張。你看需要不需要錢？需要的話，你就開口，我家裏能拿出來哩！」

孫玉厚一下子對俊海夫妻倆能這麼入微地體諒人的困難，感動得眼圈都紅了。他說：「我正是為這事來的，想不到你也正回來了。還沒等我開口，你們就先說這話……唉，我麻煩你們太多了，歪好開不了這口……」

金波他媽在旁邊說：「這有個甚麼哩！你們一家人一年為我們出多少力氣呢！俊海在門外，沒有你們一家人幫扶，山裏分下一把柴草我都拿不回來……」

「玉厚哥，你就不要難為情！你看得多少錢？三百元夠不夠？」金俊海問他。

「用不了那麼多！」孫玉厚說，「約摸二百來塊就差不多了……」

俊海馬上對愛人說：「你去給玉厚哥拿二百塊錢來。」

金波他媽很快就到另一孔窰裏拿錢去了。

孫玉厚連忙說：「先不忙！趕春節前有這錢就行了！」

金俊海說：「你先拿上。衣服被褥這些東西要提前準備哩……糧食怎樣？這我實在沒辦法幫助你，我的口糧是定量的，家裏人在生產隊吃糧，又沒工分，就那點人口糧，我一年也要在外面買糧給他們補貼哩……」

「這我知道哩。糧不要你操心。我再另外想辦法。」

金波他媽把錢拿過來，遞到孫玉厚手上，說：「你再點一點。」

「這還用點！」孫玉厚把這捲錢裝進自己的衣袋裏，正準備走，見大隊副書記金俊山進了門。

金俊山和金俊海是叔伯兄弟，兩家人儘管血緣不遠，平時也從沒為甚麼事爭吵過，但俊海家和俊山家的關係遠不如和孫玉厚一家人的關係親密。但終究是門中人，他每次回家來，俊山都要來看他。平時俊山和他兒子金成家託他在黃原買個甚麼東西，他也都熱心地為他們辦理得妥妥當當。

「我看見公路上的汽車，就知道你回來了。」俊山進門後對俊海寒暄說。

「我順路回家，明天就要去包頭拉貨。」

「孫大哥你也來了？」金俊山扭頭和孫玉厚打招呼，「聽說少安找了個好媳婦，春節就準備結婚呀？」

孫玉厚說：「就是的。」

金俊海突然開口對金俊山說：「哥，你家裏有沒有一點餘糧？」

金俊山奇怪地問：「怎？是不是你要糧食？有哩！要多少？」

金俊海說：「我不要。你要是有餘糧的話，能不能給玉厚哥借上一點，他春節要給少安辦事，缺一點細糧。我家裏沒長餘的……」

孫玉厚沒想到好心的俊海又替他開口向金俊山借糧，就急忙說：「不要為難俊山！他也不寬裕，我再想別的辦法！」

金俊山是個精人，他決不會把話頭收回，立刻對孫玉厚說：「看孫大哥說的！俊海開口和你開口一樣！少安辦事，我樂意幫助他！你怎不早言傳呢？你說！你看你需要點甚麼糧？」

金俊海把金俊山逼住了，他不得不如此對孫玉厚表態。而現在孫玉厚反而又被金俊山逼住了，看來也不得不向他借糧了——他要是不借，反倒又傷了金俊山的臉。

他只好回答金俊山說：「待客只吃兩頓飯，一頓餄餎，一頓油糕；大概得二斗蕎麥，二斗軟糜子……」

「沒問題！罷了你叫少安來我家裏盤！」金俊山慷慨地說。

當孫玉厚出了金俊海家的門往回走的時候，心裏一下子踏實了許多。現在好了，錢也有了，糧也有了。這兩個大問題一解決，其他事都好辦。他想，過兩天就讓少安帶着秀蓮，到縣城去給她扯幾身時新衣裳！

孫玉厚一身輕鬆回到了家裏。少安他媽已經開始做午飯。秀蓮坐在炕上，正給老奶奶梳頭發。要是平時，這位老人家一般都是閉着眼似睡非睡，或者把少平給她買的止痛片從瓶子裏倒出來，反覆地一遍又一遍地數，直到發現一片也沒少，才又裝進瓶子裏——她捨不得吃這藥。這兩天老人家忘了數藥片，瞌睡也沒有了，一天到晚都高興地睜着紅眼，傻笑着看她的孫媳婦在她面前走來走去，並且時不時高興得揩一把老淚。秀蓮有時就體貼地坐在她身邊，給她背上搔癢癢，或者把她的幾綹稀疏的白髮理順，在腦後挽成核桃大一個小髮髻。老太太不時用她的瘦手，滿懷深情地在秀蓮身上撫摸着。

少平出山勞動去了，蘭香在石圪節學校，現在家裏就這三輩三個女人。

玉厚問老伴：「少安哩？」

少安媽正擀麵，說：「在坡底下的旱煙地裏。」

孫玉厚看秀蓮在家，他不好給老婆說他借到錢和糧的事，就出門找少安去了。

少安怕秀蓮人生地不熟，呆着寂寞，這幾天也沒出山去。他現在正在坡下他們家那塊旱煙地裏，把根部黃了的煙葉摘下來，準備曬乾揉碎，過一段時間提到石圪節賣幾個錢。

孫玉厚走到煙地裏，興奮地、迫不及待地把他借到錢和糧的事對兒子說了。

少安聽了父親的話，有點生氣，說：「你怎麼借那麼多錢呢？那麼多錢以後怎麼給人家還？最多一百塊錢就夠了。你把另外那一百塊錢再還給人家！」

「二百塊也不寬裕。」孫玉厚說，「這是我和你媽商量過的。你要理會我們的心情。你是老大，我和你媽頭一回娶兒媳婦，我們老兩口心裏高興。就是把老骨頭賣了，也要把你的事辦體面一些。要不，我和你媽心裏過不去呀。你不知道，為你的事，昨晚上我們一眼也沒合……再說，你十三歲上回來幫扶我們支撐這個窮家薄業，受了不少苦情，我和你媽都心疼你。現在你要結婚，這是你一輩子的一件大事；我們不把你的事辦稱心一些，就是睡在黃土裏也合不住眼啊……」

孫玉厚說着，就圪蹴在旱煙地裏，低傾着白髮斑斑的頭顱，抹開了眼淚。

父親一席話，使少安忍不住熱淚盈眶。父母之心啊！天下甚麼樣的愛能比得上父母之愛的偉大呢？此時此刻，他再不能責備父母為他的婚事借這些錢了！

少安強忍住淚水，對父親說：「爸爸，我知道你和我媽的心。既然是這樣，錢借就借了，罷了我想辦法還！只是糧食不要向金俊山借了，我已經和大隊說好，在集體的儲備糧裏借一點。現在私人手裏糧食都不寬裕……」

孫玉厚用粗糙的手掌揩去臉上的淚水，說：「那我明天再給金俊山回個話，就說你已經提早把糧借下了，就不再麻煩他……另外，過兩天你帶着秀蓮，到縣城去給她扯幾件好衣裳。這是老規程，反正遲早總得有這麼一回，現在趁有空辦了，結婚時就省了事。再捎帶着給你也扯一身新衣裳……」

父母提起讓少安帶着秀蓮去縣城扯衣服，使少安馬上想到了縣城教書的潤葉。他心裏忍不住隱隱作疼。他難受地想到，潤葉現在還不知道他已經找了媳婦。如果她知道了，不知她會怎樣看待這件事？也許她會恨他的……

他對父親說：「縣城太遠，扯衣服還是到米家鎮去。米家鎮的布料不比縣城差。」

孫玉厚說：「那也好。」

第三十一章

在孫少安一家人為賀秀蓮的到來既高興又憂愁的時候，這位大眼睛的山西姑娘現在卻只有高興而沒有憂愁。她並不知道這家人在背後為她和少安辦喜事而怎樣奔波和熬煎。她只是一味地沉浸在她自己的幸福之中。

秀蓮五歲上失去母親以後，一直是她父親把她和她姐秀英拉扯大的。她父親除過勞動以外，還是遠近出名的釀醋好手。在黃河岸邊的乾石山裏是收穫不了多少糧食的。但她家靠賣老陳醋的收入，光景不僅沒垮過，反而比村裏其他人家要寬裕一點。因此，她姐秀英長大後，村裏和周圍有不少人家提親事。因為父親單身一人，她年齡又小，姐姐決定招一個上門女婿 —— 結果就和本村的常有林結婚了。

秀蓮在本村上完小學，就沒有再到柳林鎮去上初中。她天性不愛唸書，覺得在學校不如在山裏勞動自由自在。

她在十八九歲的時候，身體就完全發育起來，心中已經產生了需要一個男人的念頭。但本村和周圍村莊她認識的小夥子，她連一個也看不上。她是個農村姑娘，又沒機會出遠門，無法結識她滿意的男人。當然，這不是說她要攀個工作人。不。她知道自己沒文化，不可能找一個吃官飯的人。就是有工作人看上她，她也不會去嫁給人家 —— 兩個人地位懸殊，又說不到一塊，活受罪！

眼看過了二十歲，她苦惱起來了。這時間，倒有不少人家向她提親事，但這些人她早已在腦子裏盤算過了，一個也看不上。她父親、她姐姐和她姐夫，似乎都發現了她的煩惱，先後從側面轉彎抹角地查問她的心思。她乾脆給家裏人說：周圍沒她看上的男人！

她姐夫對她開玩笑說：「那到外地給你瞅個女婿！」

她卻認真地說：「只要有合心的，山南海北我都願意去！爸爸暫時有你們照顧，將來我再把他接走……」

家裏人吃驚之餘，又看她這樣認真，就向他們所有在門外的親戚和熟人委託，讓這些人給他們的秀蓮在外地尋個對象……

本來秀蓮只是隨便這麼說說；她並沒指望真能在外地找個合適

的男人。她想，一定不行了，過兩年也就在本地挑選個人 —— 反正不能一輩子老呆在娘家的門上。

可是，突然在她面前出現了個外地人孫少安！

秀蓮一見少安的面，就驚喜得心嘣嘣亂跳：天啊，這就是她要找的那個人嘛！他長得多帥！本地她還沒見過這麼展揚的後生！再說，這人身上有一股很強的悍性，叫一個女人覺得，跟上這種男人，討吃要飯都是放心的；只要拉着他的手，就對任何事不怯心了。相比之下，本地那些想和她相好的小夥子，一個個都成了毛手毛腳的猴球小子！

她馬上把自己一顆年輕而熱情的心，交給了這個遠路上來的小夥子。當少安一再說他家如何如何窮的時候，她連聽也不想聽。窮怕甚麼！只要你娶我，再窮我也心甘情願跟你走！

她愛上少安後，就捨不得離開他了。依她的想法，她即刻就準備跟少安回去結婚。但親愛的少安哥說這太倉促了，他歪好得回去準備一下，最早看明年後半年能不能辦事。

她只好收回了馬上結婚的打算，但絕對不同意明年後半年才結婚！她提出：最遲在春節就辦事！

少安拗不過她烈火似的感情，也就同意了。

當她把他強留了一個月，他不回家再不行的時候，她就又攆着他來了。她生怕他像一隻鷹似的飛去再不返回來……

現在，她來到雙水村少安家裏，就像回到了她自己的家。由於她熱愛自己的心上人，對這個窮家的確沒一點不滿意，反而覺得一切都很親切，很入眼……

有文化的城裏人，往往不能想像農村姑娘的愛情生活。在他們看來，也許沒有文化就等於沒有頭腦；沒有頭腦就不懂得多少感情。可是實際也許和這種偏見恰恰相反。真的，正由於她們知識不多，精神不會太分散，對於兩性之間的感情非常專注，所以這種感情實際上更豐富、更強烈。

秀蓮到少安家，轉眼間七八天就過去了，但她還是不願意走。少安背轉他家裏的人，偷偷對她說：「你走時給家裏人說，你住四五天就回來了，因此你也不要耽擱太久，要不你爸和你姐他們要操心的。」

她只是不好意思地摳着手指頭，紅着臉說：「我……捨不得離開你……」少安親熱地對她說：「你先回去，春節前我就尋你來！」

「再讓我住上幾天……」她央求說。

少安看沒辦法打發她，只好說：「那也行。再幾天就是八月十五，你過了中秋節再走。另外，我們村年年都是八月十四打紅棗，這一天村裏可熱鬧哩……不過，還是讓我給你家裏寫個信，就說你過了中秋節回家，不要叫他們操心。」

她說：「不要寫了。等信到家裏，那時我也快動身回去了……」

少安同意了她的意見。秀蓮好高興啊！她又能和少安在一塊多呆幾天了……

農曆八月十四日，雙水村沉浸在一片無比歡樂和熱鬧的氣氛中。一年一度打紅棗的日子到來了——這是雙水村最盛大的節日！

這一天，全村幾乎所有的人家都鎖上了門，男男女女，老老少少，提着筐籃，扛着棍杆，紛紛向廟坪的棗樹林裏擁去了。在門外工作的人，在石圪節和縣城上學的學生，這一天也都趕回村裏來，參加本村這個令人心醉的、傳統的「打棗節」……

一吃完早飯，孫少安一家人就都興高采烈地出動了。孫玉厚兩口子提着筐子；蘭香拉着秀蓮的手，胳膊上挽着籃子；少安扛着一根長木棍；少平揹着笑嘻嘻的老祖母；一家人前呼後擁向廟坪趕去。他們在公路上看見，東拉河對面的棗樹林裏，已經到處是亂紛紛的人羣了。喊聲，笑聲，棍杆敲打棗樹枝的劈啪聲，混響成一片，撩撥得人心在胸膛裏亂跳彈。

在孫少安一家人上了廟坪的地畔時，打棗活動早已經開始了。一棵棵棗樹的枝杈上，像猴子似的攀爬着許多年輕男人和學生娃。他們興奮地叫鬧着，拿棍杆敲打樹枝上繁密的棗子。隨着樹上棍杆的起落，那紅豔豔的棗子便像暴雨一般撒落在枯黃的草地上。

婦女們頭上包着雪白的毛巾，身上換了見人衣裳，頭髮也精心地用木梳蘸着口水，梳得黑明發亮；她們一羣一夥，說說笑笑，在地上撿棗子。所有樹上和地上的人，都時不時停下手中的活，順手摘下或揀起一顆熟得酥軟、紅得發黑的棗子，塞進自己的嘴巴裏，香噴噴，甜嘶嘶地嚼着。按老規矩，這一天村裏所有的人，只要本人胃口好，都可以放開肚皮吃 —— 只是不准拿！

只有田二是個例外。「半腦殼」今天不撿別的，光撿棗子。他一邊嘴裏嚼着棗子，一邊手裏把撿起的棗子往他前襟上的那兩個大口袋裏塞着；這兩個塞滿棗子的大口袋吊在他胸前，像個袋鼠似的，累得他都走不幹練了。他一邊撿，一邊吃，一邊嘿嘿笑着，還沒忘了嘟囔說：「世事要變了……」

人們還發現，連愛紅火的老傢伙田萬有也能俏得爬到棗樹上去了！他拿一根五短三粗的磨棍；一邊打棗，一邊嘴裏還唱着信天遊，把《打櫻桃》隨心所欲地改成了《打紅棗》——

太陽下來丈二高，
小小（的呀）竹竿扛起就跑，
哎噫喲！叫一聲妹妹呀，

咱們快來打紅棗……

地上的婦女們立刻向棗樹上的田萬有喊道：「田五，亮開嗓子唱！」愛耍笑的金俊文的老婆張桂蘭還喊叫說：「來個酸的！」

田五的興致來了，索性把磨棍往樹杈上一橫，仰起頭，眯起眼，嘴巴咧了多大，放開聲唱開了——

叫一聲乾妹子張桂蘭，
你愛個酸來我就來個酸！

綠格錚錚清油炒雞蛋，
笑格嘻嘻乾妹子你畔上站；

絨格墩墩褥子軟格溜溜氈，
不如你乾妹子胳膊彎裏綿……

婦女們都笑得前俯後仰，張桂蘭朝樹上笑罵道：「把你個挨刀子的……」

田五咧開嘴正準備繼續往下唱，可馬上又把臉往旁邊一扭，拿起磨棍只管沒命地打起棗來，再不言傳了——他猛然看見，他兒媳婦銀花正在不遠的棗樹下撿棗哩！年輕的兒媳婦臊得連頭也抬不起來。

眾人馬上發現田五為啥不唱了，於是一邊繼續起哄，一邊快樂地仰起頭，朝棗樹上面秋天的藍空哈哈大笑了——啊呀，這比酸歌都讓人開心！田五滿臉通紅——唉，要不是兒媳婦在場，他今天可能把酸歌唱美哩！只要銀花不在，就是他兒子海民在他也不在乎！

他兒子田海民現在正和書記田福堂、副書記金俊山幾個人在河對面一隊的禾場上 —— 那裏已經堆起了一堆小山一樣的棗子。兩個生產隊的隊長少安和俊武也在那裏。幾個隊幹部正在過斤稱，大隊會計田海民在旁邊記數字。棗子打完後，就要在這裏給各家各戶往開分了。

孫玉亭在廟坪這面負責。他不上樹，在地上和婦女們一塊撿棗，大部分時間要跑前跑後吆喝着指揮大家，並且兩隻眼睛敏銳地監視着不讓人把棗子揣在自己的衣袋裏……

孫少平把奶奶放在一片有陽光的草地上，就跑過去揀了一些綿軟的棗子放在她跟前。老太太儘管嚼不動，但還是想吃，放在嘴裏慢慢地嚼着。她一再問別人：為甚麼俊斌他媽沒來？往年打棗時，都是她兩個坐在一塊，一邊吃，一邊說。今年為甚麼就她一個人？她到現在還不知道俊斌已經亡故了；金老太太今年沒心思來參加這個紅火熱鬧。

她一再問個不停，少平只好對她說：「我金奶奶病了！」

「噢，是這樣……她比我還年輕……」老太太嘟囔說。

金波也為打棗從學校趕回來了。少平向他詢問了這一段學校的情況。

「你甚麼時候回學校去？」金波問他。

「準備過完中秋節就回去。」少平說。

「那正好！咱們可以一塊走！」金波高興地說。

當少安媽、蘭香和賀鳳英引着秀蓮進入棗樹林時，馬上就把所有打棗的人都吸引住了。婦女們都紛紛圍過來，爭着擠前去看一隊隊長的媳婦人樣子怎樣。許多婦女開始向少安媽問有關的問題；少安媽一一回答眾人的提問，簡直像一個「記者招待會」。有的人眼睛老半天不離開秀蓮的臉，並且互相竊竊私語，詳細而挑剔地品評着她身上的一切。秀蓮本來是個大方姑娘，但也招架不住雙水村這種看人「功夫」。她羞得滿臉通紅，低下頭不斷用手扯着自己的花罩衫。她被圍困了好長時間還脫身不開，精神都有點支架不住了，便用一隻手緊緊拉着蘭香的手，生怕自己栽倒。

直到孫玉亭吼叫讓大家趕快撿棗，眾人才先後議論紛紛地散開了。蘭香和秀蓮撿了一會棗，就回到奶奶坐的那個草攤裏。秀蓮把綿軟的棗剝掉皮給老太太喂——這下老人家才吃得津津有味了……

孫玉亭正在棗樹林裏忙活地奔波，金強突然走到他跟前，悄悄說：「二叔，我看見一隊的田福高溜到哭咽河那面的山水溝裏了，兩隻手像抱着甚麼，貓着腰，生怕人看見……」

一聽有了「敵情」，孫玉亭立刻渾身來了勁。他威嚴地對金強說：「走！你帶我去！」

金強在前邊帶路，兩個人很快穿過棗樹林，沿地畔向哭咽河那面的山水溝跑去。

快到山水溝前，兩個人又放慢腳步，悄悄地摸到溝棱邊，想猛不防一下子把這個「偷棗賊」抓住！

當他兩個心怦怦跳着，躡手躡腳爬到溝棱邊，探出腦袋往下一看時，才發現田福高正蹲下抱着個肚子嘔吐哩。一隊副隊長棗子吃得太多，把胃口給撐壞了！

唉，把他的，原來是這樣！

金強忍不住「撲哧」一聲笑了，氣得孫玉亭把他狠狠瞪了一眼，趕忙縮回頭返身就走。

田福高發現上面有人窺視他嘔吐，勉強掙扎着扭過頭，想知道這是哪個缺德貨。他看見是金俊文的二兒子金強，就臉紅鋼鋼地罵道：「我造你媽的！這有個甚麼好看的？回去看你媽撒尿去吧！」

田福高五大三粗，也是個蠻漢，二杆子金強不敢頂嘴，加上他哥金富不在身邊，只好悻悻地掉轉身走了。孫玉亭這時早已經返回到棗樹林裏。

全村人一齊上手，趕後半晌就把棗全部打完了。樹上再也看不見那紅瑪瑙一樣的棗兒，只剩下一些稀稀落落的黃葉。美麗而豐實的廟坪一下子衰敗了下來。直要等到明年端陽節過後，這棗樹才會抽出新綠；廟坪也才會開始再一次帶給人甜蜜的想望……

現在，在廟坪對面一隊的禾場上，已經不是一堆，而是堆起了好幾堆棗子；遠遠看起來，就像幾大堆燃旺的紅火。於是，人們紛紛轉回家去，拿了口袋，又都擁向了禾場。禾場上，田海民把算盤打得劈里啪啦響，嘴裏叫着人名字，同時報着斤稱數碼。幾個隊幹部就忙着過秤。棗堆周圍，擠滿了黑鴉鴉的人羣。

直到掌燈時分，雙水村這個非凡的「打棗節」才算結束了……

打完棗，又過了中秋節，孫少安就張羅着和賀秀蓮一塊去米家鎮給她扯結婚衣裳。

這天吃完早飯，少安借了金俊武的自行車，帶着秀蓮起身了。在他們穿過村子的時候，年輕的光棍莊稼人都羨慕地望着他們。對於雙水村沒媳婦的莊稼人來說，能帶着自己的未婚妻到縣城或米家鎮去扯衣服，這就是一生中最幸福的日子。他們心裏盤算：甚麼時候自己也能像這傢伙一樣，得意地在車子後面帶個姑娘呢？

到了米家鎮的商店，少安在布櫃前對秀蓮說：「你看上甚麼料子，咱就扯甚麼！」

秀蓮說：「先給你扯一身！我家裏有時新衣服，給我便宜些扯一身就行了。其實我不需要，但不扯一身怕你家裏的老人心裏過不去……」她立刻扭過頭指着少安對女售貨員說：「你看他穿甚麼顏色合適？要好一點的布料！」

女售貨員一看他們的樣子就是來給女方扯結婚衣服的——她們每天都要接待好幾對這樣的鄉下顧客。但女售貨員聽了這兩個人的對話，倒有些奇怪。一般在這種時刻，對於女方來說，已經到了最後的關頭，通常都要突然變卦，逼男方在原來說好的件數和布料上再加一碼；不加碼就賭氣不扯衣服——也就意味着不去領結婚證！常常逼得一些小夥子跑出去滿街尋熟人借錢；有的人湊不夠錢，甚至急得蹲在門市部的牆角下哭鼻子哩……可這位農村姑娘只要男方給她扯一身，還不要好布料；並且首先要給男方扯好衣服哩。太稀罕了！這大概只有戲裏面才有這樣的「先進」人物吧？

但售貨員還是因此而感動地對賀秀蓮說：「這是新到的滌綸料子，質量很好，他穿正合適。你要是給自己扯一身，」她手指着另一種布料，「那麼這種正時新，價錢也便宜……」

沒等少安說甚麼，秀蓮就對熱心的女售貨員說：「那就按你說的給我們扯吧！」

售貨員給他們扯好布料後，少安非要給秀蓮再扯兩身不行，但秀蓮死活不讓。兩個人為此爭執不下，甚至都拉扯開了。櫃枱上的售貨員們和一些顧客都稀罕地看他們從未見過的這種事情。

少安發現眾人觀看他和秀蓮拉扯，而秀蓮又堅決不讓再給她扯衣服，只好紅着臉和她出了商店。

在米家鎮的青石板街上，秀蓮深情地對他說：「兩個人只要合心，又不在幾件衣服上！我知道你們家光景不好，這錢肯定是你借人家的。何必這樣呢？借下錢，咱們結婚後還要給人家還……」

少安被秀蓮的話說得眼圈都發熱了。如果這是個沒人的地方，他真想把她抱住親一下！

在米家鎮扯了衣服後，秀蓮還是遲遲不動身回山西老家。少安也有點捨不得她離開了，也就沒有再催促她起身。

直到寒露過了十來天，賀耀宗從山西心焦地寫信問秀蓮怎還不回來？是不是病了？秀蓮這才決定動身回家去。

少安於是就又借了金俊武的自行車，把秀蓮帶到石圪節公社。他去找他在公社當文書的同學劉根民，讓他幫助擋一輛去山西的順車。劉根民又找來街上食堂裏的胖爐頭，把秀蓮送上了汽車……

送走秀蓮以後，少安一個人捉着自行車把，有點惆悵地站在石圪節的公路上。他看見一行大雁正嗷嗷叫着從對面的土山上空向南飛去。冬天快要來臨了。他心裏猛然記起：春天的時候，他手裏拿着潤葉給他的紙條，也正是站在這地方，望着大雁從南方飛來 —— 現在大雁又向南方飛走了。時間啊，這麼飛快！可是生活的道路又如此曲折而漫長……

第三十二章

遼闊的黃土高原在凜冽的寒風中進入了一九七六年。

元月，這是一年中最寒冷的月份，氣溫通常都在零下二十攝氏度左右。據記載，本地區當月最低極端氣溫可達零下三十一攝氏度到零下三十二攝氏度。

小寒前後，西伯利亞的寒流就不時通過內外蒙古緩坦的草原和沙漠，向中國的北方漫過來。黃土高原千山萬嶺已經光禿禿地看不見任何一點綠顏色了。一座座山峁像些赤身裸體的巨人，任憑嚴厲的風鞭抽打自己黃銅似的軀體。大小河流，頓失滔滔，全部被堅冰封蓋。河兩岸的懸崖上，垂掛着巨大的冰簾；曾經奔湧的飛泉 —— 這大自然詩一般的激情 —— 似乎突然「定格」了，冰體依然還保持着激流騰躍中的姿態。在城市和村落的上空，裊裊地飄蕩着黑色的炭煙和白色的柴煙。人們都穿起了臃腫的棉衣棉褲，披上了老羊皮襖；路上的行人筒着手，嘴裏噴着白霧……

可是，在這樣嚴寒的日子裏，農村的男女勞動者誰也別想呆在自己的熱炕頭上。農業學大寨運動往往在這時候正進入高潮。到處都擺開了農田基建的戰場。只要有村莊的地方，就有紅旗；只要有紅旗的地方，就有勞動的人羣，就有吼叫的高音喇叭。雖然寒風撲面，但人們的身上和頭上都冒着熱氣。到處都在打壩，修梯田，墊河灘，甚至把整座山都炸掉，修建「人造小平原」……

我們姑且不談論這些行為的實際價值，或者是否通過這種手段就可以改變中國農村一窮二白的面貌。僅就這種倒山改河的氣勢，你也不能不為中國勞動人民的偉大勞動精神而讚歎。當你看見他們像螞蟻啃骨頭似的，把一座座大山啃掉；或者像做花捲饃一樣把梯田從山腳一直盤到山頂的時候；當你看見他們把一道道河流整個地改變方向，如同把一條條巨龍從幾千年幾萬年甚至亙古未變的老地方牽到另一個地方的時候，你怎能不為這千千萬萬的「愚公」而深受感動呢？而且應當知道，他們是在甚麼樣的條件下完成這樣的壯舉啊！他們有時一個人一天吃不到一斤糧食，更不要說肉了；拿着和古代老祖先們差不多的原始工具，單衣薄裳，靠自己的體溫和汗水來抵禦寒冷……就這樣，一鍁鍁一钁钁地倒騰着山河！這就是我們中國的勞動人民！他們曾經修建起雄偉的萬里長城，鑿通橫貫南北的大運河……今天，他們餓着肚子，又氣壯如虹地宣稱，他們要把「地球戳個大窟窿」……

原西縣是黃原地區農業學大寨的先進縣，因此比其他縣先走一步，農田基建的高潮早在去年十一月份就掀起來了。在這短短的兩個月時間裏，就取得了赫然的成績。《黃原報》和省報已經採寫過幾篇大通訊。地區革委會決定，元月下旬要在這個縣召開全區農業學大寨現場會，到時省革委會的一位負責人都要來參加哩。

縣革委會主任馮世寬最近忙得經常忘了吃飯。他開電話會；聽彙報；整夜修改縣政工組為他準備的現場會經驗介紹報告。馮主任眼睛裏佈滿紅絲，寬闊的臉盤削瘦下來，平時整整齊齊的大背頭這幾天也顧不得梳理，亂蓬蓬地耷拉在額頭上。縣革委會上下幾個院子裏，到處都能聽見他亢奮的聲音在佈置各項工作。

世寬和縣革委會的其他領導人元旦都沒有休息，開了整整一天會。最後決定他留在縣城籌備地區現場會的召開，其餘常委在元月二號就動身到各公社去檢查農田基建大會戰的情況，使得現場會到時能開得有聲有色。

田福軍和另外一位縣革委會副主任張有智一塊相跟着，去原西縣的兩個農田基建先進公社柳岔和石圪節檢查工作 —— 因為全地區的現場會準備重點參觀這兩個公社。完了以後，他們再順路到另外幾個公社跑幾天。

田福軍和張有智元月二日動身，坐着吉普車先去了柳岔公社。

柳岔公社由一個「新生事物」領導着。公社主任周文龍和石圪節公社主任白明川是高中的同班同學，也是同一年當了公社武裝專幹的。一九七二年招收第一屆工農兵學員，周文龍被推薦上了西北農學院。去年秋後畢業回來，他向縣革委會寫了申請書，說為了以實際行動限制資產階級法權，他要求回他家所在地柳岔大隊當農民。縣革委會大力支持這個「新生事物」，開了隆重的歡送大會，給他贈送了一把鐵鍬和一套「毛選」。縣革委會還決定，周文龍同志保持農民身份，但同時擔任柳岔公社革委會主任。周文龍大學畢業當農民立刻成了一件轟動的新聞，不僅地區和省上的報紙大量宣傳他，連《人民日報》和中央人民廣播電台也報道了他的光榮事跡……

在接近吃午飯的時候，田福軍和張有智來到周文龍領導的柳岔公社。柳岔公社的大門小，吉普車開不進去，就停在大門外的土場上。

福軍和有智走進院子，裏面沒有甚麼聲響，看見窰洞的門上都吊着鎖子。大概所有的公社幹部都到會戰工地上去了。僅此一點，就可以說明這公社的先進名不虛傳。

田福軍和張有智發現中間一孔窰的門沒鎖，聽見裏邊有人說話——還好像聽見有個婦女的哭啼聲。他倆走到這門口時，公社副主任劉志祥看見了他們，趕忙迎了出來。他倆看見就是有個農村婦女正坐在椅子上哭鼻子哩。

志祥很快把縣上的兩位副主任帶到公社的客房裏，又是倒茶，又是遞煙，還拿鐵鉗子把爐子裏的火捅得轟隆隆價響。志祥自己不抽紙煙，嘴裏叼個旱煙鍋子，披一領不掛面的老羊皮襖，四十來歲的人滿臉皺紋，像個飽經風霜的老農民。

田福軍問他：「文龍呢？」

劉志祥說：「昨天夜裏，羊灣村和賈家溝的兩個民工偷跑了，文龍帶着民兵小分隊今早上出去捉人去了……」

「民工怎偷跑了？」張有智問。

志祥說：「這是兩個被勞教的民工，大概受不了工地上的王法，所以……」

「怎麼？還有被勞教的民工哩？」田福軍皺起眉頭問劉志祥。

「可不是哩！周主任一上任，王法就硬了。現在會戰工地上被勞教的農民有四五十個哩，都是從各村拉來的。」

「為甚麼勞教這些人？」田福軍問。

「唉！你兩個是上級領導，我也不敢胡說……」劉志祥畏怯地低下頭只管抽旱煙。

「不怕！你說！」張有智對劉志祥說。

「你說說情況，志祥！我和有智都了解你。」田福軍也親切地說。

劉志祥這才在鞋幫子上磕掉煙灰，說：「其實照我看，都是些雞毛蒜皮事！有的農民冬天沒錢做棉衣，把口糧拿到黑市上賣了幾個錢；有的是做了點小生意；還有的是對現在的某種政策不滿意，發了幾句牢騷……周主任說這都是嚴重的階級鬥爭，就把這些人拉到公社農田基建會戰工地上勞教……」

「怎個『勞教』法？」張有智問。

田福軍扭過頭對有智說：「去年有的公社就用上了這辦法。讓一個人幹幾個人的活，民兵小分隊拿槍照看着，也不給勞動報酬……」

劉志祥說：「周主任今年的王法比這要重得多！動不動就把人捆起來了，還給上刑法。賈家溝那個人的胳膊都打壞了，因此受不了這罪，就和羊灣村的那個民工一起跑了；羊灣村的這個人更慘，吊起打了半晚上，十個手指頭都展不開，脊背黑青得像凍茄子一樣……」

田福軍抖着手點了一支煙，痛心地看了一眼張有智。張有智氣憤地說：「這成了國民黨了！」

劉志祥為張有智的這句話驚訝得嘴張了老大。他沒想到縣上的領導竟然也對文龍的做法不支持。他馬上膽大地說：「就是的！現在農民見了我們公社幹部，就像兔子見了鷹，怕得要命。你們說，農民甚麼時候怕過咱們共產黨的幹部嘛！」

「是的，」田福軍說，「過去戰爭年代，我們的幹部不論走到哪裏，老百姓都像自家人一樣看待我們。現在我們這樣整羣眾，這哪裏再有一點共產黨的味道呢？」

劉志祥又補充說：「文龍還一再強調，搞社會主義，搞農業學大寨，就要武上！要麻繩子加路線！三令五申不行，就用三令五繩！還提出要揭開蓋子，拉出尖子，捅上刀子……」

田福軍聽完劉志祥的話，彎腰把手中的半截紙煙在磚地上弄滅，丟在一旁，抬起頭說：「這現象不能再繼續下去了……是這，志祥！咱吃過午飯就到你們工地上去看看，把被勞教的人都放了。民兵小分隊撤回來，讓他們到柳岔街上『堵資本主義』去！等文龍回來，我們再和他上話……有智，你說呢？」

胖胖的張有智摸了摸自己的短頭髮，想了一下，說：「我基本同意你的意見。不過，現在這形勢，把人一放了事，怕說不過去。乾脆這樣！咱們也不說這些人沒問題，但這些問題讓他們通過政治夜校或毛澤東思想學習班來解決，不要再勞教這些人，讓他們做個檢查，再讓大家批判一下他們的『資本主義傾向』就行了……」張副主任說着，就被他的這些話把自己先逗笑了。

劉志祥也笑了，說：「張主任這辦法好。他文龍也不好說甚麼！」

田福軍沒笑，考慮了一下，也只好同意了有智的意見。

這時，劉志祥突然叫道：「啊呀，你看我這人！光在這說話，都忘記給你兩個安排飯了！叫我趕快到灶房去說一聲！」

劉志祥正準備走，田福軍擋住他說：「志祥你不要忙飯！你也不要給我和有智專意安排，你們吃甚麼，我們隨便吃一點就行了。等文龍回來，和他談過以後，我們晚上爭取再趕到石圪節去。罷了我們還要回柳岔來……」

張有智問劉志祥：「剛才你辦公窰裏那個婦女哭甚麼哩？」

劉志祥說：「這是劉坪店來的一個民工，有婦女病，要請假回去，文龍不批准，她就又跑來找我。文龍不放話，我也不敢批准……」

「讓她回去！」田福軍說。

「那好！讓我現在就過去讓她走！」劉志祥說着就出去了。

不一會，那個婦女竟然哭得淚水滿面跑過來，對田福軍和張有智說：「啊呀呀，我咋盼到包文正了，我再一世都忘不了你們兩個青天大老爺……」

田福軍和張有智苦笑着，勸慰這個婦女趕快到醫院去看她的病……

那婦女走後，劉志祥就帶着他倆去隔壁公社灶上吃飯。

他們進入灶房後，見兩個炊事員正忙着揭蒸籠。房子裏還有一個半老頭，不像是炊事員，穿一身乾淨的中式黑咔嘰布棉衣，頭上攏一條新白毛巾，正拿着個大瓷碗，把菜鍋裏的肉片子挑揀着往自己的碗裏撈。劉志祥悄悄對縣上的兩位領導說：「這是文龍的父親……一個錢也不掏，常到公社灶上來吃飯，比在他家裏都隨便……」

兩位縣上的領導驚訝地看着這位穿黑棉衣的農民，心裏都湧上一種說不出的憤慨。周文龍限制別人的「資產階級法權」，可他自己卻搞真正的「資產階級法權」！他把別的農民打得死去活來，卻讓自己的農民父親一分錢也不出，在公社的鍋裏挑肥揀瘦地大吃二喝！

那位穿黑棉襖的「太上皇」如入無人之境般挖了一大碗肉片子，又抓了三個白蒸饃，自大地連灶房裏所有的人都不看一眼，就昂着頭出去了。在周文龍的父親看來，柳岔公社就是他兒子的天下，他要怎樣就可以怎樣！

田福軍和張有智很不舒服地在公社灶上匆匆吃完了飯，然後就和劉志祥一起去了公社的大會戰工地。

會戰工地在離公社五華里路的一條河上。全公社集中起兩千多民工，在河兩面的山上把土挖下來，打一個大土壩，企圖把這條十華里長的河流整個攔截在這裏。

田福軍一行人來到工地時，正是民工們休息的時候。河兩面的山坡上和河道中間的壩基上，到處都坐着人。高音喇叭不休息，正在廣播「兩報」「一刊」元旦社論《世上無難事，只要肯登攀》。

只有一個地方的人還在繼續幹活——這正是那些被勞教的民工。他們除過兩頓飯，一整天都不准休息。他們周圍蹲着幾個扛槍的民兵，誰稍微站一下，民兵小分隊的人就大聲呵斥一陣。

田福軍他們走到一個帆布搭起的工地指揮部前面，劉志祥就大聲喊叫公社的另一個副主任和武裝專幹過這邊來。

這兩個幹部先後跑過來了，一看是縣上的兩個領導，趕忙上來握手問候，並扭過頭吼叫人把茶水端過來！

田福軍和張有智沒讓他們拿水，問這兩個人：現在工地上還有多少被勞教的人？

這兩個人回答說，本來有五十六個人，但昨晚上偷跑了兩個，現在還有五十四人。

田福軍對他們說：「過去把那些人都放了！讓他們各回各村的民工連去！」

張有智立刻又補充說：「再不准搞這些名堂！農民有點錯誤，可以在政治夜校批判一下就行了！」

這兩個人顯然急忙反應不過來。武裝專幹問：「是不是周主任決定的？」

劉志祥瞪了專幹一眼，說：「這是縣上的領導決定的！」

兩個呆若木雞的人這才明白過來：縣上的領導比周主任的官大！

他們沒敢再說二話，趕緊過去執行縣領導的決定去了。

這些被勞教的人員剛釋放，整個工地一下子就沸騰了。人們立刻一傳十，十傳百，說縣上來了兩個主任，把「勞改隊」解散了！

民工們馬上從四面八方向這個帆布篷前擁來。

老百姓七嘴八舌向這兩個「青天」告狀，說他們如何吃不飽飯；如何勞累 —— 白天幹一天，晚上還要夜戰，睡覺時間只有四五個鐘頭，還又餓得睡不着！那些被釋放的「犯人」更是像謝救命恩人一樣撲到田福軍和張有智跟前來，五十多個人沒有一個不哭的。有一位上了年紀的老漢，一邊哭着，一邊還挽起袖子讓他倆看胳膊上繩子勒下的黑血印。這老漢說着哭着，一撲踏跪在了他倆的面前，慌得田福軍和張有智趕緊扶起他，給老漢說了半天安慰話……田福軍立即對公社幾個領導指示：把農民帶來的粗糧，在公社糧站換成好一點的糧食；再從集體儲備糧裏拿出一部分來補貼民工的伙食。另外，晚上夜戰的時間要縮短；有病的民工也要及時給予治療……

劉志祥掏出筆記本，把田主任的指示都詳細記下來了……

在返回公社的路上，幾個領導人誰也沒說話。大家的心情都很沉重。他們從羣眾的情緒裏，再一次強烈地意識到，農民目前對我們的許多政策是多麼的不滿意啊 —— 豈止是不滿意……

本來，田福軍和張有智準備等周文龍回公社來，但這位主任趕晚飯前還不見人影。他們就連晚飯也沒吃，坐着吉普車又去了石圪節公社。臨去石圪節前，田福軍給劉志祥留話說，他和張副主任過一兩天還要返回到柳岔來；並讓他轉告周文龍，把捉回來的那兩個農民也立刻放掉！

第三十三章

周文龍帶着幾個扛槍的民兵，高度緊張地在羊灣村和賈家溝跑了一天，還是沒把兩個逃跑的「階級敵人」捉住。

白天捉不住人，他估計這兩個「逃犯」大概藏在周圍的山裏了，就決定晚上「守株待兔」。

他當即把幾個民兵留在羊灣村，讓他們中的一個人照看住這家人，以防跑出去通風報信；另外留下的人就埋伏在這家人的院牆外面，等人一回來就馬上捆住拉到工地上去。他命令這幾個民兵說：「捉住後捆緊些！」

然後他自己帶着其他幾個民兵在賈家溝用同樣的方式等待另一個「敵人」自投羅網。

但他們辛苦地熬了一夜，還是沒有把人捉住。

第二天早上，眼裏充滿紅絲的周文龍把這兩個大隊的負責人叫來，限他們在三天之內一定要把這兩個「敵人」扭送到公社來。

這兩個隊的負責人申辯說：誰知道這些人藏到甚麼地方去了，他們怎麼能在三天內把人找見呢？

周文龍氣憤地說：「要是三天內找不回來，那你們兩個就自動來『勞教隊』頂他們！」

他於是就喪氣地帶着民兵小分隊返回到公社裏。

他一回到公社，副主任劉志祥就把縣上兩位領導來柳岔的前前後後都向他彙報了。

周文龍聽後就像頭上被人打了一棒，坐在椅子裏愣住了。

劉志祥補充說：「田主任走時安咐我，叫你把捉回來的那兩個人也放了。說他和張主任過一兩天還要到柳岔公社來。」

「人沒捉回來，還放甚麼哩？讓那兩個壞蛋逃之夭夭不就行了？」周文龍氣憤地把臉往旁邊一邁。

過了一會，他扭過臉又問：「勞教隊一個不剩都放了？」

劉志祥說：「都放了。不過，縣上領導也沒說這些人沒問題，叫咱們在政治夜校批判一下……」

「資本主義傾向用嘴巴就能消滅了？」

「這又不是我的意見！這是縣上領導的決定！你不同意，你找他們談去！」

劉志祥作為副手，平時不願意和這位「暴君」頂嘴，但這件事他腰桿子挺硬，因此也敢把臉很難看地給「一把手」拉下來。他說完後，索性叼着個旱煙鍋一擰身走了。

周文龍一個人坐在椅子裏，兩隻眼睛長時間直直地盯着一個地方，都能聽得見自己鬢角血管憤怒的哏哏聲。

他確定無疑地認為：這是兩條路線的鬥爭在原西縣的嚴重反映！田福軍一貫搞右傾機會主義，和張有智一唱一和，與堅決執行毛主席無產階級革命路線的馮主任對抗。他在上大學之前就知道縣上兩條路線鬥爭的嚴重性。現在看來這鬥爭更加尖銳了！

周文龍明顯地感到，自從鄧小平在中央恢復工作以來，許多「文化大革命」中被批鬥過的「走資派」歡欣鼓舞，大搞右傾翻案活動。尤其是他們縣的田福軍，到處散佈奇談怪論，打擊執行毛主席革命路線的同志。而對一些思想右傾的人，他又好得像穿一條褲子！比如他的同班同學白明川，從「文化大革命」開始到現在，一直是個「保皇派」，田福軍卻像寶貝一樣器重他……

周文龍腦子裏亂哄哄地思考着，鼻子嘴裏噴着熱氣。由於氣憤，他把自己的指關節捏得咯巴巴作響。他想，他應該馬上給馮主任報告田福軍和張有智在柳岔的所作所為！這是明目張膽地破壞農業學大寨運動！

他想寫一封信給馮世寬，但又感到信太慢了。

乾脆！直接給馮主任掛電話！

他旋即出了自己的窰洞，來到隔壁電話室。他讓女話務員接通馮主任後，就讓她離開話務室 —— 說這個電話話務員不能聽。他在電話上向馮主任詳細彙報了田、張二人在柳岔公社的活動……

馮世寬在電話上聽了周文龍的彙報，心中頓時像塞了一把火！

他沒想到，田福軍和張有智兩個人處心積慮和他作對。不！這不僅是對他馮世寬個人，而是向毛主席的革命路線進攻！

本來，世寬的情緒眼下正在高漲之時 —— 他的工作成績已引起地區和省上領導的重視，馬上就要在原西縣召開現場會了。他希望這個現場會開得轟轟烈烈，讓地區和省上的領導親眼看看他馮世寬的能力和水平。因此，他對現場會的兩個主要參觀點非常重視，才把田福軍和張有智派下去檢查督促工作 —— 沒想到他們下去卻拆他的台！

說心裏話，文龍是馮世寬最看重的公社書記。小夥子路線覺悟高，敢於抓階級鬥爭；而且革命幹勁又大，上任不久，就把柳岔公社搞成了全縣農業學大寨的先進公社。田福軍他們打擊周文龍，就等於打擊他馮世寬！

決不能容忍這種行為！他應該馬上採取措施。否則，這個舉足輕重的現場會很可能讓田福軍和張有智弄塌火。他現在很後悔沒堅持讓李登雲同志去柳岔和石圪節 —— 登雲說他牙疼，要在縣醫院讓老中醫顧先生扎針，只好把他留在了城關公社……

馮世寬在盛怒之下，決定立即把剛打發出去的縣常委們再調回來，開個緊急常委會，解決縣領導班子的路線問題和「軟、懶、散」問題。但他又冷靜了一下，考慮到現場會的籌備工作還沒做完，他要集中時間和政工組一起修改典型材料，只好推後幾天再說。不過他想，一定要儘快解決這問題！必須趕在地區現場會召開之前把縣革委會一班人的思想統一起來。

馮世寬給縣革委會辦事組指示，讓外出的常委們元月七日必須趕回來，八號要開緊急常委會……

田福軍和張有智離開柳岔公社後，當天晚上就趕到了石圪節。

因為柳岔的劉志祥已給石圪節掛了電話，白明川下午就從牛家溝的公社會戰工地上趕回來，等待縣上的兩位領導。今年農田基建規模大，明川親自去會戰工地領導。他回公社機關的時候，委託徐治功全面負責工地上的事。

田福軍和張有智聽了白明川的彙報後，對這裏的工作比較滿意。柳岔公社所有過火的做法，今年石圪節公社都沒有。

福軍和有智都比較喜歡白明川。這小夥子雖然年輕，但很有頭腦。他到縣上來開會，常能提出一些很不一般的見解，而且也敢當面對馮世寬和縣上的一些政策提不同意見，常常充當各公社主任的「代言人」。

晚上，因為公社也沒甚麼人，白明川就叫灶房裏簡單炒了幾個菜，拿出自己的一瓶「西鳳」酒，三個人就在明川的辦公窰裏，一邊慢慢抿酒，一邊隨便拉起了話。

喝了幾杯酒以後，白明川並沒有興奮起來，反而憂心忡忡地對兩位縣上的領導說：「你們雖然是我的上級，但我了解你們，你們也了解我。再說，酒場上的話，柴草不掛……」

「你們公社有啥問題哩？你說！我們能解決的，儘量解決！」臉已經有點發紅的張有智對白明川說。

白明川把筷子放到桌上，說：「我不是說我們公社。我是說咱們國家……國家再這樣下去，可就不得了了！本來，鄧副主席恢復工作以來，採取了很多得人心的措施。可你們也能感覺來，最近有些人已對他的做法開始旁敲側擊地發起了進攻……」

「周文龍就已經散佈說鄧副主席還搞修正主義那一套！」張有智也把筷子擱在了桌子上。

白明川笑了笑：「我那同學他是個小人物，光他這種人物濟不上事！」他收斂了笑容，「那些大人物才可怕呢！我指的是中央的一些人，他們都在毛主席身邊……」

田福軍兩條胳膊擱在桌子上，專心地聽明川說話。他喜歡地看着這個黑胡麻楂的青年人，說：「明川，你能考慮這麼重大的問題，很不簡單。好！儘管我們都是些普通人，無法改變我們國家的局面，但我們應該有一雙分辨黑白的眼睛，有一顆能嚴肅思考我們國家命運的頭腦……你感覺到的問題，任何一個有頭腦、有良心的中國人都會感覺到的。這不是我們幾個人的憂慮，而是全中國人民的憂慮……」

張有智在田福軍說話的時候，連喝了幾大杯酒，已經有點醉了，趴在桌子上，眼裏竟然噙滿淚水，說：「我晚上常和老婆說這些事，兩個人有時候一晚上都合不住眼……唉，按說咱現在有職有位，有吃有喝，可是國家搞成這個樣子，個人滿嘴砂糖嚼起來都是苦的！建國二十幾年了，羣眾還吃不飽飯！我看見工地上穿得爛囊囊的農民，心裏就感到難受和羞愧！可周文龍這種缺肝少肺的小子，還用法西斯手段對待他們……」

這三個人一直拉到深夜，把一瓶「西鳳」酒喝得一滴不剩，才都很氣悶地睡了覺。經歷過那些年月的正直的人們，誰沒有過這樣的夜晚和這樣的談話？這些壓抑而憂心的歲月啊……

第二天，當白明川帶着田福軍和張有智到牛家溝看完工地又返回到公社時，話務員拿來一份電話記錄，告訴田主任和張副主任，說縣革委會辦事組電話通知，讓他們兩個最遲趕七號返回縣城，參加緊急會議。

田福軍和張有智都猜不來會議內容 —— 按說，應該同時簡單地告訴他們開甚麼會。

他們本來還準備再返到柳岔公社，和周文龍好好談談，但這樣一來時間顯然不夠了，因為他們還要到其他幾個公社看看。田福軍原來還想回雙水村一趟，現在看來也不行了。

他兩個於是很快從石圪節動身，趕着跑完了其餘幾個公社，七號下午就準時返回了縣城。

田福軍回到家的當天晚上，愛雲就告訴他，縣常委的緊急會議是要收拾他和張有智哩！據說柳岔公社主任在電話上把他們的行為反映了，馮主任非常惱火。愛雲說這是李登雲的老婆告訴她的 —— 馮世寬告訴了李登雲，李登雲告訴了老婆劉志英，劉志英又告訴了她……

田福軍這才明白馮世寬為甚麼這樣匆忙地把所有的常委召回縣城。

愛雲在被窩裏說：「你可當心些。」

田福軍「啪」地拉滅電燈，說：「我不怕！」

本來第二天要開會，但省上組織部門來位領導，指名要一把手馮世寬彙報工作。常委們以為會議移到了下一天。可當天吃完晚飯後，大家卻被通知到縣革委會會議室開會。

因為太突然，有幾位常委急忙找不見，幾乎到了十點左右，人才全部到齊。

正如料到的那樣，馮世寬一開始就指責田福軍和張有智，在柳岔打擊周文龍同志的革命積極性。他說這是路線問題、方向問題，縣常委會首先要批判這種右傾思想和「軟、懶、散」作風，否則，原西縣怎麼可能保持農業學大寨先進縣的稱號？

田福軍平靜地說：「世寬，我們不能用棍棒和槍桿子來維持先進呀！」馮世寬把送到脣邊的茶杯又放在桌子上，說：「農業學大寨運動是一場革命。革命就不是請客吃飯！」

另一位副主任馬國雄立刻附和說：「文龍同志的動機完全是為了革命嘛！」

「革命就是把老百姓往死打嗎？」張有智譏諷地對馬國雄說。

馬國雄反脣相譏：「打死幾個人了？」

「胳膊腿打壞就夠嗆了！還真的要往死打嗎？原西縣沒資格定人死罪！」張有智說。

其他常委們也開始參與爭論了，會議室頓時亂哄哄吵成了一片，氣氛相當緊張。做記錄的秘書沒法記錄，乾脆變成了服務員，跑出跑進為辯論的常委們添茶倒水。

在大家激烈爭吵的時候，另一位副主任李登雲同志正用手掌捂着自己的腮幫子，一言不發。要是往常，登雲雖然言辭不過分激烈，但總要轉着彎來表示他對馮主任的支持。但今天不知為甚麼，他似乎對這場爭論採取了中立的態度。儘管馮世寬一再用眼睛示意他表態，但登雲卻裝得好像沒看見或者不明白馮世寬的眼色。

馮主任不知情，登雲現在有了難處——他兒子正沒命地追求田福軍的姪女，現在他不好再和田福軍傷和氣了！

馮世寬顯然對李登雲今天的表現很不滿意。從常委會發言的情況看來，他現在並不佔上風，因此他很需要李登雲同志站出來支持他。

馮世寬甚至忍不住開口對角落裏的李登雲說：「登雲，你的看法呢？」

李登雲趕忙把另一隻手也捂在腮幫子上，還是不說話，只是支支吾吾地對馮世寬表示，他今晚牙疼得連一句話也說不成……

這次常委會開創了本縣會議史上最不尋常的記錄：這一些情緒激動的人，竟然從天黑一直吵到天明！

儘管他們熬了一個通夜辯論原西縣的「兩條路線鬥爭」，而且爭吵的雙方幾乎誰也沒有說服誰，但他們仍然沒有睡意，繼續在辯論。現在，雄辯的馬國雄正在進行他的不知第幾輪發言，長篇宏論地指責田福軍這幾年所犯的「路線錯誤」。為了有說服力，國雄還在提兜裏掏出一摞「學習材料」放在面前，不時地旁徵博引。坐在他對面的張有智卻用一兩句尖刻的反駁話趁機插進他的發言中，逗引得馬國雄反而更加說個沒完……

正在這時，出去提開水的秘書臉色蒼白地走進會議室，對諸位領導說：「快聽廣播！周總理逝世了！」

會議室猛地鴉雀無聲。所有的人都驚得像木雕一般呆在了自己的座位上。

不知誰先哭出了聲。

緊接着，會議室響起了一片抽泣和嗚咽之聲……

外面的高音喇叭上，中央台的播音員正用哽咽的聲音播送着訃告——

……中國共產黨中央委員會、中華人民共和國全國人民代表大會常務委員會、國務院以極其沉痛的心情宣告：中國共產黨中央委員會委員、中央政治局委員、中央政治局常務委員會委員、中央委員會副主席、中華人民共和國國務院總理、中國人民政治協商會議全國委員會主席周恩來同志，因患癌症，於一九七六年一月八日九時五十七分在北京逝世，終年七十八歲……

會議室的人都先後擁出了房子，來到院子的磚牆邊上，靜靜地聽着播音員播送訃告。陰沉沉的天空不知甚麼時間飄降起雪花。風雪中，縣城的大街小巷站滿了悲痛的人羣。田福軍和馮世寬無意間站在一起，他們似乎忘記了一整夜的脣槍舌劍，兩個人此刻都淚流滿面。

周恩來，人民的總理，人民的公僕，人民的兒子，他的偉大正在於他始終代表了中國普通人民的意志與願望。這是一個不能用言辭說盡的光輝的名字。可是現在，這顆偉大的心臟猝然間停止了跳動……

一九七六年元月八日，是中國有史以來最為沉痛的日子。人民悼念這位偉大領袖的逝世，同時對中國的前途更加憂慮起來。這雙重的壓力沉重地壓在每一個人的心上。在那些日子裏，儘管有許多可恥的規定不許人民舉行悼念活動，但周總理的葬禮也許是世界上最隆重的葬禮。鎖鏈可以鎖住門窗，鎖住手腳，但人心是鎖不住的 —— 周恩來活在人們心中！

第三十四章

臨近春節的前十幾天，孫玉厚一家人就開始為少安的婚事忙碌起來了。

本來說好，少安這幾天就要去山西接秀蓮來。但前天突然接到秀蓮的一封信，讓少安不要接她來了。她說少安忙，來回路上要耽擱不少時間；她自己準備和父親一塊相跟着在年前趕到雙水村……

真是個懂事娃娃！孫玉厚為這個還沒過門的兒媳婦這麼體貼他兒子，心裏大受感動。他於是馬上和老婆商量，得趕快準備過事情！

現在最大的問題是，少安和秀蓮結婚以後，住在甚麼地方呢？

他家裏只有一孔窰洞，擠着一家三輩人。至於少安現在住的那個小土窰，根本不能算個窰，只能算個放柴草的地方。怎麼能讓一對新人住在這樣一個小土洞裏呢？

那就只能又向別人借窰洞住了。這就是說，他，孫玉厚，又要像十五年前玉亭結婚時一樣，得要去寄人籬下了。

唉，那時難是難，但他比現在年輕氣盛，也不在乎這種窮折騰。可現在，他老兩口先不說，少安他奶半癱在炕上，大小便都不能自理；住在人家門上，骯骯髒髒的，怎麼能行呢？

可是話又說回來，就是他樂意再搬遷一次，可誰家又有閒窰讓他們去住呢！他們早年間住過俊海家的窰洞，可現在人家的孩子都已經大了，兒女各住一孔窰洞，另一孔閒窰又堆滿了東西。再說，他的少平和蘭香已經一年四季基本就住在人家家裏 —— 孩子大了，再不能和父母親同炕，自家又沒地方，只好擠在人家那裏。

村裏大部分人家，沒有幾戶住宿寬裕的。有個把人家倒有閒窰，可他們和這些人家交情不深，沒辦法開口。就是人家勉強讓你住下，也彆扭啊！

當然，閒窰最多的是地主成分的金光亮弟兄幾家。但他弟玉亭「文革」開始那年，帶着貧下中農造反隊在人家家裏刨元寶和「變天賬」，把弟兄幾家的院子挖了個稀巴爛，現在有甚麼臉再開口問人家借窰洞住呢？

孫玉厚一下子又陷入到無限的苦惱之中。他先前只忙着借錢借糧，沒把這件最大的事當一回事！現在眼看婚期已到，這可怎麼辦呢？唉，對於農村窮家薄業的人來說，要娶一個兒媳婦，真不容易啊！幸虧秀蓮家還不要財禮錢，否則，這筆賬債他孫玉厚臨死前都不一定能還完！

正在孫玉厚愁得束手無策的時候，少安已經把這問題解決了。

少安先是給副隊長田福高訴說了他的難處。他本沒指望福高能解決這困難。不料福高卻讓他別發愁，說這事有他哩！

田福高當下把一隊的一些主要勞力找來，和他們商量說，隊長結婚沒地方住，能不能把一隊飼養室旁邊那孔放籽種的窰洞，借給他住一兩年？福高說籽種先可以倒騰到飼養員田萬江住的窰洞。

大家一聽是這事，都說：這有個啥哩！就讓少安住去吧，三年五年都可以！飼養員田萬江老漢還開玩笑說：「這下我也有個伴了。要不一個人住下，狼吃了都沒人曉得！」田福高咧開大嘴對這個遠門老哥說：「狼來了先吃牲靈呀，你那把乾骨頭，狼都怕把牙扳壞哩！」滿窰的人都被逗得大笑了……會後，田福高馬上就把大家的意見告訴了少安。

當少安把借下窰洞的事告訴父親時，孫玉厚眉頭子中間那顆疙瘩一下子展開了。他馬上對兒子說：「是這的話，秀蓮也快來了，趕快得把這窰洞泥刷一下；再買些麻紙糊一下窗子。另外，你也把頭髮剃一下……」

幾天以後，孫玉厚家的畔上，就傳來了刺耳的豬叫聲。村裏的殺豬把式金俊文把袖子挽起，牙咬着一把鋒利的尖刀，正準備為孫玉厚過喜事而宰他家的那口肥豬。玉厚和少平一人捉着兩條豬腿，把豬壓在畔的石牀上。蘭香端着個臉盆，準備接豬血。

此刻，少安他姐蘭花正忙着在院子裏滾碾做油糕的軟糜子。她為了大弟的婚事，已經提前回到娘家門上，幫助母親準備待客的吃食。貓蛋和狗蛋吊着鼻涕在院子裏瘋跑，也沒人顧上照料 —— 他們的外婆現正在金波家，和秀她媽一塊為新人裁縫衣服，做被褥。按說，嫡親孫玉亭兩口子應該來幫忙，但婦女主任賀鳳英到大寨參觀去了，孫玉亭既要忙革命，還要忙家務，三個孩子大哭小叫，亂得他抽不出身來。再說，他來除過吃飯抽煙，也幫不上甚麼忙。

在一隊飼養室那裏，田福高前兩天就叫了幾個人，和少安一起把那個原來放籽種的窰洞，重新泥了一遍。因為這窰多年不住人，有些潮濕，少安就拿過來一捆乾柴，白天晚上燒個不停。

現在，少安正扒在窗戶上裱糊窗子，金波站在炕上給他遞糨糊和麻紙。金波的妹妹金秀，已經用家裏拿來的報紙，沿炕周圍貼了一圈。這兄妹倆還把父親從黃原帶回來的一本《人民畫報》拿來，把牆上貼得花花綠綠。對於他們來說，少安哥也是他們的哥；他們一家人像自己家裏辦喜事一樣，都忙着攙和到這裏面來了。

快到中午時分，少安就把窗戶裱糊完畢。金秀也把窰洞的兩面土牆打扮得滿壁生輝。一切都看起來像個新房了。

少安拉金波兄妹倆到他家去吃飯 —— 因為今天殺豬，按規矩要招待殺豬匠一頓，全家今天中午吃豬下水小米乾飯。但兩個懂事娃娃死活不去，硬從少安手裏掙脫開來，跑回自己家裏了。

孫少安只好把灶裏的火加旺，然後鎖住門回家去吃飯。

吃完午飯後，他隨即帶了幾十塊錢，就又起身去石圪節街上買些待客的煙酒。事真多！

他揹着個線褡褳，也沒借別人的自行車，一個人一邊抽着旱煙捲，一邊不慌不忙在公路上步行往石圪節走。

這季節，寒冬的山野顯得荒涼而又寂寞。山上或溝道，赤裸裸地再也沒甚麼遮掩。黃土地凍得像石板一樣堅硬。遠處的山坡上，偶爾有一壟高粱稈，被風吹得零零亂亂鋪在地上 —— 這大概是那些沒有勞力的幹部家屬的。山野和河邊上的樹木全部掉光了葉子，在寒風中孤零零地站立着。植物的種子深埋在土地下，做着悠長的冬日的夢。地面上，一羣羣烏鴉飛來飛去，尋覓遺漏的顆粒，「呱呱」的叫聲充滿了淒涼……

東拉河已經被堅冰封蓋得嚴嚴實實，冰面蒙了一層灰濛濛的塵土。河兩岸的草坡上，到處都留下頑皮孩子們燒荒的痕跡 —— 一片斑黃，一片枯黑。天氣雖然晴晴朗朗，但並不暖和。太陽似乎離地球越來越遠，再也不能給人間一絲的溫暖了。

孫少安揹着線褡褳，筒着雙手，在公路上慢慢走着。為了躲避迎面吹來的寒風，他儘量低傾着頭，使得高大的身軀羅得像一張弓。風吹着尖銳的口哨從後溝道裏跑出來，不時把路面的塵土揚到他身上和臉上；路邊排水溝裏枯黃的樹葉和莊稼葉子，隨風朝米家鎮方向湧湧而去……

孫少安到了罐子村的一座小石橋上時，突然看見，他姐夫王滿銀正圪蹴在路邊一個土圪塄裏打瞌睡。

滿銀筒着雙手，縮着脖子，戴着那頂骯髒的破黑呢子帽，蹲在那裏連眼皮都不往開睜。

少安走到他跟前，說：「姐夫，你圪蹴在這兒幹啥哩？」

王滿銀聽見少安的聲音，慌忙一閃身站起來。他把破呢子帽檐往頭頂上扶了扶，咧開嘴不好意思地笑了笑，對小舅子說：「……你姐走後，家裏就沒柴燒了。我兩天沒放火，窰裏冷得不行，就到這地方來曬一曬太陽……」

少安氣得頓時都說不出話來了。

王滿銀倒來了神，說：「哈呀，我猜出來了！你大概到石圪節置辦結婚的東西去呀？聽說你媳婦是山西柳林的？那地方我去過！好地方！那年武鬥正亂的時候，我到柳林還買過一箱『紅金』煙呢！返回到無定河的時候，哈呀，又碰上……」

「沒柴燒你不能上山砍一把嗎？」少安打斷他的話。

滿銀支吾着說：「旱了一年，山上沒長起來柴草……」

「那你連飯也不做嗎？」

「沒做……你姐走時留下幾個乾糧，我就到鄰家鍋裏熱一下……」

啊呀，天下哪裏還有這樣的莊稼人！少安真想破口臭罵一通這個二流子，但歪好還算自己的姐夫，只好忍住一肚子火氣，說：「是這個樣子的話，那你到我們家裏去嘛！」

王滿銀倒像個人似的說：「你們這兩天忙亂，我去給你們幫不上手。再說，你姐和兩個娃娃都去了，我去連個住處也沒有。等你辦事那天我再去，過完事當天就返回來了……」

少安只好離開他姐夫這個天然「取暖」地方，自個兒又向石圪節走去 —— 讓那個二流子自作自受去吧！

孫少安來到石圪節供銷社，買了十來瓶廉價的瓶裝酒和五條紙煙，又買了一些做肉的大茴和花椒。

置辦完這些東西以後，他想到應該去一趟公社，給他的同學劉根民打個招呼，讓他到時去參加他的婚禮。根民和他、潤葉，都是一塊在石圪節上高小的，後來根民又到縣城上完中學，被錄用成了國家幹部，一直在石圪節公社當文書。他倆在學校時關係比較密切，這幾年雖然根民成了幹部，但對他也不擺架子，兩個人還像學校時那樣要好。

可少安又想：他和秀蓮還要來公社領結婚證，根民是文書，登記結婚還要經他手，到時候再邀請也不遲。

於是他就打消了去公社的念頭，扛着那個沉甸甸的褡褳，準備回家了。

當他從石圪節清冷的土街上走過來，到了街上的理髮店門前時，突然停住了腳步。他心想：我要不要進去理個髮呢？

他在這理髮店門前猶豫了半天。他從來也沒花錢理過髮。平時頭髮長了，總是讓大隊會計田海民理一下。海民自己有一套理髮傢具，一般不給別人理。但只要他開口，海民都從不拒絕，有時還主動招呼給他理呢；只是海民技術不行，常把一顆頭弄得溝溝渠渠的。現在他要當新女婿，應該把頭髮理體面一些。可是一估算，理個髮還得花二毛五分錢！

他猶豫了一會，決定破費進一次理髮店，開一回洋葷！

這個理髮店，是石圪節食堂胖爐頭胡得福的弟弟胡得祿開的。說是個理髮店，實際上只有胡得祿一個人；只不過小房子裏有一把轉椅，牆上掛一面很大的舊鏡子，理髮傢具也都像原西城裏的理髮館一樣。胡得祿比他哥瘦一些，但恐怕除過他哥，石圪節街上再沒有人比他胖了。物以稀為貴，人也以殊為貴。因為石圪節全公社就這麼一個專業理髮師，因此他和他哥一樣，也是全公社人人皆知的人物。

孫少安花了二毛五分錢，讓胖理髮師胡得祿給他理了髮。理畢後，他在牆上那面破舊的大鏡子前端詳了一下自己的容顏，覺得胡師的手藝就是比田海民高，一下子把他打扮得俊蛋蛋的 —— 這二毛五分錢沒白花！

孫少安扛起褡褳，趕忙起身回家。剛理完髮，走到外面頭皮都冷得有點發麻。不過，他心裏熱騰騰的。是呀，他馬上就要當新女婿了！一個人一生能有幾次這樣的高興事啊……

孫少安走過石圪節的小橋時，一顆熱騰騰的心突然冰涼了下來。觸景生情，他立刻又記起春天，在這小橋上面的公路上，他手裏捏着潤葉給他的「戀愛信」，兩眼淚濛濛地站在那裏的情景。此刻，潤葉那含着羞澀的、紅撲撲的笑臉又浮現在他面前；耳邊似乎又傳來她那熟悉的、令人溫暖的笑聲和說話聲……噢，這一切將永遠地過去了！他將馬上要和秀蓮在一塊過日子，組建起一個地道的農民家庭來。

少安垂着頭離開這小橋，邁着沉重的腳步向家裏走去。不知為甚麼，他感到自己眼窩裏熱辣辣的。他也沒甚麼可惋惜的，因為命運就該如此。但他此刻仍然想跑到一個沒人的地方，痛痛快快哭一場！

孫少安不知道自己是怎樣走回家的……

他揹着那個褡褳推開家門，驚訝地看見：他的秀蓮已經坐在他家的炕邊上了！

秀蓮見他回來，馬上紅着臉笑吟吟地從炕邊上溜下來，走到他面前，大方地幫助他把褡褳從肩胛上卸下來。他丈人賀耀宗和他父親，正親熱地擠在下炕根一塊抽旱煙。後鍋台上，母親、姐姐和妹妹正籠罩在一片蒸氣中，忙着給客人做飯。

一股熱流剎那間湧上了少安的胸腔。他激動地問秀蓮和老丈人：「你們剛到？路上順利不順利？」

賀耀宗說：「順利着哩！我和秀蓮在柳林打問了一輛去黃原的順車，一直就開到你們家的坡底下！」

秀蓮不時用眼睛瞄一下他剛理過的頭髮，滿含着羞澀和喜愛。因為兩家的老人都在，她不好表示她的感情，但不時用她那雙會說話的眼睛對他表示：我多麼想你啊！同時還用這雙眼睛詢問他：你想我了嗎？

是的，親愛的人。從今往後，我們就要開始在一塊生活。但願你能永遠像現在一樣，愛我，合心幫助我，和我共同撐扶這個窮家薄業吧……

在快要臨近春節的一天，孫少安和賀秀蓮就在自己家裏舉行了一個簡樸的婚禮。

婚禮儘管簡樸，但也少不了應有的紛亂。親戚們在前一天下午就先後都來趕事情了。少安的幾個姨姨、姨夫、舅舅、妗子，再加上各自帶的娃娃，都擁在他家的一孔土窰洞裏，腳地上擠得都不能通行了。

王滿銀原來準備在舉行婚禮這一天再來，但也在前一天的晚飯前趕到了——因為按老鄉俗這晚上有一頓蕎麪餄餎。他啃了幾天乾糧，實在撐架不住飢餓，因此趕來吃上一頓，晚上再返回罐子村睡覺。當然，第二天他一早就又跑來了，生怕誤了坐席。

這天午飯前，少平已經挨門逐戶把村裏的隊幹部以及和他們相好人家的主事人都請來了。窰裏太擠，這些本村的客人，就都在少安家的院子裏一堆一夥拉閒話，等待坐席。少平和金波每人手裏拿一盒紙煙，滿院子轉着給眾人散。院子裏撐一輛新自行車——這是公社文書劉根民的。他剛從石圪節趕來，也是這個婚禮上惟一的國家幹部。

第一輪坐席的是少安的娘舅親和村裏的隊幹部。炕上同時開兩桌。後炕頭是親戚，前炕頭是社隊幹部。少安他奶被少平臨時揹到鄰居家，否則她老人家的一堆爛被褥要佔很大一個炕面。

在前炕頭的幹部席上，正中坐着田福堂，他兩邊坐着公社文書劉根民和隊裏的副書記金俊山；接下來金俊武、田海民、田福高等人依次圍成一圈。孫玉亭雖說也應該坐在這一席上，但他是自家人，這時候得充當「工作人員」。他也做不了甚麼，就幫蘭香在灶火圪嶗裏燒火。賀鳳英參觀大寨前幾天也回來了，現在正和她嫂子、金波他媽、蘭花一起在鍋灶上忙着。

在後炕頭親戚的這一桌上，還坐着一位諸位已熟悉的人物田二。在這樣的場所，總是少不了他的。村裏不論誰家的紅、白喜事，田二都不請自到。在這種時候，別說田二是本村人討吃上門，就是來個外地的叫化子，事主家除不討厭，反而樂意接待。結婚是個喜事，還盼來個叫化子哩！按鄉俗論，有叫化子參加紅白喜事，是吉利的徵兆。

王滿銀還沒等坐席，就已經自己招呼着自己把肚子撐圓了。現在他正忙着往炕上端盤子。他吃高興了，像耍雜耍似的用五個手指頭頂着一大紅油漆盤子炒菜，唱歌一般吆喝着在人羣中穿行。做席面菜的是金俊文——他不光殺豬是一把好手，做席面「碗子」在村裏也是第一流的。金俊文把八碗主要以肥肉為主的菜放在紅油漆盤裏，王滿銀就吼叫着端起來往炕桌上送去。

少安媽和金波媽在鍋上把油糕和白麪饃，分別拾到幾個盤子裏，蘭花和賀鳳英兩個人一前一後往席面上送。炕上的兩桌人，吃着，說着，笑着，一個個臉上都汗津津的。少安在幹部席上勸酒；而他的秀蓮因為這裏沒地方，此刻正由金秀陪着住在金家灣那面——等這面坐完席後，她再回來……

這頓飯一直從中午吃到晚上。

當少安和秀蓮終於回到一隊飼養院的新房後，村裏的一些年輕人又混鬧了半晚上，這個婚禮才算全部結束了……

第二天臨近中午，少安和秀蓮正準備回家吃飯，書記田福堂突然來到飼養院他們的新房。他拿來兩塊杭州出的錦花緞被面，說是潤葉今天上午捎回來的，讓他把這禮物轉送給新婚的少安夫婦。

田福堂把潤葉的禮物放下，就告辭走了。

秀蓮馬上奇怪地問丈夫：「潤葉是個甚麼人，怎給咱送這麼重的禮物？」

少安儘量輕淡地說：「她是剛來的田大叔的女兒，她和我小時候同過學……」

「肯定和你相好過！要不送這麼貴的東西？」秀蓮敏感地追問。

少安承認說：「是相好過……」

秀蓮突然不言語了，背過身把頭低下摳起了手指頭。

少安一看她這樣，就很快轉到她面前，開玩笑說：「你們山西人真愛吃醋！」

秀蓮反而衝動地撲在他懷裏，哭了，說：「你再不能和她相好了！」

少安手在她頭上拍了拍，說：「人家是個幹部，在縣城工作着哩！」

秀蓮一聽送被面的潤葉是個幹部，馬上揩去臉上的淚水，不好意思地笑了。這她就放心了——一個女幹部怎麼可能愛她的農民丈夫呢！

第三十五章

大自然不管人世間的喜怒哀樂，總是按它自己的規律循序漸進地變換着一年四季。

一九七六年的春天隨着驚蟄第一聲響雷，就如期地來到了黃土高原。

清明節的前一天，氣候驟然間轉暖，陽光和煦地照耀着解凍不久的大地。

原西河對岸的山灣裏，桃花又一次紅豔豔地盛開了。河兩岸的緩坡上，剛出地皮的青草芽子和枯草夾雜在一起，黃黃綠綠，顯出了一派盎然的生機。柳絲如同少女的秀髮，在春風中搖曳。燕子還不見蹤影，它們此時大概還在北返的路上，過一兩天就能飛回來。原西河早已解除了堅冰的禁錮，歡騰地唱着歌流向遠方……

可是，田潤葉坐在原西河邊的草坡上，心裏依然是一個寒冷的冬天。

和去年這個時候相比，她瘦得都變了模樣。儘管還是原來的衣服，現在卻顯得異常地寬大起來；原來鵝蛋形的臉龐凹陷下去，臉蛋上那兩片可愛的緋紅顏色也褪了。眼睛失去了往日的光彩，像暗淡下去的火焰。蓬鬆的剪髮頭又梳成了兩條小辮，無精打采地耷拉在肩頭。

現在，她手裏捏着一朵剛摘下的馬蘭花，眼睛失神地望着嘩嘩東流的原西河水。問君能有幾多愁？恰似一江春水向東流！那位失落江山的廢君寫下的這不朽的詞句，正能形容田潤葉此刻的心情。

完了！她和自己心愛的人一塊生活的夢想徹底破滅了。他已經結婚，和一位山西姑娘一塊過光景了。

人生中還有甚麼打擊能比得上年輕時候的失戀對人的打擊呢？那時候，人常常感到整個世界都一片昏暗。尤其像田潤葉這樣的人，她儘管在縣城參加了工作，但本質上說仍然是一個農村姑娘。一旦當她第一次對一個男人產生了熱烈的愛情，就會深陷進去而不能自拔。可一旦這熱烈的想望落空，又很難從因此而造成的痛苦中解脫出來。她除過日常的生活和工作，又沒有遠大的事業上的追求來彌補感情上的損失……

當然，這樣說，並不是說她就是一個飽食終日的庸人。不，我們的潤葉對自己本職的工作始終盡職盡責，甚至充滿了激情。她熱愛孩子和教師職業；為了給學生們教好書，備課常常廢寢忘食，有時直至夜半更深。至於工作中的一切規定、要求和任務，她更是模範地執行，兢兢業業地完成……毋庸置疑，她是一個普普通通的人。她的思想、氣質、感情，優點和缺點，都是屬於普通人的。但普通人和出類拔萃的人一樣，也有自己的歡樂和痛苦，只不過不為大多數人了解罷了。人們寧願去關心一個蹩腳電影演員的吃喝拉撒和雞毛蒜皮，而不願了解一個普通人波濤洶湧的內心世界……

此刻，田潤葉的內心正如同洶湧的波濤一般翻騰着。少安的突然結婚，向前對她的沒命追求，她二媽徐愛雲和向前媽劉志英的輪番圍困，現在又加了一個老將徐國強出馬……如果少安沒有結婚，不論有多少人進攻，她感情的陣地仍然會固若金湯。想不到，她在前方的戰壕裏拚命抵擋，但她為之而戰的後方卻自己燒成了一片火海……

由於腹背受「敵」，她現在對於這命運之戰已經喪失了信心。我們已經說過，她是一個普通人，小學教師，農民田福堂的女兒，目前正寄居在親戚的門下。她在「文化大革命」的混亂中受完高中教育——其實並沒認真上過多少課。除過政治學習材料，她也沒看過幾本書。儘管她生活在我們的世紀，但思想仍然局限在狹小的世界裏。她不知道安娜，更不知道娜拉。

但這並不是說，她就要答應和李向前結婚了。不，這不可能。她現在正處於感情葬禮後的「忌日」。一個臂挽黑紗的人怎麼可能去進花燭洞房呢？

田潤葉坐在這河岸上，望着春日裏東去的流水。她想起去年的現在，是她和少安兩個人坐在這地方。她當時心兒是怎樣嘣嘣地歡跳啊！可是一年以後的今天，她一個人坐在這裏，胸膛裏像裝着一塊凍冰。抬頭望，桃花依然紅，柳絲照舊綠；低頭看，青草又發芽，水流還向東。可是，景似去年景，心如冰火再不同！

她耳邊依稀又聽見了那纏綿的信天遊從遠山飄來——

正月裏凍冰呀立春消，
二月裏魚兒水上漂，
水呀上漂來想起我的哥！
想起我的哥哥，
想起我的哥哥，
想起我的哥哥呀你等一等我……

兩行淚水再一次從她的眼睛裏湧出來了。此時沒有人唱這歌，但是她聽見了。哥哥，親愛的少安哥！你為甚麼不等一等我……

她最後一次和少安分手後，儘管少安在她的追求面前畏怯地向後退縮，但她自己並沒有死心。她理解少安的難處。儘管她的文化程度不高，但總還在縣城呆了幾年，相對而言，她並不認為愛情就要門當戶對。門當戶對不如兩個人有情有意。可少安哥和她不一樣，他一直在農村，家裏光景也不好，因此看來沒勇氣答應和她一塊生活。她想，也許過一段時間，他就會想通的。她知道他心裏也是愛她的。再說兩個人一塊長大，青梅竹馬，兩小無猜，她堅信他最終一定會響應她愛情的呼喚的。因此在村裏的偷水事件發生後，她借回去看望生病的父親，想再和少安哥好好拉談一次 —— 上次本來是個好機會，但讓她父親無端地沖散了！

當她又一次興致勃勃地回到村裏後，才知道少安哥出了遠門，到山西給他們隊換小麥良種去了。她不知少安哥甚麼時間才能回來，沒時間等他，於是就又失望地返回縣城。她想，以後機會有的是，等少安哥從山西回來再說！

回到縣城不久後，她弟潤生從家裏回來對她說，少安竟然把一個山西姑娘帶到了雙水村，並說他和這姑娘春節就要結婚呀！

當頭一棒，頓時打得田潤葉頭暈目眩，天旋地轉。天啊！她做夢也沒有想到，少安到山西不是換良種，而是看媳婦去了！

在一剎那間，她真想拋開一切，奮不顧身地返回雙水村，去找少安，讓他把那姑娘打發走！哪怕尋死上吊鬧騰一番也要讓少安和她結婚！

但她畢竟還沒有完全喪失理智。她很快知道不能這樣。不能！就是一個字也不識的農村婦女，也不會這樣做，更何況她還是個教師！

她一下子絕望了，甚至想找幾包老鼠藥一口吞下去，了卻此生。

但這也不能！她不是一個人活在這世界上，她還有許許多多的親人。她活着，自己一個人痛苦；她要是死了，會給眾多的親人都帶來痛苦……

從那天以後，她就睡不着覺，也吃不下去飯，就像一個得了絕症的病人。十幾天以後，她都不敢對着鏡子看自己了。而在醫院工作的二媽和向前媽，一股勁催她到醫院檢查看得了甚麼病。她的病是心病，原西縣醫院檢查不出來！

眼看要到農曆八月十五了。往年，她都像村裏其他在門外的人一樣，必定在農曆十三日前回到雙水村，以便參加十四日那個傳統的「打棗節」。可是，今年不能回去了。那可愛的村莊，那紅火的「打棗節」，現在對她來說，再不能引起一絲熱望了。就是夢中出現的這一切，也蒙上了一層灰土。再說，聽說那個山西姑娘仍然還呆在少安家裏。啊啊！狠心的少安！幸運的山西姑娘！你們現在一定情意綿綿，要去參加熱鬧的「打棗節」去了。山西姑娘！你將在全村人面前露臉，讓大家看你，羨慕你！你一定會幸福得兩眼閃閃發光，臉像朝霞一般閃耀着光彩……

潤葉想着這一切，淚如泉湧。她最近以來，已很少再回二媽家，通常都一個人呆在學校她自己的宿舍裏。除過上課和非參加不行的集體活動，其餘時間她一概閉門不出，關在這個小房子裏，一個人流淚、歎息、自言自語 —— 有些話對少安說，有些話對那個山西姑娘說，有些話是對她自己說的。她的精神已瀕臨崩潰的邊緣！

她就這樣一天天從秋天熬到冬天，又從冬天熬到春天……

馬上就是清明節了，外面的世界已經到了陽光燦爛、桃紅柳綠的好時光。她在自己陰暗的房子裏，突然記起了去年這個時候，她和少安一同在原西河畔的情景。她於是忍不住想再到那個地方走一走。這是一次懷舊而傷感的出游，也是對那已被埋葬的愛情夢想的祭奠。

於是，她就一個人悄然地離開學校，來到了這個地方……

現在，她手裏拿着那朵鮮豔的馬蘭花，已經在這裏坐好長時間了。手裏這朵花正是從去年那叢馬蘭草中摘下來的。那時候，她手裏也拿着這樣一朵花，正害羞地望着坐在旁邊抽煙的少安哥。她現在忍不住又扭過臉，看了一眼去年少安坐過的地方 —— 那裏現在只有空蕩蕩一片枯草！

潤葉在原西河畔一直坐了一上午，腿都有點發麻了，才站起來慢慢往回走。走了一段路以後，她又回過頭來，懷着無限的感情，向河岸上的那個草坡投去最後的一瞥。別了，我的青草坡，我的馬蘭花，我灑過歡樂和傷心淚水的地方。我將永遠不會忘記這一切！即使有一天我要遠走他鄉，但願我還能在夢中再回到這裏來……

第三十六章

田潤葉從原西河畔回到學校以後，很快又進了自己的宿舍 —— 她的「牢房」。她感到胸口像壓了一扇石磨似的沉重。

她躺在宿舍的牀鋪上，很快想到，明天就是清明節，殷勤的向前一家人，又會來纏磨她，讓她去他們家吃飯。

少安沒結婚之前，儘管她反感這種邀請，但也抱着「吃頓飯又能怎麼樣」的態度，勉強去了 —— 這主要是為了她二媽一家人的臉面。可是現在，她絕對再不能去向前家吃飯了！

但要是這家人死纏硬磨，她二媽又從旁勸說，她到時又可能沒勇氣和這一羣縣上的頭面人物破開臉皮，讓他們當場下不了台。

怎麼辦？

她從牀鋪上爬起來，一個人靠在炕欄石上，牙咬着嘴脣，煩亂地摳着手指頭。

她突然想起她在黃原地區文化館工作的同學杜麗麗。麗麗和她從初中到高中一直都是同班同學，兩個人好得像親姐妹一樣。麗麗她爸原來是原西縣文化館長 —— 去年曉霞和少平去黃原講故事就是他帶着的。杜叔叔去年秋後調到地區文化局，當了副局長，麗麗也從縣文化館調到地區文化館了。聽說她現在編《黃原文藝》小報。麗麗愛好點文學，但也和她一樣，不會寫甚麼；聽說主要是搞寄發和校對。潤葉還聽人說，麗麗已經有了男朋友，在地區團委當幹部。

潤葉想，這幾天她也沒課，乾脆請幾天假，到黃原麗麗那裏去散一散心。同時，她也很想把她的不幸告訴這位好朋友，這樣她心裏也許會好受一些。這不幸只能給麗麗敍說，因為她了解她，也能理解她的痛苦。

她這樣想的時候，就已經決定明天一大早就起身。這樣清明節她就不必呆在縣城，成為向前和二媽兩家人纏磨的對象。

這個脫身計不錯！好，明天一早就起身去黃原！

本來，她應該事先給麗麗寫封信，告訴她要來，但現在來不及了。

她於是就草草率率收拾起一個出門的提包，準備第二天動身。

當天在學校吃完晚飯後，她回到二媽家，告訴二媽說，她在黃原的同學杜麗麗生病住院，寫信讓她一定趕清明節來一趟，因此她明天要去黃原。

潤葉撒完這個謊後，她二媽遺憾地說：「你劉阿姨昨天就給我安頓，讓你明天一定到她家裏去吃飯！」

「以後再吃吧！你知道我和麗麗的關係，現在她得病住了院，我不去看一下，就太不近人情了！」

她二媽無話可說，只好同意了。

第二天一大早，田潤葉就提了一個小提包，買了一張去黃原的長途汽車票，動身到她的同學杜麗麗那裏去了。

當汽車一從公路上奔馳起來，車窗外遼闊的山野、山野裏火紅的桃花和雪白的杏花從眼前撲過時，潤葉頓時覺得呼吸舒暢了一些。她想：唉，要是我此去再不回原西來，那該多好啊！原來她一直深深依戀故土，從來也沒想過在外地呆個三年五載的。但現在她很願意離開故鄉，離開原西縣城，到外地去不再回來！

汽車下午兩點才到黃原城。她二爸當年在黃原工作的時候，她曾到這城市來過幾次。她自己工作以後，也來這裏為學校辦過幾回公務，因此對這城市並不陌生。不過，地區文化館她可不知道在甚麼地方——自麗麗調到黃原後，她還沒來過呢！

她出了汽車站，提着那個小提包，一路打問着，終於來到了二道街上的地區文化館。

杜麗麗正準備到男朋友家去過節，但一看老朋友來了，高興地喊叫說：「你怎突然從天上掉下來了？怎？給學校辦事？」

潤葉對她說：「我沒甚麼公事。我想你了，就來看看你。」

麗麗說：「我也想你想得要命！我還夢見過你幾次呢！而且在夢中，還不光是咱們兩個人！」

「還有誰呢？」潤葉問她的女朋友。

「還有你的男朋友和我的男朋友！不過，你的男朋友可不是那個李向前！怎麼樣？沒答應那個開車的吧？」

潤葉苦笑着搖搖頭。她本來此刻就想順情一頭撲在麗麗的懷裏，向好朋友哭敍一番自己的不幸遭遇，但想她剛到，應該忍耐一下。她只是勉強裝出笑臉，開玩笑問麗麗：「你的男朋友怎麼樣？敢不敢讓姐看一下？」

麗麗調皮地揚了一下頭，說：「他晚上準保來！你儘管看！也幫助我審查一下！」

潤葉說：「我相信你的眼光……」

麗麗不到男朋友家吃飯去了，開始忙着自己動手做飯。潤葉也想上手，但被麗麗拒擋了，說：「現在你成了客人，不像咱們在原西縣了！」在原西的時候，她兩個經常一塊做着吃飯，有時在小學她的宿舍，有時在縣文化館麗麗的宿舍。

兩個好朋友吃完飯，一直到九點鐘的時候，麗麗的男朋友武惠良才來了。

麗麗趕忙介紹潤葉和她的惠良認識。

潤葉一搭眼就知道，麗麗挑了個稱心女婿。惠良人模樣英俊不說，一副誠實相，看來是個很可靠的人。

「你怎才來？」麗麗問她的男朋友。

「我一直在家等你呢！」惠良說。

麗麗笑了，說：「潤葉來了，我就沒去你那裏……」

惠良馬上對潤葉說：「麗麗常說起你。雖然沒見過面，我已經很熟悉你了。不知道你來，否則咱們一塊去我家吃飯……」

「麗麗也在信上常說你的情況。」潤葉對惠良說。

他們正隨便說話，武惠良卻突然變了臉色，說：「你們知道不？今天天安門出事了！我剛聽完聯播節目，說天安門成千上萬的人借悼念總理，進行『反革命活動』，說公安局都出動了，看樣子抓了許多人……其實，這再明白不過了！我剛還和幾個同學議論，這是一場正義的羣眾運動被殘酷地鎮壓了！我們的國家現在正如《國歌》裏唱的，已經『到了最危險的時候』！人民都成了反革命，而真正的反革命卻戴着馬克思主義的面具，在人民頭上舞棍弄棒……」武惠良激動地說着，手在空中揮着，和剛才沉穩的模樣判若兩人。

這驚心動魄的消息，使潤葉和杜麗麗都感到無比震驚。聽着武惠良激動地議論，潤葉早已把自己的不幸擱在了一邊。是啊，只要是一個有良知的公民，當國家出現不幸的時候，個人的不幸馬上就會自動退到次要的位置。

他們三個立刻開始議論起眼前國家的不幸狀況來。他們正當年輕之時，一個個熱血沸騰，甚至指名道姓罵起了江青！

正在他們憤怒地議論的時候，門裏突然進來一個戴黑邊眼鏡的人。這人三十多歲，臉色黝黑，穿一身邋遢的衣服，頭髮零亂地飄散在額頭。他進門以後，先打量了一眼潤葉。

麗麗和惠良馬上招呼來人坐在椅子上。麗麗對潤葉介紹說：「這就是我們館的賈老師！」

「賈冰。」戴黑邊眼鏡的人向潤葉點點頭，自我介紹說。

儘管潤葉馬上知道這就是常在報紙上發表作品的那個詩人，但麗麗當她不知道，又立即給她補充說：「賈老師是大詩人！我們《黃原文藝》的主編。他常在報紙上發表詩歌哩！你記得不？咱們以前還在原西朗誦過他的詩哩！」

潤葉拘謹地說：「我看過賈老師寫的詩……」

「聽你口音也像是原西人？」這位詩人問她。

「我是石圪節公社的。」潤葉告訴賈老師。

「噢，那咱們是老鄉！我是柳岔公社賈家溝的……對了，去年麗麗他爸帶咱們縣兩個講故事娃娃，他們說也是石圪節的。其中那個女娃娃是咱們縣田主任的娃娃……」

麗麗馬上指着潤葉說：「這就是她姐！」

「那是我二爸家的娃娃，叫田曉霞。」潤葉說。

「噢，是這樣！你二爸我認識！福軍是個好同志！有頭腦！有膽識！你們是？」賈冰指着潤葉問麗麗。

麗麗立刻說：「我和潤葉是老同學，最要好的朋友！」

「噢，那我就不怕了！」詩人說着立刻從自己口袋裏掏出兩頁紙，說，「我剛寫了一首詩！惠良，麗麗，還有這位老鄉，你們聽一聽！你們大概也聽廣播了，他媽的，把人肺都氣炸了！我親愛的祖國！千千萬萬的英雄兒女，又一次把鮮血灑在了光榮的天安門前……」詩人在未朗誦他的作品之前，就已經激動起來了。

賈冰展開稿紙，長長地舒了一口氣，準備朗誦。潤葉、麗麗、惠良靜靜地坐在椅子上，等待他開口。

一剎那間，詩人眼睛裏驟然燃燒起了火焰，右手在空中揚起來，大聲朗誦道——

今兒個，清明節剛剛過罷，
我，懷念
天安門廣場上，那一朵朵
浸透了血淚的白花。

殘雪，哪能鎖住明媚的春光？
烏雲，豈能遮定陰謀的狡詐！
我們的民族，是滔滔的黃河，
歷盡磨難，
奔湧在英雄的華夏……

鎮壓，怕甚麼？！
死，又怕甚麼？！
陽坡上有草要返青，
背窪窪有樹要開花！

野火燒不盡，
冰雪壓不垮，
革命人，一代接一代，
頭掉了，不過碗大個疤！
…………

詩人越朗誦越激動，到結束時，雙拳揮舞，淚流滿面！麗麗一邊抹眼淚，一邊輕聲插嘴說:「賈老師，聲音小一點，小心外面有人……」

賈冰像是回答麗麗，但實際上仍然在大聲朗誦自己最後的詩句——

讓他們來吧，

我不怕！

我們不怕！

…………

第三十七章

孫少平在高中的最後一個學期開始了。

從一九七五年春天起，他在原西中學已經不知不覺度過了一年半的時光。

一年半是漫長的。他在這期間忍飢、忍辱、忍凍，心中留下數不清的痛苦記憶。

他又感到一年半是短暫的。他在這裏也有過歡樂和愉快，懂得了不少事，結交了朋友，獲得了友情，開闊了眼界，拋棄了許多純屬「鄉巴佬」式的狹隘與偏見……一切都好像才剛剛開始，可馬上就要結束了。

但不論怎樣，他還是為終於快熬到了高中畢業而高興。這一切多麼不容易啊！

他更為高興的是，他已經跨過了十八歲的年齡。這就是說，他已經成了大人。即使高中畢業回去勞動，也能扛起一頭子了。從心理方面說，他現在也已經有了強烈的獨立意識。在以前，他總覺得自己是個娃娃，得依靠大人。現在，即就是沒有大人，他也感覺能在這個世界上生活下去。他的另外一個成熟的標誌，就是對大人的行為開始具備批判的眼光。以前，父親和大哥說的話和做的事，他都認為是對的。可現在就不見得了。不過，目前這種批判性的意見只在心裏而不會表現在嘴上，更不會表現在行動上。

總之，也可以這樣說，他現在已經初步有了他自己的生活觀 —— 儘管這一切的確是剛剛才開始。

他現在最為遺憾的是，他在這一年半中請假的時間太多了。學校儘管經常搞政治運動和出山勞動，但總還上一點文化課。他耽誤的課太多，以致都無法彌補了。本來眼下的一張高中文憑就不包含多少學識，他的這張文憑更不值幾個錢，僅僅能說明個學歷罷了。這倒不是說，他在這一年半裏一無所學。不，他閱讀過不少課外書。從學校的傳統眼光看，這種學習是極不規範的。但在一個人往後的日常生活中，也許這種學習比課本知識更為有用；只不過參加正式的考試就不行了。不管在以前還是在以後的中國文科考試中；也不論大、中、小學，一律都在基本規定的「教學大綱」的範圍內。而許多這樣的考試已和舊朝代的「八股」無異。中國這種考試方式鼓勵了死記硬背，但往往排斥了真正的才學。

孫少平的遺憾倒不在文科方面，主要是數、理、化。他誤得太多，前後接不上碴，雖然這學期聽課，也聽不懂。聽不懂就聽不懂，反正也不上多少課 —— 現在學校上課已是一件附帶的事。

現在，他沒有事的時候，就仍然看課外書。曉霞還像以前一樣，從她家裏拿許多書來讓他看。他們每天也在學校操場的報欄前不期而遇。星期六的時候，曉霞還把她爸訂的《參考消息》給他拿來，他星期天就哪裏也不去，興致勃勃地看這些外國通訊社的電訊稿，腦子裏在許多國家游蕩老半天。

這一天下午，田曉霞突然匆匆忙忙到宿舍來找他，讓他跟她到外面走一趟。

少平有點莫名其妙。曉霞有甚麼話不能在這裏說，非要到外面去不可呢？

因為宿舍有同學，他不好說甚麼，就只好跟出來了。

出了門以後，少平趕緊問她：「甚麼事？是不是我家裏又出事了？」他生怕自己家裏又有甚麼災難 —— 他那個家常常猛不防就出意外！

曉霞一邊走，一邊對他說：「不是你家裏的事。」

「那是你們家出了甚麼事？」少平又攆着問她。

曉霞說：「不是你家，也不是我家，是國家……」

國家？國家又出甚麼事了？今年國家真是災難重重！元月周總理逝世，四月五日發生了「天安門事件」，撤銷了鄧小平的職務。緊接着，七月六日朱德委員長逝世，前幾天又發生了震動全球的唐山大地震……多災多難的中國啊，你叫人多麼憂心和焦慮！

他匆匆跟着曉霞走，先不便再問她甚麼了。看來曉霞一句兩句說不清楚，而顯然在稠人廣眾面前也不好說。

他和曉霞出了學校總務處後面的那個小門，一直沿校牆根向一個小山溝裏走去。

直到看不見人的地方，曉霞才停下來，從衣袋裏掏出一個筆記本，遞到他手裏。

他不知是何事，慌忙緊張地打開那個神秘的綠皮筆記本 —— 扉頁上一行醒目的鋼筆字立即跳入眼簾：《天安門廣場詩抄》！

啊啊！原來是這！

孫少平先沒顧上和曉霞說甚麼，激動地開始看這些詩。他看着看着，都忍不住讀出聲來了 ——

欲悲聞鬼叫，
我哭豺狼笑。
灑淚祭雄傑，
揚眉劍出鞘！

孫少平用飛快的速度把這個筆記本上的詩先翻着看了一遍，然後問曉霞：「你從哪兒搞來的？」

曉霞說：「我哥暑假裏帶回來的。先前他只讓我爸爸看了，沒給我看。後來我發現了他的筆記本，硬纏着哥哥把這些詩都抄下了。哥哥千安頓萬囑咐，不讓我給別人看，說現在公安局正追查這些傳抄的詩哩。我想，給你看一下不要緊……」

少平馬上興奮地說：「能不能讓我也抄一份呢？」

曉霞想了一下，說：「你可以抄，但一定要小心，千萬不敢叫人看見了！」

「沒問題！」少平向她保證說。

兩個人於是湊在一起，把筆記本又翻着看了一遍。這些詩如同烈火一般，把兩顆年輕的心烤得熱烘烘的。兩個十八歲的年輕人都沉浸在嚴肅的思考之中。國家的不幸，社會的動盪，使大人成熟，孩子成長——一九七六年，中國人都好像年長了幾歲！

從這天以後，每當夜深人靜時，孫少平就偷偷爬起來，出了宿舍，走到教室裏，埋頭抄寫這些詩歌。抄到激動之處，他心潮澎湃，熱血沸騰，就走到院子裏平靜一會……

有一天晚上，他抄了一會去上廁所，回來時猛然發現顧養民正趴在他桌子上，看曉霞的那個筆記本。孫少平頭「轟」地響了一聲：這下完了！

顧養民見他回來，馬上抱歉地說：「我出來解手，看見教室亮着燈，心想大概誰自習完忘了關燈，跑進來準備關燈，結果發現你桌子上的這些詩。本來我不該看，但一看就放不下手了……啊呀，這些詩寫得太好了！我早聽我父母親說社會上正傳抄天安門廣場的詩歌，但一直沒看見過。想不到你有這麼厚一本呢！你從哪裏搞到的？能不能讓我也抄一下？」

孫少平本來想給顧養民發脾氣，看他這樣說，便又消了火氣，說：「這不是我的筆記本。」

「能不能讓我抄一下呢？」顧養民又問他，而且看來非常渴望孫少平能答應他。

少平想了一下，這事得和曉霞商量。他對顧養民說：「我現在不能決定，等明晚上再告訴你。」

「明晚上就這個時候，我再來找你！」顧養民高興地說。

第二天，少平把顧養民發現他抄詩的事告訴了田曉霞。

「能不能讓他抄呢？」他問曉霞。

曉霞一時也拿不定主意。

少平就對她說：「我看讓他抄去。他自己抄了，就不會把這事捅出去！」

曉霞覺得少平的話有道理，就說：「那就讓他抄去。可不能再叫人發現了！你一定要給他說清楚這一點！」

「你不說我也知道哩！」少平說。

第二天晚上夜深人靜時，顧養民準時來了。他很感激少平讓他抄這些詩。兩個人於是就趴在一張課桌上，緊張地往自己的筆記本上抄寫着。少平早已經淡忘了顧養民和郝紅梅的關係。他自己當初和紅梅的那點「瓜葛」更是變得遙遠而模糊了。再說，他目前和曉霞的這種交往，已經使得早先的那一切都變得微不足道了。

經過兩三個夜晚，少平和顧養民就先後抄完了這些詩。少平把那個綠皮筆記本又還給了曉霞——顧養民根本不知道這筆記本是誰的。在以後的日子裏，顧養民腦子裏還一直盤旋這件事，不知道少平從哪裏搞來這麼些「機密」。按說，少平來自農村，家裏也沒聽說有門外工作的幹部，他怎麼可能把《天安門詩抄》搞到手呢？

不論怎樣，這個農村來的同學不可小視！顧養民漸漸覺得，孫少平身上有一種說不清楚的吸引力——這在農村來的學生中是很少見的。他後來又慢慢琢磨，才意識到，除過性格以外，最主要的是這人愛看書。知識就是力量——他父親告訴他說，這句話是著名英國哲學家培根說的。是的，知識這種力量可以改變一個人，甚至可以重新塑造一個人。養民自己出身知識分子家庭，因此很能理解這一點。

……一個星期以後，孫少平他們全班一起出動，到原西城外的一條山溝裏，鋤他們班種的高粱地——這是立秋之前鋤最後一遍草。

那天，臨近中午的時候，從西南面的山後突然鋪過來一片烏雲。不多時，這黑雲彩就漫過頭頂，遮住太陽，佈滿了整個天空。剎那間，電閃雷鳴，狂風大作——一場大暴雨眼看就要傾倒下來！

山窪上勞動的男同學紛紛去找躲雨的地方。溝道裏鋤地的女同學也都扛着鋤，爬到山窪上來了。只有跛女子侯玉英不聽其他女同學的勸阻，一個人扛把鋤，一跛一跛走到一個石崖下面。其他女同學說怕溝裏起洪水，那地方危險，勸她不要去。但跛女子讓這些人別管她的事；她說雷雨就那麼一陣陣，怎還能起洪水呢！

大暴雨說來就來了！隨着狂風吹過，雨簾就從山後漫過來，頃刻就把天地間變成白茫茫一片。可怕的閃電不時在空中曲折地劃過；雷聲和狂風暴雨攪在一起，震耳欲聾。不多一會，就聽見溝溝渠渠裏傳來了滔滔的流水聲。

不到半個鐘頭，大溝道裏就起水了。混濁的泥浪翻滾着跟頭，吼叫着從後溝道裏沖了出來！

在一片混亂的暴風雨中，溝道裏突然傳來了侯玉英尖銳的哭喊聲！

少平縮在一個小山窰裏，透過雨簾，看見洪水已快要漲到侯玉英避雨的那個石崖下了。跛女子正哭喊着，兩手揪着旁邊土台子上的幾棵叢草，企圖爬上去逃命。但由於腿不幹練，加上泥地溜滑，三番五次爬上去又跌了下來！

孫少平知道，也許用不了多少時間，洪水就會淹沒到那個石崖下，把跛女子一浪捲走！

他立刻從自己那個乾燥的小土窰裏沖出去，冒着瓢潑似的暴雨，踏崖溜窪地往溝底跑去。

孫少平不知摔了多少跤，才到了怒吼的洪水邊。身上浸透了泥水，頭髮和臉也被泥糊得五麻六道。

他來到洪水邊，一籌莫展了。侯玉英隔在河對面，他不得過去。他儘管在洪水中游過泳，但那是在原西河裏 —— 那水寬闊，也平穩，到河對面上岸選擇餘地大。可這是道小溝，水急浪險，要游過去太困難了！

這時候，洪水已經漫上了侯玉英正掙命的那個石崖邊上。跛女子的手死揪住土台子上面的叢草，兩隻腳已經挨着洪水邊了。她現在只是絕望地呼喊着:「救命啊！救命啊！」

少平在暴風雨中大聲向對岸喊:「你先堅持一下，我過來了！」

他喊了一聲後，就撲入了洪水之中 —— 一個浪頭很快把他整個吞沒了……

還好，他又鑽出了水面！他眼睛甚麼也看不見，只憑本能向對岸拚命游去。

謝天謝地，他終於上岸了！他用手摸了一把臉上的泥水，就撒開腿朝那個土台上面跑去。

他來到土台子上面，看見洪水已經淹沒了侯玉英的下半身，如果不是她兩手死死揪着叢草，恐怕早讓水捲走了！

少平飛快伸出手，把她從土台子下面拉上來。

侯玉英一撲踏趴在土台子上，放開聲嚎了！這哭聲是慶幸她的得救，也是對救命的人表示她的感激之情！

當孫少平游過河對岸的時候，全班男女同學都紛紛從山窪上跑下來了。他們站在暴雨中的洪水邊上，隔着翻滾咆哮的濁浪，心怦怦地跳着，揚着手，喊叫着，像看一幕驚險的戲劇，眼看着少平把侯玉英拉上了對面那個土台子。他們之中沒有人敢從這洪水中游過去。現在，所有淋得像落湯雞似的同學們都在溝道這面歡呼起來！女同學們都哭了；男同學也有流下眼淚的。這個時候，大家才強烈地意識到，人生活在一個集體裏，就應該像兄弟姐妹一樣啊……

跛女子侯玉英做夢也沒想到，在她遇到生命危險時，竟然是她曾放肆地傷害過的孫少平，冒着自己的生命危險搶救了她。

跛女子為此感動得不得了！羞愧得不得了！

幾天以後，驚魂剛定下來，她就單獨來找孫少平，又一鼻子哭開住不了氣，嘴裏一股勁說着感激他的話。

她哭完後對少平說：「我這下才知道你是個好人！郝紅梅不是個東西！她和你相好着就不相好了，又跑去騷情顧養民！」

少平馬上對她說：「你不要說紅梅和養民的長長短短！我不願聽你說這話。咱們都是大人了，不要多管旁人的閒事！」

侯玉英也就不說郝紅梅和顧養民了，然後便硬拉着少平到她家去吃飯。跛女子說這不光是她的心意，也是家裏大人的心意 —— 她父母親非要讓她帶少平到她家裏去吃一頓飯不行。

少平好說歪說沒有去。他不願意因為這麼一件事，就讓人家把他看成是救命恩人。在他看來，侯玉英和他自己都好好的沒甚麼事，這就行了，何必沒完沒了地還提這事呢！

可是，第二天上午，侯玉英的父親又親自來學校請他了。

孫少平怎說都推辭不了，只好去了侯玉英家。

侯玉英的父親侯生才是縣百貨公司第二門市部主任。侯主任兩口子專門為女兒的「救命恩人」擺了一桌子飯，像請個顯要人物一樣，還上了燒酒。兩口子爭着給他夾菜倒酒，捎帶着嘴裏感激話說個不停。少平不會喝酒，拘謹地在這個幹部家裏吃完了這頓飯。

飯後，他們村的金光明突然進來了。金光明就是這二門市的售貨員。因為光明家是地主成分，少平他二爸孫玉亭「文化大革命」初期，曾帶村裏貧下中農造反隊刨過這弟兄三家的窰洞和院子，因此這家人多年來不和他們家的人說話。現在，光明大概聽說少平救了他們主任女兒的命，並且侯主任還親自請少平來家裏吃飯，就跑過來看他來了。由於侯主任是他的頂頭上司，而少平又是侯主任尊敬的客人，因此金光明一副很熱情的樣子，和少平拉了許多關於他們雙水村的一些四不沾邊的話。少平心裏知道，光明有意讓侯主任看出，他和少平不僅是一個村裏的，而且兩家人的關係還不錯呢……

第三十八章

現在，讓我們抽出一點空隙，來說說孫玉厚家的蘭香。

我們已經知道，這孩子正在石圪節公社上初中。

像任何窮家薄業的農家子女一樣，這孩子在很小的時候就懂事了。她剛四歲的時候，就纏磨着讓父親給她編了一個小筐筐，整天挽在胳膊上，開始在院子外邊的土坡下蹣跚着拾柴火；拾滿了一筐筐，她就提回來倒在灶火圪塄裏，然後又跑出去拾。儘管她一天拾的柴火只夠她媽燒兩灶火，但她心裏挺高興——因為這兩灶柴是她拾回來的。農民家的孩子啊，他們的第一堂功課就是勞動！

當蘭香跟着姐姐和母親在村裏光景好的人家串過幾回門以後，就知道她的家是個可憐的窮家。她那幼小的心靈懂得，她不能像其他人家的孩子一樣，想要吃甚麼就吃甚麼，想要穿甚麼就穿甚麼。因此，不管她多麼餓，穿的多麼破爛，從來都不向大人開口。只要大人沒有注意到她的需要，她就能一直忍受着。

有時候，村裏來了工作幹部輪上他們管飯，家裏總要把少得可憐的白麵拿出來一點，給公家人做一頓好吃的。客人不會都吃完，最後總要剩那麼一兩碗。這樣的時候，家裏人就找不見蘭香，她早已經找藉口躲出去了。她知道，剩下的這點好飯，應該讓奶奶吃。就是奶奶不吃，也應該讓爸爸和哥哥吃 —— 他們出山勞動，活苦重。她心疼家裏所有的大人，隨時留心着看能為他們幫點甚麼忙。父親和哥哥從山裏回來，她就趕快給他們掃身上的土。早晨，她幫助母親疊鋪蓋，或者雙手抱把大掃帚，把腳地掃得乾乾淨淨。奶奶害眼病，家裏又買不起眼藥，夏天一大早，她就和二哥一起跑出去摘帶露水的草葉，回來給奶奶淋在眼睛上……

這個看起來平平常常的孩子，頭腦倒特別聰穎，尤其有一種能閃電般穿越複雜「方程式」網絡而迅速得出結論的天賦。在她以後上學的時候，有一次數學老師出了一道非常複雜的方程式讓大家計算。當這位老師把這道題滿滿寫了一黑板，剛把那個等號畫完時，蘭香就站起來說：「等於零。」辛苦地寫了半天的老師站在講台上，張開嘴巴震驚得半天說不出話來。蘭香很小的時候，他們家還住在金波家的院子裏，因此她和金波的妹妹金秀成了好朋友。以後，兩個同歲的孩子又一同上了村中的小學。

金秀她爸是汽車司機，家裏光景當然要好得多。無論吃和穿，金秀都要比她強。但她學習比金秀好。小學時，兩個人坐一張課桌，像當年潤葉對少安一樣，金秀常拿乾糧給她吃；她也在學習上幫助這個好朋友。兩個孩子眼看着長大了。在她們十三歲的時候，雙雙進了石圪節公社中學。與此同時，她們的哥哥少平和金波剛從這學校畢業，到原西縣城上高中去了。

就在這一年，蘭香扯開了身條，像一棵小白楊一般端莊和苗條；儘管穿戴破爛，面有菜色，但一看就知道能出挑成個漂亮姑娘。

她的好朋友金秀比她矮了半個頭，但像她哥金波一樣，圓圓的臉盤又白又光潔，撲閃着一對會說話的大花眼，穿着漂亮的時新衣裳，一搭眼就知道這是工作人家的女兒。到石圪節後，本來金秀完全有條件在學校上灶，不必起早貪黑，每天在雙水村和石圪節之間跑來跑去。但因為蘭香上不起灶，她也就不上灶了，陪伴着蘭香跑回家吃飯、睡覺。

現在，她們已經十四歲，在石圪節中學上二年級。本來，她們應該在明年元月就畢業，但最近縣上突然發了個文件，說要從明年開始，在全縣中小學恢復實行秋季招生制度，將要畢業的初中學生，還要增加半年課程，延長到明年夏天才能畢業。

孫蘭香聽到這個消息後，心裏很着急。這樣說來，她還得要上半年學才能畢業。她知道，這半年還要花費家裏不少錢。她自己不能給家裏幫忙，還要家裏給她負擔，這使她心裏非常難過。她也知道，他們家往後的日子會越來越困難。祖母半癱在炕上，父母親一年年老了，大哥結婚除借賬不說，要是生了孩子，加上大嫂，全家就又要增加幾個人。就是二哥高中畢業回來增加一個勞力，但過不了幾年他也要娶媳婦，到時還得借賬債 —— 哪裏有那麼多不要財禮的媳婦呢？

本來蘭香已經慶幸自己終於上完了初中。至於高中，她原來就沒準備去上 —— 原西城不像石圪節，花銷更大！

可是這初中，又要延長半年！

怎麼辦？她要不要繼續上這半年學？要是不上，她連一張初中畢業證也拿不上！

但她又想：多上這半年學無非也就是能拿這張畢業證書。如果命裏注定一輩子當農民，那麼，要這張紙片又頂甚麼用呢？而要是她早回去半年，除省了家裏的費用，她還能掙不少工分，裏外的錢不知能買多少張這樣的紙片呢！

是啊，她上了這麼多年學就已經不錯了，不要像母親和姐姐一樣，連自己的名字都不認識。回家去吧！出山勞動掙工分，還得學

點針線活 —— 將來長大出嫁，一個農村婦女要會做的活計她都得學會……

孫蘭香於是就在心裏決定：她不再繼續上那半年學了；歪好把現在這半年上完，她就回家勞動去呀！

當她把這意思先給她的好朋友金秀說了以後，金秀馬上難過得眼圈都紅了，說：「你一定不能退學！如果你們家供不起你上學，我就哭着央求我爸我媽，讓我們家供你！」

蘭香笑了，說：「你憨了，秀！怎能讓你們家供我呢？再說，這上學也不頂事，將來還得勞動，遲回去不如早回去。你和我不一樣，你爸在門外工作，高中畢業了，說不定還能在黃原給你尋個工作……」

金秀不聽她的話，流着眼淚讓她千萬不能退學。

但蘭香是個有主意的孩子，她一旦周密考慮過的事，就不打算再改變。她想：我現在就應該給家裏的大人說一下自己的打算……

這天回家吃完晚飯後，她父親到院子裏乘涼抽煙，她就從窰裏攆出來，給父親一個人把她的想法說了。

她父親聽她說完，憂愁地說：「你說的也是實情。但爸爸不願意你退學。將來上不上高中先不說，但初中既然已經上了，你要唸到畢業。延長半年就延長半年吧……」

這時候，她大哥吃完飯，也到院子裏來了，父親就對少安說：「蘭香說她不想上學了，要回家來勞動呀。說人家上面規定，初中還要延長半年哩！」

少安馬上走過來，說：「怎麼能不上學呢！」他用手在妹妹頭上親切地撫摸了一下，「延長半年怕甚麼！你好不容易把初中都快上完了，怎麼能中途退學呢？初中畢業後，你還要到原西去上高中呢！到時，你二哥也畢業回來了，我和爸爸、你二哥，三個人勞動，還供不起你一個人？再不要胡盤算了，好好唸你的書！咱們家常就這麼個窮，又不在你那點花費上！你不唸書咱照樣就是這麼個爛攤場……你千萬不要再胡思量了！我聽石圪節中學的老師一再說，你的腦子靈醒，將來說不定能有大出展哩！你放心唸你的書！只要你能把書唸成，咱們就是把家當賣完，也要把你供到頭！」

她聽着大哥這些深切而厚愛的話，忍不住鼻子一酸，嚶嚶地啜泣起來。

大哥用他硬殼殼的手又在她頭上拍了拍，說：「哭甚麼哩！你要給咱家爭一口氣，一定把書唸成個樣子！我十三歲從學校跑回來勞動，就是為了和爸爸一起，供你和你二哥上學……」

這時，在地上圪蹴着的老父親，突然把頭垂在胸前，哽咽着說：「都怨爸爸沒本事啊……」

少安又對父親說：「爸爸，你不要難受。你為這個家已經把力氣出盡了！早年間，你就供我二爸上學，後來又供我。你除拉扯老老少少這麼一羣人不算，還要給二爸和我娶媳婦。你一輩子比我們任何人都苦！」

孫玉厚好一陣才抬起頭。他對小女兒說：「那你就聽你大哥的話，好好唸書……」

再還有甚麼可說的呢？蘭香一顆年少的心沉浸在無比的溫暖之中。她在心裏悄悄說：爸爸，大哥，你們放心！我一定不會給你們丟臉的……

孫蘭香放棄了回家勞動的打算，又重新開始專心學習了。她是個有毅力的姑娘，決心要像大哥說的那樣，學成個樣子來。她不愛參加學校的任何活動，更不愛玩。只要有空子，就往數、理、化老師的房子裏跑。這些老師也很喜歡這個天賦很高的女學生。儘管學校不安排多少上課時間，但老師們都熱心地輔導她的功課。這些老師都驚訝地發現，她在數、理、化方面的程度，幾乎快達到「文化大革命」前高中生的水平了！

由於蘭香不再打算退學，把好朋友金秀高興得笑逐顏開。她平時買甚麼學習用具，都是兩份，她自己的一份，蘭香的一份。她還把母親給她的零用錢，硬給蘭香口袋裏塞一點。而蘭香又帶動她在學習上長進……

九月初，突然從縣城傳回來消息，說金秀她哥金波要去參軍了。據說今年本來不招在校的高中生，但有特殊專長的例外。金波哥因為笛子吹得好，唱歌也不錯，因此被徵兵的人看上了，想叫他到部隊文工團當文藝兵，金波哥很高興，報名應徵了。

消息傳來的第二天，金波和少平就相跟着到石圪節中學來了。他們是從縣城回家路過這裏專門告訴金秀和蘭香的。兩個孩子高興地看見，金波哥已經換上了軍裝，只是還沒戴上領章帽徽。

她們兩個便很快給學校請了假，和哥哥們相跟着回了雙水村。下午，接到長途電話的金波他爸，也開着汽車從黃原回來了。

第二天，蘭香、少平和金波一家人，坐着金俊海的汽車去縣城為金波送行。

蘭香是第一次到縣城來。她第一次目睹「大城市」的風光，感到無比新鮮。她心想，明年下半年，她也要到這裏來上學了！

她和金秀相跟着，興奮地在原西街上串了大半天。蘭香心裏突然想到，金波哥當兵出遠門，她應該送個紀念品給他。她想起自己身上還裝着兩塊錢——這是金秀塞給她的。

走到縣第二百貨門市部前面，蘭香讓金秀在外面等一會，說她媽讓她買幾苗針，便進了門市部。

她走到櫃枱前轉了一下，看上了一個綠皮筆記本，就問售貨員多少錢？

這時，她聽見櫃枱後面有個人說：「這不是蘭香嗎？你怎來了？」

蘭香一看，這是他們村的金光明，就說：「我和金秀來送她哥當兵……我想買這個筆記本。」她指了指櫃中的那個綠皮本，「多少錢一本？」

金光明馬上取出來遞給她說：「一本八毛二分錢。」

蘭香隨即買了這個筆記本，就返身出了門市部。

金秀這才發現蘭香哄她。不過，她心裏很高興她的好朋友給她哥送個紀念品。金秀自己也很快進去買了一本紅皮子的筆記本。兩個人回到縣武裝部，給扉頁上寫了「贈給金波哥」幾個字。

金波接了兩個妹妹的禮物，大受感動，立刻跑到街上給她們一人買了一支鋼筆……

送走金波，蘭香和金秀返回學校的第二天，中國突然發生了驚天動地的事情——毛主席逝世了！

悲痛與驚慌頓時籠罩了全中國……

九月十八日。毛主席的追悼會在天安門廣場舉行。

同一時刻，全國所有的人都在自己的所在地肅立。除過各種汽笛聲在大地喧鳴，中國沉默了一分鐘。在這一分鐘，全國人民靜靜地諦聽祖國的心臟在怎樣搏動……

石圪節公社追悼會的中心會場設在中學的操場上。公社所有單位的人和各村來的代表，都沉痛地低着頭肅立在這裏。

孫蘭香站在這悲傷的人羣中哭着。她想起奶奶和爸爸常給她說的，是毛主席把他們這樣的窮人從舊社會的苦海中救了出來。從她記事開始，要是天年有了災害，他們家都要吃國家的救濟糧。奶奶和爸爸說，這都是毛主席老人家給他們的！要是舊社會，遇到年饉，不知要餓死多少人呢！他們全家都深深熱愛大救星毛主席。每年過春節，窮得哪怕甚麼也不買，但總要買一張毛主席像貼在牆壁上。現在，沒有了毛主席，以後可怎麼辦呀？

此刻，大概所有的中國人都像這孩子一樣，從不同的角度，像她一樣問：以後怎麼辦呀？

……一個月以後，十月二十一日，從北京傳來了一個爆炸性的消息：「四人幫」被抓起來了！

中國，再一次顯示了她的偉大無比；顯示了她的鎮靜、自信、成熟和歷史的不可逆轉性。這是人民的勝利！

乾杯！中國歷史上災難性的一頁終於翻過去了。

十月。在這歡騰的日子裏，全中國的人都好像住了十年醫院；現在大病初愈，重新走到燦爛的陽光下面來啦！

當然，人們現在還不能預料未來；但一個不能再讓人忍受的年代已經結束，這就應該大聲地歡呼！誰也不會天真地認為，積了十年的垃圾，就能在一夜之間清理乾淨。但是人們堅信：儘管在原軌道上剎住的車子還要在慣性中滑一段路程，但中國歷史的大輪必將重新啟動，進入到一個轉折性的彎道上……

第三十九章

十一月初，田福軍到省上去聽傳達粉碎「四人幫」的中央文件，完了還要參加省黨校理論班的學習，據說要到明年初才能回來。

白天大部分時間裏，田福軍家裏除過徐國強老漢照門外，就再沒甚麼人了。院子裏經常靜悄悄的；偶爾傳來徐老的一聲咳嗽和他對那隻老黑貓的幾句溺愛的訓斥。只是在中午和晚飯時分，他女兒徐愛雲才從醫院回來，給他和曉霞做點飯。福軍的姪女潤葉最近不知為甚麼，也常不回家來。

徐國強雖說年齡早已過了花甲，但身板還硬朗。我們已經知道，日常沒事的時候，這老漢就在院子花壇的那一小塊土地上，營務各種莊稼。對他來說，這已經不是勞動，恰恰是一種休息。他覺得，要是一整天閒呆着，身子骨反而疼痛。只要勞動一會，立刻就感到筋脈舒展多了。

可是現在，氣候已經寒冷，再沒甚麼活可幹了。那個花壇早已經沒有了任何植物，變得一片荒涼。

這時候，徐國強老漢也像那花壇一樣，荒涼而寂寞。太無聊了！一整天像土撥鼠一樣，悄悄地鑽在這院子裏，真不是個滋味！他又不敢遠離家門——要是乘他不在鑽進來個小偷怎麼辦？

他於是就一個人在窰裏呆一會，又到院子裏曬一會太陽。惟一的夥伴就是那隻老黑貓。這貓也像他一樣老，連自己行走都不敏捷了，更談不上讓它去捉老鼠。話說回來，這嬌東西一天好吃好喝，也懶得再去費那神。記得這黑貓在他老伴活着的時候，就是他們家的成員……唉，要是愛雲她媽還活着，那他現在的日子就不會過得如此寂寞。少年夫妻老來伴！孤身一人生活，真淒涼啊……

現在正是下午，太陽還有點熱力，徐國強老漢就從窰裏出來，蹲在有陽光的牆角下，不停地抽着田福堂給他帶來的旱煙。黑貓臥在他身邊，合住眼睛在睡覺。他一隻手拿着煙斗，一隻手在貓身上撫摸着，眼睛無意識地瞧着對面山。

山裏現在光禿禿的。死了的柴草一片枯黑，沒有葉子的樹木在寒風中抖顫着枝杈；莊稼地裏有些黑烏鴉，像黃紙上滴下些墨水點子。一大羣灰鴿在城市上空的煙霧中掠過，都能聽得見翅膀扇動的聲音。南關那裏，不時傳來電鋸刺耳的聲音。要是夏天，這裏還能聽見原西河水的喧嘩聲。可是現在原西河已經結冰了。

徐國強老漢無聊地坐在牆根下曬太陽，一鍋接一鍋地抽着旱煙。福堂這旱煙就是好！不硬也不軟，又香又順氣，晚上睡覺還沒痰。徐國強不無遺憾地想：這人營務旱煙的確是一把好手，可他自己有氣管炎，竟然不能抽煙了。

想起田福堂，徐老馬上又想到了福堂的女兒潤葉。這娃娃在愛雲家門上住了多年，在徐國強看來，也就是自己家裏的人。既然是自家人，他就很關心這女娃娃，就像關心他的女兒女婿和兩個外孫子一樣。

他去年年底才知道，李登雲家的向前看上了這女娃娃。他聽說是這樣，馬上覺得是門好親事。登雲是他過去的老下級，志英他也了解，至於他們家的向前，更是他從小看着長大的。現在這小夥還開了汽車。在這山區，開汽車是個好職業，掙錢多，到外地買個東西也方便。

可是他又聽愛雲說，潤葉還沒利利索索答應這門親事。他感到很奇怪。按說，潤葉是個農民家的娃娃，能攀這門親事就很不容易了。不要說人家登雲一家人主動提這事，就是人家不主動，自家也應該主動一些嘛！聽說眼下是向前在追，而這女娃娃還躲人家呢！唉，這倒是為甚麼呢？

他了解是這麼個情況，心想：要不，讓我給這女娃娃說一下！反正我一天閒呆着，也沒甚麼事喀。

他有一天瞅了個機會，等家裏人都不在光潤葉在的時候，他就和她提起了這件事。不料，這女娃娃果真不說一句利索話。

他問：「那倒究是因為甚麼？」

這女娃娃給他回答說，她還小，先不想考慮這事……

嗨，二十大幾的人了，還小？記得他和愛雲她媽結婚時，兩個人都才十六歲半！現在提倡晚婚，這是政策，他不反對；但不能晚得沒邊沒沿嘛！女人年紀一大，生個娃娃都困難哩！

他於是就七七八八給潤葉說了老半天。除過關於將來生育方面的困難外，他主要闡述了這門親事的好處。他從李向前說到他媽劉志英，又從劉志英說到志英的丈夫李登雲，最後又從李登雲說到他自己和這家人交情的歷史淵源。

但這次談話最終沒有甚麼結果。這女娃娃只是禮貌和尊重地聽他說話，自己一句話也不說。最後只給他留下個「話把子」，說讓她考慮一段時間再說……

徐國強現在坐在這牆根下，抽煙，撫摸貓，又專心想潤葉和向前的這門親事。接着，他又從這門親事深入進去，考慮起了登雲和福軍的關係。

徐國強很早就感覺到，登雲和他女婿福軍的關係不是太好。他知道，登雲因為和他的老歷史，面子上不好意思和福軍爭鬥。但登雲無疑是站在一把手馮世寬一邊的。至於世寬和福軍的矛盾他早就知道了 —— 不僅他知道，全縣的幹部都知道。他因此常在內心為他的女婿擔心。福軍是個耿直人，又是個書生，馮世寬手腕高明，再加上李登雲幫扶他 —— 聽說還有個馬國雄也和他們站在一塊，福軍怎能抗過他們呢？就是張有智支持福軍，可主要領導中，兩個人怎麼能抵擋過人家三個人？再說，世寬又是一把手，權大，福軍和有智更是對付不了。

關鍵是李登雲！登雲雖然表面上看來粗粗笨笨，但這人有心計，辦事能下手！面子上對人都哈哈一笑，可辦事的時候，心像塊鐵一樣硬。說老實話，不是登雲撐台，他馮世寬那主任也不好當！

他真沒想到，他一手栽培起來的李登雲，現在竟然成了他女婿的對手。

唉，說來說去，他現在已經沒權了。就是和登雲挑明談一次，讓一個人福軍作對，登雲表面上會說一堆「那怎還能」的哄人話，但背過他徐國強，該怎幹還怎幹！他知道登雲這人哩！

這樣看來，他女婿目前的處境很困難了。他知道福軍處理許多事都是正確的。但正確的不一定就是時下吃香的。雖說「四人幫」已經打倒了，但顛倒事不一定馬上就能再顛倒過來！你不看馮世寬「四人幫」時候緊跟着跑，現在又積極喊叫着批判「四人幫」哩！

徐國強想來想去，沒有個好辦法給他女婿幫點忙。按說，他在原西縣當了多年領導，上下左右都很熟悉，應該為福軍解點圍。但這不是在街上的門市後面買兩瓶好酒，只要他開口就能辦到。這是政治！而實際上只有一個關鍵——那就是李登雲！可登雲現在位置高了，他成了個下台幹部，已經沒辦法這傢伙了！

他突然靈機一動，把田潤葉納到了這個「棋盤」上來。他想：這是一步好棋！潤葉要是和向前結了婚，那他李登雲就成了福軍的親戚，再好意思和福軍作對嗎？

對！他竟然多少時沒認真朝這方面想！真是老糊塗了！

徐國強就像一個即將被將死的棋手，突然有了一着起死回生的妙棋，興奮得從這個牆根下一閃身站了起來。老黑貓不知發生了甚麼意外，也趕忙站了起來，驚慌地看着它的主人。

徐國強激動地又點着一鍋煙，然後立刻盤算：他要很快再和潤葉談一次話，千方百計要說服她答應這門親事！

這天下午，愛雲和曉霞先後都走了，潤葉回家來取她的棉大衣。

好機會！徐國強立刻走到潤葉和曉霞住的那孔窰洞裏，着急地馬上就進入了主題。

他和藹地問潤葉：「你和向前的事考慮得怎麼樣了？」

潤葉見徐大爺又問她這事，只好仍舊回答：「我還沒考慮好……」

「這麼個事，還考慮一年哩？你聽徐大爺一句話！這親事再好不過了！你千萬不敢耽擱。據我知道，人家向前一家人都很着急，現在就等你一句話哩！」

潤葉真痛苦。她最近不願回這個家，就是想躲避他們說這事。想不到她剛踏進家門，這就又來了。不過，這徐大爺一大把年紀，平時對她也好，再說又是二爸二媽的老人，她不能傷徐大爺的臉。她就很禮貌地說：「大爺，我知道你的好意，但我……」

潤葉急忙不知該怎麼說。自少安找了山西姑娘開始，這已經一年多了，她慢慢恢復了一些正常。她真不願意再把這傷口抓得血淋淋的。

徐國強看她還是原來的老樣子，就只好把這件事背後的「那種意思」往明挑了！

他說：「你可能不知情，你二爸和向前他爸關係不怎麼好。就是因為向前看上了你，這一年多來，他們的關係才緩和了一些。你還不知情，你二爸在這縣上工作很困難，人家許多人合在一起整他！其中最關鍵的是向前他爸。因此上說，你如果和向前成了親，你登雲叔和你二爸就成了親戚，他就再不好意思和你二爸作對了；那你二爸的日子也會好過一些……可是現在，登雲一家人都對你這麼熱心，你要是拒絕了這門親事，那後果我不說你也知道……唉，你二爸真是困難啊！」徐國強說完後，長長地歎了一口氣。

潤葉一下子被徐大爺的話震住了。天啊，她沒想到，在這門親事的後面還有這麼嚴重的情況呢！

她一下子不知如何是好，腦子重新被攪得天昏地暗！

徐國強見她被他的話懾服了，並且陷入到深思之中，就說：「潤葉，我先走了，你好好考慮一下。考慮好了，你就給大爺打一聲招呼……」

徐老引着黑貓退出了這孔窰洞——讓娃娃一個人想想吧，這婚姻大事又不能逼迫！

徐國強出了門以後，潤葉還手裏抱着自己的棉大衣呆立在腳地上。啊啊！事情原來這麼嚴重！她早就覺得二爸情緒一直不好，原來有這麼多人都反對他哩！而且作對的主要是向前他爸！

這可叫她怎麼辦呢？在她的心中，她最尊敬和愛戴的就是二爸。他愛護她，供她上學，又給她找了工作。平時，就是買一毛錢的水果糖，也是給她和曉霞各分一半……

現在，他竟然有這麼大的困難！

她心疼二爸。她願意為他分擔憂患。

可是，她又並不愛李向前啊！

她內心又像狂風暴雨一般翻騰起來。她想：讓她和向前結婚，這大概也是二爸的意思！他不好給她說，只好讓徐大爺出面給她做工作……

怎麼辦？她不斷問自己。

一個她說：不能答應這門親事！因為你不愛向前！你愛的人是孫少安！

可另一個她又勸說這個她：少安早已經結婚了，你一生也許不會再碰上一個稱心如意的人。你最終如果還要和一個自己不滿意的人結婚，那還不如就把這門親事應承下來。這樣，你還能給二爸解個圍……

潤葉乾脆不再回學校去了。她把棉大衣放在炕上，一個人背靠着炕欄石，站在腳地上思考着這事，腦子像鑽進去一羣蚊子，嗡嗡直響。

她開始動搖了。她的力量使她無法支撐如此巨大的精神壓力。當然，除過客觀的壓力以外，她主觀上的素養本來也不夠深厚。是的，她現在還不能從更高意義上來理解自身和社會。儘管她是一個正直善良的人，懂事，甚至也有較鮮明的個性，但並不具有深刻的思想和廣闊的眼界。因此，最終她還是不能掌握自己的命運。

於是，她的所有局限性就導致她做出了違背自己心願的決定：由於對愛情的絕望，加上對二爸的熱愛，她最後終於答應了這門親事……

徐國強老漢一獲知潤葉同意和向前結婚，立刻迫不及待地親自去了一趟李登雲的家，把喜訊傳給了這家的三口人。

李登雲一家馬上喜出望外，緊急動員起來，開始備辦婚禮了。向前結婚的東西實際上早已經準備停當，擱在兩個大木箱中。現在只是該裁的裁，該縫的縫，該整理的整理；缺甚麼東西趕快出動去買！

街上縫紉社兩個手藝最好的師傅第二天就進了李主任家。劉志英班也不上了，帶着從農村叫來的親戚忙着裏外料理。李登雲和兒子一塊合計：婚禮該請些甚麼客人？一共得多少人？幾桌飯？多少瓶酒？幾箱煙？在甚麼地方舉行？要不要動用車輛？要動用得多少輛……另外，得給女方置辦甚麼東西？潤葉需要給買些甚麼？還有田福軍、徐愛雲、徐國強？愛雲的女兒田曉霞和在省城上學的曉霞她哥田曉晨……看來這後一項事宜一會還得向向前媽請示，他父子倆決定不了！

與此同時，這面的徐愛雲也忙活起來了。她緊急地動手準備出嫁姪女的裝備。遺憾的是，福軍不在家，她爸人又老了，沒人給她幫忙。跟前有個曉霞，上學不說，又是個瘋丫頭 —— 她才不管這號事呢！

對！趕快讓大哥來！真是的，潤葉是他的親生女兒，這時候他不忙讓誰忙！

徐愛雲趕緊給田福堂發了一封信。信發走後，她還覺得速度太慢，又讓曉霞把潤生叫來。她打發姪兒當天就騎自行車回雙水村找他爸，讓他趕緊到縣城來備辦他女兒的婚事……

第四十章

田潤葉經過一段波瀾起伏的愛情周折，最後還是沒有逃脫她不情願的結局。她想親近的人遠離了她；而她竭力想遠離的人終於沒有能擺脫 —— 她今天就要和李向前舉行婚禮了。

從古到今，人世間有過多少這樣的陰差陽錯！這類生活悲劇的演出，不能簡單地歸結為一個人的命運，而常常是當時社會的各種矛盾所造成的。

此刻，田潤葉沒有心思從根本上檢討她的不幸，她只是悲歎自己的命運不好。

她現在坐在自己窰洞的椅子上，已經穿罩起一身簇新的結婚服裝：桃紅棉襖外面罩一件藍底白花的外衣；一條淺咖啡褲子；一雙新棉皮鞋。她二媽一直陪伴着她 —— 現在徐愛雲正給她脖頸上繫一條米色紗巾。潤葉目光呆滯地坐在椅子上，像一具木偶，任憑徐愛雲裝扮。

從答應和李向前結婚的那一刻起，她就萬分後悔。她感到她的一生被自己的一句話斷送了。她一次又一次鼓足勇氣，想立即找家裏的大人，重新否定她答應了的事。但是臨到頭來，她又泄氣了。她看見，有多少人已經開始忙着為她籌辦婚禮。她父親也趕來了，和李登雲一家共同操辦，並且相互稱起了「親家」。生米已經做成了熟飯。她要是再反悔這親事，將會引起她無法想像的後果。再說，她反悔了，自己又怎辦呢？

沒有辦法，只好睜着眼睛往火炕裏跳。婚期已一天天迫近。她懼怕這一天，但這一天還是無情地來臨了。

下午五點多鐘，婚禮馬上要在縣招待所的大餐廳舉行。徐愛雲於是把早已放在櫃子上的那朵紅紙花給姪女佩戴在胸前。男女兩家的一些女客，就和愛雲一起引着新娘出了縣革委會田福軍家的院子。

在縣革委會的大門外，一輛挽結着紅綢帶的黃吉普車正等待新娘的到來。本來縣革委會離縣招待所只有幾百米遠，但為了排場，李登雲動用了全縣所有三輛吉普車中的兩輛——當時吉普車就是縣上最高級的車，準備專車把新娘新郎接到招待所。

現在，李向前穿一身嶄新的銀灰色的制服，皮鞋擦得能照見人影子，胸前戴着一朵大紅花，正喜氣洋洋坐在吉普車的後座上。這位司機今天不用開車，自在地坐在小車裏面，胖胖的臉上帶着幸福的微笑。

這時，在縣招待所的大餐廳裏，已經是一片熱鬧非凡的景象了。幾十張大圓桌鋪上了乾淨雪白的台布，每張圓桌上都擺滿了瓜子、核桃、紅棗、蘋果、梨、紙煙和茶水。早到的客人已經十人一桌，圍成一圈，吃水果，嗑瓜子，抽紙煙，喝茶水，拉閒話。說話聲和笑聲嗡嗡地響成一片。這些縣社幹部們，今天不見明天見，相互之間都是熟人，湊到一起就有許多話可說。

這期間，仍然有新到的客人從餐廳門口走了進來。李登雲兩口子衣冠楚楚，分別立在大門兩邊，臉上堆着笑容，和進來的客人熱情握手，表示歡迎光臨他們兒子的婚禮。招待所的院子裏停了許多汽車 —— 這是向前的司機朋友們前來參加婚禮；他們有的是本縣的，有的是從外地趕來的。不時還有一輛大型拖拉機震耳欲聾般吼叫着開了進來，從駕駛樓裏跳下來一些公社的負責人 —— 他們的專車就是這大型拖拉機。

在餐廳後面的廚房裏，十幾個炊事員正忙着準備婚禮上的酒菜和飯菜。全縣幾個著名的廚師都被請來了，其中有石圪節食堂的胖爐頭胡得福 —— 胡師有幾個拿手菜名揚全縣，尤其是紅燒肘子。

人已經越來越多了，站在門口迎接賓客的李登雲夫婦驚慌地發現，除過主賓席外，幾十張圓桌已經快擠滿了人，而客人到現在還沒有來完呢！李登雲一邊對進來的客人滿面笑容地說一聲「歡迎」的時候，頭上就滲出幾粒冷汗 —— 把人家「歡迎」進去讓坐在哪兒呢？

就在這時候，被邀請來參加婚禮的石圪節公社主任白明川發現了李主任面臨的尷尬局面。他站起來，把旁邊他們公社的文書、潤葉的同學劉根民拉上，又叫了田福堂的小子潤生，到後面的房間里拉出一些椅子來，給每一張圓桌前又加了一把，立刻就把問題解決了。李登雲看見了，馬上鬆了一口氣，心裏說，這小夥子腦子就是好！倒說田福軍那麼器重他。本來，他對田福軍喜歡的人向來不感冒，現在卻對白明川有了好看法 —— 不管他其他方面怎樣，但今天他為我李登雲解了圍。好小夥子！

白明川和幾個人給每個圓桌旁加了一把椅子後，迎面碰上了柳岔公社主任周文龍。文龍雖然和他是高中時的同班同學，但「文革」初期，文龍是造反派，他是保守派，兩個人一直很對立。後來他們參加了工作，現在又都成了公社主任，因此面子上還能過得去。兩個人在走道裏寒暄了幾句，互相邀請對方到自己的公社來轉轉，然後就各坐在各的桌子上去了。

徐國強和一羣老幹部擠在一桌上。他們吃不成硬東西，只是喝茶抽煙，說過去的一些事情。當老中醫顧健翎到來時，醫院領導劉志英親自扶着他，也來到了這桌上。老幹部們都紛紛站起來，迎接這個經常給他們看病的老神仙。他們立刻不再拉談過去的事情，爭搶着和顧老先生討論各自的身體和疾病。

田福堂此時正一個人拘謹地坐在主賓席上。主賓席安排新郎新娘的雙親和縣上的領導坐。領導按慣例總是最後出場，因此都還沒到；登雲兩口子又在門口迎賓客；田福堂只好一個人乾坐在這裏。潤葉媽也沒來，說她「狗肉上不了筵席」，讓丈夫一人來參加就行了。本來徐國強也安排在這桌上，但老漢為紅火，攆到老幹部席上去了。

田福堂現在一個人坐在這地方真不自在。他氣管不好，也不能吸煙；而這種場所又不能拿根紙煙湊到鼻子上聞 —— 這太不雅觀了。他只好兩隻手互相搓着，有點自卑地羅着腰，看着一桌桌說說笑笑的縣社幹部們。在這樣的場所，雙水村這個有魄力的領導人，馬上變成了一個沒有見識的鄉巴佬。

不過，福堂此刻內心裏也充滿了說不出的驕傲和榮耀。是呀，看這場面！真是氣派！他感歎地想：他，一個農民，能這麼榮耀地和縣上的領導攀親，真是做夢也想不到。他更為自己的女兒高興 —— 出嫁到這樣的人家，那真是她娃娃的福分！

田福堂明顯地感到自己的腰桿子更硬了。他弟弟是縣上的副主任，現在，他又有了個副主任親家！

田福堂正一個人在主賓席上又自卑又榮耀地坐着，他兒子潤生忽然走過來，在他耳朵邊悄悄說：「爸，咱村的少平叫你到外面來一下。」

「怎？」田福堂瞪起眼問兒子。

「少安給我姐送了一塊毛毯，託少平捎來了，少平說要交給你。」

「那讓他進來一塊吃飯嘛！」田福堂說。

「他說他是步行從村裏走來的，累得不想參加了。」

田福堂聽說是這樣，就跟兒子往出走。走了幾步，他又轉身在桌子上抓了一把瓜子，拿了幾顆蘋果，才來到院子裏。

少平把那塊毛毯交給田福堂，說：「這是我哥和我嫂送給潤葉姐的結婚禮物，他們讓我親手交給你……」

「那你進去坐席嘛！」田福堂接過毛毯說。

「不了，我走累了。」少平推託說。

田福堂就把那把瓜子和幾顆蘋果，硬塞在少平的衣袋裏，少平就告辭走了。

少平的確累了。金波當兵走後，他就不能再和他一塊騎自行車回家。他又買不起汽車票，只好來回都步行。但他不想參加這個婚禮，更主要的是，他心裏隱隱地有些難受。他現在越來越清楚地感覺到，本來，潤葉姐應該是他哥的媳婦。但是兩個家庭貧富的差別，就把兩個相愛的人隔在了兩個世界。他們是不得已，才各自找了自己的歸宿。人生啊，有多少悲哀與辛酸！

現在，他不願意目睹親愛的潤葉姐和另外一個男人站在一起！

少平兩隻眼睛熱辣辣地穿過亮起燈火的街道，在料峭的寒風中向學校走去……

田福堂抱着少安夫婦送來的禮物，繞廚房後面回到了餐廳。他此刻也不由得想起了潤葉和少安的關係。他原來多麼擔心這兩個娃娃給他弄出丟臉事來。現在好了，兩個人都成了家，他再也不必為這件事憂慮了。

賓客們送的禮物，都早已擺到餐廳前面的幾張大桌子上，紅紅綠綠，花花哨哨，在幾張桌子上擺的邊邊沿沿都是。

田福堂揀了個很不起眼的地方，放下了那塊毛毯，然後又在主賓席上正襟危坐了。

他剛坐下不一會，縣上的領導就依次進了餐廳門。馮世寬主任走在前面；後面是副主任張有智和馬國雄；再後面是幾個常委和老資格中層領導。餐廳裏大部分幹部都站起來。馮世寬和縣上的其他領導紛紛和人羣裏的熟人握手問候。

領導們即刻在劉志英和登雲的引導下，在主賓席上落了座。登雲把親家介紹給領導們。田福堂慌得抖着胳膊和眾位領導們握手。李登雲同時硬把老首長徐國強也拉到了這桌上。

不一時，徐愛雲就帶着新娘新郎進來了。餐廳裏立刻掀起一陣歡娛的喧嘩和騷亂。有些愛開玩笑的年輕人都不由自主地喊叫起來了。

特邀司儀馬國雄宣佈婚禮開始。為了給李登雲帶面子而親自擔任主婚人的馮世寬，即席發表了簡短而熱情的祝辭，勉勵兩個新人繼承毛主席的遺志，在革命大道上攜手並進……

接着，餐廳裏就響起了一陣乒乒乓乓的碰杯聲和吆喝聲，整個大廳頓時像一鍋煮沸了的水一般開始喧騰了……

田潤葉低着頭，和李向前並排坐在主賓席前面的兩把椅子上。她感到頭暈目眩，甚至不知道自己身在何地。命運啊，多麼無情！這不是婚禮，而是她青春的葬禮……

她低傾着頭，兩隻眼睛微微閉合着。她在這一片嗡嗡的嘈雜聲中，彷彿又聽見了那親切而熟悉的聲音從遠方傳來……

此刻，她那葉想像的白帆又駛回了遙遠的童年，在記憶中的每一個溫暖的港灣裏停泊了一下。她想起在雙水村解凍的陽土坡上，她和少安用骯髒的小手一塊刨「蠻蠻草」吃；想起夏日裏的東拉河，水流一片碧澄，她和少安渾身不掛一條線，嬉鬧着互相往光身子上糊泥巴；秋天的神仙山，崖畔上綴滿一串串紅豔豔的酸棗，少安哥赤腳爬上去，給她摘了那麼多；冬天雖然寒冷而荒涼，但他們心裏熱呼呼的，手拉着手走過東拉河的冰面，穿過廟坪落光了葉子的棗樹林，跨過哭咽河上的小橋，在金家灣的草叢裏尋找那些破碎的瓷片。是的，破碎。一切都破碎了……

「讓路！油啊……」

「六的六呀，五魁首……」

「喝！」

「吃！好好吃！」

「夾菜！」

「咦呀，哈哈哈……」

…………在這一片洪水般喧囂的聲音之上，她似乎又聽見了那令人心碎的信天遊——

正月裏凍冰呀立春消，
二月裏魚兒水上漂，
水呀上漂來想起我的哥！
想起我的哥哥，
想起我的哥哥，
想起我的哥哥呀你等一等我……

—✦ 第四十一章 ✦—

孫少安和賀秀蓮結婚已經近十個月了，但小兩口仍然還像在蜜月裏一般熱火。

少安對他的婚姻很滿意。他越來越依戀這個大眼睛的山西姑娘了。每當他從山裏勞累一天回來，晚上在一隊飼養院的小窰裏接受秀蓮親熱的撫愛時，他嚐到了說不盡的溫暖和甜蜜。

結婚不久，秀蓮就不顧一家人的勸拒，開始出山勞動。她先是在生產隊跟他一塊種莊稼。秋後莊稼收割完畢，全村男女勞力都上了農田基建工地，他們就又一塊相跟着去打壩修梯田。秀蓮勞動和他一樣，很快博得了全村人的讚賞。她能吃苦，幹甚麼活都不耍滑頭。一般來說，新媳婦在一年之中都是全村人關注的對象。漸漸地，大家都和秀蓮熟悉了，工地上常開他們兩個的玩笑。搗蛋老漢田五叔還給他們編排了一段子——

上山裏核桃下山裏棗，
孫少安好像個楊宗保。
前溝裏韭菜後溝裏葱，
賀秀蓮好像個穆桂英……

眾人見了他倆，就像口歌一般唱田五的這幾句小曲。

晚上勞動回來，在家裏吃完飯，小兩口就相跟着回到田家圪塄飼養院的那個小窰裏。秀蓮馬上放火暖炕，給他燒洗臉洗腳水。莊稼人一般睡覺誰還洗臉洗腳呢？但秀蓮硬是把這「毛病」給他慣下了；現在不洗個臉，不燙個腳，鑽到被窩裏都睡不着覺。把他的！

每天晚上，在他還沒脫衣服前，秀蓮就把一切都收拾好，自己先鑽進了被窩 —— 她要先用自己的體溫把被子暖熱，才讓少安睡進來。秀蓮是個感情熱烈的人，每晚上都非讓少安和她在一個被窩裏睡不行。少安起先不習慣，後來不這樣他倒反而不行了。

因為一大家人在一個鍋裏吃飯，他們這面就沒甚麼東西，因此也不開灶。那點少得可憐的口糧，還敢在兩個鍋灶上吃嗎？只是寒露以後，他媽讓他們拿過來一些老南瓜。這樣，秀蓮在燒炕的時候，就煮一些南瓜湯，兩個人在睡覺前熱熱呼呼喝一碗。

入冬以後，夜長了，晚上他們也就不像往常那樣早睡。秀蓮在燈下給他綴補那些破爛衣服，做鞋襪。他蹲在前炕頭上化玉米粒或拈毛線。外面寒風呼呼吼叫，但窰裏暖烘烘的，有一種無法形容的安寧和舒服。兩個人做活中間，由不得相視一笑，傳達着內心無限的情感。她有時會停下手中的活，發呆地傻看他半天。當他捲起一支旱煙的時候，她就又湊過來，像個孩子似的，給他擦火柴點煙。兩個人這時候就幹不成活了，依偎在一起，靜靜地坐在熱炕頭上，好像互相傾聽對方的心跳聲。

這兩個年輕人太黏了！只是不知為甚麼，秀蓮還沒有懷娃。這不要緊，他們兩個已經悄悄去石圪節醫院檢查了一回，醫生說兩個人都沒病，肯定會生養的，讓他們不要着急。不着急！晚生一兩年也好，兩個人還能利利落落過一段日子呢！

但是，使少安感到不安的是，秀蓮對他好得也許有點太過分了。每次吃飯的時候，她都給少安碗裏撈稠的。家大口多，七老八小，一鍋飯裏湯多糧少，能有多少稠的呢？要是他碗裏稠了，那家裏其他人碗中就稀了。這太不像話！父母親年紀那麼大，妹妹年齡小，一天到石圪節上學還要往返跑路，而老祖母又半癱在炕上，他怎麼能在鍋裏撈稠的吃呢？

他曾含蓄地提醒妻子，以後再不能這樣。他們年輕，吃飯應該先敬老後讓小！

但秀蓮蠻有理由，說他一天出力最重，應該吃稠一些。他看一時不能說服秀蓮，以後就不讓她給他盛飯，吃飯時自己盛。他知道，秀蓮的這些舉動，父母親和妹妹都看在眼裏了，但他們又都裝着沒看見。這不是說，他們對秀蓮這種行為沒看法。少安為此而感到很痛苦。他心疼家裏的老人和妹妹，可他又不能過分指責秀蓮 —— 她也是心疼他啊！

的確是這樣。

對於秀蓮來說，寧願她自己餓肚子，也不願讓少安吃不飽。

在沒結婚之前，她來這家時，根本沒認真注意這家的實際情況。反正她愛少安，覺得一切都無所謂。結婚以後，她才知道，這家正如少安說的，已經窮到了骨頭上。一年分不了幾顆糧食，還供養兩個上學的。頓頓飯基本都是黑豆高粱稀湯。過一兩天，才蒸一鍋高粱麪饃 —— 這就算改善生活。能在喝稀飯的時候吃兩個黑麪饃，簡直就是奢侈。

這樣的吃食，別說是在山裏掙命勞動一天的莊稼人，就是一天甚麼活也不幹，都受不了。

但一切又無法改變。她從小到大，還沒受過這樣的罪。正是因為她和丈夫火熱的愛情生活，她才忍受着如此的飢餓和貧窮。她仍然一如既往地覺得，只要跟了少安這樣的男人，就是討吃要飯也心滿意足。是的，他那男子漢的體魄，他在村裏莊稼人中間的威望和婆姨女子對她羨慕和妒忌的目光，都使秀蓮內心充滿了幸福和驕傲。

唉，餓就餓吧！只要她和親愛的人在一起，餓肚子心裏也是暢快的！

本來，她娘家光景不錯，也可以從山西拿點糧食來。可這麼一大家人在一塊過光景，那點糧食添進去連個影子也尋不見。

秀蓮心裏也這樣想過：要是她和少安兩個人單另過光景，那他們就會成為村裏的上等家戶。他們兩個勞力，再加上她娘家的補貼，日子會過得紅紅火火！

可她心裏也清楚，要是他們分了家，那家裏其他人當下就活不下去了。光老公公一個人怎麼可能養活那七老八小一大羣人呢？

秀蓮知道少安會堅決不同意分家的，因此也就不敢提唸這方面的一個字。真的，她非常清楚，少安寧願和她離婚，也不會拋下家裏這麼一大羣人的。

唉，看來只好就這個樣子了！

但是，就在眼下這狀況中，她也總想千方百計照顧她的丈夫。於是，她就借盛飯之機，每頓都從盆底上給少安碗裏撈一些稠的。她心想：我男人撐扶着這個家，他的活苦也最重，難道不能讓他稠些吃一碗嗎？

可是，少安又堅決不讓她這樣做。現在，他連飯也不讓她盛了，開始自己動手給自己盛。每次盛的時候，她見他都用勺子在盆裏攪半天，攪勻了，才把飯往碗裏盛。每當看見這情況，她常背轉家裏人，忍不住眼淚都掉在了飯碗裏……

孫少安完全能體諒親愛的人兒對自己的一片好心！

但他決不能允許妻子為他搞「特殊化」。他寧願不吃飯，也不願意他吃稠的讓家裏人喝湯 —— 他怎能咽下去呢？

好了，他的秀蓮是開通的，她一定能理解他的心情。為了不使她情不自禁地再犯這錯誤，以後他就乾脆自己給自己盛飯了……

少安是在田福堂動身去縣城的時候，才知道潤葉要結婚了。據傳回來的消息看，那個男人就是去年原西河畔潤葉提起的縣上領導的兒子。

他聽到這事後，心裏忍不住一陣隱隱地難受。這是很正常的。他愛過這個人，而這個人不僅愛他，還公開向他表示了自己的愛情；只是他沒敢接受這愛，跑到山西去給自己找回來了秀蓮。

但是，在難受之時，他對這消息又不感到意外。這事也是很正常的。他已經結婚了，潤葉也總要結婚。事情本來就會是這樣的。對於孫少安來說，潤葉在他內心掀起的暴風驟雨已經在賀秀蓮溫暖的撫慰下平息了，現在只留下一些細微的痕跡。他祝福親愛的潤葉也能尋找到自己的撫慰。歸根結底，他們只能這樣。人只能按照自己的條件尋找終身伴侶。就好像種莊稼一樣，只能把豆角種在玉米一塊，而不能和小麥種在一起。

聽說潤葉馬上要舉行婚禮，少安着急起來 —— 他給人家送甚麼禮物呢？他和秀蓮結婚的時候，潤葉給他們送了兩塊緞被面，少說也值五六十元。而他們現在除過這兩塊被面，就再沒甚麼值錢東西了。總不能把這兩塊被面再送回去吧？

晚上睡覺前，他只好憂愁地對秀蓮提起了這件事。

「就是那個和你相好過的女子？」妻子自己紅着臉問他。

「就是的。我們小時候一塊耍大的……人家給咱送了那麼重的禮，咱給人家送甚麼呢？」少安熬煎地問秀蓮。

秀蓮想了一下，說：「人家有義，咱不能無情！我看是這樣，我爸走時給我丟下五十塊錢，我原來準備給你縫一件大氅，錢一直在箱子裏擱着。你乾脆都拿去，給人家買件像樣的東西！」

少安感激地把妻子拉在自己懷裏，在她臉上親了親。

於是，他就拿着秀蓮給他的五十塊錢，跑到米家鎮用四十六塊錢，買了一塊黃原出的羊毛毯。剩下的四塊錢，他給秀蓮買了一條圍巾。星期天少平回學校時，他就把毛毯讓少平捎給田福堂，讓他轉交給潤葉夫婦……

這件事過後不久，一九七六年就臨近結束了。

陽曆年底前的一天，他丈人賀耀宗突然託順車給他們捎來二斗小米。這點糧食頓時使一家人高興萬分。這樣，在他們那黑豆高粱稀飯裏，又能加一點小米了。對農民來說，小米就是最好的糧食；小米煮飯好，又經得住吃，一斤米能頂二斤麪。同時，家裏也就能騰出更多一些高粱喂那口肥豬。

陽曆年的最後一天，農村沒有顯出甚麼節日的氣氛。農民不過這個「洋」年。他們過年就是過春節。

吃晚飯的時候，少安端一碗放了調料的黑麪蒸土豆絲和兩個高粱麪饃，在院子裏一邊吃飯，一邊照料着喂豬。天氣冷了，讓家裏人在窰裏吃飯暖和一些；他外面幹一天活，習慣了，不怕冷。

他一邊吃飯，一邊往槽裏給豬倒食。由於加了糧食，豬已經開始上膘，毛色也變得油光黑亮。這口豬對他們來說太寶貴了。春節前後賣上一百多塊錢，就可以還一半他結婚時欠下的賬債。剩下幾十塊，除過明年的油鹽醬醋外，還要供唸書的。少安高興地想到，他弟弟少平下個月就高中畢業了。雖然蘭香明年後半年又要到原西城上高中，但他們三個男勞力供一個小妹妹上學，就要鬆寬多了。

少安一邊喂豬，一邊這樣想的時候，見秀蓮從窰裏出來，端着個飯碗向他這裏走過來。他心想：這傢伙像只綿羊，我走到哪裏她攆到哪裏；這一陣工夫不見面，這就又攆出來了。

秀蓮走到他跟前，突然從自己的碗裏拿出一個白麪饃，放在他的碗裏，也不說甚麼，向他莞爾一笑，轉過身又回窰裏去了。

少安一下子生氣了！秀蓮怎麼把奶奶吃的白麪饃給他拿來了呢？

這真是太不像話了！

他們一年夏季分那麼幾斗麥子，除過幾個重要節令，一家人誰也不吃，都是留給老祖母的。祖母年老多病，牙口又不好，她根本不能像其他人一樣吃這又粗又黑的東西。再說，老人家受了一輩子苦，兒孫們應該儘量照顧好她的晚年。這是人之常情！

其實，奶奶一頓也吃不了多少；每一頓飯，母親給她老人家做一小碗細麪條，她都吃不完。另外，有時候在他們蒸黑麪饃的鍋上，捎帶着給她蒸幾個白麪饃，每頓飯她掰着吃一塊。

今天母親又給奶奶蒸了五個白麪饃，秀蓮竟然給他拿出來一個！他們家還從來沒有一個人吃過奶奶的白麪饃；就連貓蛋和狗蛋，也不能這樣隨隨便便吃他老外婆的乾糧！

秀蓮太過分了！先前給他碗裏撈稠飯，現在又把奶奶的白麪饃拿來讓他吃，這簡直不能再讓人容忍！

少安匆忙地把自己飯碗裏的黑麪饃吃完，又把吃飽的豬吆到圈裏攔好，就端着那個白麪饃回到窰裏。

他臉陰沉沉地把那個白麪饃又放回到饃籃裏，一句話也沒說，轉身就往門外走。本來他還沒吃飽，但連稀飯黑麪饃也不想再吃了。這件令他難堪而痛心的事，已使他無法繼續在窰裏呆下去。

在他出門的時候，母親拿起那個白麪饃追出來，偷聲緩氣地說：「死小子！這是媽讓秀蓮給你拿的！」

少安頭也不回地只管往出走。他知道，母親這樣做，是為了讓秀蓮好下台。

他出了院子的時候，聽見窰裏傳來秀蓮的痛哭聲。哭就哭吧！誰讓你把事情做得這樣令人失望！

少安第一次沒有和妻子一塊相跟着回飼養院他們的家。

他心煩意亂地一個人回到田家圪塄這面，進了自己住的窰洞，連鞋沒脫，就倒在了土炕的鋪蓋捲上。

少安的額頭像感冒一般發熱。他第一次感到了成家後的煩惱。

是的，這是一個徵兆。隨着秀蓮進了家門，矛盾已經開始露了頭。他多少年和父母弟妹生死與共，秀蓮即使是因為愛他而傷害了家裏的人，他也不能原諒。他是一個成熟的莊稼人，絕對不會像農村的有些年輕人，如俗話說的「娶了媳婦忘了娘」。不！犧牲自己而全力支撐這個窮家，這是他多年來的一貫信念，已經成了他的生活哲學。也正因為如此，他才沒有從無數艱難與困苦之中垮下來，甚至因而感到自己活得還有點意思……

天很晚的時候，秀蓮才一個人進了家門。少安知道她回來了，也沒睜開眼看她。

他感覺那隻熟悉的、溫熱的手在他腿上輕輕碰了一下——不是無意，而是專意碰的。

他睜開眼睛。

血立刻怦然地再一次湧到了他的頭上！

他看見，秀蓮立在他面前，竟然在手帕裏包了兩個白麪饃，給他遞過來，正等着他坐起來接呢！

他氣憤地一閃身坐起來，大聲說：「你怎麼能這樣不懂事呢？」

秀蓮看來也生氣了，說：「這是媽讓我給你拿的！」

她說的當然是實話。在他甩手一走，秀蓮難為情地哭了以後，婆婆、公公和蘭香勸說了她半天。公公還怒氣衝衝地準備到飼養院來教訓兒子，被蘭香硬拉住了。

她臨起身回來的時候，婆婆為了掩蓋這個難堪的局面，硬讓她把兩個白麪饃給少安帶來，以便解脫兒媳婦。賢惠的婆婆原諒秀蓮，雖然事情做得有失體統，但這不是兒媳婦自己貪嘴，而是她心疼他們的兒子哩！

但孫少安完全忍受不住了，他竟然一下子失去了理智，衝動地跳起來，在秀蓮的肩膀上搗了一拳頭！

秀蓮完全想不到親愛的丈夫會動手打她。在少安生硬的莊稼人的拳頭落在她肩膀上的時候，手裏的兩個饃就滾在了前炕蓆上；她自己也一個趔趄，跌倒在了腳地上！

她伏在土腳地上，傷心地痛哭了。哭了一會，又猛烈地嘔吐起來。

少安在打了秀蓮以後，馬上就後悔自己太粗暴了 —— 秀蓮不管怎樣，都是為了心疼他，他怎麼能動手打她呢！

他本來想下去勸說秀蓮，並且向她認錯道歉。但一時又克服不了男人的自尊心。他只好兩把將鋪蓋綻開，衣服也沒脫，煩惱地鑽進被子裏，蒙住了頭。

過了一陣，他聽見秀蓮不哭了，並且像上了炕，開始窸窸窣窣地脫衣服。

不一會，他覺得自己被子的一邊被拉開了，接着，那熟悉的、豐滿的光身子就悄然地躺在了他身邊。少安心裏忍不住一熱。

秀蓮把臉貼在他背上，又委屈地啜泣起來。她一邊哭，一邊說：「你把人打得這麼重……人家都有了……」

「啊？」少安一下子翻過身，緊緊地摟住妻子，淚流滿面地在她臉上狂吻起來……

—✦ 第四十二章 ✦—

一九七七年元月中旬，孫少平要在原西縣高中畢業了。

在最後的幾天裏，所有的畢業班都處在一片混亂之中。

同學們互贈禮物，整理自己的東西；單個照相，集體合影；要好的朋友也紛紛聚在一起照一張留念照。縣照相館乾脆專門抽出幾個人到中學來為同學們服務。

許多手頭寬裕的學生，都一羣一夥到街上的國營食堂去聚餐——那裏的桌子板凳這幾天都讓這些年輕人佔據了。

這樣的時刻，同學們心裏都有一種說不出的複雜感情。進校時盼着畢業的一天；可臨近這一天的時候，又都有些依依不捨。更主要的是，所有的人都認識到，他們的少年時代也就隨之而結束了。現在大學不直接在應屆高中生中選拔，這就意味着大家從此不得不走向社會，開始過另一種生活：城裏的同學除過個別情況特殊者，都要到附近的農村去插隊；鄉裏的學生得各回各家，開始自己的農民生涯。別了，無憂無慮的少年時代……

少平和同學們的心情一樣。他對終於能離開這學校而高興，同時又有一種說不出的惆悵。是的，再過幾天，他就要回雙水村了。從這點上來說，他內心裏隱隱地充滿了煩惱。

說心裏話，他雖然不怕吃苦，但很不情願回自己的村子去勞動。他從小在那裏長大，一切都非常熟悉。他現在覺得，越是自己熟悉的地方，反倒越沒意思。他渴望到一個陌生的世界去！他讀過不少書，腦子保持着許多想像中的環境。他甚至想：唉，我在這世界上要是無親無故、孤單一人就好了！那我就可以無牽無掛，哪怕漫無目的地到遙遠的地方去流浪哩……

當然，這只是一種少年的可笑幻想罷了。他超越不了嚴峻的現實，也不可能把一種純粹的堂·吉訶德式的浪漫想法付諸行動——他其實又是一個冷靜而不浮躁的人。

孫少平熱愛自己家裏的每一個親人。但是，他現在也開始對這個家庭充滿了煩惱的情緒。一家人整天為一口吃食和基本的生存條件而戰，可是連如此可悲而渺小的願望，也從來沒有滿足過！在這裏談不到詩情畫意，也不允許有想像的翅膀——一個人連肚子也填不飽，怎麼可能去想別的事呢！

他從此以後，就要開始這樣生活：他每天要看的是家裏人的淚水、疾病、飢餓和愁眉苦臉。他將沒有住處，在家裏喝兩碗稀湯飯後，繼續到金家灣那邊找地方睡。當然，第二天還要早起，因為要返回田家圪嶗這面的一隊來勞動。毫無疑問，他將再沒有讀書的時間——白天勞動一天，晚上一倒下就會呼呼入睡。再說，到甚麼地方去找書呢？報紙可以到村裏的小學去看，但《參考消息》再也看不成了。他將不可避免地又一次和外面廣大的世界隔絕。如果他當初不知道這世界如此之大也罷了，反正雙水村和石圪節就是他的世界。但現在他通過書本，已經「走」了那麼多地方，他的思想怎麼再會僅僅局限於原來的那個小天地呢？

但不論他怎樣想，現實終究是現實。幾天以後，鋪蓋一捲，他就得動身回家。當然，眼下他還要正常地在學校度過這最後的幾天……

他們班的集體相已經在學校大門口照過了。他又和一些要好的同學分別也照了幾張。畢業證和檔案裏需要的單人相片，他半月前就在縣照相館照過，並且加洗了幾十張，已經按規矩給班裏的同學每人送了一張。其他的禮物他也送過了：男同學一人一個小筆記本；女同學一人一塊手帕。他同時也收下了幾十張照片、一堆筆記本和十幾塊手帕。

畢業的花費少說也得二三十元錢。他在暑假的時候，為了攢夠這筆錢，和妹妹蘭香挖了二十多天藥材，才勉強夠應付現在這局面。

在離校的兩天前，所有的公事和私事基本都完結了。他把自己的一點零七八碎收羅在一起，就一個人出了校門。他想在離別之時，再到縣城轉一轉。

他不是去逛商店，也沒有甚麼具體事可辦。他是到自己曾熟悉的那些地方去走一圈。這些「熟地方」有的在城裏，但大部分在城外。有些地方是他經常去尋覓吃食的山野；有些地方是他讀過書的土圪塄；也有他曾餓着肚子睡過覺的小草窩。當然，他也沒忘了來到原西河畔，在他因最初的失戀而落過淚的地方，再一次傷感地追憶當初的情景……

當他立在原西河邊的時候，他也想起了他的好朋友金波。金波已經當兵去了青海 —— 他來信說在師部的文工團吹長笛；還說他們住在藏民區，附近有一個軍馬場……他很羨慕金波，甚麼時候能像他一樣去遠方闖蕩一回呢？他想，下一次徵兵的時候，他能不能也去當兵？

臨近吃下午飯的時候，少平已把「該走的地方」都走過了，於是就返身回學校。

冬日西沉的殘陽餘暉在原西河對面的山尖上留了不多的一點。原西河兩岸的河邊結了很寬的冰，已經快在河中央連為一體了。寒風從河道裏吹過來，徹骨般刺冷。

少平很快地進了破敗的城門洞，走到街面上。

街上冷冷清清，已經沒有了多少行人。城市上空煙霧籠罩，遠遠近近灰濛濛一片。縣廣播站高杆上的信號燈，已經閃爍起耀眼的紅光。從不遠的體育場那裏，傳來人的喊叫聲和尖鋭的哨音……所有這一切，現在對少平來說，都有一種親切感。他在這裏生活了兩年，漸漸地對這座城市有了感情 —— 可是，他現在就要向這一切告別了。再見吧，原西。記得我初來之時，對你充滿了怎樣的畏怯和恐懼。現在當我要離開你的時候，不知為甚麼，又對你充滿了如此的不捨之情！是的，你曾打開窗戶，讓我向外面的世界張望。你還用生硬的手拍打掉我從鄉裏帶來的一身黃土，把你充滿炭煙味的標誌印烙在我的身上。老實說，你也沒有能拍打淨我身上的黃土；但我身上也的確烙下了你的印記。可以這樣說，我還沒有能變成一個純粹的城裏人，但也不完全是一個鄉巴佬了。再見吧，親愛的原西……

孫少平懷着愉快而又傷感的情緒，用腳步，用心靈，一個下午回溯了自己兩年的歷程。

當他回到學校以後，見田曉霞正在他宿舍裏。她顯然是在等他。

「你到哪兒去了？」她問他。

「我出去走了走。」他說。

「現在咱們走吧！」她穿着一件帶帽子的「棉猴」大衣，已經出了門。

他只好跟出來，問：「到哪兒去？」

「我請你吃飯！」她說。

孫少平不願到她家裏去，就說：「我在大灶上報飯了……」

「啊呀，都快畢業了，你還捨不得丟你那兩個黑麪饃？」她開玩笑說。

少平沒吭聲。其實，他今天下午報的是白饃 —— 他把幾張「歐洲」票一直攢到了這幾天。

少平原來以為曉霞讓他到她家去吃飯，但她卻把他引到了街上的國營食堂。

她把飯菜買齊後，對他說：「咱們就要分別了，我應該請你吃一頓飯。家裏人多，這裏咱們清靜一點，還可以拉話。」

少平第一次單獨和一個女同學一塊下館子，因此他有點不好意思。好在曉霞是個大方姑娘，他們也熟悉，才使他心裏不特別慌。他說：「我也應該請你一次。禮尚往來！」

「別，」曉霞說，「等我回咱們雙水村的時候，你在你家裏請我吃一頓飯，也許更有意思！」

「你會到雙水村來嗎？」少平問她。

「肯定會的！我還從沒回去看大爹大媽呢！再說，就是沒他們，我也會去看你的！你要是到縣城來，也一定要來找我！行不行？」

「行……」

少平一邊吃飯，一邊心裏非常激動地想：他竟然這麼大方地和一個女的坐在一起吃飯，拉話，這簡直不可思議！

話說回來，也只有和曉霞在一起的時候，他這個年齡的和女同學交往的羞怯心理，才不至於成為一種嚴重的障礙。他們常常像兩個大人一樣探討一些「大問題」，這使他們的關係限定在友誼和嚴肅的範圍內。

「畢業後你準備怎辦呀？」曉霞一邊給他碗裏扒拉菜，一邊問他。

「一切都明擺着，勞動種地……這些我都不怕。主要是讀書困難了。沒時間不說，借書也不方便。曉霞，你要是找到好書，看完後一定給我留着；我到城裏時，就來拿。看完後我就會想辦法還你的。」

「這當然沒問題。就是《參考消息》，我也可以一個星期給你集中寄一次，你看完保存好就行了。其他報紙聽你說咱村的學校裏都有？

不管怎樣，千萬不能放棄讀書！我生怕我過幾年再見到你的時候，你已經完全變成了另外一個人。滿嘴說的都是吃；肩膀上搭着個褡褳，在石圪節街上瞅着買個便宜豬娃；為幾根柴火或者一顆雞蛋，和鄰居打得頭破血流。牙也不刷，書都扯着糊了糧食囤……」

孫少平仰起頭，笑得都快噴飯了。這個曉霞啊！

笑畢，他說：「我不會變成你描繪的那種形象。」他立刻嚴肅起來，「你不知道，我心裏很痛苦。不知為甚麼，我現在特別想到一個更艱苦的地方去。越遠越好。哪怕是在北極的冰天雪地裏；或者像傑克·倫敦小說中描寫的嚴酷的阿拉斯加……」

「我很讚賞你的這種想法！」曉霞用熱情而鼓勵的目光望着充滿激情的少平。

「我不是為了揚名天下或挖金子發財。不知為甚麼，我心裏和身上攢着一種勁，希望自己扛着很重的東西，在一個不為人所知的地方，不斷頭地走啊走……或者甚麼地方失火了，沒人敢去救，讓我衝進去，哪怕當下燒死都可以……曉霞，你說這些想法怪不怪？我也說不清楚這是為甚麼！但我心裏就是這樣想的。我回到家裏，當然也為少吃沒穿熬煎。但我想，就是有吃有穿了，我還會熬煎的。說實話，幾年前，我沒這麼些怪想法。但現在我就是這樣想的。我不知道這是為甚麼；也不知道這情緒對不對……」

「堅決正確！」曉霞把兩個不能連在一起的詞連在一起，笑着對他說。這是他兩個創造的一種幽默用詞法，時不時從雙方的嘴裏冒出來，其中的滋味只有他兩個才能品嚐到。

這頓飯他們吃得時間很長，談的話也很多。他們相約：他們還要見面；她要回雙水村來；他也還要到縣城來找她。他們只是沒好意思說互相可以通信。

回到學校後，曉霞把她託父親在省城買的那個多兜黃掛包，作為畢業禮物送給了少平。少平給她送了一個漂亮的大黑皮筆記本……

晚上亮燈的時候，少平正破例和幾個同學在宿舍打撲克，跛女子侯玉英突然來找他。

她也不進宿舍來，踮着腳立在門口，讓少平出來一下，說她有個話要給他說。

少平看見她臉上帶着一種緊張和激動，並且氣喘吁吁的，不知發生了甚麼事，就把手裏的撲克塞給旁邊一個觀戰的同學，跳下炕走了出來。

在院子裏，侯玉英悄悄地對他說：「郝紅梅做下丟臉事了！」她說這話的時候，臉上露出一副幸災樂禍的神色。

「甚麼事？」少平的頭皮一陣發麻。他心想，紅梅和養民是不是有甚麼不規矩行為，讓人家捉住了？馬上要分手，說不定兩人感情衝動……

「你猜！」侯玉英故弄玄虛地向他擠了擠眼。

少平着急地說：「你快說是甚麼事嘛！我猜不着！」

侯玉英這才一臉的神秘，說：「郝紅梅在二門市上偷手帕，讓售貨員抓住了！」

「啊？」少平一下子震驚得張開嘴巴，「甚麼時候？」

「今天下午快吃飯的時候。」

「現在她人在哪兒？」

「在二門市後面一個辦公窰裏鎖着。我爸讓我到學校來找領導……」

「你去了沒有？」少平一步跨到侯玉英面前，瞪着眼問她。

侯玉英被他的兇相嚇了一跳。本來，她來是給孫少平報喜訊的。

她知道過去郝紅梅和少平相好，後來又拋開少平，和班長顧養民相好了。自從孫少平救了她的命以後，她就一心一意想報答少平；並且對這個過去她瞧不起的鄉巴佬崇拜得五體投地。今天郝紅梅大概窮得給同學送不起畢業禮物，買手帕的時候又偷着拿了幾塊，讓售貨員抓住了。她父親聽她說，這女賊是她的救命恩人的仇人，就立刻讓她到學校來找領導，好把這個賊娃子美美處理一傢伙！她到學校沒顧上找領導，就先興奮地給少平報訊來了。

現在，她看見少平一臉兇相，很奇怪他聽了這事為甚麼不高興，反而給她瞪眼睛？好像她侯玉英倒成了個賊娃子！

她看少平這樣逼問她，只好說：「我還沒顧上找領導呢……」

「你不能去找！」少平仍然很兇狠地瞪着眼，「對誰也不能說！也不能對顧養民說！你聽見了沒？你要是說了，我就掐死你！」

侯玉英嚇得跛腿倒退了一步，驚慌地看着孫少平，以為這個人瘋了。她趕忙說：「我聽你的話！誰也不給說！」

「這事除過你爸，還有誰知道哩？」少平問。

「再就是你們村的金光明。紅梅就是他抓住的……你說不讓找學校領導，那現在怎麼辦？」侯玉英畏怯地看着孫少平那張火暴暴的臉。

少平抬起頭想了一下，說：「走！我跟你到門市上去！」

侯玉英只好轉過身，一瘸一跛地引着孫少平，向自己家裏走去……

第四十三章

郝紅梅像一隻兔子被獵人關進了籠子。驚慌。絕望。痛不欲生。她在二門市後面的這個窰洞裏，哭得死去活來。她在心裏喊叫說：一切都完了……

本來，眼看就要高中畢業，她心中充滿了無限的快樂。她終於熬到了頭。另外，更讓她心花怒放的是，她和養民的關係也眼看快要成功了。雖然他們還沒有具體談論婚姻的事，但她相信顧養民確實愛上了她。儘管畢業後，她要回農村去勞動，但未來的生活已在她面前展示了燦爛的前景。她知道，她不會在農村呆很長時間的。養民的父母親都是黃原地區像樣的人物，他們怎麼能讓他們的兒媳婦在農村勞動呢？他們一定會想辦法在黃原給她找工作！她將在那個夢想中的城市和養民一塊幸福而榮耀地生活。這並不是夢想，養民實際上已經給她暗示過這一切。因此，當畢業來臨，農村來的同學都心神不安、憂鬱惆悵的時候，紅梅心裏卻像五月的陽光照耀着一般，亮堂堂，暖洋洋。太陽就是顧養民。這位高貴人家的子弟給她的生活帶來了無限美好的希望。最使她感動的是，養民不嫌她的地主成分；說他們家「文化大革命」中父親也被打成了「反動學術權威」，挨過整，受過批判；他說成分不能決定一個人是好是壞。多有水平的見識啊！親愛的養民是世界上最好的男人！

當郝紅梅在畢業的這幾天裏萬般歡樂的時候，卻遇到了一個讓她掃興的情況：班裏所有的同學在分別之際，都互相贈送禮物，以作留念。原來她想大概是相互要好的同學之間才這樣呢——她初中畢業時就是相好的同學才互贈禮物。但這裏卻興這樣一種人人都送的風氣！這也許難怪，人一上點歲數，就變得世故了，不管平時關係怎樣，這種時候好像都成了兄弟姐妹。

既然大家都是這樣，她也只得隨俗入俗。

但讓她頭疼的是，她的錢不夠買這麼多禮物。她原來積攢下的錢，只夠買當初她準備給人送的東西——這點錢也是在牙縫裏省下來的。現在她來不及再籌備這其餘的一筆錢了。家裏一分錢也拿不出來。她又不能開口問顧養民要錢；兩個人現在八字還沒見一撇，就開口向人家要錢，這簡直成了那種不要臉的婦女。她是一個高中生，怎能這樣庸俗不堪呢？話說回來，如果她這樣，養民也會唾棄她的！

沒有辦法。眼看一兩天同學們都要離校了，她還對自己的禮物一籌莫展。她臉上的笑容已經消失得一乾二淨，焦急得如同熱鍋上的螞蟻。最使她恐懼的是，同學們已經都把自己的禮物送給她了，這逼迫她非要給人家回贈不行。她已經湊合着把男同學們的筆記本都送過了，但十幾個女同學的手帕還沒買下。她剩下的錢只夠買幾塊——另外那十來塊手帕的錢到哪兒去找呢？

但她又不能讓女同學看出她沒錢給她們回贈禮物。她不時掩飾着自己的慌亂，對她們說，她到商店跑了幾次，發現沒甚麼太好看的手帕了，等一兩天再去看有沒有新來的……

可是，再有兩天就要離校了！還能再等那「新來的」手帕嗎？

郝紅梅覺察出，有幾個女同學已經用鄙夷的目光看她了。

她沒有辦法，只好在這天商店快關門的時候，硬着頭皮去了街上。她想，先買幾塊再說吧……

她來到就近的二門市部時，活頁板的門面已經關住了，只剩下一個小門——實際上已經停止營業，那個小門是留給售貨員下班走的。

她不管三七二十一，硬從那小門裏擠了進去。

她看見櫃枱後面只留了一個梳大背頭的售貨員，正在封爐子，顯然其他售貨員都走了。

那大背頭售貨員見她進來，立刻說：「下班了！」

她只好乞求似的說：「我只買幾塊手帕，能不能麻煩一下呢？」

那售貨員見她這樣說，就一隻手提着鐵鏟子，走過來用另一隻手從櫃底下拉出一疊手帕放在櫃枱上。

郝紅梅按自己的錢數挑了五塊不同花色的手帕，就把錢交給了售貨員。

售貨員接過錢以後，就趕忙又去封冒死煙的爐子去了，剩下的那疊手帕也沒顧上收拾，仍然扔在櫃枱上。

郝紅梅在往自己的書包裝那五塊手帕的一剎那間，產生了邪念 —— 她沒有時間來檢討她這行為的全部危險與可怕，便很快瞥了一眼那個封火爐的售貨員，見他脊背朝着她，就閃電般伸出手在櫃枱上的那疊手帕上面抓了一把。在她還沒來得及將手中的贓物塞進自己書包的時候，那售貨員大概是憑第六感覺也閃電般轉過身來！

於是，一切都完了……

這個叫金光明的售貨員，把賊娃子很快帶到門市後面，交給了主任侯生才。

侯生才立即進行了審問。郝紅梅痛哭流涕如實招了。

侯主任一聽她是自己女兒一個班的同學，倒動了惻隱之心 —— 說不定是他玉英的好朋友呢！

他於是讓金光明先把這女娃娃引到他的辦公室去，他自己要到家裏向女兒問問這姑娘的情況。

侯主任走了以後，金光明也要回去吃飯，就把郝紅梅領進他的辦公室，門一鎖，屁股一擰就回了家。

侯主任回到家裏，一問女兒，才知道這個女賊平時就不是個好東西！又聽說她還把玉英的救命恩人孫少平哄閃了一回，這就更不能輕饒她了！

他打發女兒到學校去，立刻把領導找到這兒來。哼！甚麼東西！這種賊娃子，乾脆甭給發畢業證書，還要給檔案裏寫上一筆！聽說還是地主成分，這不是階級鬥爭的新動向嗎？

女兒跛着腳走了以後，侯生才匆忙地扒了幾口飯又返回到門市後面。他來到門市後面一看，金光明辦公室的門鎖了。鎖了？他狐疑地想：是不是金光明把這女賊放了？

可能哩！光明也出身地主家庭，一個階級的嘛！

侯生才不由自主地走到金光明門上，想在門縫裏看一看人在不在裏面。他還沒彎下腰，就聽見裏面有哭聲。在哩！就是的，他金光明豈敢把賊娃子放了！他不想端公家的飯碗子了？

侯生才這才又回到自己的辦公室，洗了幾個茶杯，等中學的領導人來處理這個行竊的女賊……

這時候，侯玉英正領着孫少平往這裏趕來了。

一路上，少平內心波濤洶湧。他沒有想到，紅梅在這即將離校的時候，給自己招致了如此嚴重的災禍。他知道，這事一旦公開處理，紅梅的一生就要被徹底毀滅了。他無法目睹活人的這種慘狀。在他看來，一個人哪怕讓汽車壓得當場斷氣，也比揹着個賊名活一輩子強。尤其對一個女人來說，這簡直慘不可言！

他心急火燎地走在跛女子旁邊。夜晚料峭的寒風吹拂着他燙熱的臉頰。這時候，他覺得二門市後面關的不是郝紅梅，而是他的妹妹蘭香。他要奮不顧身地挽救她，就像他冒着生命危險救下了他身邊走着的這個跛女子。他似乎看見紅梅也像侯玉英一樣，兩隻手揪着兩把叢草，洪水已經淹沒了半身，她絕望地呼喊着：「救命！救命！」

「你堅持一會！我來了……」他在心裏向她喊叫說。

跛女子走得太慢了！他真想一把扯住她的袖口，飛快地向二門市跑去。可又想也不能怨侯玉英走得慢——她腿不好！

路燈如同一些詭秘的眼睛，窺視着夜行的人。風搖動着街道兩邊的門環，發出「咣當咣當」的聲響。冬夜中的原西城充滿清冷和淒涼。但是，此刻，孫少平心中溫熱地想起，兩年前，在這樣寒冷的日子裏，他總是和郝紅梅在中學的飯場上不期而遇。那時候，兩個穿戴破爛的鄉下娃，曾經多麼難為情地躲避眾人的嘲笑，偷偷地取回自己的兩個黑麵饃……一股辛辣的味道頓時湧上了他的咽喉與鼻管，使得兩大滴熱淚迅疾地沖出眼窩，灑落在腳下的石板街上……

當孫少平跟着侯玉英來到二門市她父親的辦公室時，侯生才驚訝地問他們：「你們學校的領導哩？」

孫少平立刻說：「侯叔叔！這事不要經領導了，由我來處理！」

侯生才吃驚地看着這個嚴峻的青年，不知他怎處理這事呀？會不會先跑到隔壁，把這個耍弄過他的女學生捶一頓？

少平馬上接着說：「叔叔，我請求你的是，除過現在的幾個人，這事決不能再讓任何一個人知道。而且永遠不能讓人知道。你要對我起誓！我們村的金光明，你要把這話給他說到，因為你是他的領導，他會聽你說的。

「你要想想，郝紅梅是我和你們家玉英的同學。她因為家窮，給同學送不起禮物，才犯了這個錯誤。你應該相信，她是一個好人。誰也不能傷害她！如果誰要是傷害了她，我就不會原諒，遲早會向傷害她的人算賬的！」

「你喝水！」侯主任一直震驚地聽這個青年說話。他萬萬沒有想到，這後生竟然這樣來「處理」這件事。儘管他沒聽說過「起誓」這兩個字——但他明白這是叫他賭咒發誓，不能斷送這個賊娃子的名譽和前途。侯主任那顆精於計算的冷冰冰的心，此刻又一次讓一片人情的燙水暖熱了——他曾為這個年輕人冒着生命危險搶救自己的女兒，心中很不平靜了一段時間。

「叔叔，請你把這錢交給金光明。那十幾塊手帕還讓紅梅拿走。請記住，她沒有偷！這手帕是她買的！」少平把自己身上剩餘的錢掏出來，一邊往辦公桌上放，一邊對侯主任說。

「我知道哩！這手帕不是偷的！」侯主任硬把錢往少平手裏塞，大方地說，「啊呀，這怎能讓你出錢呢！既然這女娃娃是你和玉英的同學，這錢讓我出！」

少平仍然把錢放下，說：「就這樣了。一會光明來了，把門打開，讓紅梅走。你幾個不要過來，讓我單獨領她出去……」

「那好，那好，」侯主任感歎地說，「你這年輕人心腸真好！啊呀，現在沒這種年輕人了……我年輕的時候，也和你一樣，門上來個討飯的，儘管玉英她媽關住門不讓進來，但我總要掰半個饃打發這些可憐人……」

不一會，金光明來了。侯生才立刻把他拉到一邊，在光明的耳朵邊說了半天。金光明明白了。他走過來，親熱地在少平的肩胛上拍了拍，說：「人才！雙水村的人才！」

金光明很快領着少平去開他辦公室的門。門打開後，光明按侯主任的指示，又轉身回隔壁窰洞去了。

少平的心咚咚地狂跳着，走進了窰洞。他看見紅梅瞪着一雙哭紅的眼睛，驚慌地看着他。

少平走到她跟前，說：「紅梅，我把一切都處理好了。現在你走吧！」

「甚麼？」紅梅仍然驚慌地看着他，不知這個從天而降的同學怎樣「處理好了」。她知道，她傷過這個人的心——他大概是乘她落井之時，幸災樂禍地投石來了。但她根據兩年的同學生活，又深知孫少平不是這樣的人！

正在她胡盤算的時候，少平把前前後後的一切都給她說了。

紅梅立刻如夢初醒，她就像死裏逃生一般出聲哭了起來。少平把桌上的「贓物」塞進她的書包，說：「別哭了。事情已經完結，趕快走吧！」

紅梅一邊哭，一邊趕緊拿起她的書包，跟着少平一溜煙似的就從門市後面出來了。

到街上的時候，少平對她說：「你先回去，我一個人慢慢後邊走……」

昏暗的路燈下，紅梅無限感激地看着他，嘴唇顫動着，一句話也說不出來。

她這樣久久地站了一陣，然後就低着頭，抹着眼淚，在前面先走了。

少平一直目送着紅梅的身影消失在遠處的黑暗中，然後才長長地歎了一口氣，一個人慢慢向學校走去。嚴厲的寒風像碎針扎在臉上一般刺疼，但他心裏感到很熨帖。好了，一切都平息了。紅梅又能正常地生活在人們之間，生活在陽光之下。把黑夜留給鬼魅吧，白天應該是屬於人的……

第二天，城裏的學生們已經紛紛離校了。鄉裏的學生將在母校住宿最後的一天，明天一大早就要各自東西，各回各家。

學校大門口，同學們依依不捨地在相互送別。有的女同學都哭了。

是的，兩年共同的生活，相互之間也許發生過口角、誤會，甚至齟齬；但是，一旦到了分別的時刻，一切過去的不愉快就都煙消雲散了，只留下美好而溫暖的回憶和難分難捨的感情。在人的一生中，最美好的時光也許正是在自己的中學時代。那時我們多麼年輕、純潔、真摯，內心充滿了生活的詩情……

少平和大家一樣，不時簇擁着一位離校的同學，走出了學校的大門口 —— 他們的結束與開始之門！他和鄉裏的同學們一塊相約，甚麼時候到各自的村子裏看望對方……

下午快吃飯時，侯玉英肩膀上挎個黃書包，又一瘸一跛來找他。她怪不好意思地給少平送來一個非常精緻的大筆記本，外面還用兩條紅絲線束着。她說：「咱們就要分別了，這點禮品送給你。你要是進城來，希望一定到我們家串串門……」

侯玉英說完，就很快轉過身走了。走了幾步以後，又很不自然地回過頭向他笑了笑。

孫少平這才想起，他還一直沒接到侯玉英回贈的畢業禮物；原來她在最後的一刻，才把這麼一個漂亮筆記本送給他 —— 這個心眼很稠的人，送東西都是三等兩樣。少平見她前幾天送給別人的筆記本根本不如這個好。

現在，侯玉英已經走出了校門口。孫少平奇怪：這筆記本上怎還纏着兩條紅絲線？

他好奇地把這兩條絲線解開，翻開筆記本的硬皮，突然從裏面掉出一張折起來的紙片。他打開紙片，原來是一封信 ——

親愛的少平：

自從你昌（冒）着生命危險，奮不過（顧）身地搶救了我的生命後，我就從心裏面愛上了你。因為我腿不好，可能你看不上我。但我們家光景好，父母親工資也高。我是城市户口，因為腿不好，也不要去農村播（插）隊，你要是和我結婚了，我父親一定會給你在城裏找到工作，我們一定會很幸福的。我會讓你一輩子吃好穿好，把全部愛情都獻給你。你要是心裏情原（願），回家後給我回信説明。

你回家後，需要錢和甚麼東西，我一定全力以付（赴）支原（援）你。

盼着鴻雁早飛來！

愛你的人：玉英

孫少平看完他有生以來接到的第一封「戀愛」信，臉上露出溫暖而感動的笑容。他把侯玉英的信揉成一團，正準備隨手扔掉，但馬上又想到這樣不合適。

他於是很快到隔壁抽煙的同學那裏借了火柴，走進廁所，把這封信燒掉了。然後他回到自己的宿舍，收拾東西，準備明天一早就回家呀！

第四十四章

自從出嫁罷女兒，雙水村大隊書記田福堂情緒一直很好。他不僅滿意地了結了一樁心事，而且還攀了一個高門親家。

最近以來，不論在村中還是在石圪節的土街上，他聽到許多莊稼人都在熱心地談論他。啊呀，在這個天地裏，他田福堂越來越成個人物了！他儘管身體不太好，但現在感到自己渾身是勁。他想：這今後家裏也就再沒甚麼牽掛了，趁威信高漲之時，得把雙水村的工作搞得更加出眾 —— 不能光在石圪節當先進，還要把名聲揚到外面，讓原西縣和黃原地區也知道有個叫田福堂的人！誰說農民幹不成大事？看看人家陳永貴！早年間，老陳不也是個大隊書記嗎？可就這麼一個穿對襟衣服、頭上包着毛巾的農民，在中央都坐了一把椅子！有些穿制服的幹部瞧不起農民？哼，農民裏面能人多着哩！

田福堂現在思謀：他怎樣才能在雙水村這個小天地裏，幹出一番大事情來？當然，農民嘛，除過和土地打交道，還能做出甚麼驚天動地的業績！

說來說去，文章還得在土地上做。種莊稼當然是老本行。關鍵要在農田基建方面下功夫。怎樣下功夫？他一時倒也想不出甚麼新名堂來。雙水村土壩打了不少，梯田也修得前後村子都出了名 —— 你不看廟坪山從根到頂都修成個「花捲饃」了！川道裏，由於公社徐主任的爭取，前年冬天和去年春天，全公社集中好多勞力來會戰，也修整得有模有樣了。

看來，這個冬春他也來不及再謀劃幹大事。等秋後莊稼收割畢再說！到時，就不能小打小鬧，得幹一件有震動性的工作才行！

總之，因為門裏門外的事都很順心，福堂的事業心更強了，抱負也比以前更大了。對於一個五十歲的農民來說，這倒也不容易。「就是的嘛！」田福堂心裏說，「年紀雖大，革命意志可不能衰退！」

正在田福堂躊躇滿志進而心猿意馬地考慮自己如何施展抱負的時候，有件事卻又叫他頭疼起來：他兒子潤生高中畢業，回家來了。

唉！這件事的確讓他頭疼。現在高中畢業的學生，都得回來勞動。就是他有辦法給兒子找個公差，也不行。因為政策規定，不經過兩年以上的勞動鍛煉，沒資格推薦出去工作或上學。連中央領導的娃娃都要到農村來插隊落戶，接受貧下中農再教育，他田福堂的兒子怎麼可能例外？

但是，他自己知道，潤生從小嬌生慣養，平時連一回水也不擔，更不要說整天把日頭從東山揹到西山了。娃娃吃不了苦！這不，他高中畢業回來眼看已經快一個月，還沒出山勞動一天哩，人家孫玉厚家的少平，回來的第三天就上了村裏的農田基建工地。

福堂看見他兒子本人也很苦惱。這娃娃性格像他媽，比較綿軟；可身體又像他，瘦瘦弱弱的。說心裏話，他也捨不得讓潤生出山受苦。他自己都好多年沒參加甚麼勞動了，怎忍心讓兒子去受這罪？當然，他是書記，要忙着做工作，不勞動別人也不能說甚麼。可他的兒子也不勞動，這就說不過去了。不勞動不行嘛！這倒不是說為了那幾個工分 —— 那點工分能值幾個錢？況且，就是兒子不掙工分，他也能養活了他；問題不在這裏！問題是以後有個工作和學習機會，大隊推薦時，潤生不參加勞動，不好往過通！就是眾人因為他田福堂的面子，同意把大隊公章蓋在推薦表上，還有上面的機關哩！而村裏有些人說不定當面舉拳頭讚成，背後馬上就跑到上面告狀去了。再說，假如給雙水村來一個名額呢？那人家孫玉厚的娃娃勞動好，當然輪人家娃娃去；人家其他條件都不比他家差！不像金家灣那面，他還可以在成分上做點文章 —— 孫玉厚是老貧農！

田福堂想了後果，又想眼前的現實；想來想去，他也沒甚麼好辦法。他難過地看見，兒子現在一天也沒多少話，在家中走裏走出，只是個抽紙煙。本來他很反感兒子抽煙 —— 年輕輕的，就抽成了一副老煙癮，這還了得！弄不好將來和他一樣，成了氣管炎。但他又想到娃娃苦悶，只好睜一隻眼閉一隻眼。抽就抽去吧！他發現，他擱在家裏的紙煙，都讓這小子抽完了，可他仍然煙不離嘴。奇怪！他買紙煙的錢是哪裏來的？慢慢一想，他才估計到是他媽偷偷給他塞錢哩！唉，也難怪，他老兩口就這麼個寶貝兒子，從小嬌慣了這麼大。就是兒子開口問他要錢買煙，他也得給！

在田福堂為兒子的事萬般焦慮的時候，有一天，他的主要助手孫玉亭來他家串門。

在拉談了一會村裏的工作以後，玉亭對他提起了潤生的事，說：「福堂哥，你最近大概為潤生的事犯愁着哩？」

田福堂心裏想：這玉亭！真是把他的心思摸透了。他的一切喜怒哀樂，玉亭馬上就能入微地體察到。不叫金俊武敲怪話說，他打個噴嚏，玉亭就感冒了。

玉亭既然提起了這事，他就只好說：「唉，就是的……這娃娃身體不好，從小也沒受過苦，現在回來要參加勞動，怕吃消不了。我想來想去，也沒個好辦法……」

「怎沒辦法？」玉亭盯着愁眉苦臉的書記，「我也一直替你想這事呢，最近倒想出了一個好辦法！」

「甚麼辦法？」田福堂很感興趣地問。

「讓潤生教書去！」

「教書？到哪裏去教呢？」田福堂立刻感到玉亭有點不着邊際了。

「就在咱本村教！」

「本村？本村兩個教師，位置滿滿的，能增加進去人嗎？」

「咱辦初中！」玉亭興奮地說，「只要辦起了初中，不就得增加教師嗎？現在黨號召發展教育事業，提倡社隊辦初中。咱們村完全有條件搞這事！實際上，這也不難，只要增加一個初中班就行了，村裏小學一年又畢業不了幾個娃娃！再說，公社教育專幹前幾年也給我提唸讓咱們村辦初中班呢⋯⋯」

田福堂聽玉亭這麼一說，倒開始認真思考這個大膽的設想，覺得這裏面還真有些門道哩！他就說：「咦？你這主意倒還新鮮！玉亭，你再往下說！」

「另外，從政治路線方面說，咱們貧下中農應該佔領教育陣地。可咱們村兩個教師，一個是地主家的兒媳婦姚淑芳；另外一個金成雖然是俊山的娃娃，但成分也是中農。咱們學校的教師，連一個貧下中農也沒有啊！這怎麼行呢？只要從這方面把問題提出來，他隊裏的其他領導人也沒話可說！」

田福堂越聽越覺得玉亭說的有道理。他從箱蓋的煙盒裏給玉亭拿了一根紙煙，然後手在頭皮上搔了半天，說：「也許這事能辦哩！但要開個會通過才行。」

「咱們馬上就召開支部會討論！」孫玉亭鼻子嘴裏煙霧大冒，性急地對書記建議。

田福堂又搔了半天頭皮，才說：「玉亭，你是個精明人，應該想到，這事牽扯我潤生，因此我不能出面召開這會⋯⋯能不能這樣，乾脆你來給咱出面！你是學校的貧管會主任嘛！你出面名正言順！只要貧管會通過了，大隊支部沒理由反對！就是有人反對，那時我出來說話就主動了！」

「沒問題！我今晚上就召集貧管會開會，專門討論這事！」

田福堂馬上又補充說：「要辦初中，恐怕還得增加兩個教師。那就先考慮讓你哥家的少平上。潤生嘛，只要大家同意，我也就不推辭，讓娃娃到學校去鍛煉上幾年！」

「按文件規定，農村當教師也算勞動鍛煉，到時門外有工作和學習的機會，就能符合推薦條件了⋯⋯」

「這我知道哩。」田福堂說。

孫玉亭從田福堂家出來後，已經快到吃午飯的時候。他也沒回家去，穿着那雙綴麻繩子的爛布鞋，絞着兩條腿匆忙地向後村頭他哥家走去。

玉亭一路上很激動。他又一次感到自己在雙水村是個舉足輕重、有智有謀的人物。連田福堂都感到頭疼的問題，他孫玉亭三下五除二就迎刃而解了。不用說，福堂將因此而更會器重他的。不論是從政治上還是其他方面說，他想他當然是雙水村革命事業的接班人。將來福堂和俊山年紀大了，就看他帶領雙水村人民，繼續沿着毛主席的無產階級革命路線前進哩！

另外，他還高興的是，在村裏辦個初中班，他哥家的少平也能到學校去教書。

作為村裏學校的貧管會主任，孫玉亭一直為貧下中農沒有佔領這塊教育陣地而感到很痛心。金光明的老婆姚淑芳，一天穿戴得像個資產階級小姐，怎麼能教育好貧下中農的後代？只是她屬於公派教師，他把這女人沒辦法。他前幾年曾跑到公社找教育專幹，讓他把姚淑芳調到外村去。但專幹不同意，說姚淑芳家在雙水村，生活和各方面都比較方便，又是一個教齡不短的老師，沒理由把人家調開。他也就再沒辦法了。另一個教師金成，仗着他爸是大隊副書記，本人又在學校負責，也常不把他孫玉亭放在眼裏。他知道，姚淑芳和金成雖然表面上尊重他這個貧管會主任，但心裏都瞧不起他。哼！我孫玉亭除過缺吃少穿外，甚麼地方不如你們？共產黨員！貧農成分！怎？

孫玉亭一路走，一路莊嚴地想：雙水村資產階級把持教育陣地的歷史就要結束了。再說，潤生和少平不僅是貧下中農子弟，還是自家人，他這個貧管會主任就再不會像晁蓋一樣被架空了！

玉亭走得緊急，又用腦子，雖然天氣冷，但額頭上卻滲出了汗水。

他上了他哥家的小土坡，臉上不由自主地露出笑容。他知道他哥一家人聽到這消息，一定會很感激他，而且也會另眼看待他了。哥！別以為玉亭光知道連累你們，吃你們一碗飯，抽你們幾袋煙。我在大事上給你們幫大忙哩！哥，你說你早年間供我唸書，後來又給我娶了媳婦；可我也幫你娶了個不要財禮的兒媳婦嘛！現在我又把少平拉扯到學校去教書，這該把欠你的情補上了吧？

孫玉亭進了他哥家的門，看見除過他的老母親和大嫂外，其餘五個人都出山勞動還沒有回家來。他大嫂正在鍋灶上忙着做飯。老母親坐在一堆被褥裏，手裏拿些白藥片，用手指頭撥拉着一顆一顆細心地數着。

他不想先把這事給大嫂說 —— 等其他人回來再說。

他於是就費勁地把那雙爛鞋脫在腳地上，上了他哥家的土炕，坐在他媽身邊。

老母親心疼地用瘦手摸了摸小兒子的破棉襖，說：「這麼單薄，你冷呀！叫你媳婦再給你絮上一點棉花……」

玉亭對他媽說：「家裏連一點舊棉絮都沒了。」

「那你把我那個舊棉襖拿回去，拆了給你絮上……」老母親難過地揩了揩自己的紅眼。

這時候，在鍋上忙着的少安媽說：「我們還剩點舊棉花，罷了你拿去。」

「能哩！」玉亭馬上應承了下來。他今天在這家中理直氣壯。既然給他，那他就要。而且今天這頓午飯，他也就不客氣了 —— 他把鞋脫在腳地上，就是準備在這裏吃飯的。

不一會，他哥，少安兩口子，少平和蘭香，都先後進了家門；窰裏頓時亂紛紛地擠滿了人。他哥和少安兩口子進門還給他打了個招呼，但少平和蘭香就像沒看見他一樣。

儘管大家都沒顯出甚麼特別的熱情歡迎他，玉亭也不計較。他常來哩，這家人已經習以為常了。但他想，必須在吃飯前把他準備讓少平當教師的事，說給這一家人聽！否則，他就不好意思四平八穩坐在炕上吃這頓飯 —— 他知道鍋裏沒給他做進去；他吃了，他哥家就有一個人沒飯可吃。

他等大家都聚在窰裏時，就很快把他想方設法在村裏辦初中班，準備讓少平去當教師的事，給他哥一家人敘說了一通。

不出他所料，一家人都馬上開始為這消息而興奮起來。

哈呀，這事當然應該高興！要是少平教了書，兩個假期不算，一年就能掙二千六百工分，公社一個月還補助六塊錢呢！要是假期裏出工勞動，隊裏還單另給記工分。這樣下來，一年比一個最好的勞力都掙得多！要是少平當社員，恐怕一個工評八分就到頂了 —— 還要好好賣勁幹活才行呢！

少安問二爸：「這事大隊開會研究了沒？」

「還沒哩。估計問題不大！貧管會肯定能通過。支部五個人，福堂和我當然沒問題。海民不會反對。金俊山他不好意思反對；他兒子可以教書，難道福堂的兒子就不能教嗎？主要反對的人，大概會是金俊武。不過，黨的原則歷來是少數服從多數，他一個人反對也不頂事！」

孫玉厚老兩口沒有想到，他們的這個弟弟能給他們幫這麼大的忙。看來，家裏有個人在大隊負責，還頂事哩！

少安也為自己的弟弟能教書感到高興。他知道少平在學校多年，儘管不是嬌慣出來的娃娃，但一時也怕適應不了繁重的體力勞動。再說，有個當教師的，全家人也體面一些 —— 難道他們一家人天生都要讓黃土弄得灰頭灰腦嗎？

孫少平更為這消息而激動。他不是慶幸逃避勞動，主要是教書能有時間看書看報。另外，他不僅能頂一個全勞力掙工分，一年還有七十二元的補助費，可以為家裏還一些賬債。

孫玉亭報告完這振奮人心的好消息，就心安理得在大哥家吃了一頓中午飯。然後他把自己空癟的煙布袋補充滿，胳膊窩裏夾着大嫂給他的一捲舊棉絮，拖拉起爛鞋就很有精神地回了家。

晚飯以後，玉亭把其餘幾個貧管會委員找到自己家裏，研究辦初中班的事。幾個委員大都是田家圪嶗這面的 —— 金家灣那面除過幾家人外，貧下中農很少。

不用說，孫玉亭的提議三秤二碼就通過了。

為了趁熱打鐵，田福堂和孫玉亭商量，第二天晚上就緊接着開大隊支部會討論。

孫玉亭分析得完全正確。支部會上，田海民不反對，金俊山不好意思反對。只有金俊武一個人不痛快。

俊武是個精人，他也不直接反對，開始時還說：「這當然是件好事嘛。如果咱們辦了初中班，村裏的娃娃就不要跑路去石圪節上學了，大隊也再不要給石圪節中學出錢……」田福堂和孫玉亭還沒來得及為金俊武的話高興，這傢伙就調轉了話頭：「不過，咱村眼下就辦初中，條件恐怕不行。旁的不說，教室哩？現在擠得滿滿的，增加一個班，在甚麼地方上課？」

大家都瞪起眼，被金俊武問住了。

田福堂想了一會，說：「豬場有一孔窰洞哩，要不，把一年級的碎腦娃娃搬到大隊豬場去，騰出窰來讓初中班上課。」

「人娃娃和豬娃娃住在一塊，這恐怕……」金俊武臉上露出嘲諷的笑容。

「大隊豬場就丟下兩口老母豬，乾脆賣了！」孫玉亭說。

「當然可以！」田福堂立即接上孫玉亭的話碴。

金俊武看來無力再改變這個形勢了。大家都不反對，他一個人反對也的確不頂事。他雖然明白這是田福堂和孫玉亭為自家人撈好處，但沒辦法拒擋他們。他心想，這樣一來，學校四個教師，就有三個是大隊領導人的親屬了 —— 沒辦法，他的娃娃沒長大嘛！

金俊武儘管心裏很不痛快，最後也只好勉強同意了。於是，春天開學以後，雙水村就辦起了初中班。高中畢業回村的田潤生和孫少平，走馬上任，到學校當了教師。

第四十五章

鄉諺：強扭的瓜不甜。

李向前結婚以後，才真正體驗到了以上這句俗話的滋味。

自從婚禮儀式一結束，他的不幸就開始了。結婚雖然已經幾個月，但他還是等於一個光棍。實際上，這樣一種夫妻生活，還不如他打光棍。光棍沒有女人的溫暖，但也不要受女人的折磨。

從洞房花燭之夜起到現在，他用盡了甜言蜜語，甚至下跪乞求央告，潤葉死活不和他同牀。每天晚上，她不脫衣服，在牆角的一張小牀上獨自睡覺，而把他一個人丟在那張漂亮的雙人牀上。兩個人就像陌生的路人住在同一個旅館裏。李向前夜夜倒在牀上流淚、歎息；他真想大聲狂叫，又想用拳頭把所有的東西砸個稀巴爛……

剛結婚的時候，向前以為這是潤葉怕羞 —— 大概所有剛結婚的姑娘都是這樣。於是他就原諒了潤葉的反抗，並且還在內心責備自己操之過急。因此，他晚上強迫自己安分守己地睡在大牀上。他想，也許過一段時間，他就會得到妻子的溫存 —— 他耐下心等待着這一天的到來……

雖然父母親都是領導幹部，但李向前沒有一點從政的素質。他喜歡自由自在地幹一種體力活。他在小時候就迷上了開汽車，覺得這工作可以走南闖北，也沒人成天跟在身邊指手畫腳。他想走就走，想停就停，兩隻手把着方向盤，可以隨心所欲把一個龐然大物擺弄得像一隻綿羊一般乖順。司機工作雖然餐風飲露，很辛苦，但人心情暢快呀！

高中畢業後，他父親想讓他在縣革委會機關當幹部，但他堅決不幹，而給縣供銷社的一位老司機當了助手。在這方面，他表現得心靈手巧，又能吃下苦，因此不到一年工夫，就考取了駕駛執照，獨立開車了。就像實現了一個美夢一般，李向前完全沉醉在了自己的職業中。對待汽車，他一點也不馬虎，哪怕為了洗乾淨一個螺絲帽，他可以把飯丟下不吃。汽車在他的眼裏是有生命的。就像愛馬的人看見自己的坐騎一樣，他每次向自己的汽車走去的時候，心裏就有一種抑制不住的激動和亢奮，甚至要溫柔地把這個鋼鐵傢伙撫摸一下。

當然，在其他方面，他也是一個平平凡凡的普通人。他不愛看書，也不關心多少正經八百的社會大事。他喜歡聽軼聞趣事，和同行東拉西扯地諞一些不上串的話。有時候看起來見識很廣，但實際上說的都是些沒名堂的事。除過汽車行道，對吃、穿、用的東西他也很在行；炒一手好菜，知道甚麼衣服正流行，並且極其關注新出現的日用產品。有些玩藝兒他已經用了多時，可原西縣的人還沒聽說過，比如電動刮鬍子刀等等。

但這個身體略嫌發胖的青年，心腸倒並不壞。他不像他這個行道的有些青年，動不動打架生事，或者時不時在公路上演出一些惡作劇來。李向前本質上是個本分人。他只是在吃、穿、住和開汽車這幾個範圍內兢兢業業而又精精明明地奔波操勞，其他範圍的事他沒甚麼興趣。

但是，這一切方面所用的心思加起來再乘以二，也抵不上他對田潤葉所用的心思。這沒有辦法，一個男人一旦迷上了一個女人，就覺得這女人是他的生命、他的太陽。除過這個女人，世界上所有的女人都暗淡失色了。為了得到這女人的愛，他可以付出令人難以想像的犧牲。甚至得到的不是愛，而是鄙視和侮辱，心裏也很難為此而悔恨自己。正如兩句信天遊唱的——

> 我愛我的乾妹妹，
> 狼吃了我也不後悔……

經過漫長時間的不屈不撓的追求，李向前終於如願以償地和潤葉結了婚。就像當年他終於開上了汽車一樣，他覺得這又是把一個美夢變成了現實。

他是多麼愛她啊！她身上的一切在他看來都是完美無缺的，簡直可以說是個天仙。

但這位「天仙」雖然已經和他同宿一房，可好像仍然還在天上。現實又無情地變成了一個美夢——他不能把自己所愛的人摟進自己的懷抱！

當他耐下心安分守己地睡在牀上好多天以後，他的妻子還沒有「克服羞怯」，仍然獨個兒睡在牆角的小牀上不理他。

李向前苦惱得實在沒辦法了。

他突然想：乾脆讓我離家一段時間，讓潤葉一個人呆着。在她這段獨處的時間裏，也許就會開始想念他，盼他回來。當他再返回家時，不要他去找她，她自己說不定就會迫不及待地撲入他的懷抱。

這個帶有浪漫色彩的想法，使李向前很興奮。就像要實行一個精心的計劃一樣，他打點了一點行裝，找了個藉口，就一個人去了北京。他父母直到現在，也並不太清楚自己兒子的不幸，只是覺得兒子新婚不久，就一個人去外地出差，多少有些不合情理。他們曾勸說他把潤葉也一塊帶上去玩；但向前說他妻子身體不舒服，就不一塊去了……

李向前到了北京以後，找了個旅館住下。他也沒開車，又沒甚麼具體事，幾乎完全是要白白地熬過一段時光。他就像自己給自己判了個有期徒刑，在這裏屈指計算着刑滿釋放的那一天到來。日子過得多麼平靜，甚麼事情都沒有。可他的心如火焚，如油煎，真的就像一個囚犯坐牢一般難熬。白天，他拿着一張月票，從一輛公共汽車上跳下來，又上了另一輛公共汽車。首都所有的名勝古跡都去了兩次以上。

那一晚上，他躺在旅館的牀上，像通常一樣，翻過身調過身睡不着。他又回到了自己的家……

現在，他似乎看見潤葉已經拆掉了牆角的那張小牀，把自己的被褥抱到了雙人牀上，和他的被褥摞在一起。兩隻枕頭也親密地緊挨在一起了。潤葉腰裏束起了一件叫人心疼的小小的印花布圍裙，正在拿一把笤帚把雙人牀單掃得乾乾淨淨。爐子的火正旺，房間裏暖烘烘的；爐上的鐵壺冒着水蒸氣，發出輕微的嘶嘶聲。她現在坐在爐邊的小凳上，正給他洗衣服，兩隻小巧的手在肥皂水裏浸得通紅。她突然停止了揉搓衣服，坐在小凳上發起了呆。她一定是想起了他。是的！你看她都不洗衣服了，站起來沖掉了手上的肥皂沫，慢慢地踱到那個小窗前面來。對，小窗正是朝北開的。啊！她是在向遙遠的北方眺望呢！看她的嘴脣在微微地翕動 —— 那一定是在喃喃地念叨着他的名字，呼喚他趕快回到她身邊來……

李向前熱淚盈眶地沉浸在自己的幻覺中。不，他不認為這是幻覺。這一切都是真的！

他於是在第二天懷着無比激動的心情，在西單，在東單，在前門大街，在王府井，跑來跑去買了一整天東西。他主要是給潤葉買衣服。他把身上帶的錢，除留夠路費以外，全部都買了東西，裝滿了一個大箱和一個小箱。大箱裏全是給潤葉買的衣服和日用品，小箱裏是給他家和潤葉家的老人買的禮物。

他提着這兩箱東西，就像多年在外的遊子要回到親人的身邊，坐完火車，又坐汽車，恨不能長上翅膀，飛回到原西縣城。眼淚在眼眶裏旋轉着，幸福的情感如同電流一般不時在全身通過，使他忍不住想咧開嘴哭上幾聲。

他在省城下了火車後，就給潤葉拍發了一封電報 ——

我於 × 月 × 日坐汽車到請接前

本來到原西車站後，離家也就不太遠了，他自己可以提着箱子回家。但他覺得還是應該給潤葉打個電報。否則，她說不定要埋怨他不讓她到車站來接他。

當汽車快要到原西城的時候，李向前臉燙得像炭火一般；並且能聽見自己「咚咚」的心跳聲。農場，機械廠，銀行，副食公司，林業站，自行車修理部……前面就是汽車站！他早已把頭從車窗裏探出來，在車站門口的人羣中尋找那張親愛的臉——到現在還沒發現……

直到下了汽車後，李向前還沒見潤葉的面。他想大概潤葉以為汽車不會這麼早到，過一會才來。

他於是就把兩隻皮箱放在地上，等待自己的妻子。本來他可以提起箱子很快就走到家。但他固執地認為，潤葉要來接他。他不能讓自己的妻子失望！

但是，過了好大一會工夫，車站上的旅客和接人的親友都走光了，還不見潤葉來。

現在，在候車室外面的土場子上，只剩下他一個人孤零零地站着，陪伴他的還是那兩隻皮箱。

向前又想，可能潤葉沒接到電報——他現在多麼希望是郵電局出了差錯！

因為潤葉沒有來車站，向前只好自己提着兩隻皮箱，向家裏走去——他結婚後住在運輸公司的家屬院。

一路走着的時候，向前儘管已經受了點打擊，但並不沮喪。他反而又責備起了自己：是的，這麼幾步路，他不該打電報讓潤葉來接他。說不定潤葉有事忙着，或者正在家裏給他準備洗臉的熱水和飯菜……

他終於走到了自家的門前。心狂跳着，把兩隻皮箱放在腳下，然後舉起微微抖着的右手敲了一下門。

沒有動靜。他想，潤葉大概是和他開玩笑哩！等他自己進了門，她說不定就會從大立櫃或門背後突然出現在他面前，用胳膊勾住他的脖子，在他的臉上吻一下……

他從身上摸出鑰匙，打開了門。

他呆呆地怔在了門口，頭上頓時像被人狠狠打了一棍。

他看見，家裏空無一人。一切都還是原來的樣子。他的牀上，仍然是一個枕頭一牀被子；牆角的那張牀也是老樣子。家裏冷冷清清，爐子裏沒一點火星。

他拖着兩條沉重的腿，走進了房子，把兩隻皮箱扔在了腳地上；他自己也一撲踏坐在兩隻皮箱中間，抱住頭痛哭起來。命運啊，竟如此殘酷無情！

一剎那間，狂怒的火焰驟然間在這個絕望的人心中熊熊地燃燒起來。他發瘋似的跳起來，兩腳就把地上的那隻大皮箱踩癟了。他把那一件件花花綠綠的衣服從箱子裏扯出來，兩隻手拚命地使着勁，把這些衣服都撕成了一些碎布條，扔得滿地都是。

做完這件粉碎性的工作，李向前就連鞋也沒脫，倒在自己的牀上，蒙住頭睡了。

他當然不可能睡着，只是在被子裏無聲地啜泣着。

不知甚麼時候，他聽見妻子回家來了。他仍然在牀上蒙頭大睡，連動也沒動，像具活屍。

在一陣沉靜之後，他聽見她在收拾地上他撕碎的東西。他的心又一次怦怦地狂跳起來。他多麼希望潤葉來到他牀邊，對他說，她對不起他，請他原諒她……

一直到了夜間，他盼望的一切都沒有發生。他現在知道，她已經上了她的牀，睡覺了。

再也忍受不住了！他一下子從自己的牀上跳下來，走到牆角她的牀邊，一把將她的被子揭過，然後就用兩隻握方向盤的鐵鉗般的手，把她上身的襯衣和乳罩撕得粉碎。他臉上先是捱了一記耳光，然後又被狠狠抓了一把，火辣辣地疼。他不管這一切，只是瘋狂地抱住她，開始撕她的褲子。兩個人在黑暗中拚命地廝打起來——在這萬般寂靜的黑夜裏，李向前要強姦他的妻子了！

經過一陣劇烈的搏鬥後，強姦未遂。他和妻子都傷痕累累，兩個人幾乎都要暈死過去。

向前突然放開妻子，一下子跪在她牀前，痛哭流涕地說：「原諒我吧！我對不起你！我錯了！我再也不會這樣了……」

他說完這些話，就站起來，打開家門，搖搖晃晃地向外面的黑暗中走去……

三天以後，田潤葉已經從牀上起來了。她拖着疼痛的身子，勉強換了一身衣服，梳了梳自己喜鵲窩一般亂蓬蓬的頭髮。李向前那晚上出走後，再也沒有回來。

三天來，她幾乎沒吃甚麼東西；臉色蠟黃，眼窩深陷，就像剛從地獄裏回到人間一般。

此刻，夜幕又一次籠罩了大地。窗外，星星在藍天上眨巴着眼睛，張望着人世間這個不幸的小房屋。

她呆呆地坐在牀邊。腦子是雜亂的，又是空泛的。

她聽見門外「咚」地一聲響。甚麼聲音？她懷着恐懼站起來輕輕開了一點門縫。

她看見，李向前像死人一般橫在門口。一股強烈的酒味撲鼻而來。

她閉住眼，沉重地歎了一口氣，然後就彎下腰，把這個爛醉如泥的人往房子裏拖——門外一夜肯定會把這個醉漢凍死的。

本來已經沒一點力氣了，但她仍然拚命把這死沉沉的軀體，拉到了房中的腳地上。李向前已經醉得不省人事，身上、臉上和頭髮上都糊滿了骯髒的嘔吐物，發出一股刺鼻的臭味。

她現在開始連扯帶剝，把他的髒外衣扔在了一邊。但她無論如何再沒有力氣把他弄到牀上去。她乾脆把他大牀上的被褥拉到地下鋪開，把這個沉重而失去知覺的人硬拖進去。

她給他蓋好被子，又看見他臉上也糊滿了泥土和髒物，就拿熱毛巾給他擦乾淨。她安頓他睡下後，就拉滅電燈，回到她的小牀上睡了……

第二天早晨，李向前醒來後，看見他睡在腳地上，身上還蓋着被子。老半天，他才回憶起這以前的種種事情。他現在明白，他躺着的這個舒適而暖和的安樂窩，是潤葉為他搞的。

他的心「呼」一下熱了！

他立刻從地上跳起來，衝動地向妻子撲了過去。

在他還沒來得及摟住她的時候，他的臉上就「啪」地又捱了一記耳光。他像木雕一般呆立在腳地上，看見妻子把收拾好的一個提包拎在手上，連看也沒看他一眼，就打開門頭也不回地走了……

第四十六章

如果不查看有關的統計數字，誰能想像來黃土高原的千山萬壑中，究竟有多少個村落和人家呢？旅人們！你們也許跑了不少路，但對這塊和陽光同色的土地所留下的印象，恐怕仍然是豹之一斑。

黃土，這個名詞在中國的史籍中早已有之。地質學研究表明，黃土是第四紀陸相黃色含石英、長石、雲母等六十多種礦物的鈣質膠結而成的粉砂質土狀沉積物。在佔全球陸地十分之一的黃土覆蓋面積中，我國包括陝西、山西、甘肅、青海、寧夏、河南、內蒙七省（區），面積就達五十九萬平方公里；分佈之廣，堆積厚度之大，類型之完整，為世界所罕見。在我國，自西北向東南，戈壁 —— 沙漠 —— 黃土，依次呈帶狀序列分佈，因而在黃土成因史上，被認為是由風力遠距離搬運而來。另外還有水成和成土作用的不同學說。由於黃土堆積物中蘊含着豐富的第四紀信息，有關的科學工作者往往有意識地把黃土作為一個獨特的研究對象 —— 第四紀代表地球發展史上最新的一個紀。

因為黃土具有垂直節理發育、孔隙性大和濕陷性等特點，所以遇水很容易流失、滑塌和崩解。在漫長的二三百萬年間，這片廣袤的黃土地已經被水流蝕割得溝壑縱橫，支離破碎，四分五裂，像老年人的一張粗糙的皺臉 —— 每年流入黃河的泥沙就達十六億噸！

就在這大自然無數黃色的皺褶中，世世代代生活和繁衍着千千萬萬的人。無論沿着哪一條「皺紋」走進去，你都能碰見村落和人煙，而且密集得叫你不可思議。那些縱橫交錯的細細的水流，如同瓜藤一般串連着一個接一個的村莊。荒原上的河流 —— 生命的常青藤。有的村莊實在沒辦法，就被擠在了乾山上；村民們長年累月用牲口到溝道裏馱水吃，要麼，就只能吃天上降落的雨水了。在那些遠離交通線的深山老溝裏，人們談論山外的事，就如同山外的人談論國外的事一樣新鮮。據《黃原報》的一則消息報道，某縣一個偏僻村莊的幾十戶人家，竟然沒有一個人見過鐘錶！此種落後狀況，恐怕讓加西亞·馬爾克斯筆下的「馬孔多」的居民們都會大為驚訝的。不用說，這樣的村莊，別說縣裏的幹部，就是公社幹部，通常也從不去踏個腳蹤……

一個星期以來，田福軍已經走過三個這樣的「死角」村子了。他不是專門來這些地方解決問題的，而是自己臨時決定進行這次不在計劃內的造訪。

一個星期前，他到全縣最偏遠的後子頭公社來檢查工作，在偶然中發現這公社有四個村子，公社幹部們兩眼墨黑，根本不知情——他們竟然沒一個人去過這幾個地方。據了解，去這些村莊別說汽車，連自行車都騎不成；就是步行，也要翻山越溝在羊腸小道上走整整兩天才能到達。

田福軍對後子頭公社的這種工作狀況非常生氣。他不要公社幹部陪同，決定自己一個人步行到這幾個被遺忘的村莊去看看。

已經看過的三個村子，情況十分令人震驚。缺吃少穿是普遍現象。有些十七八歲的大姑娘，衣服都不能遮住羞醜。一些很容易治癒的常見病長期折磨着人；嚴重一些的病人就睡在不鋪蓆片的光土炕上等死。晚上很少有點起燈的家戶；天一黑，人們就封門閉戶睡了覺。野狼如入無人之境，跳進羊圈任意啃咬，也沒人敢出來打攆——據說這裏的狼早不把人放在眼裏了。沒有甚麼人洗臉，更不要說其他方面的衛生條件了。大部分人家除過一點維持活命的東西外，幾乎都一貧如洗。有的家戶窮得連鹽都吃不起，就在廁所的牆根下掃些觀音土調進飯裏……

當田福軍來到這些村子的時候，村民們幾乎都跑出來站在遠處觀望他，就像來了一個外星人。每到一個村子，他都是一家一家往過看。有些問題馬上可以解決的，他當下就和隊裏的負責人商量着解決了。有些問題是需要公社解決的，他都記在了筆記本上。有些問題公社也解決不了，他準備回到縣上後，會同有關部門，爭取在短時期內儘快解決。

現在，田福軍在一條崎嶇的山路上爬蜒着，到最後一個「死角」去。他手裏拄着一根柴棍，外衣搭在肩膀上，在這萬籟寂靜的山野裏一邊走，一邊警惕地觀察周圍有沒有野狼出現。

快過端陽節了，頭上的太陽熱烘烘的。山雞和野雞清脆的叫喚聲，不時打破這夢一般沉寂的世界。大地上的綠色已經很惹眼了。大部分秋莊稼剛鋤過一遍草。莊稼地中間的苜蓿盛開着繁密的紫紅色的花朵。向陽的山坡上，稀稀拉拉的麥穗開始泛出了黃顏色；路邊灰白的苦艾叢中有時猛地會躥出一隻野兔子，嚇得田福軍出一頭冷汗。

他一邊走，一邊揪了一把苦艾，湊到鼻子上去聞。這苦澀而清香的艾葉味，使他不由想起小時候的端陽節，他和福堂哥總要一大早就爬起來，拔好多艾草，別在門上，別在全家人的耳朵上，然後再揭開噴香的粽子鍋……唉，從那時到現在，不覺得幾十年就過去了。人啊，有時候覺得日子過得太慢；有時候又覺得太快了，簡直來不及做甚麼事！記得「文化大革命」開始時，他剛三十出頭，正是風華茂盛之時——結果這好年華白白地浪費掉了。前幾年雖然恢復了工作，但也等於仍然在油鍋裏受煎熬。直到不久前「四人幫」被打倒，他才好像一下子又變年輕了。只要國家有希望，工作就是把人累死也暢快！他多年來一直處在實際工作中，因此非常清楚十年「文化大革命」造成的災難性破壞是多方面的，不可能在朝夕間就消除。他常想，作為一個基層領導幹部，必須在他的工作範圍內既要埋頭苦幹，又要動腦筋想新辦法。當然，眼下最重要的仍然是農民的吃飯問題。現在看來，沒有大的政策變化，這問題照樣解決不了。那麼，能解決多少就解決多少，最起碼先不要把人餓死……

臨近中午的時候，田福軍才走到這個叫土崖凹的小村子。這村子只有十來戶人家，是個生產隊，屬幾架山外的一個大隊管轄。全村沒一個黨員，也沒一個團員；生產隊長輪着當，一年換一個，每個男勞力幾乎都當過了。

田福軍被現任隊長引到家裏吃午飯。隊長的一孔土窰像個山水洞一般黑暗，大白天進去急忙看不清家裏有幾個人。他坐在爛蓆片炕上向生產隊長詢問村裏的情況。隊長的老婆在鍋灶上做飯。不久他才發現，這家人六個孩子一個比一個大點，都擠在門圪塄裏驚恐地看他。孩子們幾乎不穿甚麼衣服，也分不清男女，一律剃着光頭 —— 大概是怕生虱子。

午飯端上來後，田福軍拿起一個玉米麪饃。他剛準備吃，發現這黃饃上沾些黑東西。他一下從炕上站起來，走到後炕頭上揭開鍋蓋。他看見，鍋裏只有兩個玉米麪饃，其他都是糠團子。他的喉嚨頓時被堵塞了。

田福軍把自己碗裏的玉米麪饃放進鍋裏，用手去拿糠團子。他手剛一抓，這團子就被他捏成了一把碎渣子。他順手拿起鍋台上的鐵鏟子，把這堆渣子鏟在自己碗裏，然後澆了兩勺熬鍋水，回到炕上埋下頭吃起來。隊長一家人嚇得連一句話也不敢說。兩個大人和六個孩子都眼睜睜地看着他吞咽那碗糠水飯。

他還沒有把飯碗放下，門裏突然闖進來一個老漢。田福軍還沒有反應過來，這老漢就雙膝跪在隊長的腳地上，一邊向炕上的他磕頭，一邊嘴裏連哭帶喊：「青天大老爺！快救救我一家人的性命⋯⋯」

田福軍慌得一把摜下碗，跳下炕來扶起老漢，問他：「甚麼事？甚麼事？」

老漢連哭帶說：「我一家三口人四天都沒吃一顆五穀了！快餓死了⋯⋯」

「一顆糧也沒了？」田福軍問。

「就是的⋯⋯」

「口糧哩？」

「扣了！」

「為甚麼扣了？」

這時，隊長開口說：「他家的小子出門盲流了，公社和大隊命令要扣口糧。我們也不敢給……」

「我娃也是餓得不行了，才出門的……」老漢哭着說。

「走，我到你們家去看看！」

田福軍立刻扶着老漢出了隊長家的門；隊長本人也緊攆在後面來了。

田福軍進了這老漢家，看見炕上睡着一個老婆婆，已經餓得奄奄一息了。他彎下腰問話，這老婆婆連眼皮都抬不起來，更沒力氣給他回答。在窰牆根下，還有一個十四五歲的女孩子，合住眼靠牆坐着，臉上已經成了青黃色。她見來了生人，勉強用手托着牆站起來，絕望地望着他。

田福軍目睹這慘狀，淚水洶湧般從眼睛裏淌出來了。他哽咽着，狠狠揪着隊長的肩膀，說：「快去盤糧食！」

隊長愚蠢地囁嚅說：「公社和大隊領導不讓給他們分糧，我……」

「混蛋！」有教養的田福軍忍不住破口大罵。他一把扯住隊長的衣服，拉着他即刻就去盤糧食。

當田福軍和隊長一人扛一口袋糧食回來時，這一家三口人都爬蜒着跪在門口，哭成了一堆……

三天以後，遵照田福軍的指示，後子頭公社把二十幾個大隊書記都召集在了公社來開會。

會議一開始，田福軍劈頭就問：「你們哪個隊有斷了糧的家戶？有多少戶？缺多少糧？」

他的問話剛完，許多支部書記都哭開了。他們紛紛敘說各自隊裏的不幸狀況。看來除過個別村，大部分村子都有許多缺糧戶；有的只能維持一兩個月，有的當下就揭不開鍋了。

問題相當嚴重。如果不能及時解決，後子頭公社今年可能要餓死不少人。不是說這些隊沒一顆糧食。所有的大隊都有「戰備糧」。但這些糧食是準備未來打仗吃的；上面規定，任何情況下都不准動用 —— 動用這糧食就等於犯法！

此刻，田福軍無法顧及個人的後果 —— 他不能看着把人餓死。他當即決定，立即打開各隊的糧庫，儘快把糧食分發給缺糧戶。戰備糧空缺下的數目，以後逐漸再補上 —— 這樣就可以看做是借糧，而不是分糧。反正不管怎樣，他已經嚴重違犯了禁令。他想，為此就是把他押到法庭上，他也可以為自己的行為辯護……

田福軍原來還準備在後子頭公社呆幾天，想再到公路沿線跑幾個大隊。但縣革委會的吉普車突然到這裏來接他。因為中央一位老首長來黃原視察工作，這位老首長又是原西縣人，過幾天就要回縣上來，地區要求原西縣全力做好接待工作。馮世寬接到通知後，立即派車接所有在外面的常委們回城，商量如何接待這位老首長。

田福軍雖然坐在了飛馳的吉普車裏，但他的思想還在後子頭公社。通過這次匆匆的調查，使他認識到，「四人幫」雖然打倒了，但農村貧困的局面依然如舊。要改變這種狀況，必須從根本上來解決問題。他想：戰備糧裏拿出來的那點吃完了怎麼辦？還不是要繼續餓肚子？

回到縣裏的當天晚上，福軍在自己家裏吃完飯，心情依然不好。他也不願意和家裏人說話，就一個人來到自己的辦公室。

他坐在辦公室的圈椅裏，久久地盯着窗戶紙發愣。一張張面黃肌瘦的臉又浮現在他的眼前。他痛苦地埋下頭，用手指頭神經質地梳理着自己的頭髮；不一會，他看見白髮黑髮在桌面上落了一層。他聽見有人敲門，就說:「門開着，請進來！」

他看見門裏進來的是他的姪女潤葉。他驚訝地發現，他的這個姪女也是面黃肌瘦，就像他在土崖凹見到的那個四天沒吃五穀的女孩一樣。他以為他剛才的思緒沉浸在那些飢餓的人羣中，此刻對自己的姪女產生了錯覺。但認真一觀察，也覺得並沒有看錯 —— 他的姪女的確像個飢餓人一樣憔悴。怎麼啦？她難道也沒飯吃嗎？

田主任並不知道，他的姪女缺乏的是另外一種「糧食」。

姪女自從和李登雲的兒子結婚以來，就很少再回他家來。他由於工作繁忙，也分不出心來關懷姪女。他想，潤葉已經成了家，已經有人對她關懷和負責了，他自然就不必對她再多操心。潤葉現在不經常回他家也是正常的，娃娃自己已經有家了嘛！不管他和登雲在工作中有甚麼矛盾，但他對這門親事還是滿意的。他不是從世俗的門當戶對觀點來看這親事 —— 只要兩個娃娃互相愛戀，這比甚麼都強！

當然，田福軍完全不知道這門親事背後的情況。他只是遺憾姪女結婚的時候，他在省上學習，沒有能參加孩子的婚禮；她結婚以後，他也沒顧上再多關心她。

現在，姪女親自到辦公室來找他，他感到很高興，也有點內疚。

他讓潤葉坐在辦公桌對面的椅子裏，一邊親自給她沖了一杯糖水，一邊抱歉地說:「你成家後，二爸也忙得沒顧上去看看你們……聽說你們住在運輸公司的宿舍裏？」

「沒有。我住在學校。」潤葉接過二爸遞過來的水杯，也沒喝，放在辦公桌的邊上。

「住在學校？怎麼？向前不是在運輸公司有房子嗎？你倆怎住在學校的辦公室裏？」

「我一個人住着……」

「一個人？」

「嗯。」

「為甚麼？」

田福軍的心一沉。他從姪女那張憂鬱而憔悴的臉上，似乎看出了一些不幸的跡象，便皺起了眉頭。

潤葉突然臉扭到一邊，嘴一咧，哭了。

她一邊哭，一邊哽咽着對二爸說：「你給我在外地找個工作！我不願意在原西呆了……」

「為甚麼？」田福軍從椅子裏站起來，又一次問姪女。

「我不情願和李向前……」潤葉哭着說。

田福軍從辦公桌後面轉出來，走到姪女面前，彎下腰親切地對她說：「潤葉，你從小就是個明白娃娃，你給二爸說，倒究發生了甚麼事？你和向前不是兩個人情願才結婚的嗎？現在怎麼成了這樣？你快給二爸說說！」

潤葉用手摸了摸臉上的淚水，說：「我原來心裏就不情願！」

「如果是這樣，那你為甚麼要結婚哩？」

「因為我徐大爺說……」

「他說啥了？」

潤葉猶豫了半天，才吞吞吐吐把徐國強當初勸她和向前結婚的那些話，都給二爸敘說了。

「老糊塗蟲！」

田福軍聽完姪女的敘說，氣憤地罵了一聲老丈人。

田福軍萬萬沒有想到，愛雲她爸不只是在他家的院子裏種些雜七雜八的莊稼，而且還幹這樣一種荒唐和愚蠢的事。這等於把他的姪女和李向前都毀了。

由於前幾天鄉下所看到的不幸，他本來心情已經很沉重。現在又加上姪女的不幸，使他的心情壞到了極點。

他垂着兩條胳膊，痛苦地在腳地上走來走去，胸口感到隱隱作痛。

這時候，潤葉用手絹揩去臉上的淚水，不哭了。她對二爸說：「你也不要過分為我的事熬煎，二爸。反正現在生米做成了熟飯，沒辦法了。我也不離婚；我擔不起這名聲。再說，要是我離婚了，家裏兩個老人當下就能急死。我現在就這樣湊合着。要是以後有機會，你把我調到外地去工作；我實在不想在原西呆下去了……二爸，你從小關心我，把我培養大，我會永遠記住你的恩情的……」

田福軍一隻手按在自己的額頭上，一邊聽姪女說話，一邊焦慮地思索着他該如何對待這件事。事情相當複雜。他眼下一籌莫展。他不能一下子就率直地建議姪女離婚——本來這是最合適也是最合理的。不能。歸根結底，主意還要潤葉本人拿。唉，他只能像一個悲觀的哲學家一樣想：也許只有時間才能解決問題……

這時候，門外的院子裏傳來馮世寬的聲音：「福軍，你回來啦？」

田福軍在窰裏回答說：「回來了。」

潤葉馬上站起來向二爸告辭。

「你一定要把思想放開朗一些，千萬不敢把自己的身體搞垮，要好好吃飯……」他把姪女送到辦公室門口。

潤葉剛踏出門檻，馮世寬主任就走進了田福軍的辦公室，和他商量如何接待中央老首長的問題……

第四十七章

一九七七年的端陽節，剛好和夏至是同一天。這一天，太陽黃經為九十度，是一年中北半球白晝最長黑夜最短的一天。

端陽節是中國的一個重要節日。無論是城裏人還是鄉裏人，都講究在這一天吃粽子。

在農村，人們通常在很早的時候就準備好了糯米、紅棗和葦葉。一到農曆五月四日晚上，家家戶戶就都煮開了三角形的粽子，到處都瀰漫着米和棗的香甜味；粽子講究涼吃，因此頭晚上就得提前煮好。

端陽節早晨，在吃粽子之前，看重風俗的人家，往往先要出去拔一些艾葉回來，擱在門上，別在一家人的耳朵上。早年間，大人還要給孩子們縫一個雄黃香包掛在胸前——所有這一切據說是為了驅除蟲蚊和災病的。

農曆五月的黃土高原，陽光明媚，不涼不熱，原野裏也開始熱鬧紛繁起來。麥黃，杏黃，棗花黃；安詳的蝴蝶和忙碌的蜜蜂在花間草叢飛來飛去。晶瑩的小河水映照着藍天白雲，映照着岸邊的青楊綠柳。這季節，除過回茬蕎麥，農人們已經掛了犁，緊張地進入了鋤草階段。所有的莊稼人都脫掉鞋襪，赤裸着雙腳踩踏在鬆軟的黃土地上，多麼舒坦啊！

無論平時光景歪好，端陽節的一頓好飯總是不會少的。有些農村的家庭主婦，在去年就考慮上了今天的這一頓吃食。當然，縣城的市民和幹部家庭，這一天不僅吃粽子，還要炒幾個菜，喝幾盅酒……

總之，這是一個歡樂和美妙的日子，大人娃娃都沉浸在節日的氣氛中。

但是，原西縣的常委們這一天還泡在他們心愛的會議裏。

這會議不說別的，單討論如何接待中央的高老。

高老是本縣高家園子公社高店子村人。他少年時就參加了革命，是當時有名的「赤匪」。後來成了紅軍和解放軍的高級指揮員。全國解放後，他一直任中央部級領導。「文化大革命」開始那年底，高老的名字在報紙上消失了。當時傳說他已經被紅衛兵從樓裏扔下去摔死了。後來又聽說他沒死，只不過被關了禁閉。直到「四人幫」被粉碎不久，他的名字才又出現在了報紙上。據說眼下高老雖然「解放」了，但還沒安排甚麼工作。老人家從當年離開故鄉後，一直沒顧上回來。現在年紀大了，又沒具體工作，想回來看看，捎帶着搞一些調查研究。

幾天前，黃原地區革委會主任苗凱就親自給馮世寬打了電話，佈置了接待高老的有關事宜。

眼下高老正在南面幾個縣搞調查。苗主任考慮原西縣是高老的故土，又是他這次重點調查的地方，因此昨天又親自趕到原西縣來。他一到原西，先單獨和馮世寬交換了意見；今天又出席了縣常委會，和縣上的同志們一塊研究接待工作的細節。

其實，在苗主任到來之前，馮世寬就早已經鋪排開了。縣革委會已經成立了「接待高老辦公室」，由副主任馬國雄掛帥。「接高辦」由縣上各個部門抽出來的人士組成；辦公室下面又設立了接待組、膳食組、聯絡組、交通組、保衛組。包括石圪節「紅燒肘子專家」胡得福在內的幾個本縣著名廚師，都已經到了縣招待所的食堂。有些東西原西縣沒有，已經派人到黃原採購去了。馬國雄給採購人員指示，如果黃原還買不到這些東西，就火速坐飛機到省城去採購。

苗凱同志親自來原西縣，還顧不得這些吃住方面的事——他最頭疼的不是這些，而是高老提出的另外一個要求。

這位老首長一到黃原就提出，他此次回原西縣，要召開一個當年在原西和他一塊鬧過革命、現在仍然在農村的老紅軍、老赤衛隊員座談會，通過他們了解目前農村的狀況。

苗凱知道，這些在農村的老紅軍、老赤衛隊員，目前本人的生活狀況並不美氣；有的甚至非常貧困。弄不好，這個座談會要開成一個訴苦會。原西縣是全地區農業學大寨先進縣，這將會使他苗凱在高老面前下不了台。如果老首長把這情況反映到省上和中央，那後果就更嚴重了。這些問題他在電話上不好對馮世寬講，因此現在趕來看能不能有個妥當的應付辦法。

他昨天一到原西，先和馮世寬單獨為這事商量了半天。馮世寬出主意說，乾脆先把這些老漢集中到縣上，把他們的衣服換成新的。然後私下裏一個一個給他們做工作，讓這些老漢不要在座談會上砸「洋炮」；讓他們在會上說他們的一切都好着哩；會後他們有甚麼困難，縣上一定給他們解決。馮世寬估計，只要答應背後給這些老漢好處，他們就不會在會上「胡說八道」。

苗凱雖然知道馮世寬這主意不像話，但竟然還同意了；並且在心裏讚賞這位下級頭腦敏捷，在緊急情況中能拿出行之有效的辦法來。

但這件事無法瞞哄原西縣的常委們。因此這兩個人商量，乾脆開個常委會，由馮世寬把這意見含蓄地在會上提出來。如果沒人反對，就照這樣辦。如果有人反對，那麼就只能作罷；到時候苗凱就假裝不知道這提議，並且還出面否定馮世寬的「餿主意」。至於馮世寬，到時他會表現出心甘情願接受苗主任的「批評」……

現在，常委會已經接觸到了這個問題。馮世寬拿一支紅藍鉛筆在面前的一張白紙上隨意畫道道，正在發言：「……儘管我們原西縣革命和生產形勢都很好，但我們在工作中也有漏洞，比如對這些老革命戰士關心不夠。這次藉高老來我縣視察工作的東風，我們要徹底改進這種狀況。因此，咱們先把這些老同志集中起來，把他們的衣服給換一換……老吳，這事就由你們來安排！」

民政方面的負責人吳克儉趕忙回答說：「我們一定把這事辦好！」說着掏出筆記本，把馮主任的指示記了下來。

馮世寬接着又含蓄地談了他已經和苗主任商量過的其他「辦法」。

馮世寬發完言後，對坐在長條會議桌中央的苗凱說：「請苗主任給我們做指示！」

苗凱同志用手摸了摸自己的頭髮，笑眯眯地環顧了一下四周，說：「還是先讓常委同志們發言吧！總之，高老是我黨德高望重的老首長，在『四人幫』時期又遭受了不白之冤和殘酷折磨。我們一定要讓高老此次故鄉之行，高興而來，滿意而去！」

苗凱的話說完以後，會議室好長時間一片沉默。這沉默甚至叫人感到難堪。不知甚麼時候飛進來一隻蒼蠅，在常委們的頭上嗡嗡地盤旋着，在靜默中聽起來像轟炸機一般刺耳。苗凱仰靠在椅背上，望着天花板。馮世寬仍然拿紅藍鉛筆在白紙上畫道道。李登雲低頭專心致志地摳指甲。張有智不知為甚麼臉漲得通紅，扭過頭，面對着牆上的原西地圖。馬國雄把一根紙煙往另一截正在燃燒的煙屁股上銜接。田福軍胳膊肘放在桌子上，兩隻手使勁地交叉握在一起，眉頭子中間挽結着一顆疙瘩。在後排列席會議的「接高辦」成員中，不知誰響亮地打了一聲噴嚏，把人嚇一大跳。

「我說點看法，」田福軍打破沉默，眼睛掃視了一下苗凱和馮世寬，「高老這次回故鄉來，我們當然要在各方面做好接待工作。至於高老要召集的這個老戰士座談會，我理解他是搞調查研究，是搞工作；他要知道的正是實際情況。而我們這樣公然地弄虛作假，欺下瞞上，就不僅是犯錯誤，而且是犯罪！」

田福軍的話如同給會議室扔了一顆炸彈。坐在後排「接高辦」的成員們，深表同意地抬起頭，敬佩地盯着他們的田主任。張有智立刻扭過仍然漲紅着的臉，說：「我完全同意田福軍同志的看法。」

馮世寬的臉也漲紅了。但他儘量鎮靜地詢問李登雲和馬國雄：「你兩個的意見呢？」

李、馬二人相互看了一眼，不知如何說是好。

這時，苗凱同志發言了：「福軍同志的意見很好嘛！我們還是要實事求是。世寬同志的意見也對。我們以後的確要多關心農村的這些老紅軍、老赤衛隊員，他們是我們革命的功臣！

「關於高老要開的這個座談會，你們下去再好好研究一下。總之，一定要讓高老滿意。我下午要回地區去，一切就都拜託在座的諸位了……」

苗凱講完話後，馬國雄向大家彙報了接待工作其他方面的準備情況，然後就散會了。

會後，馮世寬陪着苗凱到縣革委會的客房去休息。路上，情緒不佳的苗凱只說了一句話：「我今天才領教了這個田福軍！」

馮世寬只是微笑着，一句話也沒說。還再用他說話嗎？田福軍自己跳出來在苗主任面前表演了一番，這比他給老苗反映他的問題更好。他在心裏說：你苗凱領教了就好！你這下可認識了田福軍是個甚麼人了吧？狂妄、自大，把誰也不放在眼裏！田福軍任職時，我跑到地區做工作，讓把他排在李登雲之後，組織部門不同意，你苗凱也不說話，結果這幾年把我馮世寬折騰得好苦哇！好，你苗主任今天也「領教」了這位被地區呼主任吹捧為「有能力、有魄力」的人物——這就是他的能力和魄力！

馮世寬今天太高興了。從另一方面說，田福軍否定他的意見也否定得好：這實際上是否定了苗主任的意見，只不過這意見由他嘴裏說出來罷了。這種弄虛作假的事他馮世寬也不願意做——將來萬一被揭露了，吃虧的還不是他嗎？到時苗主任還是苗主任，他會板下面孔義正詞嚴地訓斥他馮世寬喪失了黨性原則！

吃過午飯以後，苗主任就坐車返回黃原地區了。馮世寬又把馬國雄找來，讓他很快把其他方面的工作抓緊進行——後天高老就要回原西縣來了……

第二天一大早，原西城就變成了一個亂紛紛的世界。所有的機關和學校，所有的幹部、學生、工人、市民，都根據「〔原革發〕第六十九號」文件精神，開展愛國衛生運動。到處都在大掃除，擦門窗，拔雜草，油漆牌匾。城市上空黃塵籠罩，就像進行一場戰爭。

縣革委會副主任馬國雄穿一身舊軍裝，戴一副墨鏡，如同一位戰時的城防司令，到處奔跑着檢查和指揮。身材魁梧的馬主任愛領導這些熱鬧工作；他紅光滿面，風塵僕僕，指手畫腳，不時發出一些莊嚴的指示和命令。

全城人忙了大半天，原西縣城倒也頓時換了另一個面貌。

現在，從入城開始到十字街的一段路面，都修補得平平整整；兩邊還像黃原城一樣築起了人行道——不過剛剛能走一個人。所有道路兩邊的青草都被鏟除得一乾二淨；本來這青草倒不失為一種風景。在縣招待所的院子裏，用白灰畫出了一些方格子，準備到時按秩序停放汽車。最為矚目的是，在那個小小的十字街中央，用石頭塊壘起了一個交通指揮台。那上面已經站了本城惟一的一名交通警察。因為沒甚麼汽車，這位警察就指揮進城的手扶拖拉機和驢拉車。他手裏也沒有指揮棒，見有驢拉車過來，兩條胳膊便像路標一般指示方向；慌得農民手忙腳亂地喝住牲畜，不知道這是甚麼意思？他們以為自己犯了法規，竟然惶恐地站在原地不動了。這位警察就氣急敗壞跳下指揮台，親自扯着驢繮繩，把架子車拉過十字街。這恐怕又是個「新生事物」吧？原西城的一些閒人都好奇地聚在十字街周圍，興致勃勃地觀看這熱鬧……

這天上午十一點左右，一擺溜臥車和吉普車進了原西縣招待所的院子。高老在苗凱和地區其他兩位領導的陪同下，終於回到原西縣來了。早已等候在縣招待所的馮世寬等人，熱情地把這位老首長迎進了招待所的會客室。

高老已快七十歲，身體看來也不太好，但一雙眼睛炯炯有神。他回到久別的故土，情緒顯然很激動。他馬上就開始詢問原西縣的各種情況。高老的記憶力看來很好，地名、人名說出一大串，有些地方馮世寬都不知道，本縣人田福軍和李登雲就在旁邊作補充。

稍事休息以後，地縣領導們就陪高老到餐廳去吃午飯。

餐廳已被幾排屏風在一角圍出單獨一個場所，裏面擺了兩張飯桌。

首長們進來以後，飯桌上各種酒菜已經擺置齊備了。

馬國雄像十字街上的那位警察一樣，用兩條胳膊做出路標狀，彎下腰在前面引導大家入席。

高老來到席前，卻不坐下來。他臉色冷峻地發問：「誰讓搞這麼鋪張的酒席？」他扭過頭看着旁邊的苗凱，「我在黃原就給你們說，不要搞這一套！飯菜簡簡便便就行了，怎麼你們還這樣搞？」

苗凱尷尬地搓着雙手，不知如何是好。所有其他的地縣領導都肅立在桌前，面面相覷，誰也不敢說話。馮世寬趕忙出來給苗凱解圍，說：「這都是我們的責任，苗主任和地區領導都不知情……」

「把這些東西都撤掉，換一點便飯就行了！」高老生氣地說。

馮世寬立刻對馬國雄使了個眼色。馬主任就慌忙把服務員叫來，把桌子上的酒菜都端下去了。霎時，琳琅滿目的兩張飯桌空蕩蕩地只留下些調料瓶子。

好在廚房裏準備的主食都是本地的風味小吃，不值甚麼錢；原來準備酒席完了以後才品嚐，現在馬主任隨機應變，乾脆指揮着讓把這些東西端上了桌子。

高老這下高興了，說：「這就對了嘛！我在家裏就愛吃咱本地的飯食，花錢少，吃着還可口……你們以後可再不能動不動搞那些大吃二喝的酒席。我跑了幾個縣，農民的生活還很苦呀！你們怎麼能心安理得吃下去這些山珍海味呢？」

苗凱現在才鬆了一口氣，連忙說：「我們今後一定糾正這些不正之風！感謝高老對我們的批評……不，這實際上是高老對我們的最大愛護……」

吃完午飯後，高老竟然不休息，興致勃勃地坐車回他的出生地高店子村去了……

兩天以後，高老已經走訪了當年他打過仗的許多地方；又到年輕時的老朋友顧健翎家裏吃了一頓飯——當年他在本縣打仗掛過兩次花，都是顧先生給他治癒的。

離縣的前一天，全縣三四十名仍然健在的當年的老戰友，都在縣招待所聚齊了。幾十年沒見面，高老和這些年輕時一塊出生入死的弟兄們都百感交集。大家一個個都老淚縱橫，又由不得喜笑顏開。

中午，高老堅持自己出錢，讓招待所備辦了幾桌飯，請這些老戰友一塊聚餐。他破例端着杯子，挨桌子一個一個給老戰友們敬酒。

飯後，有地縣領導參加的座談會在縣招待所的會議室舉行。高老不斷地向這些老同志詢問他們的生活和農村的其他情況。這些老漢說着說着就哭開了，紛紛張開沒牙的嘴，向老首長描述農村的貧困狀況和他們缺吃少穿的不幸處境。

高老戴着老花鏡，一邊往筆記本上記，一邊不時摘下眼鏡揩眼淚。所有的地縣領導都低傾着頭，好像被告一般接受這些老漢的審判。

臨近會議結束，苗凱和馮世寬先後做了檢討式的發言。他們表示一定要狠批「四人幫」，抓綱治國，繼續堅持農業學大寨運動，爭取早日實現三年變面貌，五年糧食翻一番……

在苗凱和馮世寬發完言後，高老臉抽搐着，說：「我們敬愛的周總理生前非常關心黃原老區人民。他老人家逝世的前一年，聽說黃原有的地方農民還餓肚子，都難過得流了淚……」他轉過臉看着苗凱和馮世寬，「你們在幾年前就給總理做過保證，要三年變面貌，五年糧食翻一番。現在仍然這樣說！是不是過五年以後，還這樣說？同志們，再不要光在嘴上喊口號了，要真正解決問題！照我看，現在最主要的問題是，『四人幫』的那一套做法還在作怪……」

苗凱和馮世寬連連地給高老點頭，表示完全同意老首長的意見。

第四十八章

立秋前後，報紙和廣播就開始號召今冬明春要大搞農田基本建設。八月七日，《人民日報》專門為此發表了社論。

田福堂的心裏立刻火燒火燎起來。春天的時候，他就想到要在今冬和明春在農田基建方面大顯一下身手；不僅要震動原西縣，還要震動整個黃原地區。想不到中央和他想到一塊去了！田福堂感到驚訝的是，他的想法竟然和中央的想法不謀而合。這位農村的土政治家又一次自大地想：如果早年間他就能好好施展自己的抱負，說不定如今也像永貴一樣成為全國性人物了。

不過，話雖這麼說，福堂自己也清楚，他不敢和陳永貴同志相比。他田福堂能名揚黃原就不錯了。實際上，這個目標也不容易達到。眼下能人輩出，一個比一個想得大，一個比一個幹得大。他要引人注目，就要想更大的，幹更大的。

可是怎樣幹呢？他一時也想不出個眉目。修梯田已經不算一回事了；溝溝岔岔打幾個小土壩也弄不出個啥名堂。他站在自己的院子裏，望着周圍的山山峁峁，像孩子一樣突發奇想：如果能造出一種比山都高的推土機，一鏟子就能削掉一座山就好了；那樣用不了幾天雙水村就變成了小平原，恐怕他大寨的人都要跑到這裏來參觀呢！

這不着邊際的荒唐想法把田福堂自己都逗笑了。他隨即嚴肅地轉回到窰裏，一邊閘紙煙，一邊繼續盤算。

就像詩人常有的那種情況一樣，田福堂突然來了靈感：能不能用炸藥把神仙山和廟坪山分別炸下來半個，攔成一個大壩，把足有五華里長的哭咽河改造成一條米糧川呢？

這想法使他異常興奮！一陣猛烈的咳嗽過後，他灰白的瘦長臉漲得通紅。他竭力讓自己平靜下來，以便對這個大膽的設想進行詳細的考慮。

這的確是一件非凡之舉！神仙、廟坪二山合攏，築起一座大壩——恐怕起碼是石圪節公社最大的一座壩；一兩年後，哭咽河道就會淤成一道平川，雙水村就能增加幾倍的良田呢。到時產量別說過「綱要」，恐怕「黃河」和「長江」都擋不住！

田福堂越想越激動。儘管這還只是一個帶有浪漫色彩的設想，但他好像已經看見了幾年以後的壯麗美景。

但是，深入一想，一連串問題緊接着就來了。不用說，炸山攔壩應該選擇最佳的地方；而最佳的地方也是最叫人頭疼的地方。廟坪山這面沒有住人家，炸哪兒倒不成問題。可神仙山這面，只能在姓金的幾家人那裏動土 —— 這地方是個突出的山嘴，與廟坪山的距離最接近。這樣一來，這幾家人就必須搬家。就是避開這山嘴，這幾家人恐怕也無法在這裏住下去了 —— 十幾噸炸藥不把窰洞震垮才怪哩！

好在不論怎樣選擇壩址，看來還不會傷到金家祖墳；如果讓那一片死人「搬家」，整個姓金的人家都會出來反對的。

但讓那幾家活人搬家又談何容易！

這山嘴上的兩大家中，金光亮弟兄三家還好說。他們是地主成分，恐怕不敢胡擰轍。難說的是金俊武弟兄三家 —— 實際上最難對付的是金俊武一個人！要撬動這個人可不是一件輕而易舉的事。

這樣一想，田福堂的情緒有點低落下來；他的宏圖大計一開始就遇到了嚴重的障礙。可他又不甘心放棄這個可以一鳴驚人的壯舉……

在焦慮之中，田福堂想到了他的高參孫玉亭。

他馬上打發放學回家的潤生去叫孫玉亭到他家裏來。

玉亭剛到，田福堂就很快把他引到隔壁窰洞去共同謀劃這件事。

孫玉亭聽了田福堂的宏偉設想，馬上擊節叫好，對書記的雄才大略佩服得五體投地；同時意識到在這樣一場大戰中，他自己也能大顯一番身手了。

緊接着，當書記把此舉的困難之處一一給玉亭擺出之後，這位高參倒沒把這些問題當個問題。

他先對自己的統帥說：「革命事業從來不會一帆風順。我們要與天鬥，與地鬥，與人鬥，才能把農業學大寨搞好。大寨還不是鬥出來的嗎？」

田福堂說：「這些道理我也懂。毛主席大概說過，具體問題要具體解決。首先這搬家問題就很具體。」

「這問題不難解決。」孫玉亭說，「咱們在金家灣北頭給他們幾家箍新窰洞不就行了？一孔舊窰洞換一孔新窰洞，他們又不吃虧！」

「人在老地方住慣了，恐怕不情願倒騰。」

「咦呀！革命還能管他情願不情願呢？蔣介石情願到台灣去嗎？」

田福堂笑了，說：「話可以這樣說，但這幾家人又不是蔣介石。」

「怎？他金光亮弟兄幾個都是地主成分，難道他們敢拒擋農業學大寨運動？」

「光亮弟兄幾個估計不敢反對，俊武和俊文的工作恐怕就難做了。關鍵是俊武！只要他同意了，俊文沒甚麼能耐。彩娥是個婦道人家，主不了大事。再說，俊斌就是活着，也是聽兩個哥哥的話……」

「金俊武他有甚麼理由反對？他自己是個共產黨員，又是大隊黨支部委員，本來就應該積極支持革命事業！」

「你又不是不知道金俊武這個人。」田福堂提醒雄辯的玉亭說。

「我看他不敢拒擋。破壞農業學大寨這頂帽子他金俊武不敢戴！」孫玉亭信心十足地說。

在這樣的情況下，孫玉亭不屈不撓的革命精神往往能給田福堂很大的鼓舞。有時候，他心裏也嘲笑和瞧不起這位穿戴破爛的助手；但一旦他要幹件大事，他就離不開這位貧窮而激進的革命家強有力的支持。

「那你看咱現在先從哪裏下手？」田福堂問孫玉亭。

玉亭想了一下，說：「咱先開個幹部會。只要幹部們思想統一了，羣眾好辦。村看村，戶看戶，社員看的隊幹部！」

在田福堂和孫玉亭拉談罷這事的第二天晚上，雙水村有點職務的幹部都被集中到了大隊部的辦公窰裏。田福堂興致勃勃地給大家談了他的宏偉設想。福堂談完後，孫玉亭裝出第一次聆聽書記的「哭咽河暢想曲」，馬上驚訝地讚歎了一番，並且藉題發揮，長篇論述了這件事的「偉大意義」。

這兩個人的「雙簧」演完以後，與會的人都沉默不語。誰也沒理由出面反對。看來反對這行動，就等於反對農業學大寨。反對農業學大寨就等於反對革命。但是眾人又不好表態支持，因為所有的人都看見二隊隊長臉紅得像一塊燒紅的鐵。俊武蹲在下炕角悶頭抽煙，就像一顆一觸即發的炸彈。

沉默了一會以後，孫玉亭挑釁性地問金俊武：「俊武，你的意見呢？」

所有的隊幹部都把目光「刷」一下移到金俊武臉上，緊張地看這位強人說甚麼呀。

金俊武對孫玉亭惡毒地笑了笑，說：「我的意見是這工程太小了。農業學大寨嘛，像福堂哥說的，要想大的，幹大的。我看咱可以搞更大的，乾脆把金家灣和田家圪塄兩面的山都炸掉，把東拉河攔起來，幾十里溝道就變成了一馬平川；那不光咱雙水村糧食能跨過『長江』，全石圪節公社都能跨過哩！這樣不是對中國革命和世界革命貢獻更大嗎？」

窰裏所有的人都被逗笑了。田福堂和孫玉亭兩個人臉也像金俊武一樣變得通紅。紅臉對紅臉，就像鬥陣的老公雞。

田福堂硬忍着一肚子氣，儘量用平和的語氣說：「今晚上先把這問題提出來。當然有許多具體困難，罷了咱們再解決……」

會議不歡而散。看來孫玉亭過於自信——事情並不像他推斷的那麼簡單。田福堂說得對，最大的絆腳石就是金俊武。

田福堂又一籌莫展了。當然，他可以以革命的名義，強行實行他的計劃。但除非萬不得已，他不願意這樣做。不論怎樣，他生活在雙水村；不僅這一代，而且下一代也要和金家共處，因此不能結仇太深。最好一切都做得水到渠成，讓金家無話可說。當然，隊裏新箍的窰洞一定要比金家現在住的窰洞好。但就這樣，金俊武也不見得就同意搬家。金俊武如果不搬，那其他人的工作就不好做。

正在田福堂再次陷入苦惱之時，不屈不撓的孫玉亭又給田福堂獻上一條「妙計」：把金俊武先撇在一邊，做其他幾家人的工作；只要其他人都同意搬家，共產黨員金俊武還能再反抗嗎？

這計策太好了！田福堂驚歎玉亭腦瓜子越鍛煉越靈敏。他說：「這是個好辦法！先從金光亮弟兄下手！我親自和他們上話！」

玉亭說：「我給咱做彩娥的工作！彩娥一同意，就把俊武家的缺口也打開了！」

田福堂很快把金光亮和金光輝兩兄弟找來，不是商量，而是把大隊的決定通知了這兩個人。兩個地主成分的農民二話也不敢說，表示完全服從大隊的決定；甚麼時候讓他們搬家，他們就甚麼時候搬。

但是，幾天以後，在原西城百貨二門市當售貨員的金光明，滿臉陰沉地回到了村裏。他是接到妻子姚淑芳的信趕回來的——淑芳在信中告訴了隊裏讓他們搬家的事。

作為在門外工作的幹部，金光明雖然出身不好，但精神狀態不像他哥和他弟那樣甚麼事都膽戰心驚。他現在窩着一肚子火氣趕回家來，不想如此束手就擒。他氣憤的是，「文化大革命」剛開始、孫玉亭就帶着村裏的造反隊把他家刨得一塌糊塗。現在，竟然連這麼個破牆爛院都保不住了，實在是欺人太甚！

多少年來，他們弟兄三人為了死去的父親的罪過，一直像驚弓之鳥一般生活着，幾乎連出氣都不敢張大嘴巴；大人娃娃在村裏都好像比別人小了一輩。就這樣還不行，眼下又要把他們從住了幾十年的老地方趕出來！他現在回來，準備找田福堂說一說道理。儘管他出身不好，道理總可以講吧？再說，「四人幫」打倒後，他已經感覺來，社會也許要有某種變化。他還不敢奢望把他們弟兄頭上的沉重的帽子揭掉，但他明顯感到這社會在某些方面已經慢慢鬆動起來。

光明回到家裏後，還沒等他把自己的意見說完，他哥，他弟，他愛人，都勸他千萬不能這樣。這些已經被多少次運動嚇得喪魂失魄的人，紛紛勸說光明：這樣做並不能改變他們家的命運，反而會招致更大的災禍。既然不能改變隊裏的決定，還不如舉雙手贊成落個好表現。他哥金光亮對大弟說：「你圖個痛快，說完掙氣話屁股一拍就回了原西城，我和光輝，還有淑芳，還有娃娃們，都要在這村裏活人哩……」

金光明痛苦得一晚上沒合眼。為了兄弟，為了家屬，他只好屈從了親人們的勸告，放棄了找田福堂評理的衝動。第三天，他垂頭喪氣地推着自行車，又返回了原西縣城……

與此同時，孫玉亭興致勃勃地趕到田福堂家裏，告訴書記說，他把王彩娥的工作做通了！

田福堂喜出望外。想不到事情換一種方式解決，就能取得意想不到的結果。金俊武眼看就要孤立無援了！田福堂感到由衷的高興。他又不失時機地去了一回公社，給上級領導彙報了他的打算。對於這樣一種學大寨的雄心壯志，公社領導除了支持還有甚麼其他說的呢！

好，有了這把「尚方寶劍」，他的腰桿子就更硬了！

回到村裏以後，田福堂索性不再做金俊武兩兄弟的工作，當下就準備召開社員大會，作緊急動員 —— 因為現在就要抽調人力，在金家灣北頭箍新窰，以便到開工時把搬遷戶挪出哭咽河溝道。

但副書記金俊山勸告田福堂說，最好還是先能做通金俊武兩兄弟的工作，然後再召開社員大會比較穩妥。他認為這樣強行逼迫金俊武兄弟，恐怕將來要留下後遺症；甚至說不定到時金俊武就是不搬家，反倒更纏手了！

金俊山提出：讓他自己去和金俊武兄弟倆再談一談。

田福堂考慮這樣也好，就同意了俊山的意見。他心想：只要你金俊山攬這個工作，我田福堂才巴不得哩！再說，工作做通做不通，看來他金俊武拒擋不了革命的車輪滾滾向前！

金俊山本來不願攬甚麼事。但作為一個上了年紀的老基層幹部，覺得田福堂這種做法太過分了。革命也不能這麼個革法！怎能不經本人同意，就把人家住了幾輩子的家給踢踏掉？他也知道，儘管俊武是個強人，但最終還是不能拒擋田福堂實現他的雄心。他想說服這位戶家兄弟，與其反抗得不到結果，還不如順勢買個好。

當金俊山來到俊武家，向俊文、俊武兩兄弟說明他的意思之後，金俊文先破口把田福堂和孫玉亭臭罵了一通。

金俊武黑喪着臉，對金俊山說：「俊山哥，我知道你是好意。但田福堂和孫玉亭欺人太甚了。我這個家已經夠倒霉了。俊斌為隊裏送了命，現在又要砸先人傳下來的幾孔窰洞，這不是讓我家破人亡嗎？我就是不挪窩！看他田福堂能怎樣？老虎吃人還要擺順吃哩，我不信他田福堂就能把我一口吃掉！」

金俊山沉默了一會，然後說：「兄弟，你說的都在道理上。可是俗話說，好漢不吃眼前虧。俗話還說，能硬能軟，方為好漢。你兄弟倆聽老哥一句話，還是不要犟牛頂到牆。再說，金光亮三弟兄都同意了，你們家俊斌媳婦也同意了，你們再要堅持，到時田福堂彙報到上面，人家把你們當破壞農業學大寨的典型抓，這樣你們就劃不來了。

「你們再好好想想！老哥都是為你們好，要不，我也不願為這些事費口舌；你們知道，我雖然也算隊裏的領導，但聾子的耳朵，只是個擺設……」

金俊山一番苦口婆心的勸說，顯然使這兩兄弟為他的誠心所感動了。唉，俊山哥說的也都是些實話。世事啊，把人逼到了這樣一種地步！歸根結底，他們都是普普通通的老百姓，怎麼可能和社會的大潮流對抗呢？

兄弟倆先後歎了一口氣，都深深地埋下了頭。金俊文吸了吸鼻涕，竟然忍不住嗚咽着哭開了。

金俊山安慰他們說：「你們也不要太傷心了，把世事看開些。人活一生，都得經許多愁腸事啊！我知道你們的心理，老地方住慣了就有了老感情；再說，這是先人手裏傳下來的……

「不過事到如今，也就只能受委屈了！俊武，我知道你不願給田福堂下臉，那就讓我給他傳個話，說你們也同意了……」

金俊山見這兄弟倆仍然埋着頭，不再言傳，就知道他們默認了他的建議，因此就從俊武家告退了。

田福堂聽金俊山說，金俊武兄弟倆終於同意了搬遷，高興得呵呵地笑了。

他對金俊山說：「我知道俊武是個明事理的人，他最終肯定會同意的。咱們一定把新窰洞給他們箍好。哈呀，這事擱在誰頭上都一樣嘛！鳥都戀舊窩哩，更不用說人了！我完全能理解俊文俊武的心情兒……」

幾天以後，雙水村大隊在小學校的院子裏召開了全體社員大會。田福堂在會上作了關於炸山打壩的緊急動員講話。

會後，立刻抽調村裏的匠人，開始在金家灣北頭為將要搬遷的六戶人家箍新窰。同時，決定讓孫玉亭負責賣掉大隊的幾萬斤儲備糧，用這錢到縣水利部門購買炸藥。等秋莊稼一收割完，雙水村就準備幹這件驚天動地的大事呀！

第四十九章

金俊武在廟坪後山犁完麥地，讓其他人吆上牲畜先走了。他自己钁把上扛着一捆子犁地翻出的柴草，一個人慢慢下了山。

幾天來，他心裏一直像揣着一塊硬邦邦的石頭。他在大勢壓迫之下，只得同意從祖傳的老家裏搬出來。但他對田福堂和孫玉亭的怨恨卻越積越深了。

說實話，他不是懼怕這兩個人；而是懼怕落個破壞農業學大寨的罪名。不論怎樣，在這件事上，田福堂和孫玉亭逞了強。他金俊武眼睜睜地讓人家的腿從自己頭上跨過去了。他媽的，他咽不下去這口氣！

他扛着這捆子柴草，在廟坪山的梯田小路上一邊走，一邊難受而氣憤地想着這件事。時令已接近白露，不多日子就要收割秋莊稼；莊稼一收割完，他們就要搬家了。一想到要離開自己從小住大的家，金俊武的胸腔裏就一陣絞疼。

現在，他從廟坪山走下來，到了哭咽河岸邊的一個土台子上。

隔河就是他的家。一擺溜九孔接石口窰洞，被兩堵牆隔成了三個院落。中間三孔窰洞住着他哥俊文一家；他和俊斌家分住在兩邊的院落裏。俊斌家靠後邊不遠的地方，是金光亮弟兄三家。他家這面不遠的地方是金家祖墳；然後是學校和緊挨着的一大片高低錯落的村舍。

在整個金家灣這邊，他們家和金光亮家自成一個單元。米家鎮已故米陰陽當年給金光亮他父親看宅第，說這地方是雙水村風水最好的地方，因此老地主獨霸了這塊寶地，不讓村裏其他人家在這裏修建住舍。他父親當年是前後村莊知名的先生，看在這個面子上，光亮他爸才破例讓他們在這裏修建了這院宅子。為修這院落，父親把祖上和他自己積攢了大半輩子的銀元全都花光了……

現在，這份飽含着先人血汗的老家當，將在他們這不孝之子手上葬送了！也許隊裏新箍的窰洞比這窰洞強，可九孔舊窰洞維繫着他們和先人的感情；對於後人來說，這裏就是他們生活和生命的根之所在。現在，他們深植在這裏的根將被斬斷，而要被移植到新土上了。多麼令人痛苦啊！

壯實的莊稼人金俊武兩腿發軟了。他索性把肩頭上的這捆柴草扔到地下，自己也跟着一撲踏坐下來，兩隻銅鈴般的大眼睛裏充滿了憂傷。他把憂傷的眼睛投照到對面的祖墳地上。第六棵柏樹左邊的第二座墳，就是他父親的長眠地。他父親下面的那座新墳，埋着去年去世的俊斌。陰間和陽界一樣，俊斌旁邊給俊文和他留出了一塊地方；死後他弟兄三個還並排住在一起。金俊武難受地想：他對不起死去的父親和弟弟……淚水忍不住從這個四十出頭、強壯得像頭犍牛一樣的莊稼人眼裏湧出來了。

坐了一會，金俊武用搭在肩膀上的毛巾揩了揩臉，準備扛着柴草回家，忽然看見正在井子上擔水的俊文擱下桶擔，煙鍋挖着煙袋，從土坡的小路上向他這裏走來。俊文顯然是找他來的，他就只好等着他哥上來。

金俊文上了土台子，在弟弟旁邊坐下來，也沒說話，把自己的煙鍋點着，然後把煙布袋給俊武遞過來。金俊武在他哥煙布袋裏挖了一鍋煙，兩兄弟就吧、吧地抽起來。

過了一刻，俊文望了弟弟一眼，嘴張了張，想說甚麼，但又沒說出來。

俊武看着他哥，等待他開口。

俊文知道弟弟看出他有話要說又沒說出來，就只好開口說：「孫玉亭那龜子孫又跑到俊斌家去了……」

血一下子湧上了金俊武的腦袋。他知道他哥的這句話裏包含着甚麼意思。

實際上，俊斌死後不久，金俊武就隱約地感覺到，他的弟媳婦和孫玉亭之間發生了一些微妙的事。作為一個精明人，他知道事態將會怎樣發展；作為一個當哥的，他又對這事態的發展無能為力。

到後來，彩娥和孫玉亭的關係已經成了公開的秘密。他知道全村人早已背着他家的人，議論成了一窩蜂。但他除過氣得肚子疼外，沒有任何辦法。

沒辦法！彩娥是個風騷女人。俊斌活着的時候，仗着他在村裏的悍性，沒人敢來騷情；彩娥自己也不敢胡來。俊斌一死，這女人就膽大了。

話說回來，一個三十出頭的女人，沒個男人也的確是個問題。金俊武知道，彩娥遲早總得尋個出路；但在沒尋出路之前，不能敗壞金家的門風啊！他希望彩娥要麼出金家的門，另嫁他人；要麼光明正大招個男人進門。不論其中的甚麼方式，這都合乎農村的規範。反正俊斌已經歿了，也沒留下個後代，這些都不會使他們過分難腸。但是，這女人放下正道不走，專走見不得人的歪路。如果是舊社會，他弟兄倆說不定把這個下賤貨拿殺豬刀子捅了。可這是新社會，他們沒辦法懲罰她，只能睜一隻眼閉一隻眼。金俊武本來想，彩娥既然在俊斌入土不久就無恥地失節，那麼還不如趕快去另嫁男人。但是，這女人硬要把騷氣留在金家的門上，遲遲沒有改嫁的跡象。更叫他們弟兄氣憤的是，她竟然和他們最痛恨的孫玉亭勾搭在了一起，並且背叛性地表態同意搬遷……

金俊武聽他哥說了那句話後，半天沒言傳，不由朝河對面俊斌家的院子瞥了一眼。那院子此刻空蕩蕩，靜悄悄。從前，勤勞的俊斌就是中午也不休息，在院子裏營務蔬菜。現在，那塊當年叫村裏人羨慕的菜地，已經一片荒蕪。好吃懶做的王彩娥連院子也不打掃，到處扔着亂七八糟的雜物。此刻，她正封門閉戶，和那位死狗隊幹部一塊廝混……

弟兄倆各懷着惱怒沉默了一會以後，金俊文又開口說：「咱這門風被糟蹋成這個樣子，再不能忍受了。乾脆把孫玉亭那小子扣在窰裏捶一頓，把他的腿打折一條再說！」

金俊武繼續沉默了一會。然後他說：「我和你一樣氣憤。只是俗話說，家醜不可外揚……」「早揚到外面了！」金俊文氣得頭一拐。

「別人議論那是另外一回事。自己鬧騰，等於是把這頂騷帽子自己扣在了自己的頭上。」

「那你說就這樣白白叫人家糟踐？」

「你能不能叫我桂蘭嫂去探問一下這個賤貨，看她有沒有甚麼正經打算？如果能儘快尋個出路最好。唉……」金俊武喪氣地歎息了一聲。

「這就是你的辦法？虧你還在村裏落了個強人名！這就是你的悍性！」

金俊文向來都是尊重弟弟的；現在由於氣憤，竟忍不住挖苦起了俊武。

「哥！」金俊武眼裏含着淚水，一時急忙不知對他哥說甚麼。

金俊文顯然對弟弟這種甘願忍受屈辱的表現很不滿意。他一下子站起來，說:「這事你不管我管！我不能叫外人看咱家的笑話！哼，金家死了一個人，但沒死光！有的是漢子！」

金俊文丟下他弟弟，臉色陰沉地一擰身就走了。

金俊武一個人呆坐在土台子上，不知如何是好。

這時候，他看見興致勃勃的孫玉亭，正從王彩娥住的窰洞裏出來了；彩娥一直攆着把他送到大門口。兩個人招手晃腳地告了別，孫玉亭就像個竊賊似的一溜煙出了哭咽河，向廟坪的小橋那邊走去了。

怒火即刻在金俊武的胸膛裏狂暴地燃燒起來。加上剛才他哥的那些刺激話，使得這個人牙齒都快把嘴脣咬破了。

他扛起柴捆子，一路瘋瘋魔魔地下了溝道。

回到家裏，金俊武連午飯也沒吃，扛了把钁頭又上了自留地。他空着肚子在地裏沒命地幹了一下午活，一直到天黑得看不見人影的時候才又返回家裏。

晚飯他仍然沒有吃，一個人和衣躺在前炕邊上蒙頭大睡。小兒子像往常那樣親熱地來到他身邊和他磨蹭，被他一巴掌打在了炕中間，孩子便尖叫着哭起來。這是他第一次動手打他的這個寶貝蛋。

金俊武不管孩子和老婆的哭叫，只顧蒙頭睡他的覺。

其實他怎麼能睡得着呢？幹了一天重活，又沒吃飯，但肚子也不餓。他在被窩裏睜着眼睛，痛苦地從俊斌的死開始，追溯他家一年來遭受的種種災難。生活像磨盤一樣沉重地壓在這個壯漢的胸口上，使他連氣也喘不過來……

午夜時分，仍然失眠的金俊武，突然聽見窗戶外面他哥神秘的聲音：「俊武，你起來一下……」

金俊武一挺身從土炕上爬起來，聽見自己鬢角的血管也哏哏地跳着——他預感出事了！

他沒有驚動熟睡的家人，悄悄溜下炕，來到了院子裏。

他看見他哥站在朦朧的月光下，神色很不對頭。他緊張地問：「出了甚麼事？」

「金富和金強把孫玉亭那小子扣在俊斌家裏了。」金俊文平靜而有些高興地說。

一剎那間，金俊武就感到了事態的嚴重性。他在心裏抱怨他哥做事太魯莽——但嘴裏又說不出來。

「把人打了沒？」金俊武先問最主要的事。他怕遭下人命，就得要去吃官司了。

「沒。把外面的門關子掛住了。那小子就在窰裏面。俗話說，捉賊捉贓，捉姦捉雙。這下看他小子怎麼辦！」金俊文對他弟說。

一聽還沒遭人命，金俊武先鬆了一口氣。但他意識到事態仍然包含着一時都說不清楚的危險性——這種事弄不好很容易出人命！

他先顧不得說甚麼，和他哥趕快向俊斌家的院子走去。

金俊武和他哥進了俊斌家的院子，見中間彩娥住的那孔窰洞，窗戶上已經亮起了燈光，裏面不斷傳來彩娥惡毒的叫罵聲。兩個姪子金富和金強在門外立着，顯然不知道該如何處理這事。

俊武進了院子，用手勢示意兩個姪子不要出聲。他放輕腳步來到彩娥的窗戶下，聽見弟媳婦在窰裏叫罵聲不斷。不是罵孫玉亭，而是罵他們家的人；甚至把他家祖宗三代翻出來臭罵。他還聽見孫玉亭在窰裏嘟囔說：「總有個組織哩……」

金俊武一看這情況，就知道事情複雜了。這類事，只要女的不承認，天王老子也沒辦法。他的心不由得「咚咚」地狂跳起來。依他的想法，最好趕快把人放出來再說。可他又知道，他哥和兩個姪子肯定不讓，說不定先要和他遭一回人命哩！但就這樣下去，萬一出個甚麼事，王彩娥或孫玉亭還會反過來咬一口，就像田五的「鏈子嘴」說的：拿起個狗，打石頭，石頭反過來咬了個手……

金俊武對金富招了招手，示意讓大姪子跟他到院子外面去。

金俊武把金富和俊文一起引出院子，來到院牆外的畔上。他對這父子倆說：「既然事情到了這個地步，那就要經組織處理！金富，你先去叫田海民；海民是村裏的民兵隊長，這事先要報告他。你就對田海民說，孫玉亭深更半夜強姦良家婦女，被你和金強捉住了，讓他來處理！」

金富立刻遵照二爸的指示，跑到田家圪嶗那邊叫田海民去了。

金俊武對他哥說：「咱兩個得趕快各回各的家去，假裝這事是金富和金強捉住的，咱們不知道。等田海民來了，處理事情的中間，咱兩個才能露面。這樣，萬一有個三長兩短，就不會把一家人都扯進去！」

在這種時候，金俊文知道自己腦子不夠用，無條件地服從精明的弟弟。

金俊武又示意金強出來，給他如此這般安咐了一番，老弟兄倆就趕緊各回了各家。金強重新返回到三媽的門下，看守着現場。

與此同時，金富已經氣喘吁吁地蹚過東拉河，趕到田家圪嶗，即刻進了田海民家的院子。

這小子來到海民的門前，一邊用拳頭搗門板，一邊嘴裏反覆大聲嚷着他二爸教他的那些話。

海民一家人被驚醒了。旁邊姓劉的一家人也被驚醒了。

這院子的兩家大人都先後跑了出來；他們的孩子們在窰裏沒命地哭着。甚麼地方撲棱棱地驚起了一羣飛鳥；接着，傳來了一陣狗的驚恐的吠聲。

金富站在黑暗的院子裏，氣喘吁吁地給民兵隊長報了案。

沒等田海民說話，他媳婦銀花就對丈夫說：「這麼大的事不找田福堂和金俊山，你能處理了？」

其實田海民一聽這事，就知道自己的腦水處理不了。他對金富說：「你去叫田福堂，我處理不了這事！」

這下金富可不知道該怎辦了。但他記起二爸讓他找的是田海民，沒說讓他去找田福堂，因此他不敢貿然自作主張。他對田海民說：「反正你是民兵隊長！我給你說了，你不管，遭下人命要你負責！」

金富說完就轉身走了。

金富走了以後，田海民兩口子和鄰居劉玉升兩口子在院子裏議論了老半天。三個人都給田海民出主意說，這是大事，人命事，海民應該馬上去給田福堂報告，自己千萬不敢一個人去金家灣處理。

田海民立刻動身去找田福堂。

當海民把田福堂叫到院子裏，向他說明事態以後，田福堂問他：「玉亭和王彩娥兩個人承認了沒？」

田海民說：「這我不知道。」

田福堂披着件衫子，在自家的院子裏沉吟了半天。

他突然微笑着對田海民說：「你回去睡你的覺去！誰也別管！看他金俊武弟兄們怎處理！玉亭要是承認了，那他屙下的由他自己拾掇去！如果玉亭和彩娥一口咬定不承認，那他金俊武就有好戲看了！不要管！你睡你的覺去！」

田海民一看書記是這個態度，就一溜煙回去了——他巴不得不管這事哩！反正我給你田福堂報告了；將來出了事，你去承擔責任吧！

田海民走了以後，田福堂仍然站在院子裏沒回家去。

在這種情況下，他怎麼還能睡得着覺呢？他意識到情況非常嚴重。但想來想去，他現在決不準備插手！他要等到天明以後，看事態如何發展，再決定他應該怎麼辦。他在院子裏轉圈圈走着，腦子像一團亂麻。

在金家灣這面，金俊文和金俊武也在各自的院子裏轉圈圈走着，焦急地等待田海民的到來。他們並不知道，海民已經脫光了衣服，摟着銀花蒙頭大睡了。

這時候，一條黑影神不知鬼不覺地溜出了雙水村……

第五十章

天明以後，事態仍然保持着夜間的狀態。但整個雙水村被驚動了。在農村，沒有甚麼事能比得上這種事所具有的刺激性。人們都不由自主地面帶着微笑，然後紛紛向哭咽河金俊武弟兄們住的地方跑去；不多時分，金俊斌家的大門外和窰頂上面就擠滿了黑鴉鴉的村民。孩子們也都不去學校，跑到這裏來看紅火熱鬧。只是不見孫家的人——他們已經無臉在村中露面了。田福堂、金俊山和田海民這些隊幹部也不見蹤影，大概生怕把自己直接扯進這種麻糊事件中去。

現在最着急的也許是金俊武了！田海民和田福堂不出面處理這事，精明的俊武就意識到，現在被動的不是王彩娥和孫玉亭，而是他們自己了。事到如今，繼續扣人不行，馬上放人也不行；更為糟糕的是，全村人都湧到了這裏，眼看就要釀成一個大事件。

能人金俊武感到自己已經沒有能力再控制這個局面了。他在自己的窰洞裏，眉頭子挽結着一顆疙瘩，來回在腳地上走着，心裏在抱怨他哥和兩個姪子愚蠢透頂。他感到事態越來越險惡，但又不知道險惡倒究在哪裏。他已經失去了任何判斷，只能被動地任事態繼續發展。

此刻，被關在窰裏的王彩娥和孫玉亭，反而倒不那麼恐慌。剛開始的時候，孫玉亭嚇得渾身像篩糠一樣，但王彩娥立即制止了他的慌亂。彩娥骨子裏有她母親的那種吃鋼咬鐵勁。她吼着讓玉亭不要害怕，先把衣服穿好再說。孫玉亭這才像死人緩過了一口氣，趕忙手腳慌亂地穿衣服，結果把褲子前後都穿反了，又被彩娥罵着調了過來。

王彩娥把燈點着，不慌不忙穿好了自己的衣服，又把被子拾掇得齊齊整整；然後便一屁股坐在窗前，開始破口臭罵金俊武一家人。孫玉亭哆嗦着坐在腳地的板凳上，渾身汗水淋漓，嘴裏只會嘟囔說：「總有個組織哩……」

天明以後，兩個人聽見外面人聲沸騰，知道全村人都知道了這件事，趕到這裏看熱鬧來了。孫玉亭馬上又嚇得面色灰白，頭垂到褲襠裏，渾身再一次篩起了糠。王彩娥吼着對他說：「你這個沒骨頭的傢伙！怕甚麼？屁的事也沒！看他金家這羣王八羔子怎放人！你光明正大來串門子，誰家的龜兒子看見你和我睡覺了？」

孫玉亭這才又些許定下了心。他感激地望着這位相好。他根本想不到，女人平時像水一樣綿軟，緊要關頭就像生鐵一樣堅硬。在一生之中，孫玉亭除過和賀鳳英，還沒和旁的女人相好過。他一心一意鬧革命，從來不做這種偷雞摸狗的事。自從俊斌死後，他給彩娥安排了照棗這個全村人眼紅的好營生，彩娥就漸漸把他的魂勾住了。起先他還沒意識到彩娥勾扯他；直到去年打棗那天她偷偷在他手上捏了一把以後，他才全明白了她的「意思」。他當然一下子就招架不住了，很快着了魔似的，不顧一切到這個窰洞來尋找溫暖和撫愛，終於落到了今天這個地步……此刻，玉亭惟一的希望寄託在田福堂身上。他相信福堂哥一定會想辦法解救他的——他忠心耿耿追隨書記鬧革命二十來年了……

在田家圪嶗這面，田福堂像往常一樣，一大清早先泡了一壺濃茶，有滋有味地喝着。他已讓一隊副隊長田福高到金家灣那面看情況去了。

不一會，五大三粗的福高就回來了。

田福堂問他：「情況怎樣？」

「人還關着。」田福高說。

「玉亭和彩娥在窰裏有甚麼動靜沒有？」

「我沒到窰跟前去，就聽說兩個人都不承認。彩娥還在窰裏罵金俊武一家人哩……」

田福堂「嘿嘿」地笑出了聲，說：「這就好了。俊武精明得都憨了！他現在就像從火堆裏拿出顆燒土豆。拿，又拿不住；丟，又丟不得……玉亭哩？」

「玉亭聽說就在窰裏嘟囔一句話。」

「甚麼話？」

「說總有個組織哩……」

「哈呀！這玉亭！這號事還甚麼組織哩！怎？組織還給他嘉獎

呀？他最好是在窰裏鬧着尋死上吊遭人命，那金俊武恐怕馬上就得把門打開！」

「玉亭怕早嚇得屙到褲子裏了，還顧上耍計謀哩！」田福高笑着說。

「現在這樣鬧也不遲！不知有沒有辦法把這話給玉亭傳進去？」福堂問福高。

「恐怕沒辦法。金富和金強兩個守在門上，不讓人走近前去。」

「那就等着看他金俊武怎結束這場戲呀！」

田福堂隨即給福高遞上一根紙煙，他自己端起茶杯子，不慌不忙喝了起來……

孫玉亭自己沒想到在彩娥的窰裏鬧騰着遭人命，他老婆賀鳳英卻在他家的院子裏哭喊着要尋死上吊了。聞訊趕來的少安媽和秀蓮，死活拉扯着她，不讓鳳英出自己的院子。玉亭的三個孩子不知道發生了甚麼災禍，殺豬一般在黑窰洞裏嚎叫着。

孫玉厚父子三人在自己家裏沉着臉，誰也不說話。他們也沒出山，等待看事態如何發展。不管怎樣，孫玉亭總是自家人，他們不能不關心這件事。

沉默很久以後，少安對父親說：「看來福堂不會出面解決問題，讓我到石圪節去找公社領導。要不，眼看出人命呀！」

「不要去！」孫玉厚對兒子大聲吼叫，老漢不願意他家的人再扯進這是非坑裏。他對兩個兒子說：「你們不要出門！誰要出去，我就打折你們的腿！他們願意死誰哩，和咱沒相干！」

這種時候，孫玉厚的家長地位是神聖的，少安和少平誰都不敢有絲毫的反抗。他們只好都呆在自己家裏。

早飯時分，事態終於擴大了。王彩娥娘家戶族裏的幾十條後生，手裏拿着碾棍磨棍，從金家灣後山裏轉小路趕過來，給金家遭人命來了。雙水村誰也不知道，消息是劉玉升摸黑趕到王家莊報告的。劉玉升是雙水村不多幾家雜姓之一，屬於「少數民族」，在村中不參與三個主要家族的矛盾。但玉升和王彩娥的娘家有親戚關係，因此昨晚上聽金富在他們院子裏給田海民報案，就在後半夜偷偷溜出村，趕到王家莊報了信；趕天明他又返回雙水村家裏，一切遮蓋得人不知鬼不覺。

王彩娥的幾個兄弟聽到消息，一打早就動員了本族幾十條好漢，操起傢具向雙水村趕來了……

在農村，從古代到現代，似乎有一條不成文的「法規」：此類「桃色事件」可以不經官方，由戶族與戶族之間解決。這就意味着暴力與戰爭。在歷史上，這種事件往往釀成了慘痛的流血和屠殺。戶族、種族之間的衝突，也許是人類最大的悲劇。這種戰爭往往是由一些雞毛蒜皮引起的，而且根本分不清誰是誰非，結果就讓許多人毫無意義地倒在了血泊之中。

王氏家族的武士們首先衝進了金俊斌家的院子。金富和金強儘管是打架老手，但寡不敵眾，沒幾個回合就被亂棍打得抱頭鼠竄了。

彩娥家被關住的門很快打開。孫玉亭乘混亂之機，趕緊衝出了人羣，向哭咽河後溝道裏落荒而逃，霎時就不見了蹤影；王彩娥兩把抖亂了自己的頭髮，哭罵着爬上了金俊文家的窰頂，要往他家的院子裏跳，給金家遭人命，被她的一個弟弟硬拉住了。

與此同時，一些王姓後生開始砸金俊文和金俊武家的窰檐石；另外一些人分別衝進這兩家人的院子，見甚麼砸甚麼。有的人已經開始往家裏衝。金俊武、金俊文和金富弟兄分別拿着切菜刀和殺豬刀子把在自家的門口，準備決一死戰。

村中所有看熱鬧的人立刻四散而逃了。大人拉着娃娃，哭叫聲響成一片；那情景真是混亂得如同戰爭一般。

約摸十分鐘以後，金家戶族裏的二十來條後生，也操起傢具，向金俊武家趕來了。作為同宗同族的人，他們自覺地負起了傳統的責任：當這類事發生後，本族有人遭外族大規模進攻的時候，有義務用同樣的方式聚合起來與之對抗。這種關頭，作為同族人，就是歷史上或現實中相互之間有嫌隙，也暫時被放在一邊，要莊嚴地為神聖的傳統原則而戰了！

金家戶族的人很快衝進了兩個院子，和外村的王姓展開了一場混戰。金俊武父子弟兄們看見本族人趕來支援他們，都感動得眼裏湧滿了淚水。

在這混戰的人羣中，只有一個毫無緣由的兩旁世人也在參戰 —— 田二的憨兒子田牛。田牛在混戰開始、外姓人紛紛撤退的時候，他覺得更有意思了，竟然笑嘻嘻地順手拉了一根柴棍子，也攙和到裏面打開了。他不分敵我，見誰打誰。王姓戶族的人以為他是金家的人，就和這個憨漢也打了起來。田牛身上捱了幾棍，頓時勃然大怒；混亂中，他拿棍子追着把金俊武的一隻豬娃子腿打折還不罷休，又把一隻老母雞也打死了！

正在雙方打得難分難解之時，金家戶族裏一個對田福堂極端不滿的人，突然對王家莊的人喊叫說：「門是大隊書記田福堂讓關起來的，你們不找他算賬，在這裏遭甚麼殃呢！」

這不懷好意的謠言一下子扭轉了這場戰爭的局勢。王家莊的人根本不知道雙水村的情況，立刻對這話信以為真了。

這羣盲目的暴徒先後停止了在金家院子的攻擊，在為首的人帶領下，直奔田家圪塄去了 —— 這真是一個戲劇性的變化！

現在，金俊武和金俊文家的院子，遍地狼藉。外村王家族裏被打傷的人，被同族人扶到了王彩娥家的院子。金家族裏受傷的人，分別被抬回了自己家裏。金俊文衣服被扯得稀巴爛，手上流着血；他的小兒子已經被打得睡在土炕上直喊爹媽。金俊武大眼睛裏充滿了紅絲，兩隻手分別拿着切菜刀和殺豬刀子，仍然僵立在自家的門口 —— 他終於使王家莊的兇徒沒有能進入家門。而他哥的家門卻沒能守住，攻進去了幾個人；儘管俊文父子三人拼力作戰，但家裏還是被砸得一塌糊塗；水甕，盆碗，沒有一件是完好無缺的……

現在，王家莊的二十來條後生已經蹚過了東拉河，到田家圪嶗尋田福堂的麻煩來了。田福堂做夢也不會想到，這股禍水會被引到他家！

這些打紅了眼的人剛過了哭咽河的小橋，有人就跑到前面給田福堂傳了話。福堂由於沒任何精神準備，一時慌亂得不知如何是好。他先吼叫着讓老婆和兒子趕快去鄰居家避難；老婆和兒子走後，他又把窰洞的門都鎖了起來。然後他飛快地跑到院牆外，吼叫田福高和田姓人家的後生們，趕快來保衛他的家庭！

以田福高為首的田姓人家的幾十條後生，幾乎和王家莊狂暴的後生們同時趕到了田福堂的院子裏。

一場混戰立刻又在這裏展開了。王家幾個捷足先登的人，已經爬上了田福堂家的窰頂，把窰檐石挨個地往過砸；碎石頭頓時噼噼啪啪落在了院子裏！

田福堂身弱體瘦，根本無力參與這種暴力事件。他急得大聲向王家莊的人解釋，這件事與他田福堂一點關係也沒！王家莊的人已經打紅了眼，根本不聽田福堂說甚麼。幸虧田福高幾個蠻漢抵擋，要不田福堂早已被亂棍打倒在地上了……

當早晨王家莊的人剛剛進村以後，大隊副書記金俊山就知道事情不妙。他本來指望田福堂趕緊出面制止事態惡化——如果福堂自己解決不了，就應該趕快給公社報告。

但是，羣架已經打起來了，俊山還沒見田福堂有甚麼動靜。他對福堂的這種態度非常生氣：儘管你和俊武有意見，但這種事上怎能坐山觀虎鬥呢？你這個大隊領導太沒水平了！

金俊山想，田福堂不管這事，他金俊山不能像田福堂一樣袖手旁觀！別說他還是大隊副書記，就是個普通社員，也不能眼睜睜地看着出人命！

他立刻跑到田家圪嶗去找田海民，讓他開上拖拉機，趕快去石圪節找公社領導。海民不敢怠慢，馬上就去發動拖拉機。

拖拉機臨開動時，金俊山還不放心，索性自己也坐拖拉機到公社去了。

他兩個人來到公社，碰巧白明川下鄉不在機關。他們就馬上向副主任徐治功緊急彙報了情況。

徐治功說：「這種說不清楚的事，公社怎個管法？再說，明川也不在……」

金俊山着急地警告徐治功說：「公社要是不趕快去人，恐怕馬上就會有許多人被打死了！」

徐治功想了一下，覺得自己不去，將來出了人命，恐怕他也的確擔當不起。於是，他很快把公社武裝專幹楊高虎找來，讓他趕快出去在公社事企業單位找十幾個基幹民兵，全副武裝，立刻跟他趕到雙水村去。

一時三刻，徐治功和楊高虎帶着十幾個武裝民兵，坐着田海民的拖拉機，火速向雙水村趕來了。

公社的人馬開進雙水村時，正趕上王家莊的人和田家的人在福堂院子裏的大混戰。徐治功一下拖拉機，就命令一個民兵對空鳴了三槍。

槍聲一下子把雙水村驚呆了。

打架的人和看打架的人都被震懾住了，立在原地方，不敢再動彈。治功和高虎領着民兵衝進了田福堂的院子，立刻把鬥陣雙方手中的器械都繳了。徐治功同時命令，把金家灣那面參與過鬥毆的金姓村民都帶到田福堂的院子來。

處理這種事，治功還是有魄力的。他命令民兵把外村的王家和雙水村田家、金家三姓所有參與打架的人都捆起來。由於人太多，急忙找不下這麼多的繩子，高虎立即派人四處去尋；甚至把牛韁繩都用上了。霎時，田福堂的院子裏橫七豎八捆倒了一大片人；連憨牛也被捆在了磨盤上。全雙水村的男女老少都趕到了這裏，觀看了這幕悲劇或者是鬧劇的最後一個場面……

午飯前，王家莊大隊的領導也被徐治功派人叫來了。

在田福堂的中窰裏，徐治功主持召開了兩個大隊領導人的緊急聯席會議。會議決定：一、誰砸爛的東西，由砸東西者原價賠給物主。二、誰被打傷，由打人者負責醫藥費；並負責賠償傷者養傷期間的工分（也可按兩隊平均工分值折成人民幣）。三、孫玉亭和王彩娥的男女關係問題，因兩個人都不承認，不予追究……

在開會之前，驚魂未定的田福堂還沒忘了安排讓人殺了隊裏的兩隻羊，又搞了十幾斤白麵，給公社來的同志們準備了午飯。

下午，徐治功、楊高虎和十幾個公社各單位抽來的民兵，在雙水村吃完羊肉燴白麵片，喝了茶水，田海民又用拖拉機把這些人送回了石圪節。在此之前，王家莊打架的人也被他們村的領導人帶上走了。

於是，雙水村才結束了一天的大動亂，把許多有趣的話題留給村民們以後慢慢去說……

─✦ 第五十一章 ✦─

秋分以後，再經過寒露、霜降、立冬幾個節令，黃土高原就漸漸變成了另一個世界。

莊稼早已經收割完畢。茫茫曠野，草木凋零，山寒水瘦；那豐茂碧綠的夏天和五彩斑斕的秋天似乎成了遙遠的過去。荒寞的大地將要躺在雪白的大氅下，閉住眼回憶自己流逝的日月。

大地是不會衰老的，冬天只是它的一個寧靜的夢；它將會在溫暖的春風中甦醒過來，使自己再一次年輕！

睡吧，親愛的大地，我們疲勞過度的父親……

但是，雙水村的這塊土地，任何時候都不會安寧下來。一進入冬季，這裏反而更加充滿了激蕩的氣氛。

現在，田福堂從夏末開始籌劃的攔截哭咽河的宏大工程，已經緊張地進入了實施階段。

福堂親自從縣上請來的有關方面的工程專家，早在初秋就選好了炸山和攔壩的具體地址；並且繪好了圖紙。這期間，已經恢復了一些元氣的孫玉亭，組織人力賣掉了大隊幾萬斤儲備高粱；又用這錢買回了幾千斤炸藥。

與此同時，金家灣北頭為搬遷戶修建的新窰洞也在不久前全部完工了。在大隊領導的參與下，金俊武兩兄弟、金光亮三兄弟，都一起去驗收了自己的新居。除過金俊武兄弟提出一些細節問題外，他們基本上都通過並接受了。現在，只要這幾家人一搬遷，就準備立即炸山。

幾天以後，搬遷的最後期限終於來臨了。

對於搬遷的幾家人來說，這是一個非常動感情的日子。

是啊，離開自己住慣了的老地方，心裏的確不是個滋味。他們大部分人從出生到現在，一直生活在這塊風水寶地上，對這個小山嘴滿懷着親切的感情。這窰洞，這院子，每一個角落，每一塊石頭和土疙瘩，都是他們生活的一個有機部分。失掉這些東西，多少日子他們都會感到心中空落落的。對於一個普通農民來說，家庭院落就是自己一生中最重要的世界。和如此依戀的天地告別，那痛苦是外人所不能全部理解的。

臨近搬家的前幾天，在縣城工作的金光明就回到了家裏。他帶回一架照相機，給自家和光亮、光輝兩家人，在即將化為烏有的故居前留了影。這家人因為成分不好，儘量克制着自己的情緒，老老少少都裝出沒有甚麼的樣子。但是，晚上關住門後，當孩子進入夢鄉，大人們就忍不住坐在燈下相對而泣。

金俊文和金俊武兩家人，在這個時候則無法控制他們的感情。接二連三的災難給這個大家庭蒙上了一層陰鬱的色調；就連生性愛耍笑的俊文的妻子張桂蘭，也失去了往日的活潑，經常冷着面孔對左鄰右舍說話。搬家的日子來臨後，這家人如同去年給俊斌辦喪事一樣悲痛。

但俊斌的媳婦王彩娥是個例外。她對搬遷新居反倒表現出無比的高興。她厭煩現在這三孔窰洞。這裏曾經因為她和孫玉亭的關係，爆發過震驚石圪節公社的武鬥事件。另外，她常在夢中看見死去的俊斌在這院子和窰洞裏走來走去，嚇得她半夜出一身冷汗，不得不點亮燈坐到天明。她慶幸這該死的地方，將要在「轟隆」一聲爆炸中消失得無蹤無影了！

這些日子以來，這家的主事人金俊武元氣大傷，兩隻火眈眈的銅鈴大眼，已經失去了一些挑戰的意味。他把這一切都歸結為命運，因此不再徒勞無益地去消耗自己的精力了。但他在內心只承認自己屈從的是命運，而不是屈從田福堂和孫玉亭。他相信總有一天，命運也會把報應之劍高懸於現在得意忘形之徒的頭上。

搬家的這一天，村裏和這兩大家關係融洽的人家都來相幫了。哭咽河東岸從南到北的那條小路上，來回穿梭着搬運東西的人們。幫忙的人都是搬運那些笨重的東西 —— 碾子，磨，水甕，炕欄石，鍋，鍋台……嬌貴和值錢一些的東西都是自家人搬運。

在同一個時間裏，隊裏抽調的一些勞力，正在廟坪山和神仙山對稱的兩邊，開挖安放炸藥的山洞。哭咽河兩岸又一次處於激戰前的騷亂中。

這時候，在金俊文家裏，突然傳來一片痛哭之聲。正在搬家和開挖山洞的許多人，不知這兩年多事的金家又發生了甚麼事，紛紛向金俊文家的院子擁來。

在金俊文被搬遷的七零八亂的家裏，俊文和他的一家人都在哭鼻子。俊武的愛人和兩個孩子也都擠在這裏哭成了一堆。男人們低聲嗚咽，女人們放聲長嚎。所有哭啼的人都圍在炕邊的腳地上。土炕的蓆片上坐着金俊文的老母親。快八十歲的老太太一邊用瘦手拍着炕蓆片，一邊咧開沒牙的嘴巴哭得死去活來。現在，已故金先生的遺孀已經流乾了眼淚，只是痛不欲生地喊叫着，喃喃地唸叨着 :「我不走呀！我就往這窰裏死呀！叫他們來把我活埋在這窰裏……」

正是因為老太太這撕心裂肺的痛哭，才把金俊文一家人都惹哭了。其實，家裏所有的人都早想哭了，但硬忍着。當金老太太拒絕孫子金富揹她到新居，繼而放開聲痛哭以後，這家人就再也忍不住了，跟着老人一齊哭開了。

金俊武終究是個硬漢。他不哭，也不去拒擋家人們哭。他黑喪着臉，一聲不吭，在自己家裏收拾東西。

金家戶族裏一些有威望的長者和婦女，先後進了金俊文家的窰洞，開始七嘴八舌勸導這家人不要哭了。他們指出，喬遷新居是一件吉利事，在這樣的日子裏哭鼻流水很不適當。金俊文父子三個於是就不哭了；接着，張桂蘭和俊武的媳婦也先後停止了哭聲。但俊武兩個年幼的孩子繼續在炕上和奶奶一起哭個不停。俊文他媽是金家族裏的老壽星，又稍識文理，她不會接受晚輩們淺薄而世俗的勸導，只管哭她的。她一邊哭，一邊一次又一次聲明：家裏的其他人願往甚麼地方搬哩，反正她不走！她死也要死在這窰洞裏！

寬容的讀者，你們想想，對於這老太太來說，世界上還有甚麼地方能比得上她丈夫留下的這地方值得她留戀？她住在這窰洞裏，就會溫暖地回憶起已故的先生；回憶起當年她和丈夫在這裏度過的那些美妙的時光。如果離開這些回憶，讓她怎樣再活下去呢？因此在她看來，遷居到另外的地方，還不如讓她去金家祖墳那裏和金先生合葬在一起！

下午時分，搬遷的幾家人都已經把所有的東西搬運光了，現在馬上要動手拆門窗。但是金家的人做不通金老太太的工作。老人家仍然坐在金俊文家土炕的光蓆片上，死活不離開這個家。

沒有辦法！金俊武只好打發金強去報告大隊副書記金俊山，看大隊領導怎麼辦呀。在金俊武看來，這裏的家無論怎樣都已經完蛋了，能勸說母親起身也就算了。但老母親寧死不屈，他也沒辦法。讓大隊領導去做工作吧！給他們出個難題也好！反正這是個快八十歲的老人，他們總不敢動武吧？如果他母親有個三長兩短，那也叫他們吃不了兜着走！

金俊山聽說這事後，想來想去自己也沒辦法——連兒子們都勸說不下這位老祖宗，他是兩旁世人，怎麼可能做通工作呢？

他只好又去找田福堂，看他咋辦呀。

田福堂已經把夏末那一場動亂早已拋在了腦後。他現在正情緒高漲地準備創造驚世駭俗、震動四方的業績。

他聽俊山彙報了俊武家的情況後，心裏倒有點着急起來 —— 他沒想到事到臨頭卻又橫生出這麼一個障礙！

這件事的確令人頭疼。俊武他媽已年近八十，又是當年前後村莊有名望的金先生的遺孀，除過勸說和開導老太太挪窩，其他辦法顯然都不是辦法。可眼看一切方面都準備好了，僅僅因為這麼一個老人就把一河活水堵塞，怎麼行呢？

他一時也沒有個好主意，就讓金俊山先去做點工作，說讓他自己想一想再說；他告訴金俊山，他一會就過金家灣來。

金俊山走後，福堂本來想把玉亭叫來商量一下。但他又很快想到，玉亭因為和彩娥的事件，談起這家人如同談起老虎一樣驚慌，恐怕給他出不了主意。於是他只好一個人在家裏仔細盤算怎樣處理這件事。

好辦法急忙想不出來，可時間又不能再拖了。按計劃，明天放置炸藥，後天就準備炸山；因此，這家人無論如何今天要騰開這塊「風水寶地」。

儘管沒想出甚麼周全辦法，他也得動身去金家灣那裏。既然要去，田福堂就似乎知道自己應該怎樣去做。即使沒甚麼把握說通老太太，他也得去試一試 —— 不行了再說！

當田福堂走進金俊文家裏後，情況依然如故。俊文父子和俊武現在都到新居忙去了，只留下兩個兒媳婦守在哭啼的婆婆身邊。金俊山已經不在這裏 —— 顯然他的說服工作以失敗告終了。

田福堂剛進了窰洞，金老太太就惱怒地用瘦手抓起了炕上的笤杖，準備驅趕新來的說客。兩個兒媳婦慌忙上前勸阻婆婆。不料，田福堂卻撥開桂蘭和俊武媳婦，不慌不忙上了土炕，湊到了金老太太的身邊。他雙膝一下跪倒在炕上，說：「乾媽，你就打我吧！我知道你老人家心裏有氣。你就痛痛快快打我幾下，也許心裏的氣就能消一消。乾媽！我知道你老人家的難過哩……」

金老太太舉起的枴杖停在了半空中。

給人下跪，這是對人至高無上的尊敬。老太太是知書達理的金先生的夫人，農村的禮教家規她比誰都看重。她雖然年近八十，腦瓜並不糊塗。她鬧着不搬家，也並不是專意耍賴 —— 設身處地想一想，老太太為此大動感情也是人之常情。但一旦有人為消她心頭之怒之痛，給她雙膝下跪，老太太就立刻明白她再不能以粗俗的鄉婦之舉，來對待別人對她所致的最高形式的敬意了！

老太太把枴杖無力地撇在一起，顫動着沒牙而乾癟的嘴巴，扭過頭沉默了下來。

雙膝跪倒的田福堂仍然跪着。他現在立刻又接上剛才的話茬，語調誠懇地說：「乾媽！我知道你老人家不願離開這地方。這地方是我乾大當年用血汗修建起來的；對你老人家來說，就是搬到天堂裏也不如住在這老地方好。可是，你老人家也知道，這地方要建個大壩，沒辦法為你老人家保存住這院子了。

「你老人家知道，隊裏打這壩，是為全雙水村的人民謀福哩。記得我乾大在世的時候，就常教育我們這些後人，要為眾鄉親謀福。乾大一生一世，為鄉鄰村舍謀了多少福啊！東拉河一道川裏上了年紀的人，至今提起金先生，哪個不說先生的好話？記得小時候我們窮人家娃娃上不起學堂，金先生就一分錢不收，義務辦冬學，教我們唸書識字；現在想起來都感動得叫人眼熱哩……

「現在，我們在哭咽河炸山打壩，正是像金先生當年教育我們的，為眾鄉親謀福哩！你老人家因為氣在心頭，動了悲傷，後人們完全能體諒來你老人家的心情。我知道哩！你老人家知書達理，是雙水村頭一個開通老人！一旦你老人家消了氣，就會顧全大世事，為全村人的幸福而着想……乾媽！我作為一村之主，因為大家的事而惹你老人家傷心，實在是不孝不敬！現在我跪在你面前，向你老人家道歉……」

桂蘭和俊武媳婦看見一把年紀的書記屈尊跪在婆婆面前，有點不好意思，都勸說田福堂不必這樣。精明人金俊武的媳婦也很精明，趕快給書記倒了一杯開水。

金老太太也漸漸恢復了一些正常。她讓田福堂不要這樣了；說他的話都在理上；她雖然年紀大了，但還沒到麻糜不分的程度。

田福堂在一番出色的演說之後，也有點疲倦，於是順勢下了炕，喝了幾口俊武媳婦遞上的開水，就準備走了。臨走之前，他又關懷地對金家的兩個媳婦大聲安頓，讓她們不要逼迫金老太太；乾媽甚麼時候想通了，再讓老人家起身。

說完這些話後，田福堂又勸慰了一會金老太太，就告辭了這家人，蠻有把握地回田家圪塄去了。

臨近吃晚飯的時候，俊文他媽終於讓孫子金富揹着，搬到了金家灣北頭的新居裏……

這一天剛吃過早飯，雙水村就陷入了一種激動和不安的氣氛中。

哭咽河兩岸馬上就要開始炸山了！人們匆忙地丟下飯碗，跑出了自己的家門，似乎要經歷一生中一次非凡的事件。

哭咽河的溝道已經封鎖了。除過孫玉亭帶領的爆破組外，村裏的大人娃娃一律不准進溝。學校以及處於危險區的居民都被撤到了安全地帶——其中有些人不斷地向冥冥之中的上蒼禱告，不要把自己的窰洞震塌！

田海民帶着村裏的幾個民兵，用學生娃的紅領巾紮了幾面小紅旗，在哭咽河的小橋附近站崗堵人。其實也沒人敢進溝去為看熱鬧而冒生命危險。人們都遠遠地站在適當的地方，等待那天搖地動的一刻。所有的村民都莫名地感到惶惶不安。這一天西北風颳得正兇，天地間灰濛濛一片混沌。烏鴉落在廟坪光禿禿的棗樹上，哇哇地叫喚着，聽起來叫人不由得毛骨悚然。此時此刻，空氣中似乎能嗅到一種不祥的氣息。有些老者論證，這種黃風斗陣天氣，往往會出不吉利的兇險事；記得當年斯大林逝世時，就是這種天氣……

這時候，孫少安正在大隊部院子裏檢查抽水機的馬達，以便大爆炸後衝土墊壩基。正在他心不在焉地摸揣機器的時候，他弟少平突然緊張地跑來叫他，說秀蓮肚子疼得很厲害，大概要臨產了！

孫少安一聽這情況，不顧一切地丟下手中的活，立刻和弟弟一同往家裏跑去。半路上，他叫少平趕快去拉一輛隊裏的架子車回來，好把秀蓮送到石圪節醫院去。

少安一口氣跑回家後，見他的秀蓮正滿頭大汗在炕上打滾叫喊。

他立刻叫母親準備東西，趕緊去石圪節醫院！

但他媽不同意。她平靜地對兒子說，說自己完全可以給兒媳婦接生。少安看見，他媽已經從爐灶裏挖了許多爐灰，放在了炕上的簸箕裏。

少安生氣地說：「這太不衛生了！萬一有個三長兩短，自家怎麼能處理了？」

他媽也生氣地說：「你們還不是你奶奶幫我就在這土炕上生養的！生個孩子跑到醫院裏去幹甚麼？真是的！」

少安多少是個有些文化的人，他不同意由他母親給秀蓮接生，堅持要到石圪節醫院去。在和母親爭辯的時候，他已經動手收拾起了東西。母親一看拗不過兒子，也趕忙幫他收拾開了。

這時候，少安他奶怎麼也不明白他們為甚麼胡亂拉東西，而把主要的事擱在一邊不管？趕快讓秀蓮坐在爐灰上呀！老太太一邊咒罵少安和少安他媽，一邊摸索着自己動手將一簸箕爐灰揚在了炕蓆上！少安和母親因為着急，只顧手忙腳亂地收拾去醫院的東西，而顧不了昏庸的老人家在炕上瞎折騰……

秀蓮躺在炕上呻吟着，問丈夫：「醫院裏接生的是男大夫還是女大夫？」

少安氣得嘴一張，都不知道該怎麼回答妻子這愚蠢的問話。

「要是男大夫接生，我就不去！我讓媽在家裏給……哎喲喲……」

「哈呀！你簡直是……」少安臉色煞白地喊叫起來。

他們剛收拾好，少平已經把架子車拉在了院子下面的公路上。壯實的少安一把抱起妻子，旋即出了門。少平拿着被褥，他媽提着零碎，急忙緊攆着來到了公路上。

婆婆抱着兒媳婦坐在架子車上，少安兄弟倆拉起車子就往石圪節跑。

到了公社醫院，醫生檢查完畢，就用手推車把秀蓮帶進了產房。秀蓮看大夫是個女的，也就平靜了下來。

秀蓮進產房以後，少安讓少平帶着母親，先去公社文書劉根民家裏休息，他自己立在醫院院子裏，等待秀蓮生產的消息。

快兩個鐘頭過去了，一切都還沒有動靜。少安在院子裏焦躁不安地走着，一支接一支地吸着自己捲的旱煙捲。

突然，他看見他們村的幾個人拉着一輛架子車，氣喘吁吁地從醫院大門裏跑進來了；車上似乎躺着個老漢。緊接着，田福堂、金俊山和他二爸也緊跟着跑了進來，大聲喊叫醫生快來搶救人！

出事了！

少安緊張地跑過去，問：「誰？」

他二爸說：「田二。」

「再有沒有人受傷？」少安生怕他父親有個三長兩短。

「再沒……」孫玉亭回答說。

可憐的田二立刻被抬進了搶救室。雖然這是個「半腦殼」老漢，但是一條人命，誰也不敢怠慢！

孫玉亭詢問了秀蓮的情況後，就告訴少安說，哭咽河兩面山的大爆破都很成功。只是誰也沒防備住，田二不知甚麼時候進溝來看熱鬧，結果被炸起的土埋住了。等眾人發現後趕緊往出刨，刨出來就已經不省人事……

不一會，搶救室裏走出來一位大夫。他摘掉口罩，對守在院子裏的田福堂等人說：「人已經死了！」

院子裏所有的人都呆住了。

這時候，突然聽見產房那面傳來一陣嬰兒的啼哭聲。

孫少安胸口一熱，丟下眾人撒開腿就跑。

他來到產房門口，一位女護士正往出走，笑吟吟地對他說：「一切都正常。是個胖小子！」

淚水剎那間就蒙住了少安的眼睛。他猛一下感到，他現在和這世界上所有的人，都處在了平等的地位。他在心裏莊嚴地說：是呀，我有了兒子；我要做父親了！

第五十二章

孫少平在村裏教書已經快一年了。在這一年的時光裏，小夥子的個頭又躥高了一截，眼看着撵上了他哥。

這期間他在家裏吃飯，不管歪好，總能填飽肚子，因此身子骨明顯地壯實起來，成了一位引人注目的漂亮後生；加之他身上透露出來的那種有文化的素質，使他各方面都給人一種很不一般的印象。在農村，這樣的後生往往成為年輕姑娘們所暗暗愛慕的對象。

他家裏的光景依舊很不景氣。糧食不夠吃；錢更是恨不得一分錢掰成兩半花。直到眼下，大哥結婚時借下的糧食和錢都沒有還完。他哥和他嫂子加上小姪兒虎虎，一家三口仍然在一隊的飼養院和一羣牛驢為伍。他已經接替大哥，住在自家院子旁邊戳開的那個小土洞裏。妹妹蘭香依然如故，每天晚上過金家灣那邊借宿。父親一年年老了，而祖母更老了；母親的身體也比前幾年差了許多。至於他大姐蘭花一家，那光景爛包得仍然連提也不能提……

少平感到欣慰的是，他自己終於能進入本村的學校當了教師。眼下對於一個農家子弟來說，這就是一個再好不過的營生。這一年裏，他掙的工分和大哥一樣多；而且每月那幾塊錢的補貼，把家裏的賬債也償還了一部分。近二十年來，他都是向家裏索取。現在，他終於給家裏貢獻一點甚麼了。他感到自己真正成了一個大人。

在雙水村學校，他帶初中班的語文和全校各年級的音樂課。學校負責人、大隊副書記金俊山的兒子金成帶初中班數學。另外兩個教師姚淑芳和田潤生帶小學各年級的課。潤生還兼帶全校的體育。

和他一塊共事的三位老師各有各的特點。

金成一副小康人家的自滿，穿一身質地很好而裁剪俗氣的制服，故意把裏面的紅線衣從脖項裏豎出來。一根拴在褲帶上的明燦燦的鍍金鑰匙鏈子，在屁股蛋上露出弧形的一圈，將另一頭伸進褲口袋裏；行走起來，那鑰匙就在裏面叮噹作響。他工作很負責任，佈置起事情來，第一點，第二點，第三點……頭頭是道。要是公社來個幹部，他總要設法和田福堂爭奪管飯權；能招待脫產幹部在自己家裏吃一頓飯，那簡直就像是一種榮譽。不過，這人和他父親一樣，一般說來都是忠厚的，不會借機欺負別人。在不損害自己的情況下，也不眼紅別人有能耐。他尊重孫少平，但不能成為知心朋友。

田潤生是少平的同班同學，兩個人相互都很熟悉。他們儘管從小一起長大、一起上學，但兩個人交往並不密切。潤生和他父親不一樣。這人性格比較隨和，心中也沒甚麼城府；遇事隨波逐流，但從不胡作非為。

另一位女教師姚淑芳年齡比他們三個都大，是本校惟一的公派教師。由於她丈夫家成分不好，本人一切方面都很謹慎。她是一個很自愛的人，無論公事還是私事，都做得幹幹練練，無可挑剔。在雙水村人看來，雖然姚老師住在他們村，但她似乎並不屬於這個天地，就像外面來的一個女工作人。雙水村的年輕莊稼人在山裏除過愛談論風騷的王彩娥外，也常說這個漂亮女教師的酸話。姚淑芳非常看重孫少平。儘管她家和孫家有深刻的隔閡，甚至都互不搭話，但兩個有文化的人都自覺地超越了農民狹隘的意識，在高一級的層次上建立了一種親切的信任關係。在她和少平之間，已經絲毫感覺不來他們是屬於兩個相互敵對的家庭。少平有時候都不稱呼她姚老師，而叫她淑芳姐。

順便提提，在這一年裏，孫少平的生活中還有一件外人所不知曉的事。他根本沒想到，在他教書不久後，城裏的跛女子侯玉英接二連三給他寫了幾封「戀愛信」。少平接到信看完就燒了，也不給她回信。如果出身於一個光景好而有地位的家庭，接到一個自己毫無興趣的女人的求愛信，那也許會不以為然的；而對侯玉英這樣有生理缺陷的女人，說不定還會產生一種不愉快的情緒。但孫少平接到侯玉英如此熱情地表白自己心跡的書信，卻油然生出一種溫暖和美好的心情。活在這世界上，有人愛你，這總不是一件壞事。儘管他實在不能對侯玉英產生甚麼愛情，但他仍然在心裏很感謝這位多情的跛女子，在他返回農村以後，仍然不嫌棄他貧困的家庭，在信上發誓：「願和你一輩子同作比冀（翼）鳥，如果變心，讓五雷洪（轟）頂……」

少平覺得他不能藐視和嘲弄跛女子的一片熱心，後來便很誠懇地給她回了一封信，說他現在根本不願考慮自己的婚姻；讓她再不要對他提這事了。他還說了他對她的謝意，並說他不會忘記她對自己的一片好心……

而在這期間，孫少平倒一直和田曉霞保持着密切的聯繫——儘管他們不是談情說愛。曉霞不失前約，過一個星期，就給他寄來一疊《參考消息》；並且在信上中外古今海闊天空地談論一通。她在原西城郊插隊，實際上除過參加勞動外，就住在城內的家中。少平去過幾次縣城，在她那裏借了不少書……

現在，少平一直懷着一種激動的心情，等待他的同學回雙水村來。曉霞說過，她年底一定要回一次老家——按她當初說的，也許最近幾天就要回來了。

每一個年齡的人，都有自己的生活圈子。對於孫少平來說，目前田曉霞就是他生活中最重要的一個人。在某種意義上，這個女孩子是他的思想導師和生活引路人。在一個人的思想還沒有強大到自己能完全把握自己的時候，就需要在精神上依託另一個比自己更強的人。也許有一天，學生會變成自己老師的老師 —— 這是常常會有的 —— 但人在壯大過程中的每一個階段，都需要求得當時比自己的認識更高明的指教。

在田曉霞的影響下，孫少平一直關心和注視着雙水村以外廣闊的大世界。對於村裏的事情，他決不像哥哥那樣熱心。對於他二爸跑爛鞋地「鬧革命」，他在心裏更是抱有一種嘲笑的態度，常譏諷他那「心愛的空忙」。他自己身在村子，思想卻插上翅膀，在一個更為廣大的天地裏恣意飛翔……

但是，孫少平並不因此就自視為雙水村的超人。不，他歸根結底是農民的兒子，深知自己在這個天地裏所處的地位。

在雙水村的日常生活中，他嚴格地把自己放在「孫玉厚家的二小子」的位置上。在家裏，他敬老、尊大、愛小；在村中，他主要是按照世俗的觀點來有分寸地表現自己的修養和才能；人情世故，滴水不漏。在農村，你首先要做一個一般輿論上的「好後生」—— 當然這是一個很含糊的概念 —— 才能另外表現自己的不凡；否則你就會被公眾稱為「晃腦小子」！

孫少平在農村長大，深刻認識這黃土地上養育出來的人，儘管穿戴土俗，文化粗淺，但精人能人如同天上的星星一般稠密。在這個世界裏，自有另一種複雜，另一種智慧，另一種哲學的深奧，另一種行為的偉大！這裏既有不少呆憨魯莽之徒，也有許多了不起的天才。在這厚實的土壤上，既長出大量平凡的小草，也長出不少棟樑之材……

這樣，孫少平的精神思想實際上形成了兩個系列：農村的系列和農村以外世界的系列。對於他來說，這是矛盾的，也是統一的。一方面，他擺脫不了農村的影響；另一方面，他又不願受農村的局限。因而不可避免地表現出既不純粹是農村的狀態，又非純粹的城市型狀態。在他今後一生中，不論是生活在農村，還是生活在城市，他也許將永遠會是這樣一種混合型的精神氣質。

毫無疑問，這樣的青年已很不甘心在農村度過自己的一生了。即就是外面的世界充滿了風險，也願意出去闖蕩一番 —— 這動機也許根本不是為了金錢或榮譽，而純粹出於青春的激情……

十月份，當報紙上發表了教育部關於今年大學招生的消息後，少平像所有的青年一樣激動無比。「白卷英雄」的時代已經過去了，今年採取統一考試，地市初選，學校錄取，省級批准的辦法。少平和他高中時的同班同學都去應考了，但一個也沒考上。他們初、高中的基礎太差，無法和老三屆學生們匹敵，全都名落孫山了。這結果很自然，沒有甚麼可難受的。當年不正常的社會生活害了他們這一茬人。在以後幾年裏，除過一些家在城市學習條件好的人以外，大學的門嚴厲地向他們關閉了；當老三屆們快進完大學的時候，正規條件下的應屆畢業生又把他們擠在了一邊。

孫少平原來就沒有抱多少希望，因此他對高考落榜心情是平靜的。他很快又正常地開始進入他現在的生活中去了……

十二月上旬，去年夏天當兵走了的金波，突然復員回來了！

這真叫人大吃一驚 —— 金波當兵才一年半，怎麼就復員了呢？而且這傢伙事先也不給家裏和好朋友來個信，就穿着一身沒有領章帽徽的草綠色軍裝，出現在了雙水村。

少平聞訊立刻從學校趕到金波家裏。

兩個好朋友久別重逢，高興地握住手，四隻眼睛忍不住淚花閃閃。

金波看來情緒很正常，忙着把給他和蘭香帶的禮物拿出來，又讓着叫抽紙煙；少平對好朋友說他還沒學會。金波於是自己一支接一支地抽，給他敘說青海的民情風俗。他外表看來沒甚麼大變化，仍然細皮嫩肉的；只不過兩頰有點發紅——這是青海粗狂的風沙給他留下的惟一印記。他一邊說青海的事，一邊也向少平詢問班裏其他同學這一年多的情況。兩個人一直拉談到夜半更深，才像當年那樣擠在一塊睡了……

金波回來後，一直沒有對他解釋為甚麼服役未滿就從部隊回來了。少平已是一個接近成熟的青年，也不向朋友打問這一點。

不久，誰知從甚麼地方傳到村裏一股風言，說金俊海的兒子在青海和一個藏民女子談戀愛，叫部隊打發回來了。村民們大為驚歎：這小子怎麼愛上了一個外路貨？啊呀，聽說那些藏民女子連衣服也不穿，用手抓着吃飯，更不用說操一口誰也聽不懂的捲舌頭話了！金波這娃娃真是鬼迷了心竅！

少平聽到這個浪漫的傳聞後，倒沒有過分驚訝。他了解自己的朋友。是的，金波是個不凡俗的人，而且情感又非常豐富，這傳聞也許有很大程度的真實性。不過，既然朋友不願提及這事，他也不好問他。也許金波為此事而受了精神上的創傷，內心很痛苦，不應該再去打擾他的心靈。

金波似乎對這一切都若無其事。他也變得成熟多了，看來已經脫盡了少年之氣，和村裏人交談時，完全是一副大人的骨架。

只是每天臨近黃昏的時候，這位復員軍人卻常常一個人穿上那件軍大衣，神秘地爬上金家灣後面的神仙山，在山野裏孤魂一般游蕩着；並且反覆忘情地唱那支青海民歌——

在那遙遠的地方，
有位好姑娘；

人們走過了她的帳房，
都要回頭留戀地張望。

她那粉紅的笑臉，
好像是紅太陽；
她那活潑動人的眼睛，
好像晚上明媚的月亮。

我願拋棄了財產，
跟她去牧羊；
每天看着她粉紅的笑臉，
和那美麗金邊的衣裳。

我願做一隻小羊，
跟在她身旁；
我願她拿着細細的皮鞭，
不斷輕輕地打在我身上……

從金波的歌聲中，少平已經全部體會到了朋友心中的傷感情緒。他知道，金波在唱這歌的時候，一定是滿臉淚水漣漣……

在一次交談中，少平問他：「你打算怎辦呀？」

金波對他說：「我準備到黃原找我父親，跟他去學開車。我無心在村裏呆下去。將來開個汽車也好，一個人隨隨便便，也省得和眾人攪在一起心煩……」

金波說了他的打算後，猶豫了一下，又補充說：「本來我有些事不該瞞你。但我現在心情不好，不想提這些事。以後我一定會給你原原本本說出來……」

少平完全理解朋友，對他點點頭。

三天以後，金波就坐順車去了黃原。臨走前他對少平說，他先去看看能不能上車，然後再趕回來在村裏過春節——據說今年春節各個村都要鬧秧歌……

金波走後，學校的工作正進入繁忙階段。因快要進行期終考試，教師得分別給學生們輔導功課。有些學習特別差的同學，還要單另給「吃小灶」。

少平的班上有金光亮的一個孩子。這孩子數學不錯，但語文很差，連篇簡單的作文也寫不好。少平對這娃娃的功課很着急。

這一天下午他改完作文後，發現金三錘的作文滿篇都是胡言亂語，便臨時決定晚上到金光亮家去給這孩子好好開導一下。

孫家的人要進金光亮家的門，這可是村裏的一條大新聞。自從孫玉亭在「文化大革命」初帶着造反隊，把金家三兄弟的家砸得像破廟一般以來，十來年裏這家人就和孫家斷絕了交往；甚至面對面碰上也不打個招呼。現在，孫玉亭的姪兒竟然要到金光亮家給他的兒子去輔導作文，對於雙水村的公眾來說，就像基辛格第一次去中國那樣富有爆炸性。

當少平把自己的意思給姚淑芳說了以後，淑芳非常高興少平去她大哥家。姚老師是個有文化知識的人，覺得十年前兩家人結下的疙瘩還不解開，這太不正常了。因為一直礙着他哥和他弟兩家人，她多年來也沒勇氣破這個「家規」。現在，年輕的孫老師表現了如此豁達的精神，這使淑芳很受感動。

這天晚上，她事先沒有徵求他哥的意見，就把少平帶到了光亮新搬遷的家裏。

金光亮兩口子見孫玉亭的姪兒進了自家門，猛一下反應不過來這是怎麼一回事，竟然呆住了。

金三錘倒立刻親熱而尊敬地拉過來一個凳子，說：「孫老師，你快坐！」

淑芳馬上對大哥和嫂子說：「三錘作文太差，少平很關心他，專門到咱家給他輔導來了！」

金光亮夫婦聽弟媳婦這麼一說，才明白了過來。夫妻倆立刻忙亂起來。儘管他們對孫家的人有一種彆扭情緒，但還是熱情歡迎「敵方」來的這位友好使者。光亮先用大碗給孫老師泡了一碗茶水；他老婆忙着到鍋上給孫老師炒南瓜子去了。

淑芳和三錘引着少平來到他們家的中窰。少平便開始給三錘講解如何寫記敍文。金光亮看少平如此認真地點化他的兒子，便在旁邊虔誠地撥弄着照明的煤油燈。他不時驚訝地張開嘴巴，打量着孫玉厚家的這個二小子；除過內心為這小夥子的大度行為大受震動以外，同時還不斷揣摸思量：孫家的這小子為甚麼要這樣？是他自己做主來他們家，還是受大人的唆使來給他們設甚麼圈套？

不用說，當這件事在村子裏傳開以後，人們在驚訝之餘，很是議論了一陣子。當然，對此最為惱火的是孫玉亭。他幾次找到姪兒，埋怨他竟然喪失階級立場，跑到金光亮家幫助地主的孫子學文化去了！

孫少平對二爸說：「我的事你不要管！」

玉亭對姪兒的態度大吃一驚。他這才發現，姪兒已經再不是個毛頭小子了！他同時還隱約地意識到，他不論是作為長輩或者領導人的權威，已經受到了下一代的嚴重挑戰。他覺得，他還是他，但世事似乎已經發生了某些令他不解的變化……

在陽曆年前的一天，田曉霞像她說過的那樣，如期回到了雙水村。

她到了大爹家的當天，就讓潤生把少平叫來了。田福堂兩口子都為弟弟的這位千金到來而高興。他們忙碌地為姪女備辦鄉下的稀罕吃食。而田曉霞卻在另外一孔窰洞裏，和少平天南海北談了個熱火。潤生才學平庸，插不上多少話，只是似懂非懂地在一邊認真聽他倆說。

在曉霞和田福堂一家人的熱情挽留下，少平在潤生家裏吃了一頓午飯。吃完飯後，他和潤生又帶着曉霞到山上轉了一下午。城裏長大的田曉霞，對山野裏的一切都感到新鮮和激動。因為跟着個呆板的潤生，他們也沒放開樂。要是把潤生換成金波，那他們一定會忘情地瘋一瘋的。

第二天，少平給家裏人打招呼說，他要請曉霞到他們家來吃飯。

小兒子第一次帶客人回家吃飯，玉厚老兩口又高興又熬煎。他們高興兒子長大了，已經在社會上有了交情，並且引來做客的是尊貴的田福軍的女兒！但發愁的是，他們窮得沒甚麼好東西招待兒子的客人。

少平對兩個老人說：「就吃餃子！讓我到石圪節給咱割幾斤羊肉！我身上還有幾塊錢哩！」

於是，等少平買回羊肉後，這家人就忙碌地開始準備了。這正是個星期日，蘭香也在家。妹妹細心地把這孔破窰洞收拾得乾乾淨淨，準備迎接二哥的客人。少安夫婦因為忙孩子的事，在飼養院那邊抽不出身過來幫忙。不過，他們都為弟弟能將縣上領導人的女兒引回家吃飯，心裏都有說不出的高興。

一切齊備以後，少平立刻到田福堂家去叫曉霞。曉霞就愉快地和少平肩並肩相跟着到他家來了。在兩個人經過村中的時候，許多人都站在院邊上驚訝地觀看和議論着。人們似乎意識到，他們村不知不覺地又出了一個人物！

在少平帶着曉霞走了以後，田福堂心裏也犯了嘀咕。他怎麼也不明白，孫玉厚的兩個兒子，身上是不是都有魔法？他女兒曾經那麼迷戀過孫少安；現在，他的姪女怎麼又和少平搞得如此熱火？

唉，這個世事啊！這些年輕人啊……

第五十三章

陽曆年過後陰曆年還沒有到來的時候，北方進入一年中最寒冷的季節。在這些日子裏，山鄉圪嶗有些不講衛生的「懶大嫂」們，冷得不想出門，往往就讓自己的娃娃把大便拉在炕蓆片上，然後把狗喚進來給她「打掃衛生」；因此就有了那句著名的鄉諺「三九四九，隔門叫狗」……

天氣的確是寒冷啊！

可是在這個冬天裏，孫少安的心頭卻熱烘烘的。

自從兒子降生以後，他突然覺得自己的人生有了新的意義。一個做了父親的男人才真正感到自己是個男人。

秀蓮生孩子後，大部分時間裏都是他母親過飼養院這邊來侍候。妻子奶水很旺，因此麻煩事不多，他很快就正常出山勞動了。

往日在地裏，他常貪活，總嫌太陽落山太早。可這些天來，他卻怨太陽遲遲地不下西山——他急着收工，好跑回家去看親愛的兒子。

當他急切地跑回家，撲上炕，看着自己的親骨肉一對黑溜溜的眼睛望着他的時候，他就忍不住欣喜得鼻子一酸，他趕忙俯身去親吻兒子的小臉蛋，卻讓秀蓮把他的頭掀在一邊。妻子嗔怒地說：「你那副嘴巴把娃娃都親疼了！」他也就嘿嘿笑着退開了。他的秀蓮更豐滿了，圓臉紅潤潤的，帶着做了母親的幸福 —— 多麼滿足啊！

但是，當無比歡欣的情緒過去以後，生活本身的沉重感就向他襲來了。

現在，孫少安更加痛切地感到，這光景日月過得太恓惶了！兒子來到這個世界上，他作為父親，能給予他甚麼呢？別說讓他享福了，連口飯都不能給他吃飽！這算甚麼父親啊……

連自己的老婆和孩子都養活不了，莊稼人活得再還有甚麼臉面呢？生活是如此無情，它使一個勞動者連起碼的尊嚴都不能保持！

按說，他年輕力壯，一年四季在山裏掙命勞動，從來也沒有虧過土地，可到頭來卻常常是兩手空空。他家現在儘管有三個好勞力，但一家人仍然窮得叮噹響。當然，村裏的其他人家，除過少數幾戶，大部分也都不比他們的光景強多少。農民的日子，難道就要永遠這樣窮下去？這世事難道就不能有個改變？

作為一個整天和土地打交道並以此為生的人，孫少安知道，這一切不幸都是一村人在一個鍋裏攪稠稀造成的。說句反動話，如果讓他單幹種莊稼，他孫少安就不相信一家人連飯也吃不飽！

有一天，他突然想起，前不久他到石圪節趕集時，聽安徽跑出來謀生的一個鐵匠說，他們那裏有的村子，現在把生產隊劃成了小組，搞了承包制，超產還帶獎勵呢；結果莊稼都比往年營務得好，農民不僅吃飽了飯，還有了餘糧。少安當時像聽神話傳說一樣，把安徽鐵匠的話沒當一回事。吹牛哩！難道你安徽就不是中國的地方？

現在，他心想：也許真有這事哩！這辦法當然好嘛！這樣一搞，就肯定沒耍奸溜滑的人了。而現在一羣人混在一起，幹多幹少大家都一樣，因此誰都不出力，結果一年下來都受窮！

少安馬上心血來潮地思量：他領導的生產隊能不能也這樣搞？

他儘管只有高小文化程度，又是個農民，但他憑直覺，感到「四人幫」打倒一年多來，社會已經開始有某些變化的跡象了。平時，少平經常看報紙，也給他透了不少外面的消息和國家大事。他知道，現在又提倡學雷鋒了，上大學也不再是推薦，而是像「文化大革命」前一樣要考試；並且還提倡學文化知識；有本事的人也開始吃香了。許多被打倒的老幹部也恢復了名譽；報紙上還號召開展社會主義勞動競賽哩！最重要的是，去年七八月份，羣眾擁護的鄧小平又恢復了職務……

孫少安想，他把一隊分成幾個承包責任組，來他個社會主義勞動競賽，不是也符合中央的政策嗎？

但他又知道，這種「理論根據」是很牽強的。現在上級還號召叫農村批判資本主義道路，抓階級鬥爭，學大寨，趕昔陽。他還聽少平說，報紙上登了個消息，說外地一個社員挖了些藥材沒交公，就被村裏的政治夜校批判了三天三夜……

這樣一想，孫少安萌動的勇氣就又不太足了。他像所有的這一代中國人一樣，在不斷的政治運動的驚濤駭浪中長大，知道這事弄不好會給他和家庭招致無窮的災難。他想起前幾年，他就因為給社員多劃了點豬飼料地，被拉到公社批判了一通……

不過，在以後的幾天裏，這件冒險事一直在他腦子裏盤旋糾纏，無法擺脫；這叫他痛苦不堪。

有一天，他突然又想：我為甚麼不和隊裏的社員們商量一下呢？人多主意高，說不定這事還有門哩！再說，只要大家都同意，也就不要他孫少安一個人擔風險了！

這樣想過以後，他就立刻去找一隊的副隊長田福高。他想先和福高通通氣再說。

他沒有想到，福高聽了他的想法，竟然高興得手在大腿上一拍，說：「我看這事敢做哩！咱個農民，怕個球！他公家還把咱老钁把奪了不讓受苦嗎？乾脆！咱把隊裏的社員召集起來，看大家的意見怎樣？如果大家都願意這樣幹，咱就幹！球！怕甚哩！」

少安一看副隊長對這事如此熱心，把他心中的火又燃旺了。他對福高說：「既然你支持，咱今晚上就開社員會！」

當天晚上，一隊的社員們都聚在了飼養員田萬江的窰洞裏——這是一隊的「會議室」。往常，開會前總有許多人擁到隔壁少安家裏鬧騰耍笑半天。今天隊長門上別着紅布條，示意媳婦坐月子，外人不得入內。

當社員們聚齊以後，少安就把他和福高商量過的意見，給大家端了出來。

這個空前大膽的設想，先把眾位鄉親驚呆了。

緊接着，飼養室裏頓時像煮沸了一鍋水！

所有與會的人，都紛紛爭搶着說話。幾乎所有的人都支持這麼做，並且一個個情緒非常激昂。莊稼人都明白，只要這樣做，那今年下來，一隊家家戶戶恐怕都要大囤冒尖小囤流了！

這羣泥腿把子窮得都瀕臨絕境，因此沒有那麼多患得患失；這麼嚴重的離經叛道行為，甚至連後果也考慮得不多。這樣做，個人、集體都增加了糧食，為甚麼要拒擋他們呢？

幹！頭腦熱烘烘的莊稼人，已經沉浸在一片激動之中。他們已經紛紛議論起怎樣分組；分組後怎樣勞動；有的甚至描畫這樣一年下來，他們的光景日月將會如何美氣……

乾脆！一不做，二不休，趁熱打鐵，現在就研究着往開分！

在眾人的鬧哄聲中，小隊會計田平娃已經在炕桌上鋪開了幾頁白紙，準備記錄大家的意見。眾人立刻你一句我一句地吵開了。

弄了大半夜，莊稼人還連一點瞌睡也沒。這些沒文化的農民，竟然搞出了一份叫人大為驚訝的「文件」—— 田平娃給它起了個正確的名字：合同。

現將其中的一份抄錄於後，無興趣的讀者可以跳過不讀，有興趣的不妨瀏覽一下 ——

雙水村大隊第一生產隊

一九七八年農業作業組生產合同

經協商，第一生產隊（甲方）與第三農業組（乙方）簽訂一九七八年生產合同如下：

一、生產任務：定土地 220 畝。夏田 103 畝，其中小麥 83 畝、復種蕎麥 20 畝；秋田 117 畝，其中玉米 60 畝、穀子 15 畝、糜子 25 畝、蔓豆 10 畝、其他豆類 7 畝。

二、交隊產量：小麥 12940 斤、玉米 17700 斤、糜子 3550 斤、穀子 3300 斤、蔓豆 1700 斤、蕎麥 800 斤、其他豆類 1190 斤。

三、定工：按照各種作物的工序和組內社員投肥，共定工 3140 個。其中工序工（見附表）2340 個；組內社員投肥工 2800 個。

四、投資：投化肥 2300 斤、農藥款 10 元。

五、獎賠：全獎全賠。所定工序如有一道工序未搞，除扣本工序定工外，再扣總定工的 10%。

六、說明：組內搞副業需經生產隊批准。其收入隊、組各半；隊按 1.50 元一個工給組記工。

隊長：孫少安（簽名）

第三農業組長：田福林（簽名）

第二天上午，孫少安拿着這些「文件」進了田福堂家。他向書記詳細彙報了一隊今年的這新打算、新辦法；並且把開會的情況也給書記說了。

田福堂聽了這事，就像耳朵邊響了一聲炸雷，都懵了！

他半天弄不懂倒究發生了甚麼事！

但有一點他很快明白了過來：一隊長膽大包天，準備帶上社員走資本主義道路了！

他一時不知該對少安說甚麼。

本來，他自己可以毫不猶豫地一口否定這無法無天的行為。但聽少安彙報說，一隊的社員都擁護這樣做；並且是全體一致通過的。這樣一來，他就先不能忙着表明他的態度了 —— 當然，他就是立即表態反對，他也肯定是正確的！但這樣做，一隊的社員就都會罵他田福堂；而這個隊大部分又都是他的同族人。如果田家圪嶗的人也起來反對他，那他田福堂在雙水村就成了孤家寡人。不能！先把少安這小子打發走，讓他想一想再說！

他於是就對等待他表態的少安說：「這麼大的事，我田福堂一個人怎敢給你們表態？你先回去，等我和大隊其他人開會研究後再答覆你們！」

少安就馬上從書記家告辭了。

田福堂手裏拿着少安放下的「材料」，就像拿着一顆即將爆炸的手榴彈，慌慌忙忙地把孫玉亭叫到了家裏。

孫玉亭一聽這情況，立刻震驚得張大了嘴巴。他激憤地說：「毛主席老人家一去世，人的心膽越來越大了！竟敢明目張膽走資本主義道路！這還了得！沒王法了！」

田福堂譏諷說：「你們家出了大人物，敢領着羣眾造社會主義的反！」

孫玉亭堅定地說：「誰反對社會主義，我就反對誰！別說是我的姪兒，就是我父親現在活着，他反對社會主義，我也堅決不答應！」

田福堂說：「不論怎樣，你姪子已經鬧騰成了這個樣子，你說怎麼辦？」

「把那小子捆起來！扭送到石圪節去！」孫玉亭氣憤地說。

「也不必這樣。咱是不是先開個支部會，看他們其他人怎說？」

「這還要開甚麼支部會哩？」孫玉亭說，「這明擺着是走資本主義道路嘛！他們其他領導人還敢支持嗎？乾脆，別再費這神了，你趕快到公社彙報去！」

孫玉亭一下子提醒了田福堂。對！這麼嚴重的路線鬥爭，不是雙水村能解決了的，應該馬上向上級彙報！

田福堂說走就走，騎上自行車很快動身去石圪節公社，找白明川和徐治功彙報去了。

與此同時，孫玉亭連家也沒回，火急火燎地找到他哥孫玉厚，讓他趕緊說服孫少安不要再執迷不悟；否則，恐怕公安局的法繩就要套到他娃娃的脖子上了！

那晚上的社員會孫玉厚沒有去參加，因此並不知道兒子闖了這麼大的亂子。

他緊張地聽完玉亭的敍說後，立刻拉着弟弟到一隊飼養院去找兒子。

老兄弟倆來到飼養院，因為秀蓮坐月子，按鄉規他們不能進家去。

他們就把少安從窰裏叫到院子來。

兄弟倆立刻圍住他，連說服帶嚇唬，讓他趕緊聲明不再「胡鬧」了。孫玉亭還建議姪兒主動到公社投案，好爭取黨和政府從寬處理。

少安一看兩個老人這麼驚慌，心裏煩亂極了。說心裏話，他對這事也沒有甚麼把握。但現在已經騎到了老虎背上，也不好輕易下來。儘管一般情況下他都老成持重，但有時也有年輕氣盛的一面。事情究竟怎樣，現在還沒最後定論呢！他不能答應兩個老人的要求。再說，事到如今，這事就不是他孫少安一個人的，而牽扯一隊的幾十戶人家呢！

他平靜地對兩個老人說：「我知道你們是為我好。但既然已經這樣了，那就要好漢做事好漢當！你們先不要管，有甚麼差錯我自己承擔！」

這老兄弟倆沒想到少安這樣回答他們，氣得一時不知如何是好。

孫玉亭一看姪兒冥頑不化，乾脆一擰身回家去了。哼！到時吃了虧，甭怨你二爸沒提醒你小子！

孫玉厚一看玉亭走了，自己便抱住頭蹲在寒風地裏，急得幾乎快要哭了。

少安見父親這樣痛苦，就勸他說：「爸，你別這樣。你先回家去，讓我一個人想想再說⋯⋯」

孫玉厚看當下說不轉兒子，只好罵罵咧咧地走了⋯⋯

當田福堂氣喘吁吁地趕到公社，向白明川和徐治功彙報了雙水村的「嚴重政治事件」後，公社的兩位主任也驚呆了。從白明川來說，他不久前心裏也閃過這種設想，但很快就知道這不過是一種天真的想法而已 —— 他沒想到，孫少安這傢伙竟然這樣幹開了！

兩位主任意識到事情非同小可，公社也不敢處理，就立刻用長途電話向縣革委會的領導作了彙報。

這消息頓時使原西縣革委會炸了！

馮世寬很快召集常委們緊急開會 —— 討論雙水村出現的嚴重的資本主義復辟傾向。

在會上，馮世寬沒等大家說話，他自己先嚴肅地對這件事進行了批判性分析發言。在發言中間，他停頓了一下，立刻指示一名常委出去給各公社打電話，看其他公社有沒有出現類似的情況；如果出現，要立即制止，狠狠批判，嚴厲打擊！

馮世寬發完言後，李登雲和馬國雄接着發言，堅決支持馮主任的意見。但副主任田福軍提出，縣革委會能不能心平氣靜地研究一下這個新情況呢？另外，是否可不必忙着處理這事？他建議先由縣、社、隊三級組成一個聯合調查組，把具體問題調查清楚再做結論也不遲！

田福軍由這個問題，轉而很沉痛地論述了全縣的農業生產情況。他大膽地指出，他們村子出現的這個情況，也許能反映了全縣農民的一種情緒。孫少安的這種做法是否正確，可以討論；但目前農村既然已經貧困至極，人們就得想辦法維持自己的生存。作為管農業的副主任，田福軍立刻給常委們擺出了一攤數字：一九五三年全縣人均生產糧九百斤，而去年下降到六百斤，少了近三分之一。從一九五八到一九七七年的二十年間，有十六個年頭社員平均口糧都不足三百五十斤；去年僅有三百一十五斤，而其中三百斤以下的就有二百四十一個大隊、四萬一千多人，佔全縣人口的三分之一。一九四九年人均生產油品九斤二兩，去年下降為一斤九兩……社員收入低微，負債累累，缺吃少穿。勞動日值只有二三角錢，每戶平均現金收入只有三四十元。超支欠款的達二千三百戶。去年國家貸款餘額近一千萬元，人均欠款五十多元。社員欠集體儲備糧一千三百多萬斤，相當於全縣近一年的徵購任務……

田福軍羅列完這些數字後，痛心地說：「我們是解放四十多年的老革命根據地，建國已經快三十年了，人民公社化也已經二十年了，我們不僅沒有使農民富起來，反而連吃飯都成了問題……」

田福軍發完言後，常委們都沉默了。

大家知道，他說的是事實。但事實歸事實，問題歸問題。歸根結底，總不能讓農民去走資本主義道路吧？

馮世寬的激動情緒也平息了一些。他沉吟了一會，說：「你們先談着，讓我打個電話，把雙水村的情況向地區領導彙報一下，看上級有甚麼指示……」說完他就出去了。

一刻鐘以後，馮世寬回到了會議室。他向常委們傳達了地區革委會主任苗凱同志的指示：堅決制止！

這是「終審判決」。大家都再不言語了。

常委會決定：立刻通知石圪節公社，堅決制止雙水村的資本主義復辟傾向。對於當事人孫少安，因其計劃在事實上還沒有實行，不予處分；但責成公社通過適當的方式，嚴肅批評教育這位生產隊長。另外，針對這種新出現的問題，縣革委會要立即專門發一個文件……

這也許是整個黃土高原農村的第一次自發性改革嘗試——在短短的時間裏就以失敗而結束了！

第五十四章

一九七八年初，臨近春節的時候，原西縣革委會主任馮世寬，因為領導原西縣在農業學大寨運動中做出顯著成績，被提拔到了黃原地區，任了地區革委會副主任。

與此同時，縣革委會副主任田福軍也被調回了地區，另行分配工作。本來，地區革委會主任苗凱準備把這位他很不滿意的人，調到地區防疫站去任副主任，但地區分管組織工作的副主任呼正文提出不同意見。呼副主任指出，把一位很有能力的同志這樣使用顯然是不適當的，會引起各方面的反應。其他幾位地區常委也都支持老呼的看法。苗凱只好不再堅持把田福軍打發到防疫站。但他暫時也不準備安排田福軍的工作，指示組織部門把他調回地區浮存一段時間再考慮任用。

這樣，三把手李登雲同志就擢升為原西縣的一把手了。

這個任用在原西縣的幹部們中間引起一片嘩然。當然，馮世寬的提升是預料之中的事。但大家沒想到，竟然不是田福軍，而是李登雲接替馮世寬任了原西縣革委會的主任。大部分幹部認為，論水平，論作風，論品質，不管論甚麼，田福軍都在馮世寬之上；他即使不被提拔當地區領導，最起碼也應該讓他當原西縣的一把手。李登雲無論如何比不上田福軍。而更叫人莫名其妙的是，福軍調回地區還暫時浮存着，不給安排工作！

在縣上的兩個主要領導調出後，石圪節公社主任白明川和柳岔公社主任周文龍，被增補提升為原西縣革委會的副主任。這兩個人的同時提升，是縣領導班子中兩種力量鬥爭或者說是調和的結果。緊接着，兩社原來的副主任徐治功和劉志祥，分別擔任了本公社的正主任。石圪節公社原文書、孫少安的同學劉根民也提拔成了公社的副主任。總之，春節前後，原西縣上上下下進行了一系列的人事調動……

田福軍完全明白他自己目前的處境。

他難受的倒並不是職務高低，而是將在一段時間裏，他沒有甚麼事可幹 —— 他是一個閒不住的人啊！他知道苗凱同志對他不感興趣，甚麼時候給他安排工作，還很難說。

那麼，他就這樣無所事事地閒呆下去嗎？

這時候，他想起了他的老上級石鐘同志。老石「文革」前是省農工部部長，現任省革委會副主任。他和老石相識多年，他是很了解他的。

田福軍於是很快給老石寫了一封信，含蓄地告訴了他目前的情況。他在信中向老石提出，看省上有沒有甚麼臨時性的工作，他可以在自己浮存的這段時間裏幫忙去做。

石鐘同志馬上回信說，他和有關同志碰了一下頭，決定暫借調他去省委組織部搞「清查」工作，並說已經通知了黃原地區。

這樣，田福軍就不打算先搬家了。過不久，他就準備去省委組織部報到。等他的正式工作單位最後確定下來，然後再考慮家屬問題。

不知聽村裏誰來說，雙水村今年正月十五要鬧秧歌轉九曲。田福軍突然興致勃勃地和愛雲商量，讓她跟自己回去看一下農村的紅火熱鬧。他多年在門外忙於工作，很少這樣放鬆自己了；他回憶起從前村裏鬧秧歌，他都上場扳過旱船呢！愛雲很樂意陪丈夫回雙水村去，讓他散散心，解解悶……

農曆正月十五，一吃過中午飯，雙水村就沉浸在一片熱鬧氣氛中：鑼鼓喧天，絲弦悠揚，鞭炮劈啪。村子上空到處瀰漫着灰白的硝煙。全村的大人娃娃，說說笑笑，咿咿呀呀，手舞足蹈，都穿上了自己最體面的衣裳，紛紛走出家門，在眾人面前露臉來了。人們把一年中的貧困、不幸和憂愁都暫時拋在了腦後，而盡情地享受幾天這生活的熱鬧和快樂！

雙水村的秧歌是全石圪節公社最有名的。在這個秧歌傳統深厚的村莊裏，大人娃娃誰都能上場來幾下。往年，一進入冬天，這個村就為正月裏鬧秧歌而忙起來了。所有的家戶都在準備招待秧歌隊來為自家「轉院」時的吃食；每一家都要藉此機會來誇耀自己的「門戶」好。有的家庭，僅僅因為一回秧歌招待得好，來年就有好多人家給說媳婦。因此，就是光景最破敗的家庭，也要省吃節用，把那些紅棗呀，瓜子呀，核桃呀，挑最好的留下來，準備撐這一回門面。一旦進入正月，雙水村的人就像着了魔似的，捲入到這歡樂的浪潮中去了。有的秧歌迷甚至娃娃發燒都丟下不管，只顧自己紅火熱鬧。人們牛馬般勞動一年，似乎就是為了能快樂這麼幾天的。

但「文化大革命」一開始，鬧秧歌就作為「四舊」而被禁止了。打壩修梯田代替了這傳統的節日。那些年提倡「吃罷餃子就大幹」，人們在正月初一就被趕上農田基建工地。可以想來，這些年裏，雙水村人在一個正月，那情緒是多麼灰啊！那胳膊腿是多麼癢癢啊！傘頭田五急得沒辦法，常常在工地上以鍁代傘唱上幾段，眾人就一邊勞動，一邊給他呼應。過去的十來個春節，對於雙水村來說，那不是過年，而是過晦氣。好！現在政策鬆動了，雙水村的人就立刻把熄滅多年的紅火又扇起來了；雙水村的火一起來，石圪節公社所有村莊的火都燒起來了！公社和縣上除不拒擋，還支持農民恢復這傳統的紅火熱鬧。僅就這一點，莊稼人也感到像死去的田二常嘟囔的：世事要變了……

雙水村不僅恢復了鬧秧歌，還像往年一樣恢復了正月十五晚上「轉燈」的傳統。已經約定，這一天，石圪節村、罐子村、下山村等五六個村莊的秧歌隊，都要來雙水村「打彩門」，轉九曲……

現在，雙水村的人分別集中在村裏的兩三個「中心」忙碌着。在田家圪塄這面的大隊部，以田福堂為首的幾個人正進行鬧秧歌的總料理。福堂已經披上了他那件狐皮領子大氅，戴上了栽絨火車頭棉帽，佈置接待外村秧歌隊的具體事宜。聚在這裏的除過福堂，再沒有隊裏的其他領導，而是一些上了年紀的村民。在此種事上，這些穿戴齊整的老漢成了領導人和權威。幾家秧歌隊湊到一起，禮節如同國家元首互訪一樣繁多；稍不周到，就可能釀成戰爭。因此這些威嚴的老者像美國聯邦法院的最高法官，隨時準備負責仲裁和解釋「法規」。

在廟坪棗林前面的一個大空場地上，金俊山、孫少安、金俊武、田福高和金光亮等人正負責栽燈。地上擺滿了高粱稈和蘿蔔做成的燈盞。

最大的人羣中心在金家灣那面的小學院子裏——大秧歌隊正在這裏排練。全村所有鬧秧歌的人才和把式都集中在這地方。婆姨女子，穿戴得花紅柳綠；老漢後生，打扮得齊齊整整。秧歌隊男女兩排，婦女一律粉襖綠褲，長彩帶纏腰，手着扇子兩把；男人統一上黑下藍，頭上包着白羊肚子毛巾。隨着鑼鼓點，這些人就滿院子翩翩起舞。傘頭當然是田五，此人唱秧歌聞名全原西縣，五十年代還去黃原參加過匯演；他出口成章，妙語連珠，常常使眾人大飽耳福。但石圪節其他村莊與他相匹敵的傘頭也不乏其人。傘頭極其重要，往往能反映一個村的秧歌水平。

此刻，在小學的教室裏，另外一些人正在排練小戲。演員有少平、金成、姚淑芳、潤生、銀花、海民、金富、金強、田平娃、蘭香、金秀等人。金波已從黃原趕回來，正負責「五音」班子。金波笛子、二胡、手風琴都能來。孫玉亭和金光輝吹管子；光輝他二哥金光明拉板胡。小戲算是「陽春白雪」，大秧歌完了，就看這些節目撐台呢。

這時候，我們的玉亭同志也臨時放棄了階級立場，和地主的兩個兒子坐在了一條板凳上鬧「五音」。排戲休息的時候，大隊會計田海民嬉笑着對孫玉亭說：「玉亭叔，你的頭髮以後再不用我理了吧？」

這句話逗得眾人哄堂大笑。原來，這話裏有話：不久前，王彩娥在她媽的主持下，改嫁到了石圪節，和胖理髮師胡得祿結婚了。

在大家的哄笑聲中，金富兩兄弟和孫家的人都十分難堪。好在這種紅火時候，人們誰也不計較這種露骨的玩笑。

雙水村大秧歌和小戲的總導演是孫少平。他在高中時就是全縣出名的「把式」，還到黃原講過故事，因此理所當然由他來指撥大家了。少平此刻跑出跑裏，一會在教室排戲，一會又去院子指導大秧歌，真是出盡了風頭……

下午，路程最近的罐子村的秧歌隊伍，已經開到了村頭的彩門下。孫少安家土坡下面的公路上，前幾天搭起的彩門五彩繽紛，並且綴滿了翠綠的柏葉——為鬧紅火，金家破例讓人在祖墳裏折了一些柏樹枝來裝扮這門面。

罐子村的秧歌一到，雙水村的隊伍就立刻前去迎接。兩隊秧歌在彩門下相遇，熱鬧紛亂的氣氛霎時達到了高潮。彩門兩邊的公路上鑼鼓喧天，鞭炮聲炸得人耳朵發麻。

兩家的大秧歌隊分別扭開了，公路上立刻成了一條七彩的長河。在罐子村的秧歌隊裏，王滿銀鼻子上畫了塊白顏色，身上斜掛着驢串鈴，手裏甩着蠅刷子，丟腿撂胯地扮個「開路小丑」，逗引得娃娃們攆着看他出洋相。他老婆蘭花昨天已經帶着貓蛋狗蛋來到娘家門上，現在正擠在人堆裏看熱鬧。這幾天，雙水村幾乎所有在門外工作的幹部和出嫁在外的女人，都趕回到親愛的故鄉來——他們有的情不自禁地上場露兩手；不上場的就擠在人羣中間如癡如醉地觀看。在這些人中，我們只是沒有發現田潤葉。是的，她沒有回村來。她眼下沒有心思觀看這紅火熱鬧。她到黃原她的同學杜麗麗那裏去了。

田福軍夫婦正由福堂和村裏的一些長者陪同着，站在彩門上面的一個土台上，興致勃勃地觀看着。女兒曉霞沒有跟他們回來，留在城裏照顧她外爺徐國強……

現在，彩門兩邊的秧歌隊已經紛紛編成了兩根「蒜辮子」——這意味着兩家的傘頭要對秧歌了！

罐子村的傘頭王明清，也是遠近聞名的「鐵嘴」，按規矩由他先給不可一世的田五發難。田五在彩門這邊腰扭得像水蛇一般，傘頭轉成了一朵蓮花，正準備接受王明清的挑戰。

只見王明清傘頭輕輕一點，雙方的鑼鼓聲便戛然而止。王明清亮開嗓門唱道——

鑼鼓停聲我開音，
萬有親朋你細聽：
轉九曲來到雙水村，
不知你們栽下些甚麼燈？

王明清尾音一落，鑼鼓和人羣的讚歎聲就洪水一般響起。一些行家在人羣中評論道：「好口才！」

田五不甘示弱，幾乎閃電一般把傘在空中一劈，鑼鼓聲立即落下。他應聲而唱——

罐子村的親朋你細聽，

歡迎你們來到雙水村。
你問我們栽下些甚麼燈？
今年和往年大不相同——

西瓜燈，紅騰騰，
白菜燈，綠蓁蓁，
韭菜燈，翠錚錚，
芫荽燈，碎粉粉，
茄子燈，紫茵茵，
七扭八歪是黃瓜燈！
龍兒燈，滿身鱗，
鳳兒燈，花蓬蓬，
老虎燈，實威風，
搖頭擺尾是獅子燈！
銀蝶金蟬蓮花燈，
還有那起火花花帶炮
嗦囉囉囉乒乓兩盞燈，
那是依呀嗨！

田五別出心裁，將秧歌和「鏈子嘴」串在一起，唱得如同一串鞭炮爆響，人羣隨即為之捲起了一片歡騰的聲浪！

兩個傘頭你來我往，十個秧歌一對完，雙水村就敞開了自己的大門，歡迎罐子村的秧歌進村來。兩家的秧歌立刻混合編隊，兩個傘頭並排在前面引路，龐大的秧歌隊就一路翩翩舞蹈着向村中走來。看熱鬧的人羣隨着秧歌隊在公路兩邊湧湧移動。村子南北先後堵住了幾十輛汽車；司機們也興高采烈跳下車來，加入到這歡樂的人流中去了……

在人羣中，田福軍突然看見了孫少安。

他立刻擠過來，捉住了少安的手。

福軍把少安拉出人羣，兩個人一起來到公路旁邊的一個小土坡上。福軍問他：「上次你們隊因為分組的事，以後你再沒受甚麼整吧？」

少安對尊敬的田主任說：「沒！」

緊接着，福軍就開始和少安熱烈地拉談起了農村目前的許多情況。兩個人談了很久，談得很投機。臨畢，田福軍用手親切地拍了拍少安的肩膀，說：「小夥子，不要灰心！相信一切都會開始變化的。我堅信農村不久就會出現一個全新的局面。一切恐怕都勢在必行了！」

田福軍說完後，和少安緊緊地握了握手，就向人羣中走去了。此刻，兩個村的秧歌隊已經扭到了廟坪，向金家灣小學院子那裏湧去。東拉河和哭咽河兩岸到處都擠滿了狂歡的人羣……

孫少安站在小土坡上，用手飛快地捲起了一支旱煙捲。他抽着煙，久久望着歡騰的村莊和隆冬中的山野——再過半月就是驚蟄；那時一聲響雷，大地就要解凍啦！

第二部

卷三

第五十五章

黑色的新式「伏爾加」小轎車在茫茫的春雨中穿過綠色海洋般的中部平原，由北往南，向省城飛馳而行，車輪在積水的柏油路面濺起一溜白霧。黃土高原邊緣地帶的沖積階地和兩級台原，像一抹荒涼的海岸線消失在了北方遙遠的天邊。透過車窗，從遼闊的平原上望過去，南方巍峨的橫斷山脈漸漸出現在視野之內。一列列鋼藍色的山巒像大海中的艦隊一般威嚴；突兀的峯巔之上，隱約可以瞭見那白皚皚的積雪。

小汽車在奔馳。綠色。還是綠色。無邊的綠色中，有時會閃過一片緋紅或一方金黃 —— 那是大片返青的麥田中盛開的桃花和油菜花。溫暖的春天從中國的南方走來，開始用生命的原色裝飾北方的大地了。

綠色中飛馳的小車急速地繞過一個拋物線似的大彎道，把弧線內一座巨大的化工廠甩在後面，重新轉入筆直的路面，在平原上繼續向南飛奔。道路兩旁晃過一排排青楊綠柳，那枝葉被雨水洗得油光鮮亮；成對的燕子翻飛着低掠過霧氣騰騰的麥田，用它黑色靈巧的剪刀裁剪密麻麻的雨絲……

喬伯年沉默地坐在車內，對原野上的一派春光並不特別在意。他不是詩人，也不是遊客，看來無心觀賞這撩撥人的飛紅流綠。

實際上，在這個頭髮斑白的人眼裏，此刻車窗外依次出現的只是這個內陸省的三種截然不同的地貌。北方那消失了的一抹黃色，就是荒涼的黃土高原。那裏溝壑縱橫，土地被流水切割得支離破碎，面積卻要佔全省版圖的百分之四十五。這季節那裏仍然是一望無際的荒涼——他出生在那裏，閉住眼也能看見故鄉一年四季的景象。

展現在眼前的這幾百里綠色平原，當然是全省的「白菜心」了。這塊肥得流油的土地，也曾經是中國歷史上的「白菜心」——散佈在平原上那一個個小山似的古代帝王的墳冢就是證明。不過，對於全省來說，這塊風水寶地畢竟太小了，面積只佔百分之十九。

南邊雲霧繚繞的蔚藍色山巒，是亞細亞兩個龐大水系的分水嶺。那裏土壤單薄，怪石嶙峋，屬半封閉狀態的貧瘠山區。

中間一點「白菜心」，周圍全是「菜幫子」，這就是本省大自然面貌的寫照。多少年來，南北廣大山區的千百萬人，連起碼的溫飽問題都沒有解決。正因為如此，他，剛上任不久的省委書記，此刻哪有心思把這大自然的風光看成是一幅五彩畫圖呢？他深知這些美妙畫面的後面隱藏着甚麼樣的景象。他深感責任重大。他的心情是沉重的。是啊，二十萬平方公里的土地，三千萬人口哪！

省委書記坐在車內，羅着腰，只是沉默地一支接一支抽煙。他身軀高大，但並不壯實。臉色是黝黑的，皮膚已經失去了光澤。顴骨和前額都很突出，整個頭顱像一塊粗糙的岩石。頭髮已經斑白了，並且脫得稀稀疏疏。

這樣的人物，面部總會有一些特點——喬伯年的特點主要表現在眼睛裏。即使是缺乏睡眠，這兩隻眼睛也總是充滿了活力和機警，並且像年輕人一樣閃爍着銳利的光芒。當然，如果走起路來，那神態就更像一個小夥子。

其實他已經五十八歲了。他原來的身體倒不像現在這樣瘦削——當年曾經像運動員一樣健壯哩。可惜一副好身體在「文革」的牛棚和監禁中耗費了大半。唉！那時間，他本以為，自己的後半生就要在「牛圈」裏窩囊地結束了，而不能再出去為人民拉犁耕作。誰能想到，在他接近花甲之年，中央卻把這麼重大的責任交給他來擔當。

責任的確是重大啊！他在上任前就充分估計到了這裏工作面臨的困難性。但一進入實際環境，困難比想像到的更為嚴峻。

可是話說回來，如果沒有困難，此地一片歌舞昇平，那要他喬伯年來幹啥？黨不是叫他來吃乾飯的，而是叫他來解決困難的！他意識到，這是他一生中最重大、也許是最後一次為國為民效大力的機會了。他決不能辜負中央的希望和信任。記得離京前，中央一位老領導特意找他談話，鼓勵他放開手腳工作，以便迅速打開這個省的落後局面。他是有信心的。去年底召開的黨的十一屆三中全會，為整個國家做出了歷史性的總結，同時又展示了輝煌的發展前景。他強烈地意識到，一個新的歷史時期開始了，而眼下又是一個艱難的轉折階段：既要除舊，又要佈新；這需要魄力，需要耐力，需要能力，需要精力，當然也需要體力 —— 儘管這一切他喬伯年都不夠，但他自信他的生命還具備最後的爆發力！

他是在中央任命後第二天就到這裏上任的。只有多病的老伴和他同行而來。他們幾個大點的孩子都已經在北京參加了工作。小女兒倒正好前年考上了這個省會的一所全國重點大學，能和他們團聚了。他老伴渾身是病，這幾年除自己不能照顧家人，還要家人照顧她。親愛的秀英在「文革」中他被監禁後，一邊工作，一邊拉扯孩子，還要為他的命運焦慮 —— 積勞成疾啊！沒有秀英，他說不定也就早垮了。儘管他眼下工作繁重，又一大把年紀，但只要有空子，他就盡力照顧老伴。小女兒雖然在這個城市，但不能讓孩子耽誤學習回家來侍候她媽。新來的保姆是個農村姑娘，剛到幾個月，還有些拘束，家務活上有時還得要他給這孩子當助手……

省委書記在車裏一邊抽煙，一邊靜靜地望着車窗外綠色無邊的麥田。

濛濛春雨中，農人們戴着草帽，正在大田裏掄着胳膊拋撒化肥。這場雨太好了，正趕上了農時。不知道北邊和南邊的山區下沒下雨。他在心裏說：老天爺！最好給那兩個地方多下一點雨吧！沒有辦法，我們現在很大程度上還要依靠你吃飯哩！

是的，南北兩個山區一直是喬伯年最為關心的地方。他到職後最先跑的就是那兩個地方。這是他工作的重點。跑一跑，更心焦。那裏農村的貧困已經可以宣佈為緊急狀態。但最令他心焦的是，越是貧困落後的地區，那裏的領導往往受「左」的思想影響越深，腦筋也更僵化。改變那裏的極度貧困狀況首先要改變那裏的領導狀況。這是最咬手的問題。他已經讓省委主管組織工作的副書記石鐘同志儘快提出意見，調整和加強南北幾個地區的領導班子……

喬伯年用指關節揉揉太陽穴，打了一個長長的哈欠。他感到眼睛有些腫脹，很想在車裏迷糊一陣，但就是睡不着。昨晚在省農業科研中心開了半晚上會；會完後又失眠了很長時間。他現在很困憊，但又很清醒。

他是昨天上午到達位於黃土高原和中部平原接壤處的這個著名的農業科研中心的。本來他很早就想到這裏跑一趟，但一直擠不出時間來。他對這個農科中心抱有極大的希望。這裏有農學院、林學院、省農業科學院等十幾個科學研究和教學單位，擁有科技人員三千多人，僅教授和副研究員以上就有二百五十人左右，真正是人才薈萃之地 —— 這在全國也是不多的。毫無疑問，今後全省農業的大發展，必須發揮這個科學中心的作用。

昨天出發時，他準備當天就返回省城 —— 因為省上還有一些緊迫的問題等待他解決。但他卻推遲到今天下午才回來。

這個農業科研中心的所在地僅是一個小鎮，幾千名科技人員的生活一直存在嚴重問題。糧、菜、煤、水和各種生活必需品根本不能保障。他昨天一到那裏，科學家們就紛紛向他訴苦。他立刻決定晚上召開有關方面負責人緊急會議，研究解決辦法。除過先臨時採取一些措施外，他準備返回省裏後，着手研究將這裏的鎮一級建制改為縣一級建制，以便更好地解決這個遠離大城市的科研中心在後勤方面的問題。儘管這兩天他又跑路又熬夜，疲憊不堪，但他高興的是他沒有虛行這一趟。

現在，汽車已快要到省城了。南面逶迤的山嶺已經顯出了清晰的面目，如同屏風一般立在天邊。城市依傍着南嶺，在廣大的平原地區展開，此刻在春雨中灰漠漠一片看不見從東到西的邊沿。

汽車駛過郊外大片的蔬菜地和工廠區，進入了市內。

這季節的白天仍然是短暫的。當汽車上了二十華里長的解放大道時，天色已經接近黃昏。加之天陰得很重，城市實際上已開始了它夜晚的生活。

路燈映照着積水的街道，像一條條燦爛的銀河。兩邊的人行道擠滿了匆匆行走的人羣，各種雨傘組成了一望無際的「蘑菇林」。主幹道上穿梭着各種車輛；一個接一個的岔路口，紅燈綠燈在交替閃爍。

「伏爾加」的速度慢了下來。

喬伯年側過臉，看見外面幾乎每一個公共汽車站，都擁滿了黑鴉鴉的人羣。有的車站好不容易來了一輛車，車上車下擠成一團，遲遲開不走。他知道人們在這大雨天擠不上車是甚麼滋味；他也知道這些人在抱怨，在咒罵，一片叫苦連天。

他在車裏歎了一口氣。

汽車終於折進了省委大院，緩緩地滑到了他的家門口。

這是一個空蕩蕩的院落，有一座二層小樓。這地方原是一位常委的住所，幾年前他調走後房舍一直閒置着。這是省委大院裏比較陳舊的一所住家宿舍。喬伯年到職後，省委辦公廳把他的家安排在已調到中央的原省委書記住的地方 —— 那裏條件當然要好得多。但他就看上了這地方。一來這地方閒置着，二來有個大院落，他還能在其間營務點甚麼莊稼。他有個癖好，愛在自己住的地方種點玉米甚麼的。在他看來，即使從欣賞的角度來說，莊稼比之名花異草也有一種更為淳樸的美感。

喬書記走進自己的小院子，不免驚訝地愣住了。他看見一些人正在他的院子裏移花栽草，忙亂成一團。對他來說，這是一種破壞，而不是美化。

「誰讓你們移栽這些東西呢？」他問其中的一個人。

「張秘書長。」那人回答他。

「你去叫他到這裏來一下。」

那個人走後，他對其餘忙碌的人說：「你們不要搞了，這些花草從哪裏移來的，再移回到哪裏去。」

這些移花栽草的人都停止了幹活，一個個面面相覷，不知他們把甚麼弄錯了。

這時候，省委常務副秘書長張生民來了。

「誰叫你在我的院子裏搞這些東西的？」他問張生民。

門牙不知怎麼缺了半顆的張生民，咧開嘴難為情地笑着，吐字不清地說：「我尋思你院子裏光禿禿的，因此就……」

「我準備在這地方種點莊稼呀！」

種莊稼？張生民和其他人都愣住了。

秘書長只好叫眾人把這些花草又移走了。

喬伯年這才進了家門。

他先上了二樓的臥室。

秀英正在牀上躺着。她沒說甚麼，像往常一樣，只衝他笑了笑。這笑容使他渾身一下子鬆寬下來。他現在才感到瞌睡得要命，真想馬上在她身邊躺下來迷糊一陣。

但他還有許多事要做，不敢睡着了。再說，還沒吃晚飯呢。

他問老伴：「沒甚麼吧？藥吃了沒有？」

「沒甚麼。晚上的藥還沒吃。」

他在起居間洗了一把臉，就走到樓下的會客室裏。保姆小陳給他沏了一杯茶。他抿了兩口，就走到廚房裏，準備幫小陳洗菜，結果被小陳硬攔住了。他就又動手為秀英熬中藥。因為老伴多年生病，他已經是個「老熬家」了，熬藥的經驗很豐富，足可以編一段「熬藥三字經」。只要他在家，秀英的中藥都是他親自熬。

他把砂鍋放在火上，和小陳開始拉呱起了家常。他東拉西扯，詢問她家裏的各種情況。小陳是位初中畢業的農村姑娘，剛到他家來，大概因為他是「大官」吧，這孩子一直克服不了拘謹。他想儘量使她很快隨便起來，就像自家人一樣，比方說，他在家裏做錯了甚麼，她也敢批評和糾正他，就像他的小女兒虹虹對他一樣。

當他把第二遍中藥攙好涼水重新放在火上後，突然記起了一件事。

他很快出了廚房，來到電話間，迅速要到了張生民。他讓生民通知市委和市上一些部門的負責人，明天早晨上班前都到省委來。他告訴生民他要這些負責同志來幹甚麼。不過，他讓生民先不要給市上的領導說明。

明天要做的「文章」，是他剛才在汽車上「構思」的。

喬伯年打完電話後，先看着讓秀英吃完中藥，然後自己才開始吃晚飯。

他還沒吃完飯，門鈴就響了。他知道，今晚的第一批客人已經登門了。

小陳領進來的是省委副書記石鐘。老石是來和他談南北幾個地區領導班子調配問題的。同來的還有省委組織部長和組織部幹部一處的處長。他們見他還端着碗，就勸他吃完飯再說。

喬伯年一邊吃，一邊把他們領進會客室，說：「吃着談着！形象是有點對不起大家，但這是在家裏，你們都不是生人嘛！」

幾個人都和他一起笑了。

當老石他們給他談起黃原地區領導班子的考察情況時，提起一個叫田福軍的人，說這個幹部威信很高，而且很有能力。

「田福軍？」喬伯年停下筷子，瞪住眼睛想了半天，說，「這個人我好像熟悉，但一時又想不起來了……」

幾位管組織的同志談完情況後，他接着指示他們再做詳細的考察工作，以便很快提交省委常委會討論。

老石他們告辭後，他家裏先後又來了四五批客人。有談工作的，有反映問題的，也有來告狀的。有些是他事先約好的，有些誰知是從甚麼門道裏闖進來的……一直到十二點，他才從煙霧騰騰的會客室出來，搖搖晃晃地上了二樓，走進自己的臥室。

太累了！他躺倒在牀上，顧不得和秀英打個招呼，頭一挨枕頭就迷糊了。他隱約地聽見自己在呻吟。他感覺到了那隻溫熱的手關切地放在了他的額頭上。他只來得及在心裏對老伴說：「我沒發燒……」就睡得甚麼也不知道了。

第五十六章

一夜春雨過後，城市的空氣中少了不少怪味道。省委大院裏鵝黃嫩綠，姹紫嫣紅；小鳥在樹叢中發出歡愉的啁啾。這個天地裏已經是一片春天的繁榮景象。天完全放晴了，東邊的太陽正從一大片樓房後面吃力地爬起來。

喬伯年比往常提前一刻鐘吃完早點，換了一雙圓口黑斜紋布鞋，準備過一會就離家出走。

這時候，省委常務副秘書長張生民來了。秘書長告訴他，除過市委和市上有關方面的負責人，他今天早上又通知了省上所有的新聞單位，讓他們派記者來，採訪今天上午這次「重大活動」。

喬伯年生氣地問：「這算甚麼重大活動？為甚麼要讓記者來？」

生民嘴裏漏着氣說：「你要帶着市委領導親自去街上擠公共汽車，這種深入實際的工作作風報道出去，一定會引起全省的震動！」

「生民同志，這是去工作，而不是去製造一條新聞！這個城市的絕大部分人每天都在擠公共汽車，我們去擠一次，又有甚麼了不起！你趕快去打電話，讓新聞單位不要派記者來！」

秘書長在一剎那間愣住了。他心想：這不又是一條新聞嗎？省委書記去擠公共汽車，還不准新聞記者報道！

但他很快反應過來他不敢違抗書記的指示，趕緊掉轉身出去打電話。

到外面的時候，張生民一路走，一路想：看來用老辦法已經不能適應這位新書記的要求了。但怎樣才能適應老喬的要求呢？作為省委常務副秘書長，多年來他已經習慣於一種傳統的思路和傳統的工作方法，而且前任書記對他的工作一直是很滿意的。唉，他現在不會工作了！接二連三地弄巧成拙！原來自視自己的一套是「創造性地工作」，現在卻都成了畫蛇添足。

張生民打完電話，剛出了院子，就看見一溜小轎車魚貫進入省委大院 —— 這是市上的領導們來了。

他趕忙迎上去，把這些人領進了小會議室。

市委書記秦富功問張生民：「開甚麼會？」秦書記的確有點納悶，開會前不知道會議內容，這種情況他一生中遇得還不多。至於市上的其他負責人，恐怕更有點丈二和尚摸不着頭腦了 —— 他們或許猜想：是不是國家又發生了甚麼重大政治事件？這種事件通常都是先給他們這一級領導傳達的。

張生民露着缺了半顆的門牙，索性也故作神秘地對秦富功笑了笑，說：「等一會喬書記就來呀，到時你們就知道了。」

當喬伯年進入小會議室時，所有的人都從沙發裏站起來。

他和大家一一握了手，也沒坐，立在茶几前說：「今天把同志們找來，不說別的事。咱們一塊去坐一次公共汽車怎麼樣？」

秦富功和市上來的所有領導都互相瞪起了眼：去坐公共汽車？

不過，大家在一剎那間也就明白了過來：省委書記要深入基層了解情況，解決羣眾坐車難的問題哩。秦富功立刻有些尷尬地檢討說：「市上的工作沒有做好。這樣一些小事情都讓喬書記操心，我們感到很過意不去……」

「同志們，這可不是小事啊！成千上萬的人每天都要坐公共汽車，而且大部分工人、幹部和市民上下班都要依靠公共汽車，這是城市生活最重要的環節之一，幾乎和本市所有公民都有關係，怎麼是小事呢？甚麼是大事？難道整天泡在會議裏，發些不痛不癢的言論，做些可有可無的決議，就是大事嗎？不，我們現在要從根本上來改變我們的工作觀念和工作作風……好了，今天我們把會議搬到街道上去開吧！」

秦富功等人都連連說：「好！好！」

張生民補充說：「喬書記這樣做是要了解我市公共汽車的實際情況，為不驚動四方，請大家出去不要公開身份。」

張秘書長見省委書記贊同地點了點頭，知道他的這個補充不是畫蛇添足。

緊接着，喬伯年一行人就相跟着步行出了省委大院，來到了街道上。

他們先到一個就近的公共汽車站，準備坐四路公共汽車在解放大道六路口下車後，再換坐一趟電車。

此時正值早晨上班的高峯期，公共汽車站擠滿了黑鴉鴉的人羣。他們站在這人羣裏，也就是一些普通人了，看上去像外面來這個城市開會或辦事的幹部。街道兩邊，自行車像兩股洪流，向相反的方向滾滾而去，並且在每一個十字路口形成了巨大的漩渦。

過了近十分鐘，四路車還不見蹤影。人羣中有的伸長脖子向大街的南面張望，有的在焦急地看腕上的手錶，有的已經開始咒罵了。

秦富功等人也焦躁不安地向南面張望。他們多麼希望這該死的汽車早點來啊！此刻，他們專心致志地等車，已顧不得和省委書記說兩句閒話，以掩飾這令人難堪和不安的局面。

當一輛大轎車從遠方駛來的時候，市上的領導們如同看見了救星，臉上都不由自主地露出了笑容。等車的人都爭先恐後擁到了街道上，準備拚搏一番。但是，這輛車駛近的時候，大家才發現不是四路公共汽車。秦富功等人臉上的笑容即刻消失得一乾二淨，再一次陷入到困窘之中。周圍的人羣裏發出一片唉聲歎氣。

一刻鐘以後，一輛四路車終於從南面駛過來了，而且上面空無一人。車站上的人再一次騷動起來，等待這輛車靠近。

可是，汽車甩站而過，風馳電掣般跑了。人們只好朝着遠去的汽車連聲叫苦。

喬伯年不言不語立在人行道的一棵中國槐下。秦富功就像擠過一趟車似的，拿手帕不斷揩自己汗津津的臉。市交通局長掏出圓珠筆，把剛才甩站的那輛四路車牌號記在了本子上，臉上的表情似乎說：哼，鬼子孫，等着瞧吧！

五分鐘以後，四路車終於來了。

這下一傢伙就來了四輛，像蜻蜓交尾似的，親密地連在一起，徐徐進站了。

儘管這個站的人都能上車，但人羣還是進行了一番瘋狂的擁擠，以便上去搶佔座位。有時候兩個胖子別在車門上互不相讓，後面的人就像古代士兵抬杠攻城門似的，齊心合力擁上前去打通阻塞。

等喬伯年一行人上了第三輛車的時候，已經沒有座位了。

張生民趕忙指着喬伯年對旁邊一位坐着的姑娘說：「請你給這位老同志讓個座。」

那姑娘嘴一撇，扭過頭去看街道上的景致，把張生民的話沒當話。

「算了，算了，」喬伯年用一隻手抓住懸空的扶手杠，「就站一會好了。」

因為一下子來了四輛空車，車內現在還不擠。他們後面的第四輛車甚至空無一人，好像是跟着前面的三輛車跑龍套。

「你們為甚麼四輛車跟在一塊跑呢？」喬伯年問他身邊售票的小夥子。

「不為甚麼。」售票員連看也沒看他一眼。

「為甚麼不間隔時間一輛一輛放車？這樣不是更好一些嗎？」

「為甚麼你嘴這麼多？」售票員斜瞪了喬伯年一眼。

「你服務態度怎這麼不好！」秦富功氣得臉煞白。

「態度不好又怎樣？你要甚麼態度？」

市委書記氣得張口結舌，一時竟不知該說甚麼。根據「規定」，他不能讓這位態度蠻橫的售票員知道他現在頂撞的是些甚麼人。

「你叫甚麼名字？」市交通局長在旁邊惱怒地問。

售票員冷笑了一聲，理也沒理。

交通局長正準備掏圓珠筆和筆記本，這時車已經到了下一站。車門「嘩啦」一聲打開，上面的人還沒下完，下面的人就像決堤的洪水一般湧進了車廂。一剎那間，幾位領導就被擠得一個找不見一個了。

喬伯年一下子被擁到了一排座位中間，兩條腿被許多條腿夾住紋絲不能移動。他趕忙躬下腰將兩手托在車窗旁的扶手杠上。幸虧他身後有兩個小夥子頂着後面的壓力，否則他就根本招架不住了。

汽車開動後，省委書記半趴半站，透過五麻六道的車窗玻璃，看着外面的街道。新建的大樓和破舊的房屋參差不齊地擁擠在一起。偶爾有一座古塔古亭，在一片灰色中露出絢麗的一尖一角，提醒人們這個城市有着古老的歷史。新和舊，古老和現代，一切都混同並存，交錯攙雜；這就是這個城市的風貌——由此也可以聯想到我們整個的社會生活……

太陽剛出來不久，水泥街道已經曬乾了。但人行道上還存留着雨水的痕跡。所有的街道都是骯髒的。行車道上一片塵土飛揚，人的視野被局限在很狹小的範圍內。解放大道中央雄偉的明代鐘鼓樓本來應該在目力所及之內，也已經被黃塵罩得不見了蹤影。街道兩邊的鋪地花磚積了厚厚一層泥垢，像一條條鄉間土路。許多店鋪的門面和牌匾，如同古廟一般破敗。清潔車堆載如山，一路瘋跑，把垃圾撒得滿街都是……唉，這一切都太令人沮喪了。人在這樣的環境中生活，胸口就像被甚麼堵塞了似的憋悶，甚至想無端端地發火。就說這公共汽車吧，坐一段路，比幹幾個小時活都累。此時，已經不知被擠到甚麼地方的市委領導同志們，會有何感想呢？哼！多麼輕鬆！把這樣嚴重的問題看做是「小事」！好吧，自己體驗一下就知道這是甚麼滋味了！

又過了一站的時候，喬伯年看別人買票，才反應過來他也應該買票。是啊，常不坐公共汽車，竟然連這種基本的觀念都忘了。

他一隻手用勁握着扶手杠，騰出一隻手在口袋裏摸錢。身上沒有零錢，他只好掏出一元人民幣，對售票員說：「到六路口一張票。」

「八路口下！六路口不停車！」售票員說。

「六路口不是有站嗎？」喬伯年問。

「有站也不停！」

「為甚麼？」

「甚麼也不為！」

「那要是六路口下車怎麼辦？」

「不停你下甚麼？」

「有站為甚麼不停？」

「早說過不停！你耳朵長到哪兒去啦？」

「小夥子，你難道不能把話說和氣一點嗎？」

「要聽和氣話回家找老婆去！」

喬伯年氣得手都有點抖了。他強忍着說：「那就買張八路口的吧。」

「拿零錢！找不開！」

「你手裏不是有那麼多零錢嗎？」

「零錢是為你準備的？」

喬伯年索性不再和這個蠻橫的售票員爭執了。

這時候，他背後的一個小夥子把他手裏的錢接過去，聲音堅定地對售票員說：「把票賣了！」另一個小夥子也幫腔說話。售票員看兩個棒傢伙出面，只好嘴裏不乾不淨地說着，把錢接了過去。

喬伯年很感動地看了看他身後的這兩個青年。他正想說句甚麼感謝話，售票員把票和找回的零錢，像打人似的「啪」地摜在他的手心裏，把他弄得一個趔趄。

他身後為他買票的那個小夥子立刻將售票員的手臂一擋，只聽見售票員尖叫了一聲，喊叫說：「啊呀！我的胳膊……」

司機聽見售票員的喊叫聲，立刻把車停下來，並且跳出駕駛室，繞後門擠進車內，大聲喊：「搗亂分子在哪裏？」

汽車裏頓時亂作一團。喬伯年想不到會突然出現這樣的事。在他還沒有反應過來的時候，他身後的那兩個小夥子一邊用手把眾人豁開，一邊架着他出了車廂。售票員和司機緊攆着跳下車來，要揪扯他們。

張生民和秦富功等人也拚命從車裏擠下來，緊張得滿頭大汗跑過來。生民撥開圍觀的人羣，大聲喊：「幹甚麼！幹甚麼！這是咱們省委書記！」秘書長一着急，竟然自己先「泄密」了。

但售票員和司機怎麼可能相信省委書記擠公共汽車呢？他們嘲笑地說：「別他媽的糊弄人了！撒泡尿照照，看這傢伙像不像個省委書記？都上車！到公司去！一人罰款十元！」

「胡鬧！」市交通局長對這兩個狂妄的傢伙吼叫說。他掏出圓珠筆和筆記本，問：「你們叫甚麼名字？」

「別咋唬！快上車！」司機喊叫說。

氣急敗壞的交通局長只好跑到車後記牌號去了。

這時候，那兩個護架喬伯年的小夥子走到前面，其中的一個掏出個甚麼證件遞到司機和售票員面前——那兩個人一下子臉色煞白，驚慌得手足無措。

喬伯年這才知道，這是兩個便衣保衛人員。他看了一眼張生民。生民咧開豁牙嘴笑了笑。秘書長自認為這個「蛇足」不多餘，否則今天就麻煩了。

喬伯年掏出手帕擦了把臉上的汗，對司機和售票員說：「你們趕快走吧，已經耽擱好長時間了！」

兩個人立刻像兔子一樣躥上車。汽車一溜煙就不見了蹤影。

大家在人行道上圍住省委書記，紛紛問他身體受傷沒有？

喬伯年笑着說：「沒受傷，只受了點氣。」他問大家：「現在咱們到甚麼地方了？」

「快到八路口了！」市交通局長說。

「那咱們還得走回去兩站，才能倒坐電車？」

秦富功滿臉愧色，趕忙說：「喬書記！我要為你的安全負責，今天無論如何再不要去擠電車了。我們市上的幾個同志心裏都很沉重。今天對我們的教育太深刻了！你儘管還沒批評我們一句，但實際情況對我們的工作提出了無情的批評。請相信我們一定會儘快改變市內交通狀況的……」

這時候，一溜小轎車悄無聲息地停在了人行道旁。遵照張生民的指示，省市領導的小車一直不遠不近跟着剛才那輛四路公共汽車。現在，生民已經讓保衛人員用步話機把車調過來了。

喬伯年只好說：「那好吧……這算是一次現場辦公會。同志們，還要說甚麼嗎？事實已經全說明了！我希望這個問題能得到儘快解決！但不要頭疼醫頭，腳疼醫腳，而應該通過交通入手，全面改變市內各種公共服務事業的落後面貌……」

喬伯年做了簡短的指示以後，領導們就分別坐車回了省市機關。當天晚上，喬伯年參加完省上的一個工業會議，回到家吃了幾片藥，正準備上二樓去休息，客廳旁的電話間響起了急促的鈴聲。

他拿起電話，原來是市委書記秦富功。

秦書記在電話上告訴他，他已經嚴肅地處理了今天那幾輛搗蛋公共汽車的有關人員，而且開除了他們坐的那輛車上的售票員。為了殺一儆百，他準備將這件事在晚報上公開報道……

喬伯年握着話筒半天說不出話來了。

他長歎了一口氣，問秦富功：「這就是你們解決問題的辦法？請你立即撤銷對那些人的處分！也不准見報！」

他放下話筒，兩隻手撐在桌子上，望着窗外滿天的星斗，陷入到了焦灼的思慮之中……

第五十七章

從一九七八年到現在，田福軍借調到省委組織部已經一年零三個月了。

他來到這裏，主要工作是在一個省委專門成立的小組裏，清查本省和「四人幫」有牽連的人和事。他負責的那部分工作實際上去年秋天就已經基本結束。從那時以來，他一直像個閒人似的呆在省委第二招待所。

黃原那面一直沒有給他安排工作。地委管組織工作的副書記呼正文來省裏開會時曾看過他兩次，說他的工作省上可能另有安排，讓他再等一等。苗凱同志也來看過他一次。不過，意外的是這次見面老苗態度很客氣，還主動徵求他對自己的工作安排有甚麼意見。田福軍能說甚麼呢？他只能說他完全服從組織安排，個人沒甚麼要求。老苗走後很長時間，他都弄不明白苗凱為甚麼對自己的態度有了這麼大的轉變。可是無論怎樣，他對這一點感到很欣慰。不管自己今後做甚麼工作，只要老苗能同志式地對待他就行了。

一年多來，他一直單身一人住在招待所的一間平房裏。除過春節回原西縣住了十來天外，他再也沒有回過家。愛雲去年和曉霞來看過他一次，因為縣醫院工作繁忙，她住了一星期就帶着女兒回去了。

閒着沒事的時候，田福軍主要是躺在宿舍裏看書。這是一個難得的讀書機會。他的辦公桌、窗台上、牀鋪間，到處都是書；古今中外，文史地理，無所不有。他平時也懶得整理，書籍在四處堆放得亂七八糟 —— 反正這裏很少來人，又是個臨時居住地，不必太講究。

他讀的大部分書是他在大學的兒子從學校圖書館給他借來的。曉晨已經畢業，留校教了書。孩子雖說是工農兵學員，但學習很刻苦，主要鑽研古典文學，在學報上已經發表過幾篇學術論文。發表兒子論文的幾本雜誌一直放在他的枕頭邊，他時不時都要拿出來翻着看，幾乎都快背誦下來了。他為此而感到一種說不出的驕傲。是呀，這是他兒子寫的文章。兒子好像昨天還是個孩子，今天就發表論文了。而且小傢伙的這些文章他理解起來都有點吃力 —— 記得兒子最初的幾個漢字都是他給教會的哩！曉晨在六歲前身體很不好，氣管和扁桃體經常發炎，動不動就燒到了四十度，還伴着抽風。儘管他媽是醫生，也常嚇得哭鼻流涕。唉，為了這孩子，他和愛雲曾度過多少個不眠之夜啊！兩個人坐在牀上，輪流抱着他；一個晚上，孩子常常把整個牀鋪都吐髒了 —— 那樣的夜晚，他和愛雲怎麼能想到兒子將來能發表艱深的論文呢？他們當時只盼望他往大長，因為長大一點，身體的抵抗力就能增強一些……想起這些情景，田福軍就會一個人坐在牀鋪上眼圈紅半天。不論甚麼人，兒女都是自己心頭的一塊肉。他感到內心溫暖的是，當年還要他萬般操心的兒子，現在卻開始關懷他了。孩子每次來這裏的時候，總要給他帶些營養品，還怕招待所的水不夠開，專門給他買了一個燒水的電熱杯。他最快樂的時候是和兒子在一起嚴肅地討論問題的時候。小傢伙！倒像個大人似的頭頭是道地反駁他的看法。好，希望你能勝過老子！不過，孩子，你在公開場合說話可要注意分寸哩，這道理你應該明白……

想起兒子的時候，他也就會想起他的女兒曉霞。曉霞和她哥的性格截然相反。曉晨沉着文靜，曉霞風風火火像個男孩子。她小時候倒沒生過甚麼病，幾乎不知不覺就長大了。這孩子天性活潑，好動腦筋，而且思路很怪。記得她六歲那年，他和愛雲帶她來省城住過幾天。有一次他們領她去動物園玩，看完動物後，她突然問他：「爸爸，你說世界上甚麼動物最殘？」他隨口說：「老虎獅子唄。」她揚起頭說：「不對！」她媽問她：「那你說甚麼動物最殘？」她說：「人最殘！」當時把他夫妻倆驚得目瞪口呆。她媽問她：「人怎麼能和動物比呢？」她卻振振有辭地說：「爸爸不是說人是高級動物嗎？」是的，他是給她說過這話。他問女兒：「那你說為甚麼人最殘呢？」她回答說：「你看人把動物都關在籠子裏不讓出來，連大老虎都關住了，人不是最殘嗎？」說得他和愛雲一時都無言可對……

多少年來，他一直記得和女兒的那一次對話。他有時候也仔細觀察這孩子，不知她腦瓜裏究竟有些甚麼新奇想法。他也琢磨不來這孩子長大後會成為一個甚麼樣的人。

現在，女兒已經長大了，算算已快滿二十一歲。高中畢業，考了一回大學，差幾分沒考上，現在仍在復習功課，準備再考。他知道，「文革」十年把他的孩子耽擱了。如果在正常年月，曉霞的天資是可以考上大學的。不過，現在也還有些希望。他知道這孩子有一股頑勁。是的，有時她這股勁上來了，他和愛雲也不放在她眼裏。他這幾年越來越對這孩子的個性有點擔心。她的性格太不安分了，情感方面也太激烈了。記得還在她上初中的時候，就開始把他的書櫃翻得亂七八糟，捉住啥看啥。而且不知甚麼時候竟然看起了他的《參考消息》，在飯桌上和他爭論國際問題，有些意見常叫他大吃一驚。有一次她竟然說她非常同情以色列。當他嚴厲斥責她時，她卻頂嘴說：「你別想改變我的看法！二次世界大戰猶太人受盡了迫害，死了那麼多人，我同情他們！」她大概看了一些有關二次世界大戰的書，把過去猶太民族的不幸和現在的猶太擴張主義混為一談了。但他當時無法說服這傢伙。

當然，他在內心十分疼愛和喜歡女兒。這是一個正直和富有同情心的孩子，只是性格和情感方面過分熾烈了一些，但理智還是健全的。有些認識方面的片面性是由年輕而造成的。但這總比愚蠢和不動腦筋強。他多麼盼望女兒最終能考上大學，接受更高的教育……

田福軍一個人蜷曲在招待所的房子裏，看完書休息的時候，就由不得想想兒女的事。他大半生忙忙碌碌，很少像現在這樣閒下來幸福地思量自己的家庭。

這是否有些兒女情長了？

可是，世界上誰能沒有這種情感呢？只是因為繁重的工作和艱難的事業，人才常常把個人的情感掩埋在心靈的深處，而並不是這種東西就喪失掉了。不，這種掩埋起來的個人情感往往更為深沉，更為巨大！

田福軍日常沒事的時候，除過看書，也很少到街上走走，或到熟悉的人家去串門。不過，他有時卻到省作家協會去找老作家黑老拉拉話。好在作協就在不遠的隔壁，他就當出去散步一樣。另外，黑老藏書不少，他可以在那裏借幾本他喜歡的書 —— 黑老的書從不借人，他算是惟一的例外。黑老原名叫黑耀其（這是他後來才知道的），從事寫作後，才把名字改成了黑白（瞧，作家的名字都這麼古怪）。一九五八年，他當時任黃原地區行署辦公室副主任，就和黑老成了好朋友。那時他才二十五歲，黑老 —— 那時稱老黑，已經四十三歲，他們可以說是忘年交。他從中國人民大學畢業回來的前一年，黑白就在原北縣深入生活，掛職兼任副縣長，寫一部反映山區合作化的長篇小說（後來這部書的內容一直寫到了「大躍進」和人民公社）。當時他作為行署辦公室管後勤的副主任，常代表地委和行署到原北縣去看望他，並關照原北縣有關方面盡力照顧好黑老的生活。每次黑老回地區的時候，他都把他安排在賓館最好的房間裏，並保障行署的汽車黑老隨叫隨到。在黑老那部長篇小說的寫作進入關鍵階段的時候，他乾脆把他從原北接回來，讓他住在黃原賓館裏寫。這樣，他們漸漸成了在一塊天上地下無所不談的朋友了。黑老那部名字叫《太陽正當頭》的長篇小說，當時出版後影響很大。一九五九年黑老回了省作協。以後的年月裏，他每次到省裏來開會或辦事，總要去看望他……

現在，二十年過去了。黑白已經六十三歲，由當年的老黑變成了黑老；他自己也已經四十六歲，由當年的小田變成了老田。但他們在一塊還像當年一樣情深意厚，無話不談。黑老現在的主要話題是「文化大革命」。從「文革」開始到「四人幫」垮台，十年裏他遭受了不少磨難。他開玩笑說，那些年把「黑白顛倒」了，現在才又「黑白分明」了……

有時候，田福軍心裏也很煩亂，既看不進去書，也無心去找黑老聊天，常一個人披着那件黑棉襖，在招待所後院的小樹林中長時間地來回踱步。他焦急的是，國家已經進入了一個令人歡欣鼓舞的時期，而他卻閒呆在這裏無事可幹。甚麼時候才給他分配工作呢？正文說省上可能要考慮他的工作安排——但他不願留在省城。他在基層工作慣了，在大城市很不適應。去年年底石鐘同志就和他談過，問他願不願留在省裏工作，他表示他不願留在這裏，而願回黃原去。唉，就是仍回原西縣給李登雲當個副手也行。他現在不是想爭官，而是想工作。但苗凱同志現在是怎樣想的呢？他來看他時，對他的態度倒是一百八十度大轉彎，但只是徵求他對自己工作安排的意見，而不說地委對他的工作有甚麼考慮。共產黨員甚麼時候要求過組織按自己的意見安排工作呢？

他一個人在小樹林中轉來轉去，對自己下一步的命運也想不出個所以然來。

只好繼續等待吧……

這一天下午，當他正在小樹林中轉悠的時候，突然看見好像是潤葉向他這邊走來了。潤葉？她怎麼到這兒來了？是不是他看錯了人？

但這的確是潤葉。

她現在已經走到了他跟前，說：「我剛來，到你住的地方，看門鎖着，問隔壁服務員，說你到這裏散步……」

「你怎到這兒來了？」他一邊引着姪女往回走，一邊問她。

「我調到團地委的少兒部了。離開原西的時候，我二媽叫我到你這裏來一下，給你送換季的衣服……我到黃原報到後，有幾天假，就坐公共汽車下來了……」

「吃飯了沒？」

「我下車就吃了。」

「你先到我門口等一會，讓我到登記室給你登記個房子……」

田福軍給潤葉登記好房子後，就趕快走回他住的地方。他的門鎖着，潤葉立在門口，地上放一個大提包。

他開了自己的房門，把姪女引進去，忙着給她摻洗臉水、泡茶。潤葉不讓他忙，讓他坐着，並且先搶着給他沖了一杯茶。

在她洗臉的時候，田福軍才問：「你是怎麼調到團地委的？」

「麗麗和麗麗的男朋友幫助我調的。」

「麗麗就是杜正賢的娃娃吧？好像是你的同學。杜正賢不是在地區文化局當副局長嗎？怎麼把你調到團地委呢？」

「主要是麗麗的男朋友幫的忙。」潤葉說。

「麗麗的男朋友是誰？」

「叫武惠良，是團地委領導。」

「他又不是勞動人事局長，年輕輕的……」

「他爸是地區人事局長。」

「噢……」田福軍這才想起地區人事局副局長武得全——那個武惠良大概是得全的兒子了？

田福軍半天沒有說話。儘管潤葉是走後門調動工作的，但他不願指責姪女。他知道潤葉和女婿合不來，婚姻很不幸，不願在原西呆了。本來他應幫她調個工作，但他自己的工作一直也沒着落，怎麼可能幫助她呢？現在這樣也好，潤葉已成大人，能自己對自己負責任了，這應該說是好事。

田福軍在這短短的時間裏覺察到，姪女現在似乎從不幸中得到了某種解脫。至少在表面上看來又恢復了正常。他曾多麼擔心她在精神方面發生問題。

但田福軍在心裏也常常同情向前和登雲兩口子。他們也是不幸的。尤其是向前 —— 他是一個好娃娃。唉，這小子怎麼一個死心眼看上個潤葉呢？年輕人啊，真是不可思議！明知是火坑，偏要往裏面跳！毫無辦法，只能像他原來想的，讓時間慢慢去解決他們的問題吧……

田福軍為不刺傷潤葉，根本沒提向前一家人。他只問自己家裏的情況，並鼓勵姪女在新的工作崗位上好好學習，提高水平 —— 因為她過去一直沒有搞過行政工作，剛開始一定會很不適應……

潤葉在他這裏住了兩天，把他所有的衣服都洗得乾乾淨淨，並且把脫落的鈕子都給他補綴好。他打電話把曉晨叫來，帶着姐弟倆到一家著名的菜館裏吃了一頓。潤葉第四天就回黃原去了，臨走前還把他的房子收拾了一遍，將散亂的書籍都分類給他整理得齊齊整整……

潤葉走後的第三天下午，田福軍到省作家協會把看過的書還給黑老，又從他那裏拿了幾本新的書回來。

當他返回招待所的時候，見他房門口停一輛小轎車，而且他的門也被打開了。他不知發生了甚麼事，趕忙走前去。在門口不遠處，招待所所長撵過來，緊張地說：「啊呀，到處找不見你！趕快！省委喬書記和石書記在你的房子裏等你！」

田福軍頭「轟」的一聲，急忙走進了自己的宿舍。

招待所服務員正給喬伯年和石鐘倒茶。兩位省委領導見他進來，都站起來和他握手。

石鐘對他說：「喬書記去省考古研究所看望了幾位老專家後，讓我帶他來這裏，說要見見你……」

喬伯年手裏端着一杯茶，笑着打量了一下他，說：「你就是田福軍？咱們是老熟人了！」

田福軍有點驚訝。他想不起他甚麼時候見過喬書記。沒有！他怎麼能是喬書記的熟人呢？

他只好說：「喬書記可能記錯人了……」

「沒有！沒有！」喬伯年笑着說，「咱們沒有見過面，但的確是老熟人了！至少我是早就認識了你。一九五七年我在農業部的時候，分管過一段內部刊物的工作。那時人民大學計劃統計系一個叫田福軍的學生，給刊物寫過幾篇很有質量的文章。有兩篇我還給寫過編者按語。那個田福軍不就是你嗎？」

田福軍這才明白了。他很受感動地說：「就是的。當時我不知道這情況。想不到這麼多年了，你還能記得這些事。」

「這是我回憶起來的。記得我當時還讓部裏管人事的同志去人民大學找過你，想讓你畢業後到農業部來工作，但又聽說你執意要回黃原去，我就再沒讓他們強求你。我也是黃原人嘛！很樂意咱們黃原能多留下一些人才！」

「這事我想起來了，當時中央農業部是來人找我談過話。」田福軍說。

服務員退出去後，房間裏就他們三個人了。

喬伯年坐在他牀邊上，問他：「你是黃原哪個縣的？」

「原西縣。」他回答。

「噢，那你和高步傑同志是一個縣！我是原東縣人。咱們黃原有句口歌：原西的女子原東的漢。因此我就娶了個原西老婆！」

三個人都笑出了聲。

「高老前年還回原西視察過工作。」田福軍告訴省委書記。

「那我知道，」喬伯年說，「高老回北京後，到我家裏說了半晚上咱們家鄉的貧困，還哭了一鼻子……噢，福軍同志，你能不能談談應該怎樣改變黃原地區貧困落後的面貌呢？」

省委書記突然提出的這個問題，使田福軍一時不知怎樣回答。

他想了一下，說：「最緊迫最重要的當然是農村的問題。照我看，第一步應該普遍推行聯產到組的生產責任制。有些地方甚至不妨包產到戶。這些方法已經在四川和安徽有了先例，據說非常成功。既然人家能搞，我們為甚麼不能？如果實際證明落後山區包產到戶更好一些，那麼生產責任制也可以主要以這種形式搞……」

「可是，集體生產方式不存在了，社會主義制度的性質如何體現？」石鐘插話問田福軍。老石的口氣似乎不是反對他的看法，而是想讓他把自己的意見論證得更有力一些。

田福軍衝口說：「奴隸社會也是集體生產！」

喬伯年和石鐘都笑了。

田福軍感到他話說得有點冒失，就沒有再繼續說下去。

這時，喬伯年口氣認真地對他說：「福軍同志，省委已經決定讓你回黃原去擔任行署專員。希望你回去後，能在那裏迅速打開新的工作局面……罷了石鐘同志還要和你詳細談一談。」

田福軍愣住了。

他立刻對兩位省委領導說：「這麼重大的擔子，我能力太低，怕擔負不了。請省委能重新考慮……」

「已經決定了。你準備一下，力爭儘快返回黃原。不准再打退堂鼓！」

喬伯年說着便站起來。兩位書記和他握了手，便告辭走了。田福軍送走兩位省委領導，即刻返回到房子裏。他關住門，立在腳地上，低傾下兩鬢斑白的頭顱，開始沉重地思考這新的使命。

第五十八章

一九七九年，農曆有個閏六月。

陽曆六月上旬，也就是農曆五月芒種前後，田福軍從省城返回黃原，出任了地區行政公署專員。

這件事立刻在整個黃原地區引起了各方面的強烈反響。

半月前，當原任專員調到省第二輕工業局任局長之後，地區各部門和各機關的幹部就開始紛紛猜測誰將是專員的繼任者。對地區部門的許多幹部來說，這樣重大的人事問題不關心是不可能的，不議論是不由人的。

從省裏的各種渠道馬上傳回來了各種小道消息。從這些消息看來，地區除苗凱以外幾乎所有的副職，都有擔任專員的可能性。也有幾個地區部門的領導人和一兩位名聲突出的縣委書記，列入了這個專員繼任者的隊伍。另外還有一種說法是，省委可能要派省上某個部門的負責人來擔當這一職務。但又據本地的一些政治觀察家分析，最有可能的還是在現任地區副職中挑選出一個人來任專員。半個月來，某些處於微妙地位的人，心裏一直瞀瞀亂亂；他們的神經處於雷達般的敏感狀態中。

沒有人想到黃原地區的新專員是田福軍。

可是現在，竟然是這個人來上任了。

正因為太出人意料，當這件事成為事實後，公眾中引起的強烈反響就不足為奇了。

幾天之內，田福軍一下子成了黃原地區議論的話題。他個人的詳細經歷，他的家庭、老婆、兒女，他的工作、生活、性格、愛好、走路、說話、聲音、相貌……都成了人們口頭傳播的「信息」。有好幾個地區已經出現了聲稱是田福軍親戚的人。還有人神秘地散佈說，解放戰爭時，田福軍和國民黨軍隊浴血奮戰，曾身負重傷，當年就在他們家息養了幾個月……

田福軍上任之前，省委的任命公文就先一步到了地區。因此他一回來，首先就遇到了這個議論他的風潮。

行署辦公室剛把他安頓在宿舍裏，以地區文化局副局長杜正賢為「領隊」的原西籍幹部，就聞風看望他來了。滿屋子的原西土話聽起來是親切的，但場面未免有點庸俗。在有些原西籍幹部看來，也許他們榮升的機會來臨了。

田福軍壓抑着內心的不快，儘量堆着笑容應付走了這羣「賀喜」的老鄉。

他想先儘快和地委書記苗凱同志見見面。聽說老苗幾天前病了，現住在地區醫院裏。他就很快起身去地區醫院看望他。

在地區醫院的「高幹病房」裏，老苗和他熱情握手，歡迎他回來擔任專員職務。

田福軍誠懇地說：「苗書記，我沒有擔負過這麼重大的責任，也沒這種工作經驗，你是一把手，又是我的老領導，今後希望你能經常指導我。」

苗書記把兩片藥送進嘴裏，喝了幾口白開水，說：「我已經不行了。腦筋僵化，很難適應目前的領導工作。新時期正需要像你這樣思想解放，能開創新局面的領導幹部！另外，我最近身體很不好，血壓又上去了，從早到晚頭昏沉沉的，連當天的文件都看不完。我已經給省委寫了信，想請一段假，到省醫院去看看病。現在既然你已經到職了，並且又是地委排在第一位的副書記，那麼地區的工作你就先全面管上吧……以前我對你的工作安排有些不恰當，希望你能諒解。今後我們一定要緊密團結，爭取使黃原的工作有個大的起色……」

田福軍說：「苗書記，你不必再提過去的事了。在任何時候，個人都應該服從組織，這是黨的原則……我現在擔心的是，我剛到，你就要走，這副擔子恐怕我擔當不好，是不是先請正文主持一段……」

「那還是要你主持嘛！也沒有甚麼，地委和行署你都工作過，情況也熟悉，你就放手幹吧！即使是重大決定，只要常委會通過了，也就不必再給我打招呼；我想集中一段時間，好好把病看一下……」

這時護士進來要給老苗打針，田福軍就只好告退了。

田福軍在地區醫院看罷苗書記的當天晚上，行署副專員馮世寬到宿舍裏看他來了。

這兩個人的關係我們已經知道。過去他們在原西縣工作的時候，曾經發生過一連串的衝突。富於戲劇性的是，他們不僅又要在一個鍋裏攪稠稀，而且兩個人的地位發生了變化：以前是馮世寬領導田福軍；現在是田福軍領導馮世寬。世事滄桑啊……

由於種種原因，現在這兩個人見面後，都有點不太自然。

田福軍把馮世寬讓在沙發裏，趕忙給他斟好了一杯茶，並且先打破尷尬，主動說：「世寬，你過去是我的老領導，現在咱們又要一塊共事了，你可要好好幫助我啊！以前咱們在原西縣有過些碰磕，但大部分是為了工作，希望你不要計較。就是在今後一塊工作中也免不了有些碰磕。但只要是為了工作，我想我們都是能相互諒解的。現在我們可要齊心協力呀！我們的責任可是比過去更重大、更艱難了。你已在行署搞過一段工作，我有失誤之處，你得及時提醒我……」

馮世寬面有慚色地說:「過去在原西，責任主要在我。我這人比較主觀，看問題也很片面，檢討起來，在那裏工作時犯了不少錯誤。現在看來，你當時的很多意見都是對的。如今你成了我的領導，請相信我會尊重你的。你對我也不必客氣。我爭取當好你的助手！」

田福軍和馮世寬談了很長時間，直到呼正文和地區其他一些領導來拜訪，世寬才告辭了。他兩個人都沒想到，這次談話結果如此令人滿意。社會在變化，生活在變化，人也在變化；沒有甚麼是一成不變的，包括人的關係。

對於田福軍擔任專員職務，從最初的反響來看，黃原地區的大部分幹部還是滿意的。許多人熟悉他，知道他是一個正派和有能力的幹部。另外，從資歷方面說（這一點在目前仍然很重要），他在「文革」前就先後任過行署辦公室副主任、主任，地委農村工作部部長，地委秘書長兼政策研究室主任。如果沒有「文化大革命」，恐怕他也早被提拔到這一級當領導了。再說，他還是人大畢業的大學生。既有學識，又有長期的實際工作經驗，這在黃原地區歷任專員中也是少有的。看來省委有眼力，將一個不被重用的人才一下子提拔到了這樣重要的崗位上。人們都期望地區的工作從此能出現一個新面貌。但是，話說回來，黃原的專員可不是好當的！這是全省最窮的地區，也是最複雜的地區！這個叫田福軍的人會有多少能耐呢？騎驢看唱本，走着瞧吧！

兩天以後，地委和行署在機關小餐廳舉行了一個小型茶話會，對新任專員表示歡迎。

苗凱同志也從醫院趕回來參加了這個茶話會。

在茶話會中間，苗書記向地委和行署的各位負責人出人意料地宣佈：省委已同意他去省醫院看病和檢查身體。他說這次看病時間可能要長一些，因此他走後這段時間，黃原地區的工作就由田福軍同志主持……

第二天，苗凱就坐車離開黃原，去省上看病去了。

關於苗凱在這個時候出去看病，在地委和行署大院裏產生了各種各樣的說法。有一種說法是，省委可能要把苗書記調離黃原。因為大家知道，苗凱同志一貫對田福軍有看法，並且曾在使用他的問題上採取了不信任的態度。在這以前的一年多里，田福軍實際上是被苗凱從黃原擠到省上去「打零工」的。現在田福軍突然被派回來任了專員，這兩個人怎麼可能在一塊同心協力工作呢？

與此同時，社會上也有人在散佈田福軍是新任省委書記的親戚這樣一些流言。但這種流言很快就被一些熱心的業餘社會考察專家否定了；他們證實原西縣的田福軍祖宗三代都和原東縣的任何人沒有親戚關係……

苗凱走後，田福軍無心去理會各種各樣的無稽之談。他想盡力把工作鋪排開。原來他想到職後一段時間，先稍微適應一下新的工作環境再說。但現在他腳跟還沒有站穩，實際上就面臨主持全面工作的局面了。苗凱同志說不來甚麼時候才能返回地區。在這段時間裏，他總不能只維持一個「看守內閣」。

他不能辜負省委的期望。

對於目前黃原的工作，他實際上早有了一些打算。

小麥大收割之前，田福軍主持召開了一個全區農業工作會議。參加會議的除地區有關部門和各縣的主要負責同志外，還請了一些公社和大隊的領導人。會議的主要議題是討論在農村實行生產責任制以及建立各種形式的作業組問題。整個會議實際是一次大辯論。田福軍要求與會的所有人都大膽提出自己的觀點。會議不要求所有的問題都統一認識。

田福軍在會議結束前強調指出，五月十一日《光明日報》發表的評論員文章《實踐是檢驗真理的惟一標準》，提出了目前工作最重要的思想和認識方法。生產責任制這樣一種新的生產方式，必須敢於實踐，才能使它的優越性和存在的問題顯示出來。他認為，從根本上說，像黃原這樣的貧困山區，如果不砸爛大鍋飯，實行生產責任制，就不可能尋找另外的出路。當然在實行時，要穩妥；要不斷摸索，不斷完善……

他的大膽講話在會場引起了爆炸。有一位老資格的縣委書記當會站起來，向他提出了兩個尖銳問題：如果有的隊要搞包產到戶怎麼辦？而有的隊不搞生產責任制，繼續堅持集體生產方式怎麼辦？

所有縣委書記的目光都盯在田福軍的臉上，看這位「新政」人物怎麼回答。

田福軍果斷地說：「前一種情況不阻擋！後一種情況不強迫！」

啊啊！有幾個老練的黨務工作者在人羣中又撇嘴又搖頭。哼！這是中央的「紅頭文件」，還是田專員的信口開河？

這次重要的會議結束後，各級領導有的情緒激動，有的憂心忡忡，紛紛返回了他們的工作崗位。根據地委和行署的部署，在夏收之後，地、縣、社三級要派出大量的幹部到農村去搞生產責任制。在短短的時間裏，整個黃原地區立刻處在了一種激蕩的氣氛中；並由此而引起了一場有關甚麼是社會主義道路和甚麼是資本主義道路的社會性的大辯論……

田福軍自己當然更忙得不可開交了。其他方面的工作他還來不及鋪排。他已經派出由副專員馮世寬帶隊的考察團，包括地區部門和縣的一些領導人，去最先實行責任制的四川省考察去了。他本人坐車從南到北，一個縣一個縣往過跑，搞調查研究，和各縣的負責同志一塊討論解決一些棘手問題……

從縣上回到地區後，他就住在自己的辦公室裏。地委家屬樓已經給他安排好了一套房子，但一直空鎖着。他的家還在原西沒有搬。妻子的工作已聯繫到市醫院，但他騰不出時間把他們搬到黃原來。說實話，和愛雲分別了一年多，他實在需要她的溫暖和關照，巴不得天天晚上都能和她共眠一牀。可是家裏老老小小的，光妻子一個人搬不了這個家，非得他回去一趟不行。

好在這一段姪女還能幫他照料一下生活，否則他得經常穿髒衣服。他多年一直在家裏吃飯，省上一年多的大灶飯實在膩了。潤葉就在他辦公室旁邊的一間小房裏，臨時備辦了點灶具，給他做點家常便飯。

有一天，他看見那間小屋裏不光潤葉做飯，還有一個女孩子給她幫忙。他以為是曉霞這鬼丫頭來了。直到小房門口他才發現是杜正賢的女兒麗麗。麗麗是潤葉的同學，以前常來他家，他認識。

他問麗麗：「聽說你有了男朋友，怎不帶他來？」

麗麗笑着看了一眼潤葉，對他說：「本來要來，可是他爸不讓來。」

「為甚麼？」

麗麗不好意思地笑着，看來不知該怎樣回答他。

潤葉只好說：「本來惠良想一塊來轉一轉，可他爸說，因為他們幫我調到了團地委，而現在你當了專員，惠良要是往你這裏跑，怕別人說閒話……」

田福軍聽這話，內心忍不住感慨萬端。他想不到自己當了這麼個「官」，在多少人中間引起了那麼多的看法、想法……這叫人感到無謂的煩惱啊！中國人把多少心思和精力都投入到了這種可怕的損耗之中……

他只好開玩笑說：「你叫你的男朋友來玩，別管你公公說甚麼！讓老武放心，我不會給他兒子甚麼好處！」

潤葉和麗麗都被他的話逗笑了。

過了不久，田福軍終於抽出一天時間，回原西去搬自己的家。

他當天回到原西家裏後，屁股剛挨到椅子上，李登雲、張有智、馬國雄、白明川、周文龍等縣上的領導就都相跟着來了。馬國雄一進門就說：「啊呀，我們還在招待所等你哩！房子和飯都安排好了，結果說你回了家！」

田福軍招呼他們坐下後，用略帶責備的口氣說：「我在這裏有家，為甚麼還要在招待所給我準備房子和飯？」

說完這話，他馬上意識到，他這種說話的口氣也太有點居高臨下了，於是又開玩笑補充說：「怎麼？我回來應該先看你們，還是先看我的老婆？」這一下才把大家逗笑了。正給眾人倒茶的愛雲臉通紅，扭過頭不好意思地白了一眼丈夫。

田福軍下午就準備起身，因此沒時間和原西縣的領導與各方面的熟人詳談細說。他說他過一段時間一定要專門到原西來，和老同事們一塊放展住幾天，既商量工作，也諞閒話。

在田福軍回來之前，好心的李向前就率領妻弟潤生和妻妹曉霞，把他家的東西幾乎都打捆好了。

這天午飯前，縣上許多幹部都來為田福軍裝車——這種幫忙主要是為了表示一種情誼。當然也有個把勢利之徒，看原來在原西展不開腰的田福軍「高升」了，趁這最後之機，帶着巴結的激情，滿場吆喝着搬運東西。

李向前沒有來。他昨天就躲着出車走了。可憐的小夥子不願親眼目睹這個他熱切地迷戀過的家庭從這裏拔根而去——在這之前，他心愛的人已經遠走高飛了。這樣的時候，我們真感到心裏酸楚。我們能理解他那難言的心情……

下午吃過飯後，田福軍一家人就要去黃原了——在黃原那面，潤葉已經把那一套樓房宿舍收拾得乾乾淨淨，在等待着他們的到來。

上車前，原西縣的所有領導和幾百名自動跑來的幹部，擠在縣委大院裏送他們。這情景使田福軍深受感動。而最使他感動的是過去和他「對着幹」的周文龍。文龍特意把他拉在一邊，說：「田主任，我過去實在對不起你……我知道這種道歉太膚淺了。我自己過去在迷途中走得太遠。我很希望到省黨校去學習一兩年。你能不能幫助一下我……」

他親切地拍了拍文龍的肩膀說：「年輕人走點彎路不是甚麼了不起的事。能反省自己，這是一個人成熟的表現。年輕人，甩掉包袱吧！你們是國家未來發展的主力。像我們這樣的人，理智地說，是為你們下一步大顯身手做個過渡……你要去省黨校學習的願望我一定設法滿足你！」

周文龍為不耽擱別人和田福軍告別，緊緊握了一下他的手，就趕快退開了。

在田福軍和徐愛雲與眾人握手告別的時候，徐國強老漢已經帶着一種別離故土的悲涼心情，茫然地坐在了小臥車的前座上，懷裏緊緊抱着他那隻老黑貓。

田福軍自己就要進車的時候，立在車旁的曉霞卻提出不坐他的小臥車，而要坐在大卡車的駕駛樓裏。

「為甚麼？」田福軍問他的怪脾氣女兒。本來小車四個座位，他兩口子加上曉霞和她外爺正好。

女兒嘴伏在他耳邊悄悄說：「爸爸，你官大了，要注意羣眾影響哩！你看這麼多人為你送行，這是尊敬你。你不能不識敬。你們三個坐小車可以，我也坐在裏面就有點不像話了。你明白嗎？田專員！」

啊啊！田福軍眼圈一熱，用手愛撫地揪了揪女兒的小辮，說：「小夥子！那你去吧，給咱好好押車！」

第五十九章

黃原地委書記苗凱同志到省城後，沒有能立即進醫院。省人民醫院的高幹病房一時騰不出牀位來，需要他等候幾天。

他於是就住在省城的黃原辦事處。

全省各個地區在省城都有自己的辦事處，而且都是縣一級建制，規模相當可觀——既是個辦事機構，又像個中型旅館。只要是本地區來省城的幹部，不論是哪個縣的，都可以在這裏吃住；並且每天還有向自己地區發放的長途公共汽車。各地來省城辦事的人，一般都願意住在自己地區的辦事處——這是很自然的。在這人生地不熟的大城市裏，有這麼個地方完全是家鄉氣氛，到處是鄉音土話，那親切的感受如同在外國走進了自己國家的大使館。

黃原地區駐省會的辦事處五十年代就建立了，因此在市中心選了一塊好地皮，一出大門，就是繁華鬧市，「辦事」很方便。

苗凱這次下來，仍然住在辦事處二樓他常住的那間套房裏。房間比不上高級賓館，但也還舒適。除過服務員，辦事處幾乎所有的領導也都參與了服務。各地區辦事處都有那麼幾套特殊房間，以備自己的領導來省城時居住。

因為他剛到，省裏的許多熟人還不知道他來，因此沒人來拜訪，這幾天一個人呆着倒很清靜。這正是苗凱所希望的。他極需要清靜幾天，以便對眼前的某些事態做深入的考慮和明瞭的判斷。

苗凱同志自己知道，他的病實際上並不是非要到省裏來看不可。他的血壓是有點高，但這是十幾年來的老毛病，現在也並沒有甚麼發展。他還從來沒有因為血壓問題就長期脫離工作，專門住在醫院裏治療。這種病住在醫院裏也沒甚麼好辦法。更何況，他的血壓從沒高到過危險的程度。

現在，他可是準備長時間在省醫院住院囉。這在很大程度上倒不是為了看病……

在黃原地區前專員調到省二輕局當局長後，苗凱自己想讓地區管宣傳的副書記高鳳閣當專員。鳳閣多年和他一塊共事，兩個人很合得來。如果這樣安排，黃原的工作他搞起來就順當得多。他為此曾專門來過一次省裏，分別找省委管組織的副書記石鐘和省委常務副書記吳斌談過他的意見；並且還和省委組織部長也談過。他當時自信省委會尊重他的意見，讓高鳳閣出任黃原行署專員。

他萬萬沒有想到，給他派回來個田福軍！

這不是要專門拆他的台嗎？

他反感田福軍這類幹部 —— 自以為是，甚麼事上都有自己的一套看法。再說，誰都知道他苗凱不重用這個人，現在省委卻這麼重用他，這不是等於故意給他難堪嗎？自去年田福軍被省上借調走後，他本以為這個幹部不會再回來了，因此他才去看過他一回，並且態度儘量客氣——這在很大程度上是他知道了這個人和石鐘的關係很不一般……

現在，苗凱不得不進一步想，是不是省委對他有了看法，不準備讓他在黃原繼續幹了？這是完全可能的！新來的省委書記喬伯年處處講要解放思想，克服領導幹部中僵化和半僵化狀態，大膽提拔開拓型的幹部。大概他就是喬書記說的那種僵化型幹部吧？

其實，在得知田福軍被任命為專員後，吃驚之中的苗凱就考慮起了他自己的命運。想來想去，他覺得省委的意圖是想讓田福軍來接替他的工作——目前讓他任專員只是一個過渡。

既然是這樣，他苗凱還再有甚麼心思在黃原工作呢？

但是，他總不能一時三刻就平白無故把工作甩下不管吧？

於是，他就想到了自己的高血壓。

請假看病，住在醫院裏，這是個好辦法。一方面可以觀察一下省委下一步怎樣對待他；另一方面也可以一下子把工作甩給田福軍——他剛上任，恐怕沒有那麼大能耐收拾住一個地區的局面吧？田福軍連一個縣的一把手都沒當過，猛一下獨立搞一個地區，不出洋相才怪哩！哼！黃原可不是一個部門，面積和人口等於一個阿爾巴尼亞！讓他撲騰一段時間吧，讓他自己用事實向省委證明他不是當地區一把手的材料！

在田福軍回來的前三天，他就抓緊時間住進了地區醫院——如果田福軍到職後他再去住院，個人意氣恐怕就太有點明顯了。與此同時，他也給省委寫了信，要求請假到省上去看病；當然，他內心深處還有一種隱隱的希望——希望省委不批准他請假看病。如果不批准，那就說明省委還是信任他的，黃原地區離開他還是不行的！

但省委同意了他來省城看病。並且明確指示他治病的這段時間內由田福軍主持黃原的工作。

看來一切都明朗了。這更證實了他對省委意圖的猜測是正確的。他內心頓時產生了一種深深的悲涼感。是呀，他五十四歲了，政治生涯看來要走到了盡頭……

但苗凱又感到自己對目前的局面採取的方式還是聰敏的。田福軍一回來，他就急流勇退，也許會給省委造成一種他尊重上級決定，並且已改變對田福軍的看法，支持和信任他放手工作的印象。

不管怎樣，看來這住院看病，實在是個萬全的應急辦法！再說，他也的確累了，休息幾個月也好……

現在，苗凱一個人安安寧寧住在辦事處的套房裏，很悠閒，很自在。

當然，有時候他又希望有人來和他談點甚麼話。他一輩子和人談話談成了習慣——似乎成了生活的主要內容；一旦一個人悄無聲息地呆着，就好像脫離了世界或者說世界脫離了他。他心裏油然冒出了兩句古詩：眾鳥高飛盡，孤雲獨去閒……

跟他一塊來的秘書白元，這幾天也很少到他房間來——他譏諷地想，他大概坐着他的小車到處跑「政治」去了。這小夥子三十來歲，大學畢業生，原來在黃原中學教語文，在報刊上曾發表過幾篇小說（哼，如今寫小說的比驢還多），是高鳳閣給他推薦來當秘書的。自當秘書後，這小夥再不寫小說了，而看來對搞政治倒蠻有興趣。這幾年他也不多寫材料，主要是跟他跑，幫助照料一下他的生活。白元初來時精精幹幹的，這兩年跟他吃宴會，喝啤酒，肚子已經明顯地凸起來；身體肥肥壯壯的，走路邁着點八字步，已經把首長架勢擺下了。

他每次跟他到省裏，都利用他的關係，在政界到處結識「有用」人士，撐棚架屋，看來在政治上要大展身手。年輕人！不要急，得慢慢來，一口吃不成個胖子！

這天午飯前，白元照例到他房間來，問他出去不出去，有沒有甚麼事要辦？

他說他不出去，也沒甚麼事要辦。

小夥子坐在他對面的沙發上，給他削了一個蘋果。

他吃蘋果的時候，白元支支吾吾說：「苗書記，我跟你也幾年了，你能不能把我放到基層去鍛煉一下呢？」

苗凱敏感地支棱起了耳朵。他知道秘書要求到基層「鍛煉」是甚麼意思 —— 這是叫他提拔哩！按過去的常規，給地委書記當幾年秘書後，一般都會提個科級處級幹部。

但苗凱敏感的是，為甚麼白元在這個時候提出要去「鍛煉」呢？

嗯，他明白了。是的，這小夥大概也感覺到他在黃原已經成了強弩之末，因此想在他滾蛋前謀個一官半職 —— 要是他走了，小夥擔心把他撂在空攤上！

苗凱也能理解秘書的心情。小夥歪好侍候他幾年了，總得提拔一下。再說，又是個大學生 —— 現在當官不就是講究有文憑嗎？

但他有點氣惱的是，秘書這時候提出這問題，幾乎等於公然地把他看成個已經大勢已去的老漢了。他由此進而推想，大概黃原地區的所有幹部現在都這樣看他苗凱。

儘管他對白元此時提出要去「鍛煉」不愉快，但還是忍着沒有表示出來。他盤腿坐在沙發裏，和氣地問秘書：「那你想到甚麼地方去呢？」

白元突然變得像個十八歲的害羞姑娘，兩隻手互相搓着，先咧開嘴不好意思地笑了笑，說：「我想下到縣裏去。」

「想去哪個縣？」

「如果可以的話，我想到原南縣去。」

哼，倒會挑地方！原南是黃原最好的縣，不光產煤，還有一片森林，糧食和錢都不缺，工作很容易搞出成績。地區有幾個領導都是在原南縣提拔上來的。黃原的幹部說那是個出專員書記的地方。哼，一口倒想吃個白菜心！

「那你下去想幹甚麼工作有考慮嗎？」苗凱問一臉羞澀的秘書。

「如果縣委副書記不好安排，那我就當縣革委會副主任，但最好能掛個縣委常委……」白元毫不害羞地說。

苗凱瞪大眼半天說不出話來了。他的秘書竟然不要臉地向他直截了當要這麼重要的職務！

這倒使苗凱一時產生了一種憤慨的情緒。他想他如果還回黃原工作，他就不要專職秘書了；自己要走哪裏，辦公室隨便叫個人跟上就行了。白元他不要了，原南縣的官他也當不成！叫這小子到哪個部門當個副科長就滿行了！這種野心家還敢提拔！

他把吃剩的半個蘋果擱在碟子裏，仍然和氣地對秘書說：「你的想法我知道了，罷了再說吧……」

這時候，辦事處主任武宏全進來請他們去吃午飯。苗凱就和白元起身去小餐廳。

午飯是刀削麪。辦事處主任武宏全知道苗書記是山西人，還給他準備了一瓶清徐出的特製山西老陳醋。武宏全是地區勞動人事局副局長武得全的哥哥，是個門路廣，會辦事的人，多年來一直擔任駐省辦事處主任。

當天下午，省委常務副秘書長張生民帶着省委兩位副書記吳斌和石鐘來辦事處看他。

省委領導在他的套間裏坐下後，張生民先對苗凱說：「本來省委喬書記也要來看你，但今天下午要坐飛機到中央去開會，走前專門吩咐我儘快給你在省醫院安排牀位，讓你安心養病……我已經把牀位聯繫好了，你明天就可以搬進省醫院。」

吳斌和石鐘也關切地詢問他的病情。苗凱只好說他血壓最近情況不好，整天頭昏腦漲的。

兩位省委書記看來主要是禮節性探望他的病情，因此不談工作方面的事。

說閒話的時候，張生民對苗凱說：「黃原辦事處還空着一大塊地，你們為甚麼不搞個貿易中心，專門經營黃原特產呢？比如你們那裏的紅棗、木耳、黃花都很有名……人家都說咱山西人會做生意，你老兄怎忘了咱們的拿手好戲呢？」

生民也是山西人，他和苗凱是老鄉，也是多年的老熟人。

苗凱轉而對吳斌和石鐘說：「你們兩個知道我有多少錢！只要省上給錢，我們就可以蓋座貿易大樓。可是我兩手空空，拿甚麼蓋樓？」

吳斌開玩笑說：「你們山西人都是九毛九！我不信你連這點錢也拿不出來！」

在座的人都哈哈大笑了。

省委領導臨走的時候，石鐘才對苗凱說：「關於黃原行署的領導班子，我們考察後，高鳳閣同志在幹部中意見很大。根據民意測驗看，大部分幹部都擁護讓田福軍當專員。省委也認真考慮了你提出的意見。但根據考察的情況，還是決定提拔田福軍同志。省委希望你們能很好地配合，使黃原的工作儘快出現更好的局面……」

「我完全擁護省委的決定！福軍同志是個有能力、有魄力的幹部！黃原的工作現在我想讓他多管一些。我年紀大了，再說，身體也不太好……」

省委領導們臨走時，再一次囑咐讓他好好安心治病。

第二天，苗凱就住進了省人民醫院的高幹病房……

一個月以後，黃原地委副書記高鳳閣藉到省裏來辦事的機會，趕到醫院來看望他。

高鳳閣不是彙報，而是描繪了苗書記離開後這段時間裏黃原地區風雲變幻的形勢。

高鳳閣告訴苗凱，他剛一走，田福軍就大刀闊斧地幹開了。目前，全區農村正在搞生產責任制，上上下下一片混亂。有的地方已經包產到戶，走了資本主義道路，但田福軍指示不准拒擋。據他看，大部分縣的領導還是不完全按田福軍的那一套來。他對苗書記說，不論怎樣，黃原整個社會輿論都認為田福軍就要當一把手呀，而且都傳說苗書記已經免了職，要調回省裏……

「那地區其他領導的態度呢？」苗凱儘量沉住氣問高鳳閣。

「除過我，大部分人都跟上田福軍跑了。連馮世寬也積極為田福軍賣勁使力，前不久已帶着人馬到四川為田福軍的做法找根據去了！」

苗凱聽完高鳳閣的彙報，沉思了半天沒有說話。他根本想不到，田福軍這麼快就在黃原造成了如此大的聲勢；而且這麼膽大，竟然颳起了單幹風！

高鳳閣激動地對苗凱說：「你應該很快返回黃原去！省委又沒免你的職，你還是黃原的一把手啊！你怎麼能把權力拱手讓給田福軍，讓他隨心所欲地折騰呢？你要是回去，局面肯定會另有變化！田福軍的這一套做法儘管農民擁護 —— 農民嘛，都是小生產者思想，當然願意搞單幹！可是縣、社和一些大隊領導人都頂得很兇！只要你回去，田福軍的那一套推行起來就不那麼順當了……我已經給《黃原報》寫好了幾篇評論員文章，是抨擊這種危險傾向的，等你回去後，我就準備連續發表！」

苗凱考慮了一下，說：「你先回去，讓我自己想想再說……」

高鳳閣走後，苗凱想，鳳閣說得對！他現在仍然是黃原的一把手嘛！而且從吳斌和石鐘上次來辦事處，也看不出省委就要把他調出黃原。既然是這樣，他作為地委書記，怎麼能裝病放棄自己的領導責任呢？

不能住院了！應該立即返回黃原去！

苗凱說走就走。他在第三天辦了出院手續，同時給省委打了招呼，然後就坐車迅速地返回了黃原地區……

第六十章

進入伏天以後，雙水村和它周圍的山野，看起來已不再荒涼。溝道裏和山峁上，到處都有了深深淺淺的綠色。這裏不久前曾落過半鋤雨，暫時還可以抵擋一下陽光烈火般的烤曬。可憐的東拉河眼下又瘦得像一根細麻繩，只是還沒有斷流，悄無聲息地淌過八月的村莊。

金家灣和田家圪嶗兩個生產隊的禾場上，分別立着幾堆鮮黃的新麥秸。這說明少得可憐的夏田作物已經碾打完畢。可以想來，每家分走的那點麥子，簡直不夠填牙縫。誰都知道白麪細糧好吃，可是誰又指望吃夏呢？黃土高原山區的莊稼人，主要靠吃秋。眼下，秋莊稼還沒有結籽粒，夏糧幾乎等於沒有，人們的生活仍處於危機之中。

但不論怎樣，到了這季節，莊稼人心裏就不再那麼恐慌；即使沒甚麼五穀，自留地的瓜瓜菜菜已經可以填肚子了。

我們的雙水村還是雙水村，看起來沒有甚麼大變化。從本書的第一部[1]結束到現在，我們已經熟悉的這個小小的世界裏，年輕的母親們又給我們帶來了六七個小生命；但還沒有甚麼人謝世。惟一令人矚目的是，一九七七年秋冬之間經過那場風波在哭咽河上修起的大壩，已經被山洪從中央豁開一個大缺口，完全垮掉了。這意味着當年那幾萬斤高粱、無數個勞動日和「半腦殼」田二的一條人命，都統統付之東流。大壩落成後，孫玉亭曾出主意在壩面上用钁頭雕刻了毛主席的兩句詩詞：高峽出平湖，神女應無恙。玉亭當時解釋說，刻這兩句詩最恰當，因為大壩旁邊的神仙山就是神女變的。現在，爛壩大豁口的兩邊，只剩下了「高峽」和「無恙」四個字，似乎是專門留下來嘲笑福堂和玉亭的。幸虧當時洪水是一點一點把大壩拉破的；否則，金家灣的半個村舍和哭咽河口對面田家圪嶗的許多人家，恐怕都讓洪水捲走了。

這個壩的垮掉對田福堂的打擊是沉重的。他那股大幹一番事業的勁頭明顯地跌落了下來。同時，時代的發展和社會的變化，也使這個盲目而自信的農村政治家吃了一驚又吃一驚。當年他曾以大寨和永貴同志為榜樣，可現在這兩個農村的樣板漸漸都銷聲匿跡了；而且玉亭還告訴他，三月份昔陽縣委在報紙上都公開做了檢查。又據石圪節公社主任徐治功說，縣上已經把「農業學大寨辦公室」也撤銷了。哈呀，連大寨都不學了？這正如田二活着時說的那樣：世事要變了！

世事看來的確要變了。春節前後，中央發出通知，把地、富、反、

1　本書首次出版時分三部，其中卷一、卷二為原第一部的內容。

壞、右的帽子都摘了，而且他們的子女入學、參軍、招工招幹和入黨入團，一律不受影響。這不是和貧下中農平起平坐了嗎？看，把金光亮幾家地主成分的人高興成啥了！走路都能得唱「道情」哩！

再看看！現在到處的集市都開放了——這實際上是把黑市變成了合法的。有的人還跑起了長途販運，這和投機倒把有甚麼兩樣？最使人想不通的是一再強調要尊重生產隊的自主權，那公社和大隊的領導還有甚麼權？現在這兩級領導都怨氣衝天，圪蹴下不工作了——工作啥哩？一切都由生產隊說了算嘛！唉，這社會已經全亂套了，竟然提倡人發家致富哩！毛主席老人家生前一貫愛窮人，而今卻愛起了富人……

田福堂在眼花繚亂的社會變化面前，感到自己完全成了個傻瓜。他越來越摸不着頭腦了。他的助手孫玉亭每天都要往他家跑一次，驚慌地告訴他報紙上又有了甚麼新的政策和做法。看來這大變化還在後面哩！本來，田福堂以為眼下這是甚麼人一時的胡鬧，過一段就要糾正——那時當然又會有一些人犯路線錯誤。他甚至預見過這種「胡鬧」不會超過半年。可現在不僅沒有糾正的跡象，反而卻越走越遠了……

在田福堂對眼前的變化還沒反應過來的時候，更大的衝擊就直接來到了農村——上面已經要派人下來搞生產責任制了！孫少安去年要搞而沒有搞成的事，現在竟然要在農村普遍實行！聽說這政策是他那個升了官的弟弟田福軍鼓弄的。福堂在心裏說：福軍，你新官上任三把火，亂燒一通，遲早要犯大錯誤呀！

麥收之後不久的一天，石圪節公社就派武裝專幹楊高虎到雙水村來，幫助他們搞生產責任制。聽說每個村子都去了幹部。不過，高虎到他們村說，根據縣上的精神，搞生產責任制不是硬性的；搞也可以，不搞也可以，由大隊自己定。

楊高虎把這個「主要精神」給大隊黨支部傳達後，也就不管了，拿着槍整天到山裏去跑着打野雞。

大隊黨支部開了一晚上會，決定雙水村不搞生產責任制。除過支委兼大隊會計田海民外，其餘四個人的意見是一致的。奇妙的是，田福堂、孫玉亭、金俊山和金俊武，四個人儘管個人之間有許多矛盾和衝突，但在這個「大是大非」問題上採取了共同的立場。當然，他們的「一致」在性質上有區別：田福堂和孫玉亭是堅決反對搞；金俊山和金俊武是怕犯錯誤而不敢搞。田海民一個人表示最好由社員自己討論決定搞不搞 —— 他的意見另外四個人不予理睬，等於沒說。

但是，雙水村第一生產隊的正副隊長孫少安和田福高，卻沒把大隊黨支部的決定當一回事，吵鬧着要在一隊搞生產責任組了！本來他們去年就要搞，後來被上級領導壓制了。現在既然上面說能搞，大隊黨支部怎麼可能再壓住呢？

哈呀，孫少安這小子公然不服從大隊黨支部的決定，簡直無法無天了！

可是，在耕翻麥地前，田福堂眼睜睜地看着他所在的一隊「亂」了……

那些天裏，整個田家圪嶗處在一種紛亂的激動之中。在田福堂的記憶裏，這情景只有在土改和合作化時出現過。看吧，天一黑，人們把飯碗一撂，鞋底子摜得山響，就紛紛擁到一隊的飼養室，吵嚷大半個夜晚。

一切很快被確定了下來。

正式分組的那晚上，副隊長田福高終究是同族人，專意客氣地上門來把田福堂也請去了。福堂儘管一肚子不舒服，也只好一臉喪氣去了飼養室。他不去不行，因為他自己也是一隊的成員。

田福堂壓抑不住痛苦，一開始就極沒修養地和隊長孫少安沒頭沒腦混吵了一架，然後甩手走了。是的，他太痛苦了。當年搞合作化時，他曾懷着多麼熱烈的感情把這些左鄰右舍攏合在一起；他做夢也想不到二十多年後的今天，大家又散夥了。隨着集體的散夥，他的精神也七零八碎了！

他無法接受眼前的現實。

但他也沒有能力拒擋這個潮流。

是的，儘管他拂袖而去，田家圪嶗的生產責任組照樣劃分開了！

當然，一隊也總不能把田福堂甩下不管，得讓他加入到某個責任組去。

可責任組又是自願結合，沒有哪個組願意要黨支書！要田書記等於要一個負擔 —— 他常不是開會，就是「做工作」，一年四季勞動不了幾天。

啊啊！以前人們誰敢想像，堂堂的田福堂，竟然能被冷落到如此的地步！

誰也沒有注意，那晚上田福堂的兒子潤生也來參加會。他父親甩手走後，這個瘦弱的青年沒有走。他最後看沒人願意要他爸，就把孫少安和田海民拉到一邊，懇求說：「我們家能不能和海民哥一個組呢？你們不要計較我爸，他年紀大了，又是老腦筋。你們就把我看成是我們家的主事人。我爸氣管有病，勞動可能不行。但我自己不教書了，準備到責任組勞動呀……」

孫少安和田海民有點驚訝地聽完潤生的話。他們沒注意到這個並不起眼的娃娃，已經成了一個大人 —— 一茬又一茬的男人就是這樣不知不覺地走上了嚴峻的生活舞台。

在這個誠懇的青年面前，兩個已經成熟的莊稼人還有甚麼話可說呢？此刻，他們大概立刻就能想起，當年的某個時候，他們就是這樣有了成人的參與意識，莊嚴地面對着生活的挑戰。這樣的青年理所應當值得尊重。

少安立刻勸說海民將潤生一家接受到他的組裏。海民同意了。不管怎樣，不能把支書丟下不管；再說，潤生這麼懇求，他不好傷這娃娃的臉——自家吃虧就吃虧吧！

海民雖然同意了，但說他還要和他爸和組裏其他幾家人商量一下。

撂在空攤上沒人要的還有我們的玉亭同志。不過，他即使是純粹的累贅，少安也不會把二爸拒之門外的——他只能把他收留在自己的組內。玉亭也知道這一點，於是就放心地攻擊這「資本主義復辟行為」——他知道姪兒最終還得要他。

在短短的幾天之內，雙水村的第一生產隊就化成了十幾個責任組。一般一個組四五戶人家，都是自願結合在一起的，大都是父子或親近的門中人在一塊。生產隊的土地、牲畜和農具等，一律打成上、中、下三等，按各組戶數、勞力和人口分配開來，實行以組核算。

在飼養室田萬江老漢的窰洞裏各組組長占卜般緊張地抓完紙蛋後，眾人就先後拿起繩索丈量麥地了。麥地一分開，馬上又分秋田。秋田在分配時，另外考慮了各塊地今年莊稼的長勢。牲畜由於棚圈方面的困難，這半年仍將由田萬江統一餵養——萬江老漢這半年被「提拔」到了民辦教師的位置上，參與所有責任組的分配……

雙水村一隊的責任組並不是個例外。與此同時，黃原各地的農村生產責任制都鋪排開了。當然，地、縣、社、隊各級領導，既有積極支持和投身於這變革浪潮的人，也有不少人處在不理解甚至反對的狀態中。有的同一級領導中，往往給下級發出了相互矛盾或者對立的指示。最引人注目的是，在黃原行署號召全區推行生產責任制的同時，地委管轄的《黃原報》卻接二連三發表評論員文章，對責任制橫挑鼻子豎挑眼。這是一個混亂的非常時期。羣眾中廣泛流傳的幾句順口溜形象地概括了眼下的形勢：上面放，下面望，中間有些頂門杠！

正因為這樣，本年度下半年全地區出現了各種生產方式並存的局面。情況真是五花八門！比如石圪節公社東拉河流域的四個村莊，罐子村全村實行了生產責任組；雙水村半個村實行了生產責任組；下山村乾脆包產到戶了；而公社所在地石圪節大隊卻仍然堅持他們的大集體生產方式……

在雙水村田家圪嶗一隊生產責任組搞得熱火朝天的時候，金家灣那邊的二隊卻按兵不動。這當然是有原因的。金家灣這面的人中農以上成分的居多，合作化時他們不積極，許多人因此被收拾得多年抬不起頭來。現在又要把集體往開分，他們一時鼓不起這種勇氣。當年因為對集體化不積極而受到的批判，仍然記憶猶新；現在怎麼敢貿然把集體弄散夥呢？

不過，說實話，金家灣許多人的心都被田家圪嶗分隊分亂了。他們激動地注視着東拉河對岸所發生的一切。他們心裏盤算：如果一隊的責任組成為事實而存在下去，不久他們也許就能步其後塵了。

緊接着時令就到了耕翻麥田的時候。金家灣的人看見，田家圪嶗那面的人像發了瘋似的，起早貪黑，不光把麥田比往年多耕了一遍，還把集體多年荒蕪了的地畔地棱全部拿钁頭挖過，將肥土刮到了地裏。麥田整得像棉花包一般鬆軟，邊畔刮得像狗舔了一般乾淨。哈呀，這些傢伙是種地哩還是綉花哩？瞧，所有的秋田不僅鋤了三遍草，還又多施了一次化肥！不得了！這樣幹下去，用不了幾年，田家圪塄許多人家要發得流油呀！金家灣的人眼發紅，手發癢，心裏像鑽進去些毛毛蟲……

往日吵吵鬧鬧的田家圪塄，現在一整天鴉雀無聲，再也看不見甚麼閒散人，甚至連女人和娃娃都到地裏拚命去了。

可是，田福堂卻關住門，一整天躺在土炕上不起來。他不時地聞紙煙，聞罷後又咳嗽老半天。他難受。從內心深處說，他難受的不僅是集體被弄散夥了，而最主要的是，集體散夥了，他田福堂怎麼辦？

是呀，多少年了，他靠集體活得舒心爽氣，家業發達。他能不熱愛集體嗎？沒有了集體，也就沒有了他田福堂的好日子；他的命運和集體息息相關。如今讓他也上山握老钁把嗎？他已經多年不摸勞動工具；況且這把乾骨頭，又有氣管炎，怎麼能一年四季山裏上窪裏下呢？

在土炕上躺了幾天以後，田福堂實在憋悶得不行，就一個人起身到石圪節去趕集散心。

走到石圪節街上，田福堂看見集市也和往年大不一樣了，不知從哪裏冒出那麼多的東西和那麼多不三不四的生意人！年輕人穿着喇叭褲，個把小夥子頭髮留得像馬鬃一般長。年輕女人的頭髮都用「電打」了，捲得像個綿羊尾巴。瞧，胡得祿和王彩娥開的夫妻理髮店，「電打」頭髮的婦女排隊都排到了半街道上……

田福堂心事重重地在街道上溜達了幾圈後，就想到公社去和徐治功拉陣閒話。白明川提拔到縣上後，徐治功就成了石圪節的一把手。

他到公社時，徐主任正和一個幹部蹲在院子的涼崖根下下象棋。楊高虎端個洗臉盆，在灶房門口拔野雞毛。不知哪個窰洞裏，傳出來吼雷一般的鼾聲。

公社裏從來沒有像如今這樣消閒啊！

田福堂蹲在徐治功旁邊，一邊看下棋，一邊問治功：「你們怎不下鄉搞責任制呢？」

徐治功一步將對手「將」死後，引着田福堂一邊往辦公窰走，一邊說：「現在不是要尊重生產隊自主權嗎？公社還有屁事可幹？上面說責任制搞也可以，不搞也可以。那就讓農民自己看着去辦吧！反正搞好搞壞，和公社球不相干……這你比我清楚！這都是你弟弟的政策嘛！」

田福堂一時噎得說不出話來了。他在治功的辦公窰裏支吾着應付了幾句，喝了一杯茶，就又告辭出來了。

田福堂本來是到石圪節散心的，沒想到越散心越煩。治功剛才提起了他弟弟，使他忍不住又想起了自己的女兒——她現在也調到黃原去工作了。他是半年前才知道女兒和女婿的關係糟糕透頂。老天！為甚麼家事國事都這麼不順心呢？

趕集回來，吃罷晚飯，田福堂又一個人來到中窰裏，仰靠在被垛上閉住眼休息。胡盤亂算一天，也夠熬人的。

正在他閉目養神的時候，潤生進來了。

兒子立在腳地上，猶豫了一下，對他說：「爸，我下半年不準備教書了。」

「為甚麼？」田福堂直起身子問。

「我到責任組勞動呀！」

「胡鬧啥哩！好好當你的老師！」田福堂生氣地說。

「爸，農村一眼看見要分開種莊稼呀，這學校怎個辦也說不來了，還不如現在就不教這書哩……」

「只要能教一天，你也要教你的！」

「爸爸，我已經想過了，現在生產隊一分開，咱們家沒人勞動不行。你身體不好，不能上山。我準備勞動呀！爸爸，你放心，我肯定能養活了你和我媽。再說，我要是參加了勞動，村裏人就看不上你的笑話了。我以前沒勞動過，但慢慢就會習慣的。我明天就準備到海民哥的組裏去出山……」

田福堂眼眶裏旋轉着淚水，聲音沙啞地對兒子說：「爸爸捨不得讓你去受苦！聽爸爸的話，還去教你的書；爸爸準備出山呀！我身體沒甚麼大病，能勞動哩……」

「主意我已經拿定了，下半年我不再去學校！」潤生說完就轉身出去了。

兒子剛一走，堅強的田福堂趔趄着身子關住門，然後一頭撲倒在土炕上的被堆裏，咧開嘴無聲地哭了……

第六十一章

麥子種完，犁鏵一掛，就到了白露；這時節，鋤頭也就要束之高閣了。

農曆八月，是莊稼人一年中最美好的時光。不冷不熱，也不飢餓；走到山野裏，手腳時不時就碰到了果實上。秋收已經拉開了序幕：打紅棗，割小麻，摘豇豆，下南瓜……

莊稼人孫少安的心情和這季節一樣好。

真是連他自己也難以相信，幾年前他夢想過的一種生活，現在開始變成了現實。一羣人窮混在一起的日子終於結束了，莊稼人的光景從此有了新的奔頭。

誰說這責任制不好？看看吧，他們分開才一兩個月，人們就把麥田種成了甚麼樣子啊！秋莊稼一眨眼就增添了多少成色！莊稼人不是在地裏種莊稼，而像是撫育自己的娃娃。最使大夥暢快的是，農活忙完，人就自由了，想幹啥就能幹啥；而不必像生產隊那樣，一年四季把手腳捆在土地上，一天一天磨洋工，混幾個不值錢的工分。莊稼人也願意活得自由啊！誰願意一年到頭牛馬般勞動而一無所獲呢？人們在土地上付出血汗和艱辛，那是應該收穫歡樂和幸福，而不是收穫憂愁和苦痛的……

少安感到，他父親的臉上也顯出了他過去很少看見的活色。一年多前，當他像現在一樣把隊分開的時候，父親曾多麼擔心他栽跟頭呀！好，現在老人放心了，因為上面有人支持讓這樣搞哩！

在他們這個責任組裏，父親實際上成了領導人。二爸一開始不願「走資本主義道路」，牛着不出山，他沒辦法，父親就到田家圪塄吼着罵了一通，二爸也就無可奈何被吆起身了。對於二爸來說，大隊的常年基建隊已經解散，他要是不在責任組勞動，就沒處去幹活了——歸根結底，他是農民，還拉扯着三個娃娃，不勞動一家人吃啥呀？

少安家裏眼下還沒有甚麼大變化。老祖母八十二歲，仍然半癱在炕上；母親頭髮已經半白，但也沒甚麼大病，照舊像過去一樣門裏門外操勞；弟弟少平還在村裏教書，今年二十一歲，完全成了大人，只是比過去說話更少，放學後就悶着頭幹活；小妹妹蘭香去年考入了原西縣高中——讓全家驕傲的是，她考高中考了全縣第三名。蘭香一直在縣高中住校，兩個星期才回家一次。

他們家最大的熬煎，仍然是他大姐一家。罐子村實行責任組後，他姐夫王滿銀就跑了出去。說是做生意，可這二流子兩手空空，誰知到甚麼地方瞎逛蕩去了。政策一寬，社會一鬆動，有些農民已經開始脫離土地，向外地和城鎮流去。這些人大部分出去是靠力氣和手藝掙錢；也有人鬼知道靠甚麼手段謀生呢。他們村金俊文的大兒子金富，半年前就出走了，至今杳無音訊，連家裏人也不知道他在哪裏。

少安知道，他姐夫屁股一拍走了以後，那個家就又得靠姐姐一個人來操磨了。貓蛋今年八歲，已經在罐子村小學上二年級；狗蛋也已經六歲，明年就該上學了。可是他們不務正業的父親丟下他們和母親不管，一個人到外面逛世界去了 —— 真是作孽！

孫少安自己的家庭仍然是幸福的。他和秀蓮從結婚到現在，一直保持着熱烈的愛戀。據說有了孩子，兩口子的感情就要減少一些，而分散給了孩子。但是虎子降生以後，他兩個的感情似乎倒更深了。是啊，仔細地品味，人生是多麼美妙，又是多麼神秘 —— 這樣一個活蹦亂跳的小東西，竟是兩個人共同創造的！他和她，通過這個娃娃，更意識到他們是完全融合在一起了。當他們共同疼愛孩子的時候，相互看一眼對方，心間就會淌過那永不枯竭的、溫暖的感情的熱流。

有孩子以後，秀蓮就更不講究自己的穿戴，經常是一身帶補釘的衣服。少安記得他很小的時候，那時還年輕的母親就是穿着這樣一身綴補釘的衣裳。像土地一樣樸素和深厚的母親啊！想起來就讓人溫暖，讓人鼻根發酸。少安很喜歡妻子這身打扮，他希望自己的兒子也能記住這樣一個母親的形象……

生育以後，秀蓮反而更結實了，門裏門外的活拿得起，放得下，從不叫苦喊累。只是晚上睡在一個被窩裏，有時她在他耳邊唸叨說他們不能像其他年輕夫婦一樣，幹幹練練過幾天日子。少安明白妻子的心思。在農村，年輕人成家後，幾乎沒有和老人一塊過日子的。但他還是老主意：決不分家。秀蓮知道不能改變他，但還是忍不住要轉彎抹角地嘟囔。另外，她在枕頭邊說得最多的話，就是她還想給他生個女兒。實際上，這也是他的心願。但現在計劃生育政策很嚴，他們不敢放肆。生完虎子後，沒用公家催促，他就帶妻子到石圪節醫院戴了節育環……

責任組實行以後，所有組的麥田比往年生產隊種得又好又快；而且秋田也比往年多鋤了一遍。金家灣和田家圪墢毗鄰的地塊，莊稼看起來明顯地有了高低之差。東拉河西岸的勞動熱情空前地高漲。孫少安儘管還是名義上的生產隊長，但實際上田家圪墢現在有了十幾個隊長，甚至每一個農民都成了隊長。早晨，再也不用孫少安派活和催促了，許多人現在出山都走到了他的前頭！

麥子種畢，又停了鋤務，而大規模的秋收還沒有開始 —— 田家圪墢的莊稼人多少年來破天荒第一次消閒了。好，人們開始有時間趕集上會，做點小生意；手巧的莊稼人，鼓弄起了家庭副業。

眼下，少安還沒有這份閒心。責任組的農活是沒甚麼可做了，他就又一頭撲在了自留地裏。他起圪墢塄幫畔，想多整出一塊平地來，明年好擴大蔬菜種植。

這天早晨，天還不明，他像往常一樣準備爬起來上自留地，但秀蓮抱着不讓他起牀。她撒嬌說：「多睡一會吧！你常天不明就把我一個人撂在被窩裏！現在又沒要緊活路，你再睡一會……」說着便用兩條結實的光胳膊緊緊箍住了他的腰。

少安沒法，只好依了她。

於是，兩口子第一次把覺睡到了大天明。

起牀以後，情緒正好的秀蓮又對丈夫說：「乾脆！你今天也別出山了，到石圪節趕集去！一年四季沒明沒黑在地裏操磨，你也歇息上一天，到集上去散散心。」

少安被妻子說動了心，就決定今天到石圪節趕集去。是呀，他已經好多時沒到石圪節去了。對他們來說，走石圪節就等於是逛城市；或者說等於城市的人去逛公園。

秀蓮給他換了見人衣裳，又燒了半鍋熱水，讓他把滿頭的土垢洗乾淨，然後親自拿那把破木梳給他把頭髮梳理了一下。少安一邊照鏡子，一邊耍笑說：「你把我打扮成個新女婿了！」

秀蓮說：「等咱們有了自己的新窰，就再結婚一次！」

秀蓮的話使少安的心情沉重起來。是的，甚麼時候，他們才有自己的新窰洞呢？從他們結婚到現在，就一直住在飼養院的破窰洞裏。但他又想，只要政策就這樣寬下去，他有信心在這幾年裏給自己營造個新家。

兩口子相跟着回到家裏吃過早飯，少安就準備起身到石圪節去趕集。在他們回家之前，父親已經吃過飯出山去了——老人勞動心勁越來越大。少安臨起身前，他媽對他說：「你趕一回集，身上也不帶幾個錢，乾脆把咱剛摘下的老南瓜帶幾個賣了，你好花銷……」

少安想也是，大人倒沒甚麼，但回來總得給虎子買點甚麼。

於是，他就在羊毛口袋裏裝了幾個南瓜，扛在肩上去了石圪節。

石圪節的集市和往常大不相同了——莊稼人擠得腦袋插腦袋。大部分人都帶着點甚麼，來這裏換兩個活錢。街道顯然太小了，連東拉河的河道兩邊和附近的山坡上，都擁滿了人。到處都是吆喝叫賣聲。土街上空飄浮着莊稼人趟起的黃塵。

不時有一個穿花格襯衫、戴蛤蟆鏡的青年在人羣中招搖而過，手裏提的黑匣子像彈棉花似的響個不停，引得老百姓張大嘴巴看新奇。

孫少安擠到南街頭食堂旁邊的菜市場上，幾個老南瓜不多時就賣了。

他把毛口袋捲起夾在胳膊窩裏，準備去給虎子買幾毛錢的水果糖，給秀蓮買一塊揩汗的手帕，再揀綿軟一點的吃食，給老祖母買一點。他的老南瓜賣了三塊五毛八分錢，足夠置辦這些東西。如果還有剩餘的話，他還準備給父親買一塊包頭的羊肚子毛巾 —— 他頭上的那塊已經骯髒得像從炭灰裏撿出來似的。

孫少安正從南街的人羣裏往北街擠的時候，突然感覺有人似乎拉扯他的衣服。他心一驚，以為是小偷 —— 聽說操這行當的人現在多起來了。

他趕忙回過頭，才發現是他的同學劉根民。

根民手裏提着個黑人造革皮包，笑嘻嘻地對他說：「我從背影上就認出是你！」

少安問他：「你到哪裏去呀？」

「我剛下鄉回來。走，跟我到公社去。我正準備捎話叫你來呢！現在走，我有事要給你說！」

少安只好和根民一塊擠過人羣，跟他往公社走。一路上，他估摸不來根民要給他說甚麼事。既然根民先不說，就說明街上不能談論，他也就不能問。是不是他又犯了錯誤？犯了甚麼錯誤？他想來想去，他沒做過甚麼出格事。至於責任組，現在這是上面也同意搞的，更何況又不是他孫少安一個人搞 —— 不會是這事！

他很快排除了他再一次面臨批判的可能性，於是精神便鬆寬下來。

根民一邊走，一邊給他遞上一根紙煙。少安一般不抽紙煙，仍然捲旱煙抽，但老同學的這根紙煙他接住了。根民現在已成了石圪節公社副主任。一身乾淨的深藍制服，頭髮稍稍背梳起來，看起來已經蠻像個公社領導了。這人性格隨和，但腦子利索，在石圪節上高小時就是班上的生活幹事，做甚麼事都很認真。少安很感激他的同學；

在他成了幹部而自己成了農民的時候，他一直像過去一樣把他當朋友對待。

少安跟根民進了公社院子。徐治功主任正和公社民政專幹下象棋。他們進來時，徐治功只抬起頭跟劉根民打了個招呼，就趕忙舉起一顆棋子往石板棋盤上一摜：「將！」

根民走過去，對下棋的徐治功說：「徐主任，根據我這次下鄉看，凡是實行了責任制的村子，今年麥子播種情況普遍好。麥田比往年都多耕翻了一遍，而且還掏了圪塄溜了畔……」

徐治功手裏舉着一顆棋子正要用勁往石板上摜，這時將舉棋子的手突然停在半空中，仰起臉問劉根民：「掏了圪塄溜了畔，黃河泛濫怎麼辦？」

這句沒頭沒腦的話，倒問得劉根民不知如何對答。

徐治功說完這句有水平的話後，就不理劉根民了，扭過頭把手中那顆棋子摜在棋盤上，對民政專幹說：「再將！」

劉根民只好轉過身，引着少安進了他的辦公窰。

根民給少安倒好茶，在臉盆里弄了點涼水，一邊擦臉，一邊抱怨說：「現在農村正搞責任制，實際上工作更多更麻纏了。可徐主任說現在沒甚麼工作，整天蹲在涼崖根下下象棋。公社有的幹部也看他的樣，圪蹴在機關不下鄉，把我們幾個快忙死了……」

因為根民說公社的事，少安不敢評價，只是一邊喝水，一邊衝劉根民會意地笑。

根民擦完臉，說：「現在說咱的事。是這，縣高中準備擴建教室，我一個表兄是高中管總務的，也負責基建。他們在城邊的拐峁村買下些磚，要往中學工地上拉。他問我有沒有親戚願幹這活。我想了一下，我在農村的親戚沒人願去。這是個受罪活！我突然想起了你，不知你願不願去？我前幾天就想讓你來一下，但沒碰上雙水村的人，捎不出去話……」

少安聽根民說完，先怔住了。隨後他問：「工錢怎樣？」

「拉多少賺多少！一塊磚賺一分錢運費。如果架子車拉，一回估摸拉四百塊吧，一天拉十來回，能賺一筆大錢呢！」

少安歎了一口氣，說：「人一天能拉多少呢？這得要牲畜拉才行！架子車好搞，現在有包產到戶的隊，當年搞農田基建隊的架子車有折價賣給個人的，大概不到一百元就能買輛好的。問題是要買頭好牲畜可就不容易了！要是騾子的話，沒一千來塊錢是買不到手的……這事恐怕我做不成，你還是另打問別人去……」

根民立刻說：「我考慮了你攬這活的困難。主要是牲畜問題。這樣行不行？你乾脆在公社信用社貸點款，個人再轉借上一點錢，買個騾子！這活幹完了，牲畜也使用不壞，到時保準賣個原價，這樣你不是就把錢賺了嗎？你這傢伙是個有心計的人，怎麼連這個賬都算不開！」

孫少安皺着眉頭一口接一口吸煙捲。他開始被劉根民的「論證」吸引了。他問根民：「信用社能給我貸一千塊錢嗎？」

「不行啊！公社已做了決定，即使是特殊情況，一次最多也只能貸七百元，還要公社副主任以上的領導批准哩。一般人一次只能貸一二百塊。當然我會按特殊情況對待你。這也不算走後門，我是在規定範圍內辦事。另外的幾百元就得你自己想辦法。幾百塊錢我私人也拿不出來，要不我就借給你了……」

少安一個人想了半天，然後對老同學說：「讓我再思謀幾天，回去和家裏人商量一下，罷了給你回話！」

根民說：「那也好。不過，時間不要太長，中學那面催得很緊⋯⋯」

當孫少安出了公社院子的時候，街上的集市已經快要散了。他只糊裏糊塗給兒子買了幾毛錢的水果糖，就折轉身往回走。一路上，他不斷考慮猛然出現的這個新的生活契機，心在咚咚地跳着。直到快要進雙水村的時候，他才發現他把裝南瓜的羊毛口袋丟在根民的辦公窰裏了⋯⋯

第六十二章

孫少安回家後，天還沒有黑。家裏人已經吃完了晚飯——給他留下的飯在鍋裏熱着。父親碗一放就到院子的旱煙地忙去了。秀蓮正給虎子洗臉——她等他吃完飯，就準備一塊相跟着回田家圪嶗的飼養院。

少安把衣袋裏的水果糖給兒子掏在炕上，然後抱歉地對家裏的其他大人笑笑，說：「我有些事，回來得忙，沒顧上給你們買個甚麼⋯⋯」

大人們都沒言傳，甚至也沒認真聽他說這話——他們壓根兒就不會想趕一回集還要給大人買個甚麼。

少安接着匆忙地扒拉了兩碗飯，對妻子說：「你先回去，我和爸爸有個事要商量一下，過會就回來了。」

秀蓮把虎子親了親，就起身走了。虎子一直是跟爺爺奶奶在這面睡的。

少安嘴一抹，走到院子裏，對忙活的父親說：「爸，我有個事想和你拉談一下⋯⋯」

孫玉厚老漢拍打着一雙沾泥帶土的手，從旱煙地裏轉出來，和兒子面對面蹲在院子的空場地上。

少安捲好一支旱煙捲，等父親把煙鍋裝起後，一根火柴點着了兩個人的煙。

接着，他就把公社劉根民給他說的事，一五一十給父親轉述了一遍。

孫玉厚聽兒子說完，眼瞪了半天；然後不由自主地用手指頭在地上畫開了道道 —— 這是進行計算活動。他畫的不是數字，而是一些像古星象圖似的點點杠杠；除過他，誰也看不懂其中的奧妙。平時簡單的賬，玉厚老漢都用心算；一遇較複雜的數字，他就用手指頭在地上畫開了這種「星象圖」。

孫玉厚在地上畫了一會，抬起蒼頭，說：「除過各種沓雜，一天能賺不少錢。」

這筆賬孫少安早算過了，他說：「就是的。」

「可是牲口買不起啊！」孫玉厚看着兒子說，「這活苦重，驢不行，得用個騾子；可這得千大幾才能買來！咱們借百兒八十手都抖哩，這麼多錢怎敢借？要是公家都貸了款還好說。可人家只給七百塊，剩下的就要向私人借。私人誰有那麼多錢？就是別人有，咱能借來嗎？總不能再向金俊海家開口吧？你結婚時借下的錢，要不是少平教書有兩個補貼，恐怕現在都還不了人家……話又說回來，就是公家的貸款，也要限時間還，而且要扛利息……」

「不管怎樣，只要能買了牲畜，幹一兩個月活，這些賬債開過，還能賺不少錢呢！」少安看出父親借債借怕了，把他剛算過的那筆有利的賬忘記了。

孫玉厚這才又反應過來，這次借債和少安結婚借債不一樣 ——

這是借本賺利呢！

不過，他還是憂心忡忡地對兒子說：「這可是一筆大錢！我借錢借怕了，誰知道這事裏有沒有兇險？另外，幾百塊錢你向誰借？」

少安再不言語了。

他能向誰借這幾百塊錢呢？

他長歎了一口氣，把煙屁股一丟，雙臂抱住膝蓋，深深地埋下了頭。他只聽見父親在他旁邊「叭叭」地使勁吸煙。在一片沉寂中，遠處東拉河的河道裏，傳來一聲牛的哞叫。

天色暗下來了。

過了一會，少安抬起頭，對父親說：「那我明天給根民捎個話，讓他另找別人攬這活去。」

父親無可奈何地說：「那就叫人家去幹吧。沒有金剛鑽，攬不了這瓷器活……」

孫少安回到飼養院那邊的家裏後，秀蓮已經躺在被窩裏，但還沒有入睡，燈一直點着。

少安一邊脫衣服，一邊對她說：「你怎睡下還點燈熬油呢？」

「我一個人怕……」妻子說。

和秀蓮躺在一塊的時候，少安仍然為丟了有生以來最大一筆收入而忍不住歎息起來。

秀蓮警覺地瞪起一對大花眼睛，問丈夫：「你怎麼啦？」

少安於是又把拉磚的事給妻子說了一遍。

秀蓮聽他說完，在被窩裏抬起半個光身子，高興地說：「如果能賺這麼大一筆錢，那咱們不光能打土窰，就是硬箍幾孔石窰洞也夠了！」

她一下又想到她的「主題」上了。

少安親昵地把妻子扳倒在被窩裏，說：「你看你！小心涼了……這都是空說哩！甚麼地方去借那幾百塊錢買牲畜？」

興奮的秀蓮又一次爬起來，兩隻手托在丈夫結實的胸脯上，說：「這事你別熬煎！咱們給山西我爸寫個信，讓他想辦法給咱轉借這錢！我知道哩，我姐夫手頭有點積攢哩！」

少安聽秀蓮這麼一說，也一閃身從被窩裏坐起來，說：「這門路倒能試一下！」

夫妻兩個於是光身子坐在被窩裏，商量開了從秀蓮娘家那裏借錢的事。

「乾脆！咱現在就給家裏寫信，明天就郵出去！」性急的秀蓮說着，便身上一條線不掛跳下炕，從對面的土台子上找出少安上學時的那支爛桿鋼筆，又把蘭香作業本後面寫剩的幾張白紙撕下來。她回到炕上，把煤油燈往被窩旁邊挪了挪。

這樣，兩個小學畢業生就趴在被窩裏，把紙壓在枕頭上給山西的賀耀宗寫起了信。秀蓮知道怎樣才能打動她爸的心，因此由她口授內容，少安執筆書寫。夫妻倆折騰了好一陣才把信寫完。

這下兩個人都睡不着了，乘興致幹完了恩愛之事，又摟着拉了半晚上話。兩個人興奮地回憶了他們過去的相識，談了他們眼下的生活，設計了他們未來的光景……

第二天吃早飯時，少安把他給丈人寫信借錢的事告訴了父親。

孫玉厚說：「你丈人家也不是銀行！能拿出那麼多錢來嗎？如果他能給你借這筆錢，那你按你的想法去做，爸爸不管你。」

「如果我包工外出，馬上就是秋收大忙，你得受累。另外，還不知組裏其他幾家人願不願意讓我走……」

「他們怎不願意？你給組裏交包工錢，年底眾人還能分一點現金。一眼看見，今年下來吃的問題不大，但錢和以往一樣缺，眾人巴不得有個來錢處呢！至於秋收，這和過去生產隊不一樣，都經心着哩！用不了幾天，大頭就過去了。咱家裏我一個勞力滿能行。只要你能買得起牲畜，你走你的！再說，你又不是常年包工，那活一兩個月不就幹完了嗎？」

少安說：「按現時包工行情，一個月交隊五十元，我多交上十元……」

父親的態度使少安把另外一些擔心消除了。他現在只是等着山西那裏的回信。

但是，他的秀蓮對家裏給他們借錢是不是過於自信？丈人家有沒有這筆錢？就是有這筆錢，會不會給他們借？常有林是上門女婿，就是丈人有心幫扶他們，「挑擔」會不會從中作梗？自秀蓮和他結婚後，他們還一直沒回過山西，那裏的情況他們現在兩眼墨黑……

幾天以後，山西的回信終於來了。

這封信把少安和秀蓮高興得眉開眼笑！信是常有林給他們寫的。姐夫在信中告訴他們，家裏接到信後，都十分樂意幫扶他們這筆錢。常有林並告訴他們，他已經打問過，山西這面的大牲畜價錢要比他們這面便宜，因此他建議少安把貸到的款拿上，到山西來一趟，由他幫他們買一頭好騾子……

少安接到信後，和家裏人商量了一下，立刻去石圪節找到了劉根民。根民當下幫助他在公社信用社貸了七百元款，並把少安將要來拉磚的事打電話告訴了縣高中他的表哥。少安裝起貸款，拿了上次丟在根民辦公窰的羊毛口袋，先跑到下山村用七十塊錢買了一輛架子車，趕天黑才返回到雙水村。

第二天，他就坐公共汽車去了山西老丈人家。

到山西後，常有林從家裏拿出四百元錢，引着少安到柳林鎮用九百九十元錢買了一頭三歲口的鐵青騾子……

從山西返回來的時候，少安就不用坐公共汽車了。他在騾子背上搭了一條線口袋，騎着這頭牲畜往回走。這頭騾子體魄雄壯，口青力大，毛色光亮如綢緞，一路上到處被人誇讚。快過黃河時，有人就出價一千一百元要買它。但再大價少安現在也不會賣。

第二天下午，少安騎着騾子來到了黃河大橋。

以前幾次走山西往返都是坐汽車，經過大橋時，不能好好瞧瞧黃河，很急人。現在他迫不及待地從騾子背上跳下來，把牲口拴在一塊石頭上，就懷着一股難言的激動，走到大橋中間，伏在橋欄杆上。

他立刻感到一陣眩暈和心悸……

眼前是一片麥芒似的黃色。毛翻翻的浪頭像無數擁擠在一起奔跑的野獸吼叫着從遠方的峽谷中湧來，一直湧向他的胸前。兩岸峭壁如同刀削般直立。岩石黑青似鐵。兩邊鐵似的河岸後面，又是漫無邊際的黃土山。這陣兒，西墜的落日又紅又大又圓，把黃土山黃河水都塗上一片橘紅。遠處翻滾的浪頭間，突然一隱一現出現了一個跳躍的黑點，並朦朧地聽見了一片撕心裂肺的喊叫聲。漸漸看清了，那是一隻吃水很深的船。船飛箭一般從中水線上放下來，眨眼工夫就到了橋洞前。這是一隻裝石炭的小木船，好像隨時都會倒扣進這沸騰的黃湯之中。船工們都光着身子，拚命地扳着，拚命地喊着，穿過了橋洞……

少安立刻調過身，看見那船剎那間就到了下游——下游水面開闊，船行走得似乎慢了下來。

這時候，他看見另一隻上行的船正在河邊像甲蟲似的慢慢向大橋這裏移動。牽着船的那根繩索像綳緊的弓弦似的伸向河岸的峭壁，扣在一串光身子縴夫的肩膀裏。這些人幾乎是在半崖的羊腸小道上手腳並用爬着走；呻吟般的「嗯喲」聲像來自大地的深處……在這令人痛苦的呻吟中，那隻下行的船已經漂到了一片平靜的水面上；接着便傳來了艄公那無拘無束的歌聲——

你曉得，
天下黃河幾十幾道灣？
幾十幾道灣上幾十幾條船？
幾十幾條船上幾十幾根杆？
幾十幾個艄公來把船來扳？

船工們的應和聲如同悶雷一般——

我曉得，
天下黃河九十九道灣，
九十九道灣上九十九條船，
九十九條船上九十九根杆，
九十九個艄公來把船來扳！

船和歌聲都漸漸遠去了……

孫少安立在大橋邊上，兩隻手緊緊摳着橋欄杆，十個指頭似乎都要鉗進水泥柱中。他感到胸腔裏火燒火燎，口也有點乾渴。他的心中騰躍起一股難以抑制的激情，似乎那奔湧不息的河水已經流進了他的血管！

他離開橋邊，走過去解開牲口的繮繩，一翻身騎上去，風一般迅疾地穿過大橋，向黃河西岸奔去……

第六十三章

九月下旬，在一個秋雨濛濛的日子裏，孫少安帶着自己的畜力車，來到了原西縣城。

雨中的原西城非常寂靜。雨水洗過的青石板街上，看起來沒有多少行人。商店的門都開着，但顧客寥寥無幾；售貨員坐在櫃枱後面，寂寞地打着深長的哈欠。街道兩邊一些低矮的老式房頂上，水跡明光，立着一行行翠綠的瓦葱。到處都能聽見淙淙的流水聲。空氣中滿含着土腥味。原西河漲寬了，城內也能聽見遠處河水有力的喧嘩聲。天空灰暗的雲朵一直低垂下來，和城外山峁上藍色的霧氣溶接在一起，緩慢地向北方湧動。偶爾傳來一聲公雞的啼鳴和幾聲狗的吠叫，那聲音聽起來也是濕漉漉的……

一年一度的秋雨季節開始了。在農村，莊稼人現在都一頭倒在熱炕上，拉着沉重的鼾聲，沒明沒黑，除過吃飯就是睡覺，似乎要把一年裏積攢下來的疲乏，都在這幾天舒散出去。多麼好啊！朦朧的睡夢中聞着小米南瓜飯的香甜味；聽着自己的老婆在鍋灶上把盆盆罐罐碰得叮噹響……

但是，孫少安享不成這福了。他現在渾身攢着勁，準備要在縣城大動一番干戈。這是他的一次命運之戰。

找到根民的表兄後，他才得知，由於等不到根民的回話，他表兄前不久已把這活包給了別人。聽說他要來，根民的表兄費了好大勁才又把原來包活的人辭退了。

孫少安倒抽了一口冷氣。

「那你在甚麼地方吃住呢？」根民的表兄問他。

「只要能幹上活，這些都好湊合。人好辦，主要是牲畜。」少安說。

根民的表兄想了一下，說：「拐峁大隊的書記我熟悉，我們就是買他們的磚。我給你寫個條子，你去找他，讓他在拐峁給你尋個閒窰。不過，這得出租錢。我們這是學校，沒空地方。再說，你住在城裏，早上拉空車去裝磚，多跑一趟冤枉路……吃飯哩？」

「如果有住的地方，我準備自己做着吃。」少安說。

「那好，你現在就到拐峁去，先找個住的地方再說！」

於是，少安就拿着根民表兄寫的一張紙條，來到拐峁村找到了這裏的書記。

書記為難地對他說：「我們村裏沒一眼閒窰啊！」

「我歪好不嫌！只要有個能遮風擋雨的地方就行了。」少安懇求說。

拐峁的書記想了想，說：「後村頭有孔爛窰，沒門沒窗，和個山水洞一樣；是村裏一家人十幾年前廢棄不要的。你如果不嫌，自己去看看……」

書記用手指了指那孔爛窰所在的地方。

孫少安二話沒說，就又帶着他的騾子和架子車，一個人來到拐峁村後邊那個偏僻的小山彎裏。

這地方離村子有一里多路，周圍全是荒野。

當少安找到那孔爛窰時，不免愣住了。這的確像個山水洞：不大的一個廢窰，旁邊塌下一批土，堵住了半個窰口；窰口前蒿草長了一人多高……

一切都破敗不堪！

「這還不如個狗窩……」他自言自語說。

不過，少安很快決定就在這地方安身了。其他地方沒住處，城裏旅社住不起，有這麼個遮風擋雨的洞洞也蠻不錯了 —— 這又不花一個錢！

唉，攬工小子還指望住個啥好地方哩？再說，住在這地方也有好處，四野裏都是荒地，容易給牲口割草……

細濛濛的雨一直不住氣地飄灑着，山野裏寂靜得很！少安戴着破草帽在雨中楞了一陣，就穿過齊腰深的蒿草，鑽進了這孔破窰洞。

外面看起來破爛不堪，裏面還是個窰洞的樣子，而且很乾燥。剛從濕淋淋的雨中走進來，這破窰裏有一種暖烘烘的氣息。少安忍不住高興起來。

他鑽出破窰洞，立刻把鐵青騾子從車上卸下來，先把它拉進了窰洞。牲口是他的命根子，不敢再讓雨淋了；萬一這牲口有個三長兩短，他孫少安就得去上吊！

接着，他從窰洞口開始，兩隻手在蒿草叢中撥開了一條通向外面的路。堵在窰口的那堆塌下來的土，並不妨礙人畜進出，他也就不準備再清理了。

把架子車推進窰洞後，他把一個裝過化肥的口袋鋪在後窰掌的地上，倒下一堆黑豆先讓騾子吃。他開始在窰洞出口的土牆一側，為自己弄了個牀鋪；騾子在裏他在外，晚上可以給牲口充當個「哨兵」。

他接着又在窰洞口塌下來的土堆上簡單地戳了個鍋灶 —— 他原來就準備到城裏後自己做着吃，行前準備了一點糧食和灶具。怎樣省錢怎樣來！反正一個人好湊合，只要能填飽肚子就行了。

弄好了爐灶，拿飲馬的桶在坡下的小河裏提來了水，孫少安就準備在這裏做飯了。問題是還沒有柴火。下了幾天連陰雨，到哪兒去撿點乾柴呢？

他想到河岸檐下說不定有夏季發洪水時落下的河柴。於是又冒雨跑出去了一趟，果真摟攬回來一口袋。

一切都「齊備」了。他在鍋裏下了些豆片和小米，便點燃了灶火。

裊裊的炊煙從這個荒蕪的山野裏升起來，飄散在濛濛的細雨中。爐灶裏，乾河柴燒得劈啪響。小鐵鍋的水像蚊子似的開始吟唱。後窰掌裏，鐵青騾子嚼了黑豆，飲了半桶水，滿足地打着響亮的噴鼻……把他的！這倒真像個「家」了！

鍋開以後，少安戴着那頂破草帽，通過蒿草中那條剛開闢的路，轉到「院子」邊上。

他用破草帽擋着雨，用紙條捲了一支旱煙棒叼在嘴上，一邊吸，一邊滿意地打量着自己的「新居」，嘴角浮上了一絲笑意。他想，明天早晨，他就可以開始幹活。原打算今天晚上去縣高中找一下妹妹蘭香，但現在沒人給他照看這個不設防的「家」，等明天再說吧！反正他給縣高中拉磚，每天都要跑那裏……

孫少安這樣想事的時候，看見一個人撐着頂黑布傘，從左邊的土坡上向他這裏走來 —— 是找他的？

是的，這個穿戴不像農民也不像幹部的人，徑直走到他面前，問：「是你住在這裏了？」

少安說：「是的。是拐峁大隊的書記讓我住在這裏的。」

「這是不是書記的窰洞？」那人帶着嘲諷的笑容問。

「書記說不是他的，是他們村一家人十幾年前廢棄不要的……」

「誰說人家不要了？你住人家的地方，應該給窰主打個招呼嘛！」

那人的臉色陰沉下來。

「噢……」少安明白了，此人正是窰主。他說：「那現在怎辦？你看我已經住下了……要不，我給你出租錢。」

「你看着辦吧！」

從窰主的態度看，多少得給他一些租錢 —— 這傢伙看來也正是為此而來的。

「你看一月多少錢？」少安問。

「當然，要是住個好地方，你一月總得掏二三十塊吧？我這地方不怎樣，你就少給點算了！」那人寬宏地說。

「你提個數目。」

「那就一月五塊吧！」

「五塊就五塊。」少安只好應承了。

「我叫侯生貴，在城裏合作商店賣貨，家就在拐峁村裏……」

那人說完，就折轉身走了。少安望着這個遠去的人，心裏不免湧上一股不愉快的情緒。他想，城裏市民皮這麼厚！要是在鄉下，這麼個破地方，誰好意思向人家要租錢呢！

「王八蛋！」他忍不住罵了一句。

少安在雨中立了一會，就回到他租來的這個破窰洞裏，開始吃晚飯 —— 這裏沒燈，天一黑，飯都吃不到嘴裏了……

第二天一大早，孫少安就從拐峁往中學的基建工地上拉磚。開始幹起了活，這就使他心裏踏實了許多。

當天拉完磚後，他把騾子拴在學校門口的一棵樹上，去找他的妹妹蘭香。

蘭香和金秀忙着給他在學生灶上買了飯。吃完飯後，妹妹又跟他一起來到拐峁他住的地方。

妹妹已是個十七歲的大姑娘了。她看見他住在這麼個破地方，難過得淚花在眼裏直轉。她幫他把這個爛窰洞收拾了一番，並提出讓他到學校灶上吃飯。他勸解妹妹說，大灶上吃飯不方便，這裏做着吃還能省些錢和糧。

「那我每天下午上完課後，就來給你做飯，咱們一塊吃！」蘭香說。

少安說：「就怕耽誤你學習哩。」

「不耽誤！我來做飯，你也省點事！」

少安於是同意了妹妹的意見。就這樣，每天下午，當孫少安拉完磚回到這個荒野裏的破窰洞時，蘭香就把飯做好了。兄妹倆蹲在這個敞口子土窰裏，有滋有味地吃他們的晚飯。晚飯通常都是高粱黑豆稀飯和腌酸白菜。在這個世界上，有多少人能想到，在這樣一些地方普通人所過的那種艱辛生活呢？

但對於孫少安來說，這日子過得蠻不錯。生活中任何一點收穫，對他來說都是重要的。他每天面對的是生活中的具體事——沒有甚麼事是微不足道的。比如今天，他拉磚路過街道時，碰見原來在石圪節當主任的白明川；明川知道他現在的情況後，問他有沒有甚麼困難？他馬上把他最頭疼的一件事提出來，讓白主任幫一下忙——幫他在縣糧食加工廠給牲口買點麥麩。白主任立刻給他辦了。他高興得不知如何是好：他自己跑了四五回都買不出來啊！同時，他也才知道，明川已經調到黃原市當副書記去了……

由於白明川給他解決了一個大問題，因此晚上他回到那孔破窰洞時，情緒特別好。妹妹正在忙活，他聞見飯鍋裏飄出來的味道都比往日香！

嗯？這味道的確和往常不一樣！並不是由於他興奮而使鼻子產生了錯覺！

他忍不住問妹妹：「你做甚麼飯呢？」

「我割了一斤肉，買了幾斤白菜，還在中學大灶上買了幾個白麪饃。」蘭香說。

「你哪來的錢？」

「我上個月的助學金省下三塊半……」

「為甚麼破費呢？」

「你忘了？今天是你的生日！」

少安鼻子猛地衝上了一股辛辣的味道。他蹲在地上，半天沒有說話。他無言地望着親愛的妹妹和她那一身破舊的衣衫，淚水在眼眶裏直打轉。

蘭香給他盛了一大碗白菜燉肉，又拿了兩個饅頭。

他一時喉嚨堵塞得難以下咽。他對妹妹說：「不要花你的助學金。助學金你都換了菜票。罷了大哥在市場上給咱買點菜……」

是啊，常不吃菜人也受不了！

第二天，少安拉完磚後，就到城裏的菜市場上去了一趟——他準備買點土豆或白菜。

可是，他來得太晚了，菜市場已經沒有了人跡。

他只好調轉身往回走——明天得早一點來！

當他走過空蕩蕩的菜市場時，無意中發現地上亂七八糟丟着一些菜幫子菜葉——這是賣菜的或買菜的人剔剩下的。

他有點驚喜地彎下腰把這些別人所丟棄的爛菜撿了一大抱。好，這東西不花一分錢，在河裏洗一洗，把爛了的一擇，照樣能吃！

這個發現使孫少安每天的生活多了一項內容——到菜市上去撿菜幫子菜葉。

當然，這是一件讓人屈辱的事。每天，他都要等菜市場上空無一人的時候，才敢去那裏。要飛快地撿，還得要留心察看有沒有人注意他；心在狂跳，臉燒得像燃燒的炭塊……小偷行竊一般緊張啊！

撿完菜，他就慌忙離開菜市場，吆着騾子逃跑似的來到原西河邊。

原西河依然如故，在暮色中平靜地流過城外，流向遠方的蒼茫之中。他把牲口卸脫放它到河岸上吃草，自己便蹲在河邊洗這些被人用泥腳踩過的爛菜葉。

他在河邊一邊洗菜，一邊常常忍不住心潮起伏，耳邊時不時聽見那甜蜜的歌聲從遠山飄來——

正月裏凍冰呀立春消，
二月裏魚兒水上漂，
水呀上漂來想起我的哥！
想起我的哥哥，
想起我的哥哥，
想起我的哥哥呀你等一等我……

黃昏中，淚水盈滿了他那雙飽經憂患的眼睛。原西河！原西河！記得不？幾年前，他和潤葉正是一塊坐在這河邊，進行了那次終生難忘的談話……現在他當然明白了，那時潤葉是向他表白愛情哩，而他當時卻說了那麼多蠢話！如今，生活已使他們天各一方；但不論怎樣，他在內心深深地感謝潤葉，她給他那像土塊一樣平凡的一生留下了太陽般光輝的一頁。是的，生活流逝了，記憶永存；他忙亂和勞累，常常想不起她，但並不是已將她遺忘。沒有。他知道她的婚姻不美滿，並且已調到黃原。她的不幸或許也包含他的原因？可是，潤葉，無能的少安既然當年沒有能力和你生活在一起，現在又怎麼能給予你幫助呢？他只能默默地給你一個莊稼人的祝福……

每天傍晚，孫少安抱着一堆洗淨的爛菜，總是懷着一種悵然的心情告別了原西河，回到拐峁後村頭那孔破窰洞，回到他嚴峻的現實之中。吃完飯蘭香一走，他就倒在地上睡了。有時他希望在夢中能再現當年原西河邊的一幕。可是，一天勞累，渾身酸疼，睡着如同死去一般，那個浪漫的夢永遠也沒有做成……

第二天天還不明的時候，他就緊張地爬起來，套起架子車，趕緊到磚場去裝磚；任何其他事便在腦子裏蕩然無存了。

運第一回磚的時候，原西縣城還在睡夢之中。

他在車轅上挽一根套繩，扣在肩胛裏，和牲畜一起拉着車，走過寂靜而清冷的街道。平路上，他一般不太出力，讓騾子拉着走。一旦上坡的時候，他就使出渾身的勁拚命拉車，儘量減輕牲口的負擔。從十字街到中學有一道大陡坡，他常常掙着命拉車，兩隻手都快要趴到地上了；牲口和他都大汗淋漓，氣喘得像兩隻風箱。這時候，他眼前就不由得浮現出黃河岸邊那些手腳並用、匍匐在石壁小道上的縴夫……

天天如此。

孫少安和他的鐵青騾子把時間拉出了九月。

每一天下來，他臨睡前都要在那孔破窰洞的左牆上用指甲畫一道杠杠；然後在右牆上記下一天的收入、支出和淨賺的錢數。隨着左牆上杠杠的增多，右牆上的錢數也在增多；這一筆不斷增加的錢，使孫少安每天睡覺前都要高興得發半天呆……

第六十四章

十月初，從原西城傳回來了驚人消息：金光亮家即將高中畢業的小子金二錘，要去參加解放軍了。

這消息使風起雲湧的雙水村更加激蕩起來。在山裏，在家裏，在村中各處的閒話中心，金二錘當兵立刻成了全村人議論的話題。尤其在金家灣那邊，所有金姓人家似乎都有些激動。

哈呀，多少年來，誰能想到，一個地主家庭成分的人，怎麼可能去參加無產階級的軍隊呢？別說地主成分，中農成分也難！特別是對於田福堂和孫玉亭這樣的人來說，儘管年初就知道中央的政策「變」了，「五類分子」大部分摘了「帽」，今後他們的子弟一律和貧下中農子弟同等對待，不論入黨入團、招工招幹和參軍，都不再受影響；可一旦這政策在他們村成為具體的事實，仍然使這些人震驚得目瞪口呆。

金光亮弟兄幾家起先對這消息半信半疑。當二錘捎話回來證實了他要去參軍，並說一兩天就要回村向家人告別的時候，這一大家人才興奮地忙亂起來。他們翻箱倒櫃，碾米磨麪，準備給出遠門的娃娃備辦幾頓家鄉的好吃喝。這些天裏，常避免出頭露面的金光亮弟兄幾家人，似乎專意到村中的各個公眾場所去走動，說話的聲音也提高了八度。長期無聲無息的一家人，現在一下子就變得如此引人注目。這是否意味着，在雙水村的生活舞台上，一些處於台下的角色漸漸要走上台來了？

最為得意的當然要數金光亮！這幾天，他已經不出山勞動，專門在家裏操持以等待兒子回來。實際上這些家務事都由老婆忙碌，他幫不了多少忙；他只是興奮地在家裏礙手礙腳出出進進，沒幹甚麼活，倒打破了兩隻碗。

後來，金光亮乾脆穿了一身過節的新衣裳，剃得光亮的頭上包了一條白羊肚子新毛巾，衣袋裏裝了幾盒帶錫紙煙，到村裏轉悠去了。前地主的大兒子挺胸凸肚，邁着雄壯的步伐，專門往村中各處閒話中心的熱鬧處走；那神氣就像他本人已經成了解放軍。他見人就散發紙煙，心滿意足地接受村民們的恭維和道喜。受了多少年的冷落，金光亮現在要藉此機會去尋找人們的尊重。唉，幾十年經受的過分對待，看來把這人也弄得有點不正常了。瞧他！尊嚴和榮耀得幾乎到了滑稽的地步……

這天上午，金二錘在他二爸金光明的陪同下，回到了雙水村。二錘身穿不戴領章帽徽的黃軍裝，臉上掛着喜氣。金光明在他們的侯生才主任被提拔到縣百貨公司當了副主任後，就成了我們已經知道的那個百貨二門市的主任。金主任戴了一副裝飾性的金絲邊眼鏡，胸前掛個借來的照相機，滿面春風地引着姪兒進了金家灣前村的新家。

金光亮弟兄三家就像過婚嫁喜事一樣，大人娃娃都穿起了新衣裳。他們在外村的親戚也都趕來為金二錘送行。三家人的院子裏飄散着油糕和小炒豬肉的香味；餄餎牀子咯巴巴價響個不停。鄰居金俊文和金俊武兩家人，也被叫去吃了一頓喜慶飯。金家灣的一些門中人都紛紛去看望了即將離家的金二錘。本來這種事，大隊領導也該上門去看望，但田福堂、孫玉亭等人怎麼可能向他們以前的敵人致敬呢？更何況，就是他們想去，金光亮一家人此時也未見得歡迎。金俊山是個例外。他雖然是隊裏的領導，但往年沒有過分地傷害同族這家成分不好的人，因此副書記按常規去金光亮家表示了祝賀之意，並被主人強行留下喝了幾盅燒酒。

金二錘離家的前一天，道喜的親戚們都先後走了。這家人仍然沉浸在喜慶的氣氛中。弟兄三家人幾天來都在一塊吃飯；吃完飯就擠在一孔窰裏興奮地、沒完沒了地拉家常。

上午，金光明在院子裏分別給家人照相留念，鬧騰了半天。

等眾人先後回到窰裏後，見全家的主事人金光亮一聲不吭地把一些紙錢和黃表紙放在一個竹籃裏，並且拾起了兩碟祭墳的茶飯。

一家人看這情景，一個個都面面相覷。

金光亮臉色陰沉地掃視了一下全家老少，然後開言道：「今天是咱們家的高興日子，應該讓地下的祖先也長出上一口氣。自從老人入土之後，我們這些活着的不肖子孫，怕連累自己，還沒到墳上去祭奠一次呢。現在二錘要去參軍，我們甚麼也不再怕了，今天咱們到祖墳上去，給老人們敬供上一點心意，讓他們在地下也平一平心！另外，也給田福堂和孫玉亭這些人看看！二錘，你過來把籃子提上，咱們一塊到你爺墳上去！」

金二錘立在門前，摳着手指甲，為難地看着父親，囁嚅說：「爸，咱們不要這樣……」

「怎？」金光亮歪着嘴巴問。

「我爺舊社會的確剝削過窮人，我現在參加了解放軍，藉此再去祭奠他，政治影響不好……」

金二錘話還沒有說完，金光亮就走前一步，伸出巴掌在兒子臉上打了一記耳光，喝問道：「你說你去不去？」

金二錘眼裏旋轉着淚水，說：「不……」

金光亮眼裏閃着兇光，問：「那是不是你爺？」

「是……」

「那你為甚麼不上他的墳？」

「……」

金光亮又伸開巴掌朝兒子臉上掄過來，結果被光明和光輝擋住了。二錘他媽已經和幾個娃娃在鍋台後面哭成了一堆。

金光亮怒氣衝衝，撲着還要過來打兒子，他的兩個弟弟一人扯着他的一條胳膊，在旁邊好言相勸。金光明說：「大哥，你的心情我們都能理解，但你也要理解二錘呢。雖說現在政策寬了，我們也還得謹慎一些為好……」金光輝也湊話說：「老人已經是入土的人了，也不在乎咱們這些事。他們在地下也能體諒活人的難處哩……」

「放你們的臭屁！」情緒瘋狂的金光亮對兩個弟弟破口大罵。他甩開這兩個捉他的人，提起那個籃子，一個人惱悻悻地出了門。

臨近中午的時候，在小學後面金家祖墳那裏，金光亮一個人跪在老地主的墳前，哭喪着臉開始了他的祭祖儀式。與此同時，他的兒子不聽家人的勸說，強行騎着他二爸的自行車，提前回了原西縣武裝部。幾天來瀰漫在這一大家人中的歡樂情緒頓時煙消雲散，而重新被一種不愉快的氣氛籠罩了……

在這些激蕩的日月裏，生活的戲劇常常一幕緊接着一幕，令人目不暇接。誰也想不到，金光亮家的二錘參軍走了沒幾天，他們的鄰居金俊文一大家人又迎接了金富的歸來。全村人議論的話題立刻又從二錘轉移到金富的身上了。

外出半年多毫無音信的金富，突然回到了雙水村，這本身就是一條新聞。更何況，金俊文家的這個大小子，像個人物一樣，神氣活現地出現在大家的面前，不能不使村民們對這個過去不成器的傢伙刮目相看。

金富完全成了另外一副樣子。一身時新衣服，頭髮披散在脖項裏，大蛤蟆眼鏡遮住了半個臉，腳上像金光明一樣登着鋥亮的皮鞋。口音也變了，把豬肉說成「大肉」，把金俊武改叫「二叔」，而不叫「二爸」了。但更重要的是，據說這傢伙帶回來了許多值錢東西，衣服、手錶、錄音機和各種人們還叫不出名堂的新玩藝兒；光布匹聽說就有幾大捆！至於錢，有人看見他隨手就能在口袋裏抓出一大把來。全村人又一次被驚得目瞪口呆。如果說金光亮家成了「政治暴發戶」，那麼金俊文家又成了雙水村的「經濟暴發戶」。人們紛紛談論，這兩家人猛一下紅火成這等光景，或許是因為挪了宅第的原因？當初田福堂把他們從哭咽河老住處往金家灣前村趕的時候，這兩家人還哭鼻流水，捨不得當年米陰陽看下的風水寶地呢！現在看來，雙水村真正的風水寶地倒是他們現在住的這地方。有的人十分遺憾當年沒搶先把自己的家安在那裏……

這些天裏，村中各處的閒話中心，又充滿新奇和激動，把雙水村新崛起的人物金富圍在人堆中間，吸他的進口外國煙，聽他眉飛色舞講敘大地方的景致。金富儘管把牛皮都吹破了，但有些沒見過世面的莊稼人對這些不着邊際的神話仍然信以為真。金富吹噓說他到中南海和華國鋒下過三盤棋。第一盤他贏了，第二盤華國鋒贏了，第三盤他和華主席下了個和棋，結果雙方不分輸贏握手言和……

有人問他：「你坐過火車沒？」

金富揚起頭自負地哈哈一笑，說：「火車算個球！我常坐的是飛機！兩月前，我坐飛機就從咱們雙水村上空飛過。我當時把頭探出來一看，我媽正在哭咽河裏洗衣裳哩！田萬江我大叔吆一羣牲靈在田家圪塄的土坡上往下走；還聽見廟坪山玉米地裏鋤草的婆姨女子笑得咯呱呱的……」

啊啊！所有的人都由不得張開了嘴巴。他們想不到眼前這個人曾經在空中就已經回了一次雙水村。

沒有多少天，金俊文和他的兒子們就在前後村莊名聲大振。他們的錢財引得許多人家託起媒人，要把自己的女兒嫁給金富；金富不行，就是嫁給金富的弟弟金強也可以。

這陣勢立刻把金俊文也變成了個人物。這些天來，他穿戴着兒子帶回來的「外路貨」，不時滿臉榮耀地出現在公眾面前，那神氣很快使人們聯想起不久前的金光亮。俊文也已經把旱煙鍋撇在家裏，出門拿着帶嘴紙煙，見人就散。遇上有人給他的兒子說媒提親，他總是矜持地笑笑，說：「這是娃娃們的事嘛，得由他們自己做主……」

唉唉，世事啊！想當年，東拉河流域的莊稼人，誰願意把自己的女兒嫁給金俊文不成器的兒子呢？可是現在，人們卻像攀皇親一樣，盼望自己的女兒被金富選中。人們！你們怎麼能因為貧窮，就以物遮目，而變得如此愚蠢呢？

但對稍有頭腦的人來說，有一點至今還是個謎：金俊文的小子大字不識幾個，又一直是個「溜光棰」，怎麼半年之中就變成了一個神通廣大的人物呢？他幹甚麼營生賺下這麼多錢？

據金富自己講，他在外面做大生意，上海、廣州都跑遍了。但做甚麼生意，這小子一直說得含糊不清。

對於大多數只走過石圪節的農民來說，外面的世界他們無法想像，也就將信將疑地接受了金富的說法。大概大地方賺錢就是一件很容易的事吧？金富說過，大城市街上到處都是錢。也許的確是這樣。唉唉！就算是這樣，雙水村的大部分農民也沒勇氣出去到那些地方撿人民幣去。看來還是俗話說得對：撐死膽大的，餓死膽小的！

可是，從金富腰纏細軟趾高氣揚地回家的第一天，有一個人就明白他在外面做甚麼「生意」。

這人就是金富他二爸金俊武。

被金富現在稱呼為「二叔」的俊武，用鼻子也能聞見姪兒是靠甚麼發橫財的。在俊文一家人和村民們談論這個逛鬼的「本事」和運氣時，精明人金俊武早已羞愧得低下了頭。俊武同時知道，村裏也不是沒有人明白金富的「把戲」，只不過人家不說罷了。他清楚，像俊山和孫少安弟兄們，甚至還有田福堂和海民他們，早已在心裏嘲笑上他們這家人了。

他自己一直礙於情面，也不願給大哥大嫂揭穿其中的醜陋。自從彩娥和孫玉亭的麻糊事件發生後，他已經不願意再看見他家出的醜事揚播到前後村莊；這接二連三的醜聞，將會使他自己的兒子長大後，都沒人給媳婦！

他只好忍着不吭聲。金富給他家送過來的禮物，他都讓老婆客氣地退回去了，這使俊文和張桂蘭極不滿意，好像他金俊武眼紅他們發財，才這樣傷他們的臉。他老婆也不明白他的做法。她看哥嫂為此不高興，就提出請金富吃一頓飯來彌補兄弟妯娌間出現的感情裂痕。金俊武這才忍不住破口大罵：「糊腦鬆！那王八羔子倒是個甚麼人物值得咱去巴結？三天兩後晌，雞窩裏就能飛出金鳳凰？那小子的錢財不是從好路上來的，他瞞得了眾人，瞞不了我金俊武！」

幾天以後，金俊武左思右想，決定找大哥談一談。

這天在廟坪山摘完豇豆，已經黃昏了。等眾人下山後，俊武就設法和俊文相跟在一起走。

兩個人抽了一鍋煙，俊武就開口對俊文說：「大哥，有件事我早想和你拉談拉談，但一直很難開口……」

金俊文疑惑地問：「甚麼事？你就直說！」

金俊武牙齒咬了咬嘴唇，也不看大哥，低着頭說：「我看金富要闖大禍呀！」

「怎？」金俊文停住腳步，一臉的奇怪。

金俊武委婉地說：「哥，自家的娃娃自家知道。你也不想想，金富一下子就變得那麼能行了？這半年多工夫，怎能賺那麼多錢呢？咱雖然沒出過遠門，但憑腦子笨想，估計外面的錢也不那麼好賺……」

「生意人憑的是運氣！說賺就能賺大票子！」金俊文對弟弟的說

法不以為然。

金俊武沉吟了一會，說：「我也是為咱們家好。咱父親活着的時候，常指教咱們活人要活得清清白白⋯⋯」

「那你是說金富的錢財是在外面偷來的？搶來的？」金俊文立刻沉下臉問。

金俊武沒有言傳。

他態度等於肯定了金俊文的反問。這嚴重地損傷了俊文的尊嚴。他有點氣憤地對弟弟說：「你不要紅口白牙枉說我的娃娃！金富不是那樣的人！他是我的小子，是好是壞礙不着兩旁世人！」說完便頭一扭，獨自一個人在前面走了。

金俊武望着大哥遠去的背影，長長地歎了一口氣。他痛心地感到，他們弟兄之間的關係，已經再不可能像過去那樣親密無間了⋯⋯

兩天以後，百無聊賴的金富心血來潮提出要單獨住進他三媽的窰洞裏。彩娥改嫁以後，財物大部分拉到石圪節胡得祿那裏，她的窰洞就用一把「將軍不下馬」[2]鎖住——這意味着金俊斌這一支人從此就「黑門」了。但窰洞作為遺產，自然還屬王彩娥。金富不服此理，認為窰洞理所當然應該由金家繼承，因此準備強行進駐。

但金富的弟弟金強倒成了個懂事青年，他勸阻哥哥說不能這樣。氣盛的金富出口就罵金強。金強骨子裏也不是個省油燈盞，兩兄弟於是就在他三媽的院子裏吵開了架，不一會工夫，自然就吸引了許多村民前來圍觀。

金強見無法勸阻他哥，就賭氣說：「我管不了你！不過，我看你

2　鎖的類型。這種鎖為底部開鎖，下有滑道，在開鎖後，鑰匙取不下來，只有把鎖鎖死後，鑰匙才能取下來。

怎往進住呀！除非你把門砸了！」

金富輕鬆地笑了笑，說：「我甚麼也不砸就進去了！不信你現在就看！」

金富說罷此話，就在眾目睽睽之下，表演了驚人的開鎖技巧：他隨手拾起一根硬柴棍，走前去在鎖眼裏一捅，「將軍」立刻下了「馬」。轉眼間，王彩娥的兩扇門就大敞開了……

這一天以後，雙水村的人才明白了金富靠甚麼「本事」在外面弄了那麼多的錢財。許多莊稼人羞愧地撤回了自己女兒的媒約，再也不往金家灣前村頭跑了。

金富住進他三媽窰洞的當天，和彩娥家沾親的本村村民劉玉升，像那年「麻糊事件」一樣，及時到石圪節去報了信。這次王彩娥沒有動用娘家的人馬，而拿着公社主任徐治功給雙水村大隊黨支部一封態度堅決的信，回到了村子。她先把公社的信交給田福堂，然後去金家灣那裏，雙腳跳起，把金俊文和金俊武兩家人罵了個狗血噴頭。金家的其他人明知理虧，誰也沒敢出來應罵。只有金富撲着要出來扯他三媽的嘴，結果被金俊文夫婦硬把這個烈子攔擋住了。

第二天，大隊黨支部只好派可以和這家人對話的副書記金俊山，向他們傳達了公社的強硬決定，讓金富立刻將強佔的窰洞交出來。

於是，住了一夜的金富只好又從他三媽的窰裏搬了出去。至於門上的鎖子，倒也不用另買，金富兩個手指頭一捏，「咯吧」一聲就重新鎖住了。

過了幾天，金富悄無聲息地離開雙水村，不知又到甚麼地方做他的「生意」去了……

第六十五章

時間大踏步地邁進了一九八〇年。

八十年代的第一個春天，中國社會生活開始大面積地解凍了。廣大的國土之上，到處都能聽見冰層的斷裂聲。冬天總不會是永遠的。嚴寒一旦開始消退，萬物就會破土而出。

好啊，春天來了！大地將再一次煥發出活力和生機。但是前行的人們還需留心：要知道，春天的道路依然充滿了泥濘……

陽曆二月下旬到三月初，莊稼人出牛動農之前，生產責任制的浪潮大規模地席捲了整個黃土高原。面對這種形勢，社會上儘管仍然有「國將不國」的歎息聲，但沒有人再能阻擋這個大趨勢的發展了。

毫無疑問，這是繼「土改」和「合作化」以後，中國近代歷史上農村所經歷的又一次巨大的變革，它的深遠意義目前還不能全部估價。

富有戲劇性的是，二十多年前，中國農村的合作化運動是將分散的個體勞動聚合成了大集體的生產方式，而眼下所做的工作卻正好相反。生活往往就是這樣。大合大分，這都是一定歷史條件下的產物。說不定若干年後，中國農村將會又一次重新聚合成大集體 —— 不過，那時的形式不會也不應該等同於以往了。人類正是這樣不斷地在否定之否定中發展的。當然，短短幾十年中，如此規模的社會大集散，也許只有中國才具備這種宏大氣魄。

在黃原地區，儘管地委書記苗凱和人稱「蘇斯洛夫」[3]的副書記高

3　指米哈伊爾·安德烈耶維奇·蘇斯洛夫，前蘇聯 40 年代末至 80 年代初意識形態領域負責人，又被稱為「意識形態聖火的守護人」。

鳳閣，對生產責任制採取了「頂門杠」式的做法，但門還是沒有能頂住。被高鳳閣說成是田福軍的「路線」看來明顯佔了上風。在去年夏收後的工作基礎上，眼下生產責任制已在全區各縣所有的農村展開。當然，今年已經比去年走得更遠 —— 幾乎絕大部分農村都包產到戶了。田福軍知道，這不是他個人有多少能耐，而是中央的方針和農民的迫切願望直接匯流才造成了這種勢不可擋的局面……

過罷春節不久，小小的雙水村就亂成了一窩蜂。對生產責任制抱反感情緒的田福堂，一反常態，乾脆來了個「徹底革命」，宣佈全村實行「單幹」，誰願怎幹就怎幹！這態度實際上也是一種不滿情緒的發泄 —— 由此不可避免地造成了一時的混亂。

「去他媽的，亂吧！」田福堂在心裏說。他甚至有一種快感。

混亂首先從金家灣二隊那裏開始了。

二隊的人成分複雜，加之去年夏收後沒實行生產責任組，現在看見一隊的人已經見了好處他們心癢癢；如今既然田福堂讓大家「單幹」，這下可不能再落到一隊後面了。於是說分就分，把承包責任制弄得像土改時分地主的財物一樣，完全失去了章法。

在分土地的時候，儘管是憑運氣抓紙蛋，但由於等級分得不細，紙蛋抓完後還沒到地裏丈量，許多人就在二隊的公窰裏吵開了架；其中有幾個人竟然大打出手。在飼養院分牲口和生產資料的時候，情況就更混亂了。人們按照抓紙蛋的結果紛紛擠在棚圈里拉牲口。運氣好的在笑，運氣不好的在叫，在咒駡；有的人甚至蹲在地上不顧體面地放開聲嚎了起來。至於另外的公物，都按「土政策」分，分不清楚的就搶，就奪，接着就吵，就駡，就打架；哪怕是一根牛韁繩也要剁成幾段麻繩頭，一人拿走一段。一旦失去了原則和正確的引導，農民的自私性就強烈地表現了出來。他們不惜將一件完好的東西變成廢物，也要砸爛，一人均等地分上那麼一塊或一片 —— 不能用就不能用！反正我用不成，也不能叫你用得成！連集體的手扶拖拉機都大卸八塊，像分豬肉一樣，一人一塊扛走了 —— 據說拖拉機上的鋼好，罷了拿到石圪節或米家鎮打造成老钁頭……

二隊分東西分眼紅的人，眼看沒個分上的了，竟然跑到公路上去分路邊他們隊地段上的樹木。

大隊黨支部副書記金俊山經常扮演「救火隊」的角色。他看此情，急得去找二隊長金俊武，對他說：「咱們金家灣的人是不是都不想活了？公路邊上的樹怎敢分嘛！那是國家的財產！你是個精明人，今兒個怎這麼糊塗？不信你看吧，樹一旦分開，社員幾天就連根刨了！金家灣半村人恐怕都得讓公安局用法繩捆了去！」

金俊武眼角裏糊着眼屎，無可奈何地對金俊山說：「我現在也沒辦法了。一聽要單幹，隊裏的人誰還再把我放在眼裏呢？社員一哇聲要做的事，一個人怎能擋住？再說，就是我不同意這樣做，大家說田福堂都同意，你金俊武小子算老幾？你管了我們十幾年，現在爬遠吧！」

俊武說的也是實情。金俊山看沒辦法了，就到學校去找兒子金成，讓他騎自行車去石圪節公社找個領導來 —— 雙水村的局勢一旦失去控制，金俊山的辦法就是找公社領導來解決 —— 這倒也不失為良策。

但小學教師金成囁嚅着對父親說：「我是教師，這是村裏的事，我怎能把公社領導請動哩？」

不愛發火的金俊山對兒子吼叫說：「你給徐治功和劉根民說，雙水村分東西打死了幾個人，看他們來不來！」

金成只好騎着車子去了石圪節……

當天晚上，公社副主任劉根民來到了雙水村。

劉主任看了金家灣這個局面，當然生氣極了。這位年輕的上級領導把田福堂找來，很不客氣地把他批評了一通。

田福堂大為震驚：這麼個娃娃竟然跑來數落起了他？自他當大隊領導以來，歷屆公社領導還沒敢這樣批評過他呢！即使是他做錯了事，過去的領導也只是婉轉地好言相勸 —— 想不到世事一變，這麼個毛頭小子倒把他像毛頭小子一樣指教了一番！

不過，人家年齡雖小，但官比他大。田福堂只好檢討說他沒把工作做好。但又強調說，他也是為了「執行黨的路線」，想把這場運動搞得「轟轟烈烈」……

劉根民立刻讓金家灣的「生產責任制」停止進行，並讓村民們把分走的東西先交回來；破壞了的生產工具，根據情況，由破壞者照價賠償。

劉根民接着給徐治功打了招呼，索性在雙水村住了下來，開始幫助這個村的兩個生產隊有條不紊地落實生產責任制。他和大小隊兩級幹部組成了領導小組，沒明沒黑進行這件複雜的工作。

根據外面有些地方的成熟經驗，根民和幹部社員反覆協商後，把土地按川、山、水、壩地和陽、背、遠、近分類分級；牛、羊、驢、馬，以等次作價；耙、犁、鞍、鍁、鍘刀、木鍁、木杈、槤枷、簸箕以至架子車、鋼磨、柴油機等，也統統按好壞折成了錢。土地按人口分。牲畜作價後按人勞比例拉平分，差價互相找補。生產工具純粹按價出賣給個人。公窰繼續作為集體財產保留。樹木凡是集體栽種的都作價賣給個人。公路邊的樹作為集體和國家財產不許動。至於在一九七一年「一打三反」運動中作價歸公的私人樹木，根據原西縣宜粗不宜細的有關政策，活着的歸原主，損傷的酌情補錢。另外，大隊幾個主要領導都給多分了六到十畝土地，以後開會和其他公務誤工就一律不再給付報酬了……

幾乎經過近半個月的忙亂，趕劉根民回公社的時候，雙水村的責任制才終於全部搞完。

現在，這個一貫熱鬧和嘈雜的村莊，安靜下來了。

但是各家各戶的生活節奏卻異常地緊張起來。春耕已經開始，所有的家庭都忙成了一團。哈呀，多年來大家都是在一塊勞動，現在一家一戶出山，人們感到又陌生又新奇，同時也很激動。從今往後，自己的命運就要靠自己掌握囉，哪個人再敢耍奸溜滑不好好勞動？誰也沒心思再管旁人的閒事，只一頭扎在自己的土地上拼起了命；村中所有的「閒話中心」都自動關閉了……

雙水村開始了新的生活。同時，新的問題也立刻出現了：幾乎一半的學生不再上學，回家來幫父母親種地。一家一戶勞動，既要忙農活，還要經管牲口和放牧羊只，誰家都感到人手緊缺呀！

村中的初中班垮了。這個班大部分學生都回了家，剩下一兩個願意繼續上學的，也都轉到了石圪節中學。當初因辦這個班而增加的教師孫少平和田潤生，自然也被解除了教師職務。潤生不幾天就跟他姐夫李向前去學開車，興致勃勃地離開了雙水村；而愁眉苦臉的孫少平只好像他的學生一樣回家去種地。

這樣，孫玉厚一家倒有了三個強壯勞力。在現時的農村，這是一個很大的資本，讓雙水村的人羨慕不已。村民們更羨慕的是，孫少安去年秋冬間在原西城裏包工拉磚，賺了一筆大錢 —— 據傳說有好幾千元哩！啊呀，時勢一轉變，曾經是村裏最爛包的人家，眼看就要發達起來了！

情況的確如此。孫玉厚父子們眼下的腰杆確實硬了許多。只要這政策不變，他們有信心在幾年中把光景日月變個樣子。尤其是孫少安，他現在手裏破天荒有了一大筆積蓄。去年拉磚除過運輸費、房租和牲口草料錢，淨賺了兩千元。另外，鐵青騾子賣了一千六百元，還了貸款、貸款利息和常有林的四百元借款，這頭牲畜乾賺了五百元。兩千五百塊錢哪！對於一個常常手無分文的莊稼漢來說，這一大筆錢揣在懷裏，不免叫人有點驚恐！

是呀，這筆錢如何使用，現在倒成了個問題。

孫玉厚老漢早已表明了態度，他對兒子說：「這錢是你賺的，怎個花法，你看着辦吧！爸爸不管你……」

秀蓮一門心思要拿這錢箍幾孔新窰洞。

她央求丈夫說：「咱結婚幾年了，又有了娃娃，一直和牲畜住在一起……自己沒個家怎行呢？我已經受夠了，我再也不願鑽在這爛窰裏！現在趁手頭有幾個錢，咱排排場場箍幾孔石窰洞。箍成窰，這就是一輩子的家當；要不，這一大家人，幾年就把這錢零拉完了……你總不能讓虎子長大娶媳婦也像你一樣……」秀蓮說着便委屈地哭了。

其實，少安原來也打算拿這錢箍窰，只是包產到戶以後，他心裏才有了另外的主意。

他想拿這錢作資金，開辦一個燒磚窰。

孫少安在城里拉磚的時候，就看見現在到處搞建築，磚瓦一直是緊缺材料，有多少能賣多少。他當時就想過，要是能開個燒磚窰，一年下來肯定能賺不少錢。他當時打算回來給大隊領導建議開辦個磚瓦廠……現在既然集體分成了一家一戶，人就更自由了，為甚麼自己不能辦呢？沒力量辦大點的磚廠，開一個燒磚窰看來還是可以的——像他們家，男女好幾個勞動力，侍候一個燒磚窰也誤不了種莊稼！

主意拿定後，他先徵求了父親的意見。父親仍然是老話：你賺的錢你看着辦！

接着，孫少安又用了三個晚上，在被窩裏摟着秀蓮，七七八八給她說好話，講道理，打比方，好不容易才把箍窰入迷的妻子說通。不過，秀蓮讓步的附加條件是，燒磚只要一賺下錢，首先就要修建窰洞。

少安答應了她。

清明前後，地已經全部消通，孫少安就在村後公路邊屬於他們家承包的一塊地盤上，開始修建燒磚窰了。他，他父親，少平，秀蓮和他媽一齊上手，用了近半個月的時間，終於修建起了一個燒磚窰。少安在城裏拉磚時，已經把燒磚的整個過程和基本技術都學會了。燒磚窰建好後，他率領一家人開始打土坯——在這之前，他已經去了一趟原西城，買回一些必需的工具。

第一窰磚坯很快裝就緒。燒磚的炭也用縣運輸公司的包車拉來了。

這天晚上一直弄到大半夜，才把最後的一切細節都安排好——明天早晨就要點火呀！

雞叫頭遍的時候，少安和秀蓮才回到一隊的飼養院。現在，牲口都分給了個人，飼養員田萬江老漢也搬回家住了，這院子一片寂靜。

秀蓮累得頭一挨枕頭就睡着了。

但孫少安怎麼也合不住眼——明天一早，燒磚窰就要點火，年輕的莊稼人興奮得睡不着覺啊！

在這靜悄悄的夜晚，他的思緒像泛濫的春水一般。過去的，現在的，未來的，無數流逝的經歷和漫無邊際的想像在腦子裏雜亂地攪混在一起。皎潔如雪的月光灑在窗戶上，把秀蓮春節時剪的窗花都清晰地映照了出來：一隻捲尾巴的小狗，兩隻頂架的山羊，一雙踏在梅花枝上的喜鵲……

少安猛然聽見外面甚麼地方有人說話的聲音。

他的心一驚：這時候外面怎麼可能有人呢？

他在被窩裏輕輕抬起頭，支棱起耳朵。可又沒聽見甚麼。是不是他產生了錯覺？

他正準備把頭放到枕頭上，卻又聽見了外面的說話聲 —— 這下他確切地聽見了，似乎就在外面院子裏；而且聲音很低，就像傳說中的神鬼那般絮絮叨叨……

少安儘管不信迷信，頭皮也忍不住一陣發麻。他本想叫醒妻子，但又怕驚嚇了她。他就一個人悄悄爬起來溜下炕，站在門背後聽了一陣 —— 仍然能聽見那聲音！

他於是順手在門圪塄裏拿了一把鐵鍬，然後悄悄開了門，躡手躡腳來到院子裏。

院子被月光照得如同白晝。

他仔細聽了一下，發現那奇怪的說話聲來自過去拴牲口的窰洞中。

少安緊張地操着傢伙，放輕腳步溜到這個敞口子窰洞前。

啊，原來這竟然是田萬江老漢！

老漢沒有發現他，立在當初安放石槽的土台子前，仍然喃喃地說着：「……大概都不能應時吃夜草了……誰能在半夜裏幾回價起來添草添料呢……唉，牲靈不懂人言呀，只能活活受罪……」

孫少安忍不住鼻子一酸。他眼窩熱辣辣地走到了田萬江老漢面前。

萬江老漢嚇了一跳，接着便嘴一咧，蹲在地上淌起了眼淚。

原來他是在對那些已經被分走的牲口說話！

人啊……

少安也蹲下來，說：「大叔，我知道你心裏難過。隊裏的牲靈你餵養了好多年，有了感情，捨不得離開它們。石頭在懷裏揣三年都熱哩，更不要說牲靈了。你不要擔心，莊稼人誰不看重牲靈？分到個人手裏，都會精心餵養的。再說，這些牲靈都在村裏，你要是想它們，隨時都能去看望哩……」

萬江老漢這才兩把揩掉皺紋臉上的淚水，不好意思地笑了，對隊長說：「唉，我起夜起慣了，睡不踏實，就跑到這裏來了……這不由人嘛！」

少安也笑了，說：「今晚上我也睡不着，乾脆讓我把旱煙拿來，咱兩個拉話吧。我還有點好旱煙哩，頭茬，我爸噴上燒酒蒸的！」

少安於是又轉回家裏，儘量不驚動睡熟的妻子，拿了煙布袋和捲煙的紙條，悄悄溜出了門。

他來到隔壁飼養室，和田萬江老漢面對面蹲在一塊，一邊抽煙，一邊拉話。這兩個被生活的變化弄得睡不着覺的莊稼人，竟然一直呆到廟坪山那邊亮起了白色……

天大明以後，仍然精神抖擻的孫少安，就吆喝起一家人，來到了他的燒磚窰前。

在親人們的注視下，他用微微發抖的手劃着一根火柴，莊嚴地點燃了那團希望的火焰。

清晨，在雙水村上空，升起了一片濃重的煙霧……

第六十六章

在村裏和家裏的生活發生翻天覆地變化的時候，孫少平卻陷入了極大的苦惱之中。

三年的教師生涯結束了，他不得不回家當了農民。

他倒不僅僅是為此而苦惱。迄今為止，他還不敢想像改變自己的農民身份。當農民就當農民，這沒有甚麼好說的。無數像他這樣的青年，不都是用雙手勞動來生活嗎？他，農民孫玉厚的兒子，繼承父業也可以說是一件十分自然的事。

但他不能排除自己的苦惱。

這些苦惱首先發自一個青年自立意識的巨大覺醒。

是的，他很快就滿二十二歲——這個年齡，對於農村青年來說，已經完全可以獨當門戶了。

可是，他現在仍像一個不成事的孩子一樣生活在一大家人之中。父母親和大哥是主事人，他只是在他們設計的生活框架中幹自己的一份活。作為一個已經意識到自己男性尊嚴的人，孫少平在心靈深處感到痛苦。這決不是說他想在家裏「掌權」。不，在這一大家人中，父親和大哥當然應該是當家人。說實話，即使現在讓他來主持這個「集體」，他也幹不了……

由此看來，他無法從這個現實中掙脫。

但他的確渴望獨立地尋找自己的生活啊！這並不是說他奢想改變自己的地位和處境——不，哪怕比當農民更苦，只要他像一個男子漢那樣去生活一生，他就心滿意足了。無論是幸福還是苦難，無論是光榮還是屈辱，讓他自己來遭遇和承受吧！

他嚮往的正是這一點。

其實，我們知道，這種意識在他高中畢業時就產生了，只不過隨着年齡的增長和生活的變遷，他內心這種要求表現得更為強烈罷了。

按說，要做一個安分守己的農民，眼下這社會正是創家立業的好時候。只要心頭攢勁，哪怕純粹在土地上刨挖，也能過好光景。更何況，像他們家現在還有能力辦起一個燒磚窰，那前程不用說大有奔頭。發家致富，這是所有農民現在的生活主題。只要有吃，有穿，有錢花，身體安康，兒女雙全，人活一世再還要求甚麼呢？

誰讓你讀了那麼些書，又知道了雙水村以外還有一個大世界……如果你從小就在這個天地裏日出而作，日落而息，那你現在就會和眾鄉親抱同一理想：經過幾年的辛勞，像大哥一樣娶個滿意的媳婦，生個胖兒子，加上你的體魄，會成為一名相當出色的莊稼人。不幸的是，你知道得太多了，思考得太多了，因此才有了這種不能為周圍人所理解的苦惱……

既然周圍的人不能理解他的苦惱，少平也就不會把自己的苦惱表現出來。在日常生活中，他儘量要求自己用現實主義態度來對待一切。

毫無疑問，對孫少平來說，在學校教書和在山裏勞動，這差別還是很大的。當教師不必忍受體力勞動的熬苦，而且還有時間讀書看報——雖說身在雙水村，但他的精神可以自由地生活在一個廣大的天地裏。如今，從早到晚天天得出山，再也沒有甚麼消閒的時光看任何書報了。一整天在山裏掙命，肉體的熬苦使精神時常處於麻痹狀態——有時乾脆把思維完全「關閉」了。晚上回到家裏，惟一的嚮往就是倒在土炕上睡覺，連胡思亂想的工夫都沒有。一個有文化有知識而愛思考的人，一旦失去了自己的精神生活，那痛苦是無法言語的。

這些也倒罷了。最使他憋悶的仍然是不能按照自己的意願去安排自己的生活。他很羡慕村中那些單身獨戶的年輕莊稼人，要累就累得半死不活，畢了，無論趕集上會，還是幹別的甚麼，都由自己支配。這一切他都不能。理性約束着他，使他不能讓父親和哥哥對他的行為失望。他儘量做得讓他們滿意；即使受點委屈，也要竭力克制，使自己服從這個大家庭的總體生活。農村的家庭也是一部複雜機器啊！

他一個人在山裏勞動歇息的時候，頭枕手掌仰面躺在黃土地上，長久地望着高遠的藍天和悠悠飄飛的白雲，眼裏便會莫名地盈滿了淚水。山野寂靜無聲，甚至能聽見自己鬢角的血管在哏哏地跳動。這樣的時候，他記憶的風帆會反覆駛進往日的歲月。石圪節中學、原西縣高中……儘管那時飢腸轆轆，有無數的愁苦，但現在想起來，那倒是他一生中度過的最美妙的時光。他也不時地想起高中時班上的同學們：金波、顧養民、郝紅梅、田曉霞、侯玉英……眼下，這些人都各走了各的路。金波正在黃原跟他父親學開汽車。紅梅和他一樣，回村後當了小學教師，聽說現在仍然當着。侯玉英的情況他現在不很清楚 —— 他和跛女子早已斷絕了「關係」。顧養民和田曉霞如同學們預料的那樣，去年秋天都考上了大學。養民如願地考進了省醫學院，曉霞進了黃原師專中文系。

每當想起田曉霞，他總感到一種惆悵和苦澀。自她進入大學後，他就再也沒給她寫信，主動斷絕了聯繫。有甚麼必要再聯繫呢？歸根結底，他們走的是兩條道路，而且是永遠不會交叉的兩條路。曉霞給他的最後一封信寄自黃原師專。他沒有給她回信，也就沒有再收到她的信。他們的關係隨之結束了。對於他來說，這也是自己一個人生階段的結束……

他一個人獨處這天老地荒的山野，一種強烈的願望就不斷從內心升起：他不能甘心在雙水村靜悄悄地生活一輩子！他老是感覺遠方有一種東西在向他召喚。他在不間斷地做着遠行的夢。

外面等待他的生活是甚麼樣子？他難以想像。當然，有一點是肯定的——一切都將無比艱難；他赤手空拳，無異於一叢飄蓬。

唉！有時他又動搖了：還是順從命運的安排吧！生活在家裏，雖說精神不痛快，但一日三餐總不要自己操心；再說，有個頭疼腦熱，也有親人的關懷和照料。倘若流落在他鄉異地，生活中的一切都將失去保障，得靠自己一個人去對付冷酷而嚴峻的現實了……

可是，到外面去闖蕩世界的想法，還是一直不能從他心靈中勾銷。隨着他在雙水村的苦悶不斷加深，他的這種願望卻越來越強烈了。他內心為此而熾熱地燃燒，有時激動得像打擺子似的顫抖。他意識到，要走就得趕快走！要不，他就可能喪失時機和勇氣，那個夢想就將永遠成為夢想。現在正當年輕氣盛，他為甚麼不去實現他的夢想呢？哪怕他闖蕩一回，碰得頭破血流再回到雙水村來，他也可以對自己的人生聊以自慰了；如果再過幾年，迫不得已成了家，那他的手腳就會永遠被束縛在這個「高加索山」上！

經過不斷的內心鬥爭，孫少平已經下決心離開雙水村，到外面去闖蕩世界。有人會覺得，這後生似乎過於輕率和荒唐：農村的生活已經開始變得這樣有希望，他們家的事業也正在發端之際，而且看來前景輝煌，他為甚麼要去不屬於自己的世界自尋生路？那個陌生的天地會給他帶來多少好處？這恐怕只有天知道！

但是，寬容的讀者不要責怪他吧！不論在任何時代，只有年輕的血液才會如此沸騰和激蕩。每一個人都不同程度有過自己的少年意氣，有過自己青春的夢想和衝動。不妨讓他去吧，對於像他這樣的青年，這行為未必就是輕舉妄動！雖然同是外出「闖蕩世界」，但孫少平不是金富，也不是他姐夫王滿銀！

少平已經暗暗把自己外出的目的地選在黃原城。原西縣對他來說，已經不算「大地方」。而更大的地方他還不敢去涉足。黃原是合適的。對他來說，那地方已經是一個大世界；再說，離家也不遠，坐汽車當天就能返回。

到黃原去幹甚麼？他將在那裏怎樣生活？

別無選擇。他只能像大部分流落異地的農民一樣去攬工——在包工頭承包的各種建築工地上去做小工，扛石頭、提泥包、鑽炮眼……

不管怎樣，他是非走不可了。

孫少平把他外出謀生的一切方面都想好以後，決定先和父親談這件事。

這天吃過午飯，父子倆到山上一塊坡地種玉米。

馬上就要立夏，正是玉米和蔓豆大播種的時候——家家戶戶都在忙這兩大科莊稼的耕種。如今不像往年，四山裏幾乎看不見甚麼人在勞動。其實，哪個莊稼人也要比往年幹得兇！只不過現在一家一戶分散在各處，誰也照不見誰的面。

少平家大部分玉米和豆子都已經種完，現在只留下一些零碎土地，也用不着動用牲畜。

父親在前面拿鐝頭掏土坑，少平手裏端個升子點籽種。兩個人都赤腳片，一前一後，來來回回，也顧不得說話。父親挖坑就像母親納鞋底，行行道道，疏密有致，遠看如同工藝美術家精心設計的圖案。少平耐着性子，儘量把籽種不偏不露點在土坑中間，再補上一個不輕不重的腳印。

終於休息了。父親蹲在地上抽煙，少平就湊到他跟前，也學着他哥的樣，捲了一支旱煙棒。

他用父親的打火機點着煙抽了幾口，然後才鼓起勇氣，和父親談起了他走黃原的打算。

孫玉厚老漢驚得目瞪口呆。

他「吱吱」地用勁吸着煙鍋，思謀了好一陣，才說：「你還小哩！出那麼遠的門，人生地不熟，我和你媽怎能放心？你怎猛然想起要出門哩？」

少平一時難以給父親說清楚自己的心思。

「我呆在家裏不痛快，想出去跑一跑……」

父親低傾下頭，手指頭摳着腳指頭，說：「我能想來哩。你從學校回來勞了動，心裏難過。沒辦法啊！世事就是這樣。爸爸看見你一天灰土滿面的，心裏也難過……不過，而今政策寬了，勞動雖說辛苦一些，但吃飯不要再受熬煎。你剛開始出山，爸爸曉得你不習慣。過上一兩年，也就習慣了。外面的世界不是咱們的，你出去，還不是要受苦？再說，有個甚麼事，也沒人幫扶你……」

「爸爸，這你不要操心。我二十幾的人了，自個兒能管得了自個兒。你就讓我出上幾天門！你年輕時不是也吆牲靈跑過山西嗎？我不到外面闖蕩一回，一輩子心平不下來。你就讓我走吧！咱們家現在有你和我哥，這點土地你們能耕務過來。我出去，也不是去瞎逛！我也長兩隻手，興許還能給家裏賺幾個活錢。爸爸，你放心……」

孫少平幾乎要哭了。

父親看出兒子為他的行動經過了長時間的準備，顯然很難再說服他放棄這種冒險念頭。他只好猶豫地說：「那這事你要和你哥商量哩！唉，我老了，世事要看你們鬧。不過，爸爸生怕你們有個閃失……」

少平嚴肅而感動地對父親點了點頭。

玉米地半後晌就種完了 —— 種完就回家，不必像生產隊，只要不磨到天黑，就收不了工。

父子倆回家後，離吃晚飯還有很長一段時間。於是他們又收拾了一下，趕到後村頭燒磚窰那裏給少安兩口子幫忙。

孫少安夫婦正忙得不可開交。第三窰磚正燒到緊要關頭，少安既要加炭漏灰，還要刁空搶着打下一窰的土坯。還不到熱天，他就光穿了件小布褂，臉熏得如同戲裏的包公。秀蓮頭上攏着的毛巾也像煙囪里拉出來的 —— 她正拿鐵鍬和泥。

少平和父親一到，四個人上手，活路很快就鬆寬了。父親接替少安燒火，讓他集中打土坯；少平和泥，讓嫂子去溜土。這是一個多麼和諧而富有生氣的勞動集體！瞧，已出的兩窰青磚，約摸一萬多塊，齊齊整整碼在土場邊上，像兩堵藍色的長牆。雙水村的人面對孫家的這派興旺景象，誰不眼紅？啊呀，不得了！孫少安這小子竟然辦起了「工廠」！

天黑以後，少安讓家裏人回去吃飯。他自己的飯照例由秀蓮吃完後送到土場上來 —— 他要照看爐火，不能離開。

等父親嫂子先後走了以後，少平卻磨蹭着沒有急忙回家。他一邊幫哥哥添炭，一邊吞吞吐吐對哥哥說出了他的心事。

少安驚訝得都有點反應不過來了。他生氣地對弟弟說：「你胡想啥哩！家裏現在這麼忙，人手缺得要命，你怎麼能跑到外面逛去呢？」

這個「逛」字刺傷了少平的心。他也有點生硬地對哥哥說：「我不是去逛！我是要出去幹點事！」

「幹甚麼事？無非是去攬工！你又不是匠人，當個小工，一天掙一兩塊錢，連自己的嘴都糊不住！你何必要去受這罪呢？你在家裏，咱們父子三人，加上你嫂，一邊種地，一邊經營咱的燒磚窰，這不好好的嘛！」

「我已經二十幾的人了，我自己也可以幹點甚麼事！」

少安一時不能理解弟弟是甚麼意思，難道你現在沒事可幹嗎？

但少安猛然感到，弟弟已經成大人了！他已經不能再像過去一樣在他面前以老大自居了！是呀，弟弟大了⋯⋯本來他應該為此而高興，可是此刻心裏卻有一絲說不出的傷感。他早已看出來，弟弟是一個和他想法不太一樣的人⋯⋯

現在，少安已經明白，儘管他不情願弟弟出走，但看來已經很難勸阻他了。

兄弟倆圪蹴在土場邊上沉默了一會，一人嘴裏噙着根旱煙棒，使勁地抽着。天已經黑嚴，遠處村子裏亮起了模糊的燈光。在金家灣那邊，不知誰家婆姨正拖長聲音呼叫孩子回家睡覺。東拉河水聲朗朗，吟唱着那支永不疲倦的歌⋯⋯

孫少安已不再和弟弟爭辯。他傷感地對少平說：「那你看着辦吧，你已經成了大人，我⋯⋯」他感到語塞，竟不知說甚麼了。

這時候，孫少平的心情也沉重起來。他對哥哥說：「我走了，你和爸爸的負擔就更重了⋯⋯」

少安輕輕歎了一口氣，說：「既然你一心要出去，也就不要牽掛家裏。你自己一個人在外面，無依無靠，倒要好好操心哩！家裏的事你放心，有我哩⋯⋯」

黑暗中，兩團淚水湧滿了少平的雙眼⋯⋯

幾天以後，少平就決定走黃原了。

母親流着淚為他把那點破被褥拆洗了一遍。少安從手頭擠出五十元錢，硬往弟弟手裏塞——少平只接了十五元；他知道家裏現在需要錢，他不願拿這麼多；再說，既然他要出門，就得靠自己的雙手去謀生了！

臨走的前一天晚上，他打捆好了自己的行李。一條開洞的黑羊毛氈；被褥是早年間姐姐出嫁後留下的，已經綴了許多補釘——三根斷麻繩續在一起，便紮住了這出門的全部行囊。

晚上，他和衣躺在土炕上，一直半睡半醒。明天他就要走了，走向一個前途未卜的世界。他現在才感到了一片令人心悸的渺茫，由不得手心裏捏出兩把汗水……

睡夢中，他感覺有人輕輕地摩挲他的頭髮。他知道這是父親的手。他一直等洶湧的淚水通過鼻淚管流進肚子裏，才睜開眼睛。

父親立在炕邊，手裏拿着當年他上學時用過的那個爛黃提包，說：「我出去叫田海民把壞了的拉鏈修好了。海民說，以後用的時候，拿肥皂擦一擦……」

他克制着哽咽，對父親說：「嗯……」

第二天早晨，從米家鎮開往黃原的第一輛長途汽車過來後，擠在公路邊上為少平送行的全家人，都舉起胳膊攔擋車。

車一停住，少平就立刻提起那捲破爛行李擠了上去。他儘量笑着揮手向親人們告別，而並不知道兩顆淚珠早已從他的臉頰上滑落下來……

第六十七章

黃原城是一座古老的城市。據清嘉慶七年版《黃原府記》稱，其歷史可追溯至周（古為白狄族所居住）。周以後，歷代曾分別在這裏設郡、州、府，既是屯兵禦敵之重鎮，又是黃土高原一個重要的物資集散地。現在作為地區首府，管轄着黃原市和周圍十五個縣，其版圖如地委書記苗凱所說，等於一個阿爾巴尼亞。

該城坐落在一個大川道裏，四周被連綿的羣山包圍。黃原河由北向南穿城而過，於幾百里外注入黃河。市區在黃原河上建有二橋，連結東西兩岸。市中心的橋建於五十年代，稱為老橋；橋面相當狹窄，勉強可以對行兩輛汽車。上游還有一座新橋，是前兩年才修起的；橋面雖然寬闊，但已在城市外圍，車輛和行人不像老橋這樣擁擠。

城南另有一條小河向北流來，在老橋附近和黃原河交匯。小河叫小南河。在小南河與黃原河匯流處外側，有一座小山包，長滿了密密的樹木草叢；而在半山腰一方平土台上，矚目地立有一座九級古塔！據記載，塔始建於唐朝，明代時進行過一次大修整。此山便得名古塔山。古塔山是黃原城的天然公園，也是這個城市的標誌——無論你從哪個方向到黃原城，首先進入視野的就是這座塔。如果站在古塔山上，偌大一個黃原城也便一覽無餘了。

黃原城以老橋為中心，形成了幾個主要的區域。大橋以東統稱東關，因為汽車站在這裏——這是通往外界的主要「口岸」——各種雜七雜八的市場攤點和針對外地人的服務性行業也就特別多。而進入這個城市的大部分外地人實際上都是來攬工謀生的農村手藝人或純粹的莊稼漢，因此那些旅館、飯館都是檔次很低的。東關大橋頭也是傳統的出賣勞動力的市場，平時經常像集市一般擁滿了北方各地漫流下來的匠人和小工，等待包工頭們來「招工」。

城市的主要部分在黃原河西岸。東關的街道通過老橋延伸過來，一直到西面的麻雀山下，和那條南北主街道交叉成丁字形。西岸的這條南北大街才是黃原城的主動脈血管。大街全長約五華里。南北街道的中段和東關伸過來的東西大街組成了本城的商業中心，也是全城最繁華的地帶。南大街沿小南河伸展開來，大都是黨政部門；北段為賓館、軍分區和學校的集中地。除過市中心的商業區，人們分別把這個城市的其他地方稱為東關、南關、北關。南關主要是幹部們的天地，因此比較清靜；北關是整潔的，滿眼都是穿軍裝和學生裝的青少年；東關卻是一個雜亂的世界，聚集着形形色色的人們……

當孫少平揹着自己的那點破爛行李，從擁擠的汽車站走到街道上的時候，他便置身於這座羣山包圍的城市了。他恍惚地立在汽車站外面，愕然地看着這個令人眼花繚亂的世界。他雖然上高中時曾因參加故事調講會到這裏來過一次，但此刻呈現在眼前的一切對他來說，仍然是陌生的。

一剎那間，他被龐大的城市震懾住了，甚至忘記了自己的存在。

這就是我要開始生活的地方嗎？他在心裏對自己發出了疑問。你，身上帶着十幾塊錢，揹着一點爛被褥，赤手空拳來到這裏，你怎樣才能生活下去呢？

這一切他自己全然不知道。

他此刻惟一意識到的是，他已經來到了一個「新大陸」。至於到這裏怎麼辦，他一時的確還難以想像。

孫少平發了一會楞怔，便邁着沉重的腳步，往前走去。

到東關大橋頭的時候，他看見街道兩邊的人行道上，擠滿了許多衣衫不整或穿戴破爛的人。他們身邊都放着一捲像他一樣可憐的行李；有的行李上還別着錘、鋝、刨、鑿、方尺、曲尺、墨斗和破籃球改成的工具包。這些人有的心慌意亂地走來走去，有的麻木不仁地坐着，有的聽天由命地乾脆枕着行李睡在人行道上。少平馬上知道，這就是他的世界。他將像這些人一樣，要在這裏等待人來買他的力氣。

他便自然地加入了這個雜亂的陣營，找了一塊空地方把行李擱下。周圍沒有人注意他參加到他們的隊伍中來。和這些同行比起來，他除過皮膚還不算粗糙外，穿戴和行李沒有甚麼異樣的。不過，他發現，他和他周圍的所有人，也並不被街上行走的其他人所注意。由汽車、自行車和行人組成的那條長河，雖然就在他們身邊流動，但實際上卻是另外一個天地。街上走動的幹部和市民們，沒甚麼人認真地看一眼這些流落街頭的外鄉人。少平原來還擔心碰見曉霞或金波，現在他才知道這種擔心是多餘的 —— 這不像原西縣和石圪節，熟人低頭不見抬頭見。再說，他們也不會想到他來黃原。

他不熟練地捲起一根旱煙棒，靠着自己的鋪蓋捲抽起來。此時已經是下午，黃原河被西斜的太陽照耀得一片金光燦爛。河西大片的樓房已經沉浸在麻雀山的陰影中。剛從寂靜的山莊來到這裏，城市千奇百怪的噪音聽起來像洪水一般喧囂。儘管滿眼都是人羣，但他感覺自己像置身於一片荒無人煙的曠野裏。一種孤單和恐慌使他忍不住把眼睛閉起來。現實的景象消失了。他通過心靈的視覺，卻看見了炊煙裊裊的雙水村；看見夕陽染紅的東拉河邊，飲飽水的黃牛抬起頭來，靜靜地凝視着遠方的山巒……

「唔……」他像呻吟般地發出一聲歎息。

嚴酷的現實立刻便橫在這個漂泊青年的面前。他既沒有闖世的經驗，又沒有謀生的技能，僅僅憑着一股勇氣就來到了這個城市。

他靠在磚牆邊自己的爛鋪蓋捲上，久久地閉着眼睛。他內心痛苦而煩亂，感覺自己在這裏無法掌握自己的命運。

那麼，再返回雙水村嗎？這很容易，明天早晨買一張汽車票，大半天就回去了 —— 回到他那另一種苦惱之中……可是，他怎麼能回去呢？

「不！」他喊叫說，並且睜開了眼睛。他看見周圍有幾個人在看他，臉上都顯出詫異的神色——大概以為他精神不正常吧？

孫少平儘量使自己的精神振作起來。他想，他本來就不是準備到這裏享福的。他必須在這個城市裏活下去。一切過去的生活都已經成為歷史，而新的生活現在就從這大橋頭開始了。他思量，過去戰爭年代，像他這樣的青年，多少人每天都面臨着死亡呢！而現在是和平年月，他充其量吃些苦罷了，總不會有死的威脅。想想看，比起死亡來說，此刻你安然立在這橋頭，並且還準備勞動和生活，難道這不是一種幸福嗎？你知道，幸福不僅僅是吃飽穿暖，而是勇敢地去戰勝困難……是的，他現在只能和一種更艱難的生活比較，而把眼前大街上幸福和幸運的人們忘掉。忘掉！忘掉溫暖，忘掉溫柔，忘掉一切享樂，而把飢餓、寒冷、受辱、受苦當做自己的正常生活……

這種自我安慰的想法，使孫少平的心平靜了一些。他開始謀算自己眼下該怎麼辦。

他沒想到聚在東關「找工作」的人這麼多。他看見，每當一個穿油污滌卡衫的包工頭，嘴裏噙着黑棒煙來到大橋頭的時候，很快就被一羣攬工漢包圍了。包工頭就像買牲畜一樣打量着周圍的一圈人，並且還在人身上捏捏揣揣，看身體歪好，然後才挑選幾個人帶走。帶走的人就像參加了工作一樣高興；而沒被挑上的人，只好灰心地又回到自己的鋪蓋捲旁邊，等待着下一個「救世主」來。

當又一位嘴噙黑棒煙的傢伙來到大橋頭的時候，少平也毫不猶豫地跟隨眾人，擠到了他的跟前，懷着激動的心情等待選拔。

這人迅速掃視了一下周圍，說：「要三個匠人！」

「要不要小工？」有人問。

「不要！」

那些匠人們便帶着高人一等的優越感，把赤手空拳的小工擺在一邊，紛紛問包工頭：「一個工多少錢？」

「老行情！四塊！」

所有的匠人都爭着要去，但包工頭只挑了其中三個身體最好的帶上走了。

孫少平只好沮喪地退回到磚牆邊上。

麻雀山後面最後一縷太陽的光芒消失了。天色漸漸暗下來。街上和橋上的路燈都亮了 —— 黑夜即將來臨。大橋頭的人羣稀疏起來。

孫少平仍然焦急地立在磚牆邊上。看來這工不好上！至少今天是沒有任何希望了！

那麼，他晚上到甚麼地方去住呢？

本來他可以去找金波。但他不願找他。他不願意這麼一副樣子去找他的朋友。當然，他可以去住旅社 —— 他身上帶着哥哥給的十五塊錢。旅社很容易找，東關街巷的白灰牆上，到處畫着去各種旅社的路線箭頭，紛亂地指向東面梧桐山下層層疊疊的房屋深處。

但他捨不得花錢。

他想到了車站的候車室。是呀，那裏有長木欄椅子，睡覺蠻好的！

他於是就提起那點行李，重新返回到長途汽車站。

他在候車室門口就被一位戴紅袖標的值勤老頭攔擋住了。這裏不讓住宿！

唉，不讓住也有道理。如果這裏可以過夜，那麼攬工漢把這地方擠不破才怪哩！

他碰了一鼻子灰，只好離開了。

現在，他又重新躑躅在東關的街道上。夜幕下的城市看起來比晝間更為壯麗；輝煌的燈火勾勒出五光十色的景象，令人炫目。大街上，年輕的男女們拉着手，愉快地說笑着，紛紛向電影院走去。旁邊一座燈火通明的家屬樓上，不知哪個窗口飄出了錄音機播放的音樂，一位女歌唱家正柔聲曼氣地唱着 ——

你是一朵向日葵，
遍體金黃比花美。
吐露芬芳為了誰，
你又為誰百折不回？

笑得是那樣美，
從來不流辛酸淚！
但願我和你長相隨，
一生一世緊相依偎。

孫少平扛着自己的被褥，手裏拎着那個破黃提包，迴避着刺目的路燈光，順着黑暗的牆根，又返回到了大橋頭。這大橋無形中已經成了他的「家」。現在，攬活的人大部分都離開了這裏，街頭的人行道被小攤販們佔據了。

他走到橋中央，伏在水泥橋欄杆上，望着滿河流瀉的燈火，心緒像一團亂麻。他現在集中精力考慮他到甚麼地方去度過這個夜晚。

他突然想起，離家時父親曾告訴過他，黃原城有他舅一個叔叔的兒子，住在北關的陽溝大隊，有甚麼事可以去找他。儘管這親戚關係很遠，但總算還能扯上一點，比找純粹的生人要強。要不要去找這位遠親舅舅呢？

但少平想，他人生路不熟，得邊走邊打聽，趕天明都不一定能找見這家親戚。

他簡直走投無路了。現在才是陰曆四月初，天氣仍然不暖和；尤其是夜間，還相當冷。要不，他可以到周圍的山野裏去度過這一夜。街頭上更不能過夜，萬一讓警察帶走，會急忙說不下個明白的。而這城裏的熟人他又不願意去找啊……

他猛然想起了一個半生不熟的人：賈冰。

是的，或許可以去找他？賈老師是個詩人，說不定他會更理解人，而不至於笑話他的處境。他那年來黃原講故事，和曉霞一塊跟着當時的縣文化館杜館長，應邀去賈老師家吃過一頓飯。記得他們家有好幾孔窰洞，說不定能在那裏湊合幾個晚上呢！只要晚上有個住處，白天他就可以到大橋頭來找活；只要找下活幹，起碼吃住就有了着落。

這麼想的時候，孫少平已經起身往賈冰家走了。

賈冰家在南關一個小土坡上，他不一會就到了。

他剛一進賈冰家的院子，一條大黑狗「汪」一聲躥了出來，他嚇得往旁邊一跳，把手裏的黃提包像手榴彈一樣向狗扔去。

「男爵！」有人從窰裏喊了一聲，緊接着便走出窰洞來。

少平一眼認出這就是賈老師。

「男爵，回去！」賈冰對狗說。那位張牙舞爪的「男爵」便向旁邊的窩裏悻悻而去。

賈冰走過來，看定他，問：「你找誰？」

賈老師顯然已經不認識他了。

「賈老師，我是孫少平……」他謙恭地說。

「孫少平？」賈老師仍然想不起來他是誰。

是的，他太平凡了。那年僅僅一面之交，還是杜館長帶着，人家怎麼可能記住他呢？

「那年地區故事調講會，我跟杜館長來過你們家。我是原西縣石圪節公社雙水村的⋯⋯」少平竭力提示賈老師，以便讓他能想起他來。

「噢⋯⋯」賈冰看來有點印象。

孫少平立刻用簡短的話說明他的卑微的來意。

「那先回窰裏再說。」賈冰從地上拾起他的黃提包，引着他進了窰。

窰裏一位中年婦女正在一個大盆裏翻洗豬腸子。賈冰對她說：「這是咱們縣的一位老鄉，到黃原來攬工，晚上沒處住，找到這裏來了。」

那位婦女大概是賈冰的愛人。她既沒看一眼少平，也沒說話，看來相當不歡迎他這個不速之客。少平並不因此就對賈冰的愛人產生壞看法。他估計這家人已經不知接待了多少像他這樣來黃原謀生的親戚和老鄉，天長日久，自然會生出厭煩情緒來。

「你吃飯了沒？」賈冰問。

「吃了。」他撒謊說。

「來攬工？」

「嗯。」

「為甚麼？你不是上過高中嗎？」

「嗯。」

「那為甚麼跑出來攬工？」

「我一時也說不清楚⋯⋯」

「你喜歡詩歌嗎？」

「我⋯⋯」

「噢⋯⋯黃原的錢也不好賺！」

少平敏感地意識到，如果他對賈老師說，他喜歡詩歌，並且唸出甚麼人的幾句來，說不定他今晚可能會得到較好的接待。但他談不到對詩歌有甚麼特別的愛好。他不願在這方面撒謊。現在他猜想，詩人大概把他看成了一個純粹為賺錢而借宿的凡夫俗子，因此不可能對他有甚麼興趣。

不過，看來賈老師念過去的一面交情，還不準備把他拒之門外。他把他引在隔壁一個放雜物的小土窰裏，說：「這窰常不生火，可能有點冷，你就湊合着住吧！」

「這就蠻好了！」他感激地說。

晚上，少平躺在自己單薄的被褥裏，很久合不住眼。他想，這裏看來只能借宿一個晚上。明天一早，他就應該去北關的陽溝大隊找那位遠門親戚，爭取在那裏住下來。然後他得千方百計找個營生幹；只要有活做，有個吃住的地方，哪怕先不賺錢都可以……

第六十八章

第二天窗戶紙剛發亮，少平就悄悄地爬起來。

他到院子裏的時候，賈冰一家人還在熟睡之中。

他很快離開這裏，轉到了街道上。

從南關通往北關的大街上，除過趕長途汽車的旅客外，此刻還沒有甚麼人。

他迎着清冷的晨風，在靜悄悄的街道上匆忙地走着。城市的一切在他眼裏都是模糊的，他現在一心想的只是要找到那位沒見過面的親戚。趕到北關的時候，天已經大亮了。

他從一個掃街道老頭那裏打問清楚了去陽溝的路。於是在黃原賓館旁邊折轉身，拐進了一條小溝。溝道相當狹窄，兩面坡上像蜂窩似的擠滿了房屋和窰洞。從這些房屋和窰洞好壞差異來看，少平估計這裏是幹部、工人和農民的混雜居住區。

他在溝道中沒有鋪瀝青的土路上一邊走，一邊發愁地想：在這麼密集龐雜的居住區尋找一家農民，看來太困難了。迎面不時有騎自行車和步行的人走過來，但他沒有開口。這些都是上班的幹部或工人，他們不可能知道有個叫馬順的莊稼人。

他看見路邊水井旁有個正用轆轤絞水的老頭，儘管穿戴也還可以，但可能是個農民 —— 城邊上的農民穿戴當然不像山區農民一樣破爛。

他便試着走過去向這老頭查問他的親戚馬順。

一下問對了！老頭向他指了指陽面土坡上的一個院子，說：「就住在那裏，我們原來是一個生產隊的。」

少平的心咚咚地跳着，興奮地爬上了那個小土坡。

馬順兩口子看來剛起牀，尿盆都還沒倒，兩個孩子仍然在炕上睡覺。

當少平向他的親戚說明他是誰的時候，沒見過面的遠門舅舅和妗子算是勉強承認了他這個外甥。

馬順看來有四十歲左右，一張粗糙的大臉上，轉動着一雙靈活的小眼睛。他不冷不熱打量了他一眼，問：「你就這麼赤手空拳跑出來了？」

「我的行李在另外一個地方寄放着，我想……」

少平還沒把話說完，他妗子就對他舅惡狠狠地喊叫說：「還不快去擔水！」

少平聽聲音知道她是向他發難。他於是立刻說：「舅舅，讓我去擔！」說話中間，他眼睛已經在這窰裏搜尋水桶在甚麼地方。

水桶在後窰掌裏！他沒對這兩個不歡迎他的親戚說任何話，就過去提了桶擔往門外走。馬順兩口子大概還沒反應過來，他就已經到了院子裏。

他舅攆出來說：「井子你怕不知道……」

「知道！」他頭也不回地說。

孫少平一口氣給他的親戚擔了四回水 —— 那口大水甕都快溢了。

這種強行替別人服務的「氣勢」使親戚不好意思再發作。馬順兩口子的臉色緩和下來，似乎說：這小子看來還精着哩！

他舅對他說：「你力氣倒不小。是這，我一下子想起來了，我們大隊書記家正箍窰，我引你去一下，看他們要不要人。你會做甚麼匠工活？」

「甚麼也不會，只能當小工。」少平如實說。

「噢……我記得前兩年老家誰來說過，你不是在你們村教書嗎？小工活都是揹石頭塊子，你能撐架住？」

「你不要給人家說我教過書……」

「那好吧，咱現在就走。」

馬順接着就把少平引到他們大隊書記的家裏。

書記正和一個幹部模樣的人坐在小炕桌旁邊喝啤酒。桌子上擺了幾碟肉菜。

少平跟他舅進去的時候，書記沒顧上招呼他們，只管繼續對那個幹部巴結地笑着說：「……這地盤子全憑你劉書記了！要不，我這院地方八輩子也弄不起來……喝！」書記提起啤酒瓶子和那人的瓶子

「咣」地碰了一下，兩個人就嘴對着瓶口子，每人灌下去大半截。

把啤酒瓶放下後，書記才扭頭問：「馬順，你有甚麼事？」

他舅說：「我引來個小工，不知你這裏要不要人了？」

「小工早滿了！」書記一邊說，一邊又掂起啤酒瓶子對在嘴巴上。不過，他在喝啤酒的一剎那間用眼睛的餘光打量了一眼少平。

估計書記看這個「小工」身體還不錯，就對那位幹部說：「你先喝着，我和他們到外面去說說！」

三個人來到院子裏，書記問馬順：「工錢怎麼說？」

「老行情都是兩塊錢……」他舅對書記說。

書記嘴一歪，倒吸了一口氣。

「一塊五！」少平立刻插嘴。

書記「撲」一聲把吸進嘴裏的氣吐出來，然後便痛快地對少平說：「那你今天就上工！」

他舅在旁邊愣住了，不知外甥為甚麼把自己賣了這麼低的價錢。

對於少平來說，就是一天掙一塊錢也幹。

他先問最迫切的問題：「能不能住宿？」

「能！就是敞口子窰，沒窗戶。」主家說。

「這不要緊！」

上工的事談妥後，少平性急地連他舅家也沒再去，就起身直接到南關賈冰家尋他的鋪蓋捲。

來到大街上，他覺得腳步異常地輕鬆起來。這時他才注意到街道兩旁的景致。商店的門都開了，到處是熙熙攘攘的人羣。大櫥窗裏花花綠綠，五光十色。姑娘們率先脫去了冬裝，換上鮮豔的毛衣線衣，手裏拎着時髦的小皮革包，挺着高高的胸脯在街市上穿行。人行道上的漢槐洋槐綴滿了一嘟嚕一嘟嚕雪白的花朵，芬芳的香味飄滿全城。

孫少平渾身像剝去了一層沉重而堅硬的甲殼，胳膊腿充滿了柔韌的彈性。他感到春風吹拂在臉上，就像一隻溫柔的手在親切地撫摸着他。他內心洋溢着歡樂——他終於有「工作」了！

到南關的時候，他在副食門市部買了一盒餅乾，準備送給賈老師的孩子們。不論怎樣，他很感激這位詩人讓他在他們家留宿了一夜；否則，他昨天晚上就要露宿街頭了。

少平走到賈冰家，很快收拾好自己的行李，把那盒餅乾留下，就向賈老師兩口子告辭，起身到北關去。

賈冰和他愛人看來有點過意不去——他們此刻大概已經明白，這後生不是那種死皮賴臉的人。

「你如果沒處住，再來！」賈冰對他說。

「賈老師，我能不能借你一本書？我看完就給你送回來！」少平最後惴惴不安地提了一個要求。

「可以！你自己到書架上去拿！」賈老師痛快地說。看來他對愛學習的人很樂意幫助。

少平於是在書架上挑了一本《牛虻》——他很早就聽曉霞介紹過這本書。

就這樣，他揹着自己的鋪蓋捲，手裏提着那隻爛黃提包，懷裏揣着《牛虻》，來到了北關陽溝大隊書記家。

書記的老婆是個精明麻利人，看來最少能主半個家事。她引着少平，把他送到匠工們住的敞口子窰裏，並且又把站場監工的親戚叫來，把他交代給了這位工頭。

這敞口子窰鋪了一地麥秸；麥秸上一擺溜丟着十七八個鋪蓋捲，地方幾乎佔滿了。少平只好把自己的那點行李放在窰口最邊上的地方。

吃過中午飯，少平就上了工。

他當然幹最重的活 —— 從溝道裏的打石場往半山坡箍窰的地方揹石頭。

揹着一百多斤的大石塊，從那道陡坡爬上去，人簡直連腰也直不起來，勞動強度如同使苦役的牛馬一般。

少平儘管沒有受過這樣的苦，但他咬着牙不使自己比別人落後。他知道，對於一個攬工人來說，上工的頭三天是最重要的。如果開頭幾天不行，主家就會把你立即辭退 —— 東關大橋頭有的是小工！

每當揹着石塊爬坡的時候，他的意識就處於半麻痹狀態。沉重的石頭幾乎要把他擠壓到土地裏去。汗水像小溪一樣在臉上縱橫漫流，而他卻騰不出手去揩一把；眼睛被汗水腌得火辣辣地疼，一路上只能半睜半閉。兩條打顫的腿如同篩糠，隨時都有倒下的危險。這時候，世界上甚麼東西都不存在了，思維只集中在一點上：向前走，把石頭背到箍窰的地方 —— 那裏對他來說，每一次都幾乎是一個不可企及的偉大目標！

三天下來，他的脊背就被壓爛了。他無法目睹自己脊背上的慘狀，只感到像帶刺的葛針條刷過一般。兩隻手隨即也腫脹起來，肉皮被石頭磨得像一層透明的紙，連毛細血管都能看得見。這樣的手放在新石碴兒上，就像放在刀刃上！

第三天晚上他睡下的時候，整個身體像火燒着一般灼疼。他在睡夢中渴望一種冰涼的東西撲滅他身上的火焰。他夢見下雨了，雨點嘀嗒在燙熱的臉龐上……一陣驚喜使他從睡夢中醒了過來。真奇怪！他感覺自己臉上真有幾滴濕淋淋的東西。下雨了？可他睡在窰裏，雨怎麼可能滴在臉上呢？

他睜大眼，發現他旁邊的一個石匠正光着屁股往被窩裏鑽。他感到一陣發嘔，趕忙用被子揩了揩臉——他知道，這是那個撒完尿的石匠從他身上跨過時，把剩下的幾滴尿淋在了他的臉上。沒有必要發作，攬工漢誰把這種事當一回事！

他蒙住頭，很快又睡得甚麼也不知道了……

三天以後，孫少平儘管身體疼痛難忍，但他慶幸的是，他沒有被主家打發——他闖過了第一關！

以後緊接着的日子，一切都沒有甚麼變化。他繼續咬着牙，經受着牛馬般的考驗。這樣的時候，他甚至沒有考慮他為甚麼要忍受如此的苦痛。是為那一塊五毛錢嗎？可以說是，也可以說不是。他認為這就是他的生活……

晚上，他脊背疼得不能再擱到褥子上了，只好趴着睡。在別人睡着的時候，他就用手把後面的衣服撩起來，讓涼風撫慰他潰爛的皮肉。

這天晚上，當他就這樣趴着睡覺的時候，突然感覺有人在輕輕搖晃他的頭。

他一驚，睜開眼，看見他旁邊蹲着一位婦女。

他在睡眼矇矓中認出這是書記的老婆。他趕緊把背後的衫子撩下去，遮住了自己的脊背。

「你原來是幹甚麼的？」書記的老婆輕聲問他。

「我……一直在家裏勞動。」少平吞吞吐吐說。

書記的老婆搖搖頭，說：「不是！你就照實說。」

少平知道他瞞哄不住這位夜訪的女主人了，只好把頭扭向一邊，說：「我原來在村裏教書……」

書記的老婆半天沒言傳。後來聽見她歎了一口氣，就離開了。

少平再也不能入睡。他透過洞開的敞口窰，望着天上那輪明月，忍不住眼裏湧上了兩團淚水。一片深沉的寂靜中，很遠的地方傳來拖拉機的「突突」聲……他心想：也許明天他就會被主家打發走 —— 那他到甚麼地方再能找下活幹呢？

第二天，出乎少平意料的是，他不僅沒有被打發走，而且還換了個「好工種」—— 由原來揹石頭調去鑽炮眼。

新的活當然要比揹石頭輕鬆得多。通常這種美差都是由站場工頭的親戚或朋友幹的。不用說，和他一塊揹石頭的小工都大為震驚：為甚麼突然把你小子「提拔」了？

少平心裏明白，這是女主人對他動了惻隱之心。唉，為了這位好心的婦女，他真想到甚麼地方去哭一鼻子。對他來說，換個輕活幹當然很好，但更重要的是，他在這樣嚴酷的環境中，竟然也感覺到了人心的溫暖。毋庸置疑，處在他眼下的地位，這種被別人關懷所引起的美好情感，簡直無法用言語來表述……

半月以後，孫少平已經開始漸漸適應了他的新生活。脊背上潰爛的皮肉結成了乾痂，變成了一種深度的疼痛；而不像開始時那般尖銳。手上的肉皮磨薄後又開始厚起來，和石頭接觸也沒有了那種刀割般的疼痛感。身架被強度的勞累弄得鬆鬆垮垮 —— 這樣就可以較為舒展地承受一般的壓力……

黃土高原第一場連綿的春雨來臨了。雨天不能出工，做活的工匠們就抓緊時間，開始白天黑夜倒在沒門沒窗的敞口子窰裏睡覺；沉重的鼾聲如雷一般此起彼伏。雨天不出工，當然沒有工錢，但主家按行規給工匠繼續管飯。

下雨的第二天，少平睡足覺後，很想去街上走一走。他計算過，他已經賺下二十多塊錢。他想從主家那裏預支十塊，加上他原來帶的十幾塊錢，到街上為自己買一身外衣 —— 他的衣服爛得快不能見人了。

他從女主人那裏拿了錢以後，又從一個工匠那裏借了一頂破草帽，就一個人冒着濛濛春雨來到街上。

雨中的大街行人稀稀疏疏，小汽車濺着水疾駛而過；遠處，漲水的黃原河發出深沉的嗚咽。

少平從陽溝泥濘的路上走出來後，先忍不住趴在黃原賓館的大鐵門上，向裏面張望了一會 —— 那裏面是他所不了解的另一種生活……

離開這座富麗的建築物，不知為甚麼，他猛一下想起了田曉霞。

是的，他們又在同一個城市裏了 —— 不遠處就是著名的黃原師專。但他決不會再去找她。人家已經成了大學生，他現在是個攬工小子，怎麼能去找她呢！隨着社會地位差距越來越大，過去的那一切似乎迅速地變得遙遠了。他想，要是眼下碰見曉霞，雙方也一定會有一種陌生感……朋友，看來我們是永遠地分別了！

少平走到市內最大的一個百貨商店，為自己細心地挑選了一身深藍滌卡衣服。他懷着喜悅的心情，把這身玻璃紙包着的服裝夾在胳膊窩裏，然後又順着街道閒逛了一會，就返身向陽溝那裏走去；買衣服後，他身上就沒幾個錢了，在街上瞎逛蕩還不如回去再睡一覺！

當他從街上回到那個敞口子窰後，滿窰的工匠仍然睡得像死人一般。

他從被子旁把黃提包打開，將新買來的衣服放進去。這時候，他才發現了提包裏那本《牛虻》—— 半月來，他已經忘記了從賈老師那裏借來的這本書；甚至也忘了他自己是個識字人呢！好，雨天不出工，他現在正好能看這本書了。

他內心立刻感到一種顫慄般的激動！

他很快倒在自己的一堆爛被子裏，匆忙地打開了那本書，竟忍不住唸出了聲：「亞瑟坐在比薩神學院的圖書館裏，正在翻查一大堆講道的文稿……」

第六十九章

短短一個多月時間裏，孫少安的燒磚窰就出了四窰磚。每窰七千塊，四七兩萬八千塊磚。除過運費、煤費和毛收入百分之十的稅納過以後，每塊磚淨得利二分五厘。算一算，一傢伙就賺下七百來塊錢！

目光遠大的孫少安，政策一變，眼疾手快，立馬見機行事，搶先開始發家致富了；黑煙大冒的燒磚窰多麼讓人眼紅啊！

少安已經漸漸上升為雙水村第一號矚目人物。田福堂、金俊山等過去的「明星」在人們眼裏多少有點遜色了。

現在，孫玉厚家儘管還是過去那院爛地方，但上門的人卻顯然增多了。村裏有些開口借十來八塊緊用錢的莊稼人，孫少安都慷慨地滿足了他們的願望。對於孫家來說，這不僅僅是給別人借錢，而是在修改他們自己的歷史。是啊，幾輩子都是他們向人家借錢，現在他們第一次給別人借錢了！

但是，外人並不知曉，孫少安的事業在大繁榮的後面，充滿了重重的困難。可以毫不誇張地說，每一分錢幾乎都是用血汗換來的。要維持一個燒磚窰，起碼得三四個好勞力。他們一家人既要種莊稼，又要侍候這個龐然大物，已經把力氣出到了極限。少平在家的時候，三個男勞力加上秀蓮，還能勉強兩頭應付。少平一走，父親一個人忙山裏的活已經力不從心，因此少安夫婦辦這個燒磚窰也到了納命的光景。挖土、擔水、和泥、打坯、裝窰、燒火、出磚……每一樣都是重苦活。兩口子天不明忙到黑燈瞎火，常常累得飯也吃不下去；晚上睡在被窩裏，連親熱一會的精力都沒有 —— 辛苦得夢中都在呻吟……

眼下，時令已經到了夏至，麥子面臨大收割，山上所有的秋田都需要鋤草；同時還得種回茬蕎麥。這些活孫玉厚老漢一個人是再也忙不過來了！

燒磚窰只好停工。

對於賺錢賺得心正發熱的少安夫婦來說，停止燒磚是一件很痛苦的事。可是沒有辦法！少安要幫父親去幹山裏的活。

秀蓮開始動氣了。

自結婚以來，秀蓮從不和少安吵架。即使有些事她心裏不痛快，一般都忍讓着少安，丈夫說怎辦就怎辦。那些年，親愛的男人受死受活支撐着這個又大又窮的家，她心疼他，決不給他增添煩惱。可是現在，隨着家庭生活的好轉，又加上他們的事業開始紅火起來，秀蓮漸漸對家庭事務有了一種參與意識。她在這個家庭再也不願一味被動地接受別人的領導，而不時地想發出她自己的聲音。是呀，她給這個家庭生育了後代；她用自己的勞動為這個家庭創造了財富；她為甚麼不應該是這個家庭的一名主人？她不能永遠是個附庸人物！

她首先對少平的出走大為不滿。她對丈夫說：「我們要把這一家人揹到甚麼年代呀？少平屁股一拍走了黃原，逛花花世界去了，家裏這麼多活，把咱兩個都快累死了！別人看不見咱的死活，咱為甚麼給別人掙命呢？當初少平年齡小，咱受死受活沒話說。現在二十大幾的後生，丟下老小不管，圖自己出去暢快！我們憑甚麼還要給這些人掙命？」

秀蓮這樣數落的時候，少安一句話也不說。當然，他心裏對少平出走黃原也不滿意——但他怎能和自己的老婆一塊攻擊自己的弟弟？

秀蓮見丈夫不言語，便有點得寸進尺了。她進一步發揮說：「咱們雖說賺了一點錢，可這是一筆糊塗賬！這錢是咱兩個苦熬來的，但家裏人人有份！這家是個無底洞，把咱們兩個的骨頭填進去，也填不了個底子！」

「山裏的活不是爸爸做着哩嘛！」少安反駁說。

「如果把家分開，咱就是燒磚也能捎帶種了自己的地！就是顧不上種地，把地荒了又怎樣？咱拿錢買糧吃！三口人一年能吃多少？」

其實，這話才是秀蓮要表達的最本質的意思。小兩口單家獨戶過日子，這是秀蓮幾年來一直夢想的。過去她雖然這樣想，但一眼看見不可能。當時她明白，要是她和少安另過日子，丟下那一羣老小，光景連一天也維持不下去。可現在這新政策一實行，起碼吃飯再不用發愁，這使她分家的念頭強烈地復發了。她想：對於老人來說，最主要的不是一口吃食嗎？而他們自己還年輕，活着不僅為了填飽肚子，還想過兩天排排場場輕輕快快的日子啊！

「我已經受夠了！」她淚流滿面地對丈夫說，「再這樣不明不白攪混在一起，我連一點心勁也沒了！」

「家不能分！」少安生硬地說。

「你不分你和他們一塊過！我和虎娃單另過光景！」秀蓮頂嘴說。

孫少安大吃一驚。他沒想到，他的妻子一下變得這麼厲害，竟然敢和他頂嘴！

他已經習慣於妻子對他百依百順，現在看見秀蓮竟然這樣對他不尊重，一時惱怒萬分！大男子的自尊心驅使他衝動地跳起來，撲到妻子面前，舉起了他的老拳頭。

「你打吧！你打吧！」秀蓮一動也不動，哭着對丈夫說。

少安猛一下看見妻子那張流淚的臉被勞動操勞得又黑又粗糙，便忍不住鼻子一酸，渾身像抽了筋似的軟了下來；他不由展開捏緊的拳頭，竟然用手掌為妻子揩了揩臉上的淚水。

秀蓮一下子撲在他懷裏，哭着用頭使勁地蹭着他的胸口，久久地抱着他不放開。

少安用手撫摸着妻子沾滿灰土的黑頭發，閉住雙眼只是個歎氣……他心疼秀蓮。自從她跟了他以後，實在沒享過幾天福。穿綴補釘的衣服，喝稀湯飯，沒明沒黑地在山裏勞動……她給他溫暖，給他深切的關懷和愛撫，並且給他生養下一個活潑可愛的兒子。幾年來，她一直心甘情願和他一塊撐扶這個窮家而毫無怨言。對於現時代一個年輕的農村媳婦來說，這一切已經難能可貴了。瞧瞧前後村莊，結婚幾年還和老人一塊過日子的媳婦有多少？除過他們，沒有一家不是和老人分開過的！眼下，儘管他對妻子的行為生氣，但說實話也能理會她的心情……

孫少安陷入到深深的矛盾中去了。這矛盾在很大程度上是由新的生活帶來的。過去的年月，一家人連飯也吃不上，他的秀蓮根本不會提念分家的事啊！

但是，不管從理智還是從感情方面講，他無法接受分家的事實。他從一開始擔負的就是全家人的責任，現在讓他放棄這種責任是不可能的。這不僅是一個生活哲學問題，更主要的是，他和一家老小的骨肉感情無法割捨。他們這個家也許和任何一個家庭不同。他們真正是風雨同舟從最困苦的歲月裏一起熬過來的。眼下的生活儘管沒有了甚麼大風險，但他仍然不願也不能離開這條「諾亞方舟」！

他懷抱着妻子，撫摸着她的頭髮，聲音儘量溫柔地勸她：「秀蓮，你是個明白人，你不要叫我作難。我求求你，你心裏不管怎樣想都可以，但千萬不要在臉上帶出來。爸爸媽媽一輩子很苦，我不願意叫他們難過……」

他捧起妻子淚跡斑斑的臉，吻了又吻。

丈夫的態度雖然使秀蓮的情緒緩和下來，但她的意志並沒有被溫柔的愛撫所瓦解。她現在先不提分家的事了，轉而又提出把手頭的幾百塊錢拿出來，給他們建設一院新地方！

少安說：「新地方遲早總要建的，可現在咱們的燒磚窰才剛開始出磚嘛！等明年多賺下一點錢，咱一定箍幾孔像樣的新窰！」

「少安，你聽我說！明年誰知道又是個甚麼社會！趁咱現在手頭有了一點錢，這地方是無論如何要建的。這可不是我專意耍糊塗，少安！這點錢不咬着牙做點事，三抛撒兩破費就不見影了。你還是聽我一次話，咱們箍窰吧；錢要是不夠，再從我娘家借一點……你就答應我吧！咱在牛驢窩裏已經鑽了幾年，總不能老是沒自己的一個家……」

妻子的這番話倒使少安的心動了。他感到秀蓮的話也有一定的道理。只不過，他原來打算要建就建個像樣的家，而現在靠手頭這點錢能弄出個啥名堂來？

他於是勸秀蓮先耐一下心，讓他思量思量花費再說……

孫少安思量過來又思量過去，建三孔純粹的磚窰或石窰，眼下這點錢根本不夠用。就說箍三孔磚窰吧，除過自己的磚不算，每孔窰最少得六個大工；每個大工又得四個小工侍候。三六十八個大工，四六二十四個小工；每個大工五元工錢，每個小工二元工錢，光這一項就得一百三十八元。每架門窗從買木料到手工得一百五十元；三架門窗四百五十元。白灰五千斤，每斤二分錢，得用一百元。人均一天三斤糧，總共得六袋麪粉；每袋議價十六元，也得用一百來元。還有煙、酒和其他費用……我的天！這把他手頭的錢花乾也不夠。再說，下一步怎開辦事業呀？再去問人家借錢嗎？他已經借怕了……

後來，少安突然想，乾脆打三孔土窰洞，然後在土窰洞上接磚口，這樣也闊氣着哩！土窰打好了，不比硬箍石窰和磚窰差。另外接個磚口，再戴個「磚帽」，既漂亮，也省錢省磚。

對，這是個好辦法！

他和秀蓮一商量，秀蓮也蠻高興的。

孫少安下了很大的決心，才向父親吐露了他的心事。他怕父親對他有看法 —— 剛賺下幾個錢，就忙着為他們小兩口建新窰！

但是開通的老人反而為這事很高興。他對兒子說：「爸爸也有這個想法哩！現在趁手頭有幾個錢，趕快給你們營造個地方！爸爸為這事已經不知熬煎了多少年，心裏老是揣着一顆疙瘩，覺得對不起你們。本來，這是老人的責任！爸爸沒本事，給你們建不起個家來。現在你們自己刨挖着賺了兩個錢修建地方，爸爸還有不支持你們的？要弄就儘快弄！」

少安被父親的一番話說得激動不已。為自己建個新家，何嘗不是他多年的夢想啊！可過去那僅僅是夢想罷了。想不到現在，這就要成為真的了？應該感謝這新的生活……

他充滿激情地對父親說：「先不忙，等我幫你把莊稼鋤過再說！」

孫少安幫助父親把山裏的秋田鋤過以後，也沒有能立刻開始他的建窰計劃 —— 他還要和父親到罐子村去幫助姐姐家鋤地。

他姐夫過完春節就又到外面流竄去了，半年來沒見蹤影。據上次他們村金富回來說，他曾在鄭州火車站見過王滿銀，說那個逛鬼吃不上飯，已經把身上的外衣都扒下來賣了。溜竊匠金富的話也許不足為信，但少安一家人心裏清楚，王滿銀在外地的光景比這位小偷兼吹牛專家所描繪的也好不了多少。罐子村家裏的地一直由蘭花耕種。可憐的女人既要拉扯兩個孩子，又得像男人一樣在山裏幹活——那熬苦是世人所難以想像的。幸虧她離娘家不遠，她父親，她弟弟，在農活最緊張的時候，就跑來替她做了……

少安和父親懷着沉重而痛苦的心情，把蘭花家的地都鋤過了。他們把這裏的活幹得比雙水村都要細緻；邊邊畔畔，一絲不苟。為了減輕女兒的負擔，孫玉厚返回雙水村時，把小外孫狗蛋也帶回來了。外孫女貓蛋已經上了罐子村小學，不能跟着來外爺家……

兩家的秋田鋤過以後，少安這才開始動手修建他的新地方。一切都開始忙亂起來；但由於這是為自己謀幸福，少安和秀蓮都有說不出的興奮！

他們把新居的地址選在離燒磚窰不遠的山崖根下。這裏不僅土脈堅硬，據米家鎮已故米陰陽當年稱，這地方風水也好得不能再好：前面有玉帶兩條——公路和東拉河；面山五個土台子一字排開，形似五朵蓮花……以前沒人在此建宅，主要是這地方已到村外。現在他們樂意佔這塊風水寶地；一是清靜，二是離他們的燒磚窰近。

開挖土窰洞是一件技術性很強的工作，最少得聘請一位行家領料另外的僱工。雙水村打土窰最出色的專家是金俊文。可是現在，別說一天出五塊工錢，就是出十塊錢也把金俊文請不來了。俊文因為大兒子有了「出息」，家業急驟發達起來，已不把百兒八十的錢放在眼裏了。他整天穿戴一新，在山裏做點輕活（重活有二小子金強哩），然後逢集就到石圪節的土街上去優哉游哉；在胡得福的飯館裏喝二兩燒酒，吃一盤豬頭肉，日子過得像神仙一般快活！

少安知道請不動金俊文，於是就到山背後的王家莊請了一名高手；然後又在村中僱了幾個關係要好的莊稼人，便開始大張旗鼓地為自己建造新居。多少年來，雙水村第一次有人如此大動土木。人們羨慕不已，但並不感到過分驚訝。在大家看來，孫少安已經躍居本村「發財戶」的前列，如今當然該輪上這小子張揚一番了！

第七十章

對於孫玉亭來說，眼前的生活仍然像夢一般不可思議。

實行責任制儘管已經半年多了，他還沒有從這個變化中反應過來 —— 農村的改革如同一次大爆炸，把我們的玉亭同志震成了嚴重的腦震蕩……

失去了親愛的集體以後，孫玉亭感到就像沒娘的孩子一樣灰溜溜的。唉，他不得不像眾人一樣單家獨戶過日子了。

他當然也不再是雙水村舉足輕重的人物。人們現在在村巷裏碰見他，甚至連個招呼也不打，就像他不存在似的。哼！想當初，雙水村甚麼事上能離開他孫玉亭？想不到轉眼間，他就活得這麼不值錢？他眷戀往日的歲月，那時雖然他少吃缺穿，可心情兒暢快呀！而今，就像魂靈一下子被甚麼人勾銷了……

起初，玉亭根本沒心思一個人出山去種地。他要麼悶頭睡在爛蓆片土炕上，接二連三地歎氣；要麼就跑到村前的公路上，異想天開地希望聽到外面傳來「好消息」，說集體又要恢復呀！如果村裏來個下鄉幹部，他就拖拉着那雙爛鞋，飛快地跑去，打聽看政策是不是又要變回去了？

在人們幾乎忘記一切而發瘋似的謀光景的時候，雙水村恐怕只有玉亭一個人仍然在關心着「國家大事」。每天，他都要跑到金家灣那面的學校把報紙拿回家裏，一張一張往過看，指望在字裏行間尋找到某些恢復到過去的跡象。但他一天比一天失望。社會看來不僅不可能恢復到原來的狀態，而且離過去越來越遠了。

既然世事看來沒希望再變回去，他就無法和現實再賭氣。一個明擺的事實是，他一家五口人總得吃飯。他難以在土炕上繼續睡下去了，首先賀鳳英就不能讓他安寧，開始咒罵起了他：

「你這樣裝死狗，今年下來叫老娘和三個你嫩媽吃風屙屁呀？你看現在到甚麼時候了？人家把地都快種完了，咱的還乾放在那裏！等着叫誰給你種呀？」

鳳英雖然過去和他一樣熱心革命，但看來她終究是婦道人家，一旦世事變了，就把光景日月看得高於一切！

沒有辦法，孫玉亭只好蔫頭耷腦地扛起钁頭，出山去了。老婆儘管罵得難聽，但罵得也有道理。

他已經過慣了紅火熱鬧的集體生活，一個人孤零零地在山裏勞動，一整天把他寂寞得心慌意亂。四山裏靜悄悄的，幾乎看不見人的蹤影；只有很遠的地方才偶爾傳來一兩聲甚麼人的吆牛聲。孫玉亭心灰意懶地做一陣活，就圪蹴在地裏抽半天煙。他甚至羨慕地裏覓食的烏鴉，瞧它們熱熱鬧鬧擠在一塊，真好！

好不容易把自己的地刨挖開後，玉亭苦惱起來了。他過去一直領導着大隊農田基建隊，山裏的農活相當生疏。旁的不說，連籽種都下不到地裏。點種還可以，一撒種就把握不住 —— 一個小土圪塄，他就幾乎把一大升小麻籽種拋撒得一乾二淨！

他只好厚着臉去找他哥，求他把一些技術性的農活幫助做一下。

在山裏孤單地勞動一天，回家吃完晚飯後，玉亭無法立刻躺到爛蓆片土炕上去睡覺；他總覺得晚上還應該有些甚麼事。

他把碗一丟，便拖拉起那雙爛鞋，喪魂失魄地出了門。

他也不知道自己怎麼一下子就走到了大隊部。

噢，他是開會來了！以前幾乎每晚上他都要在這裏開半晚上會，現在他竟然又不由自主地來到了這裏！

可是，會議室門上那把冰冷的鐵鎖提醒他：這裏不再開會了！

夜晚出奇的平靜。疲勞的莊稼人飯碗一丟就進入了夢鄉。惟有東拉河在溝道裏發出寂寞的喧嘩聲。月亮在黑白相間的雲彩裏游移，大地上昏昏暗暗。孫玉亭一個人惆悵地立在黑糊糊的大隊部院子裏，心中油然生出無限悲涼。他索性蹲在會議室門台上，一邊抽煙，一邊在黑暗中緬懷往日那些轟轟烈烈的日子……

通常很久以後，玉亭才悵悵然從大隊部院子裏轉出來，像個患夜游症的人一樣，蹣跚着走過昏暗的村道。這時候他往往還沒有一點睡意。他喉嚨裏堵塞着一團甚麼，很想找個甚麼人說說話；但他知道村裏沒甚麼人有興致和他談這論那了。

這樣的時候，他便自然地想起了田福堂。

可是，當他滿懷激情找了幾次田福堂後，發現田福堂也變了！連福堂也再沒興致和他討論「國家大事」，甚至還對他的夜訪表示出一種厭煩的情緒。

田福堂的態度對玉亭的打擊是極為沉重的。

當這位「革命家」失去了最後一個精神依託後，只好黯然神傷地生活在了他自己的孤獨之中……

孫玉亭的感覺是正確的。田福堂就是沒心思和他的前助手談論「革命」了。比較起來，不論怎樣，孫玉亭可以說對「革命」一片赤誠——為了「革命」，玉亭可以置自己的吃穿而不顧，把頭碰破都樂而為之。但田福堂沒有這麼幼稚，他是一個飽經世故的人。他雖然是個農村的支部書記，但穿越過不同時代的各種社會風暴，因此有了人們常說的那種叫做「經驗」的東西。儘管在感情上和孫玉亭一樣，他對目前社會的大變革接受不了，但他的理智告訴他，這一切已經很難再逆轉——不管你情願不情願，社會就是這個樣子了！

既然社會的變化已經成為鐵的事實，那麼聰敏人就不應該再抱着一本老皇曆唸到頭。孫玉亭夢想復辟是徒勞的！何必一口咬住個屎片子連油餅子都換不轉呢？他田福堂才不是這號瓷腦！

一個時期來，田福堂甚至變得有點清心寡慾，大有看破紅塵的味道。那種爭強好勝，動不動就劍拔弩張的激情漸漸失去了勢頭。他就像一個長時間游泳的人，疲倦地回到了岸上。他現在已經很少出門；雖說還當着書記，但對公眾事務不再熱心。公社下來個甚麼任務，他就推給副書記金俊山去處理。農村已經「單幹」了，有甚麼事值得他熱心呢？再說，現在的工作能給自己帶來甚麼甜頭？

田福堂也決不會像孫玉亭一樣，和自己的光景日月賭氣。土地分開以後，他苦惱歸苦惱，但不誤農時，及時開始耕種。兒子潤生已經跟上向前學開汽車去了——這是他主動找女婿安排的。家裏的這點地他一個人能應付。雖說他多少年沒參加勞動，開始出山有點吃不消了，但他年輕時在雙水村也是一把勞動好手——舊社會和孫玉厚這一茬人，都在有錢人家的門上經受過嚴格的磨練，因此基本功在哩！

現在，他已經慢慢又適應了山裏的莊稼活。

在山裏一個人勞動的時候，他也像玉亭一樣，有一種孤單和被拋棄的感覺。想起當年在村裏村外叱咤風雲的盛況，心裏也不免湧上一絲悲涼。世事不饒人啊！一時三刻，他就被趕上了山，不得不像眾人一樣握起了老钁把，滿頭臭汗為自己的生計而拚命！他記得小時候上冬學時，金先生傳授過孔夫子的一句話：民以食為天；因此這也不算甚麼恥辱！

家裏現在只剩下了他老兩口。女兒的工作調到了黃原；兒子跟上女婿學了開車。從早到晚，他院子裏靜得像一座古廟。他現在特別希望身邊有個小孫子 —— 這種心境已經說明他進入了老年階段。他感到痛苦的是，他現在知道女兒和女婿的婚姻不合。人家兩口子都設法往一塊調工作哩，可他女兒卻和女婿把工作調到了兩地！

看來，這主要是怪潤葉！他原來還擔心結婚以後向前嫌棄潤葉，沒想到自己的女兒卻冷落人家李主任的兒子！這使他怎有臉再上親家的門呢？他真想不通潤葉為甚麼這樣對待向前。

在田福堂看來，向前實在是個好娃娃。儘管自己的女兒對人家不好，但這娃娃對他們家卻好得不能再好了。小夥子對他老兩口尊尊敬敬，過一段時間就來看望他們，次次登門總不空手，吃的用的拿一大堆。正月裏，就把他一年燒的石炭送到家裏，碼得整整齊齊。如今，又親自把潤生帶上，教他學開車……死女子啊！這麼好的女婿打上燈籠都找不下，你為甚麼要冷落人家呢？你娃娃作孽哩！你是個甚麼值錢人！

田福堂心裏對女兒充滿了怨氣。自調到黃原後，她也沒回家來。他也不想去看她。唉，按說，他現在應該抱上外孫了。可是……

儘管家裏有吃有穿有錢花，但田福堂感到日子過得越來越不順心。

雙水村這位鬱鬱寡歡的強人，在山裏勞動已經快半年了。在這短短的半年裏，他眼看着村裏發生了許多前所未有的變化。最矚目的是，一些過去窮家薄業的人，很快就露出了發達起來的勢頭。當然，現在田福堂也不懷疑，今年下來，雙水村大部分人家將不會再缺糧吃了！事實向他證明：雙水村沒有他的「指揮」，人們不僅照樣生活，而且生活得比原來還好！

田福堂從雙水村眼前社會生活的大鏡子中，看見了自己的渺小。他一個人在山裏突然想，這世界離開誰都可以！天照樣颳風下雨，女人照樣生娃娃！別說他田福堂了，就是毛主席不在了，中國還不照樣是中國嗎？

這樣一想，田福堂陰鬱的心情就會鬆寬許多。他已經屈服於現實，也承認了命運對他做出的這種新安排。他甚至想，「單幹」以後，他田福堂也還要把光景謀到眾人前面去！過幾年再看吧，他田福堂還是雙水村首屈一指的人物！

這個強人啊……

但是，強人往往心強命不強。天暖以後，田福堂的氣管炎突然嚴重起來。這可不是甚麼好兆頭。氣管炎一般天氣轉暖就會緩和一些，可他天暖後反而厲害起來，說明病情是加重了。

早上起牀後，他常常咳嗽得半天直不起腰。山裏勞動的時候，力氣越來越不濟；幹一會活，就要在地裏蹲半天。至於煙，不僅不能聞，甚至連看也不能再看；一看見煙，他就忍不住要咳嗽——已經到了一種條件反射的程度。

每當田福堂蹲在地裏沒命地咳嗽的時候，一種力不從心的悲哀就使他忍不住想哭一鼻子！有時候，他不由雙膝跪在土地上，徒然地向蒼天禱告讓他舒舒服服出上兩口氣！命運啊，真是冷酷無情，竟把這樣一位強悍的人折磨到了如此地步！

但強人終究是強人。田福堂並不因為自己身體的垮掉，就想連累他的兒女。不，他就是掙死在山裏，也不能把潤生叫回來種莊稼。娃娃正學開車，他不能耽誤兒子的前程。另外，他也從不把他的病情告訴女兒。女兒有女兒的難腸事，不要再給她增加煩惱。每次給潤葉回信的時候，他都說他一切都好着哩。他永遠熱愛和心疼自己的兒女，願意他們一輩子活得暢快。他就是死，也要悄悄到一邊去死，而不要讓娃娃們為他牽腸掛肚……

如果目睹田福堂在土地上的掙扎，那真是夠悲壯的了。幹一會活，他就得停下來咳嗽半天，喘息半天。對他來說，這已經不是勞動，而是服苦役啊！

麥子剛收割完，莊稼人立刻搶農時開始耕種回茬蕎麥了。

儘管田福堂又割麥又鋤地，已經精疲力竭，但他還是掙扎着想種幾畝蕎麥。蕎麥是好東西，性涼敗火，伏天能做涼粉泄火氣，還能剁麪條，扡圪坨——信天遊都唱「蕎麪圪坨羊腥湯，死死活活相跟上」哩！尤其是城裏人，把蕎麥麪當做一種稀罕東西看待。田福堂想，他家門外工作人多，其他莊稼少種一點可以，但蕎麥不種不行——這是他每年給城裏的親戚回敬的主要禮品。

但他單槍匹馬，耕種這點蕎麥實在是不容易啊！別人家都是一個人犁地，一個人在後面納拌了籽種的肥料。他自己只好吆着牛犁到地頭，再返回來端起糞斗，把籽種下進犁溝。一個人幹兩個人的活，吃力不算，心裏還急躁得不行！

今天，眼看就要亮紅晌午了，他仍然有兩耙地沒有種完。心一急，咳嗽就來了。這一次來得太猛烈，使他連吊在胸前的糞斗子都來不及解下，就一個馬趴跌倒在犁溝裏，沒命地咳嗽起來。

咳嗽喘息長時間停歇不了。他幾乎耗盡了身上的力氣，伏在犁溝裏怎麼也爬不起來。連那頭老黃牛在旁邊看着他，眼睛裏也充滿了憐憫。

大半天工夫，田福堂才勉強從地上爬起來，把一臉淚水鼻涕揩掉，失神地望着剩下的那兩耙地。他實在沒有力量再種完這點地——可是這點地也確實再佔不着他另來一趟了。該死的身體啊！

現在，田福堂愁眉苦臉地看見，別的莊稼人都已經卸了牛具，開始回家吃飯了。在他上面耕麥地的孫玉厚也扛起犁，吆着牛起身回家。孫玉厚下山時要從他這塊地裏經過，將要親眼目睹他田福堂的狼狽相了！

田福堂掙扎着端起糞斗子，把剛才剩下的半犁溝播完。然後他放下糞斗，回轉牛，繼續向另一頭犁去。他想避開過路的孫玉厚，以免讓他看他的笑話！

快犁到地頭的時候，田福堂聽見自己的喘息聲比牛的喘息聲都厲害。

當他強撐着又把牛回轉的時候，驚訝地看見孫玉厚端着他的糞斗子，順着他剛耕過的犁溝，一步一把撒着糞籽，走過來了。

一團熱呼呼的東西一下子堵住了田福堂的嗓子眼上。他沒有想到孫玉厚會來給他幫忙，一時竟愣住了。

孫玉厚走到地頭，說：「丟下這一點了，佔不着再來一回……一個人種莊稼難啊……」

田福堂真不知說甚麼是好。他結果甚麼也沒說，只長歎了一口氣，然後吆着牛向前犁去。

兩個人不到幾鍋煙工夫，就把這點地種完了。田福堂心裏泛上各種味道，咧開嘴難為情地對孫玉厚笑了笑，說：「玉厚哥，你快回去吃飯！」

孫玉厚吆着牛走了以後，田福堂壓制着咳嗽，一邊用柴草擦犁，一邊怔怔地看着下了山的孫玉厚，不禁無限感慨地想了許多事。他記起了他們年輕的時候一同給有錢人家攬工的情景。那時他們曾經像兄弟一樣，夥吃一罐子飯，夥蓋一牀爛棉絮……解放以後多少年，儘管他們同住一村，但再也沒有在一塊親熱地相處過。想不到今天，他們又一塊種了一會地！

在一剎那間，田福堂的心頭湧上了一種怪酸楚的滋味 —— 他已經很長時間沒有體驗過這樣的滋味了……

第七十一章

從小滿前後出門到現在，孫少平已經在黃原度過近兩個月的時光。

過幾天就是大暑，天氣開始熱起來了。

兩個月的時光，他就好像換了一副模樣。原來的嫩皮細肉變得又黑又粗糙；濃密的黑髮像氈片一樣散亂地貼在額頭。由於活苦重，飯量驟然間增大，身體看起來明顯地壯了許多。兩隻手被石頭和鐵棍磨得生硬；右手背有點傷，貼着一塊又黑又髒的膠布。目光似乎失去了往日的光亮，像不起波浪的水潭一般沉靜；上脣上的那一撇髭須似乎也更明顯了。從那鬆散的腿胯可以看出，他已經成為地道的攬工漢子，和別的工匠混在一起，完全看不出差別。

兩個月來，少平一直在陽溝大隊曹書記家做活。書記兩口子知道他原來是個教師後，對他比一般工匠都要尊重一些，還讓他們領工的親戚不要給他安排最重的活。這使孫少平對他做活的這家人產生了某種愛戴之情。一般說來，主家對自己僱用的工匠不會有甚麼溫情 ——

我掏錢，你幹活，這沒有甚麼可說的；而且要想辦法讓幹活的人把力氣都出盡！

既然主家對自己這麼好，少平就不願意白白領受人家這份情意。他反而主動去幹最重的活，甚至還表現出一種主人公的態度來。除過分內的事，他還幫助這家人幹另外一些活。比如有時捎着擔一兩回水；掃掃院子；給書記家兩個上學的娃娃補習功課。他一直稱呼曹書記兩口子叔叔嬸嬸。所有這一切，換來了這家人對他更多的關照。有時候，在大灶上吃完飯後，書記的老婆總要設法把他留在家裏，單另給他吃一點好飯食。孫少平在這期間更強烈地認識到：只要自己誠心待人，別人也才可能對自己以誠相待。加深如此重大的人生經驗，對一個剛入世的青年來說，也許要比賺許多錢更為重要。

這家人一線五孔大石窰眼看就要箍起來了。

合攏口的這一天，除過僱用的工匠，陽溝隊的一些村民也來給書記幫忙。少平他舅馬順也來了。

少平看見，他舅帶着巴結書記的熱情，爭搶着揹最重的合口石；由於太賣勁，不小心把手上的一塊皮擦破了，趕忙抓了一把黃土按在手上。

上中窰的合口石時，少平發現他舅扛上來的一塊出面子料石糊了一絲血跡。按老鄉俗，一般人家對新宅合攏口的石頭是很講究的，決不能沾染甚麼不吉利的東西，尤其忌血。少平雖然不迷信，但出於對書記一家人的好感，覺得把一塊沾血的石頭放在一個最「敏感」的地方，心理上總是不美氣的。

可這血跡是他舅糊上去的，而且眾人誰也沒有看見！

他要不要提醒一下正在旁邊指手畫腳的主人呢？如果說出這事來，他舅肯定會不高興；而不說出來，他良心上對主人又有點過不去。

這時候，一個大工匠已經把那塊石頭抱起來，準備安放到位置上。少平不由自主地對書記說：「這石頭上有點血跡……」

曹書記的臉色一下子變得很難看 —— 他顯然知道這塊石頭是誰揹上來的。他立刻喊叫下面的人提上來一桶水，親自把那塊石頭洗乾淨。因為這事有一種不可言傳的神秘和忌諱，眾人都停下手中活，靜默地目睹了這個小插曲。

少平看見，立在一邊的馬順滿臉通紅，而且把他狠狠瞪了一眼。

他知道，他把他舅惹下了。他心裏並不為此而懊悔。

合龍攏口不久，工程已經基本結束了。所有僱用的大工小工，被主家款待了一頓豐盛的午餐後，就開始結算工錢。

工匠們都擠在主家現在住的窰洞裏。曹書記一邊看記工本，一邊撥拉算盤子；他老婆懷抱一個紅油漆小木匣，坐在他旁邊。書記算好一個人的工錢，她就從小紅木箱裏把錢拿出來，手指頭蘸着唾沫，點上三遍，然後交給這個匠人。拿到工錢的匠人就和主家互打一聲招呼，立刻出門去收拾自己的鋪蓋，自顧自走了；他們趕緊要跑到東關大橋頭，看能不能當天再找個新的活幹。沒有甚麼太多的客套，更沒有主僱之間的告別儀式；主家為箍窰，匠人為賺錢，既然主家的活完了，匠人的工錢也拿了，他們之間立刻成了互不相識的路人。

主家把少平的工錢留在了最後結算 —— 這時候，所有的工匠都打發得一個不剩了。

少平已經在心裏算好了自己的錢。除過雨工，他幹了整整五十天。一天一元五角，總計七十五元錢。他中間預支十元，現在還可以拿到六十五元。

當書記的老婆把工錢遞到他手裏，他點了點後，發現竟然給了他九十元。

他立刻抽出二十五元，說：「給得多出來了。」

曹書記把他的手按住，說：「沒有多。我是一天按兩塊錢給你付的。」

「你就拿上！」書記的老婆接上話茬，「我們喜歡你這娃娃！給你開一塊半錢，我們就虧你了！」

「不，」一種男子漢氣概使孫少平不願接受這饋贈，他說，「我說話要算話。當初我自己提出一天拿一塊半工錢，因此這錢我不能拿。」他掙脫書記的手，把二十五元錢放在炕蓆片上，然後從自己手中的六十五元錢裏，又拿出五元，說：「我頭一回出門在外，就遇到了你們這樣的好主家，這五塊錢算是我給你們的幫工！」

曹書記兩口子一下呆在了那裏。他們有點驚恐地看着他，臉上的表情似乎說：哈呀，你倒究是個甚麼人？這麼個年紀，怎就懂得這麼高的禮義？

兩口子半天才反應過來，緊接着把那二十五元工錢和他讓出來的五元錢拿起來，爭搶着給他手裏塞。

但孫少平說甚麼也沒有接。

少平帶着六十元工錢，帶着一種心靈上的滿足，像其他工匠一樣，即刻就去收拾自己的鋪蓋。書記兩口子攆到那個敞口子爛窰裏，硬要挽留他再做幾天活 —— 少平知道，這家人實際上已經不需要工匠了；他們留他「幹活」，無非是想藉此多給他開一些工錢。但他再不會在此逗留。他覺得現在這樣離開這家人最好了！

當天下午，孫少平就告別了曹書記一家人。因為他當時還沒個去處，只好又來到他的遠親舅舅馬順家裏。

但是，他舅一家人接待他太勉強了。兩口子都黑喪着臉，幾乎把他看成了上門討吃的叫化子。

唉，出門人不僅要忍受熬苦，還得要忍受屈辱。孫少平為討得他舅和他妗子的歡心，又故伎重演，趕忙提了桶擔去給這家人擔水。

他舅他妗子對他的殷勤照樣沒有表現出甚麼好感來；也許他們認為，一個攬工小子就應該在他們的白眼中見活就幹！

少平懷着一種難言的痛苦來到溝底的水井上。絞水的時候，由於他一隻手有傷，沒把握住，轆轤把一下子脫手而飛，把他的另一隻手也打破了！他顧不得擦手上的血，先拚命把兩桶水提上來。

手上的疼痛使他心中湧起了一股憤怒的情緒。為了止血，他竟忍不住把那隻流血的手猛一下插進一桶水中。

血止住後，他索性賭氣擔起這擔水往他舅家走去。哼，讓他們喝他的血吧！

爬到半坡上時，少平感覺自己太過分了。他所具有的文化素養使他意識到他的行為是野蠻的。一剎那間，對別人的不滿意和對自己的不滿意，使他忍不住兩眼噙滿了淚水。

他隨即把這擔摻和着他的血的水倒掉，重新到溝底的水井上擔了兩桶。

少平把他舅家的水甕擔滿後，天已經快黑了。但他看見，他舅家沒有給他管飯的跡象，而且也不提讓他晚上住在甚麼地方。第一次來的時候，儘管他妗子對他的態度像這次一樣惡劣，但他舅還勉強過得去。可是現在，他舅和他妗子一樣厭惡他了。少平知道，這是因為書記家合攏口的時候，他曾經「揭發」過他，讓他失了面子。

很明顯，他不能在這家親戚家住下去了，而且湊合一個晚上都不行——現在就得馬上離開！

這沒有甚麼可傷心的。他收拾起自己的行李，向他舅和他妗子告辭。

這兩口子誰也沒有挽留，甚至沒有出門來送一送他。少平想起他做活的那家人對他的情義，第一次深深地感受到，人和人之間的友愛，並不在於是否是親戚。是的，小時候，我們常常把「親戚」這兩個字看得多麼美好和重要。一旦長大成人，開始獨立生活，我們便很快知道，親戚關係常常是庸俗的；互相設法沾光，沾不上光就翻白眼；甚至你生活中最大的困難也常常是親戚們造成的；生活同樣會告訴你，親戚往往不如朋友對你真誠。見鬼去吧，親戚！

少平揹着一捲爛被褥，手裏提着那個破黃帆布提包，離開他的親戚家，出了陽溝，來到了大街上。

落日再一次染紅了梧桐山和古塔山。東方遠遠的天空飛起幾朵紅霞，邊上鑲着金色的亮光。

初伏已經來臨，城市的傍晚一片燥熱。街道兩邊枝葉繁茂的梧桐樹下，市民們光着膀子坐在小凳上，悠閒地搖着蒲扇。姑娘們大都穿起了裙子，五顏六色，花花綠綠，給這個色調暗淡的城市平添了許多斑斕景象。

少平揹着自己的行李穿行於人羣之中。不過，在這個花花綠綠的世界裏，他此刻不再像初來時那般不自在。少平現在才感到，這樣的城市是一個各色人等混雜的天地；而每一個層次的人又有自己的天地。最大的好處是，大街上誰也不認識誰，誰也不關心誰。他衣衫行裝雖然破爛不堪，但只要不露羞醜，照樣可以在這個世界裏自由行走，別人連笑話你的興趣都沒有。

少平幾乎沒有認真考慮，兩條腿就自動引導他穿過黃原河上的老橋，來到東關，加入了橋頭上那個攬工漢的「王國」。

現在是夏天，雖然天將黃昏，但大部分等待「招工」的工匠們仍然沒有散去；人行道和自由市場的空地上，到處都是操北方各縣口音的鄉下人。有的人痛快地脫下汗跡斑斑的布褂，光身子坐在雪亮的路燈下聚精會神地捉虱子。四處賣茶飯的小攤販，拖長音調吆喝着招徠顧客。空氣裏瀰漫着嗆人的煙氣黃塵；蒼蠅成羣結隊地飛來飛去。

少平把鋪蓋捲仍然擱在磚牆邊上，用兩隻爛手捲起一支旱煙棒，圪蹴在牆邊抽起來。他現在看起來完全成了個老練的出門人，再也沒有初來乍到時的那種緊張和慌亂。當然，更踏實的是，他身上裝着賺來的六十元工錢，十天八天不必為生計而擔心。再說，天氣也暖和起來，不要太為住宿發愁。夏天啊，這是攬工漢的黃金季節！

他這樣平靜地一直坐到滿城燈火輝煌。這時候，他心裏猛一下想起了他的朋友金波。他現在很想去見見他 —— 自從金波到黃原後，他們還一直沒有見過面。

是呀，他們再不是小孩子，已經各自開始到社會上謀生；儘管內心仍然像過去一樣情深義重，但顧不得在一塊相處了。

少平知道，金波就在東關郵政局跟他父親學開車 —— 金俊海已經從地區運輸公司調出來開了郵車。兩月前初到黃原時，他不願意去找金波，以免讓朋友看見他一副流落樣子而難為情。那時他仍然沒有克服掉中學生那種自尊自愛的心理。兩個月來，石頭和鋼鐵已經把那層羞澀的面紗撕得粉碎！

但少平為了不使他這身破爛行裝「驚嚇」了他的朋友，還是決定在見金波之前，先收拾和「化裝」一番。

他想了一下，便即刻帶上行李，從大橋頭走到長途汽車站的候車室。

他接着又進了候車室的男廁所。

孫少平在廁所裏把他那身新買的滌卡衣服換在身上，而把原來身上的爛衣服又塞進破提包。

他從廁所出來，花了二毛錢，把自己那捲破被褥連同爛提包，一起在車站的寄存處寄存了 —— 可以存放到明天早晨八點鐘。

現在，他像換了一個人似的，一身輕快地出了候車室。他借着一家商店被路燈光照亮的玻璃窗，用五個手指頭把自己亂蓬蓬的頭髮匆匆梳理了一下。他滿意地衝着玻璃中那個模糊的他笑了笑：看這身打扮，你像一個在黃原城裏混得蠻不錯的傢伙哩！

於是，他蹽開兩條修長而壯實的腿，迫不及待地向東關郵政局那裏走去。

第七十二章

少平的突然出現，顯然使金波大吃一驚。

金波仍然沒變模樣，細皮嫩肉，濃眉大眼，穿一身乾淨的黃軍裝，一看就是個退伍軍人。他好像剛洗過澡，頭髮梳得整整齊齊，臉上泛出光滑的紅潤。

他興奮地問少平：「剛從家裏來？」

「我到黃原已經兩個月了！」

「啊？你在甚麼地方哩？」金波更驚訝了。

「我在陽溝給人家做活……剛結工。」

「那你為甚麼不來找我？」

「抽不開身……」

「你先坐着，叫我給你弄飯去！」

金波給他沖了一杯茶，也不再說甚麼，就匆忙地出了門。

少平也不阻擋金波為他張羅。他到了這裏，就像回到家裏一樣，不必作假說他吃過飯了；實際上，他現在肚子裏空空如也。

不到半個鐘頭，金波就端回大半臉盆手揪白麪片，裏面還泡五六個荷包蛋。他從桌斗裏拿出碗筷，一邊給他盛麪，一邊說：「你來我太高興了！我早聽說你已經不教書……我也想過，你不會死守在雙水村！」

「你也吃！」少平端起一大碗麪片，先把一顆雞蛋扒拉在嘴邊。

「我吃過了。」金波坐在一邊開始抽煙，滿意地看着少平吃得狼吞虎咽。

「我大概吃不了這麼多……」

「我知道你的飯量哩！」

少平噙一嘴飯，笑了。是的，他一個人完全可以消滅這半臉盆麪片。

這時候，少平才注意到，金波已經換了一身破爛工裝，整齊的頭發抖弄得亂蓬蓬地耷拉在額頭。他心裏立刻明白，敏感的金波猜出他目前的真實處境是甚麼樣子，因此，為不刺激他，才故意換上這身破衣服，顯得和他處於一種同等的地位。他們相互太了解了，任何細微的心理反應都瞞哄不了對方。

「你現在的情況怎樣？」少平端起第二碗麪片，問他的朋友。

「我實際上也是個攬工小子。參加工作不可能，只好臨時給人家扛郵包；因此，也上不了車，只能偷偷摸摸跟我爸跑出去學兩天。話說回來，沒正式工作，學會開車又能怎樣？」

「那你爸再沒辦法了？」

「有甚麼辦法？他是個普通工人，惟一的辦法就是他提前退休，讓我頂替他招工。可我又不忍心。他才四十九歲，沒工作閒呆着，也難受啊……」

少平不再言語了。他現在明白，他的朋友的處境的確也不比他強多少。只是他父親在這城裏有工作，他不至於像他一樣動不動就得流落街頭罷了。少平看見，這房子裏擱兩張牀，顯然是金波父子倆一塊住着；房子裏另外也沒甚麼擺設。在雙水村人的想像中，金俊海不知在黃原享甚麼福。但出門人很快就能知道，在這個城市裏，金俊海就是個「窮人」。

「你現在出了門，你就知道，外面並不是天堂。但一個男子漢，老守在咱雙水村那個土圪塄裏，又有甚麼意思？人就得闖世事！安安穩穩活一輩子，還不如痛痛快快甩打幾下就死了！即使受點磨難，只要能多經一些世事，死了也不後悔！」

金波一邊說，一邊狠狠地吸着煙。

少平聽了金波的話大為震驚。他沒想到，他的朋友的思想竟然和他如此相似！他發現金波不只是那個又聰敏又調皮的金波了——他已經變得成熟而深沉起來。

這樣，他把半臉盆麪片吃光以後，就坦率地向他的朋友敍說了他為甚麼要離家出走，而跑出來後的這兩個月，他又經歷了甚麼樣的生活……

金波靜靜地聽完他的敍說，並沒有表現出驚訝。他說:「我能想得來。我贊成你的做法！雖然咱們出身底層人家，但不能小看自己。我們這樣生活，精神上並不見得就比那些上大學的和當幹部的人差！你看的書比我多，你更能明白這些道理……」

「不過，對我來說，這種生活付出的代價太大了。我和你不一樣。家裏老的老，小的小，我這麼大，按說應該守在老人身邊盡孝心。現在，我把一切都扔給我爸和我哥了……」

少平點着金波遞過來的紙煙，情緒滿含着憂傷。

金波用安慰的口吻說：「像我們這種人，實際上最重情義了。我們任何時候都不會逃避自己對家庭和父母應盡的責任。但我們又有自己的生活理想呀！比如說你吧，根本不可能變成少安哥！」

「是呀，最叫人痛苦的是，你出身於一個農民家庭，但又想掙脫這樣的家庭；掙脫不了，又想掙脫……」

話到此時，兩位朋友便不再言語，長久地陷入到一種沉思之中。桌子上那隻舊馬蹄錶有聲有響地走着；屋子裏瀰漫着煙霧。外面不遠處的電影院大概剛散場，嘈雜的人聲從敞開的窗戶裏傳進來，仍然沒有打破這間小屋的沉靜。他們各自抽各自的煙，也不知道都想了些甚麼。

晚上睡下後，他們還是合不住眼，從小時候的雙水村說到上初中時的石圪節；又從石圪節說到原西縣上高中的那些日子。他們說自己的事，也說其他同學們的事。自高中畢業分手後，許多同學的情況他們都不知道了。記得那時間，大家都信誓旦旦地表示，他們全班同學有一天還會重新相聚。現在看來，那純粹是一種少年之夢。一旦獨立地投入嚴峻的生活，中學生的浪漫情調很快就煙消雲散了。

兩個好朋友一直把話拉到天明。儘管一晚上沒睡覺，但他們仍然十分興奮。

吃完早飯後，金波對他說：「你乾脆也來郵局和我一起扛郵包！等我爸跑車回來，我讓他給領導求個情，或許可以。這裏一天一塊一毛五分錢工資，沒在社會上攬工賺錢多，可是工作比較穩定。」

少平謝絕了金波的好意。他說：「咱們最好各幹各的。好朋友自闖江山，不要擠在一塊一個看一個的難過！」

金波馬上又同意了他的看法，只是問他：「那你如今在甚麼地方幹活？」

少平撒謊說：「還在陽溝，另找了個主家……」

少平不願再給金波添麻煩，就立刻和他的朋友告辭了。

金波把他送到郵政局大門口。他們也沒握手——對他們來說，握手反而很彆扭。

少平離開郵政局，本來應該到東面的汽車站去取他的行李，然後到大橋頭等待「招工」。但他已經給金波說他有活可幹，就只好在金波的目送下一直向橋西走去——走向那個虛構的「工作地點」。

當他走到麻雀山根下的丁字路口時，估計金波早已經回了郵政局，這才又折轉身從原路返回東關。他來到汽車站，取出了自己那捲破爛行李，然後又走進廁所，把身上的新衣服脫下來，重新換上了那身攬工漢的行裝。

現在，他又復原成另外那副樣子，向大橋頭他那個「王國」走去。

因為還是早晨，聚在大橋頭攬活的工匠還不很多。旁邊大街上，上班的人羣倒非常擁擠；自行車和行人組成的洪流，不斷頭地從黃原橋上湧湧而過。

少平想，眼下要是他立在這裏，萬一金波過來，很容易看見他。他於是把行李放在磚牆上，然後自己退到一個不起眼的牆角裏，一邊瞧着鋪蓋捲，一邊等待大批的工匠到來，好把他淹沒在人羣裏……

今天很不走運，幾乎沒有幾個包工頭來大橋頭。

眼看天又快要黑了，孫少平仍然懷着渺茫的企盼呆立在橋頭。唉，要是找不下活幹可怎麼辦？那他就得圪蹴下吃這六十塊錢了！

臨近黃昏的時候，突然有一位嘴叼黑棒煙的包工頭來到了大橋頭。對於仍然懷着僥倖心理留在橋頭的工匠們來說，等於大救星從天而降！

人們立刻就把這位包工頭包圍了。

少平不甘落後，也很快擠到了人圈裏。

「要四個小工！」包工頭把右手的拇指屈在手心裏，向空中豎起了四個指頭。

但是，那些幾天來找不下活幹的大匠工，也屈尊願去幹小工活。這使得競爭激烈起來。

包工頭立刻在匠人中間挑了兩個身體最好的，叼黑捲煙的嘴角浮起一絲笑意 —— 今天佔了個便宜，用小工錢招了兩個大工！但其他幾個匠人年紀有些大，他似乎不願意要，接着便再瞅年輕一些的人。他手在少平肩膀上拍了拍，說：「你算上一個！」

少平激動得心怦怦直跳，立刻返身回去拿自己的行李。

他和另外三個人跟着包工頭過了大橋，然後走過燈火通明的南北大街，一直向南關走去。一路上，他們這幾個人連同包工頭自己，很引人注目，在行人的眼裏大概像剛釋放回來的勞改犯一樣。

他們幾個被包工頭引到南關一個半山坡上的主家，一人吃了兩碗沒菜的乾米飯。吃完飯後，另外的三個人就在旁邊的一個敞口子窰裏住下了。包工頭指着坡下另外一個敞口子窰對少平說：「那裏還能擠一個人，你下去住！」

少平於是揹起行李，到坡下那個敞口子窰裏去安身。

這住處和他在陽溝攬工時的一樣，是個沒有門窗的閒窰；裏面的地上鋪一層麥秸，十幾個人的鋪蓋捲緊挨在一起。

少平進去的時候，所有的工匠都光身子穿個褲衩，圍在一起張大嘴巴興致勃勃地聽一個人有聲有色地講甚麼。

誰也沒注意他的到來。

他把被褥展開，鋪在窰口邊上，疲倦地躺下了。

躺下以後，他才注意到，窰裏所有赤膊裸體的攬工漢，原來是圍着一個四十來歲的匠人，聽他說自己和一個女人的故事 —— 這是攬工漢們永遠的話題。

現在，說故事的人正說得起勁，聽故事的人聽得如癡似醉。一支蜡燭就在那羣人中間的磚塊上栽着，人們輪流把旱煙鍋伸過去點煙；燈火一明一滅，照出一張張入迷忘情的面孔。只見說話的人手在自己粗壯的黑腿上拍了一巴掌，叫道：「啊呀，我的天！從南京到北京，哪個女人能比上這靈香俊？哼哼，咱們那山鄉圪塄裏自古養的是好女人！瞧，這靈香頭髮黑格油油，臉白格生生，眼花格彎彎，身材苗格條條，走起路來，就像那水漂蓮花，風擺楊柳！」

「噝……」所有的攬工漢都像牙疼似的倒吸了一口涼氣。

少平忍不住笑了，也不由把耳朵豎起來。

「呵呀，你們還沒見她那雙手哩！嫩得呀，綿得呀，就像那涼粉一般……」

「你捏過沒？」有人插嘴問。

「唉，怎能輪上我捏哩？我家裏窮得叮噹響，一個老媽媽守着我這個老光棍，吃了上頓沒下頓，那些年嘛……可是，我把靈香愛得呀，說都沒法說！我心裏劃算，叫我和靈香睡上一覺，第二天起來就死了也不後悔。可是，你把人家愛死也球不頂，人家就要結婚了！女婿就尋到了我們本村，是學校的教師……

「靈香結婚那天，我的心像碎刀子扎一樣，天下誰能知道我的苦哇！我圪蹴在一個土圪塄裏，眼看着人家對面院子裏紅火熱鬧，吹鼓手吹得天花亂墜。我心裏像貓爪子抓一樣，心想，不管怎樣，我非要把靈香……」

「你準備怎樣？」眾人性急地問。

講故事的人卻故意轉開彎子，說：「那天晚上，村裏人都跑去鬧洞房，我也就磨蹭着去了。洞房裏，村裏的年輕後生一個擠一個，大家推推搡搡，把靈香和女婿往一塊弄。我的眼淚直往肚子裏淌。我看見，靈香俊得像天上的七仙女下了凡！她梳了兩根麻花辮子，穿着紅綢子衫；那紅綢子呀，紅格豔豔，水格靈靈，把人眼都照花了，就是咱們黃原毛紡廠出的那種綢子……」

「是絲綢廠出的。」少平不由脫口糾正說。

「對！絲綢廠出的……你是才來的？」講故事的人扭過頭問了一句。眾人卻嚷道：「快說！你接下來幹甚麼來着？」

「叫我出去尿一泡！」講故事的人說着便站起來，走到窰口前撒起了尿。在他返回來時，少平看見他右眼裏有塊「蘿蔔花」。

「蘿蔔花」立刻又坐在人圈當中。他先點了一根旱煙棒，狠狠吸了一口，又「撲」一聲把煙霧噴向窰頂。

坐立不安的眾人都伸長脖子焦急地等他開口。

「……就這樣，眾人鬧騰了大半夜。我哩？渾身像篩糠一樣發抖，就是不敢往靈香身邊擠。眼看就要散場了，我再不下手，一輩子就沒機會了。我心一橫，在混亂中擠上去，手在靈香的屁股蛋上美美價捏了一把……」

「啊啊！」眾人都興奮地叫起來。

「後來呢？」有人趕忙問。「後來，人家回過頭把我美美價瞪了一眼。我嚇得趕緊跑了……」

「這麼說，你還是沒和人家睡過覺？」有人遺憾地吧咂着嘴。

「睡屁哩！」「蘿蔔花」喪氣地又把一口煙吹向窰頂，「從此，我就離開了村子，出來攬工了。賺下兩個錢，到東關找個相好婆姨睡幾個晚上。錢花光了，再去幹活……」

眾人漸漸失去了聽故事的興趣。有人打起了長長的哈欠。

「睡！」「蘿蔔花」說。

於是，這一羣光身子攬工漢就都摸索着回到自己的鋪位上，躺下了。不到一分鐘，窰裏就響起雷鳴般的鼾聲。

但孫少平卻翻過身掉過身怎麼也睡不着。他感到渾身燥熱，腦子裏嗡嗡直響。城市已經一片寂靜，遠處黃原河的濤聲聽起來像受傷的野獸發出壓抑而低沉的呼號……

第七十三章

立秋前後，孫少安的新窰全部箍成了。

在雙水村最南頭的那個土坪上，出現了一院頗有氣派的地方：一線三孔大窰洞，一色的青磚砌口，並且還在窰檐上面戴了「磚帽」。

孫少安是雙水村有史以來第一個用磚接窰口的。在農村，磚瓦歷來是一種富貴的象徵；古時候蓋廟宇才用那麼一點。就是赫赫有名的已故老地主金光亮他爸，舊社會箍窰接口用的也是石頭，而只敢用磚砌了個院門洞——這已經夠非凡了。可現在，孫少安卻拿青磚給自己整修起灰蓬蓬一院地方，這怎能不叫雙水村的人感慨？誰都知道，不久前，這孫家還窮得沒棱沒沿啊！

一院好地方，再加上旁邊煙氣大冒的燒磚窰，雙水村往日荒蕪的南頭陡然間出現了一個新的格局。這景觀給了全村人一個啟示：趁現在世事活泛了，趕快鬧騰吧！說不定過一段日子，誰都可以給自己弄一院新地方的！有些性強的村民，已經在心裏暗暗用上了勁，準備有一天也要改換自己的門庭。

新窰完工沒有多少天，喜形於色的秀蓮就迫不及待催促丈夫把家從飼養院搬過來了。雖然還沒甚麼家當，但對這年輕的夫婦來說，就好像從地獄一下子升到了天堂。

搬家以後，創業心迫切的孫少安，等山裏農活一忙畢，就不失時機地又開始點火燒磚。俗話說，人有三年旺，神鬼不敢擋。孫少安自己也覺得他現在信心十足；他要幹甚麼事，就幹成了。而過去，就是能幹成的事，也常常幹不成！

在勞力缺乏的時候，少安突然想起了田二的小子憨牛。責任制後，憨牛沒人管了。老憨漢一死，小憨漢儘管有一身好力氣，但自己料理不了生活，幾乎頓頓飯都生吃。少安想，讓憨牛到他的燒磚窰來做活，他給管飯，並且一天給開一點工錢；這樣既解決了憨牛的問題，也解決了他的問題。至於憨牛那點地，他相幫着捎帶就做了。

少安無法和田牛「商量」這件事，他索性就把這個憨後生領到磚窰來幹活了 —— 就像領回來一隻無主的狗。村裏人對此也沒甚麼非議，輿論一般還認為這是積德行為。

這樣一來，少安的勞力危機就緩和了許多。憨牛力大無比，還專愛幹重活，擔水，和泥，從早到晚像牲畜一樣，除過幹活，連句話也不說。只是他飯量大了一點，一個人幾乎吃兩個人的；但算算賬，用這個勞力只有好處沒有壞處。

在這樣順心的時候，孫少安也隱隱地有一些另外的不安。他總覺得，他和秀蓮獨佔這一院新地方不太合適，應該把父母親也搬過來。

但他又知道，秀蓮不情願這樣。他的妻子搬到新地方以後，分家的意識表現得越來越強烈。現在，她自己有時候甚至不回父母那裏去吃飯；而利用一點簡單的炊具在新居這面做着吃。這使少安十分難堪。更不像話的是，秀蓮對待老人的態度也不像前幾年那樣乖順；回到家裏，常常悶着頭不言不語。很明顯，在老人和秀蓮之間，已經出現了一種危險的裂痕；作為兒子又作為丈夫的他，手足無措地被推到了這個令人尷尬的夾縫中間。

生活啊……叫人怎麼說呢？

儘管秀蓮不會歡迎父母遷入新居，但少安意識到他不能對這件事裝聾作啞 —— 他要主動請求父母也搬到新窰來住。老人鑽了一輩子黑窰洞，現在修起新地方不讓他們過來，實在說不過去呀！

種麥之前，少安在山裏單獨和父親勞動時，便直截了當表示了他的心願。

父親半天沒有說話。

他抽完一鍋煙以後，才思思慮慮地說：「你的心意爸爸理解。爸爸也正準備和你拉談拉談……

「我們不能搬過去住。我和你媽已經商量過了，從今往後，你和秀蓮應該單獨過日子。」

「你說分家？不！」少安叫道。

「你聽爸爸說。如今分開家，我和你媽除不難過，心裏還樂意哩！看見你整修起一院新地方，我們高興得一夜合不住眼啊！你爺爺和我，苦熬了一輩子又一輩子，誰也沒能在雙水村站到過人前面。現在，咱站到人前面了。說句心裏話，爸爸這輩子不再圖享福，只圖出一口順氣；現在，爸爸就是睡到黃土裏心也平了。這多少年，你和秀蓮為了顧救一家人，受了不少連累。現在家裏光景好了，你們也不要再為我們牽腸掛肚。我和你媽都情願讓你們痛痛快快過兩天年輕人的日子，要不，我們心裏也過不去啊！」

「你不要說了，爸爸！」少安皺着眉頭，「我不能甩下你們不管。

這家不能分！你也不要擔心秀蓮會怎樣，總有我哩！」

「你千萬不要怪罪秀蓮！秀蓮實在是個好娃娃！人家從山西過來，不嫌咱家窮，幾年來和一大家人攪在一起，門裏門外操勞，一點怨言也沒有，這樣的媳婦而今哪裏能找得見？人家娃娃沒撥彈，已經仁至義盡了！是咱們對不起人家，把人家連累得沒過一天暢快日子。你要是因為分家的事對秀蓮不好，我和你媽就不答應你！

「至於分開家，你也不要為我們操心。剩下也沒幾口人了，我的胳膊腿還硬朗，光景滿能過哩！再說，少平也大了，萬一我不行，還有他哩！現在他年輕，想出去闖一闖世界，那就叫他去闖一闖，反正這點地我一個人能種得過來。再說，咱們就是分了家，我這邊光景爛包了，你還能看着不管嗎？」

少安聽得出來，父親說的都是一片誠心話。這反倒使他忍不住哭了起來。他哭得極其傷心，一腔洶湧的感情無法表述，只是哽咽着反覆說：「不能分……不能分……」

孫玉厚看少安哭得這樣傷心，便像在兒子小時候一樣，用他的老繭手在他亂蓬蓬的頭髮上撫摸了一下，說：「你這娃娃！咱們現在應該高興，哭甚麼哩！不要哭了！分家的事，我和你媽商量過了，一定要分開！咱高高興興往開分！分開咱還是一家人嘛！」

生活的好轉，看來使孫玉厚又一次顯示出了他年輕時的氣魄。在這件事上，不管兒子怎樣堅持，也毫不能動搖他的決心。

說實在話，和少安分家，的確不僅僅是因為秀蓮的態度，也是出自他自己內心的要求。在這一點上，少安他媽和他的心思是一樣的。

是啊，對於他們老兩口來說，一生操勞不都是為了兒女能過上好日子嗎？以前世事不饒人，使他們除不能為兒女謀福，還要拖累孩子們。現在既然光景日月能過了，為甚麼還不讓娃娃過兩天輕快日子呢？可憐的少安十三歲到如今，生活壓得他一直像個老頭一樣直不起腰來，現在不能再連累他了！不分家，秀蓮不痛快，兒子的處境也難。他們老兩口怎忍心看着小兩口鬧彆扭呢？不論從哪個方面說，這家是應該分了，也到分的時候了！

和兒子談畢這次話以後，孫玉厚老漢就在心裏謀算，怎樣儘快把這件事完結了；在他看來，這也是一生中的一件大事，和兒女們的婚嫁事同樣重要。

自從土地分開以後，孫玉厚老漢雖說是五十大幾的人了，但精神倒好像年輕了許多。從去年責任組開始到現在一家一戶種莊稼，僅僅一年時間，一家人就不再愁吃不飽了。對於農民來說，不愁吃飯，這簡直是一件不可思議的事——這是他們畢生為之奮鬥的主要目標啊！一旦有飯吃，他們最基本的要求和最主要的問題就解決了。囤裏有糧，心中不慌。孫玉厚老漢眉頭中間那顆疙瘩舒展開了。

其實，一家一戶種莊稼，比集體勞動活更重；但為自己的光景受熬苦，心裏是暢快的。農民啊，他們一生的詩情都在這土地上！每一次充滿希望的耕耘和播種，每一次沉甸甸的收割和獲取，都給人帶來多麼大的滿足！

正是新的生活變化才使玉厚老漢的心情發生了變化。因此，當兒媳婦表露出分家的念頭時，孫玉厚老漢早想到要把他們小兩口從這一大家人中解脫出來。是的，親愛的兒子對這個家庭的奉獻已經足夠了。家分開以後，讓娃娃放開馬跑上幾天！他看得出來，少安有本事在雙水村出人頭地；只要兒子立在眾人面前，他孫玉厚臉上也光彩！話說回來，要是不分家，少安仍然被一大家人拖累着，他有翅膀也飛不起來！

當然，分家以後，他的負擔就更重了。但算一算，剩下五口人，他能維持。花銷主要是上學的蘭香。目前他也不指望少平撐扶這個家 —— 只要自己能勞動，就讓他小子自顧自闖世事去吧！他想，即使他過幾年不中用了，自己的兩個兒子也不會丟下他不管 —— 他的兒子他知道。現在趁他還能在山裏刨挖，就儘量給娃娃們騰出幾年時間，讓他們各自憑本事去踢騰上一番……

對孫玉厚老兩口來說，分家已經成了定局。

但是在孫少安那裏，問題並沒有完全解決。

自從和父親談罷那次話以後，少安一直陷入到一種痛苦的感情糾纏之中。他一時怎麼也不能想像，他要脫離開這個大家庭。多少年來，他已經習慣於自己在家庭中扮演保護人的角色；一旦沒有他，其他人怎麼辦？

他難受得心動彈哩！

當然，他不是不知道，要是分開家，他和秀蓮能把光景日月過得熱火朝天。可他父親那裏不會有甚麼起色 —— 他只相信一點，全家人倒不至於再餓肚子。

唉，從農村的社會來看，兒子成家後和父母分家，這是一件很自然的事；可從自己的感情方面說，這實在又是難以接受的啊！

孫少安太痛苦了。這些天來，他幾乎不願意和別人說甚麼話。晚上吃完飯，他也不願立刻回到那院新地方去安息。

他常常在黑暗中沿着東拉河畔，一邊吸着自捲的旱煙卷，一邊胡亂地向罐子村的方向溜達很長時間。朦朧的月光中，他望着自己的燒磚窰和那一院氣勢非凡的新地方，內心不再像過去那樣充滿激動。他不由得將自己的思緒回溯到遙遠的過去……是的，最艱難的歲月也許過去了，而那貧困中一家人的相親相愛是不是也要過去了呢？

一切都很明確 —— 這個家不管是分還是不分，再不會像往常一樣和諧了。生活帶來了繁榮，同時也把原有的秩序打破了……

在少安深陷痛苦而不能自拔的時候，秀蓮卻一下子變得輕快起來 —— 顯然，母親已將分家的意思告訴了她。

少安無法忍受妻子的這種快樂情緒。他氣憤的是，秀蓮的態度好像是要擺脫一種累贅似的暢快 —— 這暢快本身就是對老人的不尊！

這天晚上，秀蓮像慶賀似的，在新家給他炒了一大碗雞蛋，烙了幾張油餅；她不讓他回父母那裏吃飯，硬要他在這裏吃 —— 似乎專意讓他先嚐嚐分開家的滋味！

少安頓時怒不可遏 —— 秀蓮太不理解他的心情了！他立刻把妻子臭罵了一通，真想把那些吃食扔到院子裏去！

罵完妻子後，他把門使勁一摜，回父母那裏吃飯去了，而把痛哭流涕的秀蓮一個人丟在新窰裏。

少安回家吃飯時，母親疑惑地問他：「秀蓮怎沒過來？」

少安端起飯碗，一句話也沒說。

「是不是鬧架了？」父親沉下臉問。

少安往嘴裏扒拉着飯，仍然沒吭聲。

玉厚老漢給老伴使了個眼色。少安媽立刻解下腰裏的圍裙，急急忙忙出了門 —— 她要趕到新地方去看個究竟。

不一會，少安他媽就回來了，生氣地責備兒子：「你太不像話了！」

「怎啦？」玉厚老漢已經認定是兒子欺負了秀蓮，火氣十足地問老伴。「秀蓮說少安今兒個出了一天磚，怕他熬壞了身子，給他在那面單另做了點吃的，死小子不吃就算了，還把人家罵了一頓……」

少安媽說着，便收拾起一點飯，又出門給秀蓮送去了。

孫玉厚對低頭吃飯的兒子吼着罵道：「鬼子孫！人家好心待你，

你為甚麼要罵人家？」

孫玉厚索性丟下碗不吃飯了。他手顫抖着挖了一鍋旱煙，勾着頭蹲在腳地上，像遭受了一次沉重的打擊，臉痛苦地抽搐着。

少安仍然一句話也沒說，狼吞虎咽地吃完飯後，就悄無聲息地出了門。他也沒回新居去，徑直走到燒磚窰的土場子上，悶着頭打起了磚坯。

月亮從東拉河對面的山上探出了頭，靜靜地凝視着大地。時令已快要到白露，冷颼颼的風從川道裏吹過來，把黃了的莊稼葉子搖得颯颯價響。暮色中，從遠處的山梁上傳來一陣飄忽的信天遊——這是貪心勞動的田五，還在山裏磨蹭着不回來……

孫少安拚命地往木模子裏摔着泥巴，然後用一個小片一刮，就端起來把磚坯扣在撒了乾土的場子上。他頭上冒着汗氣，索性把長衫子也脫掉甩在一邊，光膀子乾起來了——似乎要用這掙命般的勞動把他心中的煩悶舒散出去……

在少安不聲不響走了以後，孫玉厚老漢還倒勾着頭蹲在腳地上抽旱煙。他明白，少安和秀蓮實際上還是為分家的事鬧彆扭。

老漢左思右想，覺得這件事不能再拖了。

他當機立斷，決定馬上就分家。不管兒子願意不願意，這家得儘快分——這事既然已經提出來，就不能再遷就着在一塊過日子了！現在分開還為時不晚；再拖下去，說不定一家人還要結冤仇哩！

玉厚老漢隨即又想：這事應該讓少平也回來一下；二小子已經成了大人，這實際上等於是他和他哥分家，他不回來不合情理！

於是，孫玉厚老漢「叭叭」兩下把煙灰在鞋幫子上磕掉，開門去找他弟孫玉亭；他要讓玉亭給少平寫封信，然後託開郵車的金俊海順路捎到黃原，讓少平趕快回家來！

第七十四章

黃原攬工的孫少平，已經又換到了另一個地方幹活。

這次他是在城裏一個單位的建築工地上當小工 —— 這單位要修建幾十孔「駁殼窰洞」，因此幾個月內他不會「失業」。

他仍然揹石頭。

他本以為，他的脊背經過幾個月的考驗，不再怕重壓；而沒想到又一次潰爛了 —— 舊傷雖然結痂，但不是痊癒，因此經不住重創，再一次被弄得皮破肉綻！

這是私人承包的國營單位建築，工程大，人員多，包工頭為賺大錢，恨不得拿工匠當牛馬使用；天不明就上工，天黑得看不見才收工。因為工期長，所有的大工小工都是經過激烈競爭才上了這工程的。沒有人敢偷懶。誰要稍不合工頭的心意，立刻就被打發了。在這樣的工程上要站住腳，每一個工匠都得證明自己是最強壯最能幹的。

少平儘管脊背的皮肉已經稀巴爛，但他忍受着疼痛，拚命支撐這超強度的勞動。每一回給箍窰的大工揹石頭，他狠心地比別的小工都揹得重。這使他贏得了站場工頭的好感。不久，總包工頭宣佈給他和另外兩個小工每天增加二毛工錢。

晚上收工以後，年紀大的匠人碗一撂就倒頭睡了，年輕的小工們還有精力跑到街上去看一場電影。

少平既不急忙睡，也不去街上；他通常都是拿本書在院子的路燈下看一會。上次他給詩人賈冰還那本《牛虻》時，賈老師主動幫助給他在黃原圖書館辦了個臨時借書證，這使他能像以前那樣重新又和書生活在一起。只不過現在除過熬苦不說，也沒有多少閒時間，一天只能看一二十頁。一本書常常得一個星期才能看完。

但無論如何，這使他無比艱辛的生活有了一個安慰。書把他從沉重的生活中拉出來，使他的精神不致被勞動壓得麻木不仁。通過不斷地讀書，少平認識到，只有一個人對世界了解得更廣大，對人生看得更深刻，那麼，他才有可能對自己所處的艱難和困苦有更高意義的理解；甚至也會心平氣靜地對待歡樂和幸福。

孫少平現在迷上了一些傳記文學。他已經讀完了《馬克思傳》《斯大林傳》《居里夫人傳》和世界上一些作家的傳記。他讀這些書，並不是指望自己也成為偉人。但他從這些書中體會到，連偉人的一生都充滿了那麼大的艱辛，一個平凡人吃點苦又算得了甚麼呢？他一生不可能做出甚麼驚人業績，但他要學習偉人們對待生活的態度——這就是他讀這些書的最大收穫……

隨着日月的流逝，街頭的樹葉在秋風中枯黃了。黃原城周圍的山野，也在不知不覺中被大片的黃色所覆蓋。古塔山上，有些樹葉被秋霜染成深紅，如同燃燒起一堆堆大火。天格外高遠而深邃，雲彩像新棉一般潔白。黃原河不僅漲寬，而且變得清澈如鏡，映照出兩岸的山色秋光。城市的市場上，瓜果菜蔬驟然間豐裕起來。姑娘們已經穿起了薄毛線衣，街道上再一次呈現出五顏六色的景象。

黃原城地處幾條大川道的交叉口，因此風比較大；早晨或晚間，已經充滿了浸膚的涼意。孫少平身上的單衣裳開始招架不住了。

這一天下午，少平請了半天假。他先到圖書館還了書，又借出一本新的；然後便溜達着到市中心的商店為自己買了一身絨衣。

買完絨衣後，時間還早，他想到東關郵政局去找金波拉拉話——上次見面後，他還一直沒時間去找過他的朋友。

當少平走到黃原河老橋的西頭時，突然被一個人拉住了。回頭一看，原來是他第一次做活的主家曹書記。

「哈呀，我老遠就認出是你！」曹書記胳膊窩裏夾着一把新買的切菜刀，一把拉住他說。

「我嬸子好着哩？」少平問候。

「好着哩！常唸叨你！你怎走了再也不到家裏來？你而今在甚麼地方哩？」

「在地區物資局的工地上做活。」

「來，咱到旁邊拉拉話！」曹書記扯着少平的衣袖，把他拉到橋頭邊上的一個欄杆旁。

「我正打問着找你，想和你商量一件事……」曹書記說着，給少平抽出一根紙煙。

「甚麼事？」少平點着煙，疑惑地問。「你成家了沒？」書記問他。

這更讓人摸不着頭腦了。

「沒……」少平說。

「訂婚了沒？」

「啊？……沒。」

「如果你單身一人，願不願意來我們陽溝落戶？」

少平一下怔住了。他想不到書記說的是這麼一回事！「我和你嬸子都看你是個好娃娃，我們都想讓你到我們這裏來落戶……」

少平立刻動心了——能在黃原城邊落戶口，這的確不是一件容易事！他毫不猶豫地說：「我願意！……就怕你們隊的人不接受。」

「我同意了，其他人為難一些，但不會反對！」曹書記權威地說，「只是土地怕一時不好給你分，城邊上地缺。不過，先把戶口安下再說！長遠你不要怕！你先可以像現在一樣在城裏攬活做……當然，只能落你一個人的戶口，家裏其他人恐怕不行。」

少平想，只要他先能落下戶口，以後慢慢再說。山不轉水轉。他把根扎牢了，到時其他事說不定都可以解決……

他對書記說：「叔叔，能行！就按你說的來！我樂意到陽溝落戶。有你和嬸子，我一切方面都放心着哩！」

「那好，你要是不忙，現在就跟我去一趟陽溝，我給你想辦法開准遷證。」曹書記看來非常熱心給他幫這個忙。

少平想了想，覺得這事太突然，他需要再細細考慮一下，於是就對曹書記說：「我現在要到東關去辦點事，過兩天我一定去你們家！」

「那也好！我回去把事都弄妥當，你甚麼時間來都可以拿手續！」

曹書記和他很熱情地握了手，就告辭走了。

少平立在原地方半天沒挪動腳步。他怎麼也反應不過來這件突然冒出的事。曹書記怎對他這個攬工小子關懷到這種程度呢？

其實，曹書記有曹書記的打算。

陽溝的這個精能人只生了兩個女兒。他的大女兒菊英已經十八歲，但唸不進去書，一直在初中留上一級再留一級；看來只能勉強初中畢業，高中的門是進不去了。少平在他家做活的時候，他老兩口一下子就看中了這娃娃。少平離開後，他們商量，想叫這後生將來和他們的菊英成親，做個上門女婿。他們沒生養兒子，有個女婿在身邊，老了就有人照顧了。因此，多少天來，曹書記跑着在各處的工地上打問他未來的「女婿」，卻想不到今天無意中在街上碰見了孫少平……

少平對這一切當然毫無所知。他現在立在黃原河橋頭，只是對曹書記的一片好心充滿了感激。他真想不到他生活中出現了這樣的轉機。他想，這大概就是人們所說的「命運」吧？

現在，這個突然被命運之神寵愛的青年，懷着激動的心情走過了黃原河大橋，去找他的朋友金波。路過東關橋頭的時候，他不由瞥了一眼他那個親切的「王國」—— 那裏永遠躺着、坐着、站着許許多多等待勞動機會的同伴……

他在郵政局找到金波，還沒來得及說他的高興事，金波就給他拿出了一封家信，說:「我父親前幾天就捎來了，我到處打問找不見你。你快拆開看看！是不是家裏有甚麼緊事……」

少平認出信封上是二爸的字體。他的手忍不住微微發着抖，拆開了那封信 —— 他們家的信大概不會給他帶來甚麼好消息。

信很簡單 ——

少平兒：

自從你離家以後，一直沒有音訊，全家人都很想念你。家裏有些事，需要你很快回來一下。請你收到信馬上反（返）回來。

家裏一切都好，不要掛念。

父親

雖然信上沒有具體說家裏出了甚麼事，但少平心裏還是有些忐忑不安。

「沒甚麼事吧？」金波觀察着他的臉色。

「沒甚麼……家裏讓我回去一下。」

「那你甚麼時間走，你可以搭我父親的郵車。」

「我得收拾兩天。」

金波和上次一樣，先不再說甚麼，趕緊出去做飯 —— 他知道少平最需要的首先是好好吃一頓飯。

兩個人吃完大半臉盆揪白麪片後，少平就把曹書記要他落戶到陽溝的事，給金波細說了一遍。

金波不假思索地說：「啊呀，這是好事！在城邊上當個莊稼人，也比一輩子呆在雙水村強！旁的不說，看個電影也方便！這樣，你實際上就生活在城市裏了。」

金波這麼一說，少平再一次興奮起來。

兩個好朋友高興的是，他們又要生活在同一個地方，有個甚麼事，互相也可以照應。誰知世事今後還會怎樣變化！黃原是個大地方，只要他們有能耐，盡可以在這個天地裏揚胳膊伸腿！

這樣，孫少平就下了決心，準備將自己的戶口遷到黃原來了。他想，過幾年他鬧好了，還可以把父母的戶口也遷過來。世界這麼大，哪裏也可以活人！另外，從發展的眼光看，城邊上當個農民，鬧騰家業的出路也多。好，他應該當機立斷，馬上行動，千萬不敢失去這個一生難逢的好機會！

告別金波後的當天晚上，少平就找了工頭，說他家裏有事，要結算工錢，不準備再上這工了。

工頭看來非常遺憾失去了一個好小工。結算完工錢後，工頭破例把他帶到廚房，讓做飯的親戚給少平切了一碗肥豬肉片子，算是對他曾經賣命幹活表示一點犒勞。

一碗豬肉下肚，少平嘴一抹，就去了陽溝。

曹書記一家人熱情地接待了他。這次見面，雙方已經不是當初那種主僕關係，而像是親朋好友一般。

曹書記立刻出去為他辦准遷證。書記的老婆就及時抓住機會，讓少平給女兒菊英補習中學語文課。在少平開始為菊英補習功課的時候，菊英她媽推說到鄰居家取東西，溜出去半天沒有回來。

十八歲的菊英完全是城市姑娘的打扮。白淨的臉蛋，彎彎的眉毛，一對清澈活潑的眼睛，很崇拜地聽少平頭頭是道地講解課文。她看起來很聰敏，但學習實在遲笨；少平說半天，她都理解不了。她只是驚訝地看着他，帶着一臉的疑問：你這麼能行，為甚麼要攬工呢？當然，這女孩子也並不知道，這個她難以理解的鄉下後生，已經被父母「內定」為她的女婿……

在曹書記家愉快地逗留了幾個小時，少平就懷揣着那張准遷證，回到了他做工的地方。

第二天，他從頭到腳換上了新衣服，然後到街上去給家裏人買東西。他身上現在破天荒揣二百多元錢，像個財主似的在商店裏闊視。他給全家每個人都買了一件衣服，又買了許多吃食。那個爛黃提包顯然不能再提回去，於是又買了一個很大的新帆布提包。他要在一切方面向家裏和村裏人顯示，他在門外幹得不錯！

買完東西後，身上還有一百多元錢。走在黃原街上，他心裏充實而自豪。

一切辦理好以後，他到理髮館去理了個髮。

現在，他完全換成了另外一個人。身上的傷痕被簇新的衣服包裹了起來；臉乾乾淨淨，頭髮整整齊齊，儼然是一副工作人的派頭！

晚上，他把所有的東西都帶上，來到了金波住的地方 —— 在這裏過一夜，明天早晨就搭郵車回雙水村。

第二天天還不明，他就爬起來，把那捲行李和裝爛衣服的破提包都交代給金波 —— 這說明他還要回到這個城市來。然後他就提着那個鼓囊囊的新提包先一步出了門，走到城外的公路邊上等金俊海的郵車。郵車按規定不准捎坐人，因此不敢在城裏上車。

不一會，他就坐在郵車駕駛樓助手的位置上，離開了夜色還沒有褪盡的黃原城。

在回家的路上，少平心中思緒萬千。從春天離家以後，一晃就半年了。半年來，他感到比以往他度過的所有日月都要漫長。酸甜苦辣，一切都無法用語言表述。不論怎樣，他沒有退縮，也沒有倒下。現在，他並不是兩手空空回來了 —— 這也不只是說他賺了幾個錢，買了點東西；不，他半年的收穫決不僅僅是這些！

現在他才感到，他離家的時間也的確不短了。這期間，他也沒給家裏人寫信。誰知家裏成了甚麼樣子？父親寫信讓他「馬上返回」—— 出了甚麼緊急事呢？如果是好事，他會在信上寫明的；看來家裏一定是有甚麼不幸了，父親怕他着急，才用了這麼含糊的口氣給他寫信。

但是，他的心臟也開始健強了一些，心想，就是天塌下來，也按塌下來處理，熬煎也沒有用！

汽車過了分水嶺，少平的心忍不住「怦怦」地跳起來。公路兩邊熟悉的山山峁峁都親切地出現在視野之內。他看見，東拉河兩岸的溝道和山頭，莊稼再不像往年一樣大片大片都是同一種類。現在，各種作物一塊塊互相連接而又各自獨成一家。每一塊地都淋漓盡致地表現出了主人的個性。個把地塊莊稼長得不好，你就知道它的主人肯定不是個勤快人。

村莊裏，有的秋莊稼已經上了禾場。金黃的顆粒被赤膊的莊稼人一鍬鍬揚向蔚藍的天空；碎雨似的五穀落下來，撒在嬉鬧的孩子們的身上。山野的小路上，農婦們顫動着肥大的乳房，挑着送飯罐悠悠閃閃地走着。溝道裏，牛、羊、驢、馬，成羣結隊的很少；往往三三兩兩，被一些大孩子放牧着 —— 少平知道，這些孩子都是剛剛退學的。各個村莊裏，看來沒有甚麼人閒呆着。新的生活和勞動是平靜的，但少平又很清楚，對於每個家庭來說，那一天中的節奏充滿了忙亂和緊張……

親愛的雙水村就在眼前了。少平透過車窗，遠遠地看見他家的窰頂上飄曳着一柱灰白的柴煙；一股說不出的溫暖和甜蜜刹那間湧上他的心頭，使他忍不住鼻子一酸，幾乎要哭了。

哦，家鄉，永遠叫人依戀和動情的家鄉啊！

第七十五章

孫少平回家以後才知道，父親是因為分家的事才寫信讓他回來的。

比起他想像的其他災禍，這件事看來並不特別嚴重。《紅樓夢》裏的鳳姐說，沒有不散的筵席。弟兄分家，或者父子分家，在農村已經是一件很自然的事。和其他人家相比，大哥和嫂子結婚幾年都和他們一塊過光景，這也就不容易了。現在他們要單另立家，不論從哪方面說都無可非議。

少平看出，大哥心裏很難過。少平理解他的心情。

他去燒磚窰轉的時候，大哥把他引到下面的溝道裏，想和他單獨說說話。

弟兄倆坐在東拉河邊，一時都不知該從何說起。

少平給少安抽出一根紙煙。少安說他抽不慣，仍然用紙片給自己捲了一支旱煙棒。

「大哥，分家的事，你也不要過多地想甚麼。爸爸的考慮是對的，你和我嫂現在應該單另過光景了……」

少平先開口勸慰少安。

少安沉默了好長時間，才說：「那你們怎麼辦？一大家人，老的老，小的小……」

「有我和爸爸兩個人哩！家裏實際上沒幾口人了！我和爸爸兩個完全可以維持！」少平說。

少安又沉思了一會，然後抬起頭看着弟弟，說：「那這樣行不行？分開家後，你到燒磚窰來，咱兩個一塊經營，紅利二一添作五，一人一半！」

「那還等於沒分家！」少平笑了笑，「既然單另過光景，咱們就不要一塊黏了。雖然是兄弟，但要分就分得湯清水利，這樣往後就少些不必要的麻煩。分開家過光景，你的家就不是你一個人，還有我嫂子哩！」

少安驚訝地盯着弟弟的臉看了半天。他想不到少平已經變得這麼大人氣——這未免有點生硬。他說：「弟兄之間怎能分得這麼清哩？」

「分清了好。俗話說，好朋友清算賬。弟兄們一輩子要處理好關係，我認為首先是朋友然後是弟兄才有可能，否則，說不定互相把關係弄得比兩旁世人都要糟糕哩！」

這「理論」少安無法接受。但他認識到，少平已不再是過去的少平。他奇怪：弟弟在甚麼時候學會了高談闊論？

不過，少安感到多少日子來由於分家而給他造成的巨大精神壓力，似乎減輕了一些。少平的這種態度刺激了他，使他不由自主地想：既然你後生口大氣粗，已經這麼能行了，那咱們倒也不妨試試看！

他問弟弟：「那你準備怎麼辦？」

「我準備把戶口遷到黃原城邊的農村去。」

「甚麼？」少安吃驚得幾乎要跳起來，「說了半天，你還是要屁股一拍遠走高飛呀？怪不得你把分家說得這麼自在！你走了老人怎麼辦？如果是這樣，家就不能分！」

「哥，你先別躁。我遷到黃原，又不是自顧自圖輕快去呀！我出去難道就會白白呆着？我不會勞動？我賺下的錢不會養活老人？再說，我在那裏鬧好了，說不定將來把父母親也能搬遷過去哩！」

「這真是說笑話哩！老人年紀那麼大了，還跟你上天去呀！」少安已經生氣地挖苦起了少平。

少平知道，少安無法理解他。他沉默了一會，說：「哥哥，不管怎樣，咱還是按爸爸的意思來，先把家分開再說。你不要太為我們擔心。我出去要是不行了，我就會很快回雙水村的。往出辦戶口不容易，要是往回遷戶口，雙水村不會拒絕接受我吧？你叫我出去先闖一闖，頭碰破了，那是我活該。你不是也在闖嗎？你為甚麼不一心種莊稼，而開辦個燒磚窰呢？還不是謀個大出展嗎？我為甚麼就不能有我的一點打算呢！」

少安倒被弟弟的這番話說得無言對答。

他問少平：「那你和爸爸商量了沒？」

「還沒哩。罷了我和他商量。你放心！如果爸爸不同意我出去，我就留在雙水村種莊稼呀！」

兄弟倆實際上無法再把話談下去了。

少安長歎了一口氣，站起來。

少平也站起來。兄弟倆就這樣沉默寡言地離開了東拉河畔，相跟着從草坡的小路上轉上來，一塊走到燒磚窰的土場上。少安抓起木模子打磚坯，少平把鞋襪扔在一邊，褲管挽在半腿把上，赤腳片跳進泥裏，掄着鐵鍬幫哥哥幹起活來……

兩天以後，在孫玉厚的主持下，這個多年的大家庭就一分為二了。

分家其實很簡單，只是宣佈今後他們將在經濟上實行「獨立核算」。原來的家產少安甚麼也沒要，只是和秀蓮到新修建起的地方另起爐灶過日月罷了。實際上，這個家永遠不會像少平說的那樣「湯清水利」。首先虎子就分不開。小傢伙名義上分過去了，但他不會離開爺爺和奶奶；孫玉厚老兩口也離不開這個寶貝孫子。

家總算這樣「分」開了。

分家以後，少平立刻就和父親談他自己的出路。

孫玉厚老漢豁達地對兒子說：「你走你的！這兩年爸爸還康健，能種了這點莊稼。只要你能在外面闖出個世事來，爸爸不拉你的後腿！你出門爸爸放心着哩，不會闖出大亂子來……」

「只要我能在黃原扎下根，將來就把你們都遷過去！」

少平非常感激父親如此慷慨放他出門。

玉厚老漢苦笑了一下，說：「先不要想那麼遠的事。再說，我和你媽一輩子就是這雙水村的人了，不會把老骨頭撂到外地去的。你只管闖你的世事去！你到了外面，可要你自操心哩！爸爸盼你這輩子不要像爸爸一樣，活得蜷胳膊屈腿的……」

少平心裏陡然間生出一種悲壯的情緒來。他想，為了父母親對他的熱愛和希望，他也要好好活一輩子人！

在村裏辦好遷移手續後，他準備到罐子村和原西縣高中分別看望姐姐和妹妹，然後就直接返回黃原。

離開雙水村的那天，父母親和大哥大嫂一直把他送到村頭。母親哭出了聲，惹得全家人都眼圈紅了。是的，這次出門不比往常——這意味着他不再屬於雙水村，而將成為一個陌生地方的公民了！

少平順路先到罐子村看望姐姐。蘭花一見他，甚麼也沒說，先哭了一鼻子。王滿銀幾乎一年沒回家來，姐姐一個人又種地，又帶兩個孩子，操磨得像個老太婆一樣。

酸楚和憤怒使少平的心情久久不能平靜。他在姐姐家留了幾天，幫她把一些主要的秋莊稼割倒在地裏——不久爸爸和哥哥會來幫助背運和碾打的。

臨走時，他給姐姐放下二十塊錢，讓她去量鹽買油。

少平懷着極其痛苦的心情，從罐子村搭上了去原西縣的長途公共汽車。

從原西縣汽車站出來，走在那條熟悉的石板街上，聞着空氣中親切的炭煙味，一種懷舊的情緒立刻瀰漫在他的心頭。不知為甚麼，他突然記起了幾句詩——在詩人賈冰的影響下，他後來也讀過不少詩。

他在心裏默默地唸着——

往昔的回憶使我們激動，
我們重新踏上舊日的路，
一切過去日子的感情
又逐漸活在我們的心裏；
使我們再次心緊的是
曾經熟悉的震顫；
為了回憶中的憂傷，
真想吐出一聲長歎……

少平一邊從街道上往過走，一邊淚眼矇矓地尋找着過去涉足過的角角落落。

一直到十字路口附近，他才使自己鎮定下來。

他看見，現在的原西城似乎比往日要紛亂一些。十字街北側已經立起一座三層樓房；縣文化館下面正在修建一個顯然規模相當可觀的影劇院，水泥板和磚瓦木料堆滿了半道街。原西河上在修建大橋，河中央矗立起幾座巨大的橋墩；拉建築材料的汽車繁忙地奔過街道，城市上空籠罩着黃漠漠的灰塵。街道上，出現了許多私人貨攤和賣吃喝的小販，雖然沒遇集，人羣相當擁擠和嘈雜。

少平突然聽見旁邊有人喊他的名字。

他回過頭一看，原來是跛女子侯玉英！

侯玉英懷裏抱着個孩子，一瘸一拐從一個白布帳遮蓋的貨攤上轉出來，走到了他面前。

「我一眼就認出了你！」侯玉英興奮地笑着，對少平說。她比過去胖了許多，臉蛋像個圓麪包似的。

「這是……？」少平指着她懷中的娃娃。

「我的！四個月了！雲雲，給叔叔笑一笑！」侯玉英用手指頭在孩子的下巴上按了按，那孩子就咧開小嘴笑了。

少平把孩子從跛女子手裏接過來，在這個胖小子的臉上親了親，又遞給她，問:「你甚麼時候結婚的？」

「前年國慶節……你看不上咱，咱沒等頭，就尋了男人……」侯玉英雖然大方地說了句玩笑話，但臉已經通紅了。

少平的臉也紅了。他還沒有遇見一個女的當面說這種話。

「你愛人幹啥着哩？」他問。

侯玉英扭過頭朝那個白布帳下指了指。

少平看見，一位頭髮留得很長的青年，正在殷勤地為顧客拿東西，找錢。

「他也是個待業青年！去年，我爸為我們辦了個營業執照，我們就幹上了這營生……生意還不錯……哎，下午到我家裏去吃一頓飯！兩年多沒見你，還以為你死了！我麼……一直還忘不了你……」侯玉英竟然羞得低下了頭。

少平已經很不自在了 —— 跛女子站在大街上說這種話！

他只好客氣地說：「我還要到中學去找我妹妹，以後我到城裏再去你們家……你快忙你的，我走了……」

少平慌忙給侯玉英打了招呼，就告辭走了。

他緊張地穿過街道，儘量使自己淹沒在稠人廣眾之中。一直到通往中學的石坡路上時，他的心跳才恢復了正常頻率。

和侯玉英這次意外的邂逅，使孫少平感慨萬端。唉，時過境遷，他們這一茬人已經開始各自尋找自己的歸宿。同學之中，有的已經結婚，並且有了兒女，安安穩穩過起了光景日月。少年！少年！那是永遠地逝去了……

可是，你現在還不準備這樣安排自己的生活。至於你的未來是個甚麼樣子，你現在還難以斷定……

少平在中學見到妹妹後，很快就換了另一種心情。他高興地看見，妹妹已經長成了大姑娘，身材高挑而挺拔，烏黑的頭髮剪得齊齊整整。少平心裏驕傲地想，妹妹就是到黃原城，也是最漂亮的姑娘！

他給蘭香帶來了在黃原買的那身時新衣裳和兩條天藍色拉毛圍巾 —— 其中一條是送給金秀的。

蘭香和金秀在學校大灶上給他買了白饃和兩份甲菜。兄妹三個在她們的宿舍吃了下午飯。吃飯時，金秀不斷詢問她哥和她爸的情況。

第二天，蘭香攆到汽車站去送他。等車的時候，她忍不住哭了。

少平勸慰妹妹說：「別哭！我知道你為分家的事傷心。你不要怕，有二哥哩！你好好唸書，有甚麼困難，就給我寫信，寄到你金波哥那裏，我保準能收到。你千萬不敢影響學習，你快要考大學了！二哥這輩子恐怕再不能進大學門，但我特別希望你能考上大學。咱家裏就看你爭這口氣了！」

蘭香把臉上的淚水揩淨，一邊聽少平說，一邊給他點頭。

中午，少平上了公共汽車，直奔黃原城。

在黃原汽車站下車後，他身上只剩下五毛錢；他除過留夠一張車票的費用，把所有的錢都分給了爸爸、姐姐和妹妹。

現在，他等於赤手空拳返回到這個嚴厲的城市。現在正是城裏下晚班的時候，自行車如同洪水一般從他面前流過。

他又一次惆悵地立在候車室外面，思謀自己該怎麼辦。

他應該馬上找到活幹，否則五毛錢只能勉強在小攤上吃一頓飯。

當然，今晚上他也可以到金波或者陽溝曹書記那裏湊合一下。但明天呢？後天呢？

不行！先得有個立腳之地，有飯吃，能賺點錢，然後才可以考慮其他事。

這樣想的時候，他的兩條腿已經開始自覺地向東關大橋頭移動了。

當他混入大橋頭的「勞力市場」時，太陽就快要墜入麻雀山的背後。一些失去信心的攬工漢已經開始退出這個地方。

少平焦灼地立在磚牆邊，絕望之中帶着一絲僥倖，等待看有沒有包工頭來「招工」。

他的願望隨着黃昏的降臨而漸漸破滅了。

他突然想：他能不能再到他原來幹活的工地上去碰碰運氣呢？他知道那工程還沒完。只是一般說來，他中間辭工的空缺，很快就會有人補上的。

儘管毫無把握，少平還是過了黃原河大橋，向物資局的工地走去。

他拿着剩下的五毛錢所買的那盒用作交際的紙煙，在工地上轉了幾圈，才找到了工頭。

由於他現在穿了一身新衣服，工頭幾乎認不出他來了。他把那盒紙煙大方地塞到工頭的衣袋裏，說：「我是孫少平。我又來了。現在我沒活幹，能不能再上你的工？」

工頭看來記起了這個幹活不要命的小工。他想了想，說：「本來人手滿了，但一個人嘛……你來吧！」

少平高興得幾乎要跳起來。他先到工地的灶上扒了兩碗乾米飯；然後就一路小跑着，到東關金波那裏去取他的那捲破爛行李。

第七十六章

連綿不斷的秋雨刷刷地下着，城市一直籠罩在陰冷的水霧之中。從節令上看，這大概是黃土高原本年度的最後一次雨水；過不久，天空就要飄飛起雪花。

這雨已經下了一天一夜，還沒有停歇的跡象。南風趕着灰黑的雲彩，潮水般向北方漫過去。雨時疏時密，但一直沒有斷頭。老天爺總是不盡如人意，伏天要雨的時候，偏偏一滴雨也不落；現在不需要雨，雨倒下個沒完沒了！

大街小巷淙淙地流淌着污水；房屋上的灰塵和人行道上的泥垢被雨水洗得乾乾淨淨。黃原河再一次變成了渾濁的泥湯。城外的山野峽谷之中，飄游着一團團藍色的霧靄。

秋雨造成了一種令人愁悶的氣氛。街上行人寥寥無幾；賣東西的鄉下人披着破麻袋片，躲縮在屋檐下心灰意懶地等待買主。十字街的警察鑽進崗樓裏打盹去了，讓汽車在街上自由行駛。從省城到黃原每週三次的班機還沒有停飛，轟鳴着低掠過城市上空，降落在東川水跡斑斑的跑道上。甚麼地方沉重的鋼鐵撞擊聲，在寂靜的雨聲中聽起來格外刺耳。

少平幹活的那個工地照例停止了施工 —— 場地完全泡在了一片爛泥湯中。工匠們也照例倒在窰裏開始沒明沒黑地睡覺。疲勞過度的人哪！一個個睡得伸胳膊蹬腿，不僅鼾聲中捎帶着舒服的呻吟，還把牙齒咬得嘎嘣嘣價響……

少平躺在自己的鋪蓋捲上，卻沒有一點睡意。他頭枕着自己的兩隻手，眼睛直勾勾地望着窰頂，一邊聽外面單調乏味的雨聲，一邊腦子裏雜亂地想許多事。

前幾天，他抽空去了一趟曹書記家，把戶口落在了陽溝。

他在那裏僅僅落下個空頭戶口而已。視土如金的陽溝不會給他土地，他實際上仍然是一棵無根草。現在他完全把自己的命運交到了曹書記的手上。他指望過一兩年後，老曹最起碼能給他爭取一塊安家的地盤。至於土地，他不敢奢望。

這樣說來，他一生也許只能在黃原城裏打短工了。這是一條十分不可靠的謀生之路。要是將來成了家，用這種方式能養活得了老婆孩子嗎？

但是，以後的一切對他來說，似乎還很遙遠。無論如何，他已經成了一名黃原人，這本身就具有非凡的意義。他想像，他那些前輩祖宗中，大概還沒有人離開過故土。現在，他有魄力跑出來尋找生活的「新大陸」，此舉即使包含巨大的風險，也是值得的。

直到這個時候，孫少平還不知道曹書記兩口子為他落戶口的真實用意。我們可以猜想，如果他知道他們是要他做上門女婿，那他會非常樂意接受這個現實的。把愛情放在一邊不說，他眼下起碼就不會有這麼多熬煎了，反正到時一切生活方面的問題都會迎刃而解的。

但他同樣不知道，曹書記兩口子目前還不想把事情挑明。一來他們要進一步「考察」一下他；二來菊英還在上學，年齡也小。對曹書記來說，這是他的一步「遠棋」—— 還得走一段再說！

現在，少平躺在這個汗氣熏人的破窰洞裏，在鼾聲雨聲的交響曲中，謀算着自己下一步的生計。他想，他一定不敢誤工，要千方百計找到活幹。他要賺錢給家裏的老人，還要供妹妹上學 —— 現在分了家，他就是一家之主，肩負着重大的責任！他已經在工地上留心學習匠工的技能，想儘快改變當小工的處境。如果他成了匠工，他一天的工錢就能提高一倍；這樣，除過顧救家庭，自己也能積攢一點。兩三年後，要是能在陽溝找個地盤，他就可以先箍兩孔窰洞 —— 那時才意味着他真正在黃原扎下了根。

這一切也許並不是夢想。他年輕力壯，只要心裏攢上勁，這個目標是可以實現的。當然，這還是一個最基本的打算哩！他甚至想某一天，他也會成為一名包工頭，嘴裏叼着黑棒捲煙，到東關大橋頭去挑選工匠……嘿嘿，他就是成了包工頭，為甚麼一定要嘴裏叼根黑棒捲煙呢？不，他不會像現在這些工頭一樣，神氣活現地把自己搞得像電影裏的保長一般；他要和他僱用的工匠建立一種平等的朋友關係，尤其是要對那些上過學而出來謀生的青年給予特別的關照……

孫少平躺在自己的鋪蓋捲上，不斷地這樣胡思亂想。反正這下雨天也沒甚麼事，總不能沒完沒了地看書；再說，他手頭的兩本書已經看完，現在也懶得到圖書館去借。

吃過午飯以後，天突然出現了一會短暫的明亮，雨也下得小了一些。工匠們碗一撂，回來又倒下睡了。

少平感到很煩悶，不願意再躺在自己的鋪蓋捲上做那些浪漫的遐想。趁雨下得不大，他想到街上轉轉，看能不能看場電影，好消磨一段時光。

天氣已經很冷了，他把那身深紅色的絨衣穿在身上，外面仍然套着那身做活的破衣裳，就赤手空拳出了門，來到大街上。他也沒傘，就在屋檐下躲躲閃閃地走着；好在雨不大，星星點點的，不會把衣服淋個透濕。現在穿絨衣似乎太早，走一段路以後，身上便感到熱烘烘的。他感到有點不自在 —— 外衣的兩個肩膀破爛不堪，裏面的紅絨衣暴露出來，特別扎眼。從這身新舊懸殊、不倫不類的衣服上，一眼就看出他是個地道的鄉巴佬。

但少平放心的是，這裏沒有多少熟人。街上誰有興趣注意他這身有礙觀瞻的穿戴呢？

他便儘量把那種彆扭拋開，自由自在地在黃原街上逛蕩。雨中的街道難得清靜；稀稀落落的行人，臉都被雨傘遮擋着。所有的商店都照常開門營業，但沒有多少人光顧。

少平不知不覺溜達到了南關。這裏離地委不遠的地方，有一座本城最大的影劇院，他很想去碰碰運氣，看現在放不放電影。

他遠遠地看見，影劇院前面的街道上，擁擠着許多人。估計有電影！但不知是否能趕上場？

他加快腳步走到影劇院門口，迅速瞥了一眼大紅油漆木牌，見上面寫着《王子復仇記》。

他高興極了！這是根據莎士比亞的《哈姆雷特》改編的電影，據上次金波說，為哈姆雷特配音的是孫道臨，相當激動人心。

少平一看時間，知道還能趕上這一場，便慌忙擠到了售票處。

他失望極了 —— 這一場票已售完。

他於是垂頭喪氣退回到擁擠的人羣裏，看能不能釣個「魚」。

他正在人羣中瞎擠，突然愣住了。他看見田曉霞穿件米色風雨衣，兩手斜插在衣袋裏，正在幾步遠的地方微笑着看他。

他僵立在原地，臉頓時像火一般燙熱。

她走過來，仍然微笑着，伸出手，說：「我以為這是在做夢。」

「是……我也這樣認為……」他握了握她的手。

一陣難言的沉默。

「你現在是去看電影呢？還是到我家裏去呢？」她掏出一張電影票遞到他面前。

「不，你去看吧……我……」他的臉仍然像火燒一般。

「我已經看過一次了……不過，如果你願意的話，我建議你也別去看了，咱們到我家裏去吧！」曉霞似乎故意表現出一種矜持的態度，但顯然很難掩飾她的激動。

少平看見，曉霞已經完全是一副大學生的派頭了，個碼似乎也比高中時高了許多。一頭黑髮散亂地披在肩頭，上面沾着碎銀屑似的水珠。合身的風雨衣用一根帶子束着腰；腳上是一雙棕色旅遊鞋。

但是，站在這個人的面前，不知為甚麼，少平並不為自己的一身破衣服而感到害臊。相反，他覺得穿這身衣服見她正「合適」。

「何去何從？」她笑着把手中的票晃了晃。

「我當然放棄了『復仇』！」少平臉上的燥熱漸漸消退了。

曉霞嘿嘿一笑。她很快把那張票向旁邊「釣魚」的人處理掉，便引着少平向地委走去。

「你為甚麼不給我回信？」曉霞一邊走，一邊問他。

少平無言以對。

他聽見「嘭」一聲，心一驚。扭頭一看，曉霞手中撐開了一把湖藍色的自動傘。

她向他挨近了一些，把雨傘遮在兩個人的頭上。他頓時感到自己沉浸在一片迷濛的湖藍色的夢幻之中……

近兩年了，他沒有見曉霞的面。他原來想，一年前他沒有答理她最後的那封信，他們的聯繫也就隨之永遠地斷絕了。她將會變成自己記憶裏的一個人，而在現實中他們再不可能見面。是呀，人家是大學生，他是一個鄉巴佬，相差如同天上人間……可是，現在卻猛然和她相遇在了這秋雨綿綿的黃原街頭……

「你怎不回答我的問話呢？」她在雨傘下轉過臉，瞅着他。

「一切都很明白……」他說。

「是因為我上了大學，你仍然是個農民吧？看來，你還是世俗的！」曉霞不客氣地說。

少平心裏不同意老同學對他的評價。其實，他在靈魂深處並沒有低看自己。她顯然不了解他這兩年的變化。他之所以不願和她再聯繫，的確是因為兩個人在生活中的處境差異太大。但這並不是說，他認為他所走的道路就比上大學低賤。是的，他是在社會的最底層掙扎，為了幾個錢而受盡折磨；但他已不僅僅將此看做是謀生活命——職業的高貴與低賤，不能說明一個人生活的價值。恰恰相反，他現在倒很「熱愛」自己的苦難。通過這一段血火般的洗禮，他相信，自己歷經千辛萬苦而釀造出的生活之蜜，肯定比輕而易舉拿來的更有滋味——他自嘲地把自己的這種認識叫做「關於苦難的學說」……

曉霞把他引進了地委大門。看門房的老頭在玻璃後面滿臉堆笑向曉霞點了點頭，他們就徑直穿過一個大院，又通過一道小門，來到一個安靜的小院落。

曉霞對他說：「這是常委院。」她又指了指旁邊一座四層樓，「那是地委家屬樓，我們在一單元二樓左手……這樣吧，咱們不回家了，在我爸的辦公室裏好拉話。我爸昨天去了原東縣，還沒回來……」

常委院是一排做工精細的大石窰洞，三面圍牆，有個小門通向家屬樓。院裏有幾座小花壇，其間的花朵大都已雕謝，竟奇跡般留了一朵紅豔豔的玫瑰。牆邊的幾棵梧桐樹下，積了厚厚一層黃葉。

曉霞收了雨傘，從身上掏出鑰匙，打開了中間一孔窰洞的門。她揭起門簾，把少平讓進去。

窰洞面積很大，兩孔套在一起；剛進門的這孔顯然是辦公室，從牆中間的一個小過洞裏穿過去，便是書房兼臥室了。

她引着他進了裏間。

他拘謹地坐在沙發裏，環視着這個非凡的地方。曉霞忙着為他倒茶、削蘋果。

少平在對面牆上的穿衣鏡裏，看見自己穿着一身爛衣服，頭髮亂得像一團沙蓬，坐在這舒適的全包沙發裏，實在有點滑稽。如果不是曉霞在，進來個生人看見他這副模樣，會以為是個圖謀不軌的歹徒呢！

曉霞把一個削好的蘋果遞到他手裏，然後也坐在旁邊的沙發裏，開始詢問他這兩年的情況。

少平這才一邊吃蘋果，一邊打開了話匣子，如實地向曉霞敘說他的經歷和目前的狀況。

在少平說話的時候，曉霞瞪着一雙美麗而驚訝的眼睛，聚精會神地聽着。

少平說完後，曉霞像木雕一般呆坐在沙發裏，不再發問，也不再說話。少平也沉默了一會。然後他信任地對她說：「你不要對任何熟人或咱們的同學說起我的情況。我知道你能理解我，我才對你說了實情。我不願意我目前的真實情況讓別人知道。要是傳回原西，我父母一定會着急的。我希望在老人的想像中，我在黃原的一切都是美好的。咱們同學之中，除過金波，誰也不知道我現在的情況；我也不願意讓他們知道。這不是因為虛榮，而是不願遭受虛榮者的嘲笑；我想默默地、寧靜地走自己的路……

「你得向我保證這一點！」少平強調說。

曉霞像是從夢中驚醒，隨口說：「這你放心！」她站起來，「先不說了，讓我去買飯！咱們就不要回我家裏吃了，我知道你在我家裏吃飯不自在。我到大灶上去買……」

曉霞從櫃子裏拿出碗筷，又在桌子抽屜裏抓了一把飯票，就很快出去了。

一刻鐘以後，她端回一瓷盆炒菜；菜上面摞了一堆饅頭。她拿出個小碗，給自己撥了一點菜，又拿了一個饅頭，說：「剩下都是你的！」

少平估量了一下，說：「我大概可以消滅，不過，你不要笑話！」他說着就端起了盆子，不客氣地大吃起來。

曉霞笑了。她坐在他旁邊，把自己碗裏的肉又挑回到他的瓷盆裏。不知為甚麼，她這舉動使他想起了潤葉姐——那種黃土高原姑娘們所具有的溫暖的親切感……

天色暗下來了。

曉霞拉亮電燈，把自己的碗放在一邊，站着看了他近一分鐘，突然問：「我能給你甚麼幫助呢？」

少平抬起頭，說：「你如果認為甚麼書好，再像以前一樣，及時推薦讓我看。」

「其他呢？」

「不需要了。」

「那我怎樣把書交給你？」

少平想了一下，說：「我半個月來找你一次，行嗎？」

「當然行！」

「甚麼時候來比較合適？」

曉霞也想了一下，說：「白天你都要幹活，那麼，就星期六晚上吧。就在這裏。我爸一般星期六晚上都不在辦公室……」

少平接着就告辭了。曉霞也不挽留，起身把他一直送到地委機關的大門口。

分手時，她對他說：「我知道，你不願意告訴我你在甚麼地方。但是，你一定要來找我啊……」

「我會找你的！」他主動和她握了手，就轉身向街道上走去。

雨不知甚麼時候已經停了，西邊遠遠的天空露出了一片烏藍。

好，天一晴，明天就可以出工了！

第七十七章

田曉霞靜靜地立在黃原地委門口，一直目送着孫少平的背影消失在北大街的盡頭。

暮色已經臨近，滿城亮起了耀眼的燈火。不遠處的電影院剛剛散場，清冷的街道頓時出現了一陣喧鬧。嘈雜的人羣散亂地流向東西南北，街巷中自行車的鈴聲響個不停。

片刻工夫，大街上重新安靜了。雨已停歇，滿天破碎的雲彩像潰退的隊伍似的在暗夜中向南逃遁。四面的羣山只能模糊地分辨出一些輪廓。

田曉霞心緒極其紛亂，一時無心回家去。

她索性離開地委大門口，來到了街道上。她在人行道梧桐樹下的暗影裏，慢慢地溜達着，情不自禁向北走去。說來奇怪，她懷着某種僥倖，希望孫少平還能在這條路上轉回來。她現在才覺得，她和少平兩年後第一次相遇，幾乎沒有交談多少。他倒說了一些，她幾乎沒說甚麼。唉，實際上，她剛看見少平時，感到又陌生又震驚，簡直顧不上說甚麼！

是的，孫少平已經變了，變得讓她幾乎都認不出來。這不是說他的模樣變了 —— 模樣的確也變了，但主要的變化並不是他的外表。

上師專以後，本來她已經習慣於同周圍的那些男男女女相處。她認為自己也告別了過去的生活，開始了人生的一個新階段。儘管她仍然保持着自己的個性，但基本上和新的環境融為一體。過去的一切，包括中學時期的朋友，漸漸地開始淡忘；而將自己的生活迅速地投入到另外一個天地。國家在多少年禁錮以後，許多似乎天經地義的觀念一個個被推倒；新的思潮像洪水一般湧來，令人目不暇給。她整天興奮地沉醉於和同學們交換各種信息，辯論各種問題；回家以後，又和父母親脣槍舌劍一番。她周圍的青年，一個個都是以天下為己任的雄辯家；古今中外，旁徵博引，思想一個比一個解放，幻想一個比一個高遠，對社會流弊的抨擊一個比一個猛烈。他們學習刻苦鑽研，吃穿日新月異，玩起來又痛快淋漓……

可是，她猛然間發現了另外一種類型的同齡人。

孫少平和過去有甚麼不同？從外表看，他臉色嚴峻，粗胳膊壯腿，已經是一副十足的男子漢架勢。他仍然像中學時那樣憂鬱，衣服也和那時一樣破爛。但是，和過去不同的是，他已經開始獨立地生活，獨立地思考，並且選擇了一條艱難的奮鬥之路。說實話，儘管她以前對這個人另眼相看，認為他身上有許多不一般的東西，但上大學後，她似乎認定，孫少平最終不會逃脫大多數農村學生的命運：建家立業，生兒育女，在廣闊天地自得其樂。現在農村政策寬了，像少平這樣的人，在農民中間肯定是出類拔萃的人物，說不定會發家致富，成為村民們羨慕不已的「冒尖戶」。記得高中畢業時，她還對他說過，希望他千萬不能變成個世俗的農民，滿嘴說的都是吃，肩膀上搭着個褡褳，在石圪節街上瞅着買個便宜豬娃……為此，在少平回村的那兩年裏，她不斷給他寄書和《參考消息》，並竭力提示他不要喪失遠大理想……後來，她才漸漸認識到，實際生活是冷酷的；因為種種原因，這些不能進入大學門，又進入不了公家門的農村青年，即使性格非凡，天賦很高，到頭來仍然會被環境所征服。當然，不是說農村就一定幹不出甚麼名堂；主要是精神境界很可能被小農意識的汪洋大海所淹沒……

儘管田曉霞如此推斷了孫少平未來的命運，但出於中學時期深厚的友誼，上大學後，她還不準備斷絕和少平的聯繫。只是她一年前寫信給他以後，他再沒有給她回信，她這才在遺憾之中似乎也感到了某種解脫。她一生不會忘記這個少年時期的朋友；但她知道，她也許在今後的歲月中甚至不會再和他相遇，充其量只是在記憶中留下深刻印象的往日的朋友……

可是，她今天無意中在黃原街頭碰見了他。

莎士比亞是她崇拜和敬仰的作家，根據《哈姆雷特》改編的電影

《王子復仇記》在黃原放映第一場，她就去看了。看了一遍還不過癮，碰巧今天有一張票，她就準備再看第二場……結果，便在人叢中發現了蓬頭垢面、衣衫襤褸的孫少平。從把他引到父親的辦公室到剛才送走他，幾個小時中，她都震驚得有些恍惚，如同電影中哈姆雷特看見了父親的鬼魂……

現在，她一個人漫遊在夜晚的黃原街頭，細細思索着孫少平這個人和他的道路。她從他的談吐中，知道這已經是一個對生活有了獨特理解的人。

是的，他在我們的時代屬於這樣的青年：有文化，但沒有幸運地進入大學或參加工作，因此似乎沒有充分的條件直接參與到目前社會發展的主潮之中。而另一方面，他們又不甘心把自己局限在狹小的生活天地裏。因此，他們往往帶着一種悲壯的激情，在一條最為艱難的道路上進行人生的搏鬥。他們顧不得高談闊論或憤世嫉俗地憂患人類的命運。他們首先得改變自己的生存條件，同時也不放棄最主要的精神追求；他們既不鄙視普通人的世俗生活，但又竭力使自己對生活的認識達到更深的層次……

在田曉霞的眼裏，孫少平一下子變成了一個她十分欽佩的人物。過去，都是她「教導」他，現在，他倒給她帶來了許多對生活新鮮的看法和理解。儘管生活逼迫他走了這樣一條艱苦的道路，但這卻是很不平凡的。她馬上為在自己的生活中有這樣一個朋友而感到驕傲。她想她要全力幫助他。毫無疑問，生活不會使她也走和他相同的道路——她不可能脫離她的世界。但她完全理解孫少平的所作所為。她興奮的是，孫少平為她的生活環境樹立了一個「對應物」，或者說給她的世界形成了一個奇特的「坐標」。

田曉霞不知不覺已經溜達到了麻雀山下的丁字路口。現在她不再幻想少平還會調過頭來找她 —— 這已經是夜晚了。

她於是自己調過頭，又慢慢往回溜達。

街道上已經沒甚麼人了，路燈在水跡斑斑的街面上投下長長的光影。對面山上，立錐似的九級古塔在朦朧中直指亂雲翻飛的夜空。沒有星星，沒有月亮；清冷的風吹過遠山的樹林，掀起一陣喧嘩。黃原河雄渾的濤聲和小南河朗朗的流水聲，聽起來像二重奏……

她竟然也忍不住唱起來 ——

快樂的風啊，
你給我們唱個歌吧！
快樂的風啊！
你吹遍全世界的高山和海洋，
全球都聽到你的歌聲。
唱吧，風呀！
對着險峻的山峯，
對着神秘的海洋，
對着鳥雀的細語，
對着蔚藍的天際，
對着勇敢偉大的人物。
誰要是能夠為勝利而奮鬥，
就讓他同我們齊歌唱。
誰要快樂就能微笑，
誰要做就能成功，
誰要尋找就能得到……

這是蘇聯電影《格蘭特船長和他的孩子們》中的插曲。她沒有看過這電影，但喜歡唱這首歌。

田曉霞懷着興奮的心情，隨着自己的歌聲，腳步竟漸漸變成了進行式。她穿過空蕩蕩的街道往家裏走去。她覺得她和少平的交往將會帶有一種神秘的色彩，可能像浪漫小說中描寫的故事一樣 —— 想到這點使她更加激動！

她回到家後，六間房子有一間亮着燈光，說明只有外祖父一個人在家。父親下鄉沒有回來，母親在醫院值夜班。潤葉姐在團地委辦公室住，通常都不回家來。

她聽見外爺在房子裏說話。她以為來了客人，但仔細一聽，原來是他在數落那隻老黑貓 —— 說它最近挑肥揀瘦，只想吃肉不啃骨頭；老黑貓只用「喵嗚」來回答他的指責。

曉霞在走道裏舌頭一吐，忍不住笑了。家裏人都忙，經常顧不上和外爺拉拉話，他就整天和那隻貓嘮嘮叨叨說個沒完。

她不準備打斷他們的「交談」，就悄悄溜進了自己的房子。

她拉亮燈，一個人坐在那張小桌子前，甚麼也不想做，只想靜靜地呆一會。

她的房間陳設很簡單。一張小牀，一張小桌子，一隻小皮箱。房間是潔淨的，但比一般女孩子的房間要亂一些。書和一些零七八碎放得極沒有條理；牆壁上光禿禿的，也不掛個塑料娃娃或其他甚麼小玩藝兒。只是小桌子正中的牆上，釘着一小幅列賓的油畫《伏爾加縴夫》—— 大概是從甚麼雜誌上剪下來的。

田曉霞靜靜地坐了一會，便從抽屜裏拿出一個紅皮筆記本，開始記日記。她一直堅持寫日記 —— 不過她的日記連父母親都不讓看。她今天主要記敘了她見孫少平的情況和感受。

記完日記後，她突然心血來潮地想，下次見少平，要把牆上這幅《伏爾加縴夫》送給他；她覺得這幅小畫讓少平保存是很合適的。

洗漱以後，她就上了牀。

她很久睡不着。思緒極其活躍——也不是全想孫少平的事。她為睡不着而急躁，而越急躁越睡不着。她第一次嚐到失眠是甚麼滋味。她急得拿被子把頭蒙起來。真急人！明早上是中國古代文學課，由著名唐宋文學專家顧爾純副教授講杜甫的詩。顧教授就是中學時少平班上顧養民的父親。教授雖然擔當師專副校長職務，但一直代課。他講唐宋文學很受同學們歡迎；除過學問精深，還有詩人的激情——講到激動之處，常常聲淚俱下……她不知道她甚麼時候睡着了……

一個星期以後，田曉霞就激動地等待另一個星期六的到來。

她現在除過像以往一樣在學校正常地對待一切，當然又多了一層說不出的心思。她眼前不時晃動着孫少平的影子。她急切地想見到他。她已經在學校圖書館為他借好了不少書，其中有狄更斯的《艱難時世》、夏綠蒂．勃朗特的《簡．愛》、阿．托爾斯泰的《苦難的歷程》、列夫．托爾斯泰的《復活》和巴爾扎克的《歐也尼．葛朗台》，另外，她還從父親的書架上「偷」出來內部發行的艾特瑪托夫的《白輪船》——她自己非常喜歡的一本書。

後來，她又狡猾地想：要是把這麼多書一次給了他，那他就不需要兩個星期來找她一次了！

她決定一次只給他帶兩本。

星期四下午沒課。中午她在學校集體宿舍的架子牀上躺了一會，就起身回家。

出學校大門不久，她發現黃原河對岸的一個小灣裏，似乎有許多匠人在打石頭。其實，這些石匠早就在那裏，只是她以前從不留心罷

了 —— 不只是她，城裏的所有市民誰留心這些和自己毫不相干的事呢？最近，她卻開始對所有的基建工地和採石場都敏感地注視起來；她總想着，少平會不會就在這裏或那裏的工地上幹活？

現在，她又不由駐足猜測：他是不是就在對面那個採石場裏揹石頭？

一種抑制不住的慾望，竟使她迅速折轉身，穿過黃原河新橋，想去對岸那個採石場看個究竟。

在快到採石場的時候，她不知在哪根神經的指揮下，竟然不知不覺像個工匠似的把兩隻手抄到背後。

她忍不住為自己而笑了。

現在，她已經立在河灣上面的公路邊上，瞧着下面打石頭的人們。她看見，雖說天氣還不暖和，但這些人就只穿件小布褂，赤裸着肩膀幹活。有的人坐着拿錘鏨鑿一些方石塊；另外一些人正把打好的石塊從河灣裏往公路上背。公路邊上，幾輛拖拉機裝滿石頭便吼叫着開走了。曉霞知道，揹石頭的人都是小工，活也最苦；他們從河灣往公路上爬那道陡坡時，身子都被背上的石頭壓成一張彎弓，頭幾乎挨到了地上，嘴裏發出類似重病人那般的呻吟……她記起了《伏爾加縴夫》……那艱辛，那沉重，幾乎和眼前這景象一模一樣……

她仔細辨認了一下揹石頭的小工，沒有發現少平 —— 是呀，怎麼可能碰這麼巧呢！

「喂，妹子，愛上了就下來！」

河灣裏有個打石頭的傢伙朝她粗魯地喊。所有的工匠都停止了幹活，朝她哈哈大笑起來。

曉霞趕緊扭頭就走。她臉通紅，但沒有過分生氣。她知道這些寂寞的攬工漢隨時都想拿女人開心。她是一個思想開闊的知識青年，不認為這對她是甚麼了不起的傷害，反而覺得這種「遭遇」倒也有趣！

星期六這一天，田曉霞有點心神不安。她覺得自己很可笑，就像一個等待幽會的戀人一樣。其實，她自己清楚，她現在和孫少平並不是這種關係。她只是為和他這種非同一般的交往而感到激動。她更多的是想和他探討各種各樣的問題，或者說探討他們這個年齡的人常掛在嘴上的「生活意義」。田曉霞想，如果她在大學的同學們知道她和一個攬工漢探討這些問題，不僅不會理解她，甚至會嘲笑她　但這也正是她激動之所在。是的，她和他儘管社會地位和生活處境不同，但在人格上是平等的 —— 這種關係只有在共同探討的基礎上才能形成。或許他們各自都有需要對方改造的地方；改造別人也就是對自己本身的改造。

田曉霞懷着歡快的心情，晚飯前就來到她父親的辦公室。父親下鄉還沒回來。她已給母親和外爺打了招呼，說她不在家裏吃晚飯了。

六點鐘左右，她到機關灶上買好飯，端回辦公室，然後就專心等待孫少平的到來。

半個鐘頭以後，孫少平如期地來了。田曉霞驚訝地看見，他穿了一身筆挺的新衣服，臉乾乾淨淨，頭髮整整齊齊；如果不是兩隻手上貼着骯髒的膠布，不要說外人，就連她都會懷疑他是不是個攬工漢呢！

少平看出了曉霞的驚訝，開玩笑說：「我穿了一身不合乎自己身份的衣服，但這純粹是因為禮貌的原因！」

曉霞喜歡這句幽默話。她指了指桌子上的飯菜，說：「咱們先吃飯吧！」

「我已經吃過了，但同樣出於禮貌，我再吃一頓。好在我的腸胃經受過磨練，不懼怕這種虐待！」

曉霞笑着去盛飯，說：「看來你已經學會耍貧嘴了！」

兩個人愉快地坐下來，開始吃晚飯。

第七十八章

田福軍終於回到原西縣來了。

自從他把家搬到黃原後，一直沒工夫到這個他難以忘懷的地方走一趟。除過忙，他還有些說不出口的心理障礙。原西是他的家鄉，他又在這裏工作了好幾年；要是他迫不及待或三一回五一回往這裏跑，別人可能會說他鄉土觀念太重，親家鄉而疏他鄉。作為一個領導幹部，也不能不顧及類似這些世俗輿論。從他到黃原地區上任以來，他幾乎已經跑完了全區所有的縣。在第一輪一般性視察中，他把原西縣排在最後一站。

一月以前，苗凱同志調到省紀律監察委員會任了常務副書記，他就接替老苗任了黃原地委書記；原地委副書記呼正文接替了他的行署專員職務。

現在，他處在地區「一把手」的位置上，拿他岳父徐國強的話說，「任務」更大了。

責任制推行一年多來，全區農村的狀況起了歷史性的大變化。一年的事實，就使許多原來頑固地反對改革的人，在公開場所閉住了他們的嘴巴。但是，持悲觀論調的仍然不乏其人——他們睜着眼睛不看責任制帶來的好處，只管繼續搖頭歎息「社會主義已經不成體統了」。甚麼是社會主義？社會主義不是一個美麗而空洞的口號，也不是意味着在貧窮面前人人平等，要窮大家一樣窮；社會主義首先應該極大地發展生產力，以此證明自己比別的制度優越；否則，就無力對歷史做出回答！

田福軍不是理論家，他的認識是大半生實際工作的體驗所得。

當然，目前農村形勢的發展的確令人鼓舞，但出現的新問題也照樣是嚴峻的。他看到，責任制大包乾後，農民的積極性空前地高漲，但是，基層幹部似乎卻沒事可幹了。縣上和公社，都瀰漫着一種懶洋洋的氣息。這現象十分令人不安。田福軍在各縣調查研究的基礎上，提出了在不同地理環境中搞大面積「豐產方」的辦法——「豐產方」雖然土地還是一家一戶各種各的，但農民可以共同接受科學技術的指導和其他方面的幫助。這樣，所有的基層幹部和農業方面的技術人員立即就被投入了進去。原來大集體時的四級科技網大包乾後起不了作用，現在用這種新的形式指導農民科學種田，很受羣眾歡迎。這是個一石二鳥的好辦法。田福軍在這方面進行了全區性規劃，光水稻在南面幾個縣就搞了七萬畝；按畝產六百斤計算，黃原將增加許多細糧。他想趕後年再擴大發展四萬畝！

這樣搞，國家就得在化肥和良種方面投點資了。儘管地區農辦主任和農業局長都跑斷腿積極張羅，但地區財政局長不想給錢。專員辦公會上，管財政的副專員也頂住了。最後，田福軍不得不「以權壓人」，才解決了問題；財政方面不痛快地撥出八十萬元來扶持這件事。

前幾天，田福軍到原東縣去，規劃明年在那裏搞一個幾萬畝的「油菜方」。這件事落實後，他才轉到原西縣來，準備在這個縣的大馬河川搞一片「穀子方」。原西縣的大馬河川是傳統出產穀子的地方，但在農業學大寨運動中，原縣委書記馮世寬堅持讓這道川改種高粱，理由是高粱高產，並且說大寨的莊稼大部分種的都是高粱。其實，穀子也是高產作物，而且糧食品質要比高粱好——只是顏色不是「紅」

的罷了。

原西縣的一把手現在成了張有智。原「一把手」李登雲在幾個月前調到地區任了衛生局長。田福軍和李登雲雖然有一層親戚關係，但因為潤葉和向前基本是分居狀態，因此他們兩家的來往也就幾乎很少了。田福軍為此而感到心裏很不好受。現在，他儘管同情姪女不幸的婚姻，同時也感到對李登雲一家人有種抱愧的心情。不管怎樣說，這一家人因為他的姪女，現在也很不幸。李登雲兩口子就一個兒子，結果在婚姻上搞成這個樣子，他們很苦惱。按說，如果向前和潤葉是和睦夫妻，登雲現在恐怕都抱上孫子了。登雲不是一個胸懷開闊的人，為此他甚至對工作都有點心灰意懶，不願再擔當公務繁忙的縣委書記，而要求調到比較輕鬆的地區衛生局當局長。這個調動登雲沒找他，而是通過苗凱和馮世寬辦的。登雲調到黃原當然還有一個原因，就是想把向前也調到黃原來開車；這樣，向前和潤葉同在一個城市，多接觸一下，或許能把關係調整好——再沒有其他辦法了。他們曾千方百計讓兒子和潤葉離婚，但這小子寧願就這樣活受罪，也堅決不離婚。據說更使登雲夫婦生氣的是，向前不知為甚麼還堅決不離開原西——眼下一家人扯成了三攤……

李登雲調走以後，按通常循序漸進的慣例，原「二把手」張有智接替了他的職務。

現在，原西縣當初的領導人中，老人手只剩下有智和馬國雄兩個人了。田福軍和馮世寬調走時提拔起來的白明川和周文龍也離開了原西。明川很早就已調到黃原市任了副書記；周文龍在田福軍的幫助下進了省黨校的中青班。

田福軍到原西後，馬上發現這個縣的工作很不能令人滿意。他感覺張有智的精神狀態缺乏一種生氣。

這是為甚麼呢？

田福軍感到很納悶。

有智是他過去共事幾年的老朋友，按水平和能力說，他完全應該把原西的工作搞得很出色。他過去那種熱情到哪裏去了？田福軍可以說很了解張有智，知道他個人生活中也沒遇到甚麼麻煩；不像李登雲，有個兒子的婚姻問題……

張有智看起來好像也沒甚麼變化。他說話還是那麼直截了當，愛和人爭辯；有時候甚至還和下級抬杠。田福軍到原西後，他們在縣招待所單獨談了很長時間。話題東拉西扯，既談工作，也讕閒傳。談話中間，田福軍含蓄地提示有智，他應該以更昂揚的精神狀態把原西縣的工作搞好。但有智卻流露出一種令人不愉快的情緒，意思是他一個只有初中文憑的幹部，幹得再好，恐怕也就到「頭」了；不像他田福軍，有大學文憑，短短一兩年，就升了好幾級……

田福軍大吃一驚！他沒想到有智的思想深處，竟有這麼一些東西。他這種思想是原來就有，還是在這新的形勢下產生的？田福軍判斷不來。他反覆思考，有智過去沒有這些毛病 —— 最起碼他那時沒有流露出來。現在，他竟然當着他的面說出了他的心病，這不能不使田福軍感到震驚。

和張有智談完這次話後，福軍很痛苦；因為在過去那些艱難的歲月裏，他兩個總是並肩戰鬥的。現在，他的老戰友竟然有了如此大的變化。本來，一個縣委書記的責任就夠重大了，但有智認為這「官」還有點小。我的朋友！這多麼令人痛心。全省幾千萬人只能有一個人當省委書記；全地區幾百萬人也只能有一個人當地委書記。當然，不一定就只能讓喬伯年和田福軍來當，但終歸不能讓想當的都來當嘛！如果只想當官而不想幹事，這種思想太危險了！這難道就是縣委書記張有智同志的境界嗎？

田福軍感到，他得和有智開誠佈公談一次，但這次時間短促，來不及了——一個人的思想問題也不是三言兩語就能解決的；等他抽出時間，找機會再和有智進行這次交鋒吧！

唉，他過去對有智的一切方面是多麼信任。現在看來，你可以用理想的標準要求人，但拿它來估計人是不行的。田福軍同時想到，許多人由於過去的理想和信仰一次次被現實所粉碎，在眼下新的社會條件下，他們便也變得「現實」起來；而這種人的所謂「現實眼光」，不過是衰老心靈的一孔之見罷了……

在大馬河川搞完穀子「豐產方」的第二天，田福軍和張有智相約，一塊去原西城南三十公里處的古跡石佛寺轉了一圈。

據《原西縣志》和《黃原府志》記載，石佛寺曾經是一座絳紅色的寺院。它的周圍是一片濃綠的參天松柏。門前一棵八個人伸臂才能摟住的古柏，樹中卻奇跡般長出一棵漢槐，古籍中稱之謂「柏抱槐」。遙想當年，那寺院紅牆黃瓦，綠陰匝地，香煙飄繞，如同仙境一般。此寺相傳建於唐。據現有清嘉慶八年碑誌記載，係肇自金統四年，即公元一一四四年，迄今已有八百多年的歷史。歷經各代兵匪戰亂之後，從外觀看，這座著名的古跡只留下了一片瓦礫和枯草中立着的一座石牌坊——「文化大革命」初期，這座石牌坊也被破「四舊」的紅衛兵推倒了。不過，這裏還留有一個千佛洞，基本上保持完好。

走過一片瓦礫草灘，來到石崖下，就被石洞門口一副石刻大幅對聯吸引住了：石山石洞石佛像天下第一，泓寺泓廟泓佛堂世界無二。石洞高三十多米，寬六十多米；洞頂齊平，雕刻有各種圖案、書法。洞中央坐着一個特大的石佛像；左右站着兩個。洞兩邊有兩道走廊，走廊上又分別立十八個大石佛像。氣派之大甚至可以和杭州靈隱寺

「大雄寶殿」裏泥塑大像比美。另外，洞內周圍三十多米高的石牆壁上，雕刻着一排排不同姿態、塗着各種顏色的密密麻麻的小佛像，簡直難以數清。遺憾的是，有些石碑和佛像已經殘缺不全了。

田福軍和張有智從洞中轉出來，走到瓦礫場被推倒的石牌坊前面，共同坐在一根銹着綠斑的石柱上。陪他們轉悠的田福軍的秘書白元，也坐在他們對面，胳膊上小心翼翼地挽着地委書記的外套。

苗凱調走以後，白元就又當了田福軍的秘書。一般情況下，新任領導都不用前任的秘書。田福軍不「忌諱」這個常規，仍然讓白元當他的秘書。白元因為在前任書記面前迫不及待要了一回官，反而甚麼官也沒當成。但這位秘書在心裏還是敬畏他的前任領導，而對田福軍有點瞧不起（當然不敢表現絲毫）。他瞧不起田福軍主要是因為新任地委書記太不像個「大官」了，動不動就泥手泥腳和老百姓混在一起，像個公社幹部。作為秘書，白元斷定：大領導就應該有大領導的威嚴和威風。田福軍太沒架子了！太隨和了！這哪像個地委書記？

白元就是這樣理解「大官」的。生活中有那麼一種人，你蔑視甚至污辱他，他不僅視為正常，還對你挺佩服；你要是在人格上對他平等相待，他反而倒小看你！這種人的情況，在偉大魯迅的不朽著作中有詳盡詮釋，這裏就不再累贅。

現在，這位秘書裝出一副謙恭的樣子，聽田福軍博學地和張有智談古論今。他驚訝地看見，地委書記像個農民一樣，竟然脫掉鞋襪，有失體統地拿手指頭摳自己的腳趾甲！

田福軍的確是這副樣子——他有腳氣病，動不動就拿手指頭摳腳指頭。

他一邊摳腳，一邊對張有智說：「應該把石佛寺好好修葺一下，建個圍牆，修兩個風雨亭，拿石板把院場鋪好，再把拉倒的石牌坊立起來。這是一座珍貴的古跡，再不整修，恐怕就要毀了。如果石佛寺最終毀在我們手上，子孫後代都會唾罵我們的……」

張有智兩手一攤，尖刻地問：「錢呢？」

「你們派人到省上請個專家來，先做個預算，我讓地區有關部門撥點經費。」

「那好吧……不過，花一筆錢也不見得能修出個啥眉目。再說，這地方偏僻，沒有多少人來參觀遊覽。要是地處原西城周圍，還能賣點門票。」張有智一邊說，一邊起身和田福軍往汽車那邊走。

「前面不就是石佛鎮嗎？這裏以後肯定會發展起來的，到時會有人來參觀遊覽。話說回來，就是沒人來看，我們也應該整修，這是文物古跡呀！」

田福軍和張有智同坐一輛車，離開了石佛寺。

當車子開到不遠處的石佛鎮，田福軍就讓司機在鎮子上把車停了下來。他想拉有智一起到鎮子上的供銷門市部看看。田福軍到公社一級的所在地，總要到當地的供銷門市部走一趟。他知道，這地方對於周圍幾十個村莊的農民來說，就是他們的「王府井」和「南京路」，重要得很！

他和有智進了門市，先走到賣油鹽的地方。他向一位女售貨員詢問這兩樣農民最當緊的東西銷售情況怎樣。

女售貨員告訴他：鹽很充足，但點燈的煤油斷了。

「斷了多長時間？」

「從七月份開始到現在……」女售貨員打量着兩位花白頭髮的人，看來覺得他們有點不尋常，因此說話很客氣。

「縣上其他地方呢？」田福軍扭頭問旁邊的張有智。

有智臉有點紅，說：「我還不清楚這情況……」

這時候，供銷門市部主任來了。他顯然認出站在櫃枱外面的這兩個人是誰，趕忙推開櫃枱擋板，讓兩位領導進後院去喝水。

田福軍沒理會主任的邀請，問他：「你們有多少用油戶？」門市部主任這才有點慌張，說：「兩千戶，一月得兩噸煤油，可現在只供應半噸，老百姓點不上燈，只好買蜡燭湊合。但大多數農民買不起蜡燭；一斤煤油才三毛五分錢，一包蠟十支裝，一支一毛一分五厘錢，就得一塊一毛五分錢，用起來還不頂一斤煤油時間長……」

「問題出在哪兒呢？」田福軍問。

張有智在旁邊說：「據我所知，縣上石油公司也沒油。油屬一類物資，由地區統一調撥，下面有甚麼辦法？」

田福軍從衣袋裏摸出筆記本，迅速寫上：回去很快找地區財貿辦公室，專門撥煤油指標，落實到縣、社、鎮……

他把筆記本裝起來，對石佛供銷門市部主任說：「不要熬煎，石油馬上就會有的！」

「啊呀，那就好了！你們不知道，老百姓跑幾十里路來這裏，買不上油，生氣得把油瓶都扔了，還罵咱們的社會……」

田福軍和張有智返回車裏後，誰也沒說話。這件小小的事大大地刺激了他們。

「怪我官僚主義……」半路上，張有智情緒不佳地說。

田福軍給有智遞上一根紙煙，說：「這件事的責任主要在地區！」

回到縣裏的當天晚上，田福軍接到地委辦公室打來的電話，說老作家黑白同志正在原北縣，過幾天就到黃原來，想見見他……

這位老朋友不見不行。田福軍決定明天就返回黃原去。

第七十九章

越野車在北方的山路上經過四個多小時的顛簸，中午前後進入了黃原河東川——雖然路面寬闊了，但由於車輛開始密集起來，越野車不得不放慢速度。

從車窗裏望出去，寬闊的東川已經是一片荒涼。眼下已到立冬前後，莊稼早收割完畢，地裏連秸稈都不再存留。遠處的山巒，綠色已被寒霜殺盡；草木枯竭，大地裸露。天灰漠漠一片迷茫，地上和空中到處都飄飛着黃葉。根據往年的經驗，過不久，北冰洋及西伯利亞的冷高壓就會携帶着滾滾的寒流而席捲整個黃土高原；那時真正的冬天就開始了……

汽車很快駛入東川的工業區。透過一團團煙霧，隱約地可以辨認出遠處直立的九級古塔和塔尖上閃耀着的那一抹落日的淡黃色光輝。

汽車小心地在一片廠房夾峙的路面上低速行駛。四面八方傳來各種機器的喧囂和鋼鐵尖銳的撞擊聲；許多物資、材料亂七八糟堆放在道路兩旁。在一大片東倒西歪、飽經風霜的房屋之間，個把新建起的大樓拔地而起；色彩鮮豔，式樣新穎，如同鶴立雞羣……

田福軍坐在小車的前座上，思想已經從農村裏跳出來，不由得考慮起工業方面的事情。全區的工業比農業問題更多，也更纏手。唉，連皮手套皮夾克衫這樣一些本地傳統的緊俏產品，現在也都賣不出去了。質量沒有提高反而不斷下降，怎麼可能在日新月異的市場上去競爭呢？目前還沒有甚麼好辦法改變這種狀況。工業不像農業，就全國而言，眼下也不可能進行根本意義上的改革。他現在能做到的，就是在經營管理、勞動紀律等方面進行認真的整頓……

儘管田福軍對前任地委書記苗凱同志有看法，但他認識到，他的前任在全區工業方面的想法和做法基本是正確的。南煤、北油、中輕紡，再加上捲煙，形成了四大拳頭。他感謝苗凱同志為黃原地區的工業打下了良好的基礎。現在的問題是，他不能停留在這個基礎上，而要較大幅度地擴大和發展。他已經迅速着手搞了。石油原產八萬噸，不久前開始新建一座十五萬噸的煉油廠。經過和中央化工部以及省上的有關部門周旋，三年內石油利潤可以不上繳，自己賺自己花；一年幾百萬元，這對於全區幾年後實現財政自給是一筆相當可觀的款項。另外，上個月他曾和專員呼正文坐飛機到北京跑了一趟，與煤炭部進行了一番友好而艱難的談判，最後終於簽訂了合同，在原南縣建立一個年產二十一萬噸的煤礦；由國家投資，黃原地區包建。地區的捲煙生產本來是個很有優勢的項目，但中央有限制，無法大力擴展……在田福軍的腦子裏還縈繞着一個更大的夢想：那就是在他的任期內，爭取使黃原通火車！當然，這是一件難得無法想像的事。但他企圖力爭實現這個夢想。他盤算，等農業和工業方面的一些大事理順以後，準備帶一幫子人，到北京去搞一下「活動」。他已經和高老以及許多在中央工作的黃原籍老同志寫信聯繫過，他們都說沒問題；並且建議到時帶些土特產，爭取在人民大會堂開個茶話會，由他們請各種「關鍵」人物出席，說不定還可以請來一兩位政治局委員呢……

汽車進入市區後，田福軍看見街道上到處都在搞衛生——各機關都「各掃門前雪」，清理人行道上的泥垢和垃圾。一輛宣傳車纏繞着紅布標語在街上以甲蟲速度行駛，刺耳的高音喇叭嚴正地播送市委市政府關於整頓城市秩序和衛生的通告。田福軍很滿意這個氣氛。說實話，黃原城也太髒了，市上完全有必要這樣大動干戈來改變這個城市的風貌。只是他擔心又會像過去一樣搞一陣子「運動」，爾後又新顏換舊貌。嗯，很可能哩！

田福軍回到地委以後，先沒顧上進家門，直接去了辦公室。雖然辦公室和家只隔一道小門，但對他來說，這兩個近在咫尺的地方常常像兩個遙遠的世界。愛雲有時也忍不住抱怨他把家不當一回事；她對他說，「官」是暫時的，家是永遠的。

嗯，也許你說得對，但我卻無法兩全！

他很羨慕一些人能把繁重的公務和輕鬆的私生活平衡起來。他沒有這種本事。在內心深處，他有時也羨慕一些一般幹部和普通工人的家庭；按時上下班，有充分的時間看看電視，聽聽音樂，和孩子們一起共享天倫之樂。他呢？一年四季東跑西奔，回到機關，工作沒明沒黑。即使回到家裏也不得安寧啊！會客室沒等他進門就坐滿了各種人，排隊等待和他「私下會晤」。有時候，他甚至要在眾目睽睽之下吃完自己的一碗飯。記得有位省委副書記說過，地委書記像軍隊裏的排長 —— 意思是說這個職務比較輕鬆。哼，讓他來當當這個「排長」吧！

田福軍回到辦公室，見他桌子上的文件堆得像小山一樣 —— 其中有些就是他本人簽發的！

他在這座「山」面前怔了怔，然後歎了口氣去洗臉。

他懷着一種「愚公移山」的心情坐在桌前，正準備翻閱這些文件時，常務副專員馮世寬小心地推開門進來了。這位他過去的上級在他面前多少有點拘謹。

體態豐盈的世寬把脖項裏一條薄薄的駝色圍巾解下來，說：「剛聽說你回來了……」

田福軍和他一塊坐在沙發裏，說：「我剛從原西回來。」

提起原西，世寬臉上顯出一些不自在。他或許回想起當年他們兩個在那裏曾經有過的不愉快。但一般說來，時過境遷，兩個人現在一塊共事還是不錯的。新的工作崗位使他們都對對方的了解深入了一步。在田福軍看來，馮世寬的許多不足是由思想方法造成的。這位老中級師範畢業生對工作是很負責任的，做甚麼事情都很認真，包括做一些錯誤的事情。自他在黃原任職以來，世寬在工作上一直是支持他的，這倒是他原來所沒有預料到的。因此，他們相互間開始建立一種比較信任的新關係 —— 這是很不容易的！從馮世寬方面來說，社會所發生的巨大變化，也使他認識到過去的那一套做法不行了。他是個有一定文化程度的人，讀書和學習使他能較快地甩掉一些過時的包袱；儘管氣喘吁吁，但竭力跑着想攆上時代前進的步伐。他對田福軍的看法在某些方面仍然持有保留態度，但他認識到，這個人最大的優點是胸懷寬闊，能容人 —— 福軍沒有因為成了他的上級，就對他們過去鬧過的彆扭耿耿於懷；而且一直很信任他，專門到省上做工作，讓他擔任常務副專員職務。僅這一點，馮世寬就要求自己努力當好田福軍的副手。

世寬剛坐進沙發，就直截了當對田福軍發牢騷說：「明川這個人也太有點過分了！」

「怎麼啦？」田福軍問。

「把咱們地委和行署各罰了二百元款！」

「因為甚麼？」

「說咱們衛生搞得不好！」

「不好那當然應該罰嘛。」

「怎不好？咱們按照市上要求的標準，機關幹部幾乎兩天停止辦公打掃衛生，實際上比別的單位搞得都好。可明川在市上負責這件事，帶着檢查組來轉了一下，硬說不行，堅持要罰款。下級機關罰起了上級機關，這不成了笑話？」

田福軍笑了，說：「世寬，你不要為這事生氣。你要理解明川，他這樣做有他的道理。他罰地委和行署，其他機關也許就不敢敷衍了事了。咱們雖然是上級機關，但這個城市是由市上管理的，咱還得要遵守人家的政令和有關規定。我看明川這樣做很有氣魄！我留心過，省委大門口掛着市上給頒發的一塊『衛生先進單位』的紅牌子，上面編號是零零一；省軍區也有一塊，編號是零零二。你看這可笑不可笑？難道機關級別最高，衛生也就最好嗎？」

「那也不能把好的說成壞的！我看明川那態度，就是地委行署把院子拿吸塵器清掃了，也得罰咱們的款！」馮世寬不滿地說。

「我相信你說的哩！世寬，既然是這樣，你不妨來個高姿態，乾脆對市上罰咱們的款表示歡迎，這也是對他們工作的一種支持嘛！」

馮世寬苦笑了一下，說：「唉，那就算了。我也不表示歡迎，他們要罰也就罰去吧！」說着便站起來要走了。

「你還有甚麼事？」田福軍問。

「再沒甚麼，就這事。我原來還想讓你給明川打個電話，讓他把咱們饒了……」

田福軍大為驚訝：世寬竟然為這麼一件事專門來找他？哎呀，這個人辦事也真是太認真了！

馮世寬臨出門前，告訴田福軍說，前幾天他碰見李登雲，李登雲查問他回來了沒有，說想和他談點事。

田福軍對馮世寬點點頭，說：「我一會給他打個電話。」

馮世寬走後，田福軍心裏嘀咕：李登雲想和他談甚麼事呢？看來必定是關於向前和他姪女的關係問題。但是，這件事不是由他和李登雲就能夠解決的。他們可以解決地區和衛生局的問題，但無法解決自己子女的感情問題。不過，既然登雲想和他談談，他就不應該拒絕。

田福軍看了看手錶，還有些時間，就抓起桌子上的話筒。

電話號碼撥了兩位數字後，他又把話筒放下了。他決定親自到衛生局走一趟——在電話上召見登雲，會讓他覺得自己擺官架子。

田福軍到地區衛生局才明白，李登雲並不是和他談向前和潤葉的事，而是要求他幫助解決地區人民醫院的問題。登雲抱怨說，地區醫院別說給別人治病，它本身已經千瘡百孔了。

田福軍看登雲上任不久就如此關心衛生系統的工作，立刻對這個人產生了一種過去所沒有的親切感。只有努力工作，才能叫人尊重。不知為甚麼，此刻他心裏又很不是滋味地想起了他的朋友張有智同志。

既然登雲這樣熱心，他就不能怠慢。再說，地區人民醫院是全區最主要的醫療單位，應該給予極大的重視；他上任到現在，還沒顧上抓這方面的工作。

他於是帶着登雲去找專員呼正文。見到正文後，三個人商量了一下，乾脆一塊坐車到醫院去看看再說。

到地區醫院後，這個單位的所有領導都陪着他們，到院內四處轉了一圈。

這裏的問題的確是嚴重的。由於多年沒有經費維修，一切設施都到了破爛不堪的程度。門診樓的二樓走道裏，漫流着從廁所的破水管中湧出的水，人們只得像踩着過河的列石一般踩着磚塊走路。鍋爐也爛了，病人和治病的人都喝不上開水。全院一共才兩部電話；甚至連個太平間也沒有。八年前買回的掃描儀器由於沒地方安放，一直在院牆角裏用油毛氈蓋着。至於職工的福利設備，那就更可憐了。有些老大夫多年來都是一家三代同擠在一間小屋裏。有點水平的醫生紛紛找門路往外地調。

田福軍和呼正文目睹此情景，感到十分震驚。他們以前到醫院看病或住院，都在專門的病房裏，因此根本不了解這個醫院的本來面目。

轉完以後，他們在院子裏圍成一圈。李登雲和地區醫院的領導們，都瞪着眼看田福軍和呼正文怎辦呀。

「正文，你先談個意見。」田福軍對專員說。

「這已經到了年底，財政方面很緊張……」呼正文愁眉苦臉地說。

「你手頭恐怕還埋伏一點錢吧？」田福軍狡猾地對呼正文擠了擠眼。

呼正文笑了。他說：「我知道你沒忘了這點錢！我從你手裏接過多少還是多少。你也知道，專員預備費是補各種窟窿的。這又到了年底……」

田福軍也笑了，說：「那就是說，你手頭還有近二百萬錢。乾脆，今年你把這錢一次撥給醫院吧，不要再當胡椒麪撒了！」

「到時許多單位來大哭小叫，叫我怎麼辦？」呼正文為難地說。

「咱們永遠就是這個樣子！到時再想其他辦法！」

呼正文儘管為難，但還是同意了田福軍的意見。

於是，這筆錢現場敲定撥給了地區醫院。李登雲和醫院的領導們都高興得咧開了嘴巴。

田福軍指示，由醫院主要領導牽頭，很快成立基建領導小組，今冬籌建，明年改建醫院原有設施；另外要新蓋太平間，鋪院子，修廁所，建兩座職工家屬樓……

他對醫院的領導們說：「錢給了你們，事辦不好可要找你們算賬！」

第八十章

兩天以後的一個上午，著名老作家黑白由地區文化局長杜正賢和《黃原文藝》主編賈冰陪同，前來拜訪田福軍。

黑老是名人，一到黃原，就由杜局長親自出面接待。另外，機靈的杜正賢知道，黑老是田書記的老朋友，因此更不敢怠慢。另一個寸步不離黑老的人是賈冰。賈詩人不僅是省作家協會會員，而且還是個理事，現在黑老師到了黃原，他得格外賣勁招待這位本省文學界的泰斗。

在這三個人到來之前，田福軍已經把姪女潤葉從團地委叫過來，讓她收拾了一下辦公室的會客間；又買了一些瓜子、水果和本地的土特產，擺在茶几上。

田福軍拉着黑老的手，把他敬讓在正中的沙發裏，他緊挨着坐在旁邊；杜正賢和賈冰分坐在兩頭。潤葉趕緊給客人沖茶、敬煙。

兩個老朋友按照中國人的習慣，先問候了一番身體狀況 —— 互相都說好着哩。接着又開了一些親切的玩笑。平時都愛搶着說話的文化局長和詩人，此刻都像聽報告似的老老實實坐着，不敢插話，只敢咧開嘴巴賠着笑。

「你這次到原北縣是故地重遊，一定有不少感慨呀！」田福軍對黑老說。

「也許是最後一次了。」黑白臉上露出一絲藝術家的憂傷，「這次到原北跑了一趟，是有不少感慨。不瞞你說，也有點難過！」

田福軍一怔。他沒有言傳，等待黑老繼續說下去。

「我沒想到，農村已經成了這個樣子！」黑白兩手一攤，臉上的憂傷變成了痛苦，「完全是一派舊社會的景象嘛！集體連個影子也不見了。大家各顧各的光景，誰也不管誰的死活。過去一些不務正業的人在發財，而有的困難戶卻沒有集體的關懷，日子很難過下去。農村已經出現了嚴重的兩極分化，隊幹部中的積極分子也都埋頭發家致富去了；我們在農村搞了幾十年社會主義，結果不費吹灰之力就蕩然無存……」

黑白的一番話使田福軍一時不知該如何對答。老朋友給他描繪了一幅多麼可怕的圖景！田福軍原來以為，作家的思想是應該能夠站在時代前列的；想不到黑白同志竟然比最保守的基層幹部都要更不理解農村的改革。僅從這一點看，改革就是一件多麼艱難的事啊！

田福軍一邊誠心地聽黑老說話，一邊趕緊把那些吃的東西往他旁邊挪。聰敏的潤葉為了緩解空氣，也熱情招呼斂聲屏氣的杜正賢和賈冰吃東西。

田福軍把幾顆大紅棗塞在黑老手裏，臉上堆着笑容，說：「你說的這些現象的確存在。可是，農村既然發生了這麼重大的變化，出現問題也是不可避免的。你熟悉歷史，古今中外任何大的社會變革，都不可避免要出現各種各樣的問題。但我們還是要從最主要的方面來看這種變革是否利大於弊……」

接着，田福軍用一系列數字給黑老列舉了農村改革前後的狀況——這是對黑老最有說服力的回答。

黑白聽得漸漸咧開了嘴巴。他說：「你說的也許都是事實，可是我思想上很難轉這個彎啊！」黑白大概也覺得談話過分嚴肅了一些，臉上露出了笑容，「你想想，自己一生傾注了心血而熱情讚美的事物，突然被否定得一乾二淨，心裏不難過是不可能的！」

田福軍理解黑老的心情。黑老在很大程度上說的是他那部長篇小說《太陽正當頭》。這本描寫合作化運動和「大躍進」的書，是他一生的代表作。他在其間真誠地謳歌的事物，現在看來很多方面已經站不住腳，甚至是幼稚和可笑的。作家當年力圖展現正劇，沒想到他自己卻成了悲劇。

田福軍帶着某種安慰的口吻說：「黑老，有一點是肯定的，以後的人們絕對不會懷疑你當年的謳歌完全出於真誠。至於你當時的認識和判斷，那不可能超越時代的局限性。這種現象古今中外的大作家也不乏其例。我好像記得列寧在評價列夫・托爾斯泰時，也指出了他在這方面的局限性。但列寧並沒有因此而否定托爾斯泰，反而稱讚他的作品是俄國革命的一面鏡子。我是外行，胡說八道！不過，你的《太陽正當頭》的確細緻地描寫了當時農村的社會生活，這一點就足以使以後的讀者仍然要讀這本書。我認為，不能因作家對當時的生活做出不準確的認識和結論，就連他所描寫的生活本身也喪失了價值。這方面最典型的例子就是托爾斯泰……」

田福軍的「文藝理論」儘管過於牽強，卻一下子把黑老說高興了。他竟然豎起拇指，對田福軍說：「啊呀，誰說你是個外行？你比內行還內行！你要是搞文學藝術，一定能成大事業！」

田福軍仰頭大笑了，說：「我根本吃不了那碗飯！」他看黑老情緒高漲起來，乘機轉了話題，說：「你到黃原來，一定要對咱們地區的文化事業給予指導！」他指了指旁邊的杜正賢和賈冰，「他兩個負責這方面的事，有甚麼你就對他們說！你也知道，咱們山區文化落後，人才留不住……」

杜正賢趕忙插話說：「我們已經安排黑老為全區文化藝術界做一次報告！」

黑白同志也就不客氣地指導起黃原的文化工作來了。他建議田福軍辦個戲劇學校；搞個詩社；等條件成熟後，還應該成立文聯；並把《黃原文藝》從文化館分出來歸文聯領導，他回去找省委宣傳部長，爭取讓這刊物公開向全國發行……

田福軍一一點頭讚許，指示杜正賢和賈冰認真研究黑老的建議；並說過一段時間，他要專門召集個會議，解決文化藝術部門的問題。

本來田福軍準備以地委的名義中午在黃原賓館宴請黑老，但詩人賈冰已經專門買了一隻羊，要在家裏款待黑老，請他吃羊肉蕎麪圪坨。地委的宴會只好推到黑老離開時舉行。

眾人和田福軍在辦公室告辭後，賈冰硬拉福軍的姪女潤葉也到他家裏去陪黑老吃飯。和賈冰一個單位的杜麗麗已經和她的男朋友武惠良在賈冰家幫他老婆準備這頓飯了，因此他想讓潤葉也去湊個熱鬧。田福軍鼓動讓姪女去，潤葉就答應下來。杜正賢因為女兒和女婿都已經在賈冰家，因此推辭說他還要給田書記彙報文化方面的工作，謝絕了賈冰的邀請……

潤葉和賈老師簇擁着黑老出了地委大院，一塊相跟着來到詩人家。

他們進家以後，一切都已經準備好了。一張紅油漆炕桌上，擺滿了各種調料。賈冰和麗麗的男朋友武惠良先陪黑老喝酒；潤葉和麗麗幫賈冰的愛人往桌子上端菜。

當一盆子大塊羊肉上來後，賈冰硬拉潤葉和麗麗也坐下來吃，讓他老婆一個人去忙。黑老是個樂和人，開玩笑要和賈冰的愛人碰一杯酒；但這位靦腆的婦女紅着臉退出了房間。

詩人尷尬地對黑老說：「我老婆是個『土耳其』！她怕生人，請黑老不要介意……」

說完這句話後，詩人藉着幾杯酒落肚，竟動情地給客人講起了他和他老婆的愛情故事。

他告訴大家，他老婆一個字也不識。他們是同村，又是鄰居。在他上大學時，他把惟一的親人老母親一個人丟在家，全靠他現在的愛人照料。但那時他們甚麼關係也不是，只是同村鄰居。他當時已經在大學愛上了同班一位城市姑娘。可是後來他母親非讓他和現在的這個愛人結婚不可，並說如果他不答應這件事，她就要一頭碰死在他面前。他沒有辦法，只好在愛情和孝心之間選擇了後者。結婚以後，他才知道，在那些困難的歲月，當時他愛人為了照顧他媽，偷拿自己家裏的東西，曾經挨過她父親的打罵……天長日久，他覺得他愛人是世界上最好的女人。現在，他老婆辦了營業執照，在二道街上賣羊雜碎，起早貪黑，為他操持家庭，還給他生了三個小子。他的工資月月花得淨光，家庭全憑老婆來養活；他有時還跑到市場上向老婆要零花錢哩……

衝動的詩人說得淚水滿面，弄得客人也都吃不成飯了。

「我們是先結婚後戀愛……唉，我現在最大的願望是明年天暖後，帶着我老婆去逛一回省城！我要把她引到皇后王后的陵墓前，說：我老婆和你們一樣偉大！」

詩人又立刻破涕為笑，趕緊招呼客人吃他的「土耳其」老婆做的蕎麪圪坨羊腥湯——於是眾人也都笑了。

但潤葉沒有笑。她一直沉默地聽詩人說他和他愛人的故事。唉，不幸的人最怕聽別人說他們的幸福！

吃完飯後，潤葉說她有點事，就一個人先離開了詩人家。今天是星期六，她實際上沒甚麼事；只是覺得心情煩亂，不想和別人呆在一起。

田潤葉獨自回了團地委少兒部的辦公室。這個辦公室就她一人，牆角支着一張單人牀。晚上下班以後，她通常不回二爸家，自己在機關灶上吃完飯，就在這裏過夜。這個已婚女子完全過着單身漢生活 —— 自到黃原以後，她也儘量忘記自己已經結了婚。

由於心靈受過創傷，這個人現在變得有些孤僻。除過工作以外，一般很少和別人交往，甚至也不常去好朋友杜麗麗那裏。武惠良現在是團地委書記，他和麗麗都了解她在婚姻上的波折，因此很想讓她去麗麗那裏玩一玩，散一散心。但他們並不知道，潤葉最不願意看見他們之間的那種甜蜜關係了。不能說我們的潤葉心理已經變態。不，她並不妒忌朋友的幸福；她只是怕因此而勾起自己的難過。

她將怎麼辦？她自己仍然不清楚……

回到團地委後，潤葉閉着眼睛在自己的牀上躺了很長時間；思緒像發過洪水的河流，也不知倒究漂浮過些甚麼東西……

天黑以後，她才爬起來，悄無聲息地去大灶上喝了點稀飯。

她突然想起，她應該去收拾一下她二爸的辦公室 —— 今天因為招待黑老，二爸的辦公室被搞得很零亂。

這樣，她把碗筷放回宿舍，就又返身向地委常委小院走去。

進了院子，她看見二爸的辦公室還亮着燈光 —— 他還沒回家去吃飯？

潤葉進了門，才發現原來是妹妹和他們村的少平呆在這裏。

潤葉心一驚 —— 因為她恍惚中先錯把少平當成了少安。是呀，少平已經長了這麼大，而且太像他哥了！

少平和曉霞正在一塊吃飯，見她進來，兩個人都站起來。少平趕忙叫了一聲：「姐！」

在這裏猛然見到少平，不知為甚麼，潤葉由不得興奮起來。她開始詢問雙水村和她家裏的情況。少平就給她細說了一通，並且還轉彎抹角讓她知道了少安的許多情況。

少安！少安！你現在活得多麼美氣啊！

一提起少安，一種難以抑制的痛苦，就使她不由得默默低下了頭。流逝的往事此刻又回到了她的心間。那夢魂一般的信天遊也在她的耳邊縈繞起來——

正月裏凍冰呀立春消，
二月裏魚兒水上漂，
水呀上漂來想起我的哥！
想起我的哥哥，
想起我的哥哥，
想起我的哥哥呀你等一等我……

……很長時間，她才把深埋的頭抬起來。

她看見，曉霞已經躲到外間去了。少平坐在她對面，臉扭向一邊，眼裏似乎含着淚水——他顯然已經知道她和他哥的事；也知道她現在的難過。

她於是岔開話題，詢問少平到黃原來幹甚麼。

少平就難為情地用手背揩了揩眼睛，告訴說他是來黃原攬短工的。

她看着這個長相酷似少安的青年，心中產生了一種無限憐愛的感情。她對他說，有甚麼困難就到團地委來找她；並且把她的電話號碼也留給了他。然後三個人相幫着把裏外間的房子收拾了一遍，她就回團地委去了……

半個月以後，杜麗麗和武惠良在黃原賓館舉行婚禮。無論從哪方面說，這個婚禮潤葉非得去參加不行。

麗麗和惠良的婚禮搞得十分鋪張。主辦人是惠良的叔叔武宏全。這位地區駐省會的辦事處主任，神通廣大，氣派非凡，完全按省裏接待貴賓的規格，搞了幾桌山珍海味。除過雙方家長文化局長杜正賢和勞動局長武得全外，前來吃喜宴的大部分是地區的部局長。讓潤葉感到難堪的是，她公公李登雲也來了。兩個人儘管沒有坐在一個桌子上，但世界上也許再沒有這麼令人彆扭的事了。新婚夫婦的幸福和他們雙方家長的喜慶氣氛，從不同的角度同時刺激着田潤葉和李登雲——公公和兒媳婦都各有各的辛酸！

聰敏的麗麗和惠良都看出了潤葉的困難處境。惠良向麗麗耳語了幾句，麗麗就對旁邊的潤葉說：「你要是身體不舒服，就先回去休息一會……」

潤葉儘量忍着沒讓淚水從眼裏湧出來。她站起來拉着麗麗，手在好朋友的肩背上親切地撫摸了一下，想說句祝福她的話，但不知說甚麼是好。

她於是又和惠良打了個招呼，就一個人匆匆出了宴會廳。

她來到燈火通明的大街上。初冬的夜晚徹骨般寒冷。冰涼的街道，冰涼的夜空，當頭懸着一輪冰涼的月亮。她的心也是冰涼的。

她一個人低着頭慢慢地在街道上轉悠。她不急於回團地委；也不知道自己往何處走。

現在，她竟然不知不覺轉悠到二道街的自由市場上了。

這裏也已經空蕩蕩地沒有了人跡。街道兩旁擠着低矮的、密密麻麻的鐵皮小房，是個體戶賣吃喝的地方，現在大部分都關了門；只有個把房間還亮着燈火，但已沒有顧客，店主們正懶洋洋地收拾碗筷，或指頭蘸着唾沫在燈下細心地點錢。

潤葉不由停住了腳步，並且向旁邊的暗影處一閃。她看見對面不遠一個店舖裏，詩人賈冰腰裏圍着塊破布，正幫助他的「土耳其」老婆洗碗。賈老師嘴裏還說着甚麼，並且揚起手在他愛人的屁股蛋上親昵地拍了一巴掌；他愛人便樂得呱呱價大笑起來……

潤葉猛地轉過身，邁着急促的腳步向南關團地委走去。呼嘯的寒風撲面而來，把她臉頰上兩行滾燙的淚水吹落在了冰涼的街道上……

第八十一章

在一般人看來，徐國強是個福老漢。有吃有穿，日子過得十分清閒。更重要的是，他女婿是這個地區的「一把手」，他活得多麼體面啊！走到哪裏，人們都尊敬地對他笑；親切地，甚至巴結地問候他、奉承他。他要是來到街頭說閒話的退休老頭們中間，當然就成了個中心人物。

但是，徐國強老漢自有他的難言之苦。女兒和女婿經常不在家，曉霞和潤葉一個星期也只回來一兩次，平時家裏一整天就他一個人閒呆着，活得實在寂寞。如果在原西縣，他還有許多熟人朋友，可以出去走走，說說話，散散心。可是現在他被擱置在水泥樓中的一個小房子裏，感覺就像被孤零零地吊在了「半空中」。大街上人那麼多，他都不認識。和一些半生不熟的退休老頭說閒話，人家雖然因為他是福軍的岳父，很尊重他，但他感到彆扭和不自在；不像在原西，他和老朋友們蹲在一起，唾沫星子亂濺，指天罵地，十分痛快。眼下，他實在感到寂寞難忍時，就只能到幾尺寬的陽台上去，如同站在懸崖上一般，緊張得兩隻手緊緊抓着欄杆，茫然地望着街上的行人。他每次都要目送着黃原去省城的飛機消失在遙遠的空中——這算一天中最有興趣的一個瞬間。他也不敢在陽台上站得太久，否則會感到眩暈。一天之中，他大部分時間在那間十二平方米的房子裏消磨。唉，如果像原西一樣住在平房，他還能在院子裏營務點甚麼莊稼。這樓上屁也種不成！在陶瓷盆盆裏養點花？他不會。哼，大地方人也真能！竟然在盆子裏種起了東西！

他惟一的夥伴就是那隻老黑貓。

黑貓不用說更老了。自到黃原以後，它和他一樣，也懶得出去跑一趟，整天臥在他身邊，挑揀着吃點好東西，然後便拉着呼嚕睡覺。他們有時候也拉拉話。當然主要是徐國強說，黑貓聽——它只是在主人說話之時，間隔用「喵嗚」來應酬一聲。後來，他們加添了一個「節目」。徐國強從女兒的房間裏翻出來一個毛線蛋，在牀上把線蛋滾來滾去，讓黑貓撲着去抓。徐國強指教黑貓說：「你也老了，要鍛煉身體哩！要不得個高血壓甚麼的，又沒個給你治病的醫院！」

時光靜悄悄地在流逝。世界上有些人因為忙而感到生活的沉重，也有些人因為閒而活得壓抑。人啊，都有自己一本難唸的經；可是不同處境的人又很難理解別人的苦處。百事纏身的田福軍和忙忙碌碌的徐愛雲一離開這個家，也就很難想像老人怎樣打發一天的日子。至於曉霞，正遨游在青春爛漫的雲霞裏，很少踏進這個家門來。

徐國強只能生活在自己孤獨的世界裏。他現在最大的安慰就是這隻忠實的老黑貓，一直形影不離地陪伴着他。

但是這一天，災難降臨在了老漢頭上——他的黑貓突然失蹤了！

黑貓是中午出門的。因為今天太陽很好，徐國強想讓貓出去曬一曬暖。通常過三四天，徐老都要單獨讓貓出去散散心。一般說來，他的貓不會遠行；常就在樓下玩一會，就跑上來「喵嗚」着讓他開門。

可是今天它出去很長時間沒有回來。焦急的徐國強跑到樓下找了一兩個鐘頭，沒有找見它。他以為在找它的這段時間裏，貓說不定回去了，就又匆匆趕回家來 —— 但貓仍然沒有回來。

這可怎麼辦？

徐國強老漢樓上樓下跑個不停，聲音哽咽地「咪咪」呼喚着，尋找了整整一個下午。

天黑以後，貓還沒有回來。徐國強幾乎沒有吃甚麼東西，就淒涼地回到自己的房間，佝僂着腰呆呆地望着牆壁。

夜已經深了。老漢和衣躺在牀鋪上，耳朵敏捷地諦聽着外面的各種聲音。呼嘯的寒風拍打着門窗。夜是寧靜的，又充滿了喧囂和嘈雜。他回憶起黑貓初到他家時，像個撒嬌的孩子似的，在窰裏亂跑，曾經把愛雲她媽心愛的一隻花瓷碗也打碎了；看愛雲媽拿個笤帚把打它，它就跑到他懷裏來尋求保護……可愛的小東西呀，晚上貼着他的胸膛，毛絨絨的，在被窩裏也不老實。早上它總是和他一塊起牀。他洗臉的時候，它也蹲在炕上，用兩隻小爪子抹自己的臉……

徐國強老漢難受地閉住了眼睛。但他怎麼能睡得着呢？

突然，老漢一下子從牀上挺身而起。他似乎聽見甚麼地方傳來老黑貓的「喵嗚」聲。是的，一點也沒錯，就在門外的樓道裏！

他慌忙拖拉着鞋，出了自己房間，通過黑暗的走道，手抖得像篩糠一般扭開了門關子。啊啊！正是他親愛的老黑貓！他鼻子一酸，很快把它抱起來，向房間走去；貓身上不知糊了些甚麼東西，弄得他兩手粘糊糊的。

徐國強把貓抱進房間才發現，他兩隻手上粘的是血。他的心縮成一團：黑貓受傷了！看來這傷不是人打的，也不是自己碰磕的，而是被鋒牙利齒咬傷的。天呀，是甚麼作孽的傢伙傷害了他的寶貝？狼？城裏沒狼。狗？狗咬貓幹啥！那麼是貓？是呀，說不定是誰家的貓咬的！看來人家是幾隻貓咬他的老黑貓，寡不敵眾，才被咬得遍體鱗傷。唉，你呀，跑到甚麼地方去了！這可不是在原西，咱們是外來戶，怎麼敢和這裏的地頭蛇打鬥呢？再說，你和我一樣，都已經老了，就應該呆在家裏，誰讓你出去逞強呢？人家年輕力壯，你老胳膊老腿，鬧騰不過人家呀……

徐國強老漢把貓抱在燈下，一邊嘴裏嘮叨着埋怨老黑貓，一邊細心地檢查它身上的傷口。耳朵、臉、爪子都在流血；最可怕的是它的咽喉上被撕開一個致命的大口子，簡直慘不忍睹。

徐國強面對這個血淋淋的牲畜，不知如何是好。他猛然靈機一動，拉開桌子抽屜，把他自己平時用的藥都拿了出來。

他先把止血粉撒在貓的傷口上，又拿了棉紗和膠布準備包紮，但膠布在皮毛上面粘不住，只好湊合着捆紮起來。

他把它放在一個棉墊子上，然後悄悄溜到廚房裏，把幾片止痛片拿刀背搗碎，在杯子裏拿水調成湯，又帶了幾塊熟肉回來。他把肉放在貓嘴邊，貓只是呻吟般喵嗚着，無心食用。他就拿小勺子給它喂藥。儘管他給貓說，這是止痛藥，但貓怎麼也不喝。

他只好把杯子放在一邊，束手無策地坐在貓旁邊，陪伴着它。外面的風似乎小了，寂靜中聽見一片沙沙聲。隔壁房間裏，傳來福軍沉重的鼾聲。

徐國強呆呆地看着奄奄一息的老黑貓。此刻，這隻貓對他來說，已經不是動物，而是他的親人。他記得愛雲她媽臨終的時候，他也就這樣呆在她的牀邊。動物和人一樣，總有一天也要走向生命的終點。在這個時刻，他們是極需要親人守護在身邊的；這樣，他們也許能鎮定地度過這最後的時光。

親愛的黑貓漸漸連呻吟的力氣也沒有了。受傷的眼皮耷拉下來，遮住了那兩隻美麗的、金黃色的眼睛。

老漢輕輕把它抱在懷裏，用一隻青筋突暴的手悲痛地撫摸着它。

黎明時分，老黑貓在徐國強的懷抱裏死去了。

老漢用手掌抹去滿臉淚水，抱起這個咽氣的夥伴，打開了通往陽台的門。他看見，外面已經鋪了一層寸把厚的雪。天陰得很重，空中仍然飄飛着雪花。風已經完全停了，空氣中流蕩着一種微微的溫暖。

他把老黑貓安放在陽台的一個角落裏，用那片棉墊遮蓋住它，然後靜靜地立在欄杆邊，望着風雪迷濛的城市和模模糊糊的遠山，嘴裏歎息着，胡楂子周圍結上了一圈白霜……

徐國強老漢一個上午沒有出自己的房門。他盤腿坐在牀鋪上，沉默地抽了很長一陣煙。後來，他在牀下找出一個小小的木匣子，用笤帚打掃乾淨，給裏面墊了一些新棉絮。他要像安葬人一樣安葬他的老黑貓。

中午前後，他的貓入「殮」了。他把那隻貓經常飲水吃食的小碗和那個毛線蛋，都放在了「棺材」裏；然後拿小木片把木匣子釘起來。

福軍和愛雲中午都不回家來，他自己也無心吃飯；於是就把這個小木匣裝進一個破提包，又拿了一把挖爐灰的小鐵鏟，一個人靜悄悄地出了門。

他踏着厚茸茸的積雪出了家屬樓後邊的小門，蹣跚着來到街道上。滿天雪花像無數隻紛飛的白蝴蝶。徐國強老漢臉繃得緊緊的，路上偶爾有認識他的人熱情地給他打招呼，他只是嚴峻地點點頭。

他到離地委不遠處的一個小山溝裏，在馬路旁邊瞅了個向陽的小山坡，用小鐵鏟在土崖根下掘了個小洞，把那個小木匣放進去；然後用土掩埋起來，並且像真正的墳墓一樣，弄起一個小土包。

殯葬全部結束後，他蹲在這個小土包旁邊，又抽起了旱煙。雪花悄無聲息地降落着，天地間一片寂靜。他的雙肩和栽絨棉帽很快白了。他癡呆呆地望着對面白皚皚的雪山和不遠處的一大片建築物，一縷白煙從嘴裏噴出來，在頭頂上的雪花間繚繞。徐國強老漢突然感到這個世界空落落的；許多昨天還記憶猶新的事情，好像一下子變得很遙遠了。這時候，他並不感到生命短促，反而覺得他活得太長久……

毫無疑問，老黑貓的死對徐國強老漢的打擊是沉重的。只有他自己才能體驗到這件事的殘酷性。他也並不指望別人理解他，包括他家裏的人。

幾天來，他的情緒一直很灰。他也不願給別人敘說他的不幸。要是說出他為一隻死去的貓而悲傷，也許別人會笑掉牙的。只是在星期天的飯桌上，愛雲突然提唸說：「這幾天怎不見貓呢？」

「貓已經死了。」他對女兒說。

「死了？也是的，這隻貓太老了……」愛雲輕淡地說了一句，然後便去盛湯。曉霞只顧低頭吃飯；福軍一邊吃，一邊和旁邊的一位幹部說話。誰也沒有再說起這隻死去的牲靈。

徐國強勉強吃了一小碗米飯，連湯也沒喝，就回到了自己的房間。他木然地立在門後邊，淚水盈滿了一雙昏花的老眼。他好像聽見房間的甚麼地方傳來「喵嗚」一聲叫喚，趕忙把腦袋轉了一圈。一無所有。是他的耳朵產生了錯覺……

在以後的日子裏，每過一兩天，徐國強老漢總要在臨近黃昏的特候，一個人悄然地走出家門，穿過那條街道，來到那個小山灣裏，在那個小土包前徘徊一段時光。人的感情有時候真是不可思議；他也許對人是冷漠的，但可以對一個動物懷着永遠的眷戀。

又是一個黃昏。城市的燈火和山坡上的殘雪閃爍着冰冷的白光。大地已經開始結凍，硬邦邦得像鐵板一樣。風嗚咽着從遠處的山口中吹過來，灌滿了低窪中的城市。

徐國強老漢像往常一樣，穿着厚厚的掛面羊羔皮大氅，戴着栽絨棉帽，又來到掩埋着老黑貓的那個小山灣溜達。他現在已經沒勇氣走到那個小土包前；只是在那個山坡下面的公路邊上來回走幾圈。這在很大程度上倒不是專門來祭奠那隻死去的貓。他也不知道自己為甚麼就跑到這裏來了；就好像他在這地方丟失了甚麼貴重的東西，儘管毫無指望再拾回來，但仍然還要反覆尋找。

徐國強老漢在馬路邊上溜達了幾圈，正準備返身回家去，卻突然又聽見了一聲貓的叫喚。他心一驚，不由轉過臉向山坡上望了一眼。除過一片昏暗，他甚麼也沒看見。

他搖搖戴栽絨棉帽的腦袋，知道他的耳朵又出了毛病。

「喵嗚！」

又是一聲貓的叫喚聲。這下老漢聽真切了！這的確是一聲貓叫，而且和他的老黑貓叫聲幾乎一模一樣！

一股涼氣沿着老漢的後脊樑一直躥到後腦勺上。難道他的老黑貓真的活過來了？他儘管是個老共產黨員，但多少還有點迷信，心想是不是貓的魂靈在他附近叫喚呢？

當又聽見一聲貓叫後，他才發現這叫聲是從公路前面傳來的。

他怔怔地立在路邊，看見前面一個黑糊糊的人影向他這邊走來。

直等到這個人走到他面前，他才認出這是他的外孫女曉霞！

「你怎到這兒來了？」徐國強老漢走前一步，對外孫女說。

曉霞從她的棉大衣裏掏出一隻小貓，舉到他面前說：「外爺，我在自由市場上給你買了一隻貓。你看，也是黑的！兩隻眼睛黃黃的，和你原來的那隻一樣，說不定就是老黑貓生的兒子呢！外爺，你不要難過。我知道你一個人常到這地方來……」

徐國強老漢從外孫女手裏接過那隻小黑貓，彎下腰用臉頰在貓身上蹭了蹭，黑暗中忍不住淚水奪眶而出。他伸出一隻手在外孫女頭上摸了摸，說：

「咱們回家去吧……」

第八十二章

一九八一年農曆正月初六過罷傳統的「小年」以後，黃原地區各縣的縣城，頓時擁滿了公社和農村來的基層幹部。這些人胸前的鈕釦上都掛着一張紅油光紙條，上面印有「代表證」三字。各縣每年這個時候召開縣、社、隊、小隊四級幹部會議，似乎像過節一樣，也成了個傳統。會議期間，這些小小的縣城陡然間會增加一倍左右的人口，顯得異常地擁擠和熱鬧。縣城的小學、中學和各機關一切閒置的房屋和窰洞，都睡滿了這些各地農村來的傑出人物。通常這期間，縣上都要唱大戲；這種會議似乎越熱鬧效果越好。

按老套路，每年的「四幹」會主要是總結去年的工作，安排今年的生產。全體大會上，由縣委書記做主旨報告，縣上其他領導圍繞報告中心分別講一通話，然後以公社為單位進行討論。

今年的「四幹」會非同以往；因為這是農村實行個人承包責任制

以來的第一個「四幹」會。不知哪個縣開的頭，今年「四幹」會除過傳統的日程安排，另增添一個新內容：在會議結束時舉行聲勢浩大的「誇富」活動。

於是，各縣聞風而紛紛效仿。

這真是時代變了，做法也截然相反。往年的「四幹」會，通常都要批判幾個有資本主義傾向的「階級敵人」，今年卻要大張旗鼓地表彰發家致富的人。誰能不為之而感慨萬千呢？

既然各縣都準備這樣搞，原西縣當然也不能無動於衷。儘管縣委書記張有智向來反感這類大哄大嗡，但看來不這樣搞也不行。以前他是副職，不感興趣的事可以迴避；但現在他成了「一把手」，就不敢再任性了——「誇富」實際上是讚揚新政策哩！

張有智把這件事交給「二把手」馬國雄去操辦。這差事正對國雄的口味，他最熱心這些紅火工作。我們知道，一九七七年，他曾負責「導演」了接待中央高老的那次著名活動。

馬國雄根據常委會的決定，早在元旦前後就召開了電話會議，要求各公社推選「冒尖戶」。「冒尖戶」的標準是年收入糧一萬斤或錢五千元；各公社不限名額，有多少推選多少，但不能連一名也沒有。「冒尖戶」除在春節後的「四幹」會上披紅掛花「游街」以外，每戶還要給獎勵「飛人牌」縫紉機一台。

這件事首先難倒了石圪節公社書記徐治功。治功知道，按照縣上要求的標準，他們公社連一個「冒尖戶」也找不出來。石圪節是全縣最窮的公社，雖然實行了責任制，農民的日子比往年好了，可新政策才剛剛一年，憑甚麼能打下一萬斤糧食或賺下五千元錢呢？這不是逼着讓他徐治功去上吊嗎？哼，別說農民，他徐治功也沒那麼多家當！

可是，找不出「冒尖戶」，徐治功沒辦法給縣上交代。再說，沒個

「冒尖戶」，他又有甚麼臉面去參加「四幹」會？

找不出來也得找！找不出來就說明他徐治功沒把工作做好！

他把副手劉根民叫來，發愁地和他商量到哪裏去找個「冒尖戶」。

兩個人扳着手指頭一個村子一個村子往過數，結果還是找不出來一個。徐治功突然手在大腿上拍了一巴掌，說：「我好像聽說雙水村的金富弄了不少錢，興許這小子能夠上標準哩！」

劉根民淡淡一笑，對興奮的主任說：「據有人傳說，他的錢不是從正路上來的……」

「去他媽的！不管是偷的還是搶的，只要湊夠五千塊就行了！」

「這樣恐怕不行。」劉根民搖搖頭，「再說，如果這小子真是用不正當手段弄來的錢，他也不會給你說他有那麼多。」

「那咱們怎麼辦？」徐治功束手無策地問劉根民。

劉根民能有甚麼辦法呢？

徐治功背抄着手在地上走了兩圈，又來了「靈感」，說：「你的同學孫少安怎麼樣？這小子開了燒磚窰，說不定賺下不少錢呢！」

「據我所知，少安也沒賺下那麼多錢。」劉根民說。

「不管怎樣，咱們一塊到雙水村去看看！」

劉根民也和徐治功一樣急，找不出個「冒尖戶」，縣上不會饒了石圪節公社。

根民只好和徐治功一人騎了一輛自行車，到雙水村去找孫少安，看能不能把他的同學湊合成個「冒尖戶」。

公社的兩位領導在燒磚窰的土場上找到了滿臉煙灰的孫少安。

少安聽他們說明來意後，驚訝地說：「哎呀，你們也不想想，我就這麼個攤場，怎麼可能賺下那麼多錢呢？」

「你甭輕看這事！」徐治功誘導說，「當了『冒尖戶』，不光到縣城披紅掛花揚一回名，還給獎一台縫紉機呢！」

「我沒資格去光榮嘛！」少安無可奈何地說，「把我的骨頭賣了，也湊不夠那麼多錢。」

「嗨，這就看怎樣算賬哩！」徐治功嘴一撇，給劉根民擠了一下眼睛，「咱們回你家去說吧！」

少安引着他們回到家裏。徐治功一進院子，就指着少安的三孔新窰洞說：「這不是個『冒尖戶』是個啥？」

秀蓮一看兩位公社領導上了門，趕忙洗手做飯。

徐治功立刻發明了一種「新式」算賬法。他把孫少安的現金、糧食、窰洞和家裏的東西統統折了價，打在一起估算。後來又加上了現存的磚、磚坯和燒磚窰。儘管這樣挖空心思算了一番，結果還是湊不夠五千元。

這時候，在鍋台上擀麪的秀蓮插嘴說：「把我爸家的算上大概就夠了。」她聽說能獎一台縫紉機，就一心想當這個「冒尖戶」；她早就夢想有一台縫紉機。

「對！」陷入困境的徐治功高興地說。

「可是我和我爸已經分家了。」少安說。

「父子分家不分家有甚麼兩樣！」秀蓮白了一眼丈夫，意思是埋怨他太傻了，為甚麼把一台不要錢的縫紉機扔了呢？

徐治功竟然就麻麻糊糊把孫玉厚的財產也算到少安名下，總算湊夠了「標準」—— 他終於搜腸刮肚為石圪節創造了個「冒尖戶」。

於是，過罷「小年」，孫少安就以隊長和石圪節公社惟一的「冒尖戶」的雙重身份，參加了縣上的「四幹」會。雙水村去開會的人還有田福堂和金俊武；這兩個精明人都在心裏嘲笑他們村的另一個精明人。孫少安雖然知道他是個冒牌「冒尖戶」，但既然被徐治功糊弄出台子，不會唱戲也得硬裝成個戲子了！

會議期間，「冒尖戶」們像平民中新封的貴族一般，受到了非同尋常的抬舉。其他社隊幹部都是自帶鋪蓋，七八個人擠在一個學生宿舍裏；而「冒尖戶」和各公社領導一起被安排在縣招待所，兩個人住一間帶沙發的房子；吃飯也在縣招待所的小餐廳。在社會還普遍貧窮的狀況下，這些發達起來的農民受到了人們的尊敬。他們佩戴着寫有「冒尖戶」的紅紙條走到街上，連幹部們都羨慕地議論他們——是呀，這些每月掙幾十元錢的公家人，恐怕有五千塊存款的也不多。人們的觀念在迅速地發生變化；過去尊敬的是各種「運動」產生的積極分子，現在卻把仰慕的目光投照到這些腰裏別着人民幣的人物身上了。

孫少安站在這個光榮的行列裏，心慌得像兔子一般亂竄。他知道，在全縣這幾十個「冒尖戶」中，大部分是真「冒尖」，也有假「冒尖」的。他自己屬於後一種「冒尖戶」。他真後悔為了一台縫紉機而來受這種精神折磨。除過開會，他也不上街去；他心虛，似乎感到城裏所有的人都知道他是個「假」的。

他同屋住着柳岔公社的一個「冒尖戶」，名叫胡永合，是靠長途販運發財的。這傢伙是個真「冒尖」。據他誇耀，他可以一次包縣運輸公司的兩輛汽車，到省城和中部平原的縣鎮拉麪粉，回到山區每袋淨賺四五元錢。胡永合氣派很大，對少安說，他今年還準備辦個罐頭加工廠呢！

幾天以來，孫少安被各種情況刺激得坐臥不安，同時也在內心升騰起一種新的雄心壯志。他感到，由於過去太窮，生活一旦有所改善，就有點心滿意足了。現在看來，他應該放開手腳發展自己的事業。他要成為一個真正的「冒尖戶」。他暗暗下決心，明年他要理直氣壯地來參加這樣的會議！

在別的「冒尖戶」們外出逛游的時候，孫少安就一個人躲在房間裏，開始謀算他下一步的宏圖遠景。他想回去以後，先立刻籌劃買一台中型 300 型製磚機，多開幾個燒磚窰，辦他個真正的磚廠！

當然，要邁出第一步困難就很多。首先是資金問題。一台中型製磚機就得五千元，他個人的錢根本買不起；更不要說擴大生產還得有其他花費。至於人手，現在倒可以僱幾個人；雖然僱工還沒有明確的政策，但許多地方已經有這樣的現象，公家一般都睜一隻眼閉一隻眼。據他二爸說，報紙上現在對這問題正討論着哩。

他首先發愁的是錢。沒有辦法，看來只能走貸款這條路。

這一天晚飯後，他找到了公社的徐主任和劉主任，向他們傾吐了自己的心事。

徐治功和劉根民馬上表示支持他的想法；說回去以後立即給他貸款，他要多少就給貸多少。兩位主任在這次會上也受到了強烈刺激。別的公社都有兩名以上的「冒尖戶」來參加會議，就他們公社是一戶，並且還是個假的！他們來參加這個會實在是臉上無光，因此決心回去也要大幹一番，下決心搞出幾個真正的「冒尖戶」來！

「四幹」會的最後一天，原西縣舉行了隆重的表彰「冒尖戶」大會（當時俗稱「誇富」會）。

這一天，原西縣城一片熱鬧景象。除過參加會議的一千多名幹部外，城裏的機關幹部和市民也都紛紛湧進了縣體育場。縣廣播站在向全縣轉播大會實況。體育場擠得人山人海。主席台下，「冒尖戶」們全都披紅掛花，騎在高頭大馬上，一個個都被裝扮得像狀元兼駙馬。人們都新奇地想擠前去看看這些光榮的老百姓。

簡短的會議儀式舉行完以後，「誇富」大游行開始了。總指揮馬國雄手裏拿着個電喇叭，滿頭大汗地跑個不停，指揮着游行隊伍按順序出了體育場，浩浩蕩蕩走向大街。

游行隊伍的最前邊是十幾班吹鼓手。這些被召來的全縣最著名的樂人，嗩吶上挽着紅綢花，一個個都大顯神通，腮幫子鼓得像拳頭一般大。嗩吶聲和鑼鼓聲震天價喧吼。四面八方鞭炮聲驟起，空氣中瀰漫着嗆人的硝煙味。

樂隊後面，是騎馬的「冒尖戶」們。他們的馬都由縣委和各部門的領導人牽着，使得這些受寵的泥腿把子們，都十分不好意思；此刻一個個羞怯地低着頭，像些新娘子似的。

「冒尖戶」後面，是一長溜工具車。每輛車駕駛樓的頂棚上面，都擱着一台「飛人牌」縫紉機 —— 這是給「冒尖戶」們的獎品；縫紉機上貼着大紅「囍」字。馬國雄幾乎把這個活動弄成了集體婚禮。工具車使勁按着喇叭，警告兩邊潮水般擁擠的人羣讓路；它們跟在馬匹後面，像烏龜般慢慢地爬蜒着。工具車後面，緊跟着「四幹」會的一千多名代表。市民們現在已經擠在街道兩旁，歡天喜地觀看這場無比新鮮的熱鬧景致……

披紅掛花的孫少安騎在馬上，在一片洪水般的喧囂和炮仗的爆炸聲中，兩隻眼睛不由得潮濕了。此刻，他已經忘記了他是個冒充的「冒尖戶」，而全身心地沉浸在一種幸福之中；自從降生到這個世界上，他第一次感到了作為人的尊貴。

準備：1982—1985 年

第一稿：1985 年秋天—冬天

第二稿：1986 年春天—夏天